잠중록 1

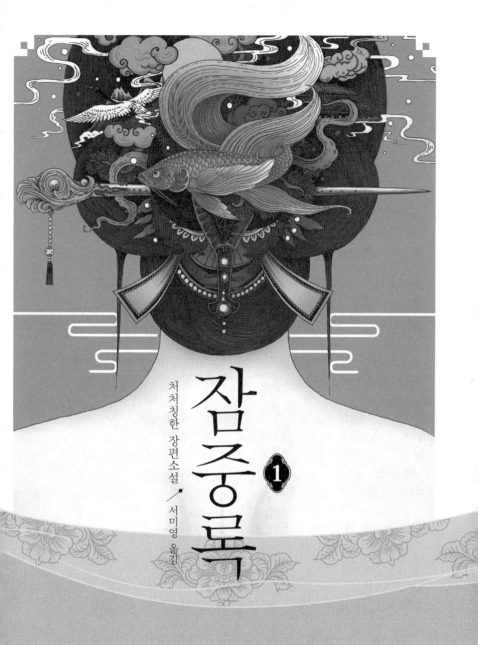

처처칭한 장편소설 / 서미영 옮김

잠중록 ①

arte

주요 등장인물

황재하(양숭고) 촉 지방 형부 시랑의 딸. 어릴 적부터 영특하기로 소문난 소녀. 온 가족을 독살했다는 누명을 쓰고 장안으로 도망왔다가, 기왕 이서백 곁에서 환관 '양숭고'로 변장하고 지내며 복수의 때를 기다린다.

이서백(기왕 이자) 당나라 황제의 넷째 동생. 명철하고 기억력이 대단히 뛰어나며 냉정한 성격. 장안의 기이한 사건들을 해결하는 데 황재하의 도움을 받고 그녀의 보호자가 되어준다.

왕온 황후의 가문인 낭야 왕 가의 후계자. 황재하와 정혼한 사이였으나, 그녀의 가족 살해 사건으로 크나큰 모욕과 충격을 받는다.

주자진 주 시랑의 막내아들. 넉살 좋고 엉뚱한 성격의 한량이지만, 시체 검시에 관해서는 따라올 자가 없다. 황재하를 몹시 좋아해 숭배하다시피 한다.

황후(왕작) 낭야 왕 가 출신. 선녀와도 같은 아름다움을 지녔으며 황제의 사랑을 독차지하고 있다.

왕약 황후의 사촌. 뛰어난 아름다움으로 이서백에게 간택받는다.

금노 교방에서 비파를 타던 여인. 화려한 연주 솜씨로 궁에 입성한다.

진염 부인 거문고 타는 여인. 소식이 끊어진 '풍억'이라는 친구를 찾고 있다.

차
례

일러두기

주석은 본문 하단에 각주로 표기했으며,
(작가 주)로 표시된 주석 외에는 모두 옮긴이의 것이다.

1장

악명

깊은 밤, 갑작스럽게 폭우가 쏟아졌다. 가까이 혹은 멀리 솟은 산봉
우리들과 길거나 혹은 짧게 뻗은 강줄기와 협곡들이 폭우에 묻혀 시
야에서 사라졌다. 전방에 보이는 길조차 시야에서 점점 흐릿해졌다.
장안성 외곽 산길을 따라 탐스럽게 만개한 정향나무도 쏟아지는 폭
우를 이기지 못해 꽃을 흙탕물 위로 후두둑 떨구었다. 밤이 깊어 인적
도 없었다.

황재하는 고생스럽게 산길을 걸어가고 있었다. 받쳐 든 청색 종이
우산의 살 두 대가 거센 비바람에 부러져 빗줄기가 그대로 얼굴을 때
렸다. 칼날처럼 날카롭고 차가운 기운이 피부에 와 닿았다.

눈을 들어 하늘을 올려다본 황재하는 일말의 망설임도 없이 길에
우산을 던져버리고는 계속해서 폭우 속을 헤쳐 나갔다. 비가 온몸을
때리자 한기가 몰려왔다.

한밤의 하늘빛은 칠흑같이 어두웠다. 내리는 빗방울의 미세한 빛이
간혹 눈앞을 흐릿하게나마 비춰줄 뿐, 온 세상이 어두웠다.

산모퉁이에 작은 정자가 하나 있었다. 나라에서 행인들이 쉬어갈

수 있도록 5리, 10리마다 마련해둔 정자 중 하나였다. 이런 악천후의 한밤중에도 서너 명이 정자 안에 앉아서 담소를 나누고 있었다. 장안성은 야간 통행금지가 있어서, 매일 새벽 오경 삼 점[1]이 되어야 성문이 열렸다. 아직은 이른 시간이라 필시 성문이 열리길 기다리고 있을 터였다.

황재하가 흙탕물을 밟으며 정자를 향해 걸어가자 정자에 있던 사람들이 고개를 돌려 쳐다보았다. 남자들이 흔히 입는 푸른 단삼 차림의 황재하는 그들 눈에 가녀린 소년으로 보였다.

한 노인이 말을 건네왔다. "젊은이도 아침 일찍 성에 들어가려는 겐가 보군. 온몸이 다 젖었네. 딱해라. 이리 와서 불 좀 쬐게나."

황재하는 불빛에 비친 노인의 따뜻한 미소를 바라보며 흠뻑 젖은 옷깃을 단단히 붙잡고 감사 인사를 했다. 그러고는 노인에게서 조금 떨어져 앉아 묵묵히 그들을 도와 불에 장작을 보탰다.

황재하가 불만 살필 뿐 아무 말이 없자 다른 이들도 다시 고개를 돌려 하던 이야기를 마저 나누기 시작했다. 화제가 세상의 온갖 기이한 일로 넘어가자 다들 자신이 직접 목격이라도 한 것처럼 더욱 침을 튀기며 떠들었다.

"그런 희귀한 일 얘기가 나와서 말인데, 최근 장안에서 발생했다는 그 사건에 대해 들어본 적들 있는가?"

"그 '사방안(四方案)'이라고 불리는 사건 말씀하시는 겁니까?" 누군가가 바로 말을 받았다. "석 달 동안 세 사람이 연달아 죽었다죠. 성의 북쪽 남쪽 서쪽에 떨어져 사는, 아무 연관도 없는 세 사람이 피로 각각 '정(淨)', '락(樂)', '아(我)'라는 글씨를 남기고 죽었다니, 참으로 괴

---

1 오경은 하룻밤을 다섯으로 나눴을 때의 다섯째 부분으로 새벽 3시에서 새벽 5시 사이이고, 경은 다시 다섯 점으로 나뉜다. 오경 삼 점은 새벽 4시 즈음을 가리킨다.

상하기 짝이 없습니다!"

"맞아. 이제 그다음 목표가 성의 동쪽이라고 해서, 동쪽에 사는 사람들이 벌벌 떨고들 있다지. 떠날 수 있는 사람은 거의 다 떠나고 지금 열에 아홉은 빈집이라더군."

황재하는 희고 깨끗한 손으로 장작을 잡고서 천천히 불을 쑤시며 타닥타닥 장작 타는 소리에 귀를 기울였다. 얼굴은 아무런 동요 없이 평온했다.

"요즘 천하가 불안하니 아주 전국 각지가 다 소란스러운 모양이오. 장안성뿐만 아니라 촉(蜀)에서도 온 가족이 몰살당한 사건이 있었는데 들어들 봤소?" 이야기꾼으로 보이는 한 중년 남자가 습관적으로 손에 딱따기를 들고 흥미롭게 이야기를 이끌어갔다. "그런 사건이야 처음 들어보진 않겠지만, 다들 그거 아시오? 이번에는 바로 촉의 사군[2] 황민 집안에서 벌어진 일이라는 걸 말이오!"

황민.

조용히 불을 쑤시던 황재하는 그 이름을 듣는 순간 자신도 모르게 손을 움찔했다. 그 바람에 불똥이 손등에 튀어 심한 통증을 느꼈다.

다행히 다들 이야기꾼의 말에 놀라 아무도 황재하에게 주목하지 않았다. 그 이야기로 정자 안은 더 떠들썩해졌다.

"황민이라면 전에 장안에서 형부(刑部) 시랑을 지냈던 이 아닌가? 최근 몇 년 동안 성도(成都) 지역을 다스리면서 희귀한 사건을 여럿 해결해서 엄청 이름을 날린 사람이잖아?"

"그 얘긴 나도 들은 적이 있어! 듣자하니 그게 황민 한 사람만의 공은 아니라던데. 그 사람 슬하에 일남 일녀가 있는데, 아들 황언은 그저 그렇고 딸이 보기 드문 인재라더군. 황민이 형부 시랑이던 시절에

---

2 당나라 때의 지방 장관.

많은 사건을 딸이 대신 해결했다고 하더라고. 그때 그 딸 나이가 열서너 살 남짓이었는데 황제 폐하께서도 칭찬하시길, 만약 남자였다면 분명 장관 자리에 올랐을 뛰어난 인재라고 하셨다더군!"

"하하, 장관이 될 뛰어난 인재?" 이야기꾼이 차갑게 웃으며 말했다. "모두 소문으로 들어서 알겠지만 황민의 그 딸이 태어날 때 방 전체에 핏빛이 가득했다잖소. 그걸 본 사람들은 다들 백호의 별이 땅에 떨어져서 일가친척을 모두 잡아먹을 거라고 했다더군! 근데 그게 진짜 현실이 된 거요. 황 씨 집안이 그 딸 손에 몰살당했다는 것 아니겠소!"

황재하는 손등의 통증도 잊은 채 멍하니 눈앞의 불빛만 바라보았다. 타오르는 불꽃이 혀를 날름거리듯 짙게 깔린 어둠을 핥고 있었다. 하지만 불빛이 아무리 새빨갛게 타올라도 황재하의 창백한 얼굴에 색을 더해주진 못했다.

그들은 서로의 얼굴을 마주 보며 눈만 끔벅거렸다.

조금 전의 노인이 믿을 수 없다는 듯 물었다. "그 황 가의 딸이 자신의 일가를 다 죽였단 말이오?"

"그렇다니까요!"

한 치의 망설임도 없는, 확신에 찬 대답이었다.

"말도 안 돼. 세상에 자기 가족 전체를 끔찍하게 살해하는 사람이 어디 있단 말인가?"

"틀림없는 사실이에요! 조정에서 이미 수배령을 내렸는데, 그 딸은 촉을 떠나 달아났다죠. 아마 잡히기라도 하는 날에는 능지처참을 당해 제대로 땅에 묻히지도 못할 겁니다!"

"어휴, 그게 사실이라면 정말 잔인무도하기 짝이 없는 여자구먼. 사람도 아니야!"

아까 그 노인이 다시 물었다. "그리 참혹한 일이 벌어졌다니, 무슨 연유라도 있는 게요?"

"여자가 그런 짓을 저지르는 게 무엇 때문이겠습니까? 당연히 '연정' 때문이지요." 이야기꾼은 눈썹을 휘날리며 좌중에게 생생하게 이야기를 들려주었다. "그 딸이 어렸을 때부터 정해진 혼처가 있었는데, 후에 달리 흠모하는 사람이 생긴 것이오. 조모와 숙부가 집에 와서 혼사를 논의할 때 그 딸이 직접 양제탕[3]을 끓여서 올렸는데, 황 사군과 그 부인 양 씨, 아들 황언, 그리고 조모와 숙부까지 모두 독살당했지. 그 딸 혼자만 살아서 도망쳤는데 어디로 갔는지 행방이 묘연하다고 하오. 관아에서 조사한 결과 그 딸 방에서 비상이 발견되었고, 또 사건 며칠 전에 약방에서 비상을 산 기록도 확인이 되었지. 자기가 흠모하는 사람이 따로 있는데 부모가 다른 사람에게 시집가도록 강요하니까 앙심을 품고 일가를 독살해버린 거요. 그러고는 그 정인한테 둘이서 같이 도망치자고까지 말했다는 거 아니겠소!"

그 잔혹한 이야기에 모두가 놀라움을 금치 못했다.

또 누군가가 물었다. "아니, 그 악독한 여자는 또 어떻게 도망을 쳤단 말이오?"

"온 가족을 독살한 후에 이 일이 발각될 것을 알고서 정인과 그 밤에 도망치자고 말했는데, 그런데 정인은 이 흉악한 여자가 끔찍이도 싫었던 거지. 그래서 그 여자에게서 받은 연서를 관아에 갖다 바쳤는데, 여자가 어찌 알았는지 이상한 낌새를 알아채고는 혼자서 도망을 쳐버렸다는 것이오! 관아에서 이미 수배령을 내려 모든 지역 성문 앞에 수배 전단이 쫙 붙었지. 하늘의 법망은 결코 죄인을 놓치는 법이 없다 하니, 그 악랄한 여자가 언제 그물에 걸려 능지처참을 당하게 될지 어디 한번 두고 보고 싶소!"

말하는 사람이 격분하니 듣는 사람들도 함께 분노했다. 순간 정자

---

3 양의 발을 각종 채소와 함께 끓인 탕.

안은 공공의 적을 향한 분노로 가득했다.

무릎을 끌어안고 이야기를 듣던 황재하는 그들의 욕하는 소리에 순간 극심한 피로가 몰려왔다. 어슴푸레 타고 있는 불꽃을 멍하니 바라보았지만, 젖은 옷 때문에 봄날 밤의 한기가 형태 없는 바늘처럼 피부를 찔러와 잠도 오지 않았다.

하늘빛은 아직 어둑하고 성문은 열릴 기미가 없었다. 무리는 다시 화제를 돌려 최근 성안에서 일어난 갖가지 소문에 열을 올렸다. 황제 폐하가 또 행궁을 새로 지었다든가, 조 태비가 도교 사원 삼청전의 휘장을 직접 만들었다든가, 또 수많은 명문가 규수가 기왕에게 시집가고 싶어 안달이 났다든가 하는 얘기들이었다.

"그러고 보니, 기왕 전하께서 곧 장안성으로 돌아오시지 않겠는가?"

"그렇지. 황제 폐하께서 안 그래도 연회를 워낙 좋아하시는데 행궁도 새로 지었으니 당연히 연회를 열 테고, 궁에서 여는 연회에 기왕 전하께서 참석하시지 않으면 어디 그게 연회라 할 수 있겠는가."

"기왕 전하는 황실에서도 제일로 뛰어난 인물이지. 선황께서도 매우 총애하셨지 않은가. 기악 군주가 기왕에게 시집가고 싶어서 몇 번이고 손을 쓰다가 장안의 웃음거리가 됐다는데 그럴 만도 해."

"하나밖에 없는 딸이 그러고 있으니 익왕 전하께서 이 일을 알았다면 분명 무덤에서 벌떡 일어나 뛰쳐나오셨을 거야……."

황실 이야기에 모두가 흥미진진해했으나 황재하만은 그들의 이야기에 조금도 관심이 없었다. 눈을 감고 나른하게 몸을 기댄 채 쉬고 있는 것처럼 보였지만 사실은 계속해서 기민하게 바깥 동정에 귀를 기울이고 있었다.

비는 이미 그쳤고 하늘이 점점 밝아오는 가운데, 가벼운 말발굽 소리가 겨우 알아들을 정도로 희미하게 들려왔다.

황재하는 곧바로 눈을 떴다. 침을 튀기며 이야기를 나누는 이들에게는 신경도 쓰지 않고 재빠르게 정자를 빠져나왔다.

희미한 새벽빛 속에 해가 떠오르고 있었다. 위병대가 구불구불한 산길을 질서 있게 열을 맞춰 걸어오고 있었다. 몸이 비에 흠뻑 젖었는데도 흐트러짐 없이 경계를 늦추지 않는 모습이 한눈에도 훈련이 잘 된 병사들로 보였다.

대열 중간에는 온몸이 새카만 흑마 두 마리가 천천히 마차를 끌며 오고 있었다. 마차에는 용과 난새가 그려져 있었으며 여러 금칠 무늬와 함께 거거[4]와 벽전자[5]로 장식되어 있었다. 마차 처마에는 금방울 두 개가 매달려 마차가 흔들릴 때마다 맑고 깨끗한 소리를 냈다.

마차는 정자 앞을 지나쳐 계속해서 앞을 향했고 황재하는 멀찍이 서 그들을 뒤따랐다.

대열 제일 끝에서 불안한 듯 계속 주변을 두리번거리던 젊은 사병이 숲 뒤쪽에서 자신들을 미행하는 황재하를 보고서야 안심하며 옆 사람에게 말했다. "노 형, 어제저녁에 뭘 잘못 먹었는지 배탈이 난 것 같아요. 저…… 잠시 볼일 좀 보고 올게요."

"어쩌려고 그래? 이제 곧 성안으로 들어갈 건데 제때 따라올 수 있겠어?" 옆 사람이 목소리를 낮추어 그를 노려보며 말했다. "전하께서는 이런 일에 아주 민감하시다고. 들키는 날엔 어떻게 될지 알고는 있어?"

"알고 있어요……. 걱정 마세요. 바로 쫓아갈게요." 젊은 사병은 배를 움켜잡고 부리나케 말 머리를 돌려 숲속으로 들어갔다.

황재하는 풀을 헤치고 몇 걸음 만에 자신을 기다리는 사병에게로

---

4   연체동물로, 조개껍데기는 부채꼴이며 열대 해저에서 생활한다. 크기가 큰 것은 길이가
    1미터에 달한다. (작가 주)
5   터키석의 일종이다. (작가 주)

걸어갔다. 사병은 이미 다급하게 왕부[6] 위병대 제복을 벗기 시작했다. 먼저 투구를 벗어 황재하에게 건네며 말했다. "아가씨, 말은…… 탈 수 있으신지요?"

황재하는 투구를 받아 들며 역시 소리를 낮추어 말했다. "장 형, 이렇게 큰 위험을 무릅쓰면서까지 도와주셔서 정말 고맙습니다!"

"무슨 소리를 하십니까. 그때 아가씨가 아니었다면 저희 부모님은 이미 돌아가셨을 겁니다. 이런 때에 아가씨를 도와드리지 않으면 저희 부모님이 저를 죽이려 드실 테죠." 그는 호쾌하게 가슴을 두드렸다. "게다가 오늘은 근무가 있는 것도 아니고 단순히 장안성 안으로 들어가는 것뿐이니 들킨다고 해도 큰일은 없을 겁니다. 지난번에도 몰래 다른 사람을 대신 보낸 병사가 있었는데, 곤장 몇십 대 맞고 그냥 풀려나던 걸요. 혹시 들키면 제 사촌 여동생…… 아니, 사촌 남동생이라 하고 길 가다가 배탈이 나서 제대로 일어서지도 못하는 저를 마주치는 바람에 대신 수행했다고 하시면 될 겁니다. 오늘은 단순히 의장을 따라 장안에 들어가는 것뿐이니 큰일은 없을 겁니다."

황재하는 고개를 끄덕인 뒤 재빨리 외투를 벗어 그에게 건네주고 그의 옷을 받아 걸쳤다. 옷이 조금 크긴 했으나 황재하도 몸집이 길고 늘씬한 편이라 크게 어색하지 않았다.

황재하는 서둘러 그와 헤어지고 말에 올라 숲을 빠져나왔다.

하늘에는 이미 붉은 아침노을이 펼쳐졌다. 맑고 고운 주홍빛이 넓은 하늘을 가로질렀다. 황재하는 급히 말을 몰았다. 성문이 멀리 보이기 시작했을 무렵 왕부 위병대를 따라잡을 수 있었다.

장안성 명덕문 다섯 개의 대문 중 중간 세 개는 닫혀 있고 좌우 두

---

6 왕들의 저택을 일컫는다.

개의 작은 문만 열려 있었다. 왕제의 의장대가 오자 곧바로 왼쪽에서 두 번째 문이 열리고 아무런 검문 없이 통과됐다.

황재하는 제일 뒤에서 의장대를 따라 천천히 장안성 안으로 들어갔다. 성문을 통과하던 순간 문에 붙은 수배 전단을 흘깃 보았다.

종이에는 열예닐곱쯤으로 보이는 여자의 얼굴이 그려져 있었다. 새벽별같이 반짝이는 두 눈과 복숭아 꽃잎처럼 아름다운 곡선의 뺨에 보기 좋게 살짝 올라간 입술. 두 눈이 정면을 응시하며 살포시 미소 짓고 있어 표정이 생생하게 살아 있었다. 맑은 얼굴의 아름다운 소녀였다.

얼굴 그림 옆에 몇 줄의 글이 적혀 있었다.

촉의 여인 황재하. 일가족 살해 사건에 연루되었으며 수법이 극악무도함. 전국 각 지역은 보는 즉시 생사를 불문하고 체포할 것.

황재하는 속눈썹을 아래로 늘어뜨렸지만 아주 잠깐이었을 뿐, 곧바로 다시 머리를 들고 태연한 태도를 유지했다. 얼굴의 반 이상이 투구에 가려져 옆에 있던 노 형도 황재하의 얼굴을 알아보지 못했다.

주작대로를 따라 말을 몰면서 노 형이 말했다. "다행히 아무한테도 안 들켰어."

황재하는 고개를 끄덕이며 아무 말도 하지 않았다.

왕제들의 저택은 대부분 영가방에 위치했다. 동쪽 시장을 지나고 흥경궁을 따라 북쪽으로 가다 보니 멀리 기왕부가 보이기 시작했다.

황재하는 왕부에 들어가면 마감[7]에 말을 매어둔 후 조용히 달아나기로 사전에 장항영과 말을 맞추었다. 모두들 마감 앞뜰에서 아침

---

7 말을 키우는 조정 산하의 기관.

을 먹을 때라서 황재하에게 특별히 신경 쓰는 사람은 없을 터였다.

말을 매어둔 뒤 황재하가 서둘러 몸을 돌려 마감을 빠져나오는데 갑자기 등 뒤에서 누군가가 불렀다. "장항영, 밥 안 먹어?"

황재하는 아무것도 듣지 못한 척 문가에 바싹 붙어서는 미끄러지 듯 빠져나왔다.

뒤에서 노 형이 대신 상황을 말해주었다. "또 설사 났나 봐. 아침부 터 벌써 두 번째야."

다들 한바탕 놀리듯 웃어댄 뒤 더 이상 관심을 기울이지 않고 이미 차려진 아침을 먹으러 갔다.

문을 빠져 나온 황재하는 투구를 바싹 눌러쓰며 바깥으로 향했다.

막 마지막 계단에 발을 내디뎠을 때 또 뒤에서 누군가가 불렀다. "거기, 어디 가는 거지?"

황재하는 그것이 자신에게 한 말인지 아닌지 확신이 서지 않아 발 을 허공에 든 채 멈칫했다.

말소리가 더 또렷이 들려왔다. "그래, 자네 말이야, 의장대. 조금 전 에 전갈이 왔는데 새로 준공된 행궁 쪽에 일손이 부족하다고 해서 이 번에 자네들도 전하를 따라 행궁으로 오라더군."

황재하는 가슴이 덜컹 내려앉았다. 자신이 이렇게나 운이 없을 거 라고는 생각지도 못했다.

뒤에서 웃으며 말하는 소리가 들려왔다. "그래도 걱정 마, 은자 석 냥을 더 챙겨줄 테니. 어때, 좋지? 그러니 어서 가서 밥부터 먹어. 조 금 있다가 바로 출발할 거야."

황재하는 별수 없이 천천히 몸을 돌려 자신을 불러 세운 두령에게 머리 숙여 예를 표하고는 다시 담벼락에 바싹 붙어 마감 앞뜰로 돌아 갔다. 아침은 절대 먹을 수 없다. 만에 하나 얼굴이라도 보이게 되면 끝장이었다. 그렇다고 왕부에 머물러 있을 수도 없었다. 누군가에게

16

들키면 그 또한 큰일이었다. 게다가 황재하는 반드시 밖으로 나가 자신을 도와줄 수 있는 사람을 찾아야만 했다.

담 모퉁이에 바짝 붙어 서서 보니 구석에 세워진 마차가 눈에 들어왔다. 앞뜰에서는 다들 시끌벅적하게 밥을 먹고 있었고, 뒤뜰에 있는 사람은 말에게 여물을 먹이느라 바빴다. 이 모퉁이에는 황재하와 마차뿐, 아무도 없었다.

황재하는 마차 위에 발을 올리며 잠겨 있지 않은 문을 조심스럽게 열어보았다. 넓은 의자와 단단히 고정된 탁자만 보이고 역시나 사람은 없었다. 의자는 기[8]와 용이 수놓인 청색 비단으로 덮였는데, 바닥에 깔린 페르시아 융단의 붉은색 모란과 적절히 어우러져 고급스럽고 우아했다. 딱 봐도 새로 간 것이어서, 누군가가 다시 마차를 정돈하러 올 일은 없을 듯했다.

황재하는 재빨리 마차 뒤에서 제복과 투구를 벗어 석등 뒤쪽 구석에 쑤셔 넣고는 마차에 올랐다. 마차 안에는 공간이 많지 않았지만 의자 아래쪽에 수납을 위한 궤짝 등 빈 공간이 있을 터였다. 황재하는 마차에 올라서자마자 곧바로 의자 아래로 드리워진 천을 들춰보았다. 역시나 의자 아래가 궤짝으로 되어 있었다.

수많은 상운과 짐승이 새겨진 미닫이문을 열어본 황재하의 얼굴에 절로 희색이 감돌았다. 안에는 향료 몇 덩이만 놓였을 뿐 비어 있었다. 황재하는 최대한 몸을 웅크려 궤짝 안에 들어간 후 가볍게 문을 닫았다. 긴장한 탓에 온몸에 땀이 났다. 나무 문은 투각되어 구멍이 뚫려 있었지만 다행히도 의자에서 늘어뜨려진 천이 가려주었다. 안에서는 흐릿하게나마 바깥 동정을 살필 수 있지만 외부에서는 궤짝 안이 거의 들여다보이지 않았다.

---

8 고대 전설에 나오는 동물로, 용과 비슷하고 다리가 하나이다.

황재하는 안에서 조용히 엎드린 채 숨조차 크게 쉬지 못했다. 쿵쾅거리며 빠르게 뛰는 심장 소리가 또렷이 들려왔다. 마음속에 무수한 상념이 스쳤다. 이대로 행궁으로 들어가게 되면 어쩌지? 행궁의 마감은 감시가 엄격할까? 기회를 봐서 도망칠 수 있을까…….

황재하가 미처 생각을 정리하기도 전에 바깥에서 소리가 들려왔다. 말을 메는 소리, 복장을 다듬는 소리, 대열을 정비하는 소리. 그리고 어느 순간 갑자기 조용해지며 그 흔한 기침 소리조차 들리지 않았다. 황재하가 다시 생각에 잠기는데 마차가 가볍게 흔들리더니 문이 열리고 누군가가 마차에 올라탔다.

궤짝 안에서는 그 사람의 발만 보였다. 금색 기 문양이 새겨진 검정 육합화[9]가 일말의 소리도 없이 두껍고 부드러운 융단을 디뎠다.

그 사람이 자리에 앉자 마차가 살짝 흔들리며 곧바로 출발했다.

긴 시간을 궤짝에 갇혀 있는 데다가 이리저리 흔들리니 마치 알껍데기 속 새끼 새가 된 기분이었다. 황재하는 들키지 않기 위해 멀미를 간신히 참으며 필사적으로 느리게 호흡했다.

다행히 마차 바퀴의 덜컹거리는 소리가 황재하의 심장 소리와 호흡 소리를 덮어주었다.

먼 길을 달려 마침내 성문을 빠져나와 서쪽 외곽으로 향했다. 마차는 계속해서 요동치며 길을 달렸다. 작은 다리 근처에 이르러 마차 안 기왕이 드디어 입을 열었다.

"멈추거라."

마차가 천천히 다리 옆에 멈춰 섰다. 궤짝 안에 엎드린 황재하의 각도에서는 기왕의 얼굴은 보이지 않고 탁자 위로 뻗은 손이 주둥이가 넓은 유리병을 집어 들어 창밖의 누군가에게 건네는 모습만 보였다.

---

9 여섯 조각의 가죽으로 만든 장화 모양의 신발.

"물을 더 채워 오거라."

작은 선홍색 물고기가 비단 천 같은 긴 꼬리를 천천히 흔들며 유영하고 있었다. 유리병이 미세한 푸른색을 띠어 물고기는 묘한 연자줏빛으로 비쳤다. 매혹적이면서도 사랑스러운 물고기였다.

황재하는 순간 의아했다. 하늘을 찌를 듯 대단한 권세의 기왕이 왜 유리병을 가지고 다니면서 물고기를 기르는지 말이다.

물 흐르는 소리와 호위병의 발소리가 들린 지 오래지 않아 물이 가득 찬 유리병이 전달되었다. 기왕은 유리병을 받아 탁자 위에 올렸다. 물고기는 활동 공간이 넓어진 덕에 움직임이 더 활발해졌다.

황재하가 생각에 잠겨 있는데 마차가 갑자기 다시 출발하는 바람에 미처 방비하지 못하고 이마를 궤짝 문에 쿵 부딪히고 말았다. 그녀는 입에서 소리가 새어나가지 않도록 필사적으로 입술을 깨물었다. 큰 소리를 내지는 않아서 마차 소리에 묻혔을 거라고 확신했으나 긴장을 놓지 않고 계속해서 바깥을 주시했다.

황재하의 위치에서는 앉아 있는 사람의 얼굴은 보이지 않고, 비단 끝자락의 술 장식과 기왕의 움직임만 언뜻언뜻 보였다. 기왕은 손을 뻗어 비색자[10] 찻잔 받침을 들고 찻주전자를 기울여 차를 따랐다.

황재하는 궤짝 구멍으로 그 손을 관찰했다. 역광을 받은 그 손은 마디가 가는 편이어서 선이 아름다웠다. 귀하게 자란 티가 났지만 힘 있어 보이기도 했다. 세 손가락으로 찻잔 받침을 들었는데, 청옥색 접시가 하얀 손에 들려 있으니 마치 봄날의 호수에 배꽃이 비쳐 보이는 것 같았다.

그 순간이었다. 그가 재빠르게 발끝을 들어 궤짝 문을 밀어젖히더니 안으로 접시 물을 뿌렸다. 그 손만 지켜보고 있던 황재하는 눈에

---

10 당나라 때 절강성 일대에서 품질이 가장 뛰어났던 청자.

물을 맞고 낮은 비명을 질렀다. 기왕은 찻잔 받침을 던져버리고 곧바로 황재하의 어깨를 잡아 궤짝 안에서 끌어내고는, 오른손으로 목을 누르고 왼발로는 명치를 밟았다.

황재하는 순식간에 죽은 물고기처럼 기왕의 발아래 누워 있게 되었다. 더 비참한 것은 상대는 일어나지도 않고 그 모든 걸 해냈다는 사실이었다. 그렇게 누운 채 멍하니 기왕을 올려다보았다. 너무나 갑작스러워 무슨 일이 일어났는지도 미처 깨닫지 못하고 어리둥절한 표정을 지었다.

황재하는 자신을 그렇게 만든 사람의 얼굴을 보았다. 칠흑같이 검고 그윽한 눈과 높고 곧게 뻗은 코, 굳게 다문 입술에서 세상에 대한 냉담함과 무관심이 엿보였다. 하늘색 비단옷에 푸른색 구름 문양이 수놓여 있었는데, 원래는 부드러운 색깔과 무늬이지만 그의 몸에서는 유난히 차갑게 보였다. 은은하게 풍기는 그 무심함과 냉담함 때문에 더욱 우아해 보이는지도 몰랐다.

기왕 이자, 자(字)는 서백. 작금의 황실에서 최고로 뛰어난 인물. 황제도 "서백이 있는 한 짐은 외롭지 않다"며 찬탄할 정도였다. 그렇게 정상에 우뚝 선 존귀한 인물이 이렇게나 차가운 분위기의 사람일 줄 누가 알았겠는가.

이서백은 눈썹을 늘어뜨린 채 황재하의 명치를 짓누르고 있던 발을 천천히 들었다. 상대에게 무공이 전혀 없음을 느낀 듯했다. 이어 황재하의 목을 누르고 있던 오른손을 살짝 움직여 울대뼈가 튀어나오지 않아 목이 매끈하다는 사실도 확인했다.

황재하는 재빨리 손을 들어 목을 누르고 있는 이서백의 손을 밀어내고는 경계하며 몸을 움츠렸다. 마치 사냥꾼을 보는 어린 짐승처럼 맑은 두 눈으로 이서백을 응시했다.

이서백은 시선을 천천히 황재하의 얼굴로 옮겨 한참을 관찰하고 나서야 발을 완전히 거두었다. 그러고는 곧바로 탁자 서랍을 열어 흰색 손수건을 꺼내 손을 닦은 후 황재하의 몸에 떨어뜨리며 혐오스럽다는 듯이 말했다.

"여자라면 최소한 스스로를 깨끗이 하고 다녀야 하는 것 아닌가?"

마치 구름이 내려앉듯 손수건이 천천히 황재하의 몸 위로 떨어졌다.

황재하는 가만히 두 손을 꽉 쥐었다. 남장이 들통났다는 사실에 창피함보다 비참함이 먼저 앞섰다. 고개를 들어 눈앞의 이서백을 바라보며 입을 열었지만 어떤 말도 나오지가 않았다.

황재하는 어렸을 때부터 남장을 하고 아버지와 오빠를 따라 각지를 돌아다녔다. 이번에도 촉에서 장안까지 도망쳐오면서 철저히 남장을 했고, 어느 누구에게도 그 사실을 들키지 않았다. 그런데 이렇게 한눈에 들통나고 이처럼 불쾌한 시선까지 받을 줄은 몰랐다.

연일 밤을 바삐 도주하느라 몰골이 확실히 초라하긴 했다. 젖었다가 마르길 반복하고 구겨질 대로 구겨져 엉망이 된 옷은 원래 어떤 옷이었는지조차 알아볼 수 없었고, 얼굴은 초췌하고 창백했으며 머리는 산발이었다.

마차 안의 이상한 기척을 눈치챈 누군가가 밖에서 마차 벽을 가볍게 두드리며 물었다. "전하?"

이서백은 짧게 대답했다. "별일 아니다."

마차 밖의 사람은 그 이상 아무 말도 하지 않았고, 마차는 계속해서 평온하게 나아갔다.

이서백이 건조하게 물었다. "언제 마차에 올라탔지? 여기 숨어서 무얼 하고 있었던 것이냐?"

황재하는 눈을 한 번 깜빡이고는 머릿속으로 재빠르게 온갖 종류의 변명을 떠올렸다. 그러고는 가장 짧고 설득력 있는 내용을 골라, 수줍은 듯 눈을 내리깔고 입술을 가볍게 깨물며 말했다. 볼에는 보일 듯 말 듯 옅은 홍조까지 떠올랐다. "저는…… 전하의 위병대 중 장항영이란 자의 사촌 동생입니다. 오늘 오라버니가 성 외곽에서 심한 복통을 일으켜 이 때문에 공무를 그르쳐 곤장을 맞을까 걱정하고 있었습니다. 마침 그 근처에 사는 제가 길을 지나다가 우연히 오라버니를 만났고, 오라버니가 저를 위장시켜서 대신 점호에 응하게 했습니다."

"그럼 내 마차에 숨어든 이유는?"

"그게…… 원래 왕부에 도착한 후 바로 떠나려고 했는데 행궁까지 가야 한다며 붙들려버렸습니다. 하지만 제 모습을 다른 사람이 보면 곧바로 들통날 게 뻔했기 때문에 급한 마음에 마차 안에 숨어들었습니다. 들키기 전에 빠져나가려고 했는데, 이렇게 잡힐 줄은……."

황재하는 얼굴에 난처하고 수줍은 기색을 띠며 연기를 펼쳤다. 부끄럽지만 어쩔 수 없이 이런 말을 꺼내는 척, 세상 물정을 몰라 당황스러운 척 연기했다.

"그럴듯하게 들리는군." 이서백은 비단 등받이에 몸을 기대며 차갑게 말했다. "성이 무엇이냐?"

황재하는 속으로 뜨끔했으나 조금도 표내지 않고 망설임 없이 대답했다. "양 가이옵니다."

"양 가?" 이서백은 황재하를 쳐다보지도 않고 차갑게 비웃었다. "장항영, 집안의 둘째, 키는 6척에 왼손잡이, 대중 2년 장안 보녕방 출생. 부친은 장위익이며 본적은 낙양, 회창[11] 2년부터 지금까지 장안 단서당에서 의원으로 있음. 모친 풍 씨는 장안 신창방 풍 가 집안의 외동딸. 형은 지난해에 장안 봉읍방 정 가 여인을 아내로 맞았으며,

---

11 '대중'과 '회창'은 각각 당 선종과 당 무종의 연호.

아직 자녀는 없음. 자, 양 씨 성의 사촌 동생은 대체 어디서 튀어나온 거지?"

황재하는 그가 일개 위병대 한 사람의 신상 명세를 이렇게 속속들이 외울 줄은 상상도 못 했던 터라 잠시 얼이 빠졌다가 겨우 대답했다. "사실…… 저와 오라버니는 의남매입니다. 저희는……."

황재하는 더 뭐라고 말을 이어야 할지 난처해했고, 이서백은 모르는 척 황재하가 이어서 꾸며댈 말을 여유롭게 기다렸다.

황재하는 눈앞의 이 사람이 모든 것을 꿰뚫어 보고 있는 것인지 아닌지 도무지 알 수가 없었다. 하지만 이미 당긴 활시위를 중간에 멈출 수도 없어 그저 거짓말의 핵심이었던 장항영과의 관계를 사촌에서 그렇고 그런 관계로 수정하는 수밖에 없었다. 황재하는 더 이상 말을 잇기가 부끄럽다는 표정으로 말했다.

"저와 장항영 오라버니는 서로 좋은 감정을 가지고 있습니다. 저는 어렸을 때부터 격구[12]를 좋아해 남장을 자주 했는데, 이번에 오라버니가 혹여 군법에 따라 벌을 받을까 두려워 제가 남장을 하고 대신 왔습니다. 오라버니는 배탈이 난 데다가 제가 말을 빼앗아 오는 바람에 더 이상은 저를 쫓아오지 못했고…… 사정이 그리된 것입니다."

"그럼 행궁으로 출발할 때 위병대 대장에게 이실직고했으면 됐을 일인데, 왜 내 마차에 숨어들어 너와 장항영이 더 곤란해지도록 만들었느냐?"

이서백은 긴 손가락으로 가볍게 탁자 위를 두드렸다. 마치 그 손끝이 두드리는 것이 탁자가 아니라 황재하의 심장인 것만 같아, 황재하는 불길한 예감이 들었다. 과연 이서백은 차갑게 웃으며 사정없이 황재하의 비밀을 짚어냈다.

---

12 말을 타고 채로 공을 치는 놀이.

"그러니까 넌 필시 어떤 일을 숨겨야 했을 것이고, 그 일은 네가 내 근위병으로 위장하는 위험은 물론, 심지어 자객으로 오해받아 현장에서 죽임을 당하는 위험도 감수할 만큼 중대한 일이겠지."

황재하는 묵묵히 있을 뿐 더는 어찌해볼 도리가 없었다. 어차피 위험을 무릅쓰고 감행한 일이었다. 이렇게 잡힌다 해도 어쩔 수 없다 여기며 그의 처분만을 기다렸다.

"여자가 남장을 하고 새벽에 외곽에 있었고, 옷에는 빗속에서 길을 재촉한 흔적이 그대로 남았다. 네가 장항영과 바꿔치기하기로 사전에 약속한 게 아니라고 한들 그걸 누가 믿겠느냐."

황재하는 고개를 숙인 채 아무 말 없이 짙은 속눈썹을 파르르 떨며 고집스럽게 버텼다. 이서백이 그 모습을 보며 자신도 모르게 차갑게 웃었다. "왼손을 내밀어보거라."

황재하는 아랫입술을 깨물며 손바닥을 위로 해 왼손을 천천히 내밀었다.

"손은 한 사람이 무엇을 하며 살아왔는지 그대로 기록하고 있지. 다른 건 몰라도 손은 절대 거짓말을 하지 않는다." 이서백은 시선을 내려 황재하의 손바닥을 살펴보았다. 그의 입가에 처음으로 옅은 미소가 지어졌다. "너의 손을 보니, 좋은 가문에서 태어났고 어려서부터 총명했구나. 열세 살 무렵 인생에 큰 변화가 생겨 장안을 떠나 촉으로 갔고. 내 말이 맞느냐?"

황재하는 고개를 들어 이서백을 보며 애써 평온한 목소리로 대답했다. "네."

"그곳에서 좋아하는 사람을 만났군. 손금을 보면 네 성격이 냉정하고 고집이 세며 행동력이 빠르다는 걸 알 수 있지. 그래서 사랑을 위해 일가족을 살해하는 일까지 벌였지. 그 방법은……." 이서백은 황재하를 향해 차갑게 입꼬리를 올리며 말했다. "독살."

마치 눈꺼풀을 바늘에 찔리기라도 한 듯 황재하의 속눈썹이 크게 떨렸다. 숨기고 있던 신분이 갑작스레 발각되자 황재하는 자신도 모르게 두 손을 꽉 쥐고는, 자신 안의 악몽과 같은 그 일을 숨기기라도 하려는 듯 손으로 가슴을 누르며 눈을 크게 뜨고서 이서백을 노려보았다. 이서백도 황재하를 응시했다. 그물에 걸려든 사냥감을 보듯 즐거운 얼굴이었다.

"그래서 네 이름은⋯⋯ 황재하."

황재하는 고개를 숙여 자신의 손금을 내려다보았다. 처음에는 놀랐지만 점차 평정을 되찾아 손을 소매 속으로 감추며 낮은 목소리로 말했다. "아닙니다."

"어떤 게 아니라는 말이지?" 이서백은 담담하게 되물었다. "가문? 살인? 아니면 너의 신분?"

"저는 황재하가 맞습니다. 다만 저는 사람을 죽이지 않았습니다." 황재하는 심호흡을 하고 소리를 낮추어 말했다. "더군다나⋯⋯ 저의 가족을 죽인 일은 더더욱 없습니다!"

이서백은 비단 등받이에 몸을 기대며 입가에 냉소를 띤 채 물었다. "네 말은, 누명을 썼다는 것이냐?"

황재하는 무릎을 꿇고서 고개를 들어 이서백을 올려다보았다. 부드러운 융단 위 모란 무늬는 색깔이 선명하고 밝았다. 황재하는 그 모란 꽃 위의 작은 벌레 같았다. 너무나 하찮아서 이서백이 손가락 하나만으로 언제든지 뭉개버릴 수 있을 것 같았다.

하지만 황재하는 이서백이 그렇게 내려다보는 상황에도 조금도 위축되지 않았다. 비록 무릎은 꿇었으나 등을 꼿꼿이 세우고 이서백을 응시했다. 그러고는 평정을 되찾고 더욱 확고히 말했다. "기왕 전하, 하늘 아래 부모 없이 난 자가 어디 있으며 자식된 자가 어찌 그런 짓을 저지르겠습니까? 천 리 길을 마다 않고 제가 장안으로 온 것은 이 누명을 벗기 위함이며, 누명보다 더 중한 것은 제 가족의 한을 푸는 것입니다. 저는 가족을 해친 원수를 잡기 위해 천신만고 끝에 장안으로 도망쳐왔고, 장항영은 그런 저를 불쌍히 여겨 자신의 안위도 뒤로하고 저를 도왔습니다. 부디 장항영의 그 선심에 관용을 베푸시어 제 일에 연루되지 않도록 선처해주십시오."

"선심? 그의 선심이 악인을 도운 것은 아닌지 어찌 알겠느냐?"

"만일 제가 범인이라면 도망쳐서 이름을 숨긴 채 살았을 것입니다. 하지만 저는 그렇게 평생 숨어서 살 순 없습니다……. 저희 가족들은 죽어서도 눈을 감지 못할 테니까요!"

"내게 구구절절 말할 필요는 없다. 대리사[13]나 형부에 가서 말하거라." 이서백은 무심하게 옆에 쳐진 가림막의 꽃무늬를 바라보며 말했다. "이만 가도 좋다. 난 옷차림이 단정치 못한 사람과 함께 있는 걸 좋아하지 않는다. 이렇게 협소한 곳에서는 더더욱."

이 상황에서 황재하를 더는 상관하지 않겠다는 말은 사실상 빠져나갈 길을 내주겠다는 의미나 마찬가지였다.

황재하는 입술을 굳게 다물고 이서백에게 예를 취했다. 막 고개를 드는데 조금 전의 그 유리병이 눈에 들어왔다. 병 안의 작은 물고기는 얇은 비단 같은 꼬리를 흔들며 헤엄치고 있었다.

황재하는 목소리를 낮추어 말했다. "아가십열이라 불리는 물고기로 천축국에서 건너온 것이지요. 석가모니 시중을 들던 용녀(龍女)가 순간 흩날리듯 물고기로 변했다 하며, 비명횡사하는 사람들 주변에 자주 출현한다고 전하지요."

기왕이 유리병을 흘끔 보고는 평온한 목소리로 말했다. "그런가?"

"네, 그렇다고 들었습니다. 하지만 저는 무언가 일을 꾸미는 이들이

---

13 고대 중국에서 범죄자의 체포, 심문, 재판, 소송 등을 맡아보던 관아.

변명으로 하는 말이라고 생각합니다. 이유는 두 가지겠지요. 하나는 사건을 해결하지 못한 관리가 신이니 귀신이니 하는 이야기를 들먹이며 책임을 전가하는 것이고, 또 하나는 범인이 사건 해결에 혼선을 주기 위해 일부러 헛소문을 퍼뜨리는 것입니다."

기왕은 미세하게 입꼬리를 올리며 물었다. "그리고?"

"살인 사건 현장에 있던 물건은 불길한 것이겠으나, 전하께서 항상 그것을 곁에 두신다면 필시 죽은 자가 전하와 보통 관계는 아니었겠지요. 또한 그 사건은 아직 미결로 남아 있을 겁니다."

"그래서?"

황재하는 잠시 망설이다가 다시 입을 열어 천천히 말했다. "만일 전하께서 저를 도와주신다면 저 또한 전하를 대신해 그 사건의 진상을 밝혀드리겠습니다. 아무리 오래된 사건이라 할지라도, 단서의 유무와 상관없이 반드시 진상을 밝혀드리도록 하겠습니다."

기왕은 손을 들어 유리병을 자신의 얼굴 가까이 가져가, 생각에 잠긴 듯 물고기의 새빨간 빛을 바라보았다. 물고기는 흔들림에도 놀라지 않고 유리병 안에서 느릿느릿 유영했다.

이서백이 손을 들어 손가락으로 가볍게 물고기의 머리를 건드리자 물고기는 화들짝 놀라 유리병 깊이 잠수했다. 이서백은 그제야 손을 거두고는 천천히 눈을 들어 무릎 꿇은 황재하를 보며 입을 열었다.

"황재하, 담이 보통이 아니군."

황재하는 이서백 앞에 무릎 꿇은 채 별 동요 없이 이슬같이 맑은 두 눈으로 그를 마주 보았다.

"그 일은 황제 폐하께서도 더 이상 파헤칠 수 없다고 천명하셨음을 너 또한 모를 리 없을 텐데, 감히 네가 나서서 그 사건을 해결할 수 있다 말하는 것인가?"

이서백의 눈빛이 싸늘해졌다. 황재하는 그제야 그의 두 눈이 매우 깊고 그윽하다는 사실을 발견했다. 차갑고 냉정한 얼굴이 그 깊은 눈 때문에 더욱 무서워 보였다.

"조정에서 금기에 붙인 일인데 결국 바깥으로 새어나간 모양이로 군. 이 오랜 사건을 어디서 듣고 감히 나와 거래를 하려는 것이냐?"

황재하는 이 작은 물고기한테 정말 그런 일들이 숨겨져 있을 줄은 몰랐다. 이서백을 향해 살짝 고개를 숙이며 여전히 차분한 얼굴로 입을 열었다.

"용서하십시오, 전하. 다른 사람을 통해 들은 바는 전혀 없으며, 이 물고기를 보니 사람들이 터무니없이 지어낸 말이 떠올랐을 뿐입니다. 그 외에는 제가 추측한 것이며 사전에 알았던 내용은 없습니다."

이서백은 차가운 태도로 유리병을 탁자 위에 올려놓더니 황재하의 표정을 유심히 관찰했다. "너도 감히 밝혀내진 못할 것이다."

"하지만 진실을 밝히는 것은 감히 하고 안 하고의 문제가 아닌, 할 수 있고 없고의 문제라 생각합니다." 황재하는 작은 목소리로 말했다. "전하의 말씀을 들으니 필시 엄청난 비밀이 숨어 있으며 많은 이가 연루된 사건이리라 생각됩니다. 어쩌면 저희 가족의 죽음보다 더 기이할 수도 있겠지요. 하지만 정말로 누군가가 사건을 파헤치려 든다 면 그 진상은 반드시 드러날 것입니다."

이서백은 대답은 하지 않고 황재하에게 물었다. "누명을 벗기 위해 왔다고 했는데, 그렇다면 가족을 죽인 범인을 지목할 확실한 증거가 있느냐?"

"그것이⋯⋯." 황재하는 잠시 침묵했다가 미간을 좁히며 말했다. "사건이 발생하자마자 범인으로 지목되는 바람에 달아나야 했습니 다. 전하께서 도와주신다면, 제게 조금만 시간을 주신다면 진범을 찾 아낼 자신이 있습니다!"

이서백의 눈썹이 살짝 치켜 올라갔다. "그러고 보니 생각나는군. 장안에 있을 때 여러 현안들을 해결한 적이 있었지? 그 뒤에 촉에 가서도 부친을 도와 적잖은 난제를 해결했다고 하던데?"

"……그렇습니다."

"어렸을 때 영리했다고 커서도 그러리란 법은 없지. 열서너 살에 부친을 도와 사건을 해결했다면서, 지금은 어찌 자신의 원수조차 찾지 못한단 말이냐?" 이서백은 입꼬리를 치켜세우며 비웃었다. "자신의 누명조차 벗지 못하면서 감히 엉터리 논리로 나와 거래를 하려 들어?"

황재하는 침묵했다. 이서백은 아랫입술을 꽉 물며 고집스레 아무 말도 않는 황재하의 모습을 바라보았다. 비록 초췌하고 의복도 단정치 않았지만 맑게 빛나는 열일곱 소녀의 얼굴은 감춰지지 않았다. 그 얼굴이 이서백 기억 속 무엇과 묘하게 겹쳐 보였다.

이서백은 목소리를 더 낮추어 말했다. "황재하, 천하의 모든 사람이 너를 범인으로 지목하는데, 내가 너를 돕는다면 너와 사적인 감정이 있다고 오해받을 것이 뻔할 터, 게다가 대리사나 형부가 나의 말 때문에 법 집행에 특혜를 준다면, 이 또한 내가 권력을 이용해 국법을 어기는 것이 아니겠느냐?"

황재하는 꿇어앉은 채 가만히 그 말을 들으며 아무 말 않고 입술만 힘껏 깨물었다.

이서백은 황재하에게 시선도 주지 않고 말했다. "가라. 나는 네 일에 관여하는 것도, 너의 행방을 관아에 고발하는 것도 딱히 흥미가 없으니 이후에 어찌하든지 그건 네가 알아서 하거라."

잠시 머뭇거리던 황재하는 조용히 고개를 숙인 채 마차에서 내릴 준비를 했다. 눈앞의 이 남자는 비록 대단한 권력자이지만 자신과는 아무런 관계도 없고 자신을 도와줄 가능성도 없다는 사실을 황재하도 잘 알았다. 당장 사람을 불러 대리사로 호송하지 않은 것만으로도 이미 큰 은혜를 입은 것이었다.

황재하가 깊이 머리를 조아려 예를 올린 뒤 몸을 일으키려는데 마차가 서서히 멈추더니 바깥에서 호위병의 목소리가 들려왔다.

"전하, 건필궁에 도착했습니다."

건필궁은 이번에 장안 근교에 지은 행궁으로, 대명궁과는 불과 10리 정도밖에 떨어져 있지 않아 두 사람이 대화하는 사이에 이미 도착해버렸다. 이서백은 창문의 가림막을 들추어 바깥을 내다보았다. 이미 왕제들이 모두 도착해 밖이 시끌벅적했다. 이서백은 자신도 모르게 눈살을 찌푸렸다.

"아무래도 살인범과 함께 있다는 사실이 들통나고 말겠군."

황재하는 낮은 목소리로 완강히 말했다. "저는 사람을 죽이지 않았다니까요!"

이서백은 그 말에 전혀 신경 쓰지 않고 문을 열며 말했다. "내리거라."

황재하는 잠시 망설였으나 이서백의 뒤를 따라 마차에서 내렸다. 그녀가 마차 아래에 놓인 발판을 디디며 내려서는 순간 누군가에게 오금을 채여 그대로 앞으로 고꾸라졌다.

바로 앞은 연못이었는데, 막 옮겨 심은 연잎들이 맥없이 늘어져 있었고, 물도 혼탁하기 그지없었다. 그대로 연못에 처박힌 황재하는 흙탕물에 사레가 들려 격렬하게 기침을 해대며, 꼴사납게 진흙탕 속에 엎어져서 제대로 일어나지도 못했다.

이서백은 고개를 돌려 그를 맞으러 온 궁녀에게 말했다. "이 굼뜨고 둔한 자는 데려가서 씻기고, 제가 알아서 돌아가게 하라."

남자인지 여자인지는 대신 말해주기 귀찮아, 황재하가 알아서 하게 내버려두었다.

2장

사방

명을 받은 궁녀가 연못에 빠진 황재하를 일으켜 세울 때, 이서백은 이미 건필궁 안으로 들어서고 있었다.

진흙탕 속에서 간신히 몸을 일으킨 황재하는 뒤 한번 돌아보지 않고 떠나는 이서백의 뒷모습을 보며 이를 악물고는 참지 못하고 흙탕물을 세게 걷어찼다. 흙탕물이 사방(四方)으로 튀면서 황재하에게도 튀었지만 어차피 온몸이 진흙투성이였기에 표도 나지 않았다.

뒤에 있는 환관들이 재빨리 손을 뻗어 황재하를 연못 밖으로 끌어올렸고 궁녀들이 데려가 씻기려 했다. 한 나이 지긋한 궁녀가 황재하를 한 번 훑어보고는 남자 복장인 것을 확인한 뒤 가볍게 웃으며 말했다.

"공공, 잠시만 기다려주십시오. 저희가 목욕을 도와드리고 옷을 준비해드리겠습니다."

"괜찮습니다." 옷 벗은 모습을 남에게 보여줄 수는 없었다. 여자라는 사실이 들통이라도 나면 수배 중인 황재하와 쉽게 연결될 터였다.

황재하는 궁녀들의 손길을 뿌리치고 우물가로 걸어가 물 한 통을 길어 몸에 끼얹었다.

입춘을 지나긴 했지만 날은 아직 추웠다. 머리부터 온몸에 찬물을 뒤집어쓰니 한기에 몸이 부르르 떨렸다. 몸에 묻은 진흙은 쉽게 씻기지 않았다. 황재하는 이미 추위에 무감각해진 듯, 또 물을 길어 앞뒤 가리지 않고 몸에 끼얹었다.

궁녀들 모두 그 자리에 꼼짝 않고 서서 멍하니 그 모습을 보고만 있었다. 자신을 학대하는 이 사람이 혹여나 미친 것은 아닌지 의문에 찬 표정이었다.

두 통의 물을 끼얹었으니 머리가 맑아지는 느낌이었다. 황재하는 물통을 내려놓고 온몸이 흠뻑 젖은 채로 우물 옆에 서서 오들오들 떨며 거친 숨을 몰아쉬었다. 너무 추워서 귀가 웅웅 울릴 정도였다. 눈앞의 광경이 흐릿해지면서 이서백의 얼굴만이 환영처럼 떠올랐다. 그 차갑고 냉정한 표정이 유난히 선명하게 보였다.

이서백이 말했다. '나는 네 일에 관여하는 것도, 너의 행방을 관아에 고발하는 것도 딱히 흥미가 없으니 이후에 어찌하든지 그건 네가 알아서 하거라.'

흥미가 없다…….

부모의 죽음, 일가족 살해 사건, 황재하의 누명. 이 모든 일이 그와는 조금도 상관없었으므로, 그가 이 일에 흥미가 없는 것은 당연지사였다. 이서백에게 황재하는 티끌 같은 존재에 불과했다.

하지만…… 황재하는 은연중에 주먹을 불끈 쥐었다. 손톱이 손바닥을 파고들었지만 아무런 통증도 느끼지 못하고 더 힘껏 움켜쥐었다.

'하지만 황재하, 기왕은 지금 네가 기댈 유일한 사람이야.'

황재하는 마음속으로 자신을 향해 단언하며 이를 악물었다.

깔끔하고 단정치 못하다고 하여 자신을 불쾌하게 생각한 사람, 사정없이 자신을 진흙탕 속으로 차버린 사람, 그리고 조금도 흥미가 없다고 명확하고 단호하게 거절한 사람, 기왕 이서백. 지금 황재하에게 가장 큰 희망은 바로 이 사람이었다.

아버지의 오랜 벗들이나 작은 관직을 맡고 있는 먼 친척들에게 도움을 청하거나, 위험을 무릅쓰고 관아를 찾아가는 방법보다 이서백이 훨씬 믿을 만했다. 어떤 무시와 멸시를 당한다 할지라도 상관없었다. 머리에 찬물을 끼얹던 순간 황재하는 이미 그렇게 결론을 내렸다.

초봄의 햇살 아래 찬바람이 스산하게 불어왔다. 황재하는 몸을 부르르 떨면서 천천히 우물 옆 계단을 내려왔다.

그때 마음속에서 나지막한 소리가 들려왔다. '황재하, 속을 알 수 없는 그 무서운 사람에게서 재빨리 도망치는 게 옳지 않아? 뒤도 돌아보지 말고 영원히 그에게서 멀어져야 하는 게 아니냐고?'

하지만 황재하는 물이 뚝뚝 떨어지는 헝클어진 머리와 옷은 신경도 쓰지 않고 한 걸음 한 걸음 계단을 내려왔다.

황재하는 멍하니 서 있는 궁녀들을 향해 애써 미소를 보이며 몸의 떨림을 억누르고 말했다. "죄송하지만 환관 옷을 좀 가져다주시겠습니까? 기왕 전하를 모시러 가야 해서요."

황재하는 가슴을 단단히 동여맨 뒤 명주 내의를 걸치고 그 위에 가는 띠를 둘러 간단한 이중 매듭으로 마무리했다.

황재하는 환관 복장을 하고 2척 높이의 청동 거울 앞에 섰다. 젖은 머리카락이 어깨를 거쳐 가슴 앞까지 드리워져 가냘픈 몸매의 미소년처럼 보였다. 밝으면서도 수척한 얼굴에 두 눈은 연못처럼 그윽하고 맑았다.

깊게 숨을 들이마시고는 반쯤 젖은 머리를 환관 사모(紗帽) 안에 대충 쑤셔 넣은 뒤 곧바로 몸을 돌려 문의 빗장을 열고 큰 보폭으로 방을 나왔다.

궁녀들이 알려준 방향을 따라 황재하는 건필궁으로 가는 길로 들어섰다. 낙성연이 열리는 날이라 궁내는 들뜬 분위기였다. 앞에 보이는 드넓은 호수는 잔잔한 물결이 일며 반짝였고, 수면 위로 많은 나무배가 오다녔다. 호수 가운데 드러난 작은 섬에서는 무희가 노랫가락에 맞춰 춤을 추는 중이었고, 호숫가 버드나무에는 등롱이 줄 지어 매달려 있었다. 봄바람이 얼굴을 스치고 햇살이 따사롭게 비추니, 아름답고 조화로운 한 폭의 그림이 눈앞에 펼쳐진 것 같았다.

정면으로 보이는 것이 바로 주전(主殿)이었다. 그 앞에 세워진 거대한 조벽[14] 위에는 '건필궁이 환하고 밝다'는 의미로 '건필미장' 네 글자가 커다랗게 적혀 있었다.

황재하는 조벽 앞에 서서 그 글자를 올려다보았다. 물 흐르듯 쓴 것 같아 보였으나 단정하고 위엄 있는 필치가 느껴졌다.

그때 뒤에서 누군가의 목소리가 들려왔다. "황제 폐하께서 친히 쓰신 것이지. 너 같은 소환관 눈에도 좋은 필치인 것이 보이느냐?"

황재하는 뒤를 돌아보았다. 자색 옷을 입은 스무 살가량의 남자가 서 있는데, 피부는 투명하게 빛나고 나이에 비해 더욱 순수해 보이는 사람이었다. 이마 정중앙에 난 붉은 점이 새하얀 피부와 새까만 머리카락을 더욱 돋보이게 하여 범상치 않은 기운을 풍겼다.

이런 장소에 이 연령대, 그리고 이마 한가운데에 붉은 점이 있는 사람. 황재하는 즉시 이 사람의 신분을 생각해내고는 미소를 머금고 있는 남자를 향해 급히 몸을 굽히며 예를 올렸다. "악왕 전하."

악왕 이윤. 왕제들 중 가장 성격이 좋고 친절하고 따뜻한 인물이었다. 이윤이 웃으면서 황재하를 향해 고개를 끄덕이다가 시선을 황재

---

14 밖에서 대문 안이 들여다보이지 않도록 대문을 가린 벽.

하의 얼굴에서 멈추더니 물었다. "이 궁중 사람인가? 어느 공공이 그 대를 데리고 온 것이냐? 어찌 이곳까지 보낸 거지?"

행궁에서 일하게 된다는 것은 거의 좌천이나 마찬가지였다. 행궁에 서는 일 년 내내 황제나 황후의 얼굴도 볼 수 없고, 궁녀도 환관도 모 두 늙기만을 기다렸다. 그래서 행궁에 보내지는 자들은 노약자가 대 부분이었다.

황재하는 태연한 얼굴로 말했다. "소인은 기왕 전하를 모시고 왔습 니다. 조금 전 마차에서 내리다가 발을 잘못 디뎌 물에 빠지는 바람에 궁녀들이 소인을 데리고 가서 옷을 갈아입게 해주었습니다."

이윤은 웃으며 말했다. "그랬군. 그럼 본왕이 데리고 들어가주마."

궁녀들이 앞에서 길을 안내했고, 황재하는 이윤을 따라 조벽을 돌 아 들어갔다. 회랑을 따라 걸어가다 보니 여러 사람이 대전 안에 앉아 서 한 여인의 비파 연주를 듣고 있는 모습이 보였다. 마치 옥구슬이 쏟아져 내리는 것처럼 맑고 아름다운 비파 소리가 화창한 봄날과 어 우러져 말로 표현할 수 없는 만족감을 안겨주었다.

"이렇게 아름다운 비파 소리가 우리 때문에 끊어진다면 얼마나 아 깝겠느냐?" 이윤은 그렇게 말하고는 걸음을 멈추어 대전 밖에서 연주 를 감상했다. 황재하도 조용히 그의 뒤에 멈춰 섰다. 한 곡이 끝나고 나서야 두 사람은 함께 안으로 들어갔다.

대전 안에는 기왕 이서백과 아홉째인 소왕 이예, 그리고 나이가 가 장 어린 강왕 이문이 앉아 있었다. 그리고 금빛 옷을 입은 아름다운 얼굴의 여인이 고운 해당화 장식을 귀 뒤에 꽂고서 비파를 안은 채 그들과 마주 앉아 있었다.

소왕 이예는 여러 일에 참견하길 좋아하고 한량 기질이 강했다. 나 이가 이미 열여덟아홉 되었는데도 여전히 소년처럼 노는 것을 좋아 해 왕제다운 면모가 없었다. 이예가 이윤을 보고 기뻐하며 손을 흔들었다. "일곱째 형, 어서 와보십시오. 제가 교방[15]에서 새로운 여인을 찾았는데 비파를 다루는 솜씨가 정말 천하에 둘도 없을 정도로 기가 막힙니다!"

"밖에서 절반 정도 들었는데 과연 천상의 소리 같더구나." 이윤은 그리 말하고는 곧바로 이서백의 왼편에 자리 잡고 앉으며 물었다. "넷째 형님, 황제 폐하는요?"

"황제 폐하께서는 아침부터 두통이 있어서 지금 어의가 진찰 중이다. 아마 조금 있으면 오실 것이다." 그렇게 말하던 이서백의 눈빛이 황재하를 살짝 스치듯 지나갔으나 아무 말도 하지 않았다.

황재하는 몰래 이를 악물고 빠른 걸음으로 이서백의 뒤로 가서 고개를 숙이고 섰다. 제법 충성스러운 환관처럼 보였다.

이문은 아직 나이가 어려서 그런지 호기심 어린 눈으로 황재하를 살펴보았다.

그때 이예가 웃으며 말했다. "황제 폐하께서는 넷째 형님을 걱정하시느라 그런 것 아니겠습니까?"

이문이 곧바로 고개를 돌리며 이예에게 물었다. "무슨 일 때문에요?"

이서백은 이미 풍설을 들은 바 있기에 그저 담담하게 미소만 지을 뿐 아무 말도 하지 않았다.

"허허, 넷째 형님 좀 보세요. 모른 척하시다니요!" 이예는 무리를 둘러보며 이서백을 가리키면서 웃었다. "무슨 일이긴, 당연히 우리 넷째 형님 혼사 얘기지. 스무 살이 넘도록 독신으로 있는 왕제는 드물어. 아니, 넷째 형님, 마음을 비우고 그렇게 무욕의 삶을 산다니 이건 정말 경악할 일입니다!"

이윤도 정색하며 말했다. "맞습니다. 4년 전에 형님의 비를 간택하

15 당대 이후 궁중에 설치하여 음악, 무용, 배우, 잡희 등을 관장하던 곳.

는 이야기가 나왔을 때 공교롭게도 역적 방훈이 난을 일으키는 바람에 형님께서 그걸 해결하러 남쪽으로 내려가버렸지요. 난을 평정하고 돌아와서는 오 태비께서 홍서[16]하시는 바람에 형님께서 삼년상을 치러야 한다고 하니 또 모두들 형님 의견에 따랐고요. 하지만 지금은 태평성대이지 않습니까. 형님도 이제 나이가 나이니만큼 계속 혼사를 미루면 황숙과 태비들께서 형님을 가만두지 않으실 겁니다."

"맞습니다. 황제 폐하와 황후께서도 이렇게 애를 쓰시니, 이번 혼사는 형님도 절대 도망치지 못하실 겁니다." 이문도 맞장구치며 이서백에게 술잔을 올렸다.

비파 타는 여인이 고개를 숙인 채 미소를 머금고서 몰래 이서백을 힐끔거렸다.

그 모습을 본 이예가 물었다. "금노, 기왕 형님을 뭘 그리 계속 힐끔힐끔 쳐다보는 것이냐?"

왕제들이 폭소를 터뜨렸다. 이서백은 눈썹을 추켜세우며 두 손 들었다는 표정으로 소란스러운 형제들을 바라보았다.

당나라 교방은 개방적이어서 교방 사람들도 위병대와 뒤섞여 어울릴 수 있었고, 심지어 남녀 간의 염문도 미담으로 전했다. 그러하기에 비파를 연주하던 금노도 부끄러워하지 않고 비파로 얼굴을 반쯤 가린 채 웃으며 말했다.

"외람되오나, 장안에 떠도는 소문에 기왕 전하께서는 풍채가 빼어나 마치 천상의 사람인 것 같다 하였는데, 오늘 이렇게 뵙고 보니 과연 명불허전입니다. 평소 교방 뭇 여인들의 마음이 왜 전부 기왕 전하께 가 있었는지 알겠습니다."

"안타깝군. 교방 여인들 상심이 크겠어." 이예는 팔을 들어 금노의

---

16 왕족이나 귀족 등의 죽음을 높여 이르는 말.

어깨를 끌어안고는 웃으며 말했다. "돌아가서 전하거라. 우리 넷째 형님은 목석같아서 그네들의 기대를 저버릴 테니 차라리 내게 기대는 쪽이 더 희망이 있을 거라고."

금노의 웃음소리가 울려 퍼지는 가운데 술과 안주가 다시 올라왔다. 궁녀들이 쉴 새 없이 드나들고 가희들의 노랫소리는 하늘의 구름까지 멈추게 할 정도로 아름다웠다.

황재하는 이 시끌벅적한 풍경 속에서 자신만이 동떨어져 있는 기분으로 꿈쩍 않고 서서 이서백의 뒷모습에 시선을 고정하고 있었다. 마치 이서백을 계속 주시하고 있는 것처럼 보였지만 사실 딱히 그를 보고 있는 것은 아니었다. 그저 자신의 일을 생각하고 있을 뿐이었다.

이런저런 이야기를 나누던 왕제들 중 하나가 이서백을 향해 물었다. "넷째 형님, 듣자 하니 폐하께서 일부러 주 시랑을 성도의 부윤[17]으로 보내신다는데 형님 생각은 어떠십니까?"

이서백은 편히 입을 열어 말했다. "주 시랑의 명성이 높다는 건 나도 알고 있다만, 평소에 공무 외에 사적인 교류는 없어서 잘 모르겠구나. 하지만 그의 막내아들 주자진은 나도 꽤나 좋아하는 친구지."

이예가 웃으며 말했다. "그렇죠, 주 시랑은 성격이 정말 좋으신데, 그런 주 시랑이 화를 낸다면 그건 십중팔구 주자진 때문일 겁니다. 저도 그 친구가 맘에 들어요!"

이윤이 물었다. "주자진은 나도 만나봤는데 그렇게 불효자처럼 보이지는 않던데!"

"불효자는 아니고요, 집안의 망신 정도? 주 시랑이 자식 교육도 잘해서 주자진 위로 형들은 모두 훌륭한데, 이 막내아들한테는 큰 기대를 품지 않고 그저 부잣집 한량 정도로 살아만 줘도 괜찮다 생각했다

---

17 당대의 행정 구역인 부(府)의 최고 책임자.

죠. 근데 이 아들이 책은커녕 기예도 익히지 않고, 그렇다고 빈둥거리며 주색잡기를 하는 것도 아니고, 그저 허구한 날 공동묘지만 뻔질나게 다녀 장안에 큰 웃음거리가 됐어요."

"공동묘지요?" 이문이 실소했다.

이예가 웃었다. "그렇다니까. 일생일대의 소원이 검시관이 되는 거라나. 후에 주 시랑에게 몇 대 얻어맞고는 어쩔 수 없이 장래희망을 바꿨다는데, 여기저기 장안 포두[18]들을 붙잡고는 포졸을 시켜달라고 생떼를 쓰는 모양이야. 하지만 포졸은 천한 직업이니 괜히 주 시랑에게 밉보일까 봐 감히 주자진을 받아주지도 못하고, 그렇다고 주자진에게 미움을 살 수도 없으니 포두들이 주자진만 보이면 부리나케 도망치기 바쁘다더군!"

이문이 크게 웃으면서 이서백에게 말했다. "넷째 형님, 황제 폐하께서 형님 말을 잘 들어주시니 폐하께 주자진을 위해 바람 좀 넣어줘요. 주 시랑이 성도부로 부임할 때 폐하께서 친히 주자진을 성도 포졸로 데려가라고 지명하신다면 주자진의 꿈이 이뤄지잖아요!"

"그렇네!" 이예가 포복절도했다. "영명하신 황제 폐하께서 주자진을 포졸로 명하신다면 주 시랑이 뭘 어찌하겠어!"

이윤은 문득 무언가 생각난 듯 말했다. "그러고 보니 직전의 성도부윤 황민 사건은 어찌 되었는지 모르겠네."

늘 정보가 가장 빠른 이예가 바로 대답했다. "그 딸 황재하는 이미 이름을 감추고 도망쳐버렸습니다. 천하가 이렇게 넓으니 맘먹고 산간벽지에 숨어들어 평생을 살아간다면 아마 쉬이 잡히지는 않을 겁니다."

"황 사군처럼 성실하고 따뜻한 사람의 마지막이 그리될 줄이야. 참

---

18 포졸의 우두머리.

으로 안타까운 일이야."

바로 곁에서 자기 집안의 살인 사건에 대해 떠드는 것을 들으며 황재하는 냉정하리만큼 차분한 표정이었으나, 심장에서부터 숨 막히는 고통이 퍼지는 것을 막을 수는 없었다. 보이지 않는 현(弦) 하나가 심장을 졸라매며 서서히 그 힘이 더해져가고 있는 것만 같았다.

이서백은 뒤에 서 있는 황재하가 어떤 얼굴을 하고 있을지 살피지도 않고 담담하게 말했다. "어쩌면 그 황재하가 간덩이가 커서 반대로 장안에 와 있을지도 모르지."

"그렇다면 스스로 죽을 길을 찾아오는 것이나 마찬가지죠." 이예가 말했다.

이윤은 낮게 탄식하며 말했다. "내 기억에 황재하는 당시 장안에서도 신동이라고 명성이 자자했는데, 그렇게 변할 줄 누가 상상이나 했겠어. 정말 애석하고 슬픈 일이야!"

나이가 어려 당시의 일들을 잘 모르는 이문이 궁금증을 참지 못하고 물었다. "그 딸이 그리 특별했습니까? 어째서 형님들 모두 그 딸을 알고 있는 분위기입니까?"

이예가 웃으며 대답해주었다. "당시 그 부친이 형부 시랑이었는데 몇몇 사건을 그 딸이 도와 해결했거든. 그때 꽤나 재미있었어. 그 일들은 지금까지도 이야기꾼들의 입으로 흥미진진하게 전해지고 있지!"

이문은 더 호기심이 동했다. "저는 한 번도 들어보지 못했어요. 아홉째 형님이 얘기 좀 들려주세요. 거리의 이야기꾼과 형님 중에 누가 더 재미있게 이야기하는지도 비교해보게요."

모두가 소리를 내며 웃는데, 이예가 정말로 그럴싸하게 자리 잡고 앉더니 목을 가다듬고는 말했다. "좋아. 그럼 처음부터 이야기를 하지. 5~6년 전 어느 날 저녁, 흥덕방에서 한 여인이 목을 매어 자살했다는 소식이 형부에 날아들었지. 검시관이 바로 현장에 가보니 자살한 사람은 시집온 지 한 달도 채 안 된 젊은 부인이었어. 전날 남편과 다툰 일로 그날도 혼자서 한나절을 밖에 나가 울분을 삭이다가 저녁 때 집에 돌아와 목숨을 끊었다는 거야."

금노는 놀라 입을 막으며 눈을 크게 뜨고 탄식했다. "고작 그 정도 일로 그랬다니, 정말 애석하고 기가 막히네요!"

"그러게 말이야. 당시 검시관이 부검을 했는데 줄에 목이 졸려 죽은 것이 확실했지. 그래서 형부에서 그렇게 사건을 마무리하려고 했는데 당시 형부 시랑이던 황민이 사건을 다시 들여다보기 시작했어. 그때 열두 살이던 황재하는 사건이 벌어진 저택 밖에서 오라비와 함께 부친의 귀가를 기다리고 있었어. 구경거리라면 놓칠 리 없는 장안 사람들 아니겠어? 사람이 죽은 데다 외부 사람들이 계속 드나드는 걸 보고는 떠들썩하게 모여들어 구경하고 있었어. 포목상은 그 색시가 시집올 때 예복을 자기 집에서 사지 않고 그런 이상한 색의 예복을 입어서 이런 비극이 발생한 거라고 떠들었고, 장신구 가게에서는 새댁이 은비녀 한 쌍을 주문한 게 있는데 그 바깥양반이 값을 치러줄 건지 궁금해했지. 그리고 점쟁이는 올해 안에 그 집에 큰 화가 있으리라고 진작부터 알고 있었다며 왜 자신을 찾아오지 않았느냐고 애석해했고…… 아무튼 온통 떠들썩했지. 황민이 사건을 결론지으려고 붓을 드는데 갑자기 황재하가 문 밖에서 '아버지!' 하고 부친을 불렀어."

이예는 여기까지 말하고는 가볍게 헛기침을 하더니 마치 이야기꾼처럼 관중을 둘러보았다. "자, 여기까지 듣고 황재하가 왜 부친을 불렀는지 짐작 가는 사람 있습니까?"

이윤이 웃으며 말했다. "이제 막 이야기를 시작해놓고는, 아무런 암시도 안 주고 황재하가 부친한테 무슨 말을 했는지 우리가 어떻게 알겠어?"

이예가 말했다. "이제 막 도입 부분만 말한 건 사실이지만요, 하지만 그때 황재하는 이미 그 새댁의 사인과 진범을 알았다 이겁니다. 게다가 조금 전에 제가 이미 그 범인을 언급했습니다."

모두 멀뚱거리고 있는데 이문이 먼저 입을 열었다. "저는 점쟁이가 의심스러워요. 사람들로부터 용하다는 소리를 듣고 싶어서 사람을 해친 건 아닐까요?"

이예가 크게 소리 내어 웃더니 고개를 돌려 이윤에게 물었다. "일곱째 형님은 어떻게 생각하십니까?"

이윤은 잠시 망설이다가 말했다. "나도 모르겠는데. 설마 포목상이 예복 때문에 그 부인과 다투고 앙심을 품었을까? 아니면 장신구 가게에서 은비녀를 주문할 때 무슨 충돌이 생겨 그 주인장이 어찌한 것은 아닐까?"

이예가 웃으며 아무런 대답 없이 이서백을 향해 고개를 돌려 물었다. "넷째 형님은요?"

"남편이었지." 이서백이 건성으로 대답했다.

이예는 깜짝 놀라며 감탄해 마지않는 얼굴로 물었다. "어떻게 아셨습니까?"

"예전에 형부에서 관련 문서를 봐서 대략적인 진상은 알고 있다." 이서백은 담담한 어조로 말했다.

이예는 한숨을 돌리며 말했다. "맞아요. 황민이 그 사건을 마무리하려고 하는데 갑자기 '아버지' 하고 부르는 딸의 목소리를 들었죠. 황민이 고개를 돌려 말했습니다. '어린 아가씨가 이런 살인 사건 현장에 와서 뭐하는 게야? 빨리 돌아가거라!' 그런데 황재하가 옆에 서 있는 장신구 가게 주인장을 가리키며 말했죠. '아버지, 저 사람이 하는 이야기 들으셨어요? 이 부인은 자살한 것이 아니라, 누군가가 자살로 위장한 거예요. 살해당한 거라고요!'"

이문은 믿을 수 없다는 듯이 말했다. "당시 황재하 나이가 열두 살이라고 하지 않았습니까. 그러면 저보다도 어린 나이였는데 그런 어린애 말을 누가 믿겠습니까?"

"그렇지. 당시 황민도 어린아이가 그런 말을 하니 작은 소리로 꾸짖어 쫓아내며 딸의 말을 신경 쓰지 않았지. 그런데 그때 황재하가 부친의 손에 들린 공문서를 붙잡으며 말했어. '아버지, 일전에 아버지가 동료분께 그런 말씀을 하셨죠. 스스로 죽음을 앞둔 사람은 마음이 타고 남은 재와 같아서 몹시 절망적이라고요. 재밖에 안 남은 사람이 어떻게 장신구 가게에 가서 비녀를 주문했겠어요? 게다가 고르기만 해놓고 손에 쥐어보지도 못했는걸요!'"

여기까지 들은 좌중은 쥐 죽은 듯 고요해졌다. 비파를 품에 안고 있던 금노도 멍하니 있다가 무의식중에 손으로 비파를 살짝 건드려 소리가 났지만 어느 누구도 신경 쓰지 않았다. 그러다 갑자기 다들 황재하가 했다는 말의 뜻을 깨닫고는 무릎을 치며 감탄했다.

그때 이서백이 손을 들어 가볍게 탁자를 두드리더니 뒤에 있던 황재하를 불렀다. 황재하는 그 뜻을 알아채고는 천천히 무릎을 꿇고 주전자를 들어 이서백의 잔에 술을 가득 따랐다.

이서백은 살짝 눈을 돌려 황재하의 옆모습을 보았다. 짙은 속눈썹이 맑고 깊은 두 눈을 가리고 있었다. 창살을 뚫고 들어온 햇살이 그 속눈썹 위를 미끄러지며 은은하게 비추었다.

이예가 이야기를 이어갔다. "황민은 깜짝 놀라며 딸의 말에 일리가 있다고 생각하고는 즉시 검시관을 불러 시신을 다시 검안하라 명했지. 그 결과, 목에 남은 밧줄 흔적이 두 개였고, 그 위치가 미세하게 다르다는 사실을 발견한 거야. 먼저 목이 졸린 후에 다시 그 위에 밧줄이 매어져 생긴 흔적이었던 거지. 그래서 사망자는 먼저 교살을 당한 후에 다시 대들보에 매달려 자살로 위장된 걸로 추정되었어. 그렇게 꾸밀 수 있었던 사람은 당연히 시신을 처음으로 발견해 관아에 신고한 남편이었지."

이문은 눈을 크게 뜨고 물었다. "남편이 자백했어요?"

이예는 고개를 끄덕이며 말했다. "검시관이 시신에 남은 의문점에 대해 말하는 걸 듣고는 놀라서 얼굴에서 핏기가 싹 가시더니 즉시 무릎 꿇고 자신의 죄를 시인하고 용서를 구했지. 알고 보니 아내가 혼인 전에 다른 남자와 정을 통했다고 의심해서 벌어진 일이었어. 자기랑 다툰 후 아내가 바깥으로 나가는 걸 보고는 정인을 만나러 가는 거라 생각하고 분노로 이성을 잃어서는, 아내가 집에 돌아와 문을 닫으려고 몸을 돌린 순간 옆에 있던 밧줄로 목을 졸라 죽여버린 거지. 정신을 차린 후에는 죽은 아내를 대들보에 매달아 자살인 것처럼 위장해서 빠져나가려 했고."

이윤이 감탄했다. "하마터면 모두가 속아 넘어갈 뻔했네. 어린아이한테 그렇게 간파당할 줄은 몰랐겠지. 어쩌면 하늘이 절대 용서할 수 없었던 것인지도 모르고."

"그러니까요. 당시 열두 살이던 황재하가 그 한마디로 사건을 해결했죠. 그 후로 장안 모든 사람이 황재하는 신동임이 틀림없다고 입에 침이 마르도록 칭찬했어요. 형부에 해결하기 어려운 사건이 있을 때면 황재하가 나서서 부친에게 그 실마리를 제공해줬죠. 황민이 '우리 딸은 다른 집 열 아들보다 낫다'라고 자랑할 정도였어요. 그런데 그 딸이 자기 일가족을 독살해 온 세상을 경악하게 만들 줄 누가 알았겠어요."

이서백은 햇살을 가득 머금고 있던 황재하의 속눈썹이 미세하게 떨리는 것을 보았다. 다만 그 떨림은 아주 잠깐이었을 뿐, 황재하는 눈을 내리뜬 채 마치 바람에 사뿐 흔들린 꽃가지처럼 가볍게 몸을 일으켰다.

이서백은 속으로 생각했다. '이렇게 가녀리고 섬세한 소녀가 자신의 과거와 죄업에 대해 말하는 것을 표정 한번 변하지 않고 태연하게 듣고 있으리라고 누가 짐작이나 하겠는가.'

황재하는 여전히 침착하고 초연한 모습이었다.

이예의 이야기가 끝나고 모두가 감탄하는데 이윤이 갑자기 뭔가 생각난 듯 말했다. "만일 황재하가 정말 장안에 있다면, 최근에 벌어진 그 기이한 사건도 해결할 수 있을까?"

이예가 물었다. "장안 사람들이 다들 무서워 떨고 있다는 그 '사방안' 사건 말입니까?"

이윤이 고개를 끄덕이자 이문이 재빨리 물었다. "사방안이 뭐예요? 왜 저는 모르고 있죠?"

"최근에 장안에서 발생한 살인 사건인데, 워낙에 기이하고 잔인해서 어린 네 앞에서는 그 얘기를 꺼내지 않았겠지." 이예가 웃으며 말했다. "넌 몰라도 되니 그냥 가서 한림원 학사들의 강의나 듣거라."

"싫어요, 아홉째 형님이 들려주시는 이야기가 한림원 강의보다 훨씬 재미있어요. 그 '사방안'이라는 게 뭔지 저도 꼭 알아야겠어요!"

이문은 벌떡 일어나 이예 옆으로 달려가 바싹 붙어 앉아서는 이예를 뚫어져라 쳐다보았다. 마치 먹이를 기다리는 아기 새가 어미 새를 바라보는 듯한 눈빛이었다.

이윤이 웃으면서 말했다. "아홉째야, 계속 이야기해보거라. 나도 듣기는 들었지만 대략적인 내용만 들어서 말이다. 너는 평소 요릿집이나 찻집에서 이야기꾼들의 이야기를 즐겨 듣지 않느냐. 세간에서는 뭐라고들 말하더냐?"

이예가 이서백을 보며 물었다. "넷째 형님, 형님은 대리사와 형부랑 가깝게 지내시잖습니까. 혹시 새로 나온 단서 같은 건 없습니까?"

이서백은 천천히 고개를 저었다. "없다. 두 곳 모두 백방으로 조사하고 있지만 조금도 진전이 없구나."

"그럼 제가 들은 내용대로 이야기하겠습니다." 이예는 금노에게 자신의 잔에 술을 따르게 하고는 기묘한 표정을 지으며 이문에게 말했다. "지금 장안 동쪽의 민심이 얼마나 흉흉한지 알고 있어? 전부 다는 아니지만 거의 모든 백성들이 장안성의 다른 지역이나 아예 성 밖에 사는 친지 또는 친구 집으로 몸을 피하고 있다지. 동쪽에는 발 디딜 엄두도 못 낸다고 하더군."

"정말요? 어쩐지 최근에 동쪽 시장 분위기가 싸늘하더라고요. 지난번에 구경하러 가보니까 상점들이 거의 문을 닫았던데. 대체 그쪽 동네에 무슨 일이 있었던 거예요?"

"무슨 일이 있었느냐면 말이야, 이야기는 석 달 전으로 거슬러 올라가지. 먼저 정월 열이레 이른 아침이었어. 장안성 북쪽에서 태극궁 호위병이 아침 순찰을 돌다가 궁벽 아래에 예순 정도의 늙은 야경꾼이 죽어 있는 것을 발견했어. 벽에는 피로 '정'이라는 글자가 쓰여 있었지." 이예는 생생하게 이야기를 들려주었다.

감미로운 목소리에 활기 넘치는 표정까지 더해져, 모르는 사람이 보면 무시무시한 살인 사건이 아니라 남녀의 사랑 이야기를 한다고 생각했을 것이다.

"그로부터 달포 뒤인 2월 스무이틀, 이번에는 장안성 남쪽 안의방에서 서른 남짓의 대장장이가 약방 앞에서 살해당했는데 역시 벽에 글자가 쓰여 있었어. 이번엔 '락'이라 적혀 있었지. 그리고 3월 열아흐레, 이번엔 장안성 서남쪽 상안방에서 살인 사건이 발생했어. 선당[19]에서 네 살배기 어린아이가 살해당했고, 벽에 '아'라는 글자가 남겨져 있었지. 대리사는 그 필적과 수법으로 세 가지 사건이 동일범의 소행

---

19 각 지역에 설립되었던 자선 기관.

이라고 추정하고, 이 사건을 임시로 '사방안'이라고 불렀어. 『대반열반경소』[20]에 보면 보리수의 동서남북 사방이 상징하는 네 가지 덕을 각각 상(常), 아(我), 락(樂), 정(淨)으로 정의했거든. 그리고 불안이 커진 백성들 사이에는 악귀가 나타나 살인을 저지른다는 소문이 나돌기 시작했어. 정월 초하룻날 장진 스님이 법회에서 법언을 읽을 때 그 구절을 잘못 읽는 바람에 악귀가 인간 세상에서 난동을 부리고 있고, 장안의 네 방향 모두에서 사람을 죽이기 전에는 악귀가 떠나지 않을 거라고 말이지."

"장진 스님은 저도 기억해요! 천복사의 고승이셨죠? 수녕 공주가 태어날 때 진 소용[21]께서 난산하는 바람에 궁에서 장진 스님께 법사를 청한 적이 있었어요." 이문이 문득 궁금해하며 물었다. "얼마 전에 입적하셨다고 들었는데 설마 이 일과 관련 있는 걸까요?"

이예가 고개를 끄덕였다. "장진 스님도 장안에 떠도는 소문을 듣고는 자신 때문에 사람들이 죽었다고 말씀하셨어. 『대반열반경소』를 읽을 때 '락' 자를 '악'으로 잘못 읽은 걸 기억하셨지. 밤낮 고뇌하시더니 채 몇 날이 못 되어 귀적하셨다더군. 스님이 돌아가시자 장안 바닥에 더 많은 유언비어가 나돌기 시작했어. 천복사가 장안성의 정중앙에 위치해 있는데 그곳에서 장진 스님이 돌아가셨으니 이는 보리수 아래서 해탈을 얻은 부처님을 상징하고, 천복사를 중심으로 북남서 세 방향에서 사람이 죽었으니 이제 동이 상징하는 '상'의 목숨만 거둬 가면 끝이 난다는 것이지. 동쪽 지역 백성들이 그 소문을 듣고서 겁에 질려 다들 친척 집 등으로 피난을 가버리는 바람에, 장안 동쪽은 지금 거의 텅 비었어."

---

20 석가의 교의를 담은 『대반열반경』을 주석한 책.

21 품계에 따른 비빈의 호칭 중 하나.

이윤은 나지막이 탄식하며 이서백을 향해 물었다. "넷째 형님, 이미 세 명이 죽고 일이 이렇게까지 커졌는데 대리사와 형부에서는 정말로 아무런 성과가 없는 겁니까?"

이서백이 말했다. "범인은 수법이 잔인하면서도 치밀하고 몸을 숨기는 데도 아주 뛰어나다. 백만 가까운 장안성 인구 속에서 범인을 찾아내야 하는데 단서가 전혀 없으니, 대리사와 형부에서 아무리 애를 써도 아직 아무런 성과가 없구나. 이미 4월에 접어들었으니, 한 달에 한 명씩 살해하는 범인의 수법에 따르면 아마도 머잖은 시일 안에 또다시 손을 쓸 것이야. 형부와 대리사도 지금 곳곳에 사람을 배치해놓고 있는데, 일단 그 외에는 달리 방도가 없구나."

이윤이 한탄하며 말했다. "상, 아, 락, 정. 불가의 말을 살인의 전언으로 사용하다니 정말 해괴하고 잔인한 사건이구나. 추리하기도 어렵고……. 제아무리 황재하가 장안에 있다고 해도 이 사건은 해결하기 어려울 거야."

이예가 웃으며 동의했다. "비록 주자진이 침이 마르도록 황재하의 재능을 칭찬하며 이 천하에 황재하가 풀 수 없는 사건은 없다고 단언했지만, 제가 볼 땐 황재하도 그저 평범한 여자에 불과합니다. 잔재주로 우연히 몇 사건을 해결한 것뿐이지요. 여자들은 사소한 부분에도 쉽게 주목하니 평소 남들이 생각하지 못하는 걸 생각해낼 수 있었을 겁니다. 지금 이 사건은 아무리 황재하라 해도 속수무책일 게 분명해요."

"안타깝군. 그렇게 뛰어난 재능을 가졌다는 황재하가 지금은 살인범이 되어 목숨이 경각에 달린 채 정처 없이 도망 다니고 있다니 말이야." 이서백이 약간 비꼬는 투로 말했다.

뒤에 서 있던 황재하는 여전히 미동조차 하지 않았다.

모두가 탄식하는 가운데 이윤만이 이렇게 말했다. "황 씨 집안의 살인 사건은 왠지 또 다른 내막이 숨겨져 있을 거라는 느낌이 듭니다. 적어도…… 겉으로 보이는 것처럼 그리 간단하지만은 않을 거 같아요."

"그렇지만 이번 사건은 증거가 워낙 확실해서 말이죠. 인적 증거 물적 증거 모두 있어서 황재하가 범인인 것은 확실해 보여요. 판결을 뒤집긴 어려울 겁니다." 이예는 고개를 내젓고는 이윤에게 물었다. "그렇게 말씀하시는 걸 보니, 일곱째 형님은 뭔가 알고 있는 내막이라도 있는 겁니까?"

"그건 아니고, 다만 왕온이 나의 절친한 벗이다 보니 이 일을 도무지 믿지 못하겠구나."

이문이 궁금해하며 물었다. "어느 왕온요?"

이윤이 대답했다. "당연히 황후의 친척 동생, 낭야 왕 가의 장손 왕온을 말하는 거지."

"왕온은 황재하와 정혼했던 사이라죠?" 이예가 묘한 표정을 지으며 말했다. "항간에 떠도는 소문으로는, 황재하가 왕온에게 시집가길 원치 않았다 해요. 따로 마음에 품은 사람이 있어서 가족을 독살한 후 정인과 사랑의 도피를 떠나려 했다고요."

이서백 뒤의 황재하는 두 손을 모은 채 가만히 서 있을 뿐 아무 소리도 내지 않았다. 이유는 모르겠지만 이서백이 가볍게 웃었다.

이예가 그런 이서백을 보며 재빨리 물었다. "넷째 형님은 뭔가 다른 견해가 있으십니까?"

이서백이 웃으며 말했다. "아니, 그저 잠시 다른 생각을 했다. 일곱째는 왕온과 그리 깊은 왕래가 있으면 황재하와도 만나본 적 있는 것 아니냐?"

"한 번 만나봤다고도 할 수 있겠네요." 이윤은 고개를 끄덕이며 말했다. "3년 전에 황재하가 그 부친을 도와 여러 기이한 사건을 해결한 일로 황후께 상을 하사받은 적이 있습니다. 그날 왕온이 저를 찾아와서는 황재하가 자신의 부인이 될 사람이라고 하더군요. 저는 대번에 무슨 의미인지 눈치채고는 곧바로 왕온을 데리고 입궁했지요. 명목은 왕온의 사촌 누님인 황후 폐하께 문안을 드리는 것이었지만 실은 몰래 황재하를 보기 위해서였습니다."

이문이 재빨리 물었다. "그럼 진짜 만나봤겠네요? 어떻게 생겼습니까?"

"보기는 봤는데, 우리가 입궁했을 때는 이미 황후 폐하 앞에서 물러간 뒤였어. 그래서 궁녀들을 따라 회랑을 걸어가는 모습만 봤지. 은홍색 비단옷 차림에 머리는 새카맣고 피부는 새하얬어. 발걸음이 섬세하고 경쾌해서 마치 봄을 전하려 갓 피어난 한 송이 꽃 같았지. 그리고 마지막에 굽어진 회랑을 따라 몸을 돌렸을 때 옆모습을 봤어."

이예가 물었다. "미인이던가요?"

이윤이 고개를 끄덕였다. "수배 전단에 이목구비야 그려 넣을 수 있었지만 그 사람이 뿜어내는 기운은 전혀 표현되지 않았지. 황재하는 확실히 미인이야."

"왕온이 안됐네요." 이문이 웃으며 말했다.

궁에서 드디어 소식이 당도했다. 황제가 두통이 심해 올 수 없다는 전갈이었다. 왕제들은 몸을 일으켜 환관의 안내를 받으며 행궁의 낙성 상황을 살펴보았다. 대명궁처럼 크고 화려하거나 구성궁처럼 넓지는 않았지만 걷다가 멈추기를 반복하다 보니 금세 한 시진이 흘렀다.

황재하도 당연히 이서백의 뒤를 계속해서 따라다녔다. 늘씬한 몸매 덕에 환관복 차림마저도 유난히 단정하고 훤칠했으며, 아무 말 없이 고개를 숙인 채 걷고만 있어도 근사해 보였다.

이예는 줄곧 황재하를 곁눈질하다가 웃으며 말했다. "넷째 형님, 곁에 둔 환관이 어찌 바뀌었습니까? 이 소환관은 처음 보는 것 같은데."

이서백은 태연스레 말했다. "경양과 경육이 어디서 옮아온 건지 다들 감기가 걸려서 말이다."

이윤은 황재하를 위아래로 훑어보더니 뭔가 모를 아득한 표정을 지었다. 기억 속 누군가와 닮은 듯했지만 이 소환관이 일찍이 자신의 눈을 사로잡았던 그 소녀라고는 꿈에도 생각지 못했다.

이예가 다시 물었다. "저 소환관의 이름이 무엇입니까? 올해 나이는요?"

이서백은 웃으며 고개를 돌려 황재하에게 말했다. "소왕이 네가 맘에 든 모양이군. 어차피 나도 너의 굼뜬 모양새가 영 맘에 차지 않으니 소왕에게 가는 것은 어떠하냐?"

황재하는 순간 당황했다. 모든 사람의 시선이 자신에게로 집중되는 것을 느끼며 천천히 무릎을 꿇고 낮은 목소리로 말했다. "소인, 한 마리의 새가 두 가지에 동시에 깃들 수 없고, 종은 두 주인을 섬길 수 없다 들었습니다. 또한 차나무는 싹이 튼 뒤에는 옮겨심기가 어렵고, 귤나무를 회북으로 옮기면 탱자나무가 된다고 하지요. 소인 우둔하고 어리석어, 기왕부를 떠나 다른 곳으로 가면 적응치 못하여 오히려 귀하신 분들을 거스르는 실수를 범하지나 않을까 두렵습니다."

이예가 웃었다. "넷째 형님은 정말 훈육에는 일가견이 있다니까. 이리 말하는데 내가 끝까지 고집 부리면 그 심지를 꺾어버리는 것이 되잖습니까."

이서백은 웃는 듯 마는 듯한 표정을 지으며 말했다. "확실히 언변은 좋군."

다행히 그때 이문이 피곤하다고 외쳐대는 바람에 왕제들은 황재하에게서 관심을 거두고 왔던 길을 따라 되돌아갔다.

겹겹의 담장으로 싸인 화원을 지나면서 이서백은 서서히 걸음을 늦췄다. 봉황죽(鳳凰竹)이 심겨진 일대에 이르렀을 때에는 이미 그의 곁에 다른 사람은 남지 않고 황재하만이 뒤를 따르고 있었다.

이서백은 몸을 돌려 황재하를 향해 차갑게 말했다. "황재하, 뭐 때문에 날 따라다니는 거지?"

황재하는 공손한 태도로 눈을 아래로 늘어뜨리며 말했다. "영리한 새는 나무를 골라 둥지를 튼다고 하였습니다. 전하 곁에 머물고 싶습니다. 저의 미약한 힘이나마 전하께 도움이 되어드리고 싶습니다."

"무슨 도움?" 이서백이 차갑게 다시 물었다.

"멀리는 그 작은 물고기와 같은 일이겠고, 가까이는 최근 장안에서 발생한 '사방안' 같은 일에 대해서입니다."

이서백의 시선이 고개 숙인 황재하의 얼굴로 쏟아졌다. 멸시하는 듯한 차가운 그 눈빛은 마치 황재하를 공기 중의 먼지처럼 여기는 것 같았다.

"하나는 네가 도울 만한 일이 못 되고, 또 하나는 나와 아무런 관계가 없는 일이다. 왜 쓸데없이 너를 써야 하지?"

황재하는 봉황죽 아래 서 있었다. 가느다란 대나무 잎이 황재하를 둘러싸고 그 창백한 얼굴 위로 옅은 푸른빛을 드리워, 더 혈색 없고 가녀려 보였다.

황재하는 고개를 들어 이서백을 바라보았다. 그러고는 낮지만 조금의 망설임도 없는 목소리로 말했다. "대리사와 형부는 속수무책인 상황이고 황제 폐하께서도 두통이 재발하셨으니, 황제 폐하의 근심을 덜어드릴 수 있는 분은 기왕 전하밖에 없으리라 생각합니다."

"기댈 곳을 찾고 있던 것이 아니었느냐? 네가 말하는 그 '누명'을 씻도록 도와줄 사람 말이다." 이서백은 사정없이 황재하의 속셈을 들추어냈다. "아까 소왕에게 가라고 했을 때 기회는 충분히 있었던 것 같은데?"

"그분을 따라가면 기회는 없을 것입니다." 창백한 얼굴에 연푸른빛의 눈빛을 한 황재하는 조금도 주저함 없이 말했다. "저는 몸을 의탁할 곳을 찾는 것이 아니며, 편안히 살 곳을 찾는 것은 더더욱 아닙니다. 저는 그저 다시 태양 아래 떳떳이 서서 저희 가족의 한을 깨끗이 풀기만을 바랄 뿐입니다!"

이서백은 굳은 얼굴을 하고서 차가운 눈빛으로 황재하를 관찰했다. 이서백을 마주 바라보는 황재하의 얼굴에는 간청의 빛 외에도 고집스러움이 희미하게 드리워 있었다. 마치 깊은 밤의 안개처럼 쉽게 눈에 띄진 않았지만 분명히 그 안개에 휘감겨 있었다.

이서백은 냉정하게 코웃음을 치고는 몸을 돌려 다시 수전(水殿)으로 향했다. 황재하도 계속 그 뒤를 따랐다. 이서백은 고개 한번 돌리지 않았으나 그렇다고 걸음을 더 빨리하지도 않았다.

궁 입구에 도착하니 왕제들이 기왕에게 작별 인사를 하기 위해 기다리는 것이 보였다. 황제 폐하께서 며칠 내로 행궁으로 군신들을 소집해 산수풍경을 주제로 연구[22] 짓기를 할 것이라는 소식에 다들 눈을 마주치며 쓸쓸한 미소를 지었다.

다들 떠나고 이윤과 이서백만 남았을 때 이윤이 절로 한숨을 쉬며 말했다. "황제 폐하는 정말 여유로우신 분입니다. 권력을 등에 업은 자들은 더 큰 권력을 차지하려고 난리를 치고 환관의 세력도 이렇게 거대해졌는데, 폐하께서는 여전히 연회만 여시니……."

이서백이 담담히 말했다. "황제 폐하는 태평성대의 천자이시지 않느냐. 그것도 다 그분과 그 백성의 타고난 복이지."

이윤이 웃으며 말했다. "넷째 형님 말도 맞네요." 그의 시선이 갑자

---

22 聯句, 여러 사람이 모여 구를 이어가면서 짓는 시.

기 황재하에게 향하더니, 온화하고 부드럽던 그 얼굴에 의구심이 가
득 드리웠다.

이서백이 물었다. "왜 그러느냐?"

이윤이 황재하를 가리키며 대답했다. "이 공공을 제가 어디서 본
것 같은 느낌이 들어서요."

"나도 오늘 처음 본 자인데, 네 곁에서 시중을 들라 할까?"

"넷째 형님도 참, 조금 전에 아홉째도 그리 거절당했는데 저도 망
신을 당하라고요?" 이윤이 웃으며 말했다.

미간의 붉은 점이 그 미소 속에서 더 따뜻하게 보였다.

황재하는 고개를 숙인 채 아무 말도 하지 않았다. 황재하도 손만 뻗
으면 닿을 수 있는 안락하고 평온한 삶이 눈에 보이지 않는 것은 아
니었다. 다만 이미 가장 고생스러운 그 길을 가기로 선택했고, 다시는
뒤돌아보지 않을 작정이었다. 구차하게 목숨을 이어나가는 것은 더
이상 황재하의 인생이 아니었다.

왕제들이 떠나고 이서백 또한 마차에 올랐다. 황재하가 마차 입구
에 서서 주저하고 있는데 이서백의 목소리가 들려왔다.

"타거라."

황재하는 재빨리 마차에 올라타서는 문에 기대어 섰다.

마차가 서서히 움직이기 시작했다. 행궁에서 멀어지자 주위에는 온
통 산과 들이 펼쳐졌다. 이서백이 눈을 들어 바깥 풍경을 내다보며 차
가운 목소리로 말했다. "열흘."

황재하는 마차 문에 기댄 채 이서백을 보며 다음 말을 기다렸다.

이서백은 창밖을 보던 시선을 천천히 거두어 황재하를 바라보았다.
그 두 눈은 겨울밤 차가운 별처럼 온기가 느껴지지 않았지만, 깊고 찬
란한 그 눈빛에 황재하는 호흡마저 미세하게 떨렸다.

"오늘 낮에 건필궁에서 우리가 말한 그 사건, 네게 열흘의 시간을

준다면 해결할 수 있겠느냐?"

"아마도 가능할 것입니다." 황재하는 간단하게 대답했다.

"아마도?" 이서백은 마차 벽에 기댄 채 여유로운 표정으로 말했다. "지금 네게 단 한 번의 기회를 주는 것이다. 누명을 씻고 결백을 증명할 수 있는 기회 말이다. 물론 진상을 밝혀 네 가족의 원한도 갚을 수 있는 기회지."

황재하는 잠시 생각하고는 물었다. "제가 그 사건을 해결하면 저희 가족의 원한을 풀 수 있도록 도와주시겠다는 말씀인지요?"

"물론 그건 아니다." 이서백은 험한 산길에 마차가 덜컹여 황재하의 몸이 휘청거리는 것을 보고는 맞은편 낮은 의자에 앉으라고 턱짓했다. 그러고는 다시 입을 열었다. "내가 한 가지 일이 있어 누군가에게 그 일을 맡기려 한다만, 아무 연고도 없이 불쑥 나타난 너의 실력을 내 어찌 믿겠느냐?"

"무슨 말씀이신지 알겠습니다." 황재하는 살짝 고개를 끄덕이며 말했다. "제가 열흘 내로 이 사건을 해결해야만 전하의 신임을 얻을 수 있는 것이군요."

이서백도 가볍게 고개를 끄덕여 보였다. "최소한 내가 도울 만한 가치가 있는 사람이라는 사실을 증명해 보여야 한다. 내가 한가한 사람도 아닌데, 아무 능력 없이 입만 살아 있는 자를 뭐하러 돕겠느냐."

황재하는 낮은 의자에 걸터앉아 고개를 숙인 채 잠시 생각하고는 다시 입을 열었다. "형부와 대리사에도 유능한 인재가 많아 이미 적지 않은 이들이 사건에 뛰어들었을 텐데, 전하께서는 저를 어떤 신분으로 거기에 참여시킬 생각이신지요?"

"내가 직접 형부로 가서 네가 관련 문서들을 볼 수 있도록 처리해주겠다." 이서백이 간단명료하게 말했다.

"알겠습니다." 황재하는 손을 들어 머리를 틀어 올린 나무 비녀를 뽑아 들었다. 비녀가 뽑히는 순간 칠흑같이 까만 머리카락이 어깨 위로 흘러내렸다. 아직 살짝 젖어 있던 머리카락이 마치 연못 속 물풀처럼 황재하의 창백한 얼굴에 달라붙었다.

황재하는 순간 당황해 급히 머리카락을 뒤로 쓸어 넘기며 말했다. "송구합니다. 항상 비녀를 여러 개 꽂았던 터라 뭔가를 끼적이고 싶을 땐 그중 하나를 뽑아 쓰던 습관이 있었습니다. 지금은 소환관 차림이라 비녀가 하나밖에 없다는 사실을 잊었습니다……."

이서백은 눈썹을 살짝 찡그릴 뿐 아무 말도 하지 않았다. 황재하는 이서백 앞에서 고개를 숙인 채 긴 머리를 잡아 틀어 올려 비녀로 고정시켰다. 그 멀고 험한 길을 오는 내내 조금의 두려움도 없던 황재하건만, 지금 이 순간에는 자신도 모르게 수줍은 표정을 짓고 말았다.

이서백은 황재하를 힐긋 쳐다보았다. 낮게 숙인 그 얼굴에 미세하게 홍조가 떠오른 것이 보였다. 순간, 황재하의 목을 누르고 있었을 때보다 더 깊이 와닿는 사실이 하나 있었다. 눈앞에 있는 이 사람은 사실 열일곱밖에 되지 않은 소녀에 불과했다. 겉으로 보이는 것처럼 그렇게 성숙하고 침착한 여인이 아니었다.

자신을 관찰하는 시선을 느꼈는지 황재하도 가만히 눈을 들어 이서백을 힐끔 보았다. 그 잠깐의 순간에 이서백은 황재하의 더할 수 없이 맑고 깨끗한 두 눈을 보았다. 속눈썹에 가려져 보일 듯 말 듯한 눈동자는 가을 호수 같은 신비로움을 지닌 채 복숭아꽃 같은 얼굴 위에 박혀 있었다.

이목구비가 아주 예쁜 편은 아니었지만 눈썹과 이마가 보기 드물게 수려해 5월의 맑은 하늘같이 투명한 아름다움이 있었다. 망연함과 경계심을 담아 이서백을 바라보는 눈빛은 세상사를 전혀 모르는 듯도, 혹은 세상사에 지나치게 통달한 듯도 보였으며, 세속을 초월한 분위기를 풍겼다.

'황재하는 확실히 미인이야.'

조금 전 이윤이 열네 살의 황재하를 떠올리며 한 말이 떠올랐다.

열둘에 이미 천하에 이름을 떨친 소녀가 지금은 어느덧 열일곱의 아리따운 여인으로 자라났다. 엄청난 누명을 쓰고서 세상 사람들에게 손가락질받고 있지만, 좌절하기는커녕 오히려 진상을 밝혀내기 위해 고군분투하고 있었다. 스스로의 힘으로 누명을 벗고 진실을 밝힐 것이라고 말이다. 지금의 모습으로는 누구도 이 여인이 황재하라고 믿지 못할 것이다. 명성 높은 황재하든 악명 높은 황재하든.

황재하는 이서백을 응시하면서 긴장하고 당황한 기색으로 자신의 얼굴을 매만졌다.

"수배 전단의 초상과 좀 닮았군." 이서백은 고개를 옆으로 돌려 가림막의 복잡한 꽃가지 무늬에 시선을 주며 말했다. "앞으로는 절대 조금 전과 같은 모습으로 사람들 앞에 나서지 말거라."

"네." 황재하는 짧게 대답하고는 머리를 단단히 매만진 뒤 다시 물었다. "전하, 아까 들었던 사건 발생 일자를 혹 기억하십니까?"

이서백은 조금도 머뭇거리지 않고 대답했다. "정월 열이레, 2월 스무이틀, 3월 열아흐레."

"오늘이 4월 열엿새이니 범인이 비슷한 기간 안에 사건을 일으킨다면 곧 움직일 것입니다." 황재하는 비녀 대신 손가락으로 마차 벽면에 그 숫자들을 천천히 써본 뒤 잠시 생각에 잠겼다가 다시 입을 열었다. "열흘 내에 범인은 반드시 움직입니다."

"그 숫자 몇 개 가지고, 백만에 가까운 장안 백성들 속에서 범인을 찾아낸단 말이냐?"

"불가능합니다." 황재하는 숫자를 쓰던 손을 멈추고 다시 생각에 잠겼다. "범인의 특징과 동기를 모르는 상태에서는 그 많은 사람 속에서 범인을 찾기 어렵습니다."

이서백은 무심한 듯 황재하를 힐끔 보며 물었다. "그래서, 도저히 안 되겠다?"

황재하는 무의식적으로 다시 손가락을 들어 마치 벽에 무언가를 그리면서 혼잣말하듯 중얼거렸다. "정월 열이레, 사망자는 늙은 야경꾼, 범인이 남긴 말은 '정'. 2월 스무이틀, 중년의 대장장이, 범인이 남긴 말은 '락'. 3월 열아흐레 사망자는 네 살배기 아이, 범인이 남긴 말은 '아'……."

"사방안 첫 번째는 장안 북쪽, 두 번째는 남쪽, 세 번째는 서남쪽." 이서백이 무심결에 말했다.

황재하는 생각에 잠겼다. "정말 네 방향을 노려서 벌인 사건이라면, 최대한 동서남북을 정확하게 향했을 텐데 세 번째가 서남쪽인 것이 아무래도 좀 이상합니다."

"서쪽에는 목표물이 없었다거나, 사람들의 눈을 피해서 범행을 저지르려다 보니 그랬을 가능성은?"

"현재로선 모든 가능성이 다 열려 있지만 정확한 이유는 알 수 없는 상황입니다." 황재하가 다시 손가락을 꼽으며 되짚어보았다. "첫 번째 피해자는 노인, 두 번째 피해자는 중년 남자, 세 번째 피해자는 아이."

이서백은 편한 자세로 등받이에 기댄 뒤 다시 천천히 입을 열었다. "이 사건에 대해 일찍이 대리사 사람에게 물어본 적이 있다. 앞의 두 피해자는 노약자여서 그저 저항할 힘이 약한 상대를 찾아 범행을 저질렀으려니 생각했는데, 세 번째 피해자는 아무리 생각해도 이상했다. 부모에게 버림받고 길거리에서 추위와 배고픔에 곧 숨이 끊어질 듯한 네 살 아이였어. 행인이 발견하고 선당으로 데리고 왔지만 이미 목숨을 구하기 어려운 상태였지. 범인이 죽이지 않았어도 아마 그날 밤을 넘기지 못했을 것이다. 그런 아이를 굳이 선당에 잠입해서까지 기어코 죽였으니 그야말로 괜한 짓 아니었느냐?"

"정말 희한하네요. 범인은 왜 굳이 사람들에게 발각될 위험을 무릅쓰면서까지 선당에 들어가 곧 죽을 아이를 살해했을까요?" 황재하는 미간을 찌푸리며 다시 무의식적으로 손가락을 들어 벽에 '상아락정' 네 글자를 끄적였다.

이서백은 손을 움직이는 황재하의 자태를 바라보다가 눈썹을 살짝 찡그리며 곧바로 가림막 사이로 어렴풋이 보이는 창밖 풍경으로 눈길을 돌렸다. 그러고는 여전히 차분한 목소리로 물었다.

"이 사건에 대한 단서는 이것이 전부다. 네가 열흘 내에 이 사건을 해결하려면 무엇이 관건이라고 보느냐?"

"앞의 사건들에서 더 이상 증거와 단서를 찾을 수 없다면, 가장 좋은 방법은 다음 범행이 일어날 시간과 장소, 그리고 그 목표까지 예상해보는 것입니다." 황재하는 고개도 들지 않고 손가락을 천천히 꼽아가며 계산해보았다.

"나 역시도 같은 생각이다. 네가 만약 단서를 잡는다면 며칠간 장안성 포졸과 함께 사건을 조사할 수 있게 해주겠다. 다만, 네가 여인인 것을 들키지 않으려면 그 머리카락은 잘 관리해야 할 것이다."

"그럴 필요 없습니다." 황재하는 손을 들어 머리에 꽂힌 비녀를 매만지고는 얼굴을 돌려 이서백을 바라보았다. 표정은 여전히 진중했지만 양쪽 입꼬리가 살짝 올라가 자신감과 여유가 드러났다. "이미 범행 동기를 알아냈습니다. 만약 제 생각이 틀리지 않았고 범인 또한 감히 다음 범행을 저지르려 한다면, 범인이 나타날 장소에서 잡을 수 있습니다."

이서백은 이미 머릿속에 모든 것을 그린 황재하를 보며 순간 살짝 당황했다. "벌써 다 알아냈다고?"

"네, 제게 책력(冊曆)만 한 권 주시면 됩니다." 창밖의 가벼운 바람이 가림막 사이로 천천히 불어 들었다. 서서히 방향을 바꾸던 햇살이 팔락이는 가림막 틈새로 들어와 황재하의 온몸이 눈부시게 반짝였다. 이슬처럼 맑고 깨끗한 두 눈이 마주 앉은 이서백을 뚫어져라 응시했다. 그 눈빛에는 조금의 망설임도 없었다.

이서백은 순간 정신이 아득해 한참이 지나서야 입을 열었다. "좋다. 그럼 기대하지."

3장

환관의
신분으로

이서백은 황재하를 데리고 기왕부로 돌아와 자신의 거처인 정유당으로 들어갔다.

황재하가 책력을 넘겨 보는 동안 이서백은 옆에 앉아 차가운 눈으로 방관했다. 황재하는 정월 열이레부터 2월 스무이틀, 3월 열아흐레, 그리고 오늘 날짜까지 책력을 넘겨 봤다. 그 속도가 매우 빨라 대충 한 번 훑어보는 것처럼 보였다.

"오늘 밤에 사병들이 순찰을 돈다면 동남쪽, 특히나 임신한 여인이 있는 집을 주시해야 합니다. 범행 대상이 될 가능성이 매우 높습니다." 황재하가 책력을 내려놓으며 말했다.

"범인의 네 번째 목표가 임신부인 것이 확실한가?" 이서백은 눈썹을 추켜세우며 물었다.

"그럴 가능성이 매우 높습니다." 황재하가 대답했다.

이서백은 고개를 돌려 바깥을 향해 외쳤다. "경양."

문밖에 있던 환관 하나가 대답하며 안으로 들어왔다. 반달 모양의 눈매가 귀여운 얼굴이었다. "네, 전하."

"가서 대리사 소경 최순잠을 이리로 오라 하거라."

"알겠습니다." 경양은 그곳에 서 있던 황재하에게는 눈길 한번 주지 않고 곧바로 예를 갖추며 밖으로 나가려 했다. 그때 이서백이 황재하를 가리키며 경양에게 말했다. "그 전에 이자를 데리고 가서 적당한 거처를 마련해주거라. 소환관이라는 것을 기억하고."

"네. 걱정 마십시오, 전하."

전국 각지에 수배령이 떨어진 중죄인 황재하는 이렇게 하여 기왕부의 소환관이 되었다.

경양은 황재하를 데리고 왕부의 통로들을 안내해주고, 몇 가지 주의 사항도 알려주었다. 환관들이 거주하는 북쪽에 별도의 거처를 하나 마련해준 뒤 사람을 불러 일용품과 세 벌의 환관복을 가져오게 했다. 그러고는 황재하에게 말했다.

"공공은 이제 막 왔기 때문에 당분간은 책무를 드리지 않겠습니다. 단, 매일 전하의 거처에 들러 문안 인사를 드려야 합니다."

황재하는 경양에게 감사 인사를 전한 뒤 옆방 환관을 찾아가 매일의 일과에 대해 묻고는 주방에 가서 먹을 것을 챙겼다. 하루 종일 분주하게 뛰어다닌 데다가 몇 번의 위기까지 넘긴 터라 피로가 극에 달해 머리가 베개에 닿자마자 잠이 들어버렸다.

잠에서 깼을 때는 이미 해가 중천에 떠 있었다. 우물가에 물을 길으러 갔더니 마당을 쓸고 있던 환관 하나가 경양의 말을 전해주었다.

"일어나거든 어빙각으로 오라고 하셨습니다."

황재하는 길을 물어 확인한 후 서둘러 죽 한 그릇을 먹고 환관 옷으로 갈아입었다. 그러고는 급히 어빙각으로 뛰어갔다. 어빙각은 왕부의 서재로, 사방이 산뜻한 꽃과 나무로 꾸며져 있고, 창과 문도 투명하게 비치는 비단 천으로 되어 있었다.

황재하가 막 문을 들어서려는데 꽃무늬가 새겨진 창문 너머로 장안성 지도를 들여다보고 있는 이서백이 보였다.

황재하의 발소리를 들은 이서백은 고개를 들고 담담한 표정으로 말했다. "들어오거라."

황재하가 가까이 다가가자 이서백이 지도를 가리키며 말했다. "어젯밤에는 범인이 나타나지 않았다. 하지만 네 예상대로라면 오늘 밤에는 범인이 서북쪽에 나타나는 거겠지?"

황재하는 신기하게 여기며 고개를 들어 이서백을 보았다. "제가 어떤 방법으로 파악했는지 전하께서도 이미 아셨습니까?"

"책력은 나도 볼 줄 안다." 이서백은 담담하게 말했다. 희고 긴 손가락이 미끄러지듯 움직여 장안 서북쪽 일대에 열두 방[23]이 있는 곳을 가리키며 말했다. "아침에 이미 사람을 시켜서 조사했더니, 여기 열두 방 중에 임신한 여인이 적지 않더구나. 그중 이미 배가 부른 이도 상당수다. 수덕방의 한 임신부는 7개월이고, 보녕방 임신부는 이미 출산이 임박했다. 거덕방에는 각각 5개월, 6개월된 임신부가 있지."

"보녕방입니다." 황재하가 손가락으로 한 지점을 가리키며 확신에 차서 말했다.

이서백은 지도를 살짝 기울여 보녕방의 구조를 상세하게 살펴보며 말했다. "영국공 이적의 옛 저택 가까이에 그 임신부의 집이 있구나."

황재하는 보녕방을 보면서 갑자기 생각난 것이 있어 잠시 망설였으나 사건을 해결하고 난 뒤에 말하기로 하고 그냥 넘어갔다.

그러나 이서백도 같은 생각을 했는지 황재하를 보며 말했다. "장항영의 집도 보녕방에 있지."

"네." 이서백이 먼저 말을 꺼냈으니 황재하도 하려던 말을 꺼냈다.

---

23 당나라 시절 성안에 구획된 거주 지역.

"전하, 제가 이 사건을 해결하면 장항영을 다시 위병대로 받아주실 수 있는지요?"

"그럴 수 없다." 이서백은 조금의 머뭇거림도 없이 대답했다.

황재하는 장항영을 변호하며 말했다. "제가 전하의 위병대로 위장해 장안에 들어오도록 도운 행위는 도리에 어긋나긴 하나, 은혜를 알고 보답하는 것 또한 군자의 미덕이지 않습니까. 장항영은 정말 보기 드물게 좋은 사람입니다. 전하께서 너그러이 용서하시어 일단 저와 함께 이 사건을 조사하도록 해주실 수는 없는지요?"

"헛소리 말아라." 이서백은 재차 거절했다. "정상 참작의 여지가 있긴 하나, 나는 감정을 앞세워 일하는 자를 곁에 둘 생각이 없다."

황재하는 입술을 깨물며 낮은 소리로 다시 한 번 청했다. "전하, 간청드립니다. 자비를……."

이서백이 황재하의 말을 잘랐다. "잘못을 저지른 사람이 며칠 만에 아무 일 없었다는 듯이 돌아온다면, 내가 직접 만들어놓은 규율이 무슨 소용 있겠으며, 그 후에는 아랫사람들을 어떻게 다룰 수 있단 말이냐?"

황재하는 머리를 숙이고는 아무 대답도 하지 못했다. 장항영에 대한 생각은 단념하고 이렇게 물었다.

"그럼 이제 저는 무얼 하면 되겠습니까?"

"가서 잠을 더 자두거라. 저녁엔 나와 같이 보녕방으로 갈 것이다."

장안 서북쪽 보녕방.

이경[24]이 지나면 장안 모든 방의 문이 닫히고 그 누구도 길거리를 다닐 수 없었다. 그래서 저녁 무렵 이서백은 한량 도련님으로, 황재하

---

24 밤 10시 무렵.

는 시동으로 꾸며 평범한 옷차림을 하고서 미리 보녕방으로 가 객잔에 방을 하나 빌렸다.

한 사람은 멋스럽고 세속적인 기품이 넘치는 공자, 또 한 사람은 속세와는 동떨어진 듯한 빼어난 용모의 미소년이었다. 길을 가던 남자들마저 눈을 굴리며 몇 번이나 뒤돌아볼 정도였다. 두 사람이 객잔에 들어간 후 안주인은 물을 준다는 핑계로 네 번이나 들락거렸고, 바깥주인은 그런 아내 때문에 불안한지 다섯 번이나 찾아왔다.

"안 되겠습니다. 그냥 제가 형부 사람과 연락하도록 하겠습니다. 오늘 밤엔 제가 나가겠습니다." 황재하가 머리를 단단히 묶으며 나갈 채비를 했다. "전하는 아무래도 주인 부부에게 붙들려 안에 갇혀 계셔야 할 것 같습니다."

이서백이 차갑게 말했다. "나만 편히 있을 순 없지. 그리고 너라고 무사히 빠져나갈 수 있다고 생각하느냐?"

황재하가 다시 입을 열어 무어라 말을 하려는데, 창밖으로 또 찻주전자를 들고 요염한 자태로 걸어오는 안주인이 보였다.

황재하는 이서백을 돌아보았고 이서백도 황재하를 보았다.

이서백이 웃는 듯 마는 듯 묘한 표정을 지으며 말했다. "네게 일각의 시간을 주지. 쫓아 보내거라."

일각의 시간. 황재하가 보기에 극약 처방을 내리지 않는 한은 안주인을 쫓아 보내기 어려울 듯했다. 춘정이 동한 여인에게 극약 처방이라 하면 뻔했다. 황재하는 이서백 앞에 서서 그의 손을 끌어당겨 자신의 허리춤에 올리고는 창밖까지 들릴 만큼 큰 목소리로 애원하듯 말했다.

"아아, 공자님, 밖에 나와서 이러다가 누가 보면 어쩌려고 그러십니까! 거기는 만지지 마세요……. 아아, 거기는 더 아니 됩니다. 어찌 그러십니까, 남자끼리 이러는 걸 누가 보기라도 하면 어쩌려고요……."

과연 요염한 자태를 하고 있던 안주인의 그림자가 순간 경직되는 것이 보였다. 강제로 황재하의 허리에 얹어진 이서백의 손 또한 마찬가지로 경직되어버렸다. 하지만 이내 태연하게 황재하를 밀어내고는 고개를 돌려 차를 마시며 말했다.

"여기 안주인 정말 짜증나는군. 아까부터 계속 와서 보는데 설마 내가 남자 좋아하는 걸 눈치라도 챈 걸까?"

창밖의 안주인은 찻주전자를 든 채로 황급히 자리를 떠났다. 황재하는 안주인의 마음이 산산조각 나는 소리가 귓가에 들려오는 것만 같았다. 그래서 차마 참지 못하고 말했다.

"굳이 '짜증난다'고까지 하실 필요가 있었습니까?"

"네가 좀 더 빨리 임무를 완성하도록 도운 거지." 이서백은 무표정으로 찻잔을 내려놓았다.

황재하는 문에 빗장을 지르고는 창문을 열어 바깥을 살폈다. 그리고 몸을 돌려 창문을 뛰어넘은 뒤 이서백을 향해 손짓했다.

"가시죠!"

이적의 옛 저택 옆으로 두 번째 골목에서 여섯 번째 집. 정원에 석류꽃이 피어 있는 위 씨네 집이었다.

장안은 땅값이 비싸다 보니 위 씨 집도 그리 크지 않았다. 세 평 남짓한 정원이 딸린 방 두 칸짜리 단층집이었다. 사방을 두른 담장은 황재하의 가슴 높이를 넘지 않을 정도였다.

황재하와 이서백은 집 맞은편 돌다리의 아치 근처에 가만히 웅크리고 앉아 작약 덤불에 몸을 숨겼다.

이미 이경이 지난 시간이어서 길거리의 인적도 사라지고 등불도 어느새 다 꺼졌다.

구름에 가린 달빛이 희미해 유난히 더 어둡게 느껴지는 밤이었다.

이서백은 황재하 옆에 웅크리고 앉아 있다가 아예 작약꽃 위에 주저 앉아 물에 떠오른 달그림자를 감상하기 시작했다.

황재하가 낮은 목소리로 말했다. "그러니까 굳이 왜 오셔서는…… 대리사와 형부 사람은요?"

"알리지 않았다." 이서백은 여유로운 목소리로 말하며 옆에 있던 작약 봉오리를 잡아당겨 자세히 들여다보았다. "올해는 땅이 많이 따 뜻한지 모란이 피기도 전에 작약이 먼저 꽃봉오리를 내었군."

황재하는 문득 깨달았다. 잔인하면서도 신묘한 흉악범을 잡기 위해 이곳에 와 있었지만, 자신의 유일한 동료는 자각심이라고는 눈곱만큼 도 없는 사람이라는 사실을.

황재하는 다시 한 번 무기력하게 물어볼 수밖에 없었다. "왜 대리 사와 형부에 알리지 않으셨습니까?"

"대리사의 최순잠이 이번 사건은 보리수의 네 방향이 관건이라며 동쪽을 지켜야 한다고 어찌나 간곡하게 말하던지, 그 의견을 존중해 주기로 했다. 그래서 지금 대리사는 동쪽 지역에서 빈틈없는 경계를 서고 있다."

"그럼 형부는요?"

"형부에서 이 사건을 맡은 이는 상서 왕린이다. 네 약혼자 왕온의 부친, 그러니까 네 시아버지가 될 뻔했던 사람이지. 그와 얼굴을 마주 치고 싶으냐?"

다리 밑 잔잔한 물결에 비친 맑은 달빛이 황재하의 얼굴을 비추었 다. 이서백은 황재하의 얼굴에도 물결처럼 미세한 파동이 이는 것을 보았다. 하지만 동요의 기색은 눈 깜짝할 사이에 사라졌다. 마치 달빛 이 그 얼굴에 드리운 환영이었다는 듯이.

황재하는 담담하게 입을 열었다. 모든 감정이 조용히 허공 속으로 사라졌다.

"어쩔 수 없지요. 그들은 그냥 동쪽으로 가게 두어야겠네요."

그러는 중에 갑자기 집 안에서 기척이 났다. 동편 방에 등불이 켜지더니 곧이어 주방에서도 누군가 물을 끓이기 시작하는 등 다급한 움직임이 느껴졌다. 한 남자가 옷을 걸치며 문을 열고 나왔다.

뒤쪽에서 누군가 그를 향해 소리쳤다. "산파 집은 조화 골목 네 번째 집이야. 잘못 가지 말고!"

"걱정 마세요, 어머니!" 남자의 걸음에 초조한 기색이 묻어났지만 목소리는 기뻐하는 티가 역력했다.

황재하는 미동도 하지 않고 눈앞의 집을 주시했다.

이서백 또한 손에 잡고 있던 작약꽃을 놓으며 말했다. "출산하려는가 보군."

"네." 짧게 대답한 황재하의 시선은 여전히 정원 담장에 고정되어 있었다. 어둠 속에서 그림자 하나가 천천히 움직이더니 석류나무 곁에서 담장 안쪽을 향해 낮게 두 번 울었다. "부엉, 부엉."

깊은 밤중에 날카롭고도 불길한 소리가 출산을 앞둔 임신부의 신음과 뒤섞이면서 등골을 오싹하게 했다.

"부엉이구나." 이서백이 생각에 잠긴 듯 말했다. "정말 불길하군."

예로부터 밤중에 창밖에서 부엉이가 울면 사람의 눈썹 수를 세고 있는 것이며, 수를 다 세고 나면 그 사람의 목숨을 앗아간다고 했다. 또한 아이를 낳을 때 부엉이가 우는 것은 관 위에서 공중제비를 넘는 것과 마찬가지라는 말도 있었다. 그래서 부엉이 울음소리가 들리자 집 안에 있던 사람들이 화들짝 놀라며 당황하기 시작했다.

한 노부인이 즉시 주방에서 뛰쳐나와 크게 외쳤다. "내가 일단 가서 며느리 눈썹을 덮을 테니 당신은 빨리 물을 끓여요!"

시아버지는 재빨리 주방으로 들어갔고, 노부인은 머릿수건을 찢어 며느리의 이마에 올려 눈썹이 밖으로 보이지 않게 했다. 밖에서 부엉이가 또다시 부영 부영 하고 두 번 울었다. 노부인은 재빨리 옆에 있던 옷걸이 막대를 집어 들고서 정원으로 뛰쳐나가 석류나무를 향해 휘두르며 부엉이를 쫓아내려 했다.

그런데 노부인이 문을 나서는 순간 누군가가 이미 집 뒤쪽으로 돌아 들어갔다.

황재하가 벌떡 몸을 일으켰지만 이서백이 더 빨랐다. 이서백은 황재하 손을 잡아끌며 빠르게 작약 덤불을 뛰어넘었다. 황재하는 귓가를 울리는 어지러운 바람소리를 들으며 단 몇 걸음 만에 집 뒤쪽에 도착했다. 그때 검은 그림자 하나가 뒷문 안으로 들어가는 것이 보였다. 이서백은 문을 발로 걸어차 열고는 황재하를 안으로 밀어 넣었다. 하지만 정작 자신은 들어가지 않았다!

범인이 비수를 높이 들어 임신부의 배를 향해 찌르려 하고 있었다. 황재하는 몹시 놀란 데다 이서백에게 떠밀린 탓에 중심을 잡지 못하고 몇 걸음 비틀거리다가 앞으로 고꾸라졌고, 넘어지면서 어깨가 범인의 옆구리에 세게 부딪혔다. 범인은 범행이 발각되자 비수를 손에 쥔 채 도망치려 했다. 바닥에 넘어져 있던 황재하는 그를 막을 방법이 없어 옆에 있던 화분 장식대를 잡아 범인의 다리를 향해 휘둘렀다. 장식대 위의 화분이 바닥으로 떨어지면서 와장창 하고 큰 소리가 났다. 그와 동시에 범인 또한 장식대에 다리가 걸려 앞으로 고꾸라졌다.

범인이 몸을 일으키기 전에 황재하가 먼저 일어나 그의 손목을 매섭게 걸어찼다. 범인은 고통스러워하며 손에 쥐고 있던 비수를 놓쳐 버렸다. 황재하가 재빨리 비수를 낚아채 그것으로 범인의 허리를 겨누며 말했다.

"꼼짝 마라!"

이서백은 줄곧 문 앞에 서서 여유롭게 황재하를 지켜보고 있다가 황재하가 범인을 완전히 제압하고 나서야 입을 열었다.

"나쁘지 않군. 동작이 제법 빨라. 움직임이 난잡한 것이 아쉽지만."

황재하는 어이가 없었다. "들어와서 도와줄 수는 없으셨습니까?"

황재하가 생사의 갈림길에 있었는데도 이서백은 수수방관하며, 손 끝 하나 움직이지 않고 온몸으로 달빛을 즐기며 신선놀음만 하고 있었다.

"안에서 여인이 아이를 낳고 있는데 어찌 사내가 들어갈 수 있겠느냐?" 이서백은 여전히 여유로운 표정으로 하늘에 걸린 달을 올려다보았다. 그러고는 무어라 말하려던 황재하의 입을 한마디 말로 막아버렸다. "지금 임신부 상태는 어떠하지?"

황재하가 대답하기도 전에 아기 울음소리가 사방에 울려 퍼졌다.

정원에서 소란스러운 소리를 들은 노부인이 몸을 휘청거리며 급히 방으로 뛰어 들어왔다. 원래는 며느리 혼자 누워 있어야 하는 방 안에 검은 옷차림의 사내가 있고, 사내에게 비수를 겨눈 시동, 약한 숨을 쉬는 며느리, 며느리 침상에서 꼬물거리며 우는 아기, 그리고 뒷문 바깥에 서서 달을 올려다보고 있는 남자까지 있었다. 게다가 바닥에 내동댕이쳐져 깨진 화분과 박살이 난 장식대까지. 노부인은 순간 멍하니 있다가 소스라치게 놀랐다.

"세상에! 이게…… 이게 다 무슨 일이야?"

이웃집 사람들이 아기 울음소리를 듣고는 벌써 창문을 열고 소식을 묻기 시작했고, 시아버지도 뜨거운 물을 들고서 문 앞에 도착해 있었다. 시끄러운 가운데 황재하는 하는 수 없이 얼굴을 들어 그들을 향해 억지 미소를 보이며 말했다.

"죄송합니다. 저희는 강도를 잡으러 왔어요."

노부부는 황재하 손에 들린 비수를 보고는 멍하니 서로 눈을 마주치더니 그제야 꿈에서 깬 듯 바깥을 향해 크게 소리쳤다.

"사람 살려! 강도가 사람을 죽이려고……!"

근방을 순찰 중이던 사병이 급히 뛰어와 이서백을 보고는 재빨리 범인을 포박했다.

때마침 도착한 산파도 크게 놀라 말했다. "산모가 놀라서 한 번에 힘을 쏟아낸 덕에 아기가 바로 나왔나 보네. 다행히 산모가 건강해서 엄마도 아기도 무사해. 나는 어서 아기를 좀 씻겨야겠네."

아이 아빠는 아내의 손을 잡고서 애정을 담아 말했다. "부인, 수고했어요. 아이가 놀라서 태어났으니 이름을 '경생(驚生)'이라 하는 것이 어떻겠소?"

기운이 없는 부인은 힘없이 침대에 누워 말했다. "경생요? 왜요, 차라리 무서워서 태어났다고 '혁생(嚇生)'이라 부르지그래요?"

"그것도 좋은 생각이구려. 그럼 그리합시다. 위혁생, 좋네, 좋아."

황재하는 이서백 같은 사람도 웃음을 참지 못하고 입가를 실룩거릴 때가 있음을 그때 알았다.

최순잠과 왕린이 두렵고 불안한 마음으로 기왕부에 도착했을 때는 이미 날이 밝아오고 있었다. 밤을 새워 눈이 붉게 충혈된 두 사람은 이서백의 배려로 일단 차부터 마시며 놀란 가슴을 진정시켰다.

이서백이 말했다. "사방안의 범인은 이미 잡혔으니 날이 밝으면 법정을 열어 심문하도록 하지."

왕린은 얼른 고개를 끄덕였지만 최순잠은 머뭇거리며 물었다.

"전하, '사방안'은 지금까지 사건의 경위나 동기, 그리고 명확한 증거 등이 아무것도 없습니다. 전하께서는 오늘 잡힌 자가 정말 '사방안'의 범인이라고 확신하시는지요?"

"확신하고 안 하고는 내일 심문해보면 알지 않겠는가?" 이서백은 차를 따르며 말했다. "야간 통행금지 시간에는 모든 방의 문이 닫혀있으니 외부에서 들어오지는 않았을 것이다. 필시 보녕방 내의 객잔에 머물렀을 것이니 두 사람은 가서 그자가 머물렀던 객잔을 찾아 조사해봐도 좋겠군."

날이 밝았다. 형부와 대리사가 함께 심리한 결과, 앞선 피해자들에게 휘두른 것과 동일한 흉기가 틀림없었고, 범인이 머물렀던 객잔에서 발견된 불경 필사와 살인 현장에 남아 있던 글씨 또한 필적이 완전히 일치했다.

범인은 더 이상 발뺌하기 어렵다는 사실을 깨닫고 살해 동기와 그 과정 등을 숨김없이 자백했다. 이로써 지난 석 달 동안 장안성을 떠들썩하게 했던 '사방안'의 모든 진상이 일거에 밝혀졌다.

대명궁 자신전. 근래 계속 몸이 좋지 않았던 황제 이최가 이 소식을 듣고는 잠시 기운이 회복돼 왕제들과 대리사 소경 최순잠과 형부 상서 왕린 등에게 알현을 명했다.

"환복하거라. 나와 함께 입궁할 것이다."

조금 더 잠을 자고 일어나 어빙각으로 이서백을 찾아간 황재하는 그러한 명을 받고는 의아해했다. "입궁요?"

"열흘 내로 이 사건을 해결하면 나의 일을 도울 수 있는 자격을 준다 하지 않았더냐. 오늘부터 나를 대신해 할 일이 생겼다. 그리고 이 일을 하려면 네게 확실한 신분이 필요할 것이다." 이서백은 몸을 일으켰다. 그 자태가 어찌나 여유롭고 우아한지 누군가와 거래를 하는 모습으로는 전혀 느껴지지 않았다. "어쨌든 오늘은 이 왕부의 소환관으로서 중요한 날이다. 내 너를 데려가주지 않으면 재미있는 볼거리를 놓치지 않겠느냐."

황재하는 고개를 숙이고 짧게 대답했다. "네."

이서백은 문 앞으로 걸어가 바깥에 서 있는 자에게 분부했다. "경익을 불러 오거라."

얼마 지나지 않아 경익이 들어왔다. 깔끔하고 영리해 보이는 자였다. 경익은 황재하를 몇 번 훑어보고는 물었다. "전하, 분부를 내려주십시오."

이서백은 천천히 물었다. "네가 내 왕부의 수하들을 관리하고 있지. 지금 왕부에 등록되어 있는 환관은 몇 명인가?"

"총 367명입니다."

"만일 367이 갑자기 368로 바뀐다면?"

경익은 그 뜻을 이해하고 황재하를 다시 쳐다보았다. 그러고는 잠시 생각을 정리한 후에 답했다. "소인 기억하기로 지난해에 구성궁이 폭우로 재해를 입었을 때 적지 않은 소환관이 실종되었습니다. 대부분이 고아의 몸으로 입궁한 자들이며, 일부는 시신도 못 찾고 지금까지도 그 행방을 알 수가 없습니다."

이서백은 고개를 끄덕였다. "그러면 이자는 구성궁에서 실종된 소환관일 수 있겠구나?"

경익은 성실하게 답했다. "소인도 그리 추측하옵니다만 정확히 누구였는지는 떠오르지 않습니다. 소인이 가서 공문서를 조사해볼 수 있도록 윤허해주십시오."

이서백은 그리하라며 손짓해 보였다. 얼마 지나지 않아 경익이 두꺼운 명부를 들고 와서 말했다. "소인이 확인한 결과, 구성궁 소환관 중 양숭고라 하는 자로, 상여연남각의 청소를 맡고 있었습니다. 나이는 열여섯, 키는 5척 5촌입니다. 입궁 당시 고아였고, 상여연남각에서 홀로 지내며 딱히 벗도 없던 자입니다. 구성궁에서는 작년 재난 통에 죽었다고 여겨 명부에서 이름을 삭제했습니다."

"그렇군. 뜻밖에도 그 양숭고가 재난 속에서 살아남아 나의 왕부로 들어왔군." 이서백은 황재하를 향해 물었다. "경익이 말한 이 신분이 어떠하냐?"

황재하는 마음이 벅찼다. 지난 여러 달, 험한 길로만 도망 다니며 신분을 숨기기 위해 필사적이었는데, 이서백이 순식간에 새로운 신분을 만들어주어 이제 남들 앞에 당당하게 나설 수 있게 되었다. 더 이상 숨어 다닐 필요가 없었던 것이다.

기왕 이서백이 하는 말에 누가 감히 의문을 던지겠는가?

황재하는 이서백에게 몸을 굽혀 예를 갖추며 대답했다. "소인 양승고, 전하께 감사드립니다."

대명궁 건복문으로 들어가 겹겹의 붉은 대문과 높은 담장을 지나니 하늘 높이 우뚝 솟은 함원전이 눈에 들어왔다. 고대(高臺) 위 누각에 다시 전각이 이어져 있어 마치 봉황이 날개를 활짝 펼치고 입궁하는 자들을 감싸주는 것 같았다. 함원전 뒤로는 장엄하고 화려한 자신전이 자리했으며, 그 뒤로도 금빛 찬란한 전각들이 끝없이 이어졌다.

자신전은 내전(內殿)이었다. 몇 해 전부터 황제는 대신들을 만날 때도 함원전은 거의 이용하지 않았다. 특히 왕족이나 가까운 신하들을 만날 때는 대부분 자신전을 이용했다. 황재하가 궁 안에서 기다린 지 오래 지나지 않아 검은색 평상복 차림의 황제가 환관들에게 둘러싸여 안으로 들어왔다. 살집은 있으나 뚱뚱하진 않았고, 둥근 아래턱과 가늘고 긴 속눈썹이 친근한 인상을 주었다.

황제 이최는 올해 서른아홉으로 10년 전 제위에 오른 후 가무와 여색만 즐기며 국정은 돌보지 않았다. 태평성대의 천자라고 하기에는 억지스러웠으나, 어찌되었건 백성들을 못살게 굴지는 않았기에 민생은 그럭저럭 안정적이었다.

형제인데도 황제는 이서백과 달리 온화해 보인다고 황재하는 생각했다. 그러고는 고개를 돌려 소왕 이예 등을 바라보았다. 다들 이서백보다는 속이기 쉬워 보였다.

'왜 하필이면 나를 도울 수 있는 사람이 가장 상대하기 어려운 이 분일까……'

황제는 자리에 앉아 희색이 가득한 얼굴로 이서백에게 말했다. "넷째야, 이 천지에 네가 감당치 못할 일은 참으로 없는 것 같구나! 짐도 어제야 '사방안'을 네게 맡길까 하는 생각을 했는데, 말을 꺼내기도 전에 어젯밤에 이미 해결했다고 하니 참으로 놀라운 속도로구나."

이서백이 말했다. "이번은 이 아우의 공로가 아닙니다. 사건을 해결한 사람은 따로 있습니다."

황제의 시선이 최순잠을 향했다. 최순잠은 두렵고 떨리는 마음으로 황급히 몸을 숙이며 말했다. "이 사건을 해결한 것은 모두 기왕 전하 덕분입니다. 소신은 기왕 전하의 지시를 듣지 않고 성 동쪽으로만 순찰을 도는 큰 죄를 저질렀습니다. 기왕 전하께서 홀로 현장에 가서 범인을 체포하여 이 사건을 해결하셨습니다."

그제야 황제의 시선이 이서백 뒤에 서 있던 황재하에게로 떨어졌다. "넷째야, 네 뒤에 있는 소환관은 본 적이 없는 자 같구나?"

"황제께 아룁니다. 바로 이자가 이번 사건을 해결했습니다. 아우가 감히 그 공로를 대신 차지할 수 없어 함께 입궁하였습니다."

모든 사람의 시선이 황재하에게로 향했다. 매우 빼어난 용모의 소환관이 앞으로 나와 황제를 알현했다. 시종 속눈썹을 아래로 내려뜨린 채 평온하고 침착한 표정이었으며, 머리카락조차 한 올 흐트러짐이 없어 고상해 보이기까지 했다.

황제는 웃으며 말했다. "이곳은 내전이고, 짐은 평소 형제들과 모두 편하게 지내고 있다. 보거라, 오늘 이곳에 모인 이들은 모두 짐의 형제들이지. 순잠도 최 태비의 조카이고, 왕 상서는 황후의 숙부다. 그러니 너무 어렵게 생각할 필요 없다. 이름이 무엇인고?"

"소인 양숭고, 황제 폐하를 뵈옵니다." 황재하는 예를 갖추며 인사를 올렸다.

아직 나이가 어린 이문은 소환관이 자신과 비슷한 연배로 보이자 나서서 물었다. "그대가 바로 사건을 해결했다는 자인가? 나는 그 사건을 아무리 생각해도 도통 모르겠던데, 어서 설명해보거라. 이 사건은 '사방안'이 아니더냐? 앞의 세 사건은 서쪽 남쪽 북쪽에서 발생했는데 왜 마지막 사건은 동쪽이 아니었지?"

황재하는 고개를 들어 황제를 바라보았다. 황제가 고개를 끄덕이자 그제야 설명을 했다. "이는 사람들이 흔히 범하는 사고의 오류에 불과했습니다. '상아락정'이 보리수의 네 방향으로 연상되었고, 사건이 각각 장안 북남서쪽에서 일어났으니 다들 범인이 동서남북의 규칙에 따라 범행을 저지른다고 생각했지요. 하지만 범인은 살인을 저지른 후 이 공식을 빌렸을 뿐, 이에 따라 범행을 저지른 것은 아닙니다. 세 번째 범행은 장안 서남쪽 상안방에서 벌어졌다는 사실을 통해서도 이를 알 수 있습니다. 상안방은 서쪽이 아니었습니다. 따라서 소인은 동서남북으로 사건을 한정하는 것이 잘못되었다 생각했습니다."

소왕 이예가 서둘러 물었다. "처음에는 범인의 마지막 범행 목표를 동남쪽으로 추측했다가 다음 날에는 서북쪽 보녕방으로 바꿨다던데 그 이유는 무엇이지?"

"이 사건은 매우 복잡하게 얽혀 있습니다. 장진 스님이 법언을 잘못 읽었던 그날로부터 이야기가 시작됩니다." 황재하는 상세하게 설명하기 시작했다. "저는 그날 건필궁에서 전하들께서 나누는 이야기를 듣고 이 사건에 대한 내용을 알았습니다. 법회에서 장진 스님은 필시 유창하게 법문을 읽으셨을 것입니다. 그런데 범인은 글자 하나가 잘못 읽었다는 것을 단번에 알아챘습니다. 분명 범인은 불가에 소속된 사람이거나 불가 경전을 아주 잘 알고 있는 불자이리라 생각됐습니다. 그리고 또 한 가지, 야간 통행금지를 생각해봤을 때 범인은 분명 범행 당일 해당 지역에 미리 와서 머물렀을 것입니다. 앞서 범행이 일어난 세 지역 근처에는 절이나 불탑이 없었으니 만약 스님이 그 근처에 머물렀다면 사람들의 이목을 끌었을 것이기에, 범인은 신도일 가능성이 크다고 판단했습니다. 하지만 여러 사람을 잔인하게 죽인 걸로 봐서는 제대로 된 불도를 따르는 자가 아니라, 민간에 떠도는 사도(邪道)에 빠진 사람이리라 봤습니다. 미신에 빠진 사람도 믿음은 있으니까요. 이러한 정황을 근거로, 보리수의 네 가지 방향에 맞춰 일어난 사건이 아니라고 판단했습니다. 그리고 소인이 또 한 가지 떠올린 것은, 미신을 믿는 자들은 항상 무슨 일을 하기 전에 책력을 보는 습관이 있다는 점이었습니다."

그래서 황재하는 책력을 펼쳐보았고, 범인의 범행 위치가 책력에 적힌 그날의 길한 방향과 일치한다는 사실을 발견했다. 세 번째 범행 날짜에는 책력에 서남쪽이 길하다 적혀 있었고, 또 나머지 두 번도 각각 정북 방향, 정남 방향이 길하다고 적혀 있었다. 범인이 범행을 저지른 방향과 일치했다. 그래서 황재하는 동서남북에서 한 사람씩 죽인다는 소문과 달리 범인이 책력을 기준으로 살인을 했다고 판단했다. 이서백 역시 황재하가 책력을 보고 난 후 같은 점을 주목했다. 그래서 서북이 길한 방향이었던 날, 보녕방의 그 집 앞에서 매복하고 범인을 기다렸다.

"그런 거였구나!" 이문은 급히 다시 물었다. "그럼 범인이 그 집을 노린다는 사실은 어찌 알았느냐? 어떻게 해서 이번 목표가 임신부라는 것을 알았지?"

"앞선 세 사람의 죽음 때문이었습니다. 야경꾼 노인과 중년의 대장장이는 그렇다 치더라도, 선당의 고아는 이미 사경을 헤맸으니 굳이 죽이지 않아도 얼마 살 수 없었습니다. 그런데 왜 죽였을까요?" 황재하는 잠시 멈췄다가 다시 말했다. "그리고 소인은 한 가지 사실에 주목했습니다. 대장장이가 살해당한 곳은 약방이었습니다. 그 말인즉슨 병을 치료받으러 갔다가 죽임을 당했다는 것입니다."

이문은 여전히 생각에 잠겨 있는데, 옆에서 이윤이 술잔을 잡은 채 낮게 감탄하며 말했다. "인생의 네 가지 고통이로구나. 생로병사."

"그렇습니다. 늙은 자, 병든 자, 죽음을 앞둔 자. 그렇다면 이제 남은 것은 '생(生)'이었습니다. 보녕방의 임신부는 장안 서북쪽에서 유일하게 출산이 임박한 여인이었습니다. 만일 범인이 그날 움직인다면 그 여인이 목표일 수밖에 없었습니다. 마침 그가 살인을 저지르러 갔을 때는 여인의 해산이 임박한 순간이었습니다. 범인은 자신이 '생'을 완성할 수 있도록 하늘이 돕는다고 기뻐했을 것입니다."

최순잠이 탄식하며 말했다. "대리사와 형부가 함께 심문한 결과, 범인이 모든 범행을 자백했습니다. 과거에 집안에 재난이 닥쳐 한 달 만에 가족을 모두 잃고 혼자 살아남은 뒤, 두려운 마음에 서역에서 넘어온 한 교파를 믿기 시작했다고 합니다. 서역에서도 원성이 자자한 교파였는데 어떻게 중원까지 들어왔는지 모르겠습니다만, 거기서 자신의 액운을 다른 사람에게 떠넘길 수 있다는 내용의 사악한 술법을 배운 모양입니다. 그 내용에 혹해 그 교파를 믿게 되었고, 네 사람을 죽이면 인생의 네 가지 고통에서 벗어나 질병도 재난도 없이 살 수 있다고 믿는다고 했습니다. 지금 감옥에 갇혀서도 여전히 그 믿음을 버리지 못하고 난동을 부리고 있습니다. 자신은 불경의 가르침에 따랐을 뿐이라며 죽어도 후회는 없다고 말입니다."

한동안 침묵이 흘렀다.

황제가 손을 들어 말했다. "짐이 볼 때 굳이 더 시간을 끌 필요가 없겠구나. 이미 자백도 했겠다, 증거도 완벽하니 이런 극악무도한 인간을 살려둬서 뭐하겠느냐? 그자가 더 이상 소란을 피우지 못하도록 며칠 내로 사건을 마무리하도록 하라."

"사형에 해당하는 죄이온데, 폐하의 뜻은 어떠신지요?"

"요참형[25]에 처하라."

여러 달 장안을 떠들썩하게 했던 사건은 이렇게 막을 내렸다. 그곳에 모인 사람들은 잔인했던 이번 사건을 떠올리며 눈앞에 서 있는 열예닐곱 된 소환관을 쳐다보았다. 초봄의 버드나무 가지처럼 가냘픈 소년이 제대로 된 단서 하나 없이 속수무책이던 사건에서 간단하게 첫 번째 실마리를 찾아내 모든 사건의 정황을 막힘없이 풀어내다니, 심중에 알 수 없는 어떤 감정이 절로 솟구쳐 올랐다.

이예가 웃으며 말했다. "정말 총명하고 영특한 자로군요. 어쩐지 지난번에 이자를 달라고 그리 말씀드려도 형님께서 꿈쩍도 않으신다 했습니다."

이서백이 웃으며 말했다. "아홉째야, 그 무슨 소리냐. 나는 안 된다고 말한 적이 없다."

"맞습니다. 제가 넷째 형님 증인이 되어드릴 수 있습니다." 이문도 끼어들며 말했다.

성정이 온화한 황제는 줄곧 미소로 아우들의 티격태격하는 모습을 지켜보고 있었다. 그때 뒤에 있던 여관[26] 하나가 다가와 황제의 귓가에 조용히 무언가를 전하자 황제가 웃으며 입을 열었다.

"넷째야, 근래 네게 경사가 겹치니 일단 짐이 연회를 열어주어야겠구나. 혼인날에는 짐이 황후와 함께 친히 너의 왕부로 가서 축하를 해주마."

순간 모두가 놀란 표정을 지었다.

이문이 제일 먼저 입을 열었다. "넷째 형님의 비를 간택하셨습니

---

25 허리를 자르는 형벌.
26 궁중에서 황제, 황후 등을 가까이서 시중들던 궁녀.

까? 어느 집안의 여인입니까?"

황제가 웃었다. "아직 정해지지 않았으나 조만간 결정될 것이다. 반드시 최고의 옥책[27]을 내릴 것이야. 다들 궁금하겠지만 조금만 참고 기다리거라. 넷째의 비라면 당연히 천하에 손꼽히는 명문가 규수일 테니, 필시 넷째와 잘 어울릴 것이다."

봄날의 연회는 서로 술잔을 기울이며 흥겹게 이어졌고, 붉은 해가 서쪽으로 기울 때가 되어서야 각자의 거처로 돌아갔다.

마차를 따라 궁문을 빠져나온 황재하가 안도의 한숨을 내쉬는데 이서백이 창문 가림막을 들추고 황재하를 불렀다. "타거라."

황재하가 어쩔 수 없이 마차에 오르니 이서백이 황재하를 한 번 훑어보고는 다시 창밖으로 시선을 옮겼다. 황재하도 흘러가는 구름과 다섯 개의 복(福) 자가 조각된 창 너머를 바라보았다. 평범하기 그지없는 거리 풍경이 천천히 눈앞을 지나갔다.

이서백은 여전히 창밖에 시선을 둔 채 말했다. "네 가족의 사건을 지금 좀 들었으면 한다."

황재하는 순간 당황하여 멍하니 있다가 낮은 소리로 물었다. "전하, 정말 그 사건에 관심을 가져주시는 겁니까?"

"설마 내가 식언을 하는 사람이라고 여기는 것이냐?"

이서백은 '네가 말하고 싶으면 하고, 말고 싶으면 말아라'라고 말하는 듯한 표정을 지었다.

황재하는 한참 동안 아랫입술을 깨물고 있다가 마침내 이서백 맞은편 낮은 의자에 자리를 잡고 앉아 머뭇머뭇 입을 열었다. "그날은 매우 청명한 날이었습니다. 저희 집 작은 정원에 매화가 만개해 저와

---

27 황제 또는 후비 등의 존호를 올릴 때에 그 존호 등을 새긴 옥 재질의 죽간.

우선은 눈밭에서 매화를 땄습니다. 보기 드물게 아름다운 겨울날이었습니다……."

이서백은 여전히 바깥 풍경을 바라보며 물었다. "우선이 누구지?"

"저희 아버지께서 성도에서 거두신 고아입니다. 열여덟에 수재(秀才)에 합격하여 관아가 마련해주는 작은 저택 하나를 받았습니다만 그 뒤에도 자주 저희 부모님을 뵈러 왔습니다."

이서백은 눈을 돌려 황재하의 얼굴에 나타난 미세한 표정 변화를 보았다. 오랜 시간 분주하게 뛰어다니고 머리를 쓰느라 창백해진 얼굴에 거의 보이지 않을 정도로 희미하게 홍조가 드리웠다. 완전히 다른 여인을 보는 듯했다. 우선이라는 자는 아무래도 죽마고우인 듯했다.

이서백은 시선을 다시 창밖으로 옮겼다. 표정은 여전히 평온했고, 담담한 투로 한마디 내뱉을 뿐이었다. "그렇군."

황재하는 이서백이 더 깊이 묻지 않아 속으로 안도의 한숨을 쉬고는 한 번 크게 심호흡한 뒤 그날에 대한 이야기를 이어갔다. 이미 수개월이 지났지만 여전히 마음속 깊이 각인되어 있는 그 이야기를.

그날 아침은 눈이 약간 내린 후 다시 날이 맑게 개었다. 순백의 눈과 붉은 매화꽃이 선명하게 대비되고 온 세상이 유리처럼 깨끗하게 빛나 보였다. 황재하는 품안 가득 매화를 안고 서 있는 우선을 웃으며 바라보았다.

우선이 말했다. "며칠 전에 길거리에서 화병 하나를 봤는데, 푸른 색감이 꼭 비온 뒤 맑게 갠 하늘처럼 청량하더라고. 네 방에 두면 딱 좋을 것 같아서 사뒀는데, 오늘 가지고 오는 걸 깜빡했네. 오후에 사람을 시켜서 가져오라고 할게."

황재하는 미소를 머금은 채 고개를 끄덕였다. 그처럼 좋은 시절, 아름다운 풍경을 배경으로 두 사람은 손을 맞잡고 서로를 바라보았다. 그러나 그 아름다웠던 겨울날은 어느 두 사람의 방문으로 산산조각 나버렸다.

집사가 할머니와 숙부를 모시고 들어왔다. 황재하는 환호를 지르며 들고 있던 매화를 우선에게 건네주고는 한달음에 할머니를 끌어안았다. 어렸을 때부터 할머니의 예쁨을 받고 자란 황재하는 할머니와 유난히 사이가 좋았다. 우선은 그런 두 사람을 보고는 먼저 물러가겠다며 인사를 했다. 할머니는 미소로 우선을 바라보았으나 그가 떠난 뒤에는 가볍게 한숨을 지었다.

황재하는 할머니의 손을 잡고서 어머니 방으로 들어갔다.

어머니가 웃으며 말했다. "할머니와 숙부님이 오늘은 네 혼사를 위해 오셨단다."

혼사. 황재하는 순간 할머니의 손을 놓고 아무 말 없이 가만히 앉아 있었다. 할머니는 하는 수 없이 황재하의 손등을 토닥이며 웃음을 지었다.

"왕 가는 명문 세가에, 왕온은 그 종갓집의 종손이란다. 네 아비도 이미 만나보고는 용모나 성품 모두 훌륭해서 뭐 하나 빠질 것 없다고 칭찬했어. 그리로 시집가면 평탄한 삶을 살 거라 마음에 들어 하더구나."

황재하의 어머니는 걱정스러운 표정으로 딸을 보다가 목소리를 낮추어 말했다. "어머니, 이 애가 무슨 생각인 건지 왕 가 얘기를 듣자마자 언짢아하는데요?"

"부끄럼을 타는 게지." 할머니가 웃었다.

황재하가 한숨을 쉬며 입을 열어 뭐라 해명하려는데 마침 하녀들이 저녁 식사 준비가 다 되었음을 알려와 다들 몸을 일으켜 밥을 먹으러 나갔다.

숙부 황준은 황재하를 보자마자 웃으며 말했다. "재하야, 나중에 한 집안의 며느리가 되면 식사 시간에 이리 어물거리며 늦게 오면 아니 될 것이야. 밥을 차려놓고 시부모님을 기다려야지."

황재하의 아버지가 웃으며 말했다. "왕 가 같은 집안에서 어디 며느리가 직접 시부모님을 섬기겠느냐? 봄에 재하가 시집을 가도 집에서 지내던 것과 여타 다를 바 없을 게다."

황재하는 순간 멍해져 그릇을 내려놓으며 물었다. "봄이라고요?"

어머니가 재빨리 남편에게 눈짓하고는 황재하를 향해 입을 열었다. "그래. 할머니와 숙부님도 네 혼례를 내년 봄에 치르면 어떨까 상의하러 오신 거란다. 마침 왕 가에서도 그리 생각하고……."

"사실 이미 다 결정하신 거죠?" 황재하는 화가 나서 부들부들 떨며 자신도 모르게 벌떡 일어났다. "아버지 어머니, 제가 진작부터 이 혼사를 없던 일로 해달라고 간청드렸는데, 그런데도…… 이렇게 억지로 시집보내려 하시다니요!"

"참으로 황당무계한 소리를 다 듣는구나." 황준은 왕 가와 이미 논의가 다 끝난 마당에 황재하가 이렇게 나오자 수치심에 젓가락을 내려놓고 정색하며 말했다. "낭야 왕 가는 100년도 더 된 명문 집안이다. 지금 황제 폐하의 황후 두 분 모두 그 가문에서 나왔어. 이 혼사를 물리고 싶다고 물릴 수 있을 거라 여겼더냐? 네가 왕 가에 시집을 갈 수 있는 것도 다 조상님의 은덕이니, 잔말 말고 시집갈 준비나 하거라!"

아버지도 한숨을 쉬며 말했다. "재하야, 이 혼사는 네 할아버지께서 재상으로 계실 때 이미 정하신 것이야. 지금 우리 가문의 세력이 많이 약해졌는데도 왕 가가 이 혼약을 지키려는 걸 보면 네가 마음에 든 모양이다. 네가 왕온에게 시집갈 수 있다는 건 좋은 일이야. 이 아비도 왕온을 만나보았는데 인품이나 용모 모두 다른 사람과는 비교도 안 되더구나."

"그래도 전 그 사람이 아니라 다른 사람이 좋다고요!"

고개를 숙인 채 밥만 먹고 있던 오라버니 황언이 결국 고개를 들어 불난 집에 부채질하듯 말했다. "그래, 왕 가가 그렇게 마음에 차지 않는다니, 네가 우리 가족을 다 죽여버리면 절로 파혼당하겠네."

황재하는 화가 치밀어 올라 들고 있던 그릇을 상에 매섭게 내려놓았다. 순간 떨리는 손이 그릇을 제대로 놓지 못해 국그릇이 엎어지며 탁자 아래로 굴러 떨어져 산산조각 나버렸다.

쏟아진 국물이 옆에 앉은 할머니 치맛자락에까지 튀었다. 할머니는 자리에서 일어나 급히 하녀를 시켜 닦아내게 하며 탄식하듯 말했다. "너는 어쩜 애가 갈수록 성질이 안 좋아지는 게냐. 좋게 말로 하면 될 일을 그릇을 집어 던져?"

황재하는 눈시울이 뜨거워지더니 결국 눈물이 터졌다. 하는 수 없이 몸을 돌려 얼굴을 감싸고는 방으로 뛰어 들어가 큰 소리로 울었다.

얼마나 울었을까, 누군가의 두 손이 어깨를 따뜻하게 토닥거리는 것이 느껴졌다.

어머니의 온화한 음성이 귓가에 들렸다. "재하야, 너무 슬퍼하지 말거라. 이 일은, 나도 네 아버지랑 상의하던 중이었단다. 네가 이렇게까지 싫어한다면 왕 가의 미움을 사게 된다 해도, 강요할 수는 없지."

황재하는 몸을 돌려 눈물이 그렁그렁한 눈으로 어머니를 보았다. 눈물 너머로 어머니의 미소 띤 얼굴이 보였다.

"일단 돌아가서 할머니와 숙부님께 사과부터 하려무나. 무슨 일이든 가족이 다 함께 상의하면 되지 않겠니?"

"그렇지만…… 지금 다시 돌아가기가…… 너무 창피해요." 황재하는 흐느끼며 말했다.

"주방에 가서 다시 음식을 내어 가려무나. 오늘 저녁에는 할머니가 가장 좋아하시는 양제탕을 끓였잖니. 모두에게 다시 양제탕을 한 그 릇씩 떠드리고, 조금 전의 네 태도에 대해 용서를 구하렴. 가족들도 너를 위해 좋은 방법을 생각해볼 거야."

황재하는 고개를 끄덕인 뒤 눈물을 닦고 주방으로 가 양제탕을 덜어와서는 가족들 그릇 하나하나에 다시 떠주었다. 황재하는 너무 울어서 목이 메기도 했고, 양제탕은 누린내 때문에 좋아하지 않아서 행인(杏仁)을 넣어 만든 음료만 조금 마셨다.

그렇게 그날 저녁, 황재하의 일가족은 독으로 목숨을 잃었다. 황재하가 손수 가족들에게 떠준 양제탕 안에는 치명적인 독, 비상이 들어있었다.

어둠이 내려앉은 가운데 계속 길을 나아갔다. 장안성에는 이미 초저녁 불빛들이 밝혀졌다.

이서백은 아무 말 없이 듣고만 있다가 황재하의 말이 끝나고 나서야 천천히 입을 열었다. "하지만 그렇다고 범인이 너라고 말할 수는 없지 않느냐. 다른 사람이 그 양제탕에 손을 댔을 가능성은 전혀 없었단 말이냐?"

"네." 황재하는 낮지만 또렷한 목소리로 말했다. "양은 전날 창조참사께서 보내오신 것이고, 할머니와 숙부님이 오신 뒤에야 그 양을 잡아 장조림, 양고기 국, 양제탕을 만들었습니다."

다른 밥과 반찬에는 문제가 없었다. 심지어 양제탕도 양이 많아 황재하가 가족들 것을 새로 퍼간 후 남은 것은 주방 하인들이 모두 나눠 먹었지만 다들 아무 탈 없었다. 황재하가 직접 덜어갔던 양제탕 남은 것은 식사 후에 식모들이 다시 주방으로 가져갔으나 치우기 귀찮아 그대로 주방 찬장에 넣고 잠가두었다. 다음 날 아침 비극이 발생한 걸 알았을 때도 찬장은 그대로 잠긴 채였다. 주방장 노 씨가 와서 관아 사람들이 지켜보는 가운데 찬장을 열어 전날 남은 양제탕을 꺼냈고, 그 자리에서 시험한 결과 양제탕 안에 비상이 들었다는 사실이 밝혀졌다.

"누군가가 양제탕 그릇에다가 독을 넣어뒀을 리는 없느냐?"

"그럴 리 없습니다. 제가 양제탕을 뜨기 전에 손을 씻으면서 그릇도 같이 씻었습니다. 그리고 또 한 가지……." 황재하는 어렵게 말을 이었다. "비상이 들어 있던 약봉지가 비어 있는 채로 제 방에서 발견되었습니다."

"비상을 샀었느냐?"

"네, 촉에서 가장 유명한 귀인당에서 샀습니다. 관원이 가서 판매 기록에 남겨진 제 서명을 확인했습니다. 이건 틀림없는 사실입니다."

"비상을 뭐하러 샀지?" 이서백이 물었다.

"그게……." 황재하는 주저하며 말했다. "이전에 우선과 함께 『유생잡기』라는 책을 보던 중 '단장초 즙 서 돈이 비상의 독 반 냥을 이긴다'[28]고 쓰인 민간 비법을 보았습니다. 제가 그 내용을 믿지 않아 우선과 내기를 하게 됐습니다……. 관아를 도와 독살 사건을 해결한 경험이 여러 번 있어서 비상은 제가 사고 단장초는 우선이 산에 가서 직접 캐오기로 했습니다. 그리고 이웃에 늘 사람을 무는 사나운 개 몇 마리가 있어서 그 개들에게 실험해보기로 했습니다."

"두 사람이 전에도 이런 내기를 자주 했었느냐?"

"네, 여러 번 했었습니다."

"비상을 구입한 일에 대해서 그렇게 설명도 했고?"

"네, 우선도 제 말이 사실이라고 증명해주었지만 관아에서는 변명으로만 받아들였습니다."

28　한 돈은 약 3.75그램, 한 냥은 약 37.5그램이다.

이서백은 눈썹을 추켜세웠다. "우선이라는 자는 지금 어디 있지?"

황재하는 한참을 침묵하고 있다가 천천히 입을 열었다. "우선은 범행을 저지를 틈이 없었습니다. 그날 저희 집을 떠난 후 서원으로 가서 친구들과 담론을 나누었고, 저녁에 집에 돌아간 뒤에는 집 밖에 나오지 않았습니다. 저희 부모님이 돌아가셨다는 소식을 듣고서야 집에서 나왔지요."

"그렇다면 네가 그 살인을 저지른 것으로 볼 수밖에 없구나." 이서백이 느릿한 말투로 말했다.

"네. 독을 탈 수 있는 기회는 제가 양제탕을 주방에서 들고 나와 대청에 도착하기까지의 시간밖에 없었습니다. 그리고 제가 비상을 샀던 기록도 있고, 또…… 소위 범행 동기도 있으니까요."

이서백은 고개를 끄덕이며 천천히 말했다. "모든 정황상 너희 가족을 살해했을 사람은 확실히 너밖에 없으니, 그 판결을 뒤집기가 쉽지 않겠군."

이서백 맞은편에 앉은 황재하는 마차 안을 아름답게 장식한 비단천에 시선을 두고 있었다. 비단에는 길함을 상징하는 기린과 오색구름이 금실로 정교하게 수놓였고, 정신을 맑게 하려고 피운 소합향이 마차 안에 감돌았다. 이처럼 따뜻하고 그윽한 향기 속에서도 황재하는 지난날의 참혹했던 시간을 또다시 경험한 듯 온몸이 차가워져 호흡조차 힘겨웠다. 입술이 마치 바람에 시든 흰 꽃 같아, 몸에 걸친 진홍색 관복도 그 얼굴에 혈색을 더해주지 못했다.

황재하는 맞은편의 이서백을 보며 약간 쉰 목소리로 물었다. "전하께서도 단지 그런 이유로 자신의 가족을 죽이는 사람이 있다고 생각하십니까?"

이서백이 한참 황재하를 바라보다가 다시 창밖으로 시선을 돌리며 말했다. "누가 알겠느냐. 가장 예측하기 어려운 것이 사람의 마음인데. 특히 젊은 여인의 마음은 더욱 그러하지."

황재하는 냉담한 그 표정을 보며 떨리는 음성으로 말했다. "전하께서 일전에 말씀하신 것처럼 저를 도와주신다면, 해를 가린 구름이 종내는 걷히게 마련이듯 저희 가족의 원수 또한 반드시 밝혀지리라 믿습니다."

"여름이 지난 후 촉에 한 번 갈 것이다. 그때 너를 데려가서 네 가족의 사건을 처음부터 다시 조사할 수 있게 해주마. 중이 제 머리 못 깎는다고 하지만 너처럼 이렇게 수월하게 사건을 해결하는 사람이라면 자신의 무죄 또한 밝힐 수 있을 거라고 난 믿는다."

황재하는 아랫입술을 깨물고 있다가 한참 후 다시 물었다. "정말 저를 믿으세요? 진짜 저를 도와주시는 건가요?"

이서백의 눈빛이 황재하의 얼굴에 멈추었다. 창밖 나뭇가지 사이를 뚫고 내리비친 햇살이 금실처럼 황재하의 얼굴 위에 이리저리 드리웠다. 그 반짝이는 금빛 아래 창백한 얼굴과 맑은 두 눈이 놀라울 정도로 환하게 빛났다. 햇빛조차 황재하 앞에서는 단지 장식품에 불과한 듯 그 빛을 잃었다.

눈앞의 소녀는 세상에서 가장 무거운 죄명과 원한을 짊어지고도 머뭇거림 없이 앞으로 나아가고 있었다. 본래의 연약함과 온화함은 모두 깊이 묻어버리고 필사적으로 앞으로, 빛이 있는 곳을 향해 나아갈 뿐이었다.

오랫동안 잔잔하기만 했던 이서백의 마음에 순간 미세한 동요가 일었다. 마치 봄바람이 깊은 호수의 수면 위를 스치며 일으킨 잔잔한 물결 같았다. 하지만 그저 잠시일 뿐이었다. 이서백은 다시 마차 밖으로 눈길을 돌리고 목소리를 더욱 억눌러 낮게 잠긴 목소리로 말했다.

"그래, 나는 너를 믿고, 너를 도와줄 것이다. 그러니 앞으로의 너의 인생은 내게 맡겨야 할 것이다."

황재하는 고개를 들어 이서백을 바라보았다. 석양빛을 받은 그 옆모습은 수려한 강산을 보는 듯했다. 만년설로도 결코 무너뜨릴 수 없는 견고함이 느껴졌다.

"오늘부터 내 옆에 있기만 하면 더 이상 두려워하거나 걱정할 필요 없다."

순간 황재하는 마음속 깊은 호수에 시큼털털한 물방울 하나가 똑 떨어지는 것 같은 느낌을 받았다. 그해 여름날 만개한 연꽃 위로 큰바람이 불어오던 장면이 환상처럼 눈앞을 스쳤다. 그때 그 사람도 황재하의 손을 잡고 똑같은 말을 했었다.

하지만 세상일이 그렇듯이 황재하의 신세는 초라하게 변해버렸다. 다행히 필사적인 노력 끝에 한 가닥 희망을 잡아 드디어 눈앞의 이 사람 곁에 설 수 있게 되었다.

기왕부에 도착해 마차가 멈추었다. 먼저 문을 열고 마차에서 내린 이서백은 고개를 돌려 넋이 나간 표정으로 마차에서 내리는 황재하를 보고는 무심코 황재하 쪽으로 손을 내밀었다.

해가 서쪽으로 기울며 금세 하늘을 금빛으로 물들였다. 황재하는 이서백의 손 위에 자신의 손을 얹었다. 석양 아래 이서백의 얼굴과 포개진 두 사람의 손이 반짝였다.

4장

비단빛 유리꽃

자고새의 노랫소리가 귓가에 들려왔다. 6월의 따스한 날씨가 사람을 기분 좋게 해주었다. 바람마저 물처럼 부드러워 얇은 비단이 귓가를 스치며 피부를 간질이는 듯했다. 저 멀리 물가에서 연꽃을 채집하는 여인의 애절한 노랫가락이 들려올 것만 같은 날이었다.

이같이 하늘과 땅이 어우러지는 계절, 물가에 있던 열두 살 소녀 황재하는 자신을 부르는 아버지의 목소리에 고개를 들었다. 역광 속에 선혈처럼 새빨간 빛의 세상이 눈앞에 펼쳐졌다.

그 기이한 붉은빛 속에 한 소년이 아버지 곁에 서 있었다. 낡은 옷차림에 어두운 표정이었는데 창백한 피부와 칠흑 같은 머리카락이 유난히 눈에 들어왔다. 소년은 옻칠한 듯 까만 눈동자로 소녀를 바라보았다. 고요한 밤, 또는 심원의 어두움 같은 그 눈은 무심해 보였으나 예리한 칼날이 되어 소녀의 마음에 자신을 새겨 넣었다. 영원히 지워지지 않을 각인처럼.

맨발로 연못 속에 서 있던 소녀는 품에 가득 안은 연꽃을 자신도 모르게 떨어뜨렸다.

소년이 눈가에 옅은 미소를 머금고서 천천히 다가와 물에 떨어진 연꽃을 하나씩 건져 올렸다. 소녀의 다리와 비단 치마에 진흙과 지푸라기가 잔뜩 묻어 있는 것을 보았을 텐데도 그저 미소만 지으며 주워 올린 꽃들을 소녀에게 건네주었다.

소녀를 응시하는 소년의 눈빛은 어린 여자아이를 대하는 그것이 아니었다. 소녀가 지금까지 단 한 번도 경험한 적 없는, 소녀를 향한 소년의 눈빛이었다. 부드럽고도 따뜻했다.

소녀들은 때로 상대방의 눈빛만으로도 여인으로 성장한다.

"우선……."

황재하는 순간 침대에서 벌떡 일어나 여전히 눈앞에 남아 있는 형상들을 손을 뻗어 잡으려 했다. 하지만 이내 꿈속 풍경이었음을 깨달았다.

칠흑같이 어두운 밤, 밖에는 강한 바람이 불고 봄추위가 뼛속까지 시리게 했다. 황재하는 비단 이불을 끌어안고서 꿈에 본 과거의 풍경이 손끝으로 사라지는 것을 조용히 바라보았다.

간신히 호흡을 가다듬은 뒤 다시 천천히 누워 비단 이불 속에 몸을 파묻었다. '사방안'을 해결한 후 장안에서 유명해진 까닭인지 기왕부에서도 소환관에 불과한 황재하를 잘 대우해주었다. 일용품들도 모두 좋은 것으로 제공해주었는데, 촉에서 사군 집안 아씨로 살던 때보다 더 고급스러운 물건들이었다.

따뜻하고 부드러운 침구에 누웠건만, 어찌된 일인지 비를 맞으며 황량한 외곽을 떠돌던 때보다도 더 잠이 들지 않았다. 황재하는 눈을 뜨고 어둠 속에서 한참 동안의 바람 소리를 듣다가 이불을 박차고 일어나 옷을 걸치고 바깥으로 나갔다.

기억을 더듬어 나무 그림자가 겹겹이 드리운 기왕부 정원을 가로질렀다. 순찰 중인 시위병들은 황재하를 보고도 제지하지 않았다. 기왕부의 유명 인사가 되어 위아래 할 것 없이 모르는 사람이 없으니 자유롭게 돌아다녀도 아무도 통제하는 이가 없었다.

황재하는 정유당에 도착했다. 사방이 고요한 가운데 달빛이 꽃과 나무 위로 흐르고 있었다. 사경[29]밖에 되지 않은 시간이라 이서백은 당연히 잠을 자고 있을 터였다.

'악몽 때문에 내 심정이 아무리 절박해졌다 해도 기왕께서 이 오밤 중에 어찌 나 때문에 일어나시겠어?' 황재하는 그제야 그런 생각이 들었다.

황재하는 정유당 앞 꽃나무 아래에 평평한 돌을 하나 찾아서는 그 위에 앉아 얼굴을 무릎에 파묻었다. 잠시 앉아 있다가 다시 방으로 돌아가 이서백이 부르길 기다릴 생각이었다.

그렇게 얼마를 앉아 있었는지, 달빛이 옅어지면서 하늘가가 점점 짙은 푸른색으로 물들기 시작했다. 무거운 봄 이슬이 옷을 적셨다. 땅 위로 올라온 새싹을 멍하니 보고 있는데 갑자기 검정 육합화가 나타나 새싹을 지르밟았다.

황재하가 신발을 따라 시선을 위로 올리니 암청색 기룡이 수놓인 자색 옷이 보였다. 몸에 잘 맞게 재단된 옷 덕에 몸매가 유난히 곧고 길어 보였다. 허리에는 아홉 개의 매듭 장식이 있는 청색 끈에 선인누각 문양의 자색 옥패가 달려 있었고, 폭이 좁고 깔끔하게 각진 소매는 요즘 장안에서 앞다투어 모방하는 양식이었다. 외모가 출중한 이서백인지라, 그가 입는 옷은 늘 며칠 지나지 않아 장안에서 유행을 일으켰다. 이서백의 겉모습만 논하자면 호의호식하며 주색잡기에 빠져 있는 황실 자제 같았다.

황재하는 무릎에 얼굴을 얹은 채 이서백을 올려다보며 속으로 그

런 생각들을 했다.

이서백은 앞에 서서 가만히 황재하를 내려다보다가, 자신을 보고도 아무 말 없는 황재하에게서 시선을 돌려 꽃나무에 매달린 등롱을 보며 물었다. "소환관이 새벽에 꽃이라도 감상하러 나온 것인가?"

황재하가 낮은 목소리로 말했다. "간밤에 꿈을 꾸었습니다……. 전하, 제게 맡기시려는 일이 무엇인지요? 제가 그 일을 빨리 마무리 지으면 그만큼 빨리 촉으로 갈 수 있는지요?"

이서백은 등롱 불빛에 의지해 황재하의 눈을 보다가 아무 말 없이 옆쪽 회랑으로 걸어갔다. 황재하도 몸을 일으켜 그 뒤를 따랐다. 이서백이 스스럼없이 회랑에 앉았지만 황재하는 그대로 선 채 그의 대답을 기다렸다.

밤바람이 천천히 불어오며 회랑에 매달린 궁등(宮燈)과 봉래산이 수놓인 등롱이 흔들렸다. 불빛에 이서백의 얼굴이 밝아졌다 어두워졌다를 반복하며 캄캄한 밤의 색에 녹아들어 그 표정을 분별하기 어려웠다.

이서백은 황재하의 물음에 답하는 대신 고개를 들어 처마에 매달린 궁등을 한참 응시했다. 황재하는 불안한 마음으로 그 곁에 가만히 서 있다가 뭔가 이상하다는 느낌에 고개를 돌려 이서백의 시선이 닿은 궁등을 올려다보았다. 붉게 옻칠된 나무 막대가 구름과 번개 문양으로 정교하게 이어졌고, 흰 천에는 선산의 운해에 구층 누각과 신선이 그려진 평범한 팔각 궁등이었다.

아무리 봐도 어떤 특이한 점은 보이지 않았다. 황재하가 다시 고개를 돌렸더니 뜻밖에도 이서백의 시선이 자신을 향해 있었다. 흐릿한 등불 아래 그 눈빛은 아득히 먼 하늘에 뜬 별처럼 깊고 어두웠다.

황재하가 자신의 얼굴을 만져보며 무어라 물으려는데 이서백이 먼저 천천히 입을 열어 말했다. "그거 참 공교롭구나. 나도 조금 전 꿈을 꾸었다. 서주성 성루 위에서 수많은 가옥을 내려다보는 꿈이었지. 꿈에서 깬 후에는 다시 잠들 수 없었다."

황재하는 물이 내려다보이는 난간 위에 걸터앉아 조용히 이서백을 바라보았다. 그 눈빛이 달과 별처럼 밝게 빛나고 물결에 비친 달빛처럼 반짝였다.

"내게 한 가지 일이 있는데 무척 기이해 설명조차 쉽지 않다. 여러 해 동안 도무지 해결하지 못해 나를 대신해 이 의혹을 풀어줄 사람을 찾고 있었지." 이서백은 다시 등롱에 그려진 선산을 응시하며 천천히 물었다. "내가 왜 너에게 열흘만 주었는지 아느냐?"

황재하는 궁금한 듯한 눈빛으로 고개를 저으며 흔들리는 불빛 아래 이서백을 쳐다보았다.

"열흘 후가 바로 나의 비 간택일이기 때문이다. 네가 그 일에 힘을 좀 보태주었으면 한다." 이서백은 길게 한숨을 내쉬더니 회랑 난간에 등을 기댔다. 봄날 밤, 흔들리는 등불이 밝아졌다 어두워졌다를 반복하며 그의 몸을 비추어 유난히 더 몽롱한 느낌이 들었다. "몇 해 전, 서주에서 종이 한 장을 손에 넣었는데, 거기에 쓰인 내용이 계속 신경 쓰였다."

서주. 순간 황재하는 당시 천하를 뒤흔들었던 엄청난 사건이 떠올라 얼굴에 이는 동요를 감추지 못했다.

이서백이 말했다. "그래. 서주는 내 운명의 전환점이 된 곳이다. 사람들마다 서주는 내게 복을 주는 땅이라 말했지. 하지만 서주를 평정한 후 장안으로 돌아오기 바로 전날 밤, 성루에 서서 성을 내려다보던 그때 일어났던 일이 지금까지도 생생한 기억으로 남아 있다."

여기까지 말한 뒤 이서백은 고개를 돌려 황재하를 보며 소매에서 종이 한 장을 꺼냈다. 너비 2촌, 길이 8촌 정도의 두꺼운 미황색 종이였다. 바탕에는 주홍색으로 뱀과 곤충 같은 것이 기이하게 그려져 있고, 그 위에 짙은 먹으로 '환잔고독폐질'[30] 여섯 글자가 쓰여 있었다. 그중 '환'과 '고'에 핏빛 동그라미가 그려진 것이 마치 피로 정해놓은 운명처럼 보여 가슴을 무겁게 짓눌렀다. 이서백은 그 기이한 주홍빛 무늬 위로 손가락을 미끄러뜨렸다.

"이 바탕 무늬는 조충서(鳥蟲書)로 내 사주팔자를 써놓은 것이다."

황재하는 그의 사주팔자 위에 적힌 여섯 개의 불길한 글자와 핏빛 동그라미를 보며 왠지 좋지 않은 예감이 들었다.

이서백은 부적 같은 그 종이를 난간 위에 올려놓고 손으로 가볍게 누르며 말했다. "성벽 위에서 서주성을 내려다보던 그날 밤에 이 종이가 나타났지. 바로 옆에 쌓여 있던 화살 더미 위에 아무런 기척도 없이 말이다. 내가 이것을 손에 넣었을 때는 여섯 개의 글자만 있었고 이 붉은 동그라미는 없었다. '고' 자 위에 붉은 흔적이 희미하게 있었을 뿐이지."

황재하는 붉은 원을 보면서 머뭇머뭇 아무 말도 하지 않았다.

이서백이 손가락으로 '고' 자 위를 짚은 모습이 마치 지난 삶을 어루만지는 것처럼 보였다. "어려서 부모를 잃은 자에게 해당되는 글자지. 그때 나는 부황이 돌아가셨어도 모친께서 살아계셨기 때문에 크게 신경 쓰지 않았다. 그저 적들이 내게 퍼붓는 악담 중 하나라고 생각하고는 이것을 챙겨두었지. 주변에서 누가 감히 이런 물건을 내 곁에 가져다놨는지 알아볼 작정이었다. 그런데⋯⋯."

이서백의 눈빛이 옆에 있던 궁등으로 향했다. 조용한 밤 속에서 미세하게 흔들리는 등불 빛으로 인해 황재하는 주변의 모든 것이 흐릿해지는 듯한 느낌을 받았다.

"그날 밤, 나는 수많은 악몽을 꾸었다. 모든 꿈에 '환잔고독폐질' 여

---

30 鰥殘孤獨廢疾, 각각 '홀아비, 장애, 고아, 무자식, 폐기, 질병'을 의미하는 글자이다.

섯 글자가 나왔지. 잠에서 깬 뒤 그 부적을 태워버리려고 꺼냈더니 '고' 자 위의 연붉은 동그라미가 이렇게 짙은 색으로 변해 있었다."

이서백이 손끝으로 그 글자를 가리키고 있자니, 그 붉은색 동그라미는 그의 손가락 옆에 피어난 기이한 붉은 꽃처럼 보이기도 하고, 핏자국이 번진 것처럼도 보여 섬뜩했다.

"바로 그날 그 순간, 장안에서 급한 전갈이 도착했다. 800리 먼 길을 달려온 서신에는 어머니의 부음이 적혀 있었다."

'고' 자 위에 붉은 동그라미가 생긴 그날, 그는 정말로 고아가 되었다. 황재하는 이서백이 종이에서 손을 거두고는 무의식중에 주먹을 움켜쥐는 걸 보았다. 그 아름다운 두 손을 얼마나 세게 쥐었던지 튀어나온 뼈마디가 새하얗게 질릴 정도였다.

황재하는 자신도 모르게 그를 위로하며 말했다. "어쩌면 단지 우연일지도 모릅니다. 너무 깊이 생각지 마십시오."

이서백은 황재하를 흘긋 쳐다보았을 뿐, 반박도 긍정도 하지 않고 그저 무겁고 느린 한숨을 내쉬었다.

"어머니가 돌아가셨다는 소식을 듣고 서주에서 장안으로 돌아오는 도중 자객을 만났다. 왼팔을 칼에 찔렸는데 상처가 깊지는 않았지만 칼에 독이 묻어 있었지. 수행하던 군의관이 그 팔은 가망이 없다고, 목숨을 건지려면 팔을 포기해야 한다고 했다." 이서백은 마치 지금도 그 고통이 남아 있는 듯 오른손을 들어 가볍게 왼팔을 어루만졌다. "그때 그 부적 종이를 꺼내 보았더니 붉은색 동그라미가 희미하게 하나 더 나타나 있었지. 이번에는 장애를 뜻하는 '잔' 자 위였다."

고요한 어둠 속에 갑자기 거센 바람이 불어와 등롱이 한 바퀴 빙 돌았다. 어둑한 등불 빛은 두 사람을 비추고, 붉은 동그라미가 그려진 부적은 바람 속에서 펄럭였다. 마치 종이가 아니라 운명이 요동치고 있는 것만 같았다.

황재하를 보는 이서백의 표정은 경직에 가까울 정도로 무덤덤했다. "그때 내가 어떻게 했는지 아느냐?"

황재하는 손을 뻗어 팔락이는 종이를 눌러 고정시켰다. 그러고는 눈 한번 깜빡이지 않고 이서백을 응시하며 말했다. "군의관을 잡아 범인으로 심문하셨을 것입니다."

줄곧 굳어 있던 이서백의 얼굴이 그제야 풀리기 시작했다. 심지어 입가에 옅게 미소도 띠었다. 늘 차갑기만 한 그 얼굴에 미소가 서리니 마치 봄바람처럼 따스한 기운이 몰려왔다. 옅은 미소였음에도 그의 속마음이 드러나는 것은 막을 수 없었다.

"황재하, 너 역시 나처럼 운명을 믿지 않는구나."

"지난 몇 년 동안 촉에 있으면서 스물여섯 건의 사건을 다루었는데 그중 여덟 건은 귀신의 짓이라는 소문이 있었습니다. 하지만 결국 모두 사람이 귀신의 짓으로 꾸몄을 뿐이었습니다. '사방안'도 마찬가지로 귀신을 핑계 삼았지 않습니까." 황재하는 종이를 가리키며 말했다. "이 부적도 그렇습니다. 전하께서 말씀하신 정황만으로도 배후 인물의 의도를 파헤치기 충분할 것 같습니다."

이서백이 황재하를 보면서 유쾌한 듯이 말했다. "어디 한번 말해보거라."

황재하는 귀밑머리를 더듬어 머리카락을 고정하고 있던 나무 비녀에 손을 댔으나 순간 멈칫했다. 지난번에 머리를 산발했던 일이 떠오른 것이다. 즉시 머리에서 손을 내린 뒤 손가락을 들어 난간에 한일자를 그렸다.

"첫째, 전하의 측근만이 이 부적을 갑자기 등장시킬 수 있습니다. 필시 전하 곁의 사람이 전하가 가시려는 곳에 몰래 준비해두었겠지요." 황재하는 다시 난간에 두이 자를 썼다. "둘째, 전하께서 부적을 가지고 있는데 붉은 동그라미가 갑자기 변했습니다. 그렇다면 전하를 따라 성루에 갔던 사람일 뿐만 아니라, 전하 곁에서 언제든지 전하의 모든 것에 접촉할 수 있는 사람입니다. 시종처럼 전하 곁에 가까이 있는 사람임에 틀림없지요. 셋째, 군의관의 진단이 이 부적과 일치했습니다. 전하 곁에 한 명이 아닌 최소 두 명 이상의 공모자가 있다는 뜻입니다. 한 명은 군의관이고, 나머지 한 명은 전하의 다른 측근이겠지요." 말을 끝낸 후 황재하는 손을 거두어 손끝에 묻은 먼지를 입으로 불어 떨어냈다. 그리고 다시 결론을 내렸다. "군의관부터 조사해나가면 반드시 그 배후를 찾을 수 있습니다."

이서백은 그 말에는 긍정도 부정도 하지 않은 채 말했다. "당시 군의관은 곧바로 자결했고, 수년간 훈련시킨 호위병들도 뿔뿔이 파견을 보냈다. 그들을 다시 불러들이지는 않을 것이다."

황재하의 시선이 종이 위로 옮겨갔다. "하지만 여기 위에……."

'잔' 자 위의 붉은 동그라미는 색을 잃고 옅은 흔적만 남았다.

"반년 동안 치료를 하면서 팔을 지켜내니 '잔' 자에 그려진 동그라미가 점차 옅어져 안 보이게 되었지. 그러나 내 왼팔은 이미 망가져버렸다. 일상생활이나 그림을 그리고 글을 쓰는 정도는 가능하지만 검이나 활은 다시 쓸 수 없었다." 이서백은 황재하의 눈앞으로 자신의 왼손을 들어 손가락을 움직여 보였다. "사실 나는 왼손잡이였다."

왼손잡이였던 사람이 왼손을 다친 후 빠른 시간 안에 오른손을 능숙히 사용하려면 얼마나 힘들지 겪어보지 않으면 잘 모를 것이다. 황재하는 마차 안 궤짝 안에서 자신을 끌어내던 그의 신속한 손놀림이 생각나, 눈앞의 이 사람에게 절로 탄복했다. 아예 처음부터 다시 시작해 20여 년 동안 잘 사용하지 않던 오른손을 그렇게 훈련시키다니, 자신에게는 그 정도로 강한 의지력은 없을 것 같았다.

"측근들을 각지로 떨어뜨려놓은 후 사건은 일단락됐다고 생각하고, 이 종이는 줄곧 비밀 장소에 보관해두었다. 이 종이를 가지고 내

주변의 첩자를 잡아내려고 말이다. 얼마 전 황제 폐하께서 내 비를 간택하려 하신다는 이야기를 듣고는 문득 이 종이 위의 '환' 자가 생각나 꺼내 보았더니 '환' 위에 붉은 동그라미가 생겨나 있었다." 이서백은 종이를 들어 손가락으로 붉은 동그라미가 쳐진 '환' 자를 가리키며 조소했다. "부인을 잃거나 부인 없는 남자를 일컫지. 아무래도 내가 혼인을 하면 뜻밖의 변고가 일어날 모양이구나."

황재하가 종이를 건네받아 자세히 살펴보았는데 '환' 자 위의 동그라미는 '고' 자에 그려진 것보다 확실히 진해, 선명한 핏빛이 한층 섬뜩하게 느껴졌다.

"참으로 불가사의해 귀신이 운명을 가지고 장난이라도 치는 것 같구나. 3~4년이 지나 다시 새로운 혈흔이 생기다니 말이다." 이서백이 천천히 말했다. "내 측근들은 이미 여러 차례 바뀌었고, 이 종이를 숨겨둘 때도 군사 기밀을 처리할 때보다 더 신중을 기했다. 아무도 손댈 수 없는 곳에 보관한 종이에 또다시 불길한 징조가 보일 줄은 꿈에도 생각 못 했다."

황재하는 종이를 내려놓고 말했다. "아무래도 이 종이에는 생각했던 것보다 훨씬 더 복잡한 무언가가 있는 듯합니다."

"그래." 이서백은 잠시 생각에 잠겼다가 천천히 말을 이었다. "필시 내 혼사에 소동을 일으키려는 자가 있을 것이다. 누군가가 내 혼사를 이용해 큰 풍랑을 일으키고 대대적으로 문제 삼으려는 거겠지. 예를 들어……."

이서백의 시선이 황재하를 향하더니 그 얼굴에 웃는 듯 마는 듯 묘한 표정이 떠올랐다. "갑자기 생각났는데, 낭야 왕 가의 종손 왕온은 네 지아비가 될 뻔했지. 네가 그자와의 혼례를 거부하며 심지어 가족까지 독살하는 바람에 그자 인생에서 최대의 치욕이 되었을 게다……."

"저는 가족을 독살한 적이 없습니다." 황재하는 아랫입술을 깨물며 한 자 한 자 힘주어 말했다. "제가 전하를 돕길 원하신다면 제 앞에서 더는 그렇게 말하지 말아주십시오."

이서백은 주의 깊게 황재하를 살펴보며 말했다. "세간의 소문을 빌려 그리 말한 것뿐이다. 내가 흉악범과 함께 일을 도모할 정도로 어리석은 사람으로 보이느냐?"

황재하는 아랫입술을 깨물며 낮은 목소리로 물었다. "전하께서는 제가 가족들을 죽이지 않았다는 것을 진정으로 믿으십니까?"

이서백은 아무 대답 없이 몸을 일으켜 물 위에 놓인 곡교(曲橋) 위를 걸어갔다. 두 사람은 은은한 등불 빛이 비추는 오솔길을 따라 궁등이 환히 밝혀진 누각으로 향했다. 하늘가에 푸른빛이 더 짙어지며 곧 날이 밝으려 했다.

황재하는 앞서 걸어가는 이서백이 천천히 말하는 것을 들었다.

"그래. 네 손바닥을 보았을 때 이미 네가 사람을 죽이지 않았다는 것을 알았다."

황재하는 잠시 어리둥절해하다가 이서백의 말에서 모순을 찾아냈다. "그때 제 손금에서 가족들을 살해한 것이 보여 제 신분을 추리했다 하셨잖습니까!"

"속인 것이다."

"그렇다면 어떻게 저의 신분을 아셨습니까?"

"그건 네 알 바 아니다." 이서백은 한마디로 잘라 말했다. "너는 나를 도와 이 종이의 수수께끼를 풀어내기만 하면 된다. 그것으로 너의 임무는 끝이다."

"전하께서 주변 사람들 손금을 하나하나 조사해보면 모든 것이 명확하게 드러나지 않겠습니까?" 황재하는 고집스럽게 물고 늘어졌다.

"관심 없다." 이서백은 뒤도 돌아보지 않고 말했다. "남들 손금을 보는 것보다야 누군가를 소환관으로 분장시키는 편이 훨씬 재밌지."

그리하여 기왕부의 불쌍한 소환관 황재하, 아니, 양숭고는 나리를 모시고 두 번째로 대명궁 봉래전에 입궁하여 기왕의 비 간택에 참여하게 되었다. 이미 4월이지만 궁정 뜰에 만개한 복숭아꽃과 자두꽃도 궁 안의 추위를 몰아내기에는 역부족이었다.

"희한도 하네. 분명히 남향으로 지은 건데 왜 궁 바깥보다 더 추운 거지?"

이서백은 황재하가 혼잣말로 중얼거리는 소리를 듣고는 무심결에 대답했다. "내궁(內宮)이라 그렇다. 이 세상에서 가장 고귀한 곳이자 햇빛조차 쉽게 들어오지 못하는 곳이지."

두 사람은 봉래전의 고대 위에 발을 멈추고 태석지(太液池)를 내려다보았다. 쏴 하고 바람이 불어와 연못가의 꽃나무들이 이리저리 흔들리는 모습이 마치 거대한 꽃 바다 위에 분홍색과 하얀색 파도가 넘실거리는 것 같았다. 하지만 그토록 아름다운 풍경 앞에서도 조금도 즐겁지 않고 그저 춥고 스산하기만 했다.

"규수들이 거의 다 도착했으니, 전하께서도 들어가서 이야기를 나눠보심이 좋지 않겠습니까?"

이서백은 황재하를 힐끗 쳐다보고는 느긋하게 말했다. "급할 필요가 있느냐?"

장안 미녀들을 보고 싶었던 황재하는 궁금한 마음을 누르고 기다리는 수밖에 없었다.

그때 이서백이 물었다. "증표는 잘 가지고 있느냐?"

"네."

황재하는 가슴속에 품고 있던 비단 함을 열어보았다. 기왕이 미래의 왕비에게 얼마나 진귀한 보석을 증표로 줄지 궁의 모두가 이런저런 추측들을 내놨으나, 지금 황재하의 품 안에 있는 이 탐스러운 기유리(綺琉璃)는 누구도 생각지 못했다. 모란 중에서 그 귀하다는 요황위자보다도 더 진귀한 품종이었다. 황재하는 아름답게 핀 새빨간 모란꽃을 보며 말했다.

"오늘 아침 전하의 분부대로 꽃이 피어나는 순간에 잘랐는데, 그 사정을 모르는 조경사 유 씨가 펄쩍 뛰며 제게 욕을 해댔습니다! 자기가 땅을 파서 목탄을 은근히 지펴 두 달 동안 정성스레 키운 끝에 한 송이 피워낸 거라고요. 그걸 잘라버렸으니 올해는 더 이상 이 귀한 기유리를 볼 수 없다며 탄식했습니다."

이서백은 무심히 말했다. "돌아가면 유 씨를 위로해주지."

"모란꽃을 증표로 삼으시다니 전하께서는 참으로 고상하십니다." 황재하는 비단 함의 뚜껑을 잘 덮어 손에 받쳐 들었다.

이서백은 담담한 표정이었다. 왕비를 맞는다는 기쁨은 전혀 없어 보였다.

황재하는 속으로 생각했다. '꽃은 한순간에 시들어버릴 텐데 전하처럼 현명한 사람이 왜 그 점을 생각 못 했을까? 어쩌면 다른 증표는 잘 보관할 수 있으니, 만일 나중에 후회되어 증표를 돌려받고 싶어지면 꼴사나울까 봐 그런 걸까.'

황재하는 모란꽃을 가슴에 품고 며칠 전에 본 그 종이를 생각했다. 기왕의 비로 간택될 여인에게 절로 동정의 마음이 들었다.

황후의 여관이 와서 모두들 모였으니 내려오시라고 전했다.

이서백은 황재하에게 따라오라는 눈짓을 보냈다.

왕제의 비는 조정 중신 혹은 명문 세가의 규수 중에서 간택하는 것이 본 조정의 관례였다. 모두 신분이 높은 여인들이기에 하나하나 뜯어보며 간택을 할 수는 없으며, 다들 어느 정도 눈치채고 있다 해도 비 간택 전에는 절대 발설하지 않는다. 전전(前殿)에서 연회가 열리는 동안 왕제는 병풍을 사이에 두고 후전(後殿)에서 규수들을 관찰한다. 마음에 드는 이가 있으면 사람을 시켜 그 여인을 후전으로 들여 왕제가 친히 증표를 건네준다. 이름과 신분만을 물을 뿐 다른 것은 일절 말하지 않지만, 이로써 모든 게 다 결정된다.

황재하는 이서백을 따라 후전으로 들어갔다. 안에는 휘장이 겹겹이 드리웠고 전전과 후전의 사잇문은 닫혀 있었다. 하지만 길상문양이 투각된 문 위에 붉은색 얇은 비단이 덧대여 있어서 이서백은 사잇문을 통해 전전의 모든 사람이 잘 보였지만, 전전에서는 후전의 대략적인 윤곽만 보일 뿐이었다.

이서백이 뒤에서 보고 있다는 것을 느낀 규수들의 행동이 조금씩 부자연스러워졌다. 황후 우측에 앉은 소녀만이 침착하고 자연스럽게 행동했다.

황재하의 시선은 왕 황후에게 향했다. 꽃구름 문양이 장식된 붉은 옷을 입은 황후는 얼굴이 매우 아름다웠고, 영민해 보이는 맑은 두 눈은 끝이 살짝 올라가 있었다. 온몸에서 찬란한 빛을 뿜어내 주위를 환히 밝히는 사람이었다.

낭야 왕 가가 배출한 두 번째 황후였다. 언니 왕부가 세상을 떠난 후 운왕부로 들어갔고 운왕이 제위에 오르자 황후가 되었다. 나이는 서른다섯 정도 되었으나 그보다 훨씬 젊어 보였다.

전전을 가득 채운 여인들 모두 화려한 옷을 입고 한껏 단장해 마치 아름다운 꽃들이 빼곡히 피어난 것처럼 보였다. 하지만 그 누구도 황후의 광채를 따라가지 못했다. 3년 전에 입궁하여 황후를 알현했던 황재하는 경국지색이 무언지도 모르는 어린 소녀에 불과했는데, 지금 나이가 들어 다시 황후를 보니 미인의 매력이 이 정도까지 이를 수 있다는 사실에 절로 감탄이 나왔다.

황후 곁에 앉은 소녀는 그 이름이 왕약이라고 하는 것을 보니 필시 낭야 왕 가의 여인으로, 황후의 친지 중 한 명일 터였다. 나란히 앉은 왕약과 황후는 사촌 간이어도 조금도 닮지 않았다. 사람은 이름을 따라간다는 말이 있는데, 황후는 '왕작(王芍)'이라는 그 이름처럼 붉은 비단옷을 입은 모습이 꼭 작약을 닮아, 말로 표현할 수 없는 고귀한 아름다움이 느껴졌다. 왕약은 옅은 자주색 치마를 입어 복숭아꽃처럼 온화하고 고왔다. 황후의 용모나 기질에는 미치지 못하지만 젊음에서 오는 일종의 천진난만한 매력이 있었다.

다른 여인들도 훌륭하긴 했지만 황후와 왕약 옆에서는 빛을 잃었다. 그중 화려한 분홍빛 치마를 입은 소녀가 황재하의 눈에 들어왔다. 양 볼은 살짝 통통하고 살구 씨 모양의 눈이 아름다웠으나, 줄곧 치켜든 아래턱에서 타고난 도도함을 엿볼 수 있었다. 필시 기왕에게 시집가고 싶어 안달 나 있다는 소문의 주인공, 기악 군주일 것이라고 황재하는 확신했다.

기악 군주는 촉왕의 핏줄로서 본래 황실 혈통과는 거리가 멀었으나, 부친이 조정에 공을 세워 익왕으로 봉해지면서 기악도 군주에 봉해졌다. 현재 궁중의 일을 주관하는 사람은 조 태비인데, 소문에 의하면 궁인을 매수해 경전 필사를 돕는다는 핑계로 조 태비에게 접근한 뒤 자신을 기왕의 배필로 정해달라고 청했으나, 일은 성사되지 않고 웃음거리만 되었다고 했다. 황재하가 그런 생각들을 하고 있는데 이서백이 여관을 부르더니 왕약을 가리켰다. "저 여인으로 하지."

너무 성급한 결정이 아닌지 황재하는 의아했다. 비를 간택하는 인륜대사를 어찌 한 번 훑어보고 바로 정한단 말인가?

황재하는 에둘러 물었다. "전하, 좀 더 고민하지 않으셔도 되는지요?"

이서백은 건조한 투로 말했다. "누군지도 모르는 사람들 속에서 나와 평생을 살아갈 사람을 고르는 일에 고민이 필요한가?"

"그렇지만 왕제의 선택을 받는 여인이라면 뭔가 특별한 부분이 있어야 하지 않습니까?"

이서백은 힐끗 황재하를 보았다. 입꼬리가 살짝 올라가 웃는 표정 같았지만 눈빛에는 어떠한 기쁨도 담기지 않았다.

이서백이 담담하게 말했다. "그렇군. 후보들 중 저 여인이 가장 예쁘게 생겼다."

노골적인 이유에 황재하는 순간 어이가 없어 멍하니 있다가 한참 후에야 다시 입을 열었다. "아무래도…… 조금 더 신중하셔야 하지 않을는지요?"

"지금 한 것이 가장 신중한 선택이다. 어차피 가문, 성품, 덕행 등은 다른 사람이 나를 대신해 선택했을 것이니, 나는 보기에 가장 아름다운 여인을 택하면 되지 않느냐?"

황재하는 달리 할 말이 없었다.

"좋은 배필을 찾으심을 경하드립니다."

이서백은 아무 말 없이 황재하 앞으로 손을 내밀었다.

황재하는 순간 이서백이 무엇을 원하는지 몰랐으나, 여관들이 왕약을 후전으로 데려오는 것을 보고는 깨달았다.

그때 전전에서 작은 소동이 일었다. 왕약이 여관을 따라 후전으로 향하는 것을 보고 이서백의 선택이 이미 끝났음을 눈치챈 기악 군주가 손을 떠는 바람에 들고 있던 찻잔의 뜨거운 물이 옆에 있던 류 태부 여식의 몸에 쏟아진 것이다.

"어머, 실수로 그만……."

기악 군주는 다급히 손수건을 꺼내 옷을 닦아주었지만, 갑자기 눈물이 나오려 하여 더 말을 잇지 못하고 아랫입술을 힘껏 깨물며 고개를 돌렸다. 그러고는 궁녀의 손에 들린 옥그릇을 가져다가 입을 가시는 척하며 억지로 눈물을 삼켰다.

황재하는 기약 군주를 신경 쓸 틈이 없었다. 황급히 비단 함을 열어 기유리를 꺼내 이서백에게 건네주었다.

왕약은 고개를 숙인 채 두 볼에 은은한 홍조를 띠고서 이서백 앞으로 다가왔다. 열예닐곱밖에 되지 않았지만 몸이 가늘고 길어 곁의 궁녀들보다 머리 반쯤은 더 컸다. 치마에는 풍성하게 수놓인 해당화와 담황색 구름 문양이 복잡하게 어우러져 있었다. 걸을 때마다 금비녀에 매달린 술이 천천히 흔들렸고, 구슬 목걸이는 반짝 빛이 났다. 화려한 의복과 장신구가 오히려 왕약을 더 앳되어 보이게 만들어, 세상 때가 묻지 않은 순진함이 엿보였다.

왕약은 수줍음에 고개를 숙이고 걸어오며 감히 이서백을 쳐다보지도 못했다. 왕약이 바로 앞까지 다가오자 이서백은 손에 든 모란꽃을 건넸다. 드디어 그의 목소리에서도 따뜻함이 묻어났다.

"그대가 왕약인가?"

왕약은 마치 벼락을 맞은 듯 온몸을 떨었다.

황재하는 왕약이 손을 꽉 움켜쥐며 고개를 들어 놀라움과 감동이 섞인 표정으로 이서백을 바라보는 것을 보았다. 눈에는 눈물이 고이고, 마치 황홀경에 빠진 것처럼 가늘게 떨리는 손으로 옷깃을 움켜쥘 뿐, 왕약은 아무 말도 하지 못했다.

황재하는 왕약 앞의 이서백을 보며 무언가 생각에 잠겼다. 고대에 위치한 봉래전의 창가에 서 있는 이서백은 창밖에서 들어온 햇살을 받아 마치 옥색 유리구슬을 쌓아 만든 신선처럼 보였다. 활짝 핀 붉은 모란을 손에 쥐었지만 그의 광채는 조금도 뒤지지 않고 오히려 옥처럼 더 환하게 빛났다.

황재하는 속으로 생각했다. '첫눈에 반한 것이라면 몰라도 아무리 가문의 영광이라도 저렇게까지 놀라진 않을 텐데.'

이서백 또한 왕약의 독특한 반응을 느끼긴 했지만, 아무런 말도 하지 않았다. 왕약은 그제야 자신이 이상한 반응을 보였다는 걸 알고는 두 손으로 입술을 가렸다. 당황한 나머지 말까지 더듬었다.

"기왕 전하…… 정말…… 정말로 전하이시군요."

이서백은 눈썹을 살짝 추켜세웠지만, 아무 말도 하지 않았다.

"제가…… 이렇게나 운이 좋을 줄 몰랐던 터라 실례를 범했으니, 부디 넓은 아량으로 용서해주세요……."

횡설수설 말하던 왕약은 이서백이 아무 반응 없자 어찌할 바를 몰라 하다가 갑자기 눈물을 쏟기 시작했다.

이서백은 온화한 표정으로 왕약에게 기유리를 건네며 말했다. "괜찮소. 평소 집에서 조용히 지내던 사람이라면 이런 환경이 익숙지 않을 테지. 내가 그대를 놀라게 한 모양이오."

왕약은 눈물 가득한 눈으로 고개를 끄덕이며 미소를 지었다. 그러고는 정중히 예를 취한 뒤 두 손을 내밀어 기유리를 건네받았다. 꽃을 꼭 쥔 왕약의 얼굴에 홍조가 피어올라 마치 갓 피어난 해당화 같았다.

그때 한 방울 눈물이 떨어져 꽃잎을 살짝 흔들고는 다시 튀어 안개처럼 흩어지는 것을 황재하만이 보았다.

"그 왕약이라는 여인 말이다. 네가 보기엔 어떠하더냐?"

돌아가는 마차 안에서 이서백이 물었다.

황재하는 망설이다가 이렇게 대답했다. "저는 일개 소환관일 뿐입니다. 곧 왕비 전하가 되실 분에 대해 어찌 함부로 말하겠습니까."

이서백은 그 말에 반박하는 것도 귀찮아 못 들은 척하며 작은 유리병을 집어 들어 물속을 오가는 붉은 물고기를 응시했다.

황재하는 결국 참지 못하고 말했다. "이상한 점이 있는 것 같기도 합니다."

"같기도 하다?" 손으로 가볍게 유리병을 퉁기며 이서백이 평온한 목소리로 말했다. "그 여인이 나를 보기 전에 보였던 편안함과 여유로움은 진짜였지. 왕비로 선택되든 안 되든 크게 상관치 않았던 것이다."

"그러다가 여관을 따라 후전으로 들어와 전하를 본 뒤에는 완전히 바뀌었습니다. 지나치게 놀란 그 모습이 무언가 이상했습니다."

"음……." 이서백도 고개를 끄덕이며 시선을 물고기에서 황재하에게로 옮겼다. "봉래전을 떠날 때 사주단자를 주고받았는데 거기서도 신경 쓰이는 점을 하나 발견했다."

이서백은 작은 탁자의 서랍을 열더니 붉은색 종이를 꺼내 황재하 앞으로 놓아주었다. 황재하는 종이를 집어 들고 그 위에 적힌 글을 읽어보았다.

낭야 왕가 넷째 집안 막내 여식 왕약, 대중 6년 윤 10월 서른날 묘시 이각 출생. 부친 왕충, 모친 강 씨, 오라비 왕가, 왕허, 남동생 왕부.

이런 몇 글자에 불과했다. 황재하는 속으로 곧바로 셈해본 뒤, 이서백에게 종이를 돌려주며 말했다. "이 사주는 가짜입니다."

이서백이 살짝 고개를 끄덕였다. "너도 알아챈 게로구나?"

"네. 대중 6년의 윤달 10월은 스무아흐레까지밖에 없습니다."

"제법이군." 이서백은 마침내 입꼬리를 올리며 말했다. "설마 너도 역대의 모든 날짜를 기억하느냐?"

"저는 전하처럼 기억력이 좋지는 않습니다. 다만 윤달을 계산하는 방법을 알고 있을 뿐입니다. 이 사주단자는 날짜도 그렇고, 조잡하게 위조되었습니다." 황재하는 사주단자를 보면서 말을 이었다. "'윤' 자가 다른 글자에 비해 좀 작습니다. 그리고 일반적으로 사주단자는 연월 사이에 간격이 있는데 여기는 없는 걸 보니, 아마도 나중에 '윤' 자를 추가한 것 같습니다. 그 이유는 저도 잘 모르겠습니다."

"10월 서른날은 내 모친의 기일이라 불길하다 여겼겠지." 이서백은 담담하게 말했다.

황재하가 고개를 끄덕이며 말했다. "그래서 급히 수정해 그 날짜를 피해보려 했군요."

"이치에 따르면 그렇지. 하지만 비 간택 절차를 생각해보면 의문스러운 점이 한둘이 아니다." 이서백은 사주단자를 가리키며 차가운 표정으로 말했다. "사주단자는 원래 태사에게 먼저 전달된다. 태사가 10월 서른날이라는 날짜를 보았다면 내 모친의 기일임을 이유로 당연히 그 여인을 선발하지 않았겠지. 누군가가 미리 위조를 했더라도, 향후 문제가 생길지도 모르니 이렇게 허술하게 하진 않았을 것이다. 애초에 윤 10월 서른날이라고 적혀 있었다면 태사가 여인들의 사주를 볼 때 그게 없는 날짜라는 것쯤은 쉽게 발견했을 테고, 그랬다면 이 사주단자가 내 앞에 올 일도 없었을 것이다."

"그렇다면 왕약은 애초에 비 후보가 아니었고, 아무런 심사 없이 그 자리에 있었을 가능성이 크겠네요." 황재하가 추측해서 말했다. "어쩌면 황후께서 사촌이라고 특별히 복잡한 절차를 생략해주셨을 수도 있고요."

"그럴 수도 있지. 어쨌든 왕약은 그저 장기짝에 지나지 않을 터이니 크게 신경 쓸 것 없다. 누가 이 여인을 내게 보냈고 배후에 무엇을 감추고 있는지가 중요하겠지." 이서백은 잠시 머뭇거리다 천천히 입을 열었다. "어쩌면 이 일이 그 부적과 관계있을 수도 있겠군."

황재하는 고개를 끄덕이며 왕약이 이서백 앞에서 지었던 표정을 다시 떠올려보았다. 크게 놀라면서도 부끄러워하는 얼굴에 눈물과 함께 미소가 서려 있었다. 여자의 감으로 왕약의 그러한 감정은 단순한 장기짝으로만 보기에는 무리가 있다는 생각이 들었다. 그렇다고 구체적으로 무슨 감정이었을지는 단언할 수 없었다.

이서백은 조용히 생각에 빠져 있는 황재하를 보며 말했다. "아무래도 상황이 생각보다 더 복잡한 모양이군."

"복잡한 상황일수록 더욱 허점을 드러내 많은 단서를 제공해주니 나쁘지 않습니다." 황재하가 말했다.

이서백은 황재하를 바라보았다. 일말의 망설임도 없이 침착하고 평온한 표정이었다. 자신의 능력을 잘 알고 있기에 절로 뿜어져 나오는 자신감, 남들이 무어라 해도 절대 흔들리지 않을 자신감이었다. 이서백은 순간 가슴 한구석이 두근거려 황재하를 똑바로 보지 못하고, 괜히 마차 가림막을 들추고 마차가 지나온 길을 내다보았다.

비 간택이 끝나고 집으로 돌아가는 규수들의 마차 한 무리가 대명궁을 떠나 장안성 시내로 들어갔다.

지난해의 시든 풀이 그대로 있는 길가에 새 풀도 자라나 시든 풀 사이로 드문드문 선명한 녹색이 보였다. 바람이 불어 누런빛과 초록빛이 각기 흔들리며 독특한 분위기를 자아냈다.

낭야 왕 가의 마차가 이서백의 마차를 뒤따르고 있었다. 늙은 하인이 건장한 말 두 마리를 적당한 속도로 몰았다.

이서백은 들추었던 가림막을 내려놓으며 말했다. "왕 가의 마차가 바로 뒤에 있다."

황재하는 잠시 생각하더니 곧 몸을 일으켜 마차 문을 열며 말했다. "저는 이 앞 길목에서 먼저 내리겠습니다."

"기한이 있는 것도 아닌데 급할 것 없다."

"당연히 급하지요. 하루라도 빨리 촉으로 돌아가야 하니까요!"

황재하는 마차가 이미 길목에 도착한 것을 보고는 마차가 모퉁이를 돌며 속도를 늦출 때 뛰어내렸다.

이서백은 황재하가 휘청거리다가 금세 몸의 균형을 잡아 일어서는 모습을 확인한 뒤 손에 든 작은 물고기를 내려다보았다.

기왕의 마차는 영가방으로 들어서고 황재하는 몸을 돌려 안흥방으로 향했다. 예상대로 왕 가의 마차가 황재하 옆에 천천히 멈춰 서더니 중년 부인이 가림막을 걷고 물었다.

"기왕 전하 곁에 계시던 소환관 아닙니까? 어딜 가시는 길입니까?"

황재하는 고개를 들고 웃으며 말했다. "관심에 감사드립니다, 부인. 살 것이 있어서 서쪽 시장으로 가던 길입니다."

부인은 고개를 돌려 곁의 사람과 몇 마디를 나누더니 웃으며 말했다. "우리는 그 옆의 광덕방으로 가는 길이니 공공이 괜찮다면 동승하시지요?"

"아닙니다. 제가 어찌 감히 동승하겠습니까……."

"아유, 이제 곧 한 가족이 되면 전하를 가까이서 모시는 공공과도 마주칠 일이 많을 텐데 뭘 그럽니까." 웃는 눈매가 꽤 친절해 보이는 부인은 다짜고짜 마차 문을 열어 황재하를 올라타게 했다.

황재하가 마차에 오르니 역시나 왕약이 타고 있었다. 황재하는 장차 왕비가 될 왕약과 중년 부인에게 감사 인사를 했다. 부인은 마흔이 조금 넘어 보였는데, 비록 눈가에 주름이 보이긴 했지만 그 우아한 용모에서 젊은 시절의 미모를 짐작할 수 있었다.

황재하는 문 가까이에 기대어 앉아 고개를 숙인 뒤 왕약을 몰래 곁눈질했다. 왕약은 우아한 자세로 앉아, 두 손은 왼쪽 다리 위에 가볍게 올려두었다. 옅은 자주색 비단옷의 넓은 소매 아래로 가늘고 아름다운 손이 보였다. 하얀 손가락 끝의 분홍빛 손톱은 예쁘게 다듬어져 있었다.

황재하는 그 두 손을 보며 촉에서 지내던 때를 떠올렸다. 사군 집안의 아씨였지만 매일 오라버니와 우선과 함께 들에 나가 말을 타고 놀고, 심지어 격구에 공차기까지 하며 사내아이 못지않게 뛰어노느라 손을 가꾸어본 적이 없었다. 잠시 한눈을 팔며 생각에 잠겨 있는데 부인이 말을 걸었다. "공공은 전하 곁에 오래 있었나요?"

황재하는 고개를 저으며 대답했다. "며칠밖에 되지 않았습니다. 전하 곁의 환관들이 다들 감기에 걸려 제가 임시로 모시고 있습니다."

"공공이 평소 일을 잘하니 전하의 신임을 얻었겠지요." 부인이 웃으며 다시 물었다. "그럼 공공은 전하의 일상생활에 대해 잘 압니까?"

"일상생활은…… 잘 알지 못합니다." 황재하는 솔직하게 말했다. "곁에서 모시기에는 제가 좀 서툴러서 가끔 전하께서 출타하실 때만 따라다닙니다."

"그래도 전하의 측근인데 당연히 전하에 대해 잘 알겠지요." 부인이 활짝 웃으며 말했다. "기왕 전하께서는 무슨 색을 좋아하시고, 자주 드시는 음식은 무엇이며, 주변 시녀들의 성격은 어떤지 얘기 좀 들려주세요."

황재하는 난생처음 자신이 대처하기 어려운 상황에 빠졌음을 깨달았다. "기왕 전하께서는…… 다른 이가 계속 따라다니는 것을 좋아하지 않으셔서 주로 혼자 계십니다. 시녀들은…… 저도 본 적이 없습니다."

'결벽증이 있고 성격이 차가워서 참으로 대하기 어려운 분이지요.' 황재하는 속으로 한마디를 덧붙였다.

"이모님." 왕약이 결국 참지 못하고 중년 부인을 낮게 불렀다.

왕약은 옷에 얼굴을 파묻기 직전이었다. 부끄러움으로 달아오른 볼에서 사람의 마음을 설레게 하는 아름다움이 느껴졌다.

"어머, 이 아이도 참. 이미 증표도 받았는데 하루라도 빨리 전하에 대해 잘 알아야 도리 아니겠느냐?" 부인은 왕약의 어깨를 감싸 안으며 웃었다.

황재하는 그제야 부인의 끊임없는 질문으로부터 벗어나 왕약에게 말을 건넸다. "아가씨께선 걱정하지 않으셔도 됩니다. 기왕 전하는 함께 지내기 매우 좋은 분이십니다. 낭야 왕 가의 따님이시고 이렇게 아리따우시니, 전하께서 그 많은 여인 중 한눈에 마음에 들어 하셨잖습니까. 반드시 귀하게 아끼며 함께하실 것입니다."

왕약은 눈을 들어 황재하를 보며 조용한 목소리로 말했다. "감사합니다, 공공. 공공께서 말하신 대로…… 되었으면 좋겠네요." 경직된 미소를 짓는 왕약의 얼굴에 한층 더 깊은 불안감이 떠올랐다. "저는…… 아까는 전하를 뵌 순간 어떻게 해야 할지 몰라 다리가 굳어버렸습니다……. 공공께서도 보았겠지요. 기왕 전하께서 저를 얼마나 바보 같다 여기셨을까요. 전하께서 그런 저의 모습을 싫어하실까 봐 점점 더 긴장이 되어 등에서 식은땀까지 났습니다……."

황재하는 왕약의 넋두리를 들으며 위로의 말을 건넸다. "걱정하지 마십시오. 전하께서는 다 이해하고 개의치 않으셨습니다."

부인도 옆에서 맞장구를 쳤다. "그럼요. 기왕 전하께 시집가는 것은 장안성 모든 소녀의 꿈 아닙니까. 우리 왕약도 어릴 적부터 전하를 흠모해왔지요. 그 가슴앓이는 공공도 잘 알리라 생각해요."

황재하는 고개를 끄덕였다. "네. 소인도 당연히 알고 있습니다."

왕약은 크게 심호흡을 하고는 작은 목소리로 말했다. "이해해주셔서 감사합니다."

그러고는 더 이상 아무런 말도 하지 않았다.

마차가 광덕방 근처에 도착하자 황재하는 다시 한 번 감사를 표한 뒤 마차에서 내렸다.

거기서 멀지 않은 곳에 서쪽 시장이 있었다. 바로 왕부로 향할 수는 없어 황재하는 시장 모퉁이의 국숫집으로 들어갔다.

가게가 협소해 황재하는 한 모녀와 동석했다. 여자아이는 일고여덟 살쯤 되어 보였는데, 의자에 앉아서는 발이 땅에 닿지 않았다. 아이 엄마가 젓가락으로 면을 짧게 잘라 딸에게 먹여주었다.

황재하는 모녀를 보며 아련한 기분에 빠졌다. 황재하의 시선을 느낀 아이 엄마가 쑥스러운 듯 웃었다.

"애가 아직 어려서 면이 너무 길면 잘 못 먹어서요."

"그렇겠네요." 순간 황재하의 눈시울이 붉어졌다.

열 살 때의 일이 떠올랐다. 황재하의 어머니도 이렇게 면을 짧게 끊어주었는데, 맞은편에 앉아 있던 아버지가 고개를 내저으며 말했다.

"당신이 그렇게 금이야 옥이야 키워서 이 나이 되도록 이렇게 손이 가는 것 아니오."

황재하 오빠는 그녀 왼편에 앉아서 국수를 후루룩 삼키며 놀렸다. "창피하다, 창피해. 이렇게 커서도 아직 혼자 못 먹다니. 나중에는 시중들어줄 남자를 찾아 혼인해야겠네. 그러면 그 사람이 어머니 대신 돌봐주겠지."

황재하는 토라져서 젓가락을 놓고 방으로 가버렸다. 조금 후 어머니가 국수를 들고 와 부드러운 목소리로 달래주어 그제야 다시 국수를 먹기 시작했다. 몇 입을 먹다 고개를 들었더니 아버지가 창문 밖에 멀찍이 서서 이쪽을 보고 있었다. 황재하가 고개 드는 것을 본 아버지는 그냥 지나가는 길이었던 것처럼 천천히 조약돌 길을 따라 후원 뒤쪽으로 가버렸다.

그때의 소소한 일상들이 눈에 선하게 떠올랐다. 아버지 발 아래로 꽃무늬처럼 깔려 있던 조약돌, 어머니 손 위로 드리웠던 창밖 나뭇가지 그림자, 그 모든 것이 황재하의 눈앞에 선명하게 그려졌다.

이러한 기억의 파도가 황재하 마음속 깊은 곳에 숨겨져 있던 근심과 염려, 그리고 분노와 원한까지 송두리째 뒤흔들어놓았다. 황재하는 입을 굳게 다물고 애써 호흡을 가다듬으면서 간신히 눈물을 삼켰다.

아버지, 어머니, 오라버니…….

황재하는 국수를 삼키면서 눈물도 함께 배 속으로 삼켰다.

이 모든 원한과 피눈물은 촉으로 돌아가는 날 반드시 되갚아줄 것이다.

5장

자색에 취하고
금빛에 빠져들다

낭야 왕 가의 왕약이 기왕의 비가 된다.

이 소식이 장안에 빠르게 퍼졌다. 장안 사람들은 왕 씨 집안이 두 명의 황후에 이어 또 한 명의 왕비를 배출하니 얼마나 영예로울지 침을 튀기며 떠들어댔다.

황재하는 양숭고라는 환관 신분으로 위풍당당한 납징 행렬을 따라 장안성을 가로지르며 도성 사람들의 이런저런 말들을 무심히 들었다.

황재하는 자신의 얼굴을 만지작거렸다. 최근에 잘 쉬었던 탓인지 낯빛이 제법 좋아져, 왕부를 나서기 전에 시녀들 몰래 황분을 가져다 얼굴에 발라 피부색을 어둡게 만들었다. 오늘 가는 곳이 낭야 왕 가의 저택이었기에, 행여나 그곳에서 약혼자 왕온을 만날 수도 있기 때문이었다. 왕온은 지금까지도 혼약을 정식으로 물리지 않았다.

비록 왕온과 만난 적은 없지만 악왕 이윤의 말에 따르면 3년 전에 궁에서 자신의 옆모습을 보았다고 하니 미리 조심해야 했다. 앞으로도 외출할 때는 황분을 꼭 발라야겠다고 생각했다.

혼인 육례(六禮) 중 납채, 문명, 납길에 이어 오늘은 납징을 하는 날이었다.

장안 제일의 명문가답게 왕 가 저택은 매우 크고 아름다웠다. 문을 일곱 번 지나는 정원에, 동서 양쪽으로 나 있는 화원, 그리고 높은 담 벼락까지, 하나같이 그 기세가 평범치 않았다.

종손 왕온 또한 귀족 자제다운 품격이 흘러넘쳤다. 비록 약혼녀 황 재하가 그와 혼인하기 싫어 가족을 죽이고 도망갔다는 소문이 파다 하게 퍼져 체면이 말이 아니게 되었지만, 그럼에도 여전히 우아함을 잃지 않았다. 진홍색 비단 예복을 입고 환하게 웃는 왕온의 얼굴은 마 치 새벽녘에 불어오는 봄바람 같았고, 모든 행동거지가 온화했다. 오 랜 명문가의 자제에게서나 볼 수 있는 기품이었다.

본 조정에서 신분이 높기로 손꼽히는 기왕과 명문가 중의 명문가 낭야 왕 가 여인의 혼례였으므로 납징 규모도 남달랐다. 길게 늘어선 궤짝 중 각 궁의 태비들이 하사한 금 빗, 옥 자, 은 화장함이 특히 사 람들의 이목을 끌었다. 왕온은 귀한 손님들을 왕약 거처의 뜰로 인도 하고, 수백 명의 손님을 한 사람 한 사람 맞이하며 선물 봉투를 나눠 주는 일까지 아주 말끔하게 처리했다.

황재하는 기왕부의 여관 소기와 함께 왕온 앞에서 예를 취했다. "저희 두 사람은 왕비 전하께 왕부와 궁정의 규율을 알려드리라는 명 을 받았습니다."

"수고해주십시오." 왕온은 그렇게 말하며 황재하에게 시선을 멈추 고는 한참을 살펴보았다. 무언가 생각에 잠긴 듯했다.

황재하와 소기는 납징 행렬을 따라 후원으로 들어갔다. 그런데 뜻 밖에도 왕온이 황재하의 뒤를 따르며 말을 건넸다.

"공공, 성함이 어떻게 되시는지요?"

황재하는 천연덕스럽게 대답했다. "소인 양숭고라고 합니다."

"'사방안'을 해결했다던 그 양숭고 공공이십니까? 직접 뵙게 되어 영광입니다!" 왕온은 기쁜 듯 말하며 소기에게도 마찬가지로 이름을 묻고는 정원 입구까지 두 사람과 함께했다.

황재하는 처마 밑을 걸으며 왠지 뒤통수가 따가운 것 같아 참지 못하고 뒤를 돌아보았다. 역시나 왕온이 정원 입구에 서서는 생각에 잠긴 얼굴로 자신을 바라보고 있었다. 왕온은 고개를 돌린 황재하와 눈이 마주치자 살짝 미소를 짓더니 공수하며 말했다.

"잠시 후에 오복병(五福餠)을 먹을 것이니 공공께서도 늦지 마시기 바랍니다."

황재하도 고개를 숙여 예를 행했다. "네, 알겠습니다. 오늘은 왕비께 문안만 드리고, 정식 교육은 내일부터 시작할 것입니다." 황재하는 아직 『예의지(禮儀志)』를 본 적이 없어서 인사치레를 하고 싶어도 뭐라 해야 좋을지 몰라 이렇게만 말했다.

회랑에 마중 나와 있던 네 명의 시녀가 두 사람을 향해 단정하게 예를 갖추며 인사했다. 실내에서 화기애애한 웃음소리가 새어나왔다. 안으로 들어서니 화병에 꽂힌 해당화를 비롯해 각양각색의 꽃들로 방 안이 장식되었고, 매화나무 창살 위로 장미와 연꽃이 수놓인 휘장이 걸려 있었다. 고운 비단옷 차림에 머리에 꽃을 꽂아 곱게 단장한 귀부인 10여 명이 낮은 유리 침상에 앉아 있는 왕약 곁에 모여 있었다.

왕약은 지난번과는 다른 분위기로 단장했다. 소매가 짧은 자줏빛 옷이 활발한 느낌을 주고, 붉은색 모란 무늬가 경쾌하고 화려한 느낌을 더해주었다. 머리는 쪽을 지어 예의 그 기유리를 꽂고, 옥비녀 두 개를 비스듬히 찔렀다. 성숙해 보이면서도 자신의 영민한 매력 또한 잃지 않았다.

'진정으로 옷을 잘 입는 사람은 자신의 매력이 무엇인지 잘 알고 있는 법이지.' 황재하는 조용히 속으로 생각했다.

납징사가 온 것을 보고 모두 일어나 맞아주었다. 왕약도 사뿐히 몸을 굽혀 예를 갖추었다. 이번 납징사를 이끄는 예부(禮部)의 설 상서가 빙서[31]를 낭독했다. 황재하는 그 길고 지루한 문장을 듣다가 무심코 고개를 돌려 창밖 풍경을 보았다. 들보 아래에서 제비들이 노래를 하고 있어 천지간에 생기가 넘쳐 보이는 아름다운 봄날이었다.

왕약은 빙서를 받아들면서 황재하를 발견하고는 자신도 모르게 미소를 지어 보이며 말했다. "제 출신이 미천하여 일찍이 황실의 위용을 겪어본 적이 없고, 더욱이 궁중 예절은 잘 알지 못합니다. 두 분께 많은 가르침 부탁드리겠습니다."

소기가 황급히 대답했다. "아닙니다. 왕비께서는 명문가 규수로서 그 예절이 이미 완벽하십니다. 하나를 보면 열을 안다고 분명 어려움 없이 잘 해내실 것입니다."

왕약은 황재하를 바라보며 미소를 지었다. 마치 세상일을 잘 알지 못하는 어린아이와 같은 얼굴이었다. 그 자리에 동석한 부인들도 모두 환하게 웃고 있었지만, 왕약에게는 납징을 돕기 위해 방문한 낯선 존재들일 뿐이었다. 왕 가 여인 중에는 참석할 수 있는 이가 몇 되지 않았고, 대부분이 궁중 태비들이 택하여 보내준 조정 대신 부인들이었기 때문이다. 그래서 오늘 이곳에 있는 사람들 중 왕약 자신이 데리고 온 하인들과 왕온 외에는 황재하가 유일하게 아는 얼굴이었을 것이다. 낯선 사람으로 가득한 곳에서 아는 사람을 찾았다는 기쁨이 왕약의 얼굴에 그대로 드러났다. 그 앞에 선 황재하는 괜히 부끄러운 마음이 들었다.

'이 아름답고 순진해 보이는 여인 뒤에 정말 음모가 감춰져 있을까?'

모두들 돌아갈 때가 되어 황재하도 문으로 향했다. 그때 누군가가 슬며시 옷소매를 잡아당기는 것을 느껴 고개를 돌려보니 왕약이 쭈

---

31 납징에 대한 서신.

뻣거리며 서 있었다. 황재하는 웃으면서 몸을 돌려 왕약에게 예를 행했다.

"왕비 전하, 분부할 것이 있으신지요?"

왕약이 목소리를 한껏 낮춰 말했다. "공공을 만나서 정말 다행이에요. 이곳엔…… 낯선 분들밖에 없거든요!"

황재하는 웃으면서 왕약을 응시했다. "일전에 마차에서 뵈었던 이모님도 계시잖습니까. 그러고 보니 오늘은 보이질 않으시네요?"

"아…… 제가 왕비로 간택되어서, 제 물건들을 챙겨주려고 낭야로 급히 돌아가셨어요." 그렇게 말하는 왕약의 표정에서 약간의 부자연스러움이 느껴졌다. 왕약은 가만히 생각하더니 다시 한마디를 덧붙였다. "연세가 있어서 아마 다시 돌아오시지 않을 거예요. 고향에서 여생을 편히 지내셔야지요."

"왕비 전하께서 서운하지 않으시겠습니까? 어릴 적부터 돌봐주신 분 같았는데요."

"그렇긴 해요. 하지만 어쩔 수 없으니 저도 곧 적응하겠지요. 저는 그래도 괜찮은데 이모님은 연세가 있으니 쉽게 적응하지 못하실까 봐 걱정입니다." 왕약이 억지로 웃어 보이자 두 뺨에 옅은 보조개가 생겼다. "저는 그래도 공공이라도 알아서 다행이에요. 아침에는 얼마나 노심초사했는지 몰라요. 저를 가르치러 오실 분이 엄격하거나 완고한 환관일까 봐 걱정했었는데, 공공께서 올 줄은 정말 꿈에도 몰랐어요."

황재하가 웃으며 말했다. "그게 다 왕비 전하께서 선의를 베푸신 덕에 소인이 왕비 전하의 마차에 함께 탈 수 있었기 때문이지요."

그렇게 인사치레를 몇 마디 주고받고 있는데 소기가 다가와 황재하를 불렀다. 두 사람은 대전으로 가서 간식으로 요기를 했다. 왕 가에서 만든 오복병은 밖에서 파는 것과는 수준이 달랐다. 복령, 산사나무 열매, 잣, 대추, 깨를 넣어 만든 다섯 종류의 오복병이 유리 접시에 담겨 있었다. 왕온이 손수 덜어와 황재하에게 물었다.

"공공께서는 무슨 맛을 좋아하십니까?"

황재하가 오복병을 쓱 훑어보며 뭐라 대답하기도 전에 왕온이 먼저 복령 소가 든 오복병을 황재하 앞에 놓아주며 말했다. "저희 집 찬모의 특기가 바로 이 오복병입니다. 복령 특유의 약재 맛은 사라지고 그 향기만이 남아 맛이 일품이니, 한번 드셔보시지요. 하지만 모든 맛을 한 번씩 다 드셔야 비로소 오복이 모이니 다 맛보시는 게 좋습니다."

황재하는 감사를 표한 뒤 새하얀 오복병을 들고서 천천히 먹기 시작했다.

왕온이 옆에 앉아 물었다. "공공은 고향이 어디십니까? 원래 장안 사람이십니까?"

황재하는 고개를 끄덕이며 말했다. "장안 외곽 지역 출신입니다."

왕온이 또 물었다. "말에 촉 억양이 있는 듯한데 촉에서 살았던 적이 있습니까?"

황재하는 고개를 내저었다. "없습니다만, 소인의 모친께서 촉 사람이십니다."

"아……."

"소인은 어렸을 때 거세한 뒤 내시성의 명으로 구성궁으로 갔다가 지금은 기왕부로 오게 되었습니다. 글을 조금 아는 덕에 기왕 전하께서 왕비께 궁중 예법을 전수해드리라 보내셨습니다. 제게는 무한한 영광이지요." 황재하는 표정과 목소리에 조금의 흔들림도 없이 내시성과 기왕부까지 끄집어내며 자신의 위조된 신분을 드러냈다. 과연 왕온은 더 이상 묻지 않고 황재하의 얼굴을 찬찬히 뜯어보기만 했다. 그 눈빛에서 의혹과 동요가 느껴졌다. 하지만 진중하고 침착한 왕온인지라 곧바로 미소를 지으며 화제를 돌렸다.

"그저 궁금했을 따름입니다. 그나저나 공공, 궁중과 왕부의 규율에는 번거로운 것들이 많지 않습니까?"

황재하는 자연스럽게 말했다. "그렇게 많지는 않습니다. 왕비 전하는 총명하고 영민한 분이시니 며칠 안에 완벽하게 숙지하실 것입니다."

"아무래도…… 너무 많은 것 같은데요?"

황재하는 이서백이 던져준 서른 권 가까운 두꺼운 책을 보면서 아연실색했다. "왕부와 궁중의 규칙이 이렇게나 많습니까?"

"아니다." 이서백은 느릿느릿 입을 열어 말했다.

황재하는 안도의 한숨을 내쉬었다. "여기서 일부분인 거지요?"

"아니, 여기 있는 건 일부분이다." 이서백이 담담하게 말했다. "그리고 그것을 다 모은 것도 왕부 전체 규율의 일부분일 뿐이다."

황재하는 피를 토할 것 같은 심정이었다. "이걸 며칠 내로 다 익혀서 왕비 전하를 가르치라는 말씀이십니까?"

"아니, 오늘 밤에 다 익혀야 한다. 모두 외우거라."

황재하는 자신의 귀를 의심했다. "이걸 다 외울 수 있는 사람은 없을 거 같은데요?"

이서백은 아무 책이나 하나 집어서 황재하 앞에 툭 던져주며 말했다. "아무 데나 펼쳐서 아무 조항이나 골라보거라."

황재하는 아무렇게나 책을 펼쳤다. "35. 명절 제19조."

"35. 명절 제19조. 춘분에는 주방에서 춘병(春餠)을 만든다. 하사품은 다음과 같다. 대부(大夫)의 부인에게는 비단 10필과 무명 5필, 첩에게는 비단 8필과 무명 3필, 시종에게는 비단 5필과 무명 3필. 왕부의 1급 궁인에게는 은 10냥, 2급 궁인에게는 5냥, 3급 궁인에게는 3냥을 하사한다. 나머지 기타 등급은 1냥을 하사한다.”

황재하는 순간 입가에 경련이 일었다. 이번에는 다른 책을 들고 펼쳤다. “16. 강론 제4조.”

“16. 강론 제4조. 조정은 왕제에게 닷새에 한 번 강독관(講讀官)을 파견하며 ‘왕부(王傅)’라 칭한다. 왕제가 성년이 되기 전에는 왕부가 시경, 서경, 예악 등 경전을 직접 택하여 강론하며, 후에는 왕제가 경전을 고를 수 있고 열흘에 한 번으로 한다. 배움은 절대 폐하여서는 아니 된다.”

‘어쩐지 곁의 시위병들에 대한 정보를 줄줄 외더라니!’ 황재하는 진심으로 탄복하며 또다시 책을 펼쳤다. “24. 누각 관대 규정 제93조.”

이서백이 멈칫했다. 황재하는 득의양양한 얼굴로 이서백을 보았다. “드디어 못 외우시는 게 나왔네요?”

“당연히 못 외운다. 누각 관대 규정은 제90조까지밖에 없다. 제93조는 어디서 나온 게냐?”

황재하는 그저 경외하는 눈빛으로 이서백을 바라볼 수밖에 없었다. “전하처럼 한 번 본 것은 절대 잊어버리지 않는 사람은 제 평생 처음 만나는 것 같습니다.”

“집중만 한다면 기억 못 할 것도 없지.” 책 무더기가 쌓여 있는 탁자 위에 손을 올리는 이서백의 입꼬리가 거의 보이지 않을 만큼 살짝 올라갔다. “내일은 방금과 같은 방법으로 내가 널 시험할 테니 최선을 다해 집중해보거라.”

……

이서백이 떠난 뒤 황재하는 저도 모르게 비명을 내지르며 탁자 위로 엎어졌다.

하룻밤에 모든 규칙을 외우는 것은 불가능했지만, 황재하는 정신을 가다듬고 최소한 한 번씩은 훑어보면서 대략적인 내용을 기억했다.

왕 가에 가기 전에 이서백이 폭풍 같은 질문을 퍼부으리라 예상한 황재하는 다음 날 아침 일찍 일어나 이서백을 찾아갔다. 하지만 이서백은 이미 장안성 왼쪽 구역을 순찰하러 나간 뒤였다. 그러면서 황재하에게 남긴 말이 있었으니, '양승고가 왕부에 온 지 얼마 되지 않아 규칙에 익숙지 않으니 왕비를 가르치러 갈 때 책을 가져가 가르치게 하라'는 것이었다.

황재하는 안도의 한숨을 내쉬는 한편 부아가 치밀었다. '이게 뭐야! 그렇게 겁을 줘서 한숨도 못 자고 공부했는데!'

오늘 왕약의 차림은 요염하고도 세련되어 무척 매혹적이었다. 연푸른빛 비단옷은 복잡하게 얽힌 꽃가지가 소매 끝에서 아름다운 꽃을 피웠고, 검은 머리카락은 부드럽게 말아 올렸으며, 귀밑머리 옆으로는 분홍빛 진주로 만든 꽃 모양 장식을 몇 개 꽂았다.

왕약은 황재하가 오는 것을 보고는 미소를 감추지 못하고 재빨리 치맛자락을 들어 문 앞으로 다가와 맞이했다. 피어나는 꽃과 같은 그 미소가 황재하에게도 옮겨져 두 사람은 마치 여러 해를 알고 지낸 벗인 듯 친밀해 보였다.

"아침에 소기 부인께서 궁에 계신 태비와 제왕, 공주 등 황친들을 알려주셨는데, 너무 많아서 제대로 기억도 못 했어요! 그런데 공공이 제게 가르쳐주실 규율은 그보다 훨씬 더 많다면서요? 정말 이를 어쩌나 걱정이에요."

황재하는 웃으면서 위로의 말을 건넸다. "걱정 마십시오. 왕비 전하께서는 총명하시니 빠르게 외울 것입니다."

"그렇지 않아요. 어려서 거문고를 배울 때도 가장 간단한 곡인 '유',

아, 뭐냐면…… 「유수」였어요. 그 곡을 배울 때도 제가 제일 뒤처져서 이모님이 늘 저를 바보라고 놀리셨죠. 정말 걱정돼 죽겠어요!" 왕약은 자신 없는 말투로 물었다. "왕부 규칙은 어려운가요?"

"그렇지는 않을 겁니다. 명문 세가인 왕비 전하 가문의 규율이 왕부의 것보다 많았을 수도 있지요." 황재하는 들고 온 책을 왕약에게 보여주었다. 그러고는 난처해하는 왕약의 얼굴을 보며 한마디 덧붙였다. "이 책들은 왕부 규율 중 일부입니다. 왕비 전하께서 이 책들을 다 보시고 나면, 그다음에 다른 서책들을 가져오도록 하겠습니다."

오후 내내 황재하는 간식을 먹으며 왕약이 열심히 왕부 규율을 읽는 것을 지켜보았다. 그러다가 괜히 양심이 찔려서 자신도 서책을 들어 이리저리 살펴보았다. 가르치는 입장에서 왕비보다 실력이 못하다면 얼마나 망신살 뻗치는 일인가.

하지만 오늘은 어제처럼 그렇게 긴장하며 읽지는 않았다. 그렇게 보다 보니 점점 정신이 어디로 흘러가는지 혼미해지며 시선도 여기저기로 날아다녔다. 그때 왕약이 책을 받쳐 들고서 멍한 얼굴을 하고 있는 것이 눈에 들어왔다.

왕약이 한참을 미동도 없는 걸 보고 황재하가 서책을 덮으며 물었다. "왕비 전하, 무슨 생각을 그리 하시는지요?"

"그게…… 소기 부인이 알려준 내용을 생각하고 있었어요."

황재하는 웃으며 물었다. "소기 부인이 무엇을 알려주시던가요?"

"『여계』[32] 중 '전심(專心)' 편을 가르쳐주며 이리 말씀하셨지요. '절개 있는 여인은 두 지아비를 섬기지 않으니, 남편은 재혼할 수 있으나 아내는 재가가 불가합니다. 오늘날 많은 여인들이 남편이나 시댁에

---

32 정숙한 부녀의 도를 논술한 책.

불만을 느껴 관청을 찾아가 이혼을 간청하는데, 이는 도리에 맞지 않습니다. 여자는 평생 지조를 지켜야 하며, 황실은 이를 더욱 중시합니다'라고요."

황재하는 고개를 끄덕이며 말했다. "『여계』는 어린 규수를 가르치기 위한 책이지요. 소기 부인도 관례적으로 그리 말했을 뿐일 겁니다. 어찌 마음에 걸리셨습니까?"

"저도…… 예전에 읽었던 책입니다만." 왕약이 황급히 말했다. "갑자기 뭔가 생각이 나서 의문이 풀리지 않았습니다."

"어떤 의문인지 제게도 들려주시겠습니까?"

"그게…… 측천무후는 태종의 후궁이었고, 현종의 양귀비도 한때는 수왕의 비였다고 하지요……." 왕약이 주저하며 말했다.

황재하는 왕약이 이런 천고의 난제를 끄집어낼 줄은 생각도 못 했다. 그 많은 사관들도 그러한 과실을 감추지 못했는데 자신이라고 별수 있겠는가? 그저 씁쓸한 미소를 지으며 이렇게 대답했다. "조정의 일은…… 확실히 뭐라고 단언하기 어려운 부분이 있지요."

"한무제의 어머니 왕지도 궁 밖에서 혼인하여 딸까지 낳았으나 남편과 딸을 버리고 초혼이라 속이고 입궁을 해, 종국에는 여인천하를 이루었지요……. 그렇지 않나요?"

황재하는 한참 동안 입을 떼지 못하다가 겨우 입을 열었다. "우리 화하(華夏)[33]는 드넓은 땅에서 천년의 역사를 이어왔으니, 그 속에서 한두 사람 정도는 예외도 있을 겁니다. 하지만 그 또한 필경 소수에 불과하지요."

왕약은 책상 위의 책에 시선을 둔 채 주저하며 말했다. "그렇다면 왕 황후가 과거에 혼인했던 사실을 숨긴 일을 한경제에게 들켰다

---

33 중국의 옛 이름.

면…… 어떤 결과가 빚어졌을까요?"

황재하는 자기도 모르게 웃으며 말했다. "이미 고인이 되신 분을 어찌 염려하십니까? 왕 황후는 종국에 왕 태후가 되셨고 그 가문도 모두 부귀해졌지요. 아들 한무제는 훗날 어머니가 평민과의 사이에 낳은 딸이 있음을 알고는 그 딸을 찾아가 누님이라 칭했다고 합니다. 소인은 황실 또한 인정이 있으니 만사를 도리에 맞게 처리하리라 생각합니다."

왕약은 책을 품에 끌어안고 여전히 넋 나간 표정을 하고 있었다.

"네…… 제 생각도 그래요."

황재하는 방금 나누었던 대화를 속으로 되새겨보았으나 그 요지를 파악할 수 없어 일단 이 생각은 접어두기로 했다. 그러고서 왕약의 시선이 멈춘 곳을 따라가 보니 탁자 위에 모란꽃 한 송이가 꽂혀 있었다.

바로 그 기유리였다. 물이 담긴 얕은 유리그릇에 꽃가지가 적당히 잠겨 있었다. 하지만 꽃은 이미 시들기 시작했는지, 살짝 말려 올라간 꽃잎이 한두 개 떨어져 있었다.

왕약은 황재하도 꽃을 바라보는 걸 알고는 갑자기 얼굴을 붉히며 고개를 숙이고는 책을 말아 쥐었다. 얼굴에는 부자연스러운 수줍음이 가득 떠올랐다.

'희한하네. 지금 모습만 보면 기왕 전하께 정말로 마음이 있는 것처럼 보이는데.'

황재하는 속으로 생각했다. 이제 막 사랑에 눈뜨기 시작한 소녀가 이서백을 향해 동경과 흠모의 마음을 품고 있다는 사실이 고스란히 느껴지며, 아주 잠깐이었지만 자신의 감정 또한 왕약에게 물든 듯한 기분마저 들었다.

왕약이 고개를 숙인 채 물에 꽂힌 기유리를 만지작거리며 낮은 소리로 말했다. "공공은 분명 속으로 저를 비웃겠죠."

"무엇을 말씀이십니까?" 황재하는 미소를 띠고서 물었다.

왕약은 부끄러움에 손을 들어 얼굴을 가리고는 낮은 목소리로 말했다. "제 마음을 아실지 모르겠어요……. 저는 말이죠, 예전부터 늘 상상해왔어요. 미래의 부군은 이러이러한 사람이었으면 좋겠다 하고요. 훗날 어떤 삶을 살고 어떤 사람과 혼인하게 될지 항상 궁금했어요……. 그런데 후전에 들어서서 고개를 들어 기왕 전하를 뵌 순간, 제 앞에 놓인 인생의 길이 훤히 다 보이는 느낌이었어요. 미래에 대한 두려움이 사라져버린 듯했죠……. 환한 빛 가운데 모란꽃을 들고 서 계시는 그분 모습은 푸른 옥처럼 환하게 빛났어요. 그 순간 저는 그분이 제 인생의 사람임을 깨달았습니다……."

황재하는 왕약이 이서백을 처음 만났을 때의 상황을 떠올리며 속마음과는 반대로 미소를 보이며 말했다. "그때 왕비 전하의 모습에서 그 마음을 알 수 있었지요."

"다른 사람한테는 말하지 말아주세요."

"알겠습니다."

황재하는 붉게 달아오른 왕약의 얼굴을 쳐다보았다. 그 눈에 담긴 동경의 빛을 보노라니, 순간 눈앞에 어느 초여름 황혼 무렵의 풍경이 환상처럼 펼쳐졌다. 잠자리 떼가 가득 날고 있는 연못가, 품에 연꽃을 안은 황재하가 고개를 돌리니 먼 곳에서 한 소년이 자신을 바라보고 있었다.

황재하는 저도 모르게 아련한 감정에 빠져들었다가 다시 정신을 차렸다. 가슴이 살짝 아파왔다.

고개를 돌려 밖을 보니 붉은 해가 서쪽으로 기울고 있었다. 황재하가 천천히 몸을 일으키며 말했다. "소인은 이만 물러가야 할 것 같습니다. 이 책들은 두고 갈 테니 천천히 보십시오."

"알겠어요." 왕약의 손이 무의식적으로 계속 모란을 만지작거려 꽃 잎이 점점 망가졌다.

문 앞까지 걸어가니 보랏빛 등꽃이 만개한 정원 풍경이 눈에 들어 왔다. 등나무 지지대를 따라 요염한 보랏빛 안개가 피어오르는 것처 럼 보였다. 봄날의 석양이 눈부시게 반짝이며 등나무를 비추자 정원 이 금빛과 보랏빛으로 화려하게 빛났다. 황재하는 순간 마음이 울렁 이며, 왕약이 느끼는 두려움과 기쁨이 무엇인지 알 것 같았다.

황재하는 고개를 돌려 왕약을 바라보며 미소를 지었다. "왕비 전하, 걱정 마십시오. 소인 절대로 다른 사람에게 말하지 않겠습니다. 기왕 전하께는 왕비께서 기유리를 소중하게 여기며 잘 보관하고 계신다고 만 말씀드리겠습니다."

왕약은 부끄러워하며 동동 발을 굴렀다. "어머, 공공도 참……."

황재하는 미소 지으며 재빨리 문 밖으로 나섰다.

황재하는 대문 앞에서 기다리고 있는 기왕부 마차에 올라탔다. 장 안의 골목들을 지나 동쪽 시장 근처에 도착했을 때 별안간 마부가 말 을 멈춰 세웠다.

누가 감히 기왕부의 마차를 세웠는지 보려고 가림막을 들어 바깥 을 보니, 마차가 멈춰 선 곳은 어느 주점 앞이었고, 그 2층 창가에서 누군가가 아래쪽을 내려다보며 서 있었다.

석양이 보랏빛 옷차림의 그 사람을 비스듬히 비추어 왕약의 정원 에서 금빛과 보랏빛으로 빛나던 등꽃처럼 눈부셨다. 그 사람은 평소 와 같은 무심한 눈빛으로 마차 안의 황재하를 내려다보고 있었다. 석 양 아래 음영이 더욱 짙게 드리운 얼굴은 어떠한 감정도 드러나지 않 았다.

기왕이 그렇게 내려다보고 있으니 감히 모르는 척 앉아 있을 수 없어, 황재하는 마차에서 내려 주점으로 들어갔다. 위로 올라가 별실 문을 두드리니 곧바로 누군가가 문을 열어주었다. 늘 이서백 곁에 있는 환관 경양이었다. 경양은 아직 감기가 다 낫지 않아 황재하에게 전하를 세심하게 잘 모시라고 당부하고 곧 문을 닫고 나갔다.

별실 안에는 이서백뿐만 아니라, 마찬가지로 평복 차림을 한 소왕 이예와 악왕 이윤, 그리고 거문고를 타는 여인도 있었다. 여인은 나이가 마흔 줄로 보였고 이목구비가 꽤 아름다웠으나 약간 수척해 보였다. 여인은 황재하를 보고도 아무 말 없이 가볍게 고개만 숙여 보인 뒤 계속해서 거문고를 연주했다. 거문고 소리가 맑고 은은하여 심금을 울렸다.

황재하가 여인을 보고 있는데 이서백이 말했다. "동정란의 제자 진염 부인이다. 부인이 장안에 왔다는 소식을 소왕에게 전해 듣고, 부인의 거문고 솜씨를 감상하려 나와 악왕이 시간을 잡은 것이다."

현 왕조에 들어와서는 서역의 악기와 음악이 성행하면서, '옛 소리는 단조롭고 재미가 없어 지금의 정서와는 맞지 않는다'라며 칠현금을 감상하는 이들이 매우 적었다. 하지만 동정란은 성당[34] 때 자신만의 놀라운 연주 기술로 세간의 극찬을 받았던 사람이었다. 시인 고적은 동정란과 작별하며 지은 시에 이렇게 적었다. '앞길에 지기(知己) 없을까 걱정하지 마오, 천하에 어느 누가 그대를 몰라보겠소.'

황재하는 급히 부인을 향해 고개를 숙여 예를 취했다.

옆에 있던 이예가 웃으며 말했다. "넷째 형님, 이 소환관이 형님의 신임을 크게 얻은 모양입니다. 오늘은 또 무슨 일을 시키시려고요?"

"기억력이 좋은 것 같기에 왕 가에 가서 왕부 규율을 가르치라고 했다."

---

34 당나라 전성기 시절을 일컫는 말로 713년~762년에 이르는 기간.

"오, 사건 해결만 잘할 뿐 아니라 넷째 형님처럼 기억력까지 좋단 말입니까?" 이예가 웃으며 또 물었다.

이서백은 "그렇더구나"라고 짧게 대답한 뒤 더 이상 아무 말도 하지 않았다. 황재하는 부인이 석양빛에 미간을 살짝 찌푸린 모습을 보고는 가까이 다가가 앞에 있는 대나무 발을 살짝 내려주었다.

이예가 또 웃으며 말했다. "세심하기까지 하고요."

부인이 연주하는 곡은 거의 막바지를 향해 가며 현의 음과 떨림이 맑고 길게 울려 퍼졌다. 듣는 이들은 속세를 잊을 정도여서 그 누구도 이예의 말에 반응하지 않았다. 마지막 음의 여운이 은은하게 이어지면서 주위가 고요해졌다. 현을 누르던 손을 거둔 뒤에야 부인은 몸을 일으켜 감상하던 이들을 향해 예를 취했다.

이윤이 감탄하며 말했다. "참으로 절묘한 소리야. 당시 동정란의 기품이 그대로 느껴지는군."

이예도 동의했다. "실력이 정말로 탁월하네. 혹시 교방에 들어갈 생각은 없으시오? 우리가 추천을 해줄 수 있는데."

진염 부인이 천천히 고개를 내저었다. "저는 이미 나이가 들었고, 지금은 강남의 운소원에서 거문고를 타며 큰 어려움 없이 지내고 있습니다. 이제는 교방 생활에 적응하기가 어려울 것 같습니다."

이예가 물었다. "그럼 장안에는 무슨 일로 오셨소?"

"예전에 스승님 문하에서 함께 배운 이 중에 풍억이라는 언니가 있습니다. 저희 둘이 무척 사이가 좋았지요. 여러 해 서로 목숨처럼 의지하며 지냈는데 몇 달 전 갑자기 제게 작별을 고했습니다. 옛 친구의 딸을 장안으로 데려다줘야 하는데 짧으면 한두 달, 길어도 서너 달이면 돌아온다고 했습니다. 그런데 이미 다섯 달이 지나도록 아무런 소식이 없어서 주변에 수소문해보았지만 아무도 언니가 왜 장안에 갔는지, 누구를 데리고 갔는지 아는 이가 없었습니다. 그래서 저도 장안에 올라와 소식을 알아보게 되었습니다. 사람은 찾아지질 않고 가져 온 여비도 거의 다 떨어져갈 무렵, 다행히도 전에 같은 곳에서 연주하던 이를 만나 그이가 저를 이곳에 소개해주었습니다. 그 덕분에 이렇게 귀한 분들도 만나 뵙게 되었습니다."

이예는 웃으며 말했다. "무슨 말인지 알겠네. 그 부인의 행방을 찾을 수 있도록 우리가 도와주었으면 하는 것이 맞소?"

"맞습니다. 언니를 찾아주신다면 그 은혜 평생 잊지 않겠습니다!"

이윤이 말했다. "그런데 이 넓은 장안성에서 어찌 찾겠는가. 이렇게 하는 것이 어떻겠소. 내가 서신을 하나 써드릴 터이니 그걸 가지고 호부(戶部)를 찾아가보시오. 그 부인의 초상화를 그려 그걸로 탐문해달라 해보면 되겠군."

진염 부인은 기쁨을 감추지 못하며 이윤을 향해 깊은 예를 취했다. "그림은 새로 그리지 않아도 됩니다. 몇 해 전에 저희 둘을 함께 그린 초상화가 있는데 그걸 늘 지니고 다녔습니다. 실제 모습과 매우 비슷하니 그 그림을 가지고 가 청하면 될 것 같습니다."

"그럼 더할 나위 없이 좋지. 그 초상화를 우리한테 주면 되겠소. 일단 서신을 쓰도록 하지."

이서백이 눈짓하자 황재하가 얼른 문 앞으로 가 주점 주인에게 붓과 먹을 청했다. 이윤은 옆에서 서신을 쓰고, 진염 부인은 거문고 앞에 앉아 현을 조정했다. 황재하는 부인 맞은편에 앉아 부인을 도와 송진 가루 상자를 열어 조심스럽게 현을 문질렀다.

진염 부인은 세심한 황재하가 금세 마음에 들었다. 황재하의 손을 보며 부인이 물었다. "공공께서는 거문고를 탈 줄 아시는지요?"

"이전에 비파와 공후[35]를 잠시 배웠습니다만 인내심이 없어 조금

---

35 하프 모양의 현악기.

배우다가 바로 포기했습니다."

"아쉽네요. 공공의 손은 거문고를 타기에 좋아 보이는데 말이죠."

황재하는 의아해하며 물었다. "손이 보기 좋다는 말은 한 번도 들어본 적이 없습니다만."

"손바닥에 힘이 있어 보입니다. 거문고나 비파를 다루려면 손바닥이 큰 편이 좋지요. 현을 누를 때 좀 더 멀리까지 손이 닿을 수 있으니까요."

황재하가 웃으며 말했다. "아마도 이전에 격구를 좋아해서 손힘이 생긴 모양입니다."

격구라는 말을 꺼내자 이예가 곧바로 끼어들며 말했다. "어? 소환관도 격구를 좋아한단 말인가? 다음에 격구 시합할 때 자네도 부르도록 하지."

황재하가 재빨리 대답했다. "그저 예전에 한두 번 해본 것이 다입니다."

"이리 허약해 보이는 작은 몸으로 격구를 했다니, 믿기진 않네. 격구는 꽤 거친 운동이어서 간혹 다리가 부러지는 사람도 있다고." 이예는 그렇게 말하면서 손을 뻗어 황재하의 어깨를 잡았다. 황재하는 이서백을 힐끗 쳐다보았지만 그는 무심한 듯 가볍게 헛기침만 했다.

이예는 이서백의 기침 소리를 듣고는 겸연쩍게 웃으며 그의 옆에 앉았다. 황재하는 다시 고개를 숙인 채 송진 가루를 정리하며 이따금 진염 부인의 얼굴을 들여다보았다. 높은 콧등과 작은 턱의 느낌이 자신의 어머니와도 닮은 것 같다고 생각했다.

자신도 모르게 친근한 마음이 들어 황재하는 괜스레 물어보았다. "만약 제가 거문고를 배운다면 어떤 곡들이 배우기 좋을까요?"

"초보자라면 「청익」이나 「상사」, 「동리국」 모두 입문하기 좋은 곡들입니다. 듣기 좋고 악보도 간단해서 쉽게 배울 수 있지요."

황재하는 갑자기 무언가 떠올라 물었다. "「유수」라는 곡도 배우기 쉬운지요?"

"무슨 말씀을요. 「유수」는 연주하기가 매우 어렵답니다. 당시 제 스승님도 「유수」를 연주하기에는 실력이 모자라 그 절묘한 부분까지는 제대로 연주하지 못함을 한탄하셨답니다."

"그러면 쉬운 곡 중에 '유(流)'로 시작하는 곡명이 있을까요?"

진염 부인은 잠시 생각에 잠겼다가 말했다. "저는 강남에서 오래 있으면서 가르친 곡도 적지 않지만, '유'로 시작하는 쉬운 곡은 도무지 기억이 나질 않네요."

"같은 음의 다른 한자들이 있을 것 같습니다만, 없을까요?"

"「육요(六幺)」라는 곡이 있긴 합니다만 그것은 비파 연주곡이고, '류(柳)'라는 글자가 들어가는 것 중에는 「절류(折柳)」라는 곡이 있지만 간단하게 배울 수 있는 곡은 아닙니다."[36]

황재하는 고개를 저으며 이야기했다. "절류는 아닙니다. 첫 글자가 '유'로 시작됩니다."

진염 부인은 다시 생각에 잠겼다가 갑자기 '앗' 하고 작게 소리쳤다. "정말로 '유'로 시작하는 쉽게 배울 수 있는 곡이 있었네요. 「유면(柳綿)」이라는 곡인데 매우 부드러워서 양주 교방에서 꽤나 유행하는 곡입니다. 저희 운소원에서도 거문고를 막 타기 시작한 이에게는 이 곡을 가르치곤 한답니다. 하지만 왕부 같은 귀한 곳에 계시는 분들은 아마 들어본 적이 없을 겁니다."

황재하는 수줍어하던 왕약을 떠올리며 상당히 난처한 듯이 말했다. "그렇지도 않을 겁니다."

"시정의 음악 같은 것들은 양갓집 규수가 배우지 않을 테지요."

36　중국어에서 流, 六, 柳 자는 모두 동일하게 '류'로 발음된다.

두 사람이 이야기를 나누는 동안 이윤은 서신을 쓰고 그 위에 인장을 찍었다.

장안 지리를 잘 아는 황재하가 이 일을 도와주기로 하고 진염 부인을 따라가 그림 두루마리를 건네받아 펼쳐 보았다.

한 여인은 앉고 한 여인은 서 있었는데, 앉은 쪽이 진염 부인이었다. 실물과 매우 닮아 생동감이 넘쳤다. 서 있는 여인은 진염 부인의 몸에 살짝 기대고 있었는데, 살포시 미소 짓는 눈이 마치 초승달 같았다. 마흔이 넘었지만 우아하고 아름다운 모습이었다.

황재하는 골똘히 그림 속 여인을 보다가 물었다. "이분이 풍억 부인이신가요?"

"맞아요. 정말 아름답죠."

"그림만 봐도 봄의 난초와 가을 국화처럼 두 분 다 미인이시네요." 황재하가 천천히 말했다.

"풍억 언니야말로 정말 자태가 우아하고 아름답지요. 그림으로는 표현이 안 될 정도예요. 공공도 실제로 본다면 제 말에 동의할 겁니다." 진염 부인은 웃으며 말했다.

맞는 말이었다. 직접 봐야 그 자태가 얼마나 우아한지 느낄 수 있다. 황재하는 속으로 생각했다. '짐작도 못 하시겠지만, 바로 며칠 전에 장안 외곽에서 직접 뵈었답니다. 장차 기왕 전하의 비가 되실 분과 함께 계셨지요.'

낭야 왕 가의 딸이 양주 운소원에서 온 거문고 연주자와 동행하고, 그 여인을 줄곧 이모님이라고 불렀다. 아무래도 왕약에게는 이상한 점이 한둘이 아닌 듯했다.

상황을 보아하니, 풍억 부인이 말한 '옛 친구의 딸'은 왕약이 틀림없었다. 낭야 왕 가 같은 명문가에서 왕약의 부모는 어떻게 풍억 부인과 알고 지내는 사이이며, 어떤 연유로 딸을 그 여인에게 맡겨 장안으로 보낸 것일까?

황재하는 생각 끝에 일단 진염 부인에게는 아무 말 하지 않았다. 어쨌든 세상에는 서로 닮은 사람도 많으니 당분간은 모른 척하기로 했다. 호부에 가면 그 부인의 자료가 등록되어 있을 테니, 과연 낭야 왕가에서 그 신분을 무어라 적었는지 확인하면 될 것이었다.

황재하는 초상화를 챙겨 들고 평소와 같은 표정으로 진염 부인에게 인사하고 마차에 올랐다.

그때 진염 부인이 갑자기 무언가가 떠올랐는지 황재하가 안고 있는 그림을 가리키며 말했다. "그림이 작아서 잘 보이지는 않지만 왼쪽 눈썹에 검은 사마귀가 있어요. 풍억 언니를 한 번이라도 본 사람은 아마 다 기억할 거예요."

황재하는 왕약의 마차에서 보았던 부인의 얼굴을 떠올려보았으나, 그때는 장식용 띠를 둘러 이마를 자연스럽게 가리고 있던 게 기억났다. 살짝 낙담했으나 일단은 진염 부인에게 고개를 끄덕여 보이고는 머릿속에 기억해두었다. 마차가 호부를 향해 나아갔다.

현재 조정의 삼성육부(三省六部)[37]는 모두 황성 내에 있었다. 황재하는 안상문으로 들어가 호부로 향했다. 오늘 당직인 호 주사는 매우 친절해 지난 몇 달간 장안에 입성한 여인들의 기록을 모두 조사해주었다. 하지만 다들 나이가 안 맞거나 외모 묘사가 다르거나 했으며, 무엇보다도 '풍억'이라는 이름 자체가 없었다.

황재하는 호 주사에게 감사를 표한 후 몸을 돌렸다. 그러다가 갑자기 생각난 것이 있어 어색한 미소를 지으며 다시 호 주사에게 다가가 작은 목소리로 물었다.

---

37 고대 중국의 중앙 관제.

"호 주사님, 무리한 부탁이 하나 있는데 저를 좀 도와주실 수 있는 지요……."

"무엇이든 말씀만 하십시오." 호 주사는 황급히 공수하며 대답했다. 조정에서 기왕의 권세가 날로 대단해지고 있었기에 자연히 기왕의 사람을 소홀히 할 수 없었다.

"다름이 아니라, 저희 전하께서 이미 납징까지 끝내고 머지않아 왕가의 여인과 혼례를 치르시는데, 제가 지난 며칠 동안 왕 가 저택을 오가며 왕비 전하 측근들의 이름을 듣기는 했으나 기억력이 나빠 제대로 외우질 못했습니다……. 그 측근들은 모두 왕비 전하를 따라 장안성에 들어왔다고 하던데 혹시 그 명부를 보여주실 수 있는지요?"

"그거야 어려운 일도 아니지요." 호 주사는 즉시 몸을 돌려서 지난달 문건이 쌓인 곳에서 서책 한 권을 뽑아들며 말했다. "제가 확실히 기억하는데 지난달 스무엿새에 낭야 왕 가에서 요청해 제가 등록했지요. 낭야 왕 가 넷째 집안의 아씨였는데……. 맞네요, 바로 여기 있어요. 총 네 명이 등록되었습니다."

황재하는 호 주사가 가리키는 곳으로 얼른 시선을 옮겼다.

낭야 왕 가 넷째 집안 여인 왕약 입성. 여 시종 둘 한운과 염운 모두 15세. 하인 노익 35세.

본 조정은 호적을 매우 엄격하게 관리했고, 특히 장안성은 황제가 있는 곳이기에 외지에서 들어오는 인구는 임시 거주일지라도 반드시 호부에 보고하여 등록해야 했다.

"이런, 여 시종이 둘밖에 기록이 안 되었군요. 아무래도 다른 이들 이름은 염치 불고하고 다시 가서 물어보는 수밖에 없겠습니다."

황재하는 실망한 척하며 다시 호 주사에게 감사를 표한 후 자신의 물건을 챙겨 떠날 채비를 했다.

황재하가 초상화를 정리하는데 관리 한 명이 옆에서 그림을 들여다보았다. 황재하가 퍼뜩 고개를 돌려 보니 관리의 얼굴에 의혹의 빛이 가득했다.

황재하가 그 관리에게 물었다. "이 그림 속의 여인을 보신 적이 있습니까?"

"그게…… 닮은 사람을 보기는 했지만 정확하지는 않아서요……." 관리는 우물쭈물하며 쉽게 말을 하지 못했다.

황재하가 재빨리 물었다. "어디서 보셨습니까?"

관리가 잠시 망설인 뒤 대답했다. "서쪽 묘지입니다."

서쪽 묘지. 그 단어를 듣자마자 황재하는 곧바로 미간을 찌푸렸다. 불길한 예감이 들었다. 호부 사람이 서쪽 묘지에서 보았다면, 신원 미상의 시체라는 뜻이었다.

관리는 몸을 돌려 서책 한 권을 꺼냈다. "성 서쪽에 유주 유랑민이 10여 명 살았는데 며칠 전에 전염병이 돌아 모두 죽었고, 금일 아침에 제가 가서 서책에 등록을 했습니다. 그중 한 사람이 지금 공공께서 찾는 그 부인과…… 매우 닮았습니다."

관리는 서책을 펼쳐 읽었다. "사망자는 여성, 성명 불명. 40세 전후, 신장은 5척 3촌, 보통 체형. 피부 흼, 숱 많은 검은 머리, 오뚝한 코, 왼쪽 눈썹에 검은 사마귀."

왼쪽 눈썹에 검은 사마귀.

황재하는 벌떡 일어나 다급하게 물었다. "시신이 아직도 묘지에 있나요? 제가 가서 살펴볼 수 있을까요?"

관리는 서책을 원래 자리에 돌려놓고는 고개를 저으며 말했다. "그건 불가능합니다. 모두 전염병으로 사망했기 때문에 시신과 유품 모두 불에 태워 깊숙이 묻었습니다."

"그럼…… 어쩔 수 없겠군요." 황재하는 초상화를 조심히 말아 쥐고서 관리에게 감사를 표하며 말했다. "아무래도 저는 분부 받은 대로 이 초상화와 비슷한 여인을 본 사람이 있는지 성안을 뒤져봐야겠습니다. 정말 찾지 못한다면 아마 돌아가셨을지도 모른다고 전해드려야겠네요."

황재하를 태운 마차가 덜컹거리며 달렸다. 미소 짓는 두 여인의 초상화를 다시 들여다보던 황재하는 왕약의 말을 떠올렸다.

'제가 왕비로 간택되어서, 제 물건들을 챙겨주려고 낭야로 급히 돌아가셨어요. 연세가 있어서 아마 다시 돌아오시지 않을 거예요. 고향에서 여생을 편히 지내셔야지요.'

돌아오시지 않을 거라더니, 정말 다시는 돌아오지 못하게 된 모양이었다.

황재하는 왕약 얼굴에 옅게 팬 보조개를 떠올렸다. 한없이 귀엽고 수줍은 표정이었으나, 정원 앞뜰의 보랏빛 등꽃에 홀리기라도 한 듯 정신이 딴 데 가 있는 모습이었다.

황재하는 진염 부인을 찾아가지 않고 먼저 기왕부로 돌아와 초상화를 이서백 앞에 내려놓고 호부에서 있었던 일을 상세하게 보고했다. 그리고 그림 속 풍억 부인의 눈썹을 가리키며 말했다.

"풍억 부인과 그 시체 둘 다 왼쪽 눈썹에 검은 사마귀가 있다고 합니다. 다만 그날 왕약 아가씨 곁에 있던 부인에게도 사마귀가 있었는지는 보지 못했습니다."

"어쨌든 거기서부터 시작할 수 있겠군."

이서백은 보기 드물게 유쾌한 표정을 지으며 손에 쥐고 있던 유리병을 가볍게 탁상 위에 내려놓았다. 유리병 안에 있던 물고기가 조금 놀랐는지 긴 꼬리를 한 번 흔들었다.

"양주 악방의 거문고 연주자가 명문가 여식을 장안에 데리고 와 왕비를 간택하는 데 참여했고, 후에 유주 유랑민 사이에 섞여서 사망했다는 것인데, 그 안에 파헤칠 만한 단서들이 많을 듯하구나." 황재하가 가지고 온 정보에 이서백이 매우 흡족해하니 황재하 또한 위안이 되었다. "그것 외에 또 의문 가는 점이 있던가?"

황재하는 머리에서 비녀를 뽑아 탁자 위에 무언가를 그리며 말했다. "제 생각에는……." 순간 그녀는 말을 꺼내다 말고 흘러내리는 머리카락을 손으로 잡아올려서 다시 비녀를 꽂았다.

이서백은 그런 황재하를 아무 말 없이 바라보았다. 황재하는 무안한 듯 손을 내렸다.

"습관이 되어서 그만…… 지금은 비녀 하나만 꽂은 소환관이라는 사실을 자꾸 잊습니다……."

"무슨 그런 괴상한 습관이 있느냐. 하나 둘 셋도 기억 못 하느냐?" 이서백은 미간을 찌푸리며 종이 한 장을 찢어서 던져주었다.

황재하는 옆에서 붓을 가져와 잠시 생각을 정리하고는 종이에 하나, 둘, 셋 숫자를 써내려갔다. "첫째 의문점은 전에도 거론했던 대로 왕약 아가씨의 생년월일입니다. 둘째는 그 배후의 주모자가 누구이며, 낭야 왕 가와 관계가 있는가 하는 문제입니다. 셋째, 진염 부인 얘기로는 풍억 부인이 잠시 옛 친구의 딸을 데리고 장안으로 왔다고 했습니다. 하지만 제 생각에 풍억 부인과 그 옛 친구의 딸은 원래 잘 아는 사이이고, 왕비 전하가 풍억 부인에게 거문고를 배웠을 가능성이 매우 높습니다. 처음으로 배웠던 곡은 양주 교방에서 연주하는 곡들이었을 겁니다. 일테면 「유면」 같은……."

"낭야 왕 가는 명문가인데, 양주 악방 출신 거문고 연주자를 청해 딸에게 그런 곡을 가르치고, 심지어 왕비 후보로 딸을 보내면서 그 여인을 동행인으로 삼았다는 점이 가장 의아하구나. 거기다……." 이서백의 눈빛이 차가워지는가 싶더니 목소리 또한 낮게 가라앉았다. "풍억 부인의 죽음. 아마도 그들은 풍억 부인이 살아 있으면 골칫거리가 될 거라고 여겼겠지."

"하지만 풍억 부인을 닮았다는 그 시신이 정말 풍억 부인이 맞는지는 확인이 필요합니다. 세상에는 비슷하게 생긴 사람도 있게 마련이라 초상화만으로는 증명할 수 없습니다. 게다가 저도 왕비 전하 곁에 있던 그 부인의 눈썹을 정확히 보지 못했고요."

이서백은 미간을 찡그리더니 손가락으로 가볍게 탁자를 두드리며 말했다. "내가 아는 한 호부의 관리들은 아주 게으른 자들이어서 시체를 태워 깊이 묻어버리는 귀찮은 일은 절대 하지 않았을 것이다."

황재하는 불길한 예감에 머리가 쭈뼛 섰다.

이서백은 서랍을 열어 금붕어 모양의 증표 같은 것을 꺼내 던져주며 말했다. "숭인방 동중서의 묘 옆에 주 가의 저택이 있다. 그 집 막내아들 주자진을 찾아가보아라."

황재하는 검시관이 되겠다는 포부를 가졌던 주 씨 가문 막내아들 이야기를 당연히 기억했다. 불길한 예감은 더욱 짙어졌다.

"전하, 그 도련님을 찾아가라 하심은?"

이서백은 황재하를 보며 입가에 보일 듯 말 듯한 미소를 지었다. 분명히 미소를 짓고 있는데도 모골이 송연한 느낌이 들다니, 희한한 일이었다. 황재하는 또다시 눈앞에 있는 이 사람의 발에 채여 연못에 빠져버릴 것 같은 예감이 들었다.

이서백이 말했다. "당연히 주자진과 함께 가서 시체를 파내 살펴보라는 것이지."

황재하는 하늘이 무너지는 것 같았다.

"기왕 전하! 저는 여인입니다! 열일곱 먹은 처자더러 이런 늦은 밤에 낯선 남자를 데리고 시체를 파러 가라고 하시다니요?"

"예전에도 자주 부친을 따라다니며 사건을 해결하지 않았더냐? 시체 또한 적잖게 보았겠지." 황재하의 절규 앞에서도 이서백은 꿈쩍도 하지 않고, 그저 곁눈질로 슬쩍 쳐다보고는 말했다. "아니면, 사실 부모의 원한을 갚고 싶다는 말도 그냥 하는 말일 뿐, 애초에 적극적으로 해결하려는 마음은 없었던 것 아니냐?"

"……."

입꼬리를 살짝 올린 채 재미난 구경거리라도 보는 듯한 이서백의 표정에 울분이 차올랐던 황재하는 그가 부모의 일을 언급하자 온몸에 찬물을 맞은 듯 뼛속까지 차갑게 굳어버렸다.

'세상 모든 것에 등을 지고 오직 가족의 복수만을 위해 살아가겠다고, 그때 단단히 결심했잖아?'

황재하는 이를 악물고 책상 위에 놓인 증표를 움켜쥐며 몸을 일으켰다. 그때 밖에서 시간을 알리는 소리가 들려왔다. 이서백은 그 소리에 귀를 기울였다.

"어서 움직여라. 일경[38]이 다 되어가니 곧 통행금지가 시작된다."

황재하는 고개를 돌려 버럭 성을 내듯 말했다. "말 한 필을 내주십시오!"

이서백은 황재하를 내쫓듯 손짓하며 말했다. "두 필 주마. 어서 서두르거라!"

---

38 저녁 7시에서 9시 사이.

6장

새장 속에
갇힌 새

황재하는 말 한 마리는 타고 한 마리는 걸려서 안흥방과 승업방을 차례로 가로질렀다. 길은 인적 없이 고요했다.

황재하는 숭인방 동중서 묘 근처 저택에 이르자 말에서 내려 서둘러 문을 두드렸다. 문지기가 문을 열어 환관복 차림의 황재하를 보고는 미소 지으며 물었다.

"공공, 누구를 찾아오셨는지요?"

"이 댁 주자진 도련님을 찾아왔습니다."

황재하는 손 안의 금붕어 모양 증표를 문지기에게 보여주었다. 문지기는 기왕부라고 쓰인 글자를 보고는 재빨리 말했다.

"아이고, 잠시만 기다려주십시오."

저택 앞에 서서 하얀 달이 떠오르는 것을 보고 있는데 장안성 폐문을 알리는 북소리가 멀리서 울려왔다. 황재하는 조금 초조해졌다.

다행히 오래 지나지 않아 안에서 인기척이 들리며 청년 하나가 정신없이 뛰쳐나왔다. 스무 살도 되지 않아 보였는데 이목구비가 깔끔하고 우아했다. 화려한 쪽빛 비단옷에는 연기 같은 자색 무늬가 빽빽하게 수놓았고, 허리춤에 두른 이무기 무늬 백옥 띠에는 염낭, 향낭, 백옥패가 주렁주렁 달려 있었다. 딱 봐도 길거리에서 흔히 보이는 부잣집 도련님 같았는데, 외모가 조금 더 그럴싸할 뿐이었다.

청년이 황재하를 보자마자 물었다. "공공, 기왕께서 저를 찾으시는 건가요?"

"주자진 도련님이십니까?" 황재하가 되물었다.

"네. 접니다." 주자진은 주변을 둘러보며 재빨리 물었다. "혹 전하에게 제가 필요한 일이라도 생긴 건가요? 저희 아버지가 촉으로 가실 때 저도 데려가라고 황제 폐하께 말씀 올려주신다고 들었어요. 제가 드디어 포졸이 되는 거죠! 하하하! 내 인생의 새로운 막이 이제 드디어 시작되겠……."

"목소리 좀 낮추십시오." 마음이 급한 황재하는 이 사람의 소란스러움을 받아주기 어려워 낮은 목소리로 말했다. "전하께서 지금 임무를 하나 주셨습니다. 도련님께 아주 잘 어울리는 일이지요."

"정말요? 포졸보다 더 어울리는 일인가요?"

"네, 시체를 파는 일이거든요."

"역시, 기왕 전하께서는 저를 잘 아십니다." 주자진은 자세한 상황은 물어보지도 않고 손가락을 튕겨 소리를 내며 말했다. "잠시 기다리세요. 도구를 챙겨올 테니까!"

장안은 규정대로 저녁이 되면 폐문고(閉門鼓)를 울리기 시작해 마지막 북소리를 울린 뒤 성문을 닫는다. 그리고 그다음 날 오경 삼 점에 개문고(開門鼓)를 울린 뒤 성문을 연다.

날은 점점 어두워졌고 폐문고 소리가 한 번 또 한 번 계속해서 들려왔다. 황재하와 주자진은 금광문을 날듯이 향해 말을 몰았다.

마지막 북소리가 울린 직후 성문 관리가 큰 소리로 "폐문!"이라고 외치는 순간 두 사람은 간신히 문을 통과했다. 둘은 수로를 따라 장안 서쪽의 황량한 교외로 달려 나갔다.

주자진은 우거진 수풀을 뚫고 능숙하게 황재하를 묘지로 이끌었다. 묘지기 숙소를 살짝 들여다보니 등불 하나가 홀로 켜져 있고, 묘지기 영감은 이미 잠이 든 모양이었다.

어느새 화려한 비단옷은 벗어던지고 간편한 갈색 무명옷으로 갈아입은 주자진은 납작한 동편 하나를 꺼내 문틈 사이로 넣어 가볍게 빗장을 열었다. 그러고는 문을 여는 것과 동시에 재빠르게 손을 뻗어 떨어지는 빗장을 받아든 뒤 조용히 문 옆에 놓아두었다.

황재하는 주자진에게 탄복하기 시작했다. 이 모습 어디가 부잣집 도련님이란 말인가. 긴 세월을 단련해 사람으로 둔갑한 여우가 분명했다!

주자진은 손가락을 까딱이며 황재하를 불렀다. 그러고는 살금살금 걸어 들어가 나무 궤짝을 열더니 서책 하나를 꺼내 가장 최근에 쓰인 면을 펼쳤다.

유주 유목민 14명. 남자 12, 여자 2. 기산 산등성이 그늘진 소나무 숲 옆에 묻음.

주자진은 손가락으로 그 문장을 가리켰다가 다시 바깥 산비탈을 가리켰다. 그리고 입을 열어 소리 없이 입모양으로 말했다. '갑시다!'

살금살금 문을 나온 후 주자진은 또다시 동편을 가지고 빗장을 조금씩 밀어 어렵사리 문에 걸고는 그녀를 향해 가자는 표시를 해 보였다. 황재하는 이서백이 왜 주자진을 찾아가라고 했는지 완벽하게 깨달았다. 민첩한 행동을 보아하니 상습범이 분명했다.

제법 멀리까지 걸어 나온 후, 황재하는 결국 참지 못하고 물었다.

"저…… 그전에도 이런 일을 자주 하셨습니까? 꽤 익숙해 보입니다."

주자진이 득의양양하게 말했다. "그럼요. 내 유일한 취미거든요. 내 검시 실력도 다 무연고 시신들로 연습한 덕이죠."

"빗장을 여는 것도 장안에서 제일일 거 같은데요?"

"뭐, 그럭저럭. 반년 정도 연습했어요."

"궁금한 게 있는데요, 그 옆에 있던 창문은 고리를 한 번 밀어젖히면 바로 열릴 것 같던데 왜 군이 문으로 들어가는 거예요?"

"창…… 창문?" 주자진은 침묵에 빠졌다. 황재하가 꽤 멀리까지 걸어가서야 뒤쪽에서 절규하는 목소리가 들려왔다. "내가 반년 동안 연마한 기술인데! 그게 다 시간 낭비였다니, 내가 흘린 땀방울은 누가 보상해준단 말이야!"

두 사람은 산비탈에 도착했다. 그곳에 묶어두었던 말이 왔다갔다 서성이고 있었다.

주자진은 말을 끌고서 산비탈 북쪽 소나무 숲으로 갔다. 땅을 판 지 얼마 안 된 듯한 흔적이 보이자 그곳이 분명하다고 판단하고는 말 등에 매달아두었던 상자를 내려 그 안에서 접이식 호미와 삽을 꺼내 황재하에게도 한 자루 건네주었다.

황재하는 삽을 쥐고서 믿을 수 없다는 듯이 물었다. "이런 물건도 가지고 계세요? 너무 전문적인 거 아니에요?"

"하아, 말도 마요. 기왕 전하께서 병기국에 말해 만들어주신 건데, 아버지께 들켜서 거의 죽기 직전까지 맞았어요!"

주자진은 울먹이듯 말하고는 다시 상자 속에서 마늘 한 쪽, 생강 한 뿌리, 식초 한 병을 꺼냈다.

이제 만두라도 꺼내려나 하고 황재하가 생각하는 동안 주자진은 기다란 천 두 장을 꺼낸 다음 생강과 마늘을 짓찧어 식초를 섞은 뒤

천에 문질렀다. 그러곤 천 한 장을 황재하에게 건네주었다.

"이걸로 코를 가려요. 시체 썩는 냄새가 아주 지독할 거예요."

황재하는 문득 생각이 나서 재빨리 알려주었다. "전염병에 감염되어 죽은 사람들이래요."

"그럼 더 단단히 가려야겠네요." 주자진은 의기양양한 투로 말했다. "냄새는 좀 고약하지만 그래도 조상 대대로 내려온 비법이라고요."

황재하는 천에 밴 냄새 때문에 기절할 뻔했다. "부친께서는 관리이신 걸로 알고 있는데, 이런 게 조상 대대로 내려왔다고요?"

"당연히 우리 집에서 대대로 내려온 건 아니고, 장안에서 가장 뛰어난 검시관 주 씨 아저씨한테 엄청 오랫동안 부탁하고, 몇 달 동안 비위를 맞춰드리고서야 겨우 알아낸 거예요. 그 가문의 비법이죠."

황재하는 묵묵히 삽을 들고서 주자진과 함께 흙을 팠다. 오늘 막 매장한 터라 땅을 파는 것이 수월했고, 주자진의 호미질도 꽤나 그럴듯해서 속도가 제법 빨랐다. 달빛 아래서 하염없이 땅을 파다 보니 지루해진 주자진이 황재하에게 아무 말이나 물었다.

"공공이 기왕 전하 곁의 그…… 새 애인인가요?"

"……."

황재하는 천으로 묶지 않았더라면 얼굴에 일어난 경련을 보고 주자진이 자신의 속마음을 알아차렸을 거라고 생각했다. 안타깝게도 주자진은 황재하의 표정을 보지 못했고, 계속해서 마음대로 떠들었다.

"이름이 뭐더라…… 양숭고, 맞죠?"

황재하는 울적한 심정으로 "네" 하고 짧게 대답하고는 잠시 생각하다가 물었다. "새 애인이라니, 무슨 뜻이에요?"

"아, 그거야 나도 모르죠. 장안에 떠도는 소문에 기왕 전하 주변에 예쁘게 생긴 공공이 한 명 있다고 하더라고요. 소왕 전하가 그 공공을 넘겨달라고 했는데 기왕 전하가 거절하셨다고요. 내가 딱 보니 아무래도 공공이 그 사람 같아서요."

황재하는 주자진이 아무렇게나 떠드는 소리를 더는 상대하고 싶지 않아 그저 땅에다 분풀이를 하며 힘껏 흙을 파댔다.

하지만 주자진은 계속해서 귀찮게 물어왔다. "사건 해결도 한다면서요? '사방안'을 해결했다고요?"

"우연이었을 뿐입니다."

"하지만 '사방안'을 해결했다니, 내가 가장 숭배하는 그 사람과 어깨를 나란히 할 수 있을 거 같아요!"

"그리 대단치 않습니다."

달빛 희미하고 솔바람 불어오는 황량한 외곽에서 두 사람은 아무 말이나 나눠가며 계속해서 흙을 팠다. 달빛에 비친 바닥에 흙이 아닌 다른 것이 섞인 걸 보고 주자진이 빠르게 외쳤다.

"기다려요. 한번 살펴볼게요." 구덩이로 뛰어 내려간 주자진은 얇은 가죽 장갑을 끼고서 뼈를 집어 들어 살펴보았다. "맞네요. 불에 태운 시체예요. 그런데 손가락뼈가 이렇게 굵은 걸 보니 남자 뼈네요. 여자를 찾는 거라면 다시 찾아봐야겠어요."

황재하는 구덩이 옆에 쪼그리고 앉아서 말했다. "맞아요. 마흔 살 가량의 여인이에요. 키는 5척 3촌이고, 거문고를 탔어요."

"알겠어요." 주자진은 작은 삽으로 흙을 이리저리 뒤적였다. 열네 구의 시신을 일일이 찾으려면 꽤나 힘들겠지만 여인의 시체라면 분리되어 있을 것이기에 구덩이 가장자리를 파며 살폈다. 세심하게 하나하나 확인한 끝에 마침내 별도로 묻혀 있는 까만 시신을 찾아냈다.

시신은 제대로 타지 않아 살이 그대로 붙어 있었다. 황재하는 이서백의 말이 옳았음을 깨달았다. 그 관리들은 역시나 '오래 태우고 깊이 묻는다'라는 규칙을 지키지 않고 대충 태워 묻었다.

황재하는 상자에서 장갑을 찾아 끼고는 직접 시체의 손을 만져보았다. 밤이라 사물이 흐리게 보여 그리 큰 충격은 없었으나 냄새가 견디기 힘들었다. 식초, 생강, 마늘 냄새 사이로 시체 냄새가 훅 끼쳐왔다. 황재하는 호흡을 가다듬었다.

'가족의 시신도 직접 봤는데, 이 정도는 아무것도 아니야.'

욕지기가 서서히 가셨다. 황재하는 마음을 진정시키려 애쓰며 손을 뻗어 눈앞의 시체를 뒤집어 보았다.

주자진의 목소리가 들렸다. "뼈를 보니 이 시신 두 구 모두 신장이 5척 조금 넘어요. 하지만 둘 중 이쪽이 뼈가 무르고 몸이 조금 굽은 걸로 봐서 대략 쉰 정도 될 것 같네요. 이 시체가 공공이 찾던 사람일 거예요."

황재하는 시체의 까맣게 탄 두개골을 꼼꼼히 살펴보며 물었다. "왼쪽 눈썹에 검은 사마귀가 있었는지 조사할 방법이 있을까요?"

"불가능해요. 반점이나 흉터는 모두 표피에 있잖아요. 피부는 진작 다 타버려서 그런 게 남아 있을 리 없어요."

"그럼 이런 시체에서 뭔가 신분을 알 수 있는 흔적이 없을까요?"

"잠시만요. 찾아볼게요." 주자진이 상자에서 가죽 전대를 꺼내 열자 그 안의 물건들이 달빛에 반짝반짝 빛났다. 정교하게 만든 칼, 작은 망치, 송곳 등이었다.

"일을 잘 하려면 먼저 연장이 훌륭해야죠. 이 정도면 괜찮죠?" 주자진은 으쓱거리고는 능숙하게 시체를 이리저리 뒤집으며 한참을 조사했다. 그러고는 빠른 손놀림으로 시체에 남은 피부를 절개하기 시작했다. "일단 목구멍은 건드릴 수가 없고…… 손가락은 완전히 타서 식별할 수 없음. 눈알은 말라붙어서 식별할 수 없음. 귀는 없어져서 식별할 수 없음……."

황재하는 구덩이 옆에 쭈그리고 앉아 주자진의 목소리를 들으며 고개를 들어 달을 보았다.

그렇게 한바탕 난리를 친 뒤 주자진의 결론은…….

"외적으로 확인 가능한 게 전혀 없는 상태예요."

황재하는 턱을 무릎에 올리며 물었다. "시체를 태우기 전에 호부 사람들은 검시를 안 하나요? 묘지의 그 서책에 다른 기록은 없었어요?"

"전염병으로 사망했으니 당연히 재검사가 없었겠죠. 빨리 처리하고 빨리 끝내고 싶었을 테니." 주자진은 옆의 상자를 가리켰다. "넷째 줄 두 번째 칸에 있는 작은 주머니 좀 줘봐요."

황재하가 상자 안에서 천 주머니를 꺼내어 던져주자 주자진은 주머니에서 새끼손가락 크기의 얇은 은패(銀牌)와 작은 병을 꺼내 병에 담긴 액체를 헝겊에 묻힌 뒤 은패가 밝아질 때까지 힘껏 문질렀다. 그런 다음 죽은 자의 턱을 잡아 입을 벌리고는 은패를 깊숙이 집어넣고 다시 입을 닫은 뒤 종이로 입을 틀어막았다. "조금 기다려봐요."

예전에 포졸들과 많은 시간을 보냈던 황재하는 주자진이 독극물을 검사하는 중임을 바로 알아챘다. 은패를 닦아낸 액체는 쥐엄나무 물이었다. 반 시진 뒤 은패를 꺼내서 확인했을 때 검은색으로 변한다면 독으로 사망했다고 판단할 수 있었다.

"다른 여자 시체랑 저쪽 남자 시체도 같이 검시해줄 수 있어요?"

"그럼요." 주자진은 대답하면서 다른 시체들의 입도 봉했다.

황재하는 참지 못하고 그를 일깨워주었다. "위장 검사도 잊지 마세요. 예전에 촉에서는 어떤 여인이 숨진 뒤에 누군가가 독을 입에 부은 일이 있었어요. 그때 검시관이 입만 검사를 해서 하마터면 오판할 뻔했죠."

"오, 그런 일도 있었어요?" 주자진은 순간 눈을 반짝이며 금세 구덩이 위로 올라왔다. 그는 황재하와 함께 조금 떨어진 소나무까지 걸어가서야 입과 코를 막았던 천을 풀고 물었다. "그 사건 좀 더 구체적으로 이야기해줄 수 있어요?"

"별로 설명할 만한 것도 없는 간단한 사건이에요." 황재하는 잠시 회상한 뒤 말을 이었다. "용주에서 한 여인이 집에서 사망했는데 검시 결과 음독자살로 판명 났어요. 그런데 제가…… 아는 포졸이 시신 손목에서 석류 문양 자국을 발견했지요. 여인이 차고 있던 팔찌는 포도 문양이었거든요. 그래서 여인이 죽기 전 필시 다른 여자가 손목을 강압적으로 눌렀으리라 판단해 입과 코를 자세히 조사해보니 말라붙은 핏자국이 있었죠. 여인의 가족을 심문했더니, 실은 새언니가 이웃집 남자와 밀통하는 장면을 시누이에게 들켰던 거예요. 그래서 새언니가 시누이의 손을 힘껏 잡고 이웃집 남자는 그 시누이의 입과 코를 틀어막으며 비밀을 지키라고 강요하다가 남자가 손힘을 조절 못 해 그만 질식시켜 죽이고 말았던 거죠. 두 사람은 다급한 마음에 시신 입에 독약을 부어 자살로 위장했지만 독이 목에서만 검출되고 위장에서는 검출되지 않아서 사건이 해결된 거였어요."

주자진은 흥분하며 물었다. "그래요? 그리 빈틈없이 사건을 조사하다니, 팔찌 무늬만으로 사건의 진상을 밝혀낸 그 사람이 누구예요?"

"그게…… 성도부 포졸 곽명……."

"말도 안 돼! 내가 곽명을 본 적이 있는데, 얼굴에 수염이 가득 나고 성격이 아주 털털한 사람이에요. 여인의 손목에 난 흔적을 세심하게 봤을 리 없어요!"

황재하는 밝게 빛나는 달을 힐끔 쳐다보며 말했다. "그거야 저도 모르죠."

"혹시 성도 부윤 황 사군의 딸 황재하 아니었어요?" 주자진이 갑자기 황재하를 거론했다. "단서 하나로 사건을 파헤치는 데 꽤 능통하다고 들었거든요."

"잘 모르겠네요." 황재하는 고개를 무릎에 얹고 한참 달을 올려다보다가 말했다. "이름은 들어본 적 있는 것 같아요."

주자진은 황재하의 차가운 표정을 조금도 눈치채지 못하고 희색이 가득한 얼굴로 말했다. "장안에 살았던 적 없죠? 척 보니 알겠네! 촉에서도 지내본 적 없고요? 황재하는 장안과 촉에서 엄청 유명하다고요! 내가 왜 검시관이나 포졸이 되고 싶어 하는지 알아요? 그게 다 황재하 때문이에요!"

"아……." 황재하는 여전히 무덤덤하게 반응했다.

"잠깐만요." 주자진은 고개를 돌려 상자에서 주머니를 하나 꺼내더니 황재하 앞에 내밀었다. "자, 반절 줄게요!"

뭔가 음식 냄새가 나 고개를 숙여본 황재하는 절로 구역질이 났다. "시체를 파러 오면서, 게다가 불로 태운 시체를 파러 오면서, 닭구이를 가지고 와요?"

"아이, 난 아직 저녁도 못 먹었단 말이에요! 아까 주방에서 식초랑 마늘 챙기면서 보니까 싸 올 만한 거는 이거밖에 없어서 부랴부랴 연잎에 싸 가지고 온 거예요. 이래봬도 우리 집 주방 아줌마 솜씨가 꽤 좋아요!"

황재하는 입가에 경련이 일며, 정말로 이 사람하고는 어떤 이야기도 하고 싶지 않다고 생각했다.

"좀 전에 어디까지 얘기했더라? 아…… 황 사군의 딸 황재하. 내가 사모하고 우러러보는 사람이죠! 내 우상이에요!"

황재하는 차갑게 말했다. "그 사람이 눈앞에 있어도 못 알아볼 거 잖아요, 안 그래요?"

"그럴 리가요! 성문을 지날 때마다 입구에 붙은 수배 전단 앞에 멈춰 서서 얼마나 오랫동안 들여다본다고요! 수배 전단에서도 그리 아름다우니 실제로도 정말 미인이겠죠?"

황재하는 더는 상대할 힘도 없어 아무 대꾸 않다가, 가만히 고개를 다른 곳으로 돌리며 물었다. "그 사람을 왜 그렇게 사모하는 거예요?"

"5년 전, 내가 열다섯 살, 황재하가 열두 살 때였어요. 난 그때까지도 어른이 되면 뭘 하고 살아야 할지 몰랐어요. 형들과 별반 다르지 않게 공부(工部)에서 머리 처박고 장부만 들여다보거나, 상서성에서 매일 공문 초안만 쓰고 있을지도 모른다는 절망적인 생각이 들었죠. 사람들은 형님들이 출세했다고 말하지만 나는 그렇게 생각하지 않아요. 인생이 이렇게나 아름다운데, 어떻게 이 좋은 시절을 관청 안에서 붓만 쥐고 산단 말이에요. 안 그래요? 그렇게 인생에 대해 고민하며 갈팡질팡할 때 황재하가 나타난 거예요!"

달을 올려다보는 주자진의 두 눈이 반짝 빛났다. 황재하는 그 순간 닭 날개라도 찢어서 한 입 뜯어 먹으며 마음의 긴장을 풀고 싶은 충동이 일었다.

갑자기 주자진이 목소리를 높이며 자신의 흥분된 마음을 고스란히 담아 말했다. "그 순간 내 인생의 목표를 찾았어요! 열두 살밖에 되지 않은 소녀가 형부를 도와 사건을 해결해 가문을 빛냈잖아요. 그런데 나는요? '열두 살 때 나는 뭘 했지? 지금까지 살면서 나는 대체 뭘 했지?' 황재하에 대해 알게 된 그 순간 나는 내 인생의 의미를 발견했어요! 갑자기 내 눈앞에 넓고 평탄한 길이 펼쳐지면서, 눈부신 인생을 향해 걸어가는 내 모습이 보였어요!"

황재하는 결국 참지 못하고 구구절절한 그의 말을 끊어버렸다. "황재하가 가족들을 죽이고 도망 다닌다는 소문 못 들었어요?"

"절대 그럴 리 없어요!" 주자진은 닭 다리를 들고 있던 손을 내저으며 단호하게 말했다.

황재하는 사건 이후 이렇게 확고하게 자신을 믿어주는 사람을 처음 만났다. 비록 조금 어설퍼 보이는 사람이었지만, 이때 황재하는 마음이 약간 움직여 주자진의 얼굴로 시선을 옮겼다.

"왜죠?"

"네?"

"왜…… 그 사람을 믿는 거죠?"

"아, 황재하는 특이한 사건을 여러 번 해결했던 사람인데, 만약 사람을 살해한다면 분명히 남들은 절대로 알아챌 수 없는 수법을 썼겠죠. 그렇게 쉽게 들통날 방법으로 가족을 해치웠겠어요? 그건 황재하의 명성을 깎아먹는 일이에요!"

황재하는 가만히 고개를 들어 그저 밤하늘만 바라볼 뿐이었다. 잠깐이나마 그에게 감동했던 게 아까웠다.

주자진이 닭구이를 다 먹도록 기다리는 동안 반 시진이 지나갔다. 닭을 다 먹은 주자진은 이번에는 해바라기 씨를 꺼내더니 황재하에게도 반을 주었다. 이번에는 황재하도 거절하지 않고 한 줌을 받아서 조용히 까먹었다.

달빛이 서쪽으로 기운 걸 보니 사경[39]이 가까운 것 같았다.

주자진은 시체 세 구의 입에서 은패를 꺼내어 보았다. 풍억 부인으로 생각되는 시체에서 나온 은패만이 색깔이 까맸다. 쥐엄나무 조각으로 문질러 닦아봤지만 짙은 청회색 자국은 없어지지 않았다.

"독으로 사망한 게 틀림없어요."

"네." 황재하가 대답했다.

예비 왕비를 곁에서 보살펴주었던 이모이자 양주 운소원의 거문고 연주자 풍억 부인이 유주 유랑민과 함께 매장됐다. 사인은 독중독. 하지만 예비 왕비의 말에 따르면 부인은 이미 양주로 돌아갔다지 않았는가.

황재하가 생각에 잠긴 동안 주자진은 내장 검사를 시작했다.

---

39   새벽 1시부터 3시 사이.

"신중을 기하기 위해서 위장도 검사해보죠."

이미 타서 말라붙은 상태였지만 그래도 위장을 가르려니 구역질이 나는 건 마찬가지여서, 무신경한 주자진조차 결국 참기 어려워 고개를 돌리고 곁눈으로 보았다. 위장에 은패를 넣던 주자진이 갑자기 "어!" 하고 외쳤다. 손끝에 얼음처럼 차고 단단한 물건이 만져져 끄집어내서 살펴보고는 흥분된 목소리로 말했다.

"숭고, 빨리 이거 봐봐요!"

그의 손바닥에 놓인 동그란 물건이 달빛을 받아 싸늘하게 빛나고 있었다. 황재하는 손에 장갑을 낀 채 그것을 들어 자세히 살펴보았다.

맑은 광택이 나는 자그마한 양지옥이었다. 황재하는 손톱만 한 옥에 묻은 혈흔과 오물을 닦아낸 뒤 달빛에 비춰보았다. '염'이라는 글자가 새겨져 있었다.

달빛 아래서 반은 짙고 밭은 옅어 보이는 새하얀 옥이 마치 물결처럼 눈앞에서 출렁였다. 황재하는 아른거리는 '염' 자를 한참 동안 멍하니 바라보았다.

황재하는 양지옥을 이서백 앞에 내려놓았다. 이서백은 옥에 새겨진 글자를 보았으나 손을 뻗어 옥을 집는 대신 황재하에게 물었다.

"이게 뭐지?"

황재하가 말했다. "손에 들고 살펴보면 바로 아실 텐데요?"

이서백은 여전히 옥은 손대지 않고 탁자 위에 있던 유리병을 집어들고서 여유로이 유영 중인 작은 물고기를 바라보았다.

"죽은 자의 입에서 꺼냈을지도 모르는 것에 손을 대란 말이냐?"

황재하는 진지하게 말했다. "아닙니다. 죽은 자의 입에서 꺼낸 것은 정말 아닙니다."

이서백은 그제야 그 귀한 손을 내밀어 엄지와 검지로 옥을 집어 들고는 눈앞에 가까이 가져갔다. 옥 위에 새겨진 글자가 보였다.

"진염 부인의 '염' 자입니다." 황재하가 말했다.

이서백은 옥을 내려놓고는 잠시 생각에 잠겼다가 말했다. "이 옥을 진염 부인에게 건네줄 생각이냐?"

"그러려면 풍억 부인의 죽음을 알려야 합니다. 하지만 그랬다가는 또 다른 사달이 벌어질 게 분명합니다. 괜히 풀을 건드려 뱀을 놀라게 하는 셈이 되겠지요."

"그럼 일단은 네가 잘 챙겨두거라." 이서백에게서 옥을 건네받은 황재하는 다시 보자기로 잘 싼 후 소매 안에 넣었다.

이서백은 미간을 찌푸리며 말했다. "신분이 드러날 수 있는 중요한 물건을 범인이 어째서 이리 경솔하게 풍억 부인 곁에 남겨두었는지 의문이구나."

"왜냐하면 풍억 부인이 독살당하기 직전 배 속으로 삼킨 것이기 때문입니다."

황재하의 예상대로 이서백의 속눈썹이 파르르 떨렸다. 황재하는 비밀스러운 쾌감을 느끼며 한마디 더 덧붙였다.

"풍억 부인의 몸은 불에 타서 반쯤 말라붙은 상태였지만 내장은 거의 남아 있었기에 위 속에서 이것을 발견해냈습니다."

이서백은 자신의 엄지와 검지를 내려다보더니 다시 눈을 들어 앞에 서 있는 황재하를 바라보았다. 늘 흔들림 없이 평정을 유지하던 그의 얼굴에 끝내 동요의 빛이 떠올랐다.

황재하는 평소와 같은 얼굴로 이서백을 바라보며 말했다. "다행히 전하께서 원하셨던 대로 날이 밝기 전에 이 모든 일을 완료하고 시신은 감쪽같이 원래대로 매장했습니다."

이서백은 황재하의 태연한 얼굴에서 다시 자신의 손으로 시선을 옮겼다. 결국 더는 참지 못하고 탁자에 놓여 있던 용천자(龍泉瓷) 필

세[40]에 손을 담그고는 힘껏, 최선을 다해 씻기 시작했다.

"황재하, 당장 물러가거라!"

비록 밤새 시체를 들여다보는 고충을 겪었지만 이서백이 평정을 잃은 그 순간을 본 것만으로도 모든 고생을 다 보상받은 느낌이었다. 황재하는 부족한 잠을 보충하려 기분 좋게 돌아섰다.

"네! 전하의 명을 받들겠습니다!"

기왕의 혼례일은 5월 열엿새로 정해졌다.

5월 엿새, 혼례를 열흘 앞둔 왕약은 풍습에 따라 복을 기원하러 장안 근교의 선유사로 떠날 채비를 했다.

선유사는 풍경이 아름다울 뿐 아니라, 조정의 많은 비빈과 부인이 향을 피우고 돌아와서는 참으로 영험하다며 입을 모아 칭찬하는 곳이기도 했다. 그래서 성안에도 절이 많지만 선유사까지 가서 향을 피우는 것이 조정 관리 부인들 사이에서 유행할 정도였다.

왕온이 미리 이서백에게 알려 기왕부가 나서준 덕에 선유사는 이른 아침부터 사람들의 출입을 통제했다. 동자승들도 일 없이 자신의 방에서 나올 수 없었다. 신시[41] 무렵에는 절 내에 왕비 일행 외에는 보이지 않았다. 황재하와 소기, 그리고 왕온 저택의 하녀 10여 명이 동행했다.

산에 지어진 선유사는 그 규모가 매우 컸다. 산기슭에 위치한 전전에서는 미륵보살이 온화한 미소로 사람들을 맞이했고, 그 뒤로는 위타존자를 공양하는 곳이 있었다. 산허리에 위치한 주전에서는 문수보살과 보현보살을 모셨다. 절 서쪽에는 아미타불과 대세지보살, 관세

---

40 먹이 묻은 붓을 빠는 그릇.

41 오후 3시에서 5시 사이.

음보살이, 동쪽으로는 약사불과 일광보살, 월광보살이 있었으며, 그 외에 십팔나한도 있고 오백나한전도 세워져 있었다.

절에 도착한 일행은 먼저 산허리에 있는 주전에서 향을 피운 뒤 차례대로 무릎을 꿇고 엎드려 절했다. 주전에서 참배가 끝날 무렵 이미 지친 소기와 하녀들은 후전이 산 정상에 있는 걸 보고는 그만 맥이 풀렸다.

소기가 말했다. "저는 정말 더 이상 안 되겠습니다. 어차피 오늘은 절에 외부인이 없으니 양 공공이 왕비 전하를 모시고 올라가주세요."

황재하는 고개를 끄덕이고는 왕약과 함께 향을 쥐고서 계단을 따라 위로 올라갔다.

푸른 돌계단마다 조금씩 이끼가 끼어 있어 발밑을 조심하며 걸어야 했다. 절 안은 이따금 작은 새가 지저귀는 소리가 들리는 것 외에는 매우 고요했다. 새하얀 작은 새 한 마리가 공중을 스치듯 날아갔다.

하늘을 가로지른 하얀 새는 앞에 이어진 산봉우리 속으로 모습을 감췄다. 새가 날아가는 방향을 따라 움직이던 두 사람의 시선이 후전으로 향했다. 난데없이 후전 앞에 한 남자가 서 있는 것이 보였다. 남자는 마치 그 하얀 새가 사람으로 변신이라도 한 듯 소리 소문 없이 등장했다.

왕약의 발걸음이 잠시 멈칫했다. 황재하가 왕약의 소매를 살짝 잡아당기며 말했다. "왕 공자님과 저택 호위병이 있으니 걱정 마세요."

"네." 왕약이 대답했다.

10여 개 남은 계단을 마저 올라 드디어 후전 입구에 도착한 두 사람은 후전 내부를 향해 허리 숙여 절을 했다. 후전에서는 연등불을 모셨다. 불상 앞에 향초가 빼곡히 피워져 자욱이 피어오르는 푸른 연기 때문에 보당[42]마저 희미하게 보였다.

왕약은 불상 앞에 무릎을 꿇고서 중얼거리며 복을 빌었다. 황재하는 고개를 돌려 입구에 서 있던 남자를 보았다. 남자는 여전히 그 자리에 가만히 서 있었다. 남자가 입은 푸른빛 옷이 멀리 펼쳐진 담청색 산과 쪽빛 하늘에 녹아들어 남자 또한 아득히 멀리 있는 것처럼 보였다.

자신에게 시선이 향한 것을 느낀 남자가 고개를 돌려 피어오르는 향불 연기에 감싸인 황재하를 바라보더니 입꼬리를 올리며 미소 지었다. 평범한 외모였으나 온화한 미소 덕에 먼 하늘에 낀 안개처럼 부드러운 기품을 풍겼다. 그 순간 황재하는 왠지 모를 익숙한 느낌을 받았다.

황재하는 고개를 살짝 숙이는 것으로 남자의 미소에 화답했다. 그 순간 남자의 손에 들린 새장이 눈에 들어왔다. 새장 안에는 조금 전에 본 그 하얀 새가 있었다. 황재하가 바라보자 짹짹 지저귀며 새장 안에서 활발하게 움직이는 게 꼭 영물 같았다.

기도를 마친 왕약도 일어나 고개를 돌려 그 작은 새를 보았다.

텅 빈 대전에는 그들 세 사람뿐이었다. 남자가 새장을 위로 높이 들었다. 기우는 햇살이 남자를 등 뒤에서 비춰 황재하와 왕약 위로 커다란 그림자를 드리웠다. 마치 깊은 밤 거대한 박쥐 한 마리가 날개를 펼친 것처럼 보였다.

남자는 온화하게 웃으며 물었다. "이 새 어떻습니까?"

"직접 키우시는 새인가요? 매우 영리해 보이네요." 왕약은 호기심 어린 눈으로 새를 바라보았다.

새는 마치 칭찬을 알아들은 것처럼 새장 안에서 더 기쁘게 폴짝거렸다. 잠시라도 가만히 있고 싶지 않은 것 같았다.

---

42 보배 구슬로 장식한 솟대. 사찰을 장엄하게 꾸미는 데 쓴다.

"그렇습니다. 매우 영리하지요. 새장을 열어 숲으로 날아가더라도 제 목소리를 들으면 바로 돌아옵니다." 그렇게 말하면서 남자는 두 손가락으로 새의 머리를 가볍게 쓰다듬었다. 새도 다정하게 그 손가락에 머리를 마구 비벼댔다.

황재하는 괜한 일이 벌어지지 않도록 서둘러 왕약을 데리고 후전 밖으로 나갔다. 하지만 남자 옆을 지날 때 남자의 목소리가 들려왔다.

"현재가 어떻든지 간에, 이전에 자신이 행하거나 겪은 모든 일은 마음 깊은 곳에 각인되어 있습니다. 남은 속일 수 있을지 몰라도 자기 자신은 절대로 속일 수 없지요."

황재하는 왕약의 몸이 살짝 굳으며 멈칫하는 것을 느꼈다.

"마치 보이지 않는 밧줄이 목에 감겨 있는 것 같지요. 멀리 도망치고 싶지만 그럴수록 자신의 목만 죄어올 뿐입니다." 남자는 분명히 왕약의 반응을 보았으나 그저 웃으며 말했다. "이 새가 그렇다는 말입니다."

황재하는 몸을 돌려 남자를 보며 물었다. "이분이 누구신지 알고 이리 함부로 말을 건네십니까!"

"당연히 알고 있습니다." 남자의 음성은 평온하고 담담했다. 남자는 여유로운 미소를 지으며 말했다. "이변이 없는 한 열흘 안에 기왕 전하의 비가 되실 분이지요."

"아신다면, 귀하신 분께 무례를 범하지 말아주십시오. 괜한 일을 만들고 싶지 않습니다."

"무례를 범하는 것이 아니라, 왕비 전하께 재미있는 것을 보여드리고 싶었을 뿐입니다." 남자는 느린 걸음으로 가까이 다가와서는 두 사람을 향해 허리를 숙였다. 남자의 소매가 새장 위를 살짝 스쳤다. 남자는 황재하와 왕약 앞에 새장을 바치더니 눈을 들어 웃으며 말했다. "보잘 것 없는 재주이나, 왕비 전하께서 웃어주시면 좋겠습니다."

방금까지만 해도 새장 속에서 뛰어 놀고 있던 새가 순식간에 사라지고 없었다. 얇은 대나무살로 엮어 만든 새장이 텅 비어 있었다.

왕약은 깜짝 놀란 표정으로 어쩔 줄 몰라 하며 황재하를 쳐다보았고, 황재하는 남자를 쳐다보며 묵묵히 있었다.

"왕비 전하는 며칠간 반드시 조심하셔야 합니다. 그렇지 않으면 이 새장 속 새처럼 아무리 촘촘하게 만든 새장 안에 있다 할지라도 쥐도 새도 모르게 사라질 수 있습니다."

남자는 두 여인을 향해 가볍게 웃어 보이고는 몸을 돌려 후전 안으로 걸음을 옮겼다. 남자가 큰 소리로 길게 읊는 목소리가 들려왔다.

새장 속 새가 순식간에 사라지리라.
부귀는 모두 뜬구름 같고, 미몽은 깰 줄 모르는구나!

석양 아래, 선종 소리가 멀리서 울려왔다. 스님들의 저녁 독경이 시작되었다. 불가의 노랫소리와 붉은 저녁노을이 두 여인의 몸을 감쌌다. 바닥에 놓인 새장과 그 자리에 서 있던 두 사람의 그림자가 석양빛에 길게 늘어져 후전 안쪽까지 깊이 드리웠다.

황재하는 몸을 돌려 재빨리 후전 안으로 들어가 보았지만 남자는 이미 사라지고 없었다. 뒤를 돌아보니 왕약의 얼굴이 시들어 떨어진 꽃처럼 창백했다.

"누이, 어찌 그렇게 거기 가만히 서 있는 게냐?"

등 뒤에서 누군가의 목소리가 들려왔다. 산 아래에서 두 사람을 기다리던 왕온이었다. 한참이 지나도 내려오지 않으니 직접 찾아 올라온 것이다.

계단을 올라오는 왕온의 흰색 비단옷이 맑은 하늘 위 구름처럼 가볍게 흩날려 그의 모습 자체가 훤히 밝아 보였다.

왕온이 땅에 놓인 빈 새장을 보며 물었다. "누가 새장을 이런 데다 갖다 놓았지?"

황재하의 시선이 왕약을 향하자 왕온도 왕약의 표정을 보고는 뭔가 심상치 않음을 느꼈다.

왕온이 다시 물었다. "무슨 일이라도 있는 게냐?"

"오…… 오라버니." 왕약의 목소리가 떨렸다.

고개를 들어 왕온을 바라보는 두 눈에는 두려움의 눈물이 그렁그렁 맺혀 있었다.

왕온은 미간을 찌푸리며 물었다. "무슨 일이 있었던 거야?"

"조금 전…… 이상한 남자 하나가, 제게……." 왕약은 목소리가 심하게 떨려 제대로 말을 잇지 못할 정도였다.

황재하가 대신 말을 이었다. "공자님이 오시기 전에 어떤 남자가 새장을 들고 이곳에 나타났습니다. 그 사람이 어떻게 한 것인지는 모르겠으나 새장 안에 갇혀 있던 새가 순식간에 사라져버렸고, 남자가 왕비 전하도 그 새처럼 갑자기 사라질지 모른다고 말했습니다."

"남자?" 왕온은 놀라서 사방을 둘러보았다. "우리가 오기 전에 절 안의 사람은 이미 다 내보낸 상태였고, 두 사람이 여기 올라온 후에는 왕부의 사병들과 내가 계속 아래쪽에서 지키고 있었습니다. 절 안에 다른 이가 있을 리 없는데, 대체 누가 잠입했단 말입니까?"

"분명히 아직 빠져나가지 못하고 절 안에 있을 테니, 샅샅이 뒤져 보면 찾을 수 있을 거예요." 왕약은 떨리는 목소리로 말했다.

왕온은 고개를 끄덕이며 겁에 질린 왕약을 달랬다. "누군지도 모르는 사람이 멋대로 지껄인 말을 어찌 곧이 받아들이는 게냐? 걱정 말거라. 낭야 왕 가의 딸이자 곧 기왕 전하의 비가 될 사람에게 무슨 일이 생기겠느냐? 그런 허튼소리에 마음 쓰지 말거라."

"네." 왕약은 눈물을 머금은 채 고개를 끄덕이고는 멈칫멈칫 망설이며 말했다. "어쩌면, 제가 생각이 너무 많았나 봐요. 혼례 날짜가 다가올수록 입맛도 없고 잠도 잘 들지 못하고……."

왕온은 이해한다는 듯이 고개를 끄덕이며 미소 지었다.

"알고 있다. 여인들은 출가 전에 종종 그렇다고 하더구나. 내가 완벽하게 이해할 수는 없겠지만 갑자기 인생이 달라진다면 초조하고 걱정되는 것은 당연하겠지."

왕약은 보일 듯 말 듯 고개를 끄덕여 보이며 아랫입술을 살짝 깨물었다.

"바보 같기는. 기왕 전하 같은 좋은 분과 혼인을 하는데도 행여 불행해질까 봐 걱정하는 게냐?" 왕온은 왕약이 안심하고 집으로 돌아갈 수 있도록 다시 한 번 강조했다. "내려가자, 그런 황당무계한 말은 믿지 말고."

왕약은 고개를 숙인 채 왕온을 따라 계단을 내려갔다. 황재하는 한 계단 뒤에서 왕약을 뒤따랐다.

왕약이 돌아보며 낮은 목소리로 황재하를 불렀다. "양 공공."

"네." 황재하가 답했다.

"공공이 보기에도…… 내가 근래 많이 초조하고 긴장한 것 같았나요?" 왕약은 불안해하며 물었다.

황재하는 잠시 생각한 뒤 대답했다. "왕비 전하께서 아마 기왕 전하를 무척 마음에 두고 계셔서 혼인날이 다가올수록 더 긴장하시는 것 같습니다. 마음에 없는 상대였다면 이리 긴장하시지 않겠지요."

왕약은 입술을 삐쭉이더니 눈물 가득한 눈으로 황재하를 바라보며 나지막하게 말했다. "그럴지도요."

승려들의 저녁 독경은 여전히 계속되고 있었다. 만종과 불가의 노랫가락이 두 사람을 휘감았다. 황재하는 불경 소리를 들으면서 문득 외할머니가 읽어주셨던 어떤 구절이 떠올랐다.

세상 모든 연정은 덧없으며 오래가기가 어려우니라.
사랑으로 인해 근심이 생기고, 사랑으로 인해 두려움이 생기나니.

황재하는 그 구절을 마음속으로 생각하면서 왕약의 축 처진 뒷모습을 바라보았다. '정말로 기왕 전하를 사랑해서 그러는 건 아닐까?'

왕온은 빈틈없는 사람이었다. 즉시 왕부의 호위대장 서지위와 상의하여 사병을 두 개 조로 나눠 절 내를 수색하게 했다. 한 조는 각 대전과 선방, 절 내부의 구석진 곳을 수색하고 다른 한 조는 스님들을 조사했다. 그러나 그 일이 일어났을 시각에 스님들은 모두 저녁 독경을 위해 대전에 모여 있었기에, 그 시각에 연등불전에 나타났을 가능성이 있는 사람은 없었다.

날이 어두워지자 각처를 다니며 수색하던 이들도 돌아와 보고했다. 절 내부를 50개 구역으로 나눠 10명씩 한 조를 이루어 샅샅이 뒤졌으니 벌레 한 마리라도 숨어 있다면 이 철저한 수색망에 걸려들었을 터이나 그 누구의 흔적도 발견된 것이 없었다. 절 안에는 왕약을 따라온 황재하와 소기, 왕 가의 하녀들 외에는 아무도 없었다.

유일한 수확이라면 연등불전 안 불상 앞에서 발견된 녹슨 화살촉 하나였다.

대당 기왕

화살촉에는 희미하게 글자 네 자가 새겨져 있었다.

7장

혈색의 미몽

황재하가 기왕부로 돌아오니 이서백이 혼자 화원 응접실에서 저녁을 들고 있었다. 황재하를 본 이서백은 주위 시녀들을 모두 물리고 손을 들어 옆에 있는 의자를 가리켰다.

황재하는 그 뜻을 알아채고는 의자를 끌어다 앉았다. 이서백이 상아로 만든 젓가락과 작은 그릇을 건네주었다. 황재하는 주위를 둘러보며 담장 너머로 꽃 그림자가 움직일 뿐 아무도 없는 것을 확인하고야 몇 가지 음식을 그릇으로 집어 와 먹기 시작했다.

이서백이 무심히 물었다. "오늘 분향하러 갔을 때 웬 남자가 신기한 마술을 보였다지?"

기왕 이서백의 뛰어난 정보력은 모르는 사람이 없을 정도였다. 이번에는 특히 여인들을 보호하기 위해 자신의 위병대를 보낸 상황이었으니 무슨 일이 있었는지 모를 리 없었다.

그래서 황재하도 놀라지 않고 답했다. "네. 꽤나 신기했습니다. 하지만 저는 왕비 전하의 반응이 더 흥미로웠습니다."

"예비 왕비." 이서백은 왕비라는 호칭 앞에 두 글자를 추가해 정정해주었다.

"황제 폐하께서 친히 황후 폐하 친족과의 혼인을 명하셨는데 설마 무슨 변수가 있겠습니까?"

"무슨 이유에서든 위조된 사주단자를 가져온 것은 황제를 기만한 행위이니 돌이킬 수 없는 상황에 이를 것이다." 이서백은 화제를 돌리며 되물었다. "자신의 신분이 밝혀질까 봐 두려워하고 있더냐?"

"아무래도 그뿐만은 아닌 듯했습니다. 뭔가 말할 수 없는 과거를 숨기고 있는 것 같았습니다. 그 남자가 은근슬쩍 무언가를 언급했더니 깜짝 놀라는 것이 표정에 그대로 드러났습니다."

"그 남자가 갑자기 어디서 나타났는지, 또 어디로 사라졌는지 아는 바는 있고?"

"전혀 모르겠습니다. 왕부 위병들이 철통같이 지키던 곳을 어떻게 드나들었는지 아무 단서도 찾지 못했습니다." 황재하는 어금니를 깨물며 미간을 찌푸렸다. "남자가 사라진 후 왕온 공자가 사람들을 데리고 절 안을 샅샅이 뒤졌지만 어떤 흔적도 발견하지 못했습니다. 마치 새로 변해 하늘로 날아간 것처럼 말입니다."

이서백이 천천히 물었다. "황보씨의 『원화기』를 본 적이 있느냐?"

황재하는 고개를 저었다. "그게 무엇입니까?"

"책이다. 그 안에 '가흥 줄타기'라는 묘기에 대해 쓰여 있지. 현종 개원 연간에 열린 성대한 잔치에서 가흥현과 감사(監司)가 잡기를 겨루게 되었다. 감사는 죄수들 중에서 기예를 갖춘 자를 찾았는데, 밧줄 타기에 자신 있다고 하는 죄수가 있었지. 옥리가 그자를 공터로 데려가 100척 길이의 밧줄을 내어주니 그자는 건네받은 밧줄을 바닥에 내려놓고는 한쪽 끝을 하늘로 던졌다. 그런데 밧줄이 하늘을 향해 수직으로 선 채 계속해서 올라갔다는구나. 마치 위에서 누군가가 밧줄을 잡아당기는 것처럼 말이다. 밧줄 끝이 더 이상 보이지 않게 되자, 그

죄수가 밧줄을 타고 올라가더니 공중에서 그대로 사라져버렸다고 한다. 그렇게 해서 탈옥을 한 것이지."

"어떤 각도로 바라본들, 어떤 가설을 세워본들……." 황재하는 한참을 생각하더니 입을 열었다. "불가능한 일입니다."

"왜 불가능하지? 세간에는 상식적으로 이해할 수 없는 일들이 많이 일어나지 않더냐?" 이서백의 입꼬리가 미세하게 올라갔다. "선유사의 남자가 말한 것처럼 예비 왕비 또한 그 작은 새처럼 새장 안에서 사라져버릴 수도 있지 않겠느냐."

"전하께서도 그 말이 신경 쓰이시나 봅니다."

"나는 세상의 풍문에도 다 원인이 있다고 믿는다." 이서백은 의자에 몸을 기대며 창 위로 흔들리는 꽃 그림자를 바라보다가 뜬금없이 물었다. "너는 어릴 때 장안에서 가장 좋아했던 장소가 어디더냐?"

"네?" 황재하는 느닷없는 그 질문에 입 안 가득 음식을 문 채 눈을 크게 뜨고서 이서백을 쳐다보았다. 그러고는 두루뭉술하게 대답했다. "아마도…… 서쪽 시장입니다."

"그래, 서쪽 시장. 나도 어렸을 때 가장 좋아했던 곳이지." 이서백은 마치 깊은 생각에 잠긴 듯 천천히 말했다. "누군들 그곳을 싫어하겠느냐? 장안성을 통틀어, 심지어 이 천하에서 가장 번화한 곳일 테니 말이다."

장안성 서쪽 시장.

페르시아의 각종 보물과 천축의 향신료, 대원국의 말, 강남 지역의 찻잎, 촉의 비단, 북방의 털가죽…….

점포마다 북적거리며 장사를 시작했다. 어물전, 문방구, 주점, 찻집 등 시끄럽지 않은 곳이 없었다. 발 디딜 틈 없이 붐비는 상인과 손님, 길을 따라 늘어선 먹을거리 난전, 각양각색의 꽃을 파는 소녀, 주점

위층에 보이는 가녀린 허리의 이국 무희들. 더할 나위 없이 왁자지껄한 풍경이었다. 야간 통행금지도 이곳의 시끌벅적함을 막지 못했다. 개원과 천보 연간 이후로 나날이 번성하여 주변 방에까지 옮아갈 정도로 밤마다 풍악을 울리며 떠들썩했다.

늦봄과 초여름 사이의 햇살이 거리를 가득 채운 홰나무와 느릅나무 위를 비추어 신록이 벽옥처럼 푸르러 보였다. 이서백과 황재하는 나무 그늘 아래서 앞뒤로 간격을 두고 걸었다. 이서백의 평복 차림에 맞추어 황재하도 환관복을 벗고 목둘레가 둥근 평범한 남자 옷을 입었는데, 그 모습이 꼭 발육이 덜 된 소년 같아 보였다.

두 사람은 시장 이곳저곳을 오가며 점포 안 물건들을 둘러보았다. 안타깝게도 이서백은 어려서부터 질 좋은 물건만 사용했던 터라 시장에서 만든 조잡한 물건이 눈에 들어오지 않았고, 황재하는 이서백에게 아직 녹봉을 받지 못한 터라 수중에 땡전 한 푼이 없어서 모든 물건이 그림의 떡이었다. 그러다 비단잉어를 파는 곳에 이르러서야 이서백이 물고기 먹이를 사면서 특이한 모양새의 어항을 보며 고민했다. 아무것도 살 수 없던 황재하는 자연히 돈 있는 사람을 부추겼다.

"멋진 어항입니다. 그 작은 물고기를 여기에 풀어놓으면 좀 더 활발하게 움직일 겁니다."

이서백은 어항을 들고 이리저리 살펴보고는 다시 제자리에 돌려놓았다. "큰 곳에서 키워 맘껏 헤엄치는 습관이 생기면, 다시는 작은 곳에 적응하지 못하겠지."

"하루만이라도 넓은 곳에서 쉬게 해주면 안 됩니까?"

"어쨌든 결국에는 작은 곳으로 돌아와야 할 텐데, 며칠 잠깐 즐겁게 해주는 게 무슨 의미가 있겠느냐?"

"……."

황재하는 작은 물고기한테까지 원리원칙을 적용하는 이 남자에게 더 이상 할 말이 없었다.

　이른 시간이라 놀이꾼들은 아직 거리로 나오지 않았다. 황재하가 행인에게 물어보니, 시장은 오시[43]에 열지만 놀이꾼들은 시장이 가장 붐빌 때쯤 나온다고 알려주었다.

　시간이 이미 정오가 지난 터라 이서백은 결국 황재하를 가엾이 여겨 서쪽 시장에서 가장 유명한 철금루로 데려갔다. 칸막이가 쳐진 자리에 앉아 왕부에서 먹을 수 없는 민간 음식을 몇 가지 주문했다.

　제법 운치 있는 요릿집이었지만 식사하는 이들이 많아 시끄러울 수밖에 없었다. 이서백의 미간이 살짝 찌푸려지던 그때, 갑자기 딱따기 소리가 들리고 주점 안이 조용해졌다.

　이야기꾼이 등장해 북을 치며 노래했다. 먼저 민간에서 유행하는 「희화접」을 부른 뒤 북채를 거두고 낭랑한 목소리로 말했다.

　"자, 여러분. 이 몸이 오늘은 세상에서 가장 기이하고 해괴한 일에 대해 들려드릴까 하오."

　황재하는 그 목소리를 듣자마자 예전에 장안성 외곽 정자에서 마주친 이야기꾼임을 알아차렸다. 당시 정자에서 비를 피하고 있는 사람들에게 황재하 집안에서 벌어진 사건을 들려주며 조금씩 살을 붙여 터무니없는 이야기로 만들어낸 자였다. 세간에 떠도는 일화들을 재미있게 소개하려면 그런 식으로 과장하는 이야기꾼이 제일 인기 있을 것이다.

　이야기가 이어졌다. "장안성에는 대명궁이 있고, 대명궁에서는 황제 폐하께서 가장 가운데에 앉으시지. 궁 밖에는 왕제들이 있는데, 그중 한 분이 바로 기왕 전하라오. 존함은 이자, 기왕 이서백!"

43　오전 11시에서 오후 1시 사이.

아래층에서 누군가가 큰 소리로 외쳤다. "기왕 전하 이야기가 제일 재미있지! 기왕이 여섯 지역의 절도사를 이끌고 방훈과 대전을 벌인 대목이 어떠시오!"

"자자자, 너무 서두르지 마시오. 일단은 지금 일어나고 있는 일을 먼저 들려드리리다. 사실 이번 일도 당시 기왕 전하가 수많은 군사들 사이에서 방훈을 활로 쏘아 죽인 일과 크게 관계가 있지!"

칸막이 바깥이 이렇게 소란스러운데도 이서백은 꽃문양이 투각된 칸막이 안에서 들은 체 만 체 천천히 식사만 할 뿐이었다. 창밖 행인들을 내다보는 눈빛은 평온하기까지 했다.

황재하는 턱을 괴고서 밖에서 들려오는 소리에 귀를 기울였다.

"우리 모두가 알다시피 기왕 전하는 근래에도 굉장히 바쁘셨는데, 세상에, 번거로운 일이 또 하나 생겼다지."

"기왕 전하는 얼마 전에 '사방안'도 해결하시고 곧 왕비 전하도 맞으시고, 모두 순조롭게 잘 되고 있는데 어찌 번거로운 일이 생겼다는 말인가?" 조금 전 그 손님이 다시 끼어들었다.

"어제 오후에 기왕 전하의 예비 왕비, 그러니까 낭야 왕 가 아씨가 선유사에 분향을 하러 갔던 일은 모두들 알고 계시겠지?"

이야기를 듣던 이들이 너도나도 떠들어댔다. "나도 얼핏 듣긴 했는데, 황후 폐하의 사촌 동생이 그렇게나 절세미인이라지!"

"어제 기왕부 마차가 예비 왕비 전하를 태우고 성을 나갈 때 나도 길가에 서서 기다렸지. 어찌 생기셨는지 궁금해 한번 보고 싶었는데, 소문대로 정말 단정한 분이신지 마차 가림막 한번 들추지를 않더군. 그러니 어찌나 더 궁금하던지!"

"어쨌든 절세미인인 것은 틀림없을 걸세. 그게 아니라면 어떻게 기악 군주 손에서 기왕 전하를 빼앗아올 수 있었겠나?"

"기악 군주는 장안에서 제일 불쌍한 사람이 됐지. 여인은 자고로 자신의 마음을 너무 드러내고 다니면 안 돼. 혹여 상대의 마음을 얻지 못하면 결국 세간의 웃음거리가 되니까."

"그렇다니까. 그 왕 가의 여인만 아니었다면 용모와 가문까지 갖춘 기악 군주가 기왕 전하의 천생 배필 아니었겠는가. 기악 군주는 요새 두문불출한다는데, 어쩌면 종일 집에서 예비 왕비를 저주하고 있을지 누가 알겠어? 하하하……."

사람들이 시끌벅적 떠들자 이야기꾼은 그저 웃으며 듣고만 있다가 사람들 소리가 잦아들었을 때에야 다시 이야기를 이어갔다.

"다들 아시는 것처럼 왕 가의 여인이 장안성 모든 여인이 부러워하는 기왕 전하의 비가 되는 행운을 얻었지만, 이 혼사에 우여곡절이 끊이지 않을 것 같단 말이지?"

좌중은 순식간에 쥐 죽은 듯이 조용해졌다. 이야기꾼은 정말 얼토당토않은 말을 갖다 붙이며 전날 선유사에서 있었던 마술에 대해 떠들었다. 그 사람의 키가 1장은 됐다느니, 험상궂은 얼굴 양쪽에 날개가 튀어나와 있었다느니, 게다가 그 기인이 왕비를 급습하는 바람에 왕온이 검으로 300여 합의 결투를 벌였다느니 하는 내용이었다. 이길 수 없음을 깨달은 기인이 결국 도망치면서 외쳤다는 말은 이러했다. "기왕과의 혼례가 아직 열흘 남아 있지. 기왕은 그때까지 잘 지켜야 할 것이다!" 혼례 전에 궁내의 깊숙한 곳에서 많은 사람이 지켜보는 가운데 왕비를 데려가겠다고 말했다는 것이었다.

이야기꾼은 점점 더 흥분해 손에 들고 있던 딱따기를 탁 치고는 한껏 고조된 목소리로 말했다. "그 말을 들은 왕온이 노발대발하며 검을 휘둘렀지. 그 순간 획 하는 소리와 함께 기인은 연기가 되어 사라져버리고, 그자가 사라진 바닥에 검정 화살촉이 하나 남겨졌는데, 그 화살촉에 무어라 적혀 있었는지 아시는가? 바로 '대당 기왕'이라고 새겨져 있었다는구먼. 기왕 전하가 방훈의 목에 꽂아 넣은 바로 그 화살촉 말일세!"

"여기까지!" 이야기꾼의 마지막 말이 떨어지자마자 좌중에서는 우레와 같은 감탄 소리가 터져 나왔다. 그 난리 가운데 유일하게 황재하만이 아무 말 없이 머리를 내저었다.

이서백이 덤덤하게 물었다. "왜, 이야기가 별로이냐?"

황재하는 고개를 저으며 말했다. "말도 안 되지 않습니까. 날개가 있었으면 왜 굳이 연기가 되어 사라지겠습니까? 그냥 날개로 날아가면 되지."

"그래야 이야기가 더 재미있지 않겠느냐?"

황재하는 지난번에 정자에서 이 이야기꾼이 자신을 두고 불길한 기운으로 태어났다고 했던 말이 생각나 이마를 만지작거리며 잠시 마음을 가라앉혔다. 그러고는 다시 이서백을 향해 물었다.

"어찌 경조윤[44]더러 이런 사람을 단속하라 명하지 않으십니까?"

"백성들의 생활에 즐거움 하나 더해주는 것이 뭐가 그리 나쁘다는 거지?" 이서백은 전혀 개의치 않았다.

황재하는 계속 이어지는 이야기나 듣는 수밖에 없었다. 이번에는 오래전에 벌어진 일에 대한 이야기였다.

함통 9년, 계림의 방훈이 군란을 일으켜, 병사 20만을 이끌고 조정으로 진군하며 자신을 절도사로 임명해달라 요구했다. 조정이 이를 받아들이지 않자 방훈은 스스로를 왕으로 세우고 몇 개의 주를 함락시켜 멋대로 주 장관과 백성들을 학살했다. 당시 절도사들은 각자 자신의 군대를 거느리고 본인의 지위를 공고히 할 때인지라 조정에서 각 주의 병력을 움직일 힘이 없었다. 이렇게 황실이 속수무책으로 당하고 있던 때에 이서백은 홀로 각지를 돌아다니며 15만의 병력을 모

---

44 수도를 지키고 다스리던 관직.

왔다. 그리고 주변 절도사들을 설득하는 데 성공하여 마침내 여섯 절도사 진영과 연합해, 이듬해 9월 반란군을 격퇴하고 방훈을 죽였다.

당시 성벽 위에 서 있던 방훈의 목을 이서백이 단 한 발의 화살로 명중시켰다. 반란군이 뿔뿔이 흩어지는 대혼란 속에 방훈은 성벽 위에서 떨어져 수많은 병사와 말발굽에 짓밟히며 형태조차 알아볼 수 없게 짓이겨졌다. 피와 살점이 묻은 화살촉만 고스란히 남아, 유리 상자에 넣어 서주 고루[45]에 두고 후세 사람들에게 경고가 되도록 했다.

그리고 바로 그때 이서백은 자신의 사주팔자가 적힌 저주의 종이를 손에 넣었다. 그 후 눈 깜짝할 사이에 몇 년이 흘렀고 10대 소년이었던 이서백은 막강한 권력을 가진 왕제가 되었다. 하지만 그때부터 시작된 그 괴이한 저주에서 아직 벗어나지 못했다.

지난달에 퍼진 소문에 따르면 서주의 그 유리 상자는 여전히 그대로 있는데 그 안의 화살촉은 소리 소문 없이 사라졌다고 했다. 서주부가 관할 지역을 샅샅이 수색했으나 어떠한 흔적도 찾지 못했던 그 화살촉이 선유사에서 나타났다. 그것도 하필 왕약이 분향하러 간 그날, 어느 신비스러운 인물이 남겨둔 것이다.

"여러분, 이처럼 기이한 일이 세상 또 어디 있겠소?"

이야기꾼이 딱따기를 치자 사람들은 또 앞다퉈 자신의 생각을 말했다. "방훈이 원혼이 돼서 기왕 전하의 혼례를 가지고 복수하려는 거 아닐까?"

"말도 안 돼. 영혼은 충신이랑 효자한테만 있는 거야. 역적 주제에 무슨 원혼이야?"

주제는 갑자기 귀신이니 혼이니 하는 쪽으로 바뀌었다. 황재하는 다시 고개를 돌려 마주 앉은 이서백을 보았다.

---

45 시각을 알리는 북을 단 누각.

이서백은 고개도 들지 않고 물었다. "왜 그러느냐?"

"열아홉 살이던 전하가 방훈을 향해 화살을 겨눌 때 어떤 생각을 하셨을까…… 하는 생각을 했습니다."

황재하는 턱을 괴고서 이서백을 바라보았다. 이서백의 얼굴은 평소와 다름없이 바람 없는 잔잔한 호수 같았다.

"들으면 실망할 텐데?"

"그럴 리가요. 무슨 생각을 하셨는데요?"

"갑자기 바람이라도 불어 화살이 잘못 날아가면 체면이 깎일 텐데, 하는 생각을 했다."

"……." 황재하는 할 말을 잃었다.

"어떤 일들은 굳이 알 필요가 없기도 하지." 이서백이 창밖을 가리켰다. "저쪽에 놀이꾼들이 나온 모양이다. 가자."

황재하는 꼬르륵 소리가 날 정도로 여전히 배가 고팠지만 몇 입 먹지도 못한 음식들을 버려둔 채 속으로 이서백을 원망하며 따라 나섰다.

오시가 지나자 마술과 잡기를 보여주는 놀이꾼들이 속속 등장했다. 다만 대부분이 구슬 높이 던졌다가 받기, 사발 돌리기, 항아리 밟기 등 평범한 묘기를 선보였고, 검을 삼키는 기인 앞에만 사람이 많이 모여 있었다.

"검을 삼키는 것도 흔한 재주인데 뭐가 그리 재미있나요?"

군중 속으로 비집고 들어가려고 용을 쓰는 한 중년 사내를 향해 황재하가 물었다.

사내는 기대 가득한 얼굴로 말했다. "이건 완전히 다르지! 키가 3척밖에 안 되는 난쟁이가 4척이나 되는 칼을 삼킨다고!"

그 말을 들으니 황재하도 안으로 비집고 들어가고 싶었지만 이서백이 못마땅한 표정을 지으며 몸을 돌려 가버리는 바람에 하는 수 없이 묵묵히 그 뒤를 따랐다. 그러면서 속으로 생각했다.

'이 사람은 살면서 흥미를 느끼기는 할까. 저렇게 살면 즐거울까?' 그러나 순간 이런 생각도 들었다. '그러면 나는? 온 가족이 살해당했잖아. 복수를 결심했어도 사건을 해결할 단서는 하나도 안 나오고. 내 인생이야말로 근심 없이 웃고 떠들던 그때로 돌아갈 수 있을까?'

앞에 걸어가던 이서백은 뒤가 너무 조용하다는 생각을 했다. 황재하의 발소리마저 사라진 것 같아 살짝 고개를 돌려 뒤를 보았다.

황재하는 이서백에게서 두어 발자국 떨어져 걸으면서 시선은 옆에 지나가는 젊은 부부와 아이를 향해 있었다. 여자아이는 양손으로 엄마 아빠의 손을 하나씩 잡고 깡충깡충 뛰며 걸었다. 그러다가 폴짝 뛰어올라 부모의 손에 매달리기도 했는데, 마치 작은 원숭이가 그네를 타는 것처럼 보였다.

이서백은 걸음을 멈추고 황재하를 기다렸다.

황재하는 멈춰 서서 그 가족이 멀어지는 모습을 조용히 눈으로 좇았다. 햇살이 황재하의 얼굴을 내리비쳤으나 그 얼굴은 희미한 어둠에 덮여 있었다. 한참 후 황재하가 고개를 돌린 뒤에야 이서백이 느릿느릿 말했다.

"가자."

눈앞에 또 한 무리의 사람이 모여 있었다. 이번에는 한 부부가 제대로 된 마술을 선보이고 있었다. 부부 둘 다 세속적이고 능글맞은 강호 예인의 느낌을 그대로 풍겼다. 이서백과 황재하는 구경꾼 틈에 섞여 물고기로 분장한 남자가 용으로 변하는 마술을 보고, 또 그 뒤에는 맑은 물이 술로 변하는 평범한 마술 등을 보았다. 여자는 종이꽃을 진짜 꽃으로 만드는 마술을 선보였는데, 평범한 재주였지만 마지막에 수십 송이의 진짜 꽃이 하늘에서 떨어지는 장면은 꽤 볼 만했다.

마술이 끝나고 관객도 흩어졌다. 부부가 물건을 정리하고 떠나려는 때 이서백이 황재하에게 눈짓을 보냈다. 황재하는 하는 수 없이 부부에게 다가가 말을 걸었다. "형님, 형수님, 두 분 마술 실력이 참으로 대단하십니다. 정말 감탄이 절로 나왔습니다!"

남자가 웃으며 답례했다. "그냥 남들 하는 정도요. 마술을 좋아하는 모양이네?"

"그럼요. 특히 이런…… 종이꽃이 진짜 꽃으로 바뀌는 게 재미있습니다. 진짜 꽃은 소매 안에 숨겨두는 거 같은데, 그럼 종이꽃은 대체 어디로 가는 겁니까?"

남자는 웃으며 말했다. "그건 말 못하지. 그게 우리 밥줄인걸."

황재하가 고개를 돌려 이서백을 바라보자 그가 은자 한 덩이를 던져주었다. 황재하는 은자를 남자의 손에 쥐여주며 진지하게 말했다. "형님, 사실은 저희 주인께서 다른 사람과 내기를 하나 했는데 말입니다, 혹시 장안에 돌고 있는 소문 들으셨습니까? 어제 선유사에서 어떤 사람이 소매를 한 번 펄럭이니 새장 속 새가 흔적도 없이 사라졌다는 얘기요."

남자는 은자를 손에 꼭 쥐고서 활짝 웃으며 말했다. "그 일은 들은 바 없지만, 새장에 있는 새를 없애는 방법은 내 잘 알지."

"그런데 저희 주인님 벗이 절대 불가능한 일이라며 우기셨답니다. 그래서 두 분이 내기를 했는데, 저희 주인님이 사흘 내에 그 마술을 해 보이겠다고 약조하셨다지 뭡니까. 그러니 어떻게…… 그 방법을 저희 주인님께 좀 가르쳐주시면 안 될까요?"

"별거 없는 눈속임일 뿐이야." 남자가 시원스레 가르쳐주었다. "일단 새는 주인이 손짓을 하면 새장 어딘가로 가서 서게 훈련이 되어 있어야 하고, 새장에는 미리 설치해둔 장치가 있어서 왼손으로 새장

위 막대를 누르면 장치가 움직여 새를 아래로 떨어뜨리지. 그때 오른쪽 소매를 펄럭여 새를 소매 안으로 받으면 그만이야.”

“아, 그런 거군요!” 황재하는 큰 가르침을 받았다는 표정을 지으며 다시 이서백을 향해 손을 뻗었고, 이서백도 다시 은자 한 덩이를 내주었다. 황재하는 은자를 쥐고서 물었다. “이렇게까지 상세히 아시는 걸 보니 형님도 틀림없이 그런 새와 새장을 갖고 계시겠죠?”

“전에는 가지고 있었지.” 남자는 은자를 흘끔거리고는 애석해하며 말했다. “안타깝게도 며칠 전에 누가 사갔다네.”

옆에 있던 여자가 참지 못하고 끼어들었다. “그러게 은자 다섯 냥이 뭐냐고! 그 새는 스승님이 주신 거라 얼마나 훈련이 잘돼 있었는데, 은자 열 냥을 받고 팔아도 아까운 거를 말이야.”

황재하가 또 물었다. “다시 구관조를 데려다가 훈련시키면 되잖아요? 사흘이면 대충 되지 않겠어요?”

남자가 한탄하며 말했다. “구관조가 아니라 하얀 새였어. 정말 예뻤는데…….”

“아휴, 정말 아깝네요.” 황재하는 다시 은자를 남자의 손에 쥐여주며 물었다. “어느 분이 사갔는지 알 수 있을까요? 어찌하면 그분을 찾을 수 있을까요? 잘하면 우리에게 넘겨줄지도 모르니 찾아가보고 싶은데 말이에요.”

“그 재주를 배우고 나서는 곧장 가버려서 이름조차 몰라.”

“그러면 어떻게 생긴 분이었는지 기억하시나요?”

“음…… 스무 살가량 된 공자였는데, 키가 조금 컸어. 얼굴은 꽤나 반반하게 생겼고……. 맞다, 이마에 붉은 점이 있었어!”

여자도 말을 보탰다. “맞아, 이마 한가운데에 붉은 점이 있었어. 자태가 단정해서 사람 자체가 훤칠한 느낌이었는데, 그 붉은 반점까지 있으니 꼭 그림 속에서 튀어나온 사람 같아 보였지.”

기왕부로 돌아가는 길, 두 사람은 모두 말이 없었다.

황재하는 골똘히 사건의 앞뒤를 맞춰보았으나 그 단서들이 뜻하는 바를 여전히 알 수 없었다. 고개를 들어보니 이서백과의 거리가 한참이나 벌어져 있었다.

황재하는 황급히 이서백의 뒤를 바싹 쫓아갔다. 날이 저물어 길가의 등이 이미 밝혀져, 길 양쪽으로 나란히 이어진 등롱의 붉은빛이 거리를 채웠다. 불빛 아래서 이서백이 고개를 돌려 황재하를 바라보았다. 시종 냉정하기만 하던 표정이 따뜻한 귤색 불빛을 받아 온화해 보였다. 눈빛도 차갑지 않고 몽환적인 느낌마저 들었다.

황재하는 이서백이 선유사의 그 남자를 이렇게까지 신경 쓸 줄은 몰랐기에, 이 난처한 상황 앞에서 무슨 말을 해야 좋을지 몰랐다. 그래서 등불 아래 가만히 이서백을 바라보고만 있었다.

거리 가득한 등불 빛이 바람에 흔들흔들 불안하게 일렁였다.

황재하는 한참 동안 무슨 말을 할까 망설이다가 어렵게 입을 열었다. "그게 저는…… 그 사람의 말투가 우아하고 품격이 청아해 보인지라 결코 강호를 떠도는 놀이꾼일 리는 없고, 누군가에게 몰래 배운 게 아닐까 싶어서 그리 물어봤던 것인데……. 그날 저희 앞에 나타났던 사람은 절대 그분일 리…… 없습니다."

"그래, 방훈과 무슨 관계가 있지도 않고, 그 많은 사람의 눈을 피해 선유사에 들어갔을 수도 없지."

하지만 두 사람 다 속으로는 선유사에는 다른 이를 들여보냈을 수도 있다고 생각했다.

이서백이 다시 입을 열었다. "심지어 대신 나서줄 부하가 얼마나 많은데, 굳이 직접 그런 대로변에 가서 마술을 배웠겠느냐."

길가의 등불이 대낮처럼 눈부셨다. 두 사람이 침묵을 지키며 서 있는데 마차 한 대가 천천히 달려왔다. 마차 앞뒤로는 길을 확보하는 위병들과 환관들 수십 명이 질서정연하게 움직였다.

황재하와 이서백은 사람들 눈에 띄고 싶지 않아 길가로 비켜섰다. 그런데 하필이면 마차의 창이 열려 있던 터라 안에 타고 있던 사람의 시선이 둘에게 닿고 말았다. 마차가 천천히 멈추고 문이 열렸다. 안에서 내린 사람은 악왕 이윤이었다.

이윤은 피부가 하얗고 용모가 빼어났으며, 부드럽고 상냥한 성격이어서 얼굴에는 늘 미소가 걸려 있었다. 이윤을 본 사람들은 그가 천성적으로 신선의 기품을 타고났다고 입을 모았다. 붓으로 그린 듯한 눈매와 이마 가운데의 단정한 붉은 점 때문에 마치 그림 속 인물 같아서였다.

이윤이 다가와 웃으며 이서백에게 말을 걸었다. "넷째 형님이 여긴 어쩐 일이십니까?"

이서백이 고개를 돌려 이윤을 향해 살짝 고개를 끄덕여 보였다. "일곱째구나."

이윤은 이서백이 황재하만 거느리고 있는 것을 보고는 그녀에게도 살짝 고개를 끄덕여 보인 뒤 다시 이서백에게 말했다. "오늘 날씨가 맑아 등롱이 별처럼 보인다더니, 역시 넷째 형님도 산책을 나오셨군요. 아무리 그래도 소환관 한 명만 거느리시는 건 위험하니 근처에 있는 위병이라도 몇 명 부르시는 게 좋겠습니다."

이서백은 손을 들어 등롱의 장식술을 톡 건드리며 말했다. "뒤따라오는 자가 많으면 어찌 이렇게 조용한 야경을 볼 수 있겠느냐?"

이윤이 주위를 둘러보니 거리에 등불은 가득하나 행인은 거의 없었다.

이윤이 고개를 끄덕이며 말했다. "그것도 그렇네요. 우리는 어려서부터 번화한 모습만 보고 자라 이런 풍경은 보지 못했지요."

이서백은 이윤과 이야기를 길게 나누고 싶지 않았다.

"곧 야간 통행금지 시간이니, 너도 늦지 않게 돌아가거라."

고개를 끄덕이던 이윤은 갑자기 무언가 떠올라 말했다. "넷째 형님, 언제 시간 되면 저희 집에서 한번 모임을 가지시지요. 동정란의 제자라던 진염 부인이 머무르며 거문고 연주를 하고 있습니다."

"아직 양주로 돌아가지 않았느냐?"

"네. 얼마 전에 아홉째가 그 부인과 함께 입궁해 조 태비마마께 연주를 들려드렸습니다. 황제 폐하와 황후 폐하도 함께 계셨지요. 하지만 태비마마는 비파를 좋아하고, 황제 폐하는 시끌벅적한 것을 좋아하는 분이라 금과 비파에는 도통 관심이 없으시지요……. 황후 폐하는 평소 가무나 연회를 즐기지 않아 거문고 연주자에게 별 관심이 없으시고요. 제가 진염 부인한테 물어보니 장안에 좀 더 머무른다고 하더군요. 아마 풍억 부인을 찾고 싶은 것이겠죠."

황재하와 이서백은 서로 눈을 마주쳤다. 진염 부인이 악왕부에 있을 줄은 생각도 못 했다. 일련의 일들이 마치 어떤 것에 이끌리듯 점차 한곳으로 모이는 듯했다.

이서백은 아무런 내색도 하지 않고 이윤에게 말했다. "그랬구나. 며칠 후 시간 있을 때 한번 들르도록 하지."

"그럼 이 아우는 집을 단장하고 기다리고 있겠습니다."

이윤의 마차가 멀어지자 이서백은 다시 눈앞의 등롱으로 시선을 옮기며 천천히 물었다. "네 생각에 악왕은 어떤 것 같으냐?"

황재하는 잠시 생각한 뒤 입을 열었다. "자신의 신분을 숨기는 가장 좋은 방법은 명확한 특징이 있는 누군가의 모습으로 분장하는 것입니다. 저희를 혼란스럽게 하려고 악왕 전하의 모습으로 위장한 듯합니다."

"다른 가능성은?"

"다른 가능성이라면, 악왕 전하께서 동심이 발동해 친히 서쪽 시장에 가서 마술을 배우시고, 다른 이에게 이를 전수하며 예비 왕비 전하를 놀래주라고 하셨겠지요." 황재하는 버드나무에 몸을 기대고는 나뭇가지를 잡아당기며 무심한 듯 말했다. "어찌 생각해봐도 전자가 좀 더 그럴 듯합니다."

"나는 악왕이 그 사람이 아니라는 걸 안다. 악왕은 내 앞에서 어떤 술수를 쓸 인물이 아니지." 천천히 말하는 이서백의 목소리는 평소보다 더 차가웠다. "다만 누가 악왕을 끌어들이려 하는 건지, 나를 속이려는 자가 대체 누구인지 알고 싶을 뿐이다."

5월 아흐레.

기왕의 대혼례일까지는 앞으로 이레가 남았다.

밤새도록 가랑비가 부슬부슬 내려 장안성은 희미한 안개비 속에 잠겼다. 왕 가 저택으로 가는 길에 황재하는 마차 창문 너머로 빗물을 흠뻑 머금은 꽃가지를 보았다.

복숭아꽃은 이미 떨어졌지만, 홰나무 꽃이 잇따라 피어나 도성 안이 은은한 향기로 가득했다. 나뭇가지에 주렁주렁 매달린 흰 꽃송이는 있는 듯 없는 듯 보일 정도로 색깔이 옅었다. 가벼운 소리가 나 고개를 돌려 보니 빗줄기가 아니라 꽃송이가 마차 창을 두드리는 소리였다. 왕 가 저택의 사람이 우산을 들고 문 앞에 마중 나와 있다가 황재하가 오는 것을 보고는 재빨리 우산을 펼쳐주었다.

"양 공공, 오셨습니까. 황후 폐하께서 아가씨를 부르셔서 지금 입궁하셔야 합니다. 공공과 소기 부인도 함께 입궁하라 하셨습니다."

"네. 알겠습니다." 황재하는 고개를 끄덕이며 대답했다.

장안의 소문이 갈수록 심해져 궁 안 깊은 곳에 있는 왕 황후의 귀에까지 들어갔으니, 필시 여러 가지 일들을 분부하기 위해 입궁을 명했을 것이다. 그런 생각을 하며 황재하는 우산을 받아 들고 앞뜰을 지나 회랑을 따라 들어갔다. 두 개의 붉은 대문을 지나 서쪽 정원으로 돌면 바로 왕약의 거처였다.

정원에는 난초가 가득 자라고, 기다랗게 새로 나온 파초 잎사귀는 창문과 잘 어울렸다. 하지만 이렇게 비가 오는 날씨에는 차가운 느낌을 주는 풍경이었다.

황재하는 살짝 우산을 접고 창밖에 서 있었다. 회랑 밖 파초 아래에 놓인 커다란 항아리에는 잉어가 몇 마리 살았다. 흰색과 붉은색이 섞인 잉어들이 한가롭게 유영 중이었다.

황재하는 그대로 서서 파초를 때린 빗방울이 사방으로 튀는 모습을 지켜보았다. 그때 방 안에서 작은 소리가 들려왔다. 누군가 무어라 속삭이고 있는 듯했다. 고개를 돌려 창문 사이로 방 안을 들여다보니, 왕약이 침대 위에 누워 잠을 자고 있었다. 꿈을 꾸는지 미간이 잔뜩 찌푸려져 있고 얼굴에는 불안한 표정이 역력했다. 이마 가득 구슬땀이 맺힌 채 두 손을 꽉 쥔 모습은, 무서운 형벌이라도 받는 듯 보였다.

황재하는 창밖에서 그 모습을 지켜보며 깨워야 할지 말아야 할지 고민했다.

그때 왕약이 중얼거리는 소리가 들렸다. "혈색이…… 혈색이…….."

황재하는 의아한 마음에 귀를 가까이 가져다 댔다. 갑자기 왕약의 목소리가 애원조로 바뀌었다.

"이모님, 저를 탓하지 마세요. 제발 그러지 마세요……."

갑자기 강한 비바람이 몸을 때려 황재하가 재빨리 몸을 피하는데 왕약이 놀라 "아!" 하고 소리치며 잠에서 깨어났다.

황재하는 옷에 묻은 물방울을 떨어내고 평소처럼 문 앞으로 다가

가 똑똑 두드리며 낮은 목소리로 불렀다. "왕비 전하."

알고 보니 안에는 시녀도 두 명 있었는데, 유난히 영민한 시녀인 한운이 즉시 문을 열어주며 말했다. "양 공공, 오셨습니까. 왕비 전하께서는 악몽을 꾸신 모양입니다."

"방금 창문 너머로 왕비께서 깨어나시는 소리를 들었습니다."

황재하가 몸 위의 물방울을 떨어내다 고개를 돌리니 왕약이 침상에 몸을 기대며 천천히 일어나 앉는 모습이 보였다. 고개를 들어 황재하를 바라보는 왕약의 눈에는 여전히 공포가 서려 있었다. 조금 전 악몽에서 아직 벗어나지 못한 것 같았다.

황재하는 침대 옆으로 다가가 낮은 목소리로 물었다. "왕비 전하, 무슨 꿈을 그리 꾸셨습니까?"

"숭고……." 왕약은 눈물 가득한 눈으로 황재하를 바라보다가 한참이 지나서야 고개를 돌리며 떨리는 목소리로 말했다. "꿈에서 내가…… 정말로 이 세상에서 사라져버렸어요……."

황재하는 왕약의 침대 옆에 앉으며 나지막한 음성으로 말했다. "꿈은 마음속 생각이 나타나는 것입니다. 왕비 전하께서 낮에 생각하시는 것들이 밤에는 꿈이 되어 나타나지요. 그 사람이 했던 말을 떠올리지 않으면 그런 꿈을 꾸시지 않을 겁니다."

"그런가요?" 왕약은 떨리는 목소리로 힘없이 황재하의 소매를 붙들었다. "숭고, 기왕 전하께서 저를 보호해주실 거예요. 그렇죠?"

"그럼요."

황재하는 조금도 망설임 없이 대답했지만, 머릿속에는 이서백이 했던 말이 떠올랐다.

'무슨 이유에서든 위조된 사주단자를 가져온 것은 황제를 기만한 행위이니 돌이킬 수 없는 상황에 이를 것이다.'

하지만 왕약은 황재하의 그 한마디 대답에 크게 안심한 듯, 안도의 한숨을 내쉬고는 다시 침대 등받이에 몸을 기대며 한동안 멍하니 있었다.

왕약의 입가에 서서히 미소가 피어올랐다. 텅 빈 허공 어딘가를 바라보며 마치 난공불락의 어떤 존재를 보는 듯 혼잣말로 중얼거렸다.

"맞아, 기왕 전하께서 나를 보호해주실 거야. 무서워할 필요 없어."

8장

절세미인

대명궁 봉래전.

3층 기단 위에 지어진 전각은 황후의 거처이다.

황재하는 길을 안내하는 궁인을 따라 왕약, 소기, 그리고 왕 가의 시녀들과 함께 백옥 계단을 따라 올라간 후 다시 아홉 개의 문을 지났다.

침향목으로 만든 거대한 열두 폭 병풍이 눈앞에 펼쳐졌다. 병풍에는 꽃과 구름 사이로 십이화신(十二花神)이 곤륜산의 서왕모를 알현하는 모습이 조각되어 있었다. 황재하는 왕약과 함께 병풍 앞에 멈춰서 고개를 숙인 채 주위에 귀 기울였으나 아무런 소리 없이 고요했다. 황재하는 그렇게 선 채 왕약의 잠꼬대를 생각했다. '이모님'은 '풍억부인'이 틀림없었다. 그런데 '혈색'은 또 무슨 의미일까?

그때 바닥의 두꺼운 페르시아 융단 위를 쓸며 다가오는 주홍색 비단 옷자락이 눈에 들어왔다. 주위 사람들은 이미 분분히 예를 취하며 다들 감히 얼굴을 들지도 못했다.

왕 황후가 온 것을 알고 황재하도 황급히 몸을 굽힌 채, 황후가 입은 비단옷의 구름무늬 장식에 시선을 두고 있었다.

황후는 궁녀들에게 빼곡히 둘러싸여 병풍 앞으로 다가가 유리 칠보로 만든 침향목 침상에 편히 앉은 뒤, 청자 찻잔을 들고 한참을 머뭇거리다 비로소 말을 꺼냈다. 물 흐르듯 청량한 음성이 차분하게 흘러나왔다.

"네 표정이 좋지 않구나. 혼례가 이레밖에 남지 않았는데 어찌 기뻐하는 기색이 아닌 것이냐?"

왕약이 황후 곁에 비스듬히 걸터앉으며 낮은 소리로 말했다. "몇 가지 사소한 일로 최근에 걱정이 많았던 탓입니다. 황후 폐하께 심려 끼쳐드려 송구합니다."

황후는 왕약의 손을 잡고서 한참을 바라볼 뿐 아무 말도 하지 않았다. 황재하는 조용히 고개를 들어 황후의 얼굴을 슬쩍 올려다보았다. 윗사람 특유의 차가움이 서려 있었지만 눈빛에는 부드러움이 은은하게 묻어났다. 한 가문의 여인이어도 외모가 닮지 않고 나이도 스무 살 가까이 차이 났지만 사이는 괜찮아 보였다.

"이 넓은 장안성 안에는 별의별 사람이 다 있지. 마음 쓸 것도 없는 소란에 뭐 그리 신경을 썼느냐?"

황후는 왕약의 오른손을 자신의 손바닥 위에 올리고는 아기 새를 다루듯 부드럽게 쓰다듬어주었다. 그 모습을 보던 황재하의 마음속에 말로 표현하기 힘든 어떤 감정이 솟구쳤다. 멍한 표정을 짓고 있던 황재하에게 황후가 갑자기 말을 걸었다.

"기왕부에서 왕비 곁에 보낸 이들이 누구냐?"

소기와 황재하가 재빨리 대답했다. "소인들입니다."

황후가 두 사람을 바라보았다. 황재하를 향한 시선이 왠지 의미심장했으나 황후는 이렇게만 말했다. "왕비가 아직 어리니 훗날 기왕부에 가거든 자네들이 잘 돌봐주게나."

"알겠사옵니다." 두 사람이 함께 대답했다.

왕약이 말했다. "숭고와 소기 부인이 전심전력으로 저를 도와주고 있습니다. 최근에 여러모로 도움을 많이 받았습니다."

"그래, 불편한 점이 있으면 언제든지 내게 말하려무나." 황후는 왕약의 손을 잡아 일으켜 세우며 말을 이었다. "출가하는 날까지 이제 이레밖에 남지 않았구나. 내 너를 위해 미리 준비한 물건이 있으니 내전으로 가보자꾸나."

황재하 일행은 밖에서 기다렸다. 내전은 깊숙이 들어간 곳인 데다 넓기도 넓어 낮게 말하는 소리는 잘 들리지 않았다. 얼마 지나지 않아 황후 곁을 따르던 여관들이 나와 황재하 일행을 바깥 소전으로 안내해 식사를 하도록 했다.

궁중 음식은 확실히 바깥 음식과 달라서 모양새가 무척 훌륭했지만 간이 싱거워 맛이 잘 느껴지지 않았다. 황재하는 몇 입 먹고는 젓가락을 내려놓았다. 옆에 있던 여종 한운이 팔꿈치로 황재하를 툭 치며 물었다.

"양 공공, 저랑 같이 전각 문 앞에 한번 가보시겠어요? 태석지가 한눈에 내려다보이는데, 보통 사람들은 평생 한 번 볼까 말까 한 절경이라고 합니다."

황재하는 환관 신분이긴 하나 왕 가 저택을 자주 왕래하다 보니 한운과도 꽤 친해졌다. 한운은 재잘재잘 늘 시끄러워 곁의 사람들이 그다지 좋아하지 않았다. 그래서 황재하를 붙잡고 함께 가자 하는 것이었다. 황재하도 이 음식들을 더는 먹고 싶지 않아 한운과 함께 나가 바깥의 난간에 서서 북쪽을 바라보았다.

날씨가 청명해 태석지의 물결이 빛에 반짝이는 것이 다 보였다. 그 반짝이는 호수 한가운데 솟은 섬은 신선이 산다는 봉래산처럼 아름다워 보였다.

"정말 아름답네요. 왜 황궁을 천하에서 가장 아름다운 곳이라고 말하는지 알겠어요." 한운은 그 아름다운 풍경을 자신 안에 담으려는 듯 손을 활짝 펼쳤다.

황재하는 아래의 첩첩 누각을 내려다보았다. "그렇네요."

다만 너무 장엄하고 화려해 인간 세상이라기보다는 닿을 수 없는 달 속 궁전처럼 느껴졌다. 그렇게 구경을 하고 있는데 황후의 여관인 연령이 다가왔다.

"황후 폐하께서 왕비 전하가 잠시 쉬시도록 함께 편전에 드신다고 하니, 경치를 더 보고 싶으면 태석지 가까이 내려가셔도 됩니다. 너무 멀리만 가지 마십시오."

한운은 내려가서 놀아도 된다는 말에 기뻐하며 말했다. "정말요? 잘됐어요!"

연령은 몸을 돌려 비교적 연배가 있는 궁녀 요월을 불러 태석지 주변을 안내해주라 일렀다. 황재하와 한운은 요월을 따라 연못가를 걷다가 나무배에 올라탔다. 그때 연못 위에서 누군가가 외쳤다.

"조 태비마마 납시오, 모두 비키시오!"

고개를 들어 보니 아름답게 장식된 놀잇배 하나가 수면을 가르며 연못가로 다가오는데, 뱃머리에 나이 많은 환관이 서서 황재하 일행을 향해 길게 외치고 있었다.

황재하 일행은 황급히 배에서 내려 선착장 옆에 서서 조 태비의 배가 접안하기를 기다렸다.

배가 뭍에 닿자 환관과 궁녀들이 먼저 육지에 올랐다. 그 뒤로 배에서 내린 둥근 얼굴에 눈이 커다란 소녀를 보고 황재하는 놀랐다. 바로 기악 군주였다. 기악 군주가 기왕과 혼인하고 싶어 조 태비 곁에서 경전 필사를 돕는다는 소문이 생각났다. 최근에는 왕비가 간택된 이후 병을 얻었다고 들었던 터라, 오늘 조 태비와 함께 입궁할 줄은 꿈에도 몰랐다.

조금 전에 뱃머리에서 소리치던 그 환관이 조 태비가 배에서 내리는 것을 도왔다. 조 태비는 매우 온화하고 고운 사람으로, 웃을 때 눈꼬리가 가늘고 완만하게 휘었다. 눈이 약간 피곤한 듯 보였지만 입은 시종일관 웃고 있었다.

열셋에 입궁하여 열다섯에 아이를 낳고 스물넷에 태비가 된 여인이었다. 대명궁 내에 자신의 궁전까지 별도로 소유했으니, 선황이 승하한 뒤 태극궁과 흥경궁으로 보내진 다른 황비들과 그 자식들에 비해 훨씬 나은 편이었다.

황재하와 한운은 재빨리 앞으로 나아가 예를 취했다. 조 태비는 기왕부 사람이라는 소리에 웃으며 두 사람을 훑어보고는 이름을 묻더니 다시 황재하를 보았다.

"그대가 바로 '사방안'을 해결했다는 소환관 양숭고로군?"

"그렇사옵니다." 황재하가 고개를 끄덕이며 대답했다.

"음, 사람도 괜찮고 용모도 훌륭하구나. 역시 기왕은 사람을 볼 줄 알지." 조 태비는 다시 물었다. "오늘 기왕의 비를 데리고 입궁한 것이냐? 나도 마침 여기까지 왔으니 가서 왕 가의 여인을 한번 봐야겠구나. 곧 우리 황실 사람이 될 테니 말이다."

조 태비는 맑게 웃으며 사람들을 이끌고 봉래전으로 향했다. 황재하는 태비 일행이 모두 지나가기를 기다린 후 자신도 그 뒤를 따랐다. 갑자기 누군가가 황재하의 소매를 잡아당겼다. 한 여인이 옆에서 살며시 웃으며 낮은 목소리로 말했다.

"양 공공, 다시 뵙네요."

황재하가 고개를 돌리니 비파를 안고 있는 여인이 보였다. 얼굴이 매끄럽고 아름다운 여인이었다.

지난번에 소왕 이예 곁에서 비파를 켜던 교방 기녀 금노였다. 황재하는 재빨리 금노를 향해 고개를 끄덕였다. 금노는 입을 가리고 웃으면서 조용히 말했다. "태비마마께서 비파 연주를 듣고 싶다고 하셔소왕 전하께서 저를 보내셨답니다."

조 태비가 소왕 이예의 생모라는 사실은 황재하도 알고 있었다. 그렇게 말을 주고받는 사이 봉래전 안에 들어섰다. 왕 황후가 직접 나와 조 태비를 맞았다.

황재하는 계단 아래에 섰다. 황후는 왕약을 데리고 많은 여관과 궁녀에게 둘러싸여 계단을 내려오고 있었다.

왕 황후는 높은 곳에서 조 태비 일행을 내려다보았다. 갑자기 태석지에서 바람이 불어와 황후의 치맛자락이 펄럭였는데, 일곱 겹 비단옷이 한껏 피어난 한 송이 모란꽃처럼 보였다. 살짝 가려진 절세의 자태는 어찌나 아름다운지 꼭 선녀로 변해 날아갈 것만 같았다. 화려한 비단옷을 입고 아름답게 단장한 수많은 사람 속에서 왕 황후의 얼굴만이 밝은 달처럼 환하게 빛나며, 마치 이 봄날을 더 환히 비추는 듯했다. 황후보다 한참 젊은 왕약조차 그 광채를 이기지 못했다.

황재하는 눈을 떼지 못하고 예법마저 잊은 채 황후를 올려다보았다. 저 높이에서 굽어보는 황후 앞에서 자신은 초라한 먼지처럼 느껴져 자괴감이 들었다.

그때 옆에서 금노가 "아!" 하고 낮게 탄성을 내뱉었다. 몹시 억눌리고 목이 멘 듯한 소리였기에 바로 옆에 있던 황재하에게만 들렸다.

왕 황후의 눈빛은 무심한 듯 그들을 스쳐지나 곧바로 조 태비에게로 향했다. "태비마마, 이렇게 친히 왕림해주셨는데 신첩이 멀리 마중을 나가지 못해 송구하옵니다."

"아유, 나는 그런 겉치레를 좋아하지 않아. 자네야말로 이 궁의 주인 아닌가. 나는 한낱 늙은이라, 명절을 지내려도 자네가 내리는 녹에 의지해야 하는 몸일 뿐이네." 조 태비는 웃는 얼굴로 농을 하며 왕 황후의 손을 잡고 궁 안으로 들어갔다.

조 태비와 왕 황후는 화목하게 담소를 나누며 이동했고 황재하도 무리와 함께 봉래전으로 올라갔다. 한백옥으로 만든 3층 기단 위의 붉은 문 안쪽 상석에 태비와 황후가 앉았다. 태비는 왕약을 자세히 뜯어보더니 이것저것 묻기도 하고 이야기를 나누며 이따금 웃음도 터뜨렸다. 그 옆에 선 기악 군주는 얼굴에 우울한 기색이 역력했지만 끝까지 목석처럼 그 자리를 지켰다.

그렇게 궁 안에서 희비가 엇갈리는 동안 궁 밖의 무리들은 아무것도 모른 채 조용히 서 있었다. 황재하 등도 측근에서 시중드는 사람이 아니었기에 모두 밖에서 대기했다.

황재하가 곁에 선 금노를 보니 얼굴 가득 땀을 흘려 화장이 거의 지워질 정도였다.

황재하가 살며시 물었다. "괜찮으세요?"

"아…… 날이 더운 것 같아요." 그렇게 말하는 목소리도 약간 쉰 것 같았다.

황재하는 부드러운 봄 햇살과 물가에서 불어오는 바람을 느끼며 그다지 덥지 않다고 생각했지만 일단 손수건을 꺼내 금노에게 건넸다. 수건을 건네받는 금노의 두 손이 덜덜 떨렸다. 얼굴의 식은땀을 닦던 금노는 황재하의 표정이 이상한 것을 보고 억지로 웃음을 지었다.

"별것 아닙니다. 지병이 도진 듯해요……. 돌아가서 좀 쉬면 괜찮아질 겁니다."

황재하는 고개를 끄덕이고는 쪽빛 하늘을 올려다보았다. 금노는 한참을 머뭇거리다 낮은 목소리로 황재하에게 물었다.

"그 붉은색 옷을 입으신 분이 틀림없이…… 황후 폐하시겠죠?"

"네, 맞습니다." 황재하는 고개를 끄덕이며 대답했다.

"그러면…… 황후 폐하 뒤에 계시던 분이…… 왕비 전하?"

황재하는 또다시 고개를 끄덕이고는 신중하게 금노의 표정을 살폈다. 그렇지만 그저 망연한 표정일 뿐, 아무것도 읽히지 않았다. 한참 후 금노가 나지막이 중얼거렸다.

"말도 안 돼……. 그렇게 되었다 한들, 어떻게 저 아이가……."

황재하는 뭔가 내막이 있다는 것을 민감하게 알아차렸다. 하지만 이번에 처음 장안을 방문한 교방의 비파 연주자가 무슨 내막을 알고 있단 말인가? 황재하가 금노에게 물어보려는데 갑자기 황후의 여관 연령이 와서 물었다.

"금노가 누구인가?"

"접니다……." 금노는 재빨리 비파를 껴안고 대답했다.

"태비마마께서 부르시네." 연령이 그리 말하고는 이번에는 황재하를 향해 작은 소리로 물었다. "어찌 왕비 전하를 뫼시지 않고 여기 계십니까?"

황재하가 얼른 안으로 걸음을 옮기려 하는데 머뭇거리던 금노가 황재하의 손을 잡아당겼다. 금노의 손에는 식은땀이 가득하고 힘이 하나도 없었다. 금노가 비파를 안을 힘도 없음을 알고는 황재하가 대신 비파를 안고 함께 대전으로 들어갔다.

금노와 함께 예를 갖춰 인사한 후 황재하는 비파와 채를 금노에게 돌려주고 왕약 곁으로 걸음을 옮겼다. 왕약은 시든 꽃처럼 창백한 얼굴로 시선은 줄곧 바닥을 향하고 있었다. 금노를 포함해 눈앞에 있는 그 누구도 감히 바라볼 엄두를 내지 못하는 듯 보였다.

황재하는 속으로 가볍게 탄식하며 표정을 다스리고 왕약 뒤로 가서 섰다. 바로 옆에는 기악 군주가 있었는데, 그 몸에서 뿜어져 나오는 음산한 기운이 느껴져 자신도 모르게 고개를 돌려 보니 기악 군주가 독기 어린 눈빛으로 왕약을 응시하고 있었다. 그 눈빛이 날카로운 검이 되어 금방이라도 왕약을 갈기갈기 찢을 것만 같았다.

황재하가 자신을 보고 있다는 사실을 깨닫고도 기악 군주는 눈빛을 거두지 않을 뿐만 아니라 오히려 더 도발적으로 눈을 부릅뜨고 왕약을 노려보았다. 그렇게 보란 듯이 증오심을 표출하는 것에 탄복한 황재하는 하는 수 없이 시선을 돌렸다.

조 태비는 왕 황후에게 웃으며 말했다. "이이는 교방에 새로 들어온 비파 연주자인데 그 연주 솜씨가 일품이네. 소왕이 이이의 비파 소리를 제일 좋아해. 시일이 지나면 이 나라에서 으뜸가는 연주가가 될 거라 칭찬하더군."

"그렇습니까? 이렇게 젊은 사람이 벌써 한 나라에서 으뜸이라 칭찬을 받다니, 정말 놀라운 실력인가 봅니다." 황후는 웃으며 말하고는 아래쪽에 앉은 금노를 무심한 시선으로 힐긋 보았다.

금노는 비파를 꼭 껴안은 채 허리를 숙이며 고개를 저었다. "황송합니다. 소인 솜씨가 미숙하여 아무리 숙련된다 해도 저희 스승을 이길 수는 없습니다. 스승님이야말로 이 나라에서 제일 뛰어난 분이지요."

왕 황후는 그제야 흥미가 생긴 듯 금노를 몇 번 더 훑어보았지만 질문은 더 이상 하지 않았다.

조 태비가 웃으면서 물었다. "그대의 스승이 누구냐?"

"양주 운소원에서 비파를 연주하던 매만치라고 하옵니다. 태비마마께서도 들어본 적이 있으신지요? 소인은 스승님의 유일한 제자입니다."

매만치. 황재하는 들어본 적 없는 이름이었다. 다만 양주 운소원이라는 말에 절로 진염 부인과 풍억 부인이 떠올랐다. 그 두 사람도 양주 운소원에서 왔는데, 이 비파 연주자도 운소원에서 왔다고 하니 아무래도 너무나 공교로웠다. 매만치라는 이름에 다들 아무런 반응이 없는데 조 태비만이 몹시 기뻐하며 말했다.

"그렇다면 그대도 천부적인 재능이 있겠구나. 그러니 스승이 유일하게 거뒀겠지."

"제가 다섯 살 때 고향에 물난리가 나 가족 모두 양주 외곽으로 피난을 갔는데, 온 가족이 배를 곯아 죽기 직전이어서 저를 팔려고 시장에 내놨습니다……." 금노는 비파를 품에 안고 조용히 말했다. "그때 마침 스승님이 마차를 타고 지나다가 가림막 너머로 저의 손을 보고는 단박에 마차를 세웠습니다. 그러곤 다가와 저의 손만 뚫어져라 살펴보더니 얼굴도 보지 않고 사람을 불러 돈을 지불하게 하고는 저를 데려갔습니다. 스승님이 말하길 저의 손은 비파를 위해 태어난 손이라고 하였습니다."

모두의 시선이 자연스럽게 금노의 양손으로 쏠렸다. 균형 잡힌 뼈마디에 희고 매끄러운 손이었다. 손가락이 매우 길고 여자치고는 손바닥이 조금 커 보였다. 금노는 그저 웃으며 비파를 품에 비스듬히 안고서 왼손으로 가볍게 비파 목을 눌렀다. 그리고 오른손에 잡은 채로 비파 현을 스르르 가볍게 건드렸다.

그 순간 금노의 손이 떨림을 멈추고, 얼굴에는 옅은 홍조도 드리웠다. 금노의 손가락이 움직이기 시작했다. 현을 타는 속도는 손가락이 거의 보이지 않을 정도였고, 물 흐르듯 흘러내리는 아름다운 소리는 마치 크고 작은 구슬들이 봉래전 안으로 알알이 떨어지는 것만 같았다. 그리고 그 구슬들은 하나하나 각자의 색을 갖추어, 어떤 것은 매끄럽고 어떤 것은 날렵했으며, 또 어떤 것은 투명하고 어떤 것은 부드러웠다. 천만 가지의 감각이 순간적으로 솟구쳐 오르며 높은 고대 위, 화려한 봉래전 안을 은은하게 울려 더욱 큰 감동을 주었다.

한 곡이 끝났다. 다들 오랫동안 그 여운에 잠겨 꼼짝하지 않았다. 왕약 또한 한참이 지난 후에야 긴 숨을 내뱉었다.

조 태비가 웃으면서 왕 황후를 바라보았다. "어떤가?"

황제하는 대전을 가득 채운 사람 중 왕 황후만이 담담한 표정을 짓고 있음을 보았다. 조 태비의 물음에 황후는 건성으로 대답했다.

"확실히 괜찮군요."

황제하는 언젠가 들은 말을 떠올리며, 황제는 사치스러운 연회를 좋아하는 데 반해 황후는 성정이 조용하고 냉정해 연회에 흥미가 없다는 말이 사실인가 보다고 생각했다.

금노는 비파를 내려놓고 몸을 일으켜 예를 취하며 말했다. "스승님이 말하길 제 비파 소리는 화려하기만 할 뿐, 외로움과 적막이 담기지 않았다고 했습니다. 아마 이것이 소인의 한계가 아닌가 생각됩니다."

왕 황후는 말했다. "그대는 아직 어리고 용모도 아름다우며, 이곳 장안은 화려하고 번화한 곳이지. 그런 감정을 느끼지 못했다는 것은 오히려 좋은 일 아니겠느냐."

조 태비가 웃으며 말했다. "황후의 말은 큰 슬픔과 괴로움을 겪어보지 않으면 어떻게 쓸쓸함과 적막함을 알 수 있느냐는 뜻이다. 그러니 그런 감정들은 차라리 평생 모르는 게 더 좋겠지!"

금노가 또다시 예를 취한 뒤 물러나려는데 조 태비가 말했다. "오늘은 별다른 일도 없으니 그 스승에 대해 들려주거라. 스승은 지금도 양주에 있느냐? 그렇게 솜씨가 좋다면 언젠 한번 궁에 와서 내게 비파를 연주해주었으면 좋겠구나."

금노는 억지로 웃음을 보이며 말했다. "스승님은 이미 세상을 떠났습니다."

조 태비는 아쉬워했다. "안타깝구나. 내가 비파를 좋아해서 일찍이 조 가의 후손을 궁에 입궁시킨 적이 있었지. 하지만 아쉽게도 그 가문도 인재들이 거의 사라지고 없어. 네 말을 들어보니 스승의 솜씨가 몹시 놀라웠을 듯하구나."

금노가 대답했다. "그렇사옵니다. 스승님의 비파 연주는 그 누구도 비교할 수 없을 정도였습니다. 혹 태비마마께서 원하신다면 제 스승님의 흥미로운 이야기를 들려드리겠습니다."

그때 왕 황후가 더 이상 못 참겠다는 표정을 드러내며 고개를 돌려 왕약에게 낮은 목소리로 물었다. "몸은 좀 나아졌느냐? 정 안 좋으면 잠시 쉬는 게 어떻겠느냐?"

왕약은 고개를 저으며 말했다. "돌아가도 그저 누워 있을 뿐일 테니, 여기서 이야기를 듣는 것이 낫습니다."

그러자 기악 군주가 옆에서 음산하게 말했다. "아무렴요. 지금 왕비 전하는 사람이 많은 곳에 계시는 것이 훨씬 나으시고말고요. 그러지 않으셨다가는……."

말은 거기서 끝났다. 하지만 그 뒷말이 무엇이었을지는 그곳에 있는 모두가 알았을 것이다. 조 태비마저 왕약을 곁눈질로 힐긋 쳐다보았으나 다행히 아무런 말도 하지 않았다.

금노는 의자에 앉아 비파를 품에 안은 채 흥미진진하게 이야기를 시작했다. "16년 전, 스승님은 다섯 자매와 함께 양주의 번화한 곳에 운소원을 여셨고, 사람들은 그들을 가리켜 운소육녀(云韶六女)라고 불렀습니다. 후에 스승님은 시집을 가서서 딸을 하나 낳았는데, 때마침 선황 폐하께서 전국적으로 성대한 잔치를 열라고 명하시어 운소 육녀 중 다섯 여인도 명을 받들어 장안으로 올라오고, 출산한 지 얼마 안 된 스승님만 집에 남아 몸조리를 했습니다.

매년 동짓날이 되면 강도궁의 모두가 쏟아져 나와 합동 가무를 펼치는데, 양주에서 1년에 한 번 열리는 성대한 행사입니다. 합동 가무 전에는 양주 최고의 악방으로 천거된 곳이 먼저 연주와 춤을 선보입니다. 당시 양주에는 금이원이라는 악방이 있었는데, 사람들이 '양주 최고의 악방은 운소'라고 말하는 것에 분개해 특별히 36명의 페르시아 무희들을 데려왔습니다. 그해도 변함없이 운소원 무희들이 강도궁 대전에서 춤을 추기 시작했는데, 첫 무대가 끝나기도 전에 갑자기 맞은편 누각에서 음악 소리가 들려왔습니다. 36명의 이방 무희 중 12명의 무희가 공후와 생황, 퉁소와 피리를 연주하고 24명은 노래하며 춤을 추었습니다. 페르시아 무희들은 맨발에 얇은 비단옷 차림을 하고서 가냘픈 허리를 뽐냈습니다. 거기에 금발과 푸른 눈동자의 이국적인 외모로 바람처럼 몸을 회전하니, 사람들의 혼을 쏙 빼놓을 정도로 요염하고 매혹적이었습니다. 순식간에 사람들이 그리로 몰려갔고, 서로 앞자리를 차지하려고 밀치면서 일대가 난장판이 되었지요.

운소원 무희들은 순간 당황해 어쩔 줄 몰라 했습니다. 그때 여덟 살이던 저는 해산한 지 한 달밖에 되지 않은 스승님과 함께 후전에 있다가 그 소란스러운 소리를 들었습니다. 스승님이 아기를 제게 맡기고 문 쪽으로 가보니 사람들이 금이원 누각으로 몰려가고 있었습니다. 생황과 피리 소리는 굉장히 빨랐고, 24명의 이방 무희들은 요염한 눈빛에 가늘고 유연한 허리로 무대를 가득 채웠지요. 사람들은 환호를 연발했고 분위기는 순식간에 뜨겁게 달아올랐습니다. 반대로 운소원 무희들이 있는 곳은 썰렁했고 그나마 남아 있던 관객 몇 명마저 짐을 챙겨 그쪽으로 넘어가려 했지요.

그런 광경을 본 스승님은 비파 연주자에게 다가가 비파를 빌리더니 대전 한쪽에 놓여 있던 의자에 앉아 춤곡에 맞춰 비파를 타기 시작했습니다. 맑은 비파 소리가 강도궁 전체에 울려 퍼지며 온 산골짜기에 부딪혀 메아리쳤습니다. 날아가던 새들이 놀랄 정도였지요. 그렇게 몇 마디가 흐르자 24명의 페르시아 무녀들은 발동작이 꼬여버리고, 요염하게 흔들어대던 허리도 장단을 제대로 따라가지 못했습니다. 12명의 이방 연주자들도 더 이상 제대로 된 연주를 할 수 없었지요. 생황이니 퉁소니 전부 소리를 멈춰버렸습니다. 강도궁 전체에 청량한 비파 소리만이 메아리치며 마치 하늘 가득 꽃비가 내리고 진주

알이 마구 쏟아지는 듯했지요. 한 곡이 끝나기 전 하늘에서 정말 눈이 날리기 시작했습니다. 눈송이가 비파 소리와 함께 공중에서 흩날리는 장면이 마치 비파 소리가 속세의 먼지를 구천으로 쓸어 올리는 것 같았습니다. 위로는 하늘이 듣고 아래로는 만민을 보듬어주는 비파 소리였습니다. 강도궁에 있던 사람들 모두 내리는 눈 속에서 스승님의 비파 소리에 귀를 기울였습니다. 비파 소리를 망칠까 봐 숨조차 크게 쉬는 이가 없었답니다."

좌중 또한 금노의 이야기에 숨죽이고 귀 기울였다. 조 태비는 자신도 모르게 박수를 치며 말했다. "참으로 뛰어난 재주로구나!"

황재하도 당시의 상황을 상상하다 보니 절로 마음이 끌리며 가슴 가득 감동이 퍼졌다.

"그렇습니다. 아마 그날의 그런 비파 소리는 제 평생 다시는 들을 수 없을 것입니다." 동경의 눈빛으로 가득한 금노의 얼굴에 슬며시 미소가 떠올랐다. "그 춤곡이 끝나고 한 곡을 더 연주하셨는데, 앞의 곡처럼 우렁찬 곡이 아니고 경쾌한 곡이었습니다. 이때의 비파 소리는 마치 온몸의 세포를 일깨우는 듯 듣는 이들의 몸을 절로 들썩이게 했답니다. 운소원 무희들도 그제야 다시 정신을 차리고 원래대로 대열을 지어 박자에 맞춰 춤을 추었습니다. 궁에 있던 모두가 순식간에 빠져들었고, 그렇게 흩날리는 눈과 음악 소리 속에서 그날 밤을 장식할 합동 가무 공연이 시작되었습니다. 그날 이후 양주에는 '매만치의 비파 연주 한 곡이 백 명의 요염한 춤을 이긴다'라는 전설이 생겼습니다."

"전 못 믿겠네요." 기악 군주가 갑자기 금노의 말을 끊으며 말했다. "세상에 그런 신묘한 연주가 어디 있어? 네가 지어낸 말이겠지."

금노는 웃으며 고개를 숙일 뿐 아무 말도 하지 않았다.

"아니면 오래전 일이라 기억 속에서 어느 정도 미화되었겠지." 왕 황후는 담담한 투로 말하면서 고개를 돌려 뒤에 있던 여관 장령에게 명했다. "내교방[46]에 일러 궁의 비파를 하나 가져와 금노에게 하사하거라."

금노는 재빨리 감사를 표하고는 다시 입을 열었다. "소인의 이 비파는 '추로행상(秋露行霜)'이라 이름하는데, 스승님께 받은 것으로 이미 여러 해 익숙해져 있어 바꾸기 어려울까 염려되옵니다."

왕 황후가 말했다. "그러면 비파 대신 채와 현, 송진 가루 등을 하사하라. 그것들은 아마 쓸모가 있을 것이다."

금노는 다시 한 번 감사를 표했다. 조 태비가 손짓하며 말했다. "자, 나도 왕비도 만나보고 했으니 이만 돌아가서 쉬어야겠구나. 며칠 뒤면 혼례를 치러야 하니 왕비도 마음을 잘 가다듬고 있거라. 그날 나도 사람을 보내어 혼례에 참석케 하마."

"감사합니다, 태비마마." 왕약은 몸을 굽히며 예를 취했다.

조 태비가 일행을 데리고 떠났다. 장령은 금노에게도 먼저 돌아가라 이르고, 황후께서 내린 하사품은 추후에 보내주겠다고 했다.

황재하는 왕약이 휴식을 취하도록 함께 편전으로 향했다.

계단을 내려가는데 기악 군주가 왕약에게 들릴 만한 목소리로 말했다. "미모가 흔하긴 흔한 모양이야. 저 비파 연주자가 명문가 규수라는 이보다 훨씬 더 아름다운 것 같으니 말이야."

왕약은 자신을 조롱하는 말임을 알았지만 동요의 기색을 보이지 않았다. 그런데 줄곧 멍하니 생각에 잠겨 있던 금노가 갑자기 차갑게 웃으며 말했다.

"농담도 잘하십니다. 미모를 말하자면 소인은 미인 축에도 못 듭니다. 저희 스승님이야말로 절세미인이셨지요."

---

46 황궁 안에 설치된 여악(女樂) 관할청.

"너의 스승?" 기악 군주는 금노를 무시하듯 말했다. "지금 이 세상에 황후마마 외에 누구한테 감히 '절세'라는 말을 갖다 붙이는 게냐?"

"군주님의 말씀이 옳으십니다." 금노는 면전에서 타박을 받고도 조금도 개의치 않았다. 그저 환하게 웃으며 초승달 같은 눈으로 황재하를 보며 말했다. "양 공공, 지난번에 제가 했던 말을 기억하시는지요? 양주성이나 교방에도 기왕 전하를 흠모하는 처자들이 많으니, 공공께서 기왕 전하를 모시고 교방에도 자주 들러주시면 좋을 것 같습니다."

황재하는 그저 옅은 미소를 지으며 살짝 고개만 끄덕이고 아무 말도 하지 않았다.

금노가 자리를 뜬 후 기악 군주는 펄쩍펄쩍 뛰었다.

"교…… 교방의 처자들이 기왕 전하를 흠모한다니……. 하고 싶은 말이 대체 뭐야?"

황재하는 잠자코 있었지만 속으로는 이렇게 생각했다. '군주께서는 왕비 전하를 비파 타는 여인과 비교했으면서, 교방 여인과 군주님을 비교하는 건 또 싫으신가 보네요.'

황재하는 멀어지는 금노의 모습을 바라보며 속이 조금 시원했지만, 한편으로는 금노가 기악 군주에게 미움을 사 걱정되었다.

왕약은 편전에 가서 쉬었다. 황재하와 소기, 한운, 염운 등은 왕약에게 방해가 되지 않게 바깥에 앉아 있었다.

소기는 장령과 함께 궁중의 꽃 장식들을 감상했고, 황재하는 전날 잠을 설쳤던 터라 몽롱하게 잠에 빠져들었다. 그때, 침실의 병풍 뒤에서 갑자기 금방울 소리가 들리더니, 새 우는 소리에 이어 왕약의 비명이 들려왔다.

황재하는 놀라서 잠에서 깨 재빨리 몸을 일으켰다. 소기와 장령이 꽃을 내던지고 침실로 뛰어드는 것이 보였다. 황재하도 황급히 안으로 들어가 보니 왕약이 침상 위에서 몸을 한껏 웅크린 채 벌벌 떨고 있었다. 귀밑머리 몇 가닥이 잘려 이불 위에 흩뿌려진 채였다.

장령이 창문을 가리키며 허둥지둥 말했다. "저쪽이에요……. 자객이 저 창문으로 도망가는 걸 봤어요!"

황재하는 즉시 창문 쪽으로 뛰어가 보았지만 창 너머에는 아무도 보이지 않았다. 창문 위아래와 처마 밑 등도 살펴보았지만 사람이 숨을 만한 곳은 보이지 않았다. 황재하는 당황했다. 딱히 몸을 숨길 장소도 없는 이 드넓은 곳에서 자객이 창문을 넘어 도망가는 것을 보았다면 절대 자신의 시야에서 벗어날 수 없는 일이었다.

그 짧은 순간에 자객은 대체 어디로 간 것일까?

황재하는 머뭇머뭇 고개를 돌려 왕약을 보았다. 이불을 꼭 끌어안고 침대에 앉아 있는 왕약의 얼굴에 어두운 저녁 빛이 드리웠다. 잘린 채 흐트러진 귀밑머리가 옅은 그늘을 만들어 얼굴이 더욱 어둡게 보였다.

정전에서 왕 황후가 건너와 상황을 전해 듣고는 크게 노했다. "대명궁에 자객이 침입해 왕비를 해치려 하다니! 어림군[47]은 모두 무엇을 하고 있었느냐!"

아무도 감히 입을 열지 못했다.

"황상을 뵈러 가야겠다. 절대 예사로이 넘어갈 일이 아니야." 입구를 향해 걸음을 옮기던 왕 황후는 다시 고개를 돌려 편전 안의 사람들을 둘러보며 말했다. "가뜩이나 장안 바닥이 소문들로 시끄러운데 이 일이 밖으로 새어나가면 더욱 큰 소란이 일겠지. 궁중의 누구도 절대 발설치 못하도록 엄히 다스리도록 하라. 영경, 지금 바로 왕부로 가서 기왕께 알리고 바로 입궁하시라고 전하거라."

---

47 황제 직속의 근위군.

봉래전의 대환관 영경은 즉각 대답하고는 빠른 걸음으로 뛰어나갔다. 황후가 떠난 뒤 사람들이 왕약을 달래주었다.

한운은 황후가 베풀어준 은덕에 감격해 말했다. "황후 폐하께서 이렇게 빈틈없이 왕비 전하를 보살피시니 절대 아무 일 없을 것입니다. 염려 마세요."

왕약은 너무 놀란 나머지 넋이 나가 아무 말도 하지 못했다.

얼마 지나지 않아 황제의 명이 떨어졌다.

'기왕의 비는 당분간 대명궁 옹순전에 머물게 하며, 100명의 어림군이 궁정을 지키고, 어림군 우총통 왕온이 친히 통솔한다. 기왕부에서도 100명의 왕부군을 파견해 도합 200명이 밤낮을 번갈아가며 옹순전을 지켜 만일의 사태에 대비토록 한다.'

"다행이에요. 200명이 여기를 지키고, 대명궁도 본시 3,000명의 어림군이 밤낮으로 지키니 수상한 자가 어떻게 숨어들겠습니까."

시녀들이 안도하며 말했지만, 왕약은 겨우 미소를 지어 보였다.

대명궁 동남쪽에 위치한 옹순전은 원래 곳간으로 지어진 곳이어서 벽과 창문이 견고해 궁 안에서 가장 빈틈없는 건축물이라고 할 수 있었다.

옹순전의 동쪽과 남쪽에는 높이 5장의 궁벽이 있을 뿐 문은 없고, 궁벽 위에는 각루[48]가 있어 위병대가 수시로 순찰을 돌기 때문에 외부인은 절대로 이쪽을 통해 들어올 수 없었다.

옹순전에서 가장 경비가 삼엄한 곳은 서쪽이었다. 궁성 대문 가까이에 있어 외부인이 침입할 수 있는 유일한 곳이기 때문이었다. 다만 옹순전은 워낙 치밀하게 설계된지라 서쪽 또한 사람 키 세 배 높이의

---

48 성벽 위의 모서리에 설치되어 보초병이 망을 보는 곳.

벽에 측문 하나만 나 있을 뿐이었다. 이제 200명의 호위군이 배치된 데다, 서쪽 측문을 봉쇄하고 문 안팎으로 네 명씩 사람을 배치해 지키게 했으니 그 누구도 출입할 수 없었다. 그야말로 철옹성이었다.

옹순전 북쪽은 내궁을 향하고 있지만 역시 철저히 방어해야 했다. 이중으로 궁문을 닫은 것 외에도 강력한 군대를 주둔시켜 지키게 하고, 또한 순찰하는 사람이라 할지라도 저녁에 문을 잠근 뒤에는 출입을 불허하여 순찰대에 외부인이 섞여 들어오는 것을 미연에 방지했다.

또한 왕약을 중심으로 구체적인 호위 계획이 세워졌다. 하나, 내전과 동서 각루에서는 궁녀와 환관이 빈틈없이 왕약을 지켜본다. 둘, 외전의 회랑과 전각 내에 30명의 인원을 배치해 언제든지 내전과 각루를 출입하는 사람들을 감시한다. 셋, 궁벽 안팎은 각각 30명이 순찰을 돈다. 이렇게 90명이 한 조가 되며, 두 개 조가 교대 근무한다. 또한 각 조에는 8명의 통솔자와 2명의 책임자가 있어 총 인원은 200명이되었다. 규모가 크지 않은 옹순전을 100명의 호위병이 지키니 물 샐틈도 없어 보였다.

"이곳은 이미 철저하게 순찰하고 있으니 절대 아무도 침입하지 못할 것입니다. 왕비 전하께서는 부디 안심하십시오!"

어림군과 왕부군의 두 책임자가 왕약과 왕온에게 보고했다.

왕온은 고개를 끄덕이고는 몸을 일으켜 왕약에게 인사하며 말했다. "네 주변은 이미 만전을 기해 지키고 있으니 염려 말거라. 밤이 깊었으니 일찍 쉬려무나. 나는 전전에 있을 테니, 무슨 일이 생기면 나를 찾고."

왕약과 황재하는 왕온을 문 앞까지 배웅하고 그가 떠나는 모습을 지켜보았다.

황재하는 문 앞에 서서 회랑과 석가산(石假山) 사이에 배치된 위병들을 보았다. 겹겹이 둘러싼 호위병들을 보노라니, 문득 선유사에서 남자가 손에 들고 있던 새장이 떠올랐다. 촘촘하게 엮인 대나무 새장 안에 비밀 장치가 설치되어 작은 동작만으로도 새를 사라지게 할 수 있다는 사실을 누가 짐작이나 했을까.

그 새장의 작은 새 같은 왕약은 지금 홀로 옹순전 안에 앉아 궁녀들이 등불을 밝히는 모습을 보며 무언가 생각에 잠겨 있었다.

황재하가 다가가 물었다. "왕비 전하, 무엇을 보고 계십니까?"

등불을 향해 있던 왕약의 시선이 천천히 황재하에게로 옮겨졌다. 눈물이 어려 투명하게 빛나는 두 눈에 등불 빛이 은은하게 비쳤다.

"숭고, 나는……." 목소리가 꽉 잠긴 데다가 잘 들리지 않을 정도로 작았다. "한 달 동안 덧없는 큰 꿈을 꾼 것 같아요……. 꿈에도 생각지 못했던 것을 가지게 되었지만, 이 모든 게 순식간에 환상이 되어 사라질 것만 같은 기분이에요. 1년에 딱 한 번 켜는 정월 보름 제등처럼, 눈 깜빡할 사이에 꺼지고 말 것 같아요."

왕약의 목소리에서 깊은 슬픔이 느껴졌고, 그 슬픔 속에는 한층 깊은 두려움이 숨겨진 듯했다.

천천히 문을 스치는 바람이 궁등을 흔들어 불빛이 밝아졌다 어두워졌다를 반복했다.

바람 불어와 봄날 등불 어두워지고, 비 내려 세월은 상처 입는다. 황재하는 고개 숙인 왕약을 지그시 바라보았다. 이처럼 꽃다운 나이의 아름다운 소녀가 뜻밖에도 살얼음판 같은 위험한 현실에 놓였다.

풍억 부인의 죽음과 모종의 연관이 있는 게 분명하니, 가녀려 보이는 이 소녀 안에 또 어떤 영혼이 존재하는지 알 수 없는 상황이긴 했지만, 그래도 어쩐지 가엾다는 마음이 들어 황재하는 나지막이 왕약을 위로했다.

"왕비 전하, 안심하십시오. 이렇게나 많은 병사가 삼엄하게 지키고 있으니 벌레 한 마리 날아 들지 못할 것입니다. 결코 어떠한 실수도 없을 것이니 염려 마십시오."

왕약은 고개를 끄덕이긴 했지만 여전히 근심 가득한 표정이었다.

황후가 이 일을 지나치게 심각히 여긴 것이 되레 왕약에게 더 큰 두려움을 심어준 듯했다. 왕약을 어찌 안심시키면 좋을지 생각하던 황재하가 고개를 드는데 바깥의 대낮처럼 밝은 불빛 속에 이서백이 나타났다.

이서백은 문 앞에 서서 내부를 한 번 둘러보았다. 한운과 염운이 재빨리 예를 취했고 소기는 왕약이 일어나는 것을 부축하며 예를 갖추었다.

이서백을 보자마자 왕약의 두 눈이 야광주처럼 반짝이며 사람의 마음을 몹시 흔드는 눈빛을 발산했다. 하지만 실내를 가득 밝힌 불빛은 수줍음뿐 아니라 슬픔이 함께 드리워진 왕약의 얼굴을 고스란히 비추어, 왕약이 아무리 미소를 지어도 미간에 드리운 슬픔과 근심을 숨길 수 없었다.

이서백은 왕약을 향해 고개를 끄덕여 인사만 한 뒤 아무 말 하지 않고 황재하에게 밖으로 나오라는 눈짓을 했다.

황재하는 왕약에게 예를 취한 후 밖으로 나와 이서백을 따라 걸었다. 두 사람은 정원의 돌길을 걸어 석가산을 지나 전전에 있는 회랑으로 왔다. 왕약이 있는 내전에서 많이 떨어져 있지 않아 내전의 모든 움직임을 명확히 볼 수 있었다.

이서백이 내전 쪽을 바라보며 물었다. "오늘 밤은 어떻게 대비하고 있지?"

"소기와 한운, 염운은 왕비 전하와 함께 내전 동각에서 잠을 잘 것이고, 저와 안복 등은 서각에 있을 것입니다. 가까운 거리여서 무슨 일이 생기면 즉시 달려갈 수 있습니다."

"그래. 대명궁 안에 막강한 호위병들이 깔린 데다가, 이렇게 많은 사람이 주시하니 무슨 일이 벌어지지는 않을 것이다." 이서백은 미간을 찌푸리며 말을 이었다. "다만 혼례까지 이제 며칠 남지 않았는데 황후 폐하가 이처럼 크게 일을 벌이셔서 아무래도 좀 귀찮아지겠구나."

그 귀찮은 상황이 뭔지 황재하가 생각해보는데 이서백이 담담히 말했다. "원래 오늘내일 안에는 그 사주단자 이야기를 꺼내야 했는데 시일이 더 촉박해졌군."

아무 감정도 실리지 않은 그 음성은 마치 날씨 이야기라도 하는 듯했다. 망설이거나 원망하는 기색이 담긴 것도 아니어서 더 차갑고 무정하게 들렸다. 황재하는 조금 전 이서백을 바라보던 왕약의 눈빛이 생각나 참지 못하고 낮은 목소리로 물었다.

"설마 왕비를 책립하는 순간에 진상을 폭로하실 생각은 아니겠지요? 행여 그리하시면 황후 폐하와 왕 가의 체면이 크게 손상될 것입니다."

"비밀리에 처리할 것이다. 낭야 왕 가의 체면을 어찌 생각지 않겠느냐."

황재하가 뭐라 말해야 좋을지 몰라 고개를 돌리는데 왕약이 내전에서 나오는 게 보였다. 노란색 단삼 차림에 머리는 느슨하게 말아 올려 비녀를 꽂은 모습이었다. 밤바람에 단삼 소매가 가볍게 팔락였다. 왕약은 염운만 거느리고 정원을 가로질러 이서백과 황재하 쪽으로 다가왔다.

몸매가 가늘고 키 또한 보통 여자보다 머리 반 개쯤 더 큰지라, 걷는 자태가 사람의 마음을 홀릴 정도로 매혹적이었다. 이서백 앞에 당도한 왕약은 아름다운 자태로 몸을 숙이며 작은 소리로 말했다.

"기왕 전하를 뵙습니다."

이서백은 몸을 일으키라고 고개를 끄덕여 보였다.

왕약이 고개를 들어 이서백을 바라보며 낮은 목소리로 말했다. "전하께서 친히 찾아주시니 몸 둘 바를 모르겠습니다. 마음 깊이 감사드립니다. 대명궁 경비가 엄중하고 또 이렇게 많은 왕부군과 어림군이 밤낮으로 지켜줄 터이니 어떠한 일도 발생하지 않을 것입니다. 전하께서도 안심하고 돌아가십시오."

그렇게 말하긴 했지만, 이서백을 바라보는 왕약의 커다란 눈에는 놀란 사슴처럼 두려움이 가득해 보였다. 심지어 헤어지기 아쉬워하는 미련도 엿보였다. 이서백이 왕약의 말을 곧이듣고 바로 자리를 떠난다면 왕약이 얼마나 상심할지 황재하는 충분히 짐작이 갔다.

다행히 이서백은 살짝 미소를 지으며 왕약에게 말했다. "물론 아무 일도 없을 것이니 걱정하지 말고, 이만 들어가 주무시오. 내일부터는 궁에서 아무 염려 없이 지낼 수 있을 것이오."

"네, 그리하겠습니다." 왕약은 옷깃을 여미며 예를 갖추었다.

짙고 긴 속눈썹이 드리운 왕약의 두 눈 속에서 한 줄기 빛이 물결처럼 반짝였다. 순간적으로 황재하는 그것이 눈물임을 알아보았다.

몸을 일으킨 왕약은 그대로 아무 말 없이 고개 숙인 채 내전으로 돌아갔다. 이서백과 황재하는 불어오는 밤바람 속에서 천천히 석가산을 돌아 내전으로 향하는 왕약의 뒷모습을 지켜보았다. 내전 입구에 도착한 왕약은 문지방에 발이 걸려 휘청였다. 염운이 황급히 왕약을 부축하고는 치맛자락을 정리해주었다.

이서백은 시선을 거두며 말했다. "이렇게 많은 사람이 지키고 있으니 나는 이만 돌아가겠다. 이곳은 네가 유의해서 잘 살피도록 하거라."

"네." 그렇게 대답하는 황재하의 눈은 여전히 내전을 향한 채였다. 한운이 찬합을 들고 나오더니 내전 뒤에 있는 작은 주방으로 향했고,

이어 염운이 등불을 들고 나와 바깥을 이리저리 살피며 작은 목소리로 무어라 말하는 모습이 보였다.

황재하는 석가산을 사이에 두고 큰 소리로 물었다. "무얼 찾는 중입니까?"

염운이 입가에 손을 모으고 큰 소리로 대답했다. "왕비 전하의 비녀가 안 보여요!"

황재하는 이서백에게 작별을 고하며 말했다. "저도 가서 함께 찾아봐야겠습니다."

이서백은 빠른 걸음으로 정원을 가로지르는 황재하를 아무 말 없이 지켜보았다.

황재하가 석가산 근처를 지날 때 바닥에 반짝이는 금색 물건이 보였다. 잎사귀 모양 금비녀였다. 잎맥 무늬가 투각된 비녀 머리에는 진주 두 알도 이슬처럼 박혀 있었다. 조금 전까지 왕약의 머리에 꽂혀 있던 그 비녀였다.

황재하는 비녀를 주워 얼른 염운에게 건네주었다.

비녀를 찾은 염운과 황재하가 내전 입구에 이르렀을 때 찬합을 들고 돌아오는 한운과 마주쳤다. 한운은 망설이다가 찬합을 열어 보여주었다.

"주방 사람들은 이미 물러가고 없어서, 궤짝에서 호두과자를 몇 개 찾았는데 먹겠어?"

"그저 먹는 거, 먹는 거. 먹는 것밖에 모르지? 허리 살 좀 걱정해야 하지 않겠어?" 염운이 비웃듯 말했다.

한운도 지지 않았다. "흥, 양귀비도 구슬처럼 둥글고 옥처럼 매끄러워 경국지색이라고 하는 거 몰라?"

"양귀비를 너랑 비교해? 그리고 양귀비는 이미 100년 전 사람이잖아. 통통한 사람이 미인으로 불리던 때는 지났어! 우리 왕비 전하 허리처럼 가늘어야 보기 좋은 거지!"

그때 황재하는 동각 쪽에서 아무런 인기척도 없는 것을 느끼고 무의식적으로 동각으로 달려가 안을 살펴보았다.

술 장식이 늘어진 침대 위에는 비단 이불이 가지런히 개켜져 있고, 나지막한 나전 침상 하나가 창문 아래에 놓여 있었다. 꽃비가 흩날리는 문양이 금박으로 입혀진 융단 위에는 낮은 상 하나와 비단 방석 두 개가 놓였고, 벽 구석에는 화초 문양이 상감된 자단목 장롱 하나가 서 있었다.

궁등 빛이 수은을 쏟아내는 듯 환하게 실내 구석구석을 밝혔지만 사람 그림자라곤 보이지 않았다. 조금 전에 많은 사람이 지켜보는 가운데 동각 안으로 들어간 왕약이 마치 한 줄기 푸른 연기가 되어 공기 중으로 흩어진 듯 순식간에 사라져버렸다.

뒤따라 들어온 일행이 당황하여 서 있는 사이, 황재하는 황급히 장롱을 열어 안을 들여다보고 몸을 굽혀 침대 아래도 살핀 뒤, 마지막으로 낮은 침상 뒤쪽으로 돌아가 굳게 닫혀 있던 창문을 열어보았다. 바깥에는 위병 두 명이 이쪽 창문을 향해 꼿꼿이 서 있었다.

황재하는 고개를 들어 전전에 있는 이서백을 보았다. 마침 왕온과 이야기를 나누고 있던 이서백은 무언가 낌새를 챘는지 고개를 돌려 황재하 쪽으로 시선을 던졌다.

황재하는 이서백을 향해 손을 흔들어 문제가 생겼음을 알렸다.

이서백과 왕온이 잰걸음으로 정원을 가로질러 와 왕약이 사라진 실내를 빠르게 훑어보고는 즉시 모든 사람에게 대전과 동각, 서각을 샅샅이 살피도록 명했다. 옹순전은 그리 넓지 않은지라 얼마 지나지 않아 구석구석 모두 수색을 마쳤지만 왕약은 그림자조차 보이지 않았다. 바깥에서 소란스러운 발소리가 들리더니 황후의 여관 장령이 소기와 함께 황급히 들어오며 물었다.

"무슨 일이 있습니까?"

장령은 이서백도 자리한 것을 보고는 재빨리 예를 취한 뒤 다시 시선을 한운과 염운에게로 옮겼다.

한운이 나지막하게 말했다. "왕비 전하께서…… 사라지셨습니다."

장령이 대경실색해 말했다. "황후마마의 명으로 왕비께 꽃과 의복을 갖다드리러 왔는데, 어떻게…… 그 짧은 시간에…… 이리 많은 사람이 지키고 있는데……."

왕온이 말했다. "일단 가서 황후께 아뢰거라. 우리는 다시 한 번 옹순전을 수색하고 만일 찾게 되면 즉시 황후께 보고하겠다."

장령은 옷을 받쳐 들고 뒤에 서 있던 궁녀들에게 말했다. "너희는 남아서 왕비님 찾는 것을 돕거라. 나는 얼른 봉래전으로 가 황후께 아뢸 테니." 그러고는 궁녀 두 명만 데리고 급히 돌아갔다.

왕온도 다시 명을 내려 옹순전을 수색했다. 그 많은 사람이 잔디 구석구석, 기와 하나하나, 그리고 나뭇조각 하나까지 죄다 뒤집어가며 몇 차례 찾았지만 어떠한 단서도 발견되지 않았다.

정말로 예언처럼 혼례를 앞두고 왕약이 사라져버렸다. 그것도 이렇게 강력한 호위병이 지키는 대명궁 안에서.

9장

가을 이슬이
서리가 되다

오래지 않아 황후 측근 대환관인 영제도 건너왔다. 환관, 궁녀, 어림군, 왕부군이 모두 옹순전 안에 모여 있으니 몹시 번잡했다. 이서백은 모두 밖으로 물리고 왕온이 데리고 온 10여 명만 남겨 무언가 실마리가 없는지 동각 내를 샅샅이 살피게 했다.

이서백은 황재하를 데리고 옹순전 입구 쪽으로 가서 꼼꼼하게 주변을 살폈다.

다시 고요해진 옹순전은 짙게 내려앉은 어둠 속에서 여느 전각과 다를 바 없어 보였다. 예의 장중하게 지어진 외전 일곱 채와 내전 일곱 채가 좌우 회랑으로 연결되어 전형적인 정사각형 형태를 띠었다. 이 단조로운 느낌을 깨기 위해 정원 한가운데에 푸른 돌길을 깔고 좌우로 석가산을 만들었지만, 높이가 그리 높지 않아 한두 개만 사람 키를 넘었고 나머지는 그다지 크지 않은 돌들을 들쭉날쭉 운치 있게 배치해놓은 형세였다. 그래서 전전에 서 있으면 후전의 모습이 마주 보였다.

"전하와 저는 그때 회랑과 접한 외전 처마 밑에서 예비 왕비께서 푸른 돌길을 따라 내전으로 걸어가시는 모습을 지켜봤습니다. 동각으로 가셔야 해서 돌길 4분의 1 지점에서는 석가산을 돌아서 가셨습니다. 하지만 그때도 저희가 계속 지켜봤고, 확실히 동각으로 들어가시는 모습도 보았습니다. 그 뒤로 다시 나오지 않으셨습니다."

이서백은 고개를 끄덕여 그 사실에 동의를 표했다.

"예비 왕비께서 문 안으로 들어가신 후, 곧바로 한운이 찬합을 들고 나와 주방으로 갔고, 이어서 염운이 등롱을 들고 나와 비녀를 찾기 시작했습니다. 여기서 한 가지 의문이 듭니다. 경계를 조금도 소홀히 해서는 안 되는 이 상황에 왜 한운과 염운은 굳이 같은 시간에 바깥에 나와 있었을까요? 예비 왕비 곁에 반드시 한 명은 남아 있어야 한다는 사실을 어째서 전혀 생각지 못했을까요?"

황재하는 그렇게 말하면서 탁자 앞에 앉아 습관적으로 손을 들어 머리에 꽂힌 비녀를 뽑으려 했다. 그러나 머리에 쓰고 있던 관모에 손이 닿자 다시 손을 멈추고는 탁자 위에 놓인 왕약의 금비녀를 쥐고 옹순전의 구조를 한번 그려보았다.

그런 황재하를 보며 이서백은 살짝 눈살을 찌푸렸다. 황재하는 고개도 들지 않고 침착하게 당시의 정황을 다시 한 번 서술했다.

"그러고 나서 제가 소리쳐 물었더니 염운이 비녀를 찾고 있다고 말했고, 제가 석가산 근처에서 비녀를 발견해 주워다 주었습니다. 그때 마침 한운도 호두과자를 가지고 왔습니다." 황재하는 거의 보이지도 않는 그림 흔적 위에 내전에서 주방 방향으로 선을 그었다. "옹순전의 작은 주방은 서남쪽 끝에 있어 담장과 가깝습니다. 그리고 주방 사람들은 만일을 대비해 전부 일찍 돌려보냈습니다. 한운은 이곳에 처음 왔는데 그렇게 짧은 시간 안에 아무도 없는 주방에서 먹을 것을 찾아냈다니, 운이 좋았던 것인지 음식에 특별한 촉이라도 있는 것인지, 그건 잘 모르겠습니다."

이서백은 거의 무의식적으로 그림을 그려나가는 황재하 손의 비녀를 주시하며 담담하게 물었다. "무언가 네가 추측하는 것이 달리 있는 모양이구나?"

"또 있습니다. 내전은 동각, 정전, 그리고 서각, 이렇게 세 부분으로 되어 있습니다. 실제로 일곱 채로 이뤄진 대전들은 동각 두 채와 서각 두 채가 각루 역할을 하고, 중간 세 채가 정전이지요. 동각은 난방이 되는 구조로 사방 벽이 모두 두꺼우며 문과 창이 각각 하나씩밖에 없습니다. 문을 열면 대전으로 통하고, 창문은 정전의 대문과 같은 방향으로 나 있어, 정원과 외전을 마주 봅니다. 그러니 동각에 들어가고자 한다면 정전밖에 길이 없습니다. 그런데 그때 저와 염운, 한운 모두 정전 문 앞에 서 있었기 때문에 벽을 뚫고 나간 게 아니라면 창문으로 나갔을 가능성밖에 없습니다."

이서백이 말했다. "하지만 창문 밖은 두 명의 위병이 줄곧 지키고 있었고, 외전 회랑에서도 위병들이 정원을 주시하고 있었다. 나 또한 외전 회랑에 있었으니 만일 그 창문이 열렸다면 나는 물론이고 다른 이들도 바로 알아차렸을 것이다."

"또 한 가지 가능성이 있습니다. 바로 동각 안에 비밀 통로가 있는 것이지요."

황재하는 비녀를 내려놓고 이서백과 함께 동각으로 돌아왔다. 문과 창도 하나씩밖에 없는 이 작은 공간에는 사람이 숨을 만한 틈이라곤 보이지 않았다.

"비밀 통로? 그럴 수도 있겠군." 이서백은 작은 탁자 앞에 앉아 차를 따라 마셨다.

눈앞의 나리가 자신을 도와줄 마음이 전혀 없어 보이자 황재하는 그저 운명을 받아들이며 홀로 벽을 빈틈없이 두들겨봤다. 옷장을 앞으로 빼서 뒤에 가려졌던 벽도 한참을 두드렸다.

이서백은 여유만만하게 차를 마시며 마치 자신과는 전혀 상관없는 연극이라도 관람하듯 황재하를 지켜보았다. 황재하가 벽을 두드리느라 부어오른 손가락을 주무르는데 이서백이 뭔가를 던져주었다.

황재하가 받아 들고 보니 반쪽짜리 은괴였다. 네모반듯한 모양에 제법 두꺼워 무게가 열 냥은 나갈 듯했다. 은괴를 정확히 반으로 쪼개 놓은 것 같았다.

황재하는 땅에 엎드려 은괴로 바닥을 치며 아래서 들리는 소리에 귀를 기울였다. 융단 밑의 바닥도 두들겨보았지만 아무 소득이 없었다. 이서백은 여전히 손 하나 까딱 하지 않았다. 황재하가 이서백 발 아래를 확인할 때도 찻잔을 받쳐 들고 맞은편 비단 방석으로 옮겨 앉을 뿐이었다. 황재하는 지쳐 쓰러질 지경이 되도록 여기저기 두들겼으나 끝내 아무런 소득이 없었다. 결국 몸을 일으켜 이서백 맞은편에 앉아 은괴를 돌려주며 물었다.

"전하께서 어찌 외출하실 때 은괴를 지니고 계십니까, 그것도 반쪽 짜리를."

"나야 당연히 이런 걸 지니고 다니지 않지." 이서백은 무심한 말투로 상 위에 엎어진 세 개의 찻잔을 가리키며 말했다. "여기 있던 것이다. 찻잔으로 덮여 있었지. 차를 마시려고 잔을 들었더니 마침 거기 있었다."

"이상하네요. 누가 이런 반쪽짜리 은괴를 탁자 위에 올려둡니까?" 황재하는 은괴를 앞뒤로 뒤집어 보며 말했다.

은괴의 뒷면에는 규정대로 글자가 새겨져 있었다. '부사 양위 동…… 내고(內庫) 사신 장균익, 은량 이' 등의 글자가 보였다.

이서백은 은괴를 들어 이름이 보이는 면을 황재하에게 보이며 말했다. "은량을 빼돌리고 부실하게 제작하는 것을 막기 위해 은괴를 주조할 때는 담당 사신 한 명과 부사 세 명의 이름을 은괴에 새기게 되어 있다. 문제가 생겼을 때 그것을 근거로 조사할 수 있지."

"알고 있습니다. 그러니 잘려진 반쪽에는 나머지 부사의 이름과 '십 냥'이라는 글자가 남겨져 있겠지요. 은량 20냥으로 만든 은괴였을 것입니다." 황재하는 어림잡아 무게를 짐작하며 말했다.

이서백은 손가락으로 두 사람의 이름을 가리키며 말했다. "그런데 이 둘은 궁중에서 금은괴의 주조를 책임지는 자들이 아니다."

"내고에서 금은괴 주조를 맡고 있는 사람이 얼마나 많은데 설마 다 외우시는 겁니까?"

"공교롭게도 전에 내고에서 횡령 사건이 발생한 적이 있다. 그때 황제 폐하의 명으로 호부의 회계 수십 명을 데리고 입궁하여 그간의 회계 장부를 조사했지. 본 조정 이래 주조된 금은괴와 동전의 자료 또한 그때 모두 조사해서 주조인의 명단은 기억하고 있다. 지방 부고[49]를 담당하는 주사도 모두 정확하게 기억한다."

황재하는 이서백의 무서운 기억력에 다시 한 번 혀를 내두르며, 반쪽짜리 은괴를 손에 쥐고 혼잣말로 중얼거렸다.

"그럼 사사로이 주조한 건가?" 하지만 이내 고개를 흔들며 자신의 추측을 부정했다. "그렇다면 은괴 주인의 이름을 새겼겠지, 내고 사신의 이름을 새겼을 리가. 저잣거리에서 납을 부어 만든 가짜 은괴가 아니고서야."

"가짜일 리는 없다. 잘린 단면이 의심할 여지 없이 순은이다. 중량도 맞는 듯하고." 이서백은 깊이 생각에 잠긴 황재하를 향해 손가락 네 개를 펼쳐 보이며 말했다. "보아하니 이것이 네 번째 의문점이 되겠군. 출처 불명의 반쪽짜리 은괴."

"왜 반쪽일까?" 황재하는 여전히 혼자 중얼거렸다. 현재로서는 이

---

49 관청의 문서나 재물을 보관하는 창고.

의문을 풀 일이 요원하게 여겨졌다. 그래서 은자를 비녀 옆에 두고서 고개를 들어 이서백을 보며 말했다. "이다음엔 어떻게 하실 작정이십니까?"

"그래서 말인데, 나도 준비해야 할 일이 있긴 있다. 내일 토번 사신들이 장안에 당도하는데 예부에서 내게 그들을 맞아달라고 청해왔다." 이서백은 몸을 일으키며 옷을 대충 털었다. "처음부터 말하지 않았느냐, 이 일은 모두 너에게 맡기겠다고. 역시나 예상대로 최악의 사태까지 벌어졌고, 너는 이 일이 잘 해결되도록 책임져야 할 것이야. 최소한 사람이 어찌 사라졌는지는 알아내거라."

황재하는 이서백을 따라 일어났다. "저 혼자 말입니까?"

"궁정과 대리사에서도 뛰어들겠지. 그때 되면 너도 이 사건에 참여하게 해달라고 말은 넣어두겠다. 아, 만일 시신 같은 것을 찾으면 주자진에게 가거라."

황재하의 입가에 절로 경련이 일었다. 며칠 후 자신에게 시집오려던 예비 왕비가 순식간에 눈앞에서 사라졌는데 벌써부터 시신 운운하다니, 사람이 어찌 이럴 수 있단 말인가!

황재하의 눈앞에 놓인 현실은 일대 혼란이었다. 모든 게 단서 같기도 했고, 모든 게 절대 열리지 않을 자물쇠 같기도 해 도무지 손을 쓸 도리가 없었다.

다음 날, 황재하는 옹순전으로 가 구석구석 다시 확인하고, 속임수를 써서 창문이나 문으로 빠져나갔을 경우도 수없이 상상해보았다. 사건을 처음부터 다시 여러 차례 떠올려보아도 아무 소득이 없었다.

황후의 사촌, 예비 왕비가 궁 안에서 수수께끼처럼 사라졌지만 궁정에서도 속수무책이었다.

왕 황후의 뜻대로 옹순전뿐 아니라 대명궁 전체를 철저하게 조사했지만 당연하다는 듯이 아무것도 발견되지 않았다. 옹순전을 뜯어 낼 수는 없지만 안에 있는 가구와 장식을 모두 들어내고 마치 참빗으로 훑듯이 꼼꼼하게 조사했으나 역시 허탕이었다. 곧 대리사 소경 최순잠도 한 무리를 이끌고 대명궁으로 들어와 철저히 조사하기 시작했다.

황재하는 이서백이 분부한 대로 최순잠을 만나러 갔다.

최순잠과는 '사방안'을 해결할 때 만난 적이 있었다. 나이는 서른이 조금 넘었고 명문가인 박릉 최 가의 자제로 어렸을 때부터 탄탄대로를 걸어오며 몸에 당당한 기세가 배어 있었다. 황재하는 그를 보자마자 자신도 모르게 왕온을 떠올렸다. 두 사람이 서로 닮은 듯했다.

최순잠은 황재하가 기왕부 사람이기도 하고 이전에 사건을 해결한 적도 있어서 무척 친절히 대해주었다. 황재하에게 의자를 권한 뒤 최순잠이 웃으면서 말했다. "공공은 젊은 나이에도 사건을 추리하는 능력이 뛰어나니 참으로 믿음직스럽습니다. 이번에도 기왕 전하의 명으로 함께하게 되었으니 힘껏 도와주십시오."

황재하는 재빨리 답했다. "미약한 능력이나마 도움이 된다면 최선을 다하겠습니다."

대리사는 늘 하던 대로 사건의 발단부터 조사를 시작했다. 소기, 한운, 염운 및 관계있는 자들을 모두 불러 심문했지만 다들 같은 말을 했다. 왕비가 옹순전에 든 후 기왕 전하가 방문했으며, 다른 사람들이 자리를 비우고 왕비 홀로 동각에 남겨졌던 짧은 순간에 아무 흔적도 없이 사라졌다.

당시 왕온과 이서백, 그리고 정원에 있던 30여 명의 사람 모두 왕약이 언제 내전을 나갔는지 전혀 보지 못했으며, 대전을 사이에 두고 서각에 있던 환관들 또한 동각에서 일이 벌어졌다는 사실을 눈치채지 못했다.

당시 동각 창밖을 지켰던 두 명의 위병은 맡은 바 소임을 다해 창문에서 눈을 떼지 않았고, 창문은 사건 발생 후 황재하가 한 번 열었던 것이 다였음을 확인해주었다.

"왕 총통께서 창문을 계속 주시하라 분부하셔서, 단 한 번도 창문에서 시선을 떼지 않았습니다!" 호위병들은 맹세하듯이 단호하게 말했다.

"과연 왕온이 꼼꼼하게 대비를 했었군요. 이렇게 철저히 방비를 했는데도 결국 일이 생기고 말았다니, 안타깝습니다……." 최순잠은 탄식하며, 아무런 단서도 찾지 못해 망연한 눈빛으로 황재하에게 물었다. "공공은 뭔가 발견한 것이 있습니까?"

황재하는 고개를 저었다. "소경께서 오시기 전에 저도 기왕 전하와 함께 몇 차례나 반복해서 조사해보았으나 헛수고였습니다."

관계자들을 모두 조사하고 나니 이미 저녁 시간이 가까웠다. 수색 결과도 별다른 수확이 없어, 병사 하나가 주방 부뚜막에서 주워온 검게 그을린 나뭇조각이 다였다.

최순잠은 그것을 받아들어 살펴보고는 기가 찬 듯 고개를 절레절레 흔들었다. "미련한 놈! 주방에서 나무를 때는 게 뭐가 특별하다고 가져와서 보여주는 게냐!"

황재하도 나뭇조각을 건네받아 자세히 살펴보았다. 이미 완전히 탔지만 원래의 윤곽은 남아 있었는데, 언뜻 말발굽 모양으로도 보였다. 뾰족하게 튀어나온 앞부분은 경사를 이루었고, 뒤는 반원 모양이었다.

황재하가 계속 들여다보고 있으니 최순잠이 옆에서 말했다. "궁의 주방에서는 목공품을 제작하고 남은 토막들을 가져다가 장작으로 쓰기도 합니다. 제가 보기에는 이것도 무슨 목기 같은 걸 만들고 남은 거 같은데, 그리 특별할 건 없어 보입니다."

황재하도 고개를 끄덕이며 대리사 사람에게 돌려주면서 말했다. "그래도 혹시 모르니 보관해주십시오."

"그래, 양 공공 말이 옳으니, 일단 보관해두거라." 최순잠은 되는대로 분부를 내리고는, 오늘은 여기에서 마무리하겠다며 사람을 시켜 문건을 정리했다.

황재하가 작별 인사를 건네자 최순잠이 웃으며 말했다. "이렇게 만나는 것도 쉬운 일이 아니고, 앞으로 협력해야 할 일도 많을 듯하니 내가 식사 대접을 해야겠습니다."

황재하는 외부인으로서 사건에 함께하는 처지다 보니 최순잠의 청에 응하는 수밖에 없었다. 하지만 서쪽 시장 철금루에 도착해 별실에 앉아 있는 사람들을 보고는 조금 후회했다.

비파를 안고 한쪽에 앉아 있는 금노는 그나마 친분이 있는 사람이라 할 수 있었다. 그 외에 짙은 남색 바탕에 가장자리는 새빨간 천이 둘러진 비단옷을 입고 허리에 노란 띠를 두른 주자진도 있었다. 마침 신나는 표정으로 고기의 식감과 숙성 정도에 따라 어떻게 사망 시간을 알 수 있는지 분석하고 있었다. 다른 이들이 상 위에 올라온 닭과 오리, 생선, 돼지고기를 보면서 어떤 생각이 들지는 전혀 개의치 않았다. 그리고 미소를 머금고 일어나 최순잠과 황재하를 맞이하는 사람이 있었으니, 봄바람처럼 품위 있고 우아한 인물, 바로 왕온이었다.

"숭고!" 황재하를 보자마자 주자진은 흥분하며 자신이 방금까지 몰두하던 일도 잊어버린 채 황재하를 향해 손을 흔들었다. "기왕부의 양 공공이라는 자가 우리 최 형님을 도와 사건을 조사한다기에 양숭고일 거라고 생각했지. 역시 내 추측이 틀리지 않았어!"

황재하는 왕온 옆의 빈자리를 무시하고 차라리 파란색과 빨간색으로 온몸을 두른 주자진의 옆자리를 택했다. "도련님도 여기 계실 줄은 몰랐네요."

최순잠이 웃으며 말했다. "자진은 사건이 발생하면 늘 현장에 와서 세심하게 살핍니다. 특히 시신을 조사하는 데 꽤나 훌륭해서 대리사에서도 자주 청을 하지요. 하지만 조만간 주 시랑을 따라 촉으로 가게 되어 조금 아쉽네요. 앞으로는 장안에서 이런 모임을 가질 기회도 거의 없을 테니 오늘 한번 거하게 마셔봅시다."

주자진은 어이가 없다는 듯 최순잠을 흘겨보았다. "매번 술자리마다 집에 호랑이 부인이 있다는 평계로 한두 잔 마시고 끝내버린 게 누구더라! 장안에서 제일가는 공처가인 형님이 아니면 누구겠습니까!"

최순잠은 주자진의 말에 전혀 개의치 않고 하하 소리 내어 웃었다. 그러고는 지나가는 말로 부친께서 성도로 언제 출발하시는지, 부친의 소미연[50]은 언제인지 등을 물었다.

여덟 가지 음식이 다 나온 뒤 다 같이 한 잔 가득 따라 마셨다. 그제야 왕온이 입을 열어 물었다. "제 누이와 관련해서는 무슨 단서라도 찾으셨는지 궁금합니다."

최순잠이 고개를 내저으며 말했다. "보아하니 시간이 좀 걸릴 듯합니다."

왕온의 얼굴에 살짝 근심 어린 표정이 지어졌지만 최순잠에게 부담을 줄까 봐 크게 내색하지는 않았다.

주자진은 새로 나온 생선 요리를 보며 아휴 하고 탄식했다. "활어를 요리하는 이 씨 아줌마가 오늘은 안 계신가 보지?"

음식을 내오던 종업원이 신기해서 물었다. "어떻게 아셨습니까? 이 씨 아주머니는 오늘 집에 일이 있어서 다른 사람이 요리했습니다."

주자진은 얼굴을 찌푸리며 말했다. "딱 봐도 신참이 한 거잖아. 내가 가장 좋아하는 뱃살이 다 망가졌다고. 여기 봐봐, 이렇게 비뚤비뚤

---

50   승진을 하거나 과거에 장원급제 시 벌이는 성대한 잔치.

썰어서 배에 있는 지방이랑 표피층을 다 망쳤잖아. 이러면 생선 뱃살 특유의 진한 맛이 다 사라지고 없다고! 그리고 이거 봐. 항문에 있는 이 검은 선도 깨끗이 제거를 안 했으니, 이걸 보고 누가 이 씨 아줌마 솜씨라 믿겠어!"

탁자에 앉아 있던 이들 모두 서로 눈을 마주치며 쓸쓸한 미소를 짓자 왕온이 화제를 돌려 물었다. "양 공공은 자진과 아는 사이입니까?"

황재하는 주자진이 손수 가시를 발라낸 큼직한 생선살을 자신의 그릇에 얹어주는 것을 체념의 표정으로 바라보며 말했다. "전에 한 번 만난 적이 있습니다."

최순잠은 웃으며 말했다. "자진은 누구든지 한 번 만나면 바로 오랜 친구처럼 대한답니다. 늘 있는 일이지요."

주자진은 정색하며 반박했다. "나와 숭고는 생사를 같이한 정이 있어요. 다른 사람들하곤 다르다고요!"

그냥 시체 한번 같이 팠을 뿐인데? 우리가 언제 생사를 같이한 사이가 된 거지? 황재하는 괴로운 표정으로 생선살을 먹기 시작했다.

주자진은 황재하에게 뽐내듯 말했다. "자랑하는 건 아니지만, 생선 가시 발라내는 걸로는 내가 장안에서, 아니 천하에서 제일일걸! 밖에서 검시관을 따라다니지 못하게 아버지가 집 안에 가둬놓는 바람에, 하는 수 없이 매일 주방에 가서 닭, 오리, 생선 같은 걸 연구했다고. 소의 뼈는 108개, 닭의 뼈는 164개고, 생선은 종류마다 엄청 다르지. 예를 들어 오늘 올라온 붕어 같은 경우에는 가시가 많긴 해도 꽤 규칙적으로 분포되어 있거든. 아무에게도 알려주지 않은 나만의 비법을 하나 알려주지. 붕어 뱃살을 분리해서 떼어내는 방법인데 물론 손기술이 엄청 중요해……."

다들 주자진의 잡담을 들으며 술도 마시고 농담도 하는 동안 점점 분위기가 무르익다 보니, 왕비 실종 사건에 대한 논의는 까맣게 잊었다. 황재하는 왕온의 얼굴에 유감의 빛이 드리운 것을 보았다. 하지만 분위기를 깰까 봐 간신히 웃음을 머금고 있는 모습을 보며 왕온의 정신력에 진심으로 탄복했다.

누군가가 갑자기 말을 꺼냈다. "그나저나, 오늘 장안에 떠도는 소문 다들 들으셨어요?"

"소문이라니?" 모두가 물었다.

"기악 군주에 대한 소문인데, 듣기로는 오늘 아주 득의양양한 모습으로 절을 찾아 환원[51]을 드렸대요. 무슨 소원이 이뤄졌는지야 말하지 않았지만, 그거야 장안 모두가 알지 않겠어요……?"

미래의 기왕 비라 자처하고 다녔지만 결국 뜻을 이루지 못한 기악 군주에 대해서라면 당연히 모두가 알았다. 다들 "오" 하고 탄성을 내뱉으며 어색한 미소를 지었다.

금노가 웃으며 말했다. "어머나, 정말 공교롭네요. 어제 태비 전하께 비파 연주를 들려드리러 갔다가 궁에서 기악 군주를 뵈었거든요."

"왕비 전하가 실종될 때 기악 군주도 궁에 계셨던 것인가?" 최순잠이 물었다.

"네, 태비 전하께 경전을 필사해드리러 왔지요. 듣자하니, 기왕께서 열흘에 한 번 태비께 문안드리러 온다는 사실을 알고 태비 전하의 측근에게 뇌물을 써 경전 필사하는 일을 얻었다고 합니다. 기왕 전하가 오시면 말이라도 나눠볼 수 있으니까요."

모두들 감탄했다. "정말 일편단심이네."

"그러다가 태비 전하께 자신의 마음을 드러냈고, 태비 전하도 기악 군주를 도와줄 마음이 있었다고 합니다. 하지만 안타깝게도 왕비 자리는 결국 기악 군주에게 돌아갈 운명이 아니었던 거지요. 기왕 전하

---

51 부처에게 빌었던 일이 이루어져 감사의 분향을 드리는 것.

의 혼사가 정해지자 병을 핑계로 당분간은 입궁 못 할 거라 했다는데, 공교롭게도 왕비 전하가 실종되던 날 마침 입궁하셨던 겁니다. 사건이 벌어진 후 직접 옹순전까지 가서 살펴보셨다더군요……." 금노는 비파 채로 살짝 입을 가리며 웃었다. "우리 자매들이 농으로 하는 말이, 그때 기악 군주 표정이 마치 꿈을 이룬 듯 홀가분했다고요."

"맞아, 왕비가 혼례 전에 실종될 거라는 소문이 나돌 때 제일 기뻐한 사람도 아마 기악 군주였을 거야." 왕온이 옆에 있는데도 개의치 않고, 왕온을 제외한 모든 남자들이 희희덕대며 웃었다.

최순잠은 그나마 이성적으로 말했다. "이거 곤란한데. 대리사에서 군주를 소환한 선례는 아마 본 조정 이래 없었을 거란 말이지."

"내일 내정 사람들더러 군주를 찾아가보라고 하시죠." 대리사 보좌가 최순잠의 말에 동의하며 말했다.

황재하는 이 무리를 어이없어 하며 속으로 기악 군주에 대해 다시 한 번 생각해두고는 금노에게로 시선을 옮겼다.

유쾌한 표정의 금노를 보다 보니 왕약이 실종되던 시간에 금노는 이미 출궁했다는 사실이 떠올랐다. 지금 들은 몇 마디 말만 가지고 어떻게 금노를 심문해야 할지 고민됐다. 일단 왕부로 돌아가서 이서백과 상의해본 뒤 처리해야겠다고 생각했다.

한바탕 떠들썩한 무리를 둘러보던 황재하는 자신을 응시하는 왕온의 시선을 느꼈다. 등불 아래 옥같이 매끄러운 피부와 칠흑같이 까만 머리카락, 단정한 눈매와 올곧은 자세는 이 무뢰배 같은 사내들 속에서 더욱더 눈에 띄었다. 온몸에 명문가 자제의 기품과 세속을 초월한 비범한 기질이 배어 있었다.

황재하의 속눈썹이 파르르 떨렸다. 마치 누군가가 속눈썹 위를 바늘로 콕콕 찌르는 듯해, 황재하는 왕온의 시선을 피해 고개를 돌렸다. 그러고는 아무 일 없었다는 듯 주자진과 함께 생선 가시의 구조를 연구했다.

푸짐하게 먹고 나니 시간은 이미 유시[52]가 다 되었다. 점원이 와서 등촉을 밝혔다. 다시 비파를 품에 안은 금노가 마지막 곡을 연주하려 현을 조율했다.

"아유, 날씨 때문에." 금노는 몇 번 음을 내보더니 어쩔 수 없다는 듯 말했다. "이 계절에는 비가 자주 와서 습기 때문에 현이 늘어나 소리가 좋지 않아요."

황재하가 금노를 보며 물었다. "그럴 땐 무슨 방법이 있습니까?"

"송진 가루를 바르면 좋아지지요." 금노는 품에서 매우 고급스러워 보이는 상자를 꺼내 열어서는 송진 가루를 조금 집어 비파 현에 꼼꼼히 바르기 시작했다. "오늘 궁에서 하사받은 거예요. 보세요, 상자까지 정말 예쁘죠? 받자마자 품속에 잘 넣어두었어요."

황재하는 송진 가루를 자랑하는 그 마음까지는 잘 이해되지 않아 그저 비파를 바라보았다. "'추로행상'이라고요? 비파가 참 예쁘네요."

"그렇죠? 스승님이 주신 거예요. 제 평생 비파는 이것만 탔던 터라 다른 비파는 익숙해지지가 않더라고요. 제 손동작이 이미 이 비파에 맞춰져 있어 그렇겠죠." 금노는 웃으며 또 송진 가루를 집어 한참을 현에 문질렀다. 살짝 미간이 찡그려졌으나 이내 다시 미소를 지으며 비파를 품에 안고 현을 켜보았다. 이번에는 경쾌하고도 생동감 넘치는 소리가 흘러나왔다.

연주가 끝난 뒤, 최순잠이 술잔을 들고 마지막 인사를 했다. "황은이 망극하여 이렇게 중대한 임무를 맡게 되었으니, 여기 계신 분들 모두 힘을 모아 황제 폐하와 황후 폐하, 그리고 기왕 전하의 기대에 부응할 수 있도록 합시다. 모두들 최선을 다해 하루빨리 사건을 종료합

---

52   오후 5시부터 7시 사이.

시다!"

사건 연구라는 명목으로 모인 회식은 이렇게 끝이 났다.

대리사 사람이 가서 계산을 하고, 지위가 높은 최순잠과 왕온은 먼저 일어난 뒤, 자리에는 주자진과 황재하, 그리고 비파를 정리하던 금노만이 남았다.

거의 손을 대지 않은 채 남은 음식이 몇 접시 보이자 주자진이 점원을 불렀다. "연잎 같은 거 가져다가 여기 이 구운 닭이랑 생선, 그리고 족발까지 다 좀 싸주게."

금노가 옆에서 피식 웃었다. "장안의 소문이 사실이었군요. 도련님은 정말 낭비가 없으시네요."

"닭, 오리, 물고기, 돼지 다 각자의 존엄이라는 게 있는데, 아무런 쓸모도 없이 버려지면 얼마나 슬프겠어요." 주자진은 개의치 않고 웃으며 말했다. "앞에 있는 그거, 네, 그 접시에 있는 앵두도 좀 챙겨주세요."

"앵두도 존엄이 있나요?" 금노는 자신의 하얀 손가락을 내려다보며 마지못해 앵두를 집어 들어 연잎으로 싸서는 주자진에게 건네주었다. 그러고는 미간을 찌푸리며 말했다. "아유, 앵두 꼭지에 찔려서 손이 간지럽네요."

"손이 여린 건 알았지만 앵두에까지 찔릴 줄은 몰랐네요. 감사합니다." 주자진은 건성으로 말하며 음식 싼 것들을 끈으로 대충 묶어 들고 두 사람과 함께 가게를 나섰다.

황재하는 일부러 걸음을 늦추며 아직 손을 문지르고 있는 금노에게 물었다. "혹시 편한 시간이 있으면 한번 찾아가도 될까요?"

"어머, 양 공공께서도 비파에 관심이 있으신가요?" 상대가 환관인 것을 뻔히 알면서도 금노는 습관적으로 살랑살랑 눈빛을 보냈다.

"그저 몇 가지 물어볼 것이 있어서요."

"제 스승님 일인가요?"

금노의 스승에 대해서는 전혀 관심이 없는지라 황재하는 그저 웃으며 이렇게 말했다. "전에 말한 그…… 교방 여인들에 대해서요. 기왕 전하를 흠모한다던."

"좋죠. 기왕 전하께서 직접 오셔도 되는데. 누가 전하를 흠모하는지 제가 정확하게 알려드릴 수 있어요." 금노는 먼지를 떨듯 손을 후후 불더니 웃으며 말했다. "그럼 저 먼저 가보겠습니다."

"잠깐만요." 황재하는 하는 수 없이 다시 금노를 불러 세우고는 낮은 목소리로 물었다. "그날 봉래전에서 했던 말이 신경 쓰여서 말입니다……."

"무슨 말이었죠?" 금노는 영문을 모르겠다는 표정으로 황재하를 바라보았다.

"그분이…… 어떻게 왕비가 되었는지 의아해했죠."

황재하는 금노의 귓가에 대고 낮지만 또렷한 음성으로 한 글자 한 글자 힘주어 말했다. 순식간에 낯빛이 굳은 금노는 눈을 크게 뜨고 황재하를 뚫어져라 보다가, 한참 후에야 시선을 내려뜨렸다.

"노여움을 사게 될지도 모르니 다른 사람한테는 절대 말하지 말아주세요. 사실, 그저…… 기악 군주가 더 왕비 자리에 잘 어울린다고 생각했을 뿐입니다. 그래서 얼결에 그렇게 말한 것뿐이에요."

황재하가 무언가 더 물어보려는데 금노는 이미 황재하를 피해 황급히 마차에 올라타 마부에게 말했다. "빨리 가지 않으면 통행금지 시간에 걸릴 거예요. 얼른 가요!"

황재하는 어쩔 수 없이 멀어지는 마차를 보며 생각했다. '기왕 전하가 대리사에 명해 저 여인을 잡아들인다면, 앵두 꼭지에도 찔리는 연약한 몸으로 과연 문초를 견뎌낼 수 있을까?'

문 앞에 서 있는 마차 앞에서 주자진이 물었다. "숭고, 어떻게 돌아가지?"

황재하는 아무 생각 없이 말했다. "마차 빌려 타고 가야죠."

"내가 데려다줄게. 가는 길이니까." 주자진이 마차에 타라고 손짓했다.

황재하가 우습다는 듯 물었다. "어디가 가는 길이에요? 기왕부는 도련님 댁보다 훨씬 먼데요."

"내가 지금 집으로 가는 게 아니거든!" 주자진이 황재하를 마차에 태우자, 마부는 주자진이 분부를 내리기도 전에 이미 익숙한 듯 흥경궁이 있는 북쪽으로 마차를 몰았다.

야간 통행금지가 시작된 장안성에는 어둠이 짙게 깔리고, 인적 없는 거리에 달빛만이 빛났다.

흥경궁 담장 밖 수로 주변에는 어지럽게 널린 돌들 위에 비쩍 곯은 걸인들이 앉거나 누워서 불을 쬐고 있었다.

주자진은 마차에서 내리더니 싸온 음식을 커다란 돌판 위에 내려놓고, 구운 닭은 포장까지 풀어놓은 뒤 마차로 돌아왔다.

마부는 분부에 따라 이번에는 기왕부를 향해 마차를 몰았다.

황재하는 마차 가림막을 들추고 뒤를 돌아보았다.

음식 냄새를 맡은 걸인들이 돌판 주위로 몰려들어 우적우적 신나게 음식을 먹었다. 하나같이 기뻐서 흥분한 얼굴이었다.

황재하는 자신도 모르게 입가에 미소를 띠며 말했다. "시체만 연구하는 줄 알았더니 이런 일도 하시는군요."

"사소한 일인데 뭘." 주자진은 별것 아니란 듯이 손을 저었다.

집집마다 담장 위에 걸린 등롱이 조용한 장안성 밤거리를 비추었다. 마차는 달그락달그락 긴 거리를 달렸고 간혹 한줄기 불빛이 마차의 가림막을 뚫고 들어와 마차 안을 은은하게 비추었다. 반짝이는 불빛 아래서 아무 생각 없이 웃고 있는 주자진은 따뜻하고 순수해 보여,

때 묻지 않은 소년의 청정함이 느껴졌다.

그 웃음은 황재하의 가슴속에 옅은 슬픔을 드리웠다.

눈앞에 다른 이의 모습이 떠올랐다. 늘 따뜻하고 순수한 웃음을 짓던 사람이었다.

그 사람도 늘 미소를 지으며 말했었다. '사소한 일인데 뭘.'

어려서부터 잔인한 수법과 사악한 속셈을 너무 많이 접했던 황재하가 마음 한켠의 부드러움을 잃지 않을 수 있었던 것은 어쩌면 그 사람과의 만남 덕분이 아닐까?

기왕부로 돌아오니 벌써 이경이 다 되었다. 물을 끓여 목욕을 하고 옷을 빨아 넌 후 잠자리에 누웠을 때는 이미 삼경[53]이었다.

여러 명이 한방을 쓰는 다른 환관들과 달리 황재하는 이서백의 지시로 혼자 방을 썼기에 이것저것 신경 쓸 필요 없이 안심하고 잘 수 있었다. 그런데 뜻밖에도 아침부터 누군가가 문을 거세게 두드렸다.

"숭고! 빨리 일어나게!"

머리가 백지가 된 듯 멍했다. 황재하는 억지로 몸을 반쯤 일으켜 물었다. "누구십니까? 무슨 일입니까?"

"전하의 명이야. 속히 대명궁 문 앞으로 오라 하시네."

황재하는 이마를 치며 탄식하고는 괴로운 듯 물었다. "전하께서는 조회 중이시지 않습니까?"

"황제 폐하께서 몸이 좋지 않으셔서 조회는 취소되었고, 전하께서 지금 즉시 대명궁 문 앞으로 오라고 하셨다고. 아이고, 일개 소환관이 전하가 지금 뭐 하시는지 일일이 물어 뭐하려고? 그냥 냉큼 뛰어가면 될 일을."

---

53 밤 11시에서 새벽 1시 사이.

"네, 네, 알겠습니다……."

황재하는 대충 씻고 서둘러 대명궁으로 갔다. 이미 해가 높이 떠올라 있었다.

이서백은 궁문 앞에서 한 위구르인과 그 나라 말로 대화하고 있었다. 옆으로 다가온 황재하를 보고 위구르인이 무어라 이야기하자 뜻밖에도 이서백이 웃음을 터뜨렸다. 그러고는 그 사람과 헤어지고서 황재하에게 마차에 올라타라는 손짓을 해 보였다.

마차에 오른 이서백은 눈을 감고 잠시 휴식을 취했다. 그 입가에 아직도 미세하게 웃음기가 남아 있는 걸 보고는 황재하가 참지 못하고 물었다. "그분이 조금 전에 무어라 말씀하신 겁니까?"

이서백은 눈을 떠 황재하를 보며 말했다. "알고 싶지 않을 텐데."

웃음을 참는 표정으로 그런 말을 하니 황재하의 귀에는 이렇게 들렸다. '어서 알려달라고 더 간청해보아라!' 그래서 황재하는 전하의 마음을 만족시키기 위해 하는 수 없이 재차 물었다.

"대체 무슨 말씀을 하셨습니까?"

"'소환관이 참으로 훌륭해 보입니다, 용맹한 기운이 느껴지는 것이 아직까지도 남자의 본성을 잃지 않았군요.'라고 하더구나."

"역시 묻지 말걸 그랬네요……." 황재하는 밖으로 고개를 돌렸다. "저희는 어디로 가는 겁니까?"

"이번 사건에 단서가 될 만한 것이 하나도 없다고 하지 않았느냐? 내가 실마리를 하나 찾아주마."

황재하의 눈이 반짝 빛났다. "악왕부입니까?"

이서백은 고개를 끄덕이며 말했다. "너 혼자서는 불편할 테니 내가 데리고 가주겠다."

"악왕 전하께서 진염 부인을 거두고 계시다니, 이제 모든 실마리는 죽은 풍억 부인에서부터 풀어야 할 것 같습니다. 어쩌면 진염 부인에 게서 어떤 단서를 찾을 수 있을지도 모르고요."

여기까지 말한 황재하는 문득 금노가 떠올라 그와 관련된 내용을 처음부터 끝까지 이서백에게 보고했다. "대리사로 불러 심문할 필요 가 있다고 보십니까?"

이서백은 고개를 끄덕였다. "빠르면 빠를수록 좋겠군."

그때였다. 줄곧 안정적인 속도로 달리던 마차가 갑자기 멈춰 섰다.

밖에서 호위병이 마차 문을 두드리고 말했다. "전하, 기악 군주께서 마차를 막으셨습니다⋯⋯."

이서백은 미간을 찡그리며 가림막을 들추고 밖을 내다보았다. 기악 군주의 마차가 앞쪽에 서 있고, 군주는 이미 마차에서 내려 이서백을 향해 급하게 걸어오고 있었다. 황재하는 재미있는 연극을 감상하는 심정으로 이서백을 따라 마차에서 내렸다.

항상 턱을 치켜들고 사람을 내려다보던 그 기악 군주가 이서백을 보자마자 눈물을 글썽이며 예를 갖췄다.

"기왕 전하를 뵙습니다⋯⋯."

이서백도 예를 갖추며 말했다. "과한 예를 거두시지요, 군주."

"기왕 전하, 근래 장안에⋯⋯ 전하의 비에 대한 근거 없는 소문 이 돌고 있는데 그것이 다 저와 관계있다 들었습니다. 전하께서 너 무 심려치 않으셨으면 합니다. 안 그러면 제 마음이 너무나 편치 않 아서⋯⋯." 커다란 눈이 물결에 햇빛이 반짝이듯 빛을 내며 이서백을 바라보았다. 원래 통통했던 양 볼이 꽤나 수척해져, 이서백이 왕비를 간택한 후 줄곧 마음이 편치 않았던 게 분명해 보였다.

이서백은 온화한 얼굴로 침착하게 말했다. "군주께서도 마음에 담 아둘 필요 없습니다. 사람이 궁중에서 실종되었으니 기이한 일이긴 하나 찾을 방도가 전혀 없는 것도 아닙니다. 때가 되면 군주의 억울함도 썼길 것입니다."

"하지만…… 제가 듣기로 이 일은……." 기악 군주는 '귀신의 농
간'이라는 말을 간신히 삼키고, 가련한 표정으로 이서백을 바라보며
낮은 목소리로 말했다. "장안에 떠도는 소문들을 듣자 하니, 너무도
기이한 일이라 절대로 해결할 수 없다고, 왕약은 어쩌면…… 이미 이
세상 사람이 아닐지도 모른다고 하더군요."

기악 군주는 필사적으로 가련한 표정을 지었으나, 어떻게 해도 그
기분 좋은 속내를 가리지 못했다.

황재하는 뒤에서 조용히 그 모습을 지켜보며 생각했다. '천하의 거
만한 여인답게 역시 다른 사람의 마음을 세심하게 살필 줄도, 주위 분
위기를 파악할 줄도 모르는군. 한눈에도 그 오장육부까지 다 들여다
보이는데, 이걸 밉다고 해야 해, 귀엽다고 해야 해?'

모르는 척 그저 따뜻한 말로 대해주는 이서백의 표정은 마치 수묵
화처럼 평화롭고 부드럽기만 했다.

이서백의 위로를 받은 기악 군주는 그것을 기회로 더욱 억울함을
피력했다. 조금 전보다 더 많은 눈물이 차오르는가 싶더니 기어이 닭
똥 같은 눈물을 뚝뚝 흘렸다. 이서백의 얼굴에 살짝 체념의 빛이 드리
웠으나, 결국엔 손을 들어 기악 군주의 얼굴에 흐르는 눈물을 닦아주
었다.

황재하는 책무를 다하기 위해 이서백의 뒤에서 귀띔했다. "전하, 경
육 공공이 이미 악왕부에 가서 알린지라, 지금쯤이면 악왕 전하께서
기다리고 계실 듯합니다……."

이서백은 고개를 끄덕이고는 기악 군주에게 말했다. "저는 이만 가
보겠습니다. 군주도 마음을 편히 가지십시오. 제가 다 처리하도록 하
겠습니다."

기악 군주는 길가에 서서 이서백이 마차에 올라 떠나는 모습을 지

켜보다가 이서백의 마차가 한참을 멀어진 뒤 시녀들이 권해서야 다시 마차에 올랐다.

황재하는 마차 가림막 너머로 기악 군주의 마차가 반대 방향으로 멀어지는 모습을 보며 참지 못하고 이서백을 향해 고개를 돌렸다.

그러자 이서백이 담담하게 말했다. "너무 많은 희망을 주지 말아야 한다고, 단호하게 거절해서 단념하도록 만들어야 한다고 생각하는 게냐?"

황재하는 아무 말도 하지 않았지만 얼굴 표정이 충분히 그 대답이 되었다.

"선황께서 돌아가셨을 때, 유일하게 기악만이 내 손을 잡고 위로해 주었다." 이서백은 비단 등받이에 몸을 기댔다. 담담한 표정은 여전히 수묵화처럼 평화롭고 아득해 보였다. "괜찮은 여인이다. 다만 총명하지 못할 뿐이지."

"전하께서 그 괜찮은 여인을 저리 만들어, 지금은 장안 내에서 체면이 말이 아닙니다."

이서백은 황재하를 힐긋 보고는 더는 아무 말 하지 않았다. 마차의 흔들림에 따라 유리병 속 맑은 물도 함께 흔들렸다. 붉은 물고기는 이러한 흔들림에 익숙한 듯 요동치는 물결에도 놀라지 않고 유리병 바닥에 가만히 떠 있었다.

한참 후에야 이서백이 다시 입을 열었다. "기악은 선천적으로 병이 있어 스무 살까지도 살 수 없다는 사실을 알고 있느냐?" 황재하는 흠칫 놀라 이서백을 보았으나 이서백은 작은 물고기에게 시선을 둔 채 말을 이었다. "문종 황제께서 자식이 없으셨기에 당시 황실의 먼 종친을 불러 익왕으로 책봉하고, 추후 황제로 등극시키려고 했다. 만일 궁정의 쟁투가 없었다면 익왕은 천하의 군주가 되었을 것이다. 그러니 말하자면 일찍이 황위 계승자였던 집안의 명맥이 곧 끊어질 운명에 놓인 것이지. 익왕께서 돌아가시고 기악의 형제자매도 모두 죽고 혈혈단신 기악 혼자만 남았다. 부황께서 돌아가셨을 때 왜 기악이 내 손을 잡아주었다고 생각했느냐?"

황재하는 아무 말 없이 장안에서 웃음거리가 된 성격 나쁜 소녀를 생각했다. 사과 꽃 같은 그 볼과 살구 씨 같은 눈을 생각했다.

한참이 지나서야 황재하가 나지막하게 물었다. "기악 군주도 그 사실을 알고 있습니까?"

"자신의 몸이 좋지 않다는 사실은 이미 알고 있을 게다. 하지만 남은 시간이 그리 길지 않다고는 생각지 못하겠지." 이서백은 천천히 눈을 감으며 말했다. "기고만장해서 멋대로 착각하며 꿈꾸기를 얼마간 더 하는 게 뭐 어떠냐. 나중에는 나를 귀찮게 하고 싶어도 더 이상 기회가 없을 터인데……."

10장

운소의
여섯 여인

마차는 장안의 넓은 대로를 달려 악왕부 입구에 멈춰 섰다.

황재하가 이서백을 따라 마차에서 내리자 악왕 이윤이 이미 문 앞에 나와 있었다. 예의 그 속세를 벗어난 듯한 아름다운 용모에 살짝 미소까지 띠고 있어 온몸에 고결하고 부드러운 기품이 흘렀다. 어려서는 허약해 보이는 용모에 이마의 붉은 점만이 두드러져 보였지만 어느새 생생하게 빛을 뿜는 미소년으로 자라났다.

이윤은 웃으며 황재하를 향해 고개를 살짝 끄덕이고는 앞으로 나와 이서백을 맞았다.

"넷째 형님, 오늘은 대명궁에서 위구르의 해청왕과 공무를 논의하는 것 아니었습니까? 어떻게 여기까지 다 오셨습니까?"

"큰일은 아니고 그저 형식적인 공무였다. 해청왕이 금자단으로 만든 염주를 주었는데 네가 좋아할 것 같아 가져왔다."

"역시 넷째 형님이 제 마음을 가장 잘 아십니다!" 이윤은 기뻐하며 염주를 받아들고는 손끝으로 한 알 한 알 어루만졌다. "어서 안으로 드세요. 금년에 나온 천석차를 좀 얻었는데 함께 마셔요."

붉은 흙으로 만든 작은 화덕, 가늘고 긴 솥가지. 화원의 응접실은 사면의 창문이 다 열려 있었다. 창밖으로는 작은 샘과 새하얀 바위산, 키 작은 소나무 등이 어우러져 시적이고도 섬세한 운치가 느껴졌다.

황재하는 찻잔을 받쳐 들고 차를 한 모금 마신 뒤 눈을 들어 응접실 벽에 걸린 왕유의 시 두 구절을 보았다. 하나는 '솔바람 불어와 허리끈을 풀고, 산에 뜬 달이 거문고 타는 것을 비추네', 다른 하나는 '밝은 달 소나무 사이를 비추고, 맑은 샘물 바위 위를 흐른다'는 구절이었다.

이서백은 차를 마시며 말했다. "소나무도 있고 샘도 있고 바위도 있고, 거기에 달처럼 둥근 창도 있으니 그야말로 왕유의 시 속에 들어와 있는 것 같구나."

황재하는 이서백이 하고 싶은 말이 무언지 눈치채고는 나지막이 한마디 더했다. "거문고가 있다면 더할 나위 없이 완벽하겠습니다."

"숭고 말이 맞습니다. 마침 여기 거문고 연주자가 있지 않습니까." 이윤이 웃으며 고개를 끄덕이고는 진염 부인을 불러 오라고 사람을 보냈다. 오래지 않아 진염 부인이 거문고를 품에 안고 와 예를 취했다. 진염 부인은 황재하를 발견하고는 얼굴에 희색을 띠며 고개를 살짝 숙여 보였다. "양 공공."

황재하도 같이 고개 숙여 예를 취하는데 소매 안의 오른손이 저도 모르게 움찔했다. 소매 안에는 흰 천으로 싼 작은 물건 하나가 들어 있었다.

황재하는 진염 부인을 보자 마음이 조금 울컥했다.

'이건 부인 이름이 새겨진 옥이에요. 풍억 부인이 죽을 때까지도 몸에 지녔던 겁니다!'

황재하는 그런 쓸쓸한 마음을 감추며 미소를 띤 채 말했다. "호부에서 아직 풍억 부인과 관련해 새로운 내용이 없다고 합니다. 아무래도 조금 더 기다리셔야 할 것 같습니다."

진염 부인은 고개를 끄덕였다. 얼굴은 약간 초췌해졌으나 거문고 솜씨는 여전히 감탄을 자아냈다. 수많은 골짜기에 부딪혀 소나무 사이로, 샘물 위로 청량하게 울려 퍼지는 거문고 소리는 속세마저 잊게 만들 정도였다

이서백은 감탄하며 말했다. "교방의 그 많은 거문고 연주자들도 이 부인을 못 따라가겠구나."

이윤은 미소를 지었다. "맞아요. 진염 부인이 천하제일입니다."

이서백은 무심한 듯 말했다. "숭고, 지난번에 진염 부인의 연주를 듣고는 동경해 다른 사람한테 거문고를 배우러 가지 않았느냐. 오늘 이렇게 좋은 기회가 왔는데 어서 가르침을 청하지 않고 무엇하느냐?"

황재하는 낯빛 하나 바뀌지 않고 거짓말을 하는 이서백의 재주에 혀를 내두르고는, 기회를 놓칠세라 얼른 진염 부인을 도와 거문고를 정리하고는 대신 안아 들어 옮겨다주었다. 진염 부인은 이윤에게 귀빈 대접을 받아 왕부 동쪽 모퉁이의 작은 정원에 머물고 있었다. 푸른 대나무가 가득한 정원이 청명하고 고요했다.

앉아서 음을 몇 번 조율한 진염 부인이 말했다. "거문고를 배우려면 평생 각고의 노력이 필요합니다. 공공은 평소에 바쁘시니 제대로 배우기는 어려울 테고, 잠깐의 취미라면 쉽게 익힐 수 있는 곡만 몇 개 배워도 충분할 것입니다. 5음과 손의 모양, 현 짚는 법 등은 모두 배우셨습니까?"

황재하는 얼른 가르침을 청했고, 진염 부인은 하나하나 상세하게 알려주었다. 그러다 보니 어느새 해가 정오에 가까워져, 왕부에서 두 사람에게 점심을 보내왔다.

진염 부인이 식사를 얼마 하지 못하는 걸 보고 황재하가 말했다. "최근에 많이 야위신 것 같습니다. 너무 근심하지 마시고 먼저 몸도

잘 돌보세요. 풍억 부인도 부인이 이렇게 수척해진 모습은 보고 싶어 하지 않으실 겁니다."

진염 부인은 고개를 들어 겨우 미소를 지어 보였다. "공공, 감사합니다. 하지만 낮이고 밤이고 마음이 편치 않네요. 매일 밤 눈을 감으면 언니의 얼굴이 떠오릅니다. 공공은 이런 감정을 아실지 모르겠지만, 지난 10여 년 동안 서로를 의지하며 살았는데 이렇게 혼자가 되니 정말로 어떻게 살아가야 할지 모르겠습니다."

황재하는 자신도 모르게 진염 부인의 손을 토닥여주며 영원히 자신 곁을 떠난 가족들을 생각했다. 같은 처지였지만 아무것도 터놓고 말할 수 없으니, 조용히 소매 속의 그 작은 양지옥만 꽉 움켜쥘 뿐이었다.

황재하는 지난번에 받아간 초상화를 돌려주며 말했다. "제가 사람에게 부탁해 그림을 한 장 베껴두었습니다. 다음에 혹시 또 도움이 될지 모르니까요. 괜찮겠습니까?"

진염 부인은 초상화를 소중하게 받아들며 말했다. "당연히 괜찮지요. 정말 감사드립니다."

황재하가 다시 물었다. "두 분 사이가 그리도 좋으신데, 풍억 부인이 누구의 부탁을 받았다고 단 한 번도 말한 적이 없습니까?"

"없습니다. 원래 무엇이든 제게 감춘 적이 없지만 그때만은 아주 기쁜 일이니 돕지 않을 수 없다고만 했습니다."

황재하는 생각에 잠겼다가 다시 물었다. "두 분은 서로 감추는 게 없는 사이였으니, 풍억 부인을 그리 기쁘게 할 수 있는 옛 벗이 누구일지 짐작 가는 사람이 없습니까?"

진염 부인은 거문고 현을 조절하며 천천히 말했다. "솔직히 말씀드리면, 저희는 비록 함께 자라고 함께 거문고를 배웠지만 풍억 언니는 팔자가 박복해 기루에 팔려갔습니다. 다행히 오래지 않아 어떤 손님이 기루에 돈을 지불해줘, 그 사람을 따라 양주로 떠났지요. 나중에는 그 집 안주인과 원수가 되어 그 집을 나와 작은 집 하나를 마련했고, 후에는 운소원에서 언니를 거문고 연주자로 데려갔습니다. 저는 줄곧 낙양에 있었기에 수년이 지난 후에야 여러 손을 거친 편지를 받을 수 있었지요. 그제야 언니가 양주에 있다는 사실을 알았습니다. 편지에는 이렇게 쓰여 있었습니다. '소녀 시절에 우리는 생사를 함께하며 서로를 의지해 살자고 맹세했지. 지금도 그러한 마음이라면 우리는 정말 함께 여생을 보낼 수 있어…….'"

여기까지 말한 후 진염 부인은 눈물을 뚝뚝 흘렸다. 얼굴은 다시는 옛 시절로 돌아갈 수 없지만 눈물은 여전히 그 시절처럼 맑고 투명했다.

"당시 낙양에 있었던 저는 부잣집 몇 군데에서 거문고를 가르치며 근심 없이 살았습니다. 하지만 그 편지를 받은 후 간단하게 옷 몇 벌만 챙겨서 바로 양주로 내려갔지요. 언니는 그동안 어떻게 살아왔는지 이야기하지 않았고, 저 또한 마찬가지였습니다. 지나간 일은 굳이 서로 말할 필요가 없다고 생각했으니까요."

'그래서 진염 부인도 그 옛 친구가 누군지 모르는 건가?'

진염 부인은 생각에 잠긴 황재하의 모습을 보고 물었다. "이런 얘기가 언니를 찾는 데 도움이 되나요?"

황재하는 잠시 머뭇거리다가 고개를 끄덕였다. "호부 쪽에서 기록을 찾지 못했으니 제가 개인적으로 조사해야 할 것 같습니다. 최근 궁에서 사건이 발생해 형부와 대리사 사람들도 모두 모여 있으니, 이 기회에 부인을 찾을 수 있지 않을까 생각합니다."

진염 부인은 깊이 고개 숙여 감사 인사를 했다. "정말로 감사드립니다, 공공! 궁금한 게 있으면 무엇이든 물어보세요. 제가 아는 건 다 말씀드리겠습니다."

"제가 보기에는 풍엄 부인을 장안으로 부른 그 옛 친구가 누구인지가 관건입니다."

"그때 분명히 물어봤어야 했는데……." 진염 부인이 목멘 소리로 말했다. "저도 정말 단서가 없네요……."

"거문고 연주자에게 부탁을 할 사람이라면 신분이나 출신이 비슷한 사람이 아닐까 짐작됩니다. 운소원을 드나드는 손님은 절대로 아닐 거예요. 운소원에 함께 있던 자매나, 아니면 운소원에 함께 있다가 떠난 사람일 가능성이 큽니다. 그러니 옛 친구라고 했겠지요."

"만일 그렇다면 아마도…… 저희가 헤어져 있던 동안 알게 된 사람일 것 같아요." 진염 부인은 손가락을 굽혀 셈을 해보더니 다시 자세하게 설명했다. "옛날에 우리 둘이 함께 지냈을 때는 둘 다 인간관계가 매우 좁았고, 제가 운소원에 간 후에는 언니가 아는 사람은 저도 다 알게 되었습니다. 그냥 옛 친구라고 말한 걸 보면 우리가 떨어져 있던 동안에 알게 된 사람일 겁니다. 또 잘은 모르지만 언니와는 친하게 지냈던 사람이겠지요. 그게 아니라면 누구의 부탁을 받은 건지 제게 이야기했을 겁니다."

"두 분 사이에 연락이 끊어졌던 게 언제 적 일인가요? 그 당시의 일을 아는 사람이 있을까요?"

"벌써 15년 정도 전의 일입니다. 운소원은 가무 악방으로 사람들이 빈번히 들고나지요. 오늘 친하게 지내다가도 내일이면 각자의 길을 가기도 하는데, 10여 년 전 일을 누가……. 당시 나이가 좀 있던 노인들은 이미 대부분 죽고 없을 테고요."

"그렇지만 10여 년 후에도 그런 중요한 부탁을 할 정도라면 가벼운 사이는 아니었을 겁니다. 어쩌면 당시 두 사람 사이에 평생 잊을 수 없는 어떤 일이 있었는지도 모르지요." 황재하는 곰곰이 생각하며 말했다. "그 10여 년 세월 중에 그런 일이 있었다고 언급한 적은 없었을까요?"

진염 부인은 잠깐 생각하더니 갑자기 "아" 하고 외치고는 말했다.
"운소육녀……."

운소육녀. 황재하는 금노가 운소원을 만든 여섯 여인에 대해 말한
것을 생각해냈다.

황재하가 다급히 물었다. "좀 더 상세하게 설명해주시겠어요?"

"10여 년 전에 양주에서 기예가 가장 뛰어난 여섯 여인이 모여 운
소원을 만들었지요. 당시 측천 황제의 운소부에서 이름을 땄습니다.
지금까지도 운소원에는 당시 측천 황제께서 말을 길들일 때 사용하
신 비수가 모셔져 있지요!"

가무 악방에 비수가 모셔져 있다니, 황재하는 절로 호기심이 생겼
다. "측천 황제께서 말을 길들일 때 사용하신 비수요? 그게 어떻게 양
주까지 흘러갔죠?"

"운소육녀 중 가장 맏언니는 공손 부인의 후손인데, 당시 공손 부
인의 검무가 천하에 명성을 떨쳐 현종 황제께서 그 비수를 하사하셨
다고 합니다. 안사의 난 이후 공손 부인이 제자 이십이 부인에게 그
비수를 주었고, 그게 다시 이십이 부인의 제자에게 전해졌는데, 그 제
자가 바로 운소육녀의 맏이, 공손연이었지요."

"그러면 그 여섯 여인 중에 누가 풍억 부인과 가장 사이가 좋았습
니까?"

"제가 갔을 때는 이미 맏언니만 남아 있고, 다른 사람들은 시집을
갔거나 운소원을 떠났다고 들었어요. 다만 언니가 가끔 말하길, 당시
운소육녀가 아니었다면 자신을 주루에서 빼내준 그 상인에게서 도
망칠 수 없었을 거라더군요. 그 상인의 본처가 언니를 다시 팔아버리
려 했는데, 다행히 언니의 재능을 아까워한 운소원 자매들이 그 본처
와 흥정한 끝에 간신히 돈을 치른 후 빠져나왔다고요. 안타깝게도 운

240

소육녀가 흩어지고 난 후에는 가끔씩 서신만 주고받는 사이인지라, 저도 맏언니 공손연과 셋째 난대를 제외하고는 만나본 적이 없습니다. 다들 양주에서 이름을 떨치긴 했지만 예인 출신이다 보니 아무래도…… 명문가에 시집가기는 어려웠을 거예요.”

황재하는 조용히 고개를 끄덕였다. 풍억 부인에게 그런 부탁을 한 사람이 운소육녀 중 한 명이라고 확신할 수는 없지만 적어도 어떤 단서는 얻었다.

“그러고 보니 운소원에서 오셨다면, 혹시 금노를 아시나요?” 황재하는 갑자기 생각나 물었다.

“알다마다요. 지난번에 여러 왕제 전하 앞에서 연주를 할 수 있었던 것도 금노가 소개해준 덕분이었습니다. 아니면 어찌 제가 그런 귀한 분들을 만날 수 있었겠습니까?”

“금노에 대한 이야기를 좀 더 해주시겠어요?” 황재하가 진염 부인의 손을 잡아당기며 물었다. “예를 들어, 이전 생활은 어땠는지, 어떤 사람하고 친하게 지냈는지, 혹은…… 함께 지내는 자매들 이야기라든지 말입니다.”

진염 부인은 기억을 더듬느라 미간을 살짝 찡그렸다. “운소원에는 예인들이 많긴 했지만 거문고와 비파 연주자들은 빙현각을 이용해서 우리 둘도 평소에 가끔 마주쳤습니다. 하지만 단순히 인사를 하는 정도였지요. 금노의 솜씨는 젊은 사람들 사이에서는 단연 독보적이었습니다. 얼굴도 예쁘고 연회도 좋아해서 유흥을 즐기는 예인으로 이름이 난 편이었어요. 그래서 부잣집 도련님이나 관료 자제들과도 적잖은 왕래가 있었지만, 사이가 나쁜 사람은 거의 없었습니다. 공공께서도 아실지 모르지만, 금노는 생활이 좀 방탕하긴 해도 천성은 꽤나 괜찮은 아이입니다. 상황에 따라 처신도 잘하고, 사람을 대하는 마음씨도 따뜻합니다. 이번에도 장안 거리를 지나는 저를 보고는 그냥 지나치지 않고, 곧바로 소왕 전하의 마차에서 뛰어내려와 저와 회포를 풀었지요. 그때 저의 곤란한 상황을 알고는 제가 머무르던 객잔 삯까지 치러줬답니다. 아마 여기 교방에서도 잘 처신하고 지낼 텐데, 여기 자매들에 대해서는 저도 아는 것이 없습니다."

황재하는 또다시 그다지 중요하지 않은 일을 꺼내 질문하는 수밖에 없었다. "금노의 스승인 매만치가 운소육녀 중 한 명이었다고 하던데요?"

"저도 들은 적이 있어요. 매만치는 당시 운소원 예인 중에서 일인자라고 불리던 사람입니다. 당시 다섯 살이던 금노를 데려와 친딸처럼 대했다고 해요. 훗날 매만치가 딸을 낳았는데 그 딸 설색을 대하는 것이 금노한테 하는 것보다 못하다고 떠들어댈 정도였죠."

"설색…… 혈색?[54]" 두 단어를 중얼거리던 황재하의 머릿속에 섬광이 번쩍이며, 한기와 열기가 동시에 솟구쳤다.

진염 부인은 아무것도 알아차리지 못하고 말을 이었다. "설색이에요. 매만치의 남편 정 씨는 얼굴도 잘생겼고 그림 실력이 뛰어난 화가였습니다. 생각하는 것도 보통 사람들과는 조금 달랐지요. 남들은 평범하게 '화아(花兒)'니 '연아(燕兒)'니 하는 이름들을 지어주는데 매만치 남편은 딸에게 '설색'이라는 이름을 지어주었죠. 매만치의 그 예쁜 딸의 이름이 '혈색'으로 들리는 바람에 속으로 안타깝게 생각하는 사람도 많았어요."

황재하는 안개처럼 뿌옇던 눈앞이 점점 맑게 개는 것 같은 기분을 느끼며 저도 모르게 진염 부인의 손을 붙잡고 급히 물었다. "그럼, 매만치의 딸 설색은 지금 어찌되었나요?"

진염 부인은 의아한 표정으로 황재하를 바라보았다. 금노에 대해

---

54 '설색(雪色)'과 '혈색(血色)' 모두 중국어로는 '쉬에써'로 발음된다.

이야기하고 있는데 왜 갑자기 설색에 대해 알고 싶어 하는지 몰랐지만, 황재하의 질문에 흥미진진하게 이야기를 들려주었다. "매만치의 딸은 팔자가 드셌어요. 설색이 다섯 살 되던 해에 매만치가 죽고 아비정 씨와 함께 그의 고향인 유주로 내려갔습니다. 하지만 그림을 그리는 것만으로는 입에 풀칠하기 어렵고 달리 생계를 도모할 방법이 없었죠. 설색이 열 살이 되던 해에 빈곤과 병환으로 아비마저 세상을 떠났습니다. 친척이라는 사람들은 뭐라도 더 뜯어가려고 혈안이어서 설색은 피붙이에게 의지도 못 하고 괴롭힘만 당했습니다. 이후에 운소육녀 중 몇 명이 설색의 처지를 알고는 양주로 데려와 몸을 의탁할 수 있게 도와주었습니다. 설색이 처음 운소원에 왔을 때는 정말 꼴이 말도 아니었지요. 마침 저도 그 얼마 전에 운소원으로 갔던지라 풍억 언니랑 다른 사람들과 함께 문 앞에 나가 설색을 맞았어요. 열세 살짜리 아이가 천 리 길을 달려오느라 머리는 산발이고 먼지투성이에 비쩍 곯아 제대로 얼굴을 알아볼 수 없을 정도였지요. 매만치의 기품을 닮은 구석이라고는 전혀 찾아볼 수 없었죠. 운소원의 몇몇 여인은 그런 설색을 보면서 눈물을 쏟았답니다. 당시 그 수많은 꽃 중에서도 가장 화려했던 매만치였는데, 매만치가 남긴 아이가 그런 처지가 되리라고는 생각도 못 했다고요……."

"그럼 설색은 지금 어디에 있나요?"

"난대가 포주(蒲州)로 데려갔답니다. 저랑 풍억 언니는 그때 그렇게 한 번 본 게 다예요. 생김새가 어땠는지는…… 우리도 나중에 얘기하다가 깨달았는데, 다들 제대로 본 적이 없어서 전혀 기억에 남지 않았어요."

"그렇군요……. 설색도 거문고를 탈 수 있나요?"

"그건 나도 모르겠습니다. 매만치의 비파 솜씨는 정말 훌륭했지만, 설색이 운소원에 왔을 때는 이미 나이가 있어서 악기를 배울 좋은 시기는 놓쳤죠. 매만치의 그 훌륭한 품위와 재능이 결국 전수되지 못한다는 사실을 다들 안타까워했어요."

"매만치가 굉장한 미인이었나요?" 황재하가 또 물었다.

"저는 한 번도 본 적이 없는데 듣자하니 절세미인이었다고 합니다!" 진염 부인은 의심의 여지 없이 단호한 말투로 말했다. "운소원에는 늘 뛰어난 미녀가 있었지요. 금노도 사람의 이목을 끄는 미인이고요. 하지만 풍억 언니는 늘 금노도 매만치보다는 못하다고 말했어요. 미모로 따지자면 눈부신 아름다움을 뿜어내는 매만치야말로 그 광채에 압도될 정도였다고요. 국색(國色)[55]이란 칭호를 받아 마땅한 유일한 여인이라 했을 정도지요."

"저도 금노에게서 스승이 절세미인이었다고 들었습니다."

"매만치가 세상을 떠났을 때 금노는 겨우 열 살 조금 넘은 나이였습니다. 하지만 지금까지도 늘 스승을 그리워하는 것은 단지 다섯 살이던 금노를 길거리에서 데려와 목숨을 구해줬기 때문만이 아니라, 스승을 정말로 존경하고 숭배하기 때문이었다고 들었어요. 금노가 운소원을 떠나 장안으로 올 때 부러 길을 돌아 포주에 들러 설색을 찾아갔다더군요. 비파를 품에 안은 채 매만치의 초상화 앞에 절을 하고는 반 시진이나 무릎을 꿇고 앉아 있었다고 해요."

"매만치의 초상화가 있나요?" 황재하가 물었다.

"매만치의 남편은 비록 가난한 집에 태어났지만 그림 그리는 재능은 정말 뛰어난 사람이었어요. 운소육녀가 봄나들이 하는 모습을 그려준 게 있는데, 거기에 여섯 명의 모습이 남아 있습니다. 지금은 난대가 보관하고 있지요."

황재하는 조용히 고개를 끄덕이며 물었다. "저에게 그 초상화를 빌

---

55   나라에서 으뜸가는 미인.

려주실 수 있을까요?"

"그거야 어렵지 않지요. 난대가 양주를 떠날 때 포주의 주소를 남겨주었거든요. 제가 서신을 보내 설색 편으로 그림을 보내달라고 하겠습니다. 그리 오래 걸리지는 않을 겁니다."

황재하는 기뻐하며 말했다. "그렇군요, 잘됐습니다! 만약 설색이 직접 그림을 가지고 올 수 있다면, 이 일에 큰 진전이 있을지도 모르겠습니다."

"그럼 오늘 바로 난대에게 서신을 쓰지요."

"감사합니다!"

"양주, 악방……."

왕부로 돌아온 후, 이서백은 황재하의 긴 설명을 듣고는 미간을 찌푸렸다. "어떻게 그 옛날, 그 먼 곳에서 일어난 일들까지 연루된 거지?"

"저 또한 생각도 못 한 일입니다." 황재하도 그리 말할 수밖에 없었다. "하지만 모든 정황으로 보아 어떤 관계가 있는 건 확실해 보입니다."

두 사람은 사건에 대한 이야기를 나누며 물 위에 놓인 곡교를 따라 천천히 정유당으로 걸어갔다. 이서백은 많은 사람을 거느리며 다니는 것을 싫어해 호위병과 환관 등은 멀리서 뒤따랐고 황재하만이 함께 다리 위를 걸었다.

고개를 돌리니 강가 숲길 사이에도 이미 궁등이 밝혀져 있었다. 잔잔한 물결이 이는 수면 위로 등불과 달빛, 은하수까지 비쳐 마치 별과 달 사이를 걷는 기분이었다.

두 사람은 무의식중에 다리 위에서 걸음을 멈추고는 수면 위를 가득 수놓은 반짝이는 빛들을 내려다보았다. 날이 다르게 따스해지고 있는 밤바람이 늦봄과 초여름 사이에 느낄 수 있는 편안하고 쾌적한 기분을 안겨주었다.

이서백은 뒤에 한 발짝 떨어져 있던 황재하를 돌아보았다. 순간 별빛과 달빛 속에서 환하게 반짝이는 황재하의 두 눈에 자신도 모르게 시선이 붙박였다. 그때 요란한 발소리가 그 고요를 깨버렸다. 누군가가 황급히 다리를 향해 뛰어오며 크게 소리쳤다.

"전하! 기왕 전하!"

강가에 있던 호위병들이 그자를 붙잡아 진입을 막는 모습을 보며 이서백은 곧바로 몸을 돌려 다가갔다. 등불이 비추는 가운데 다리 어귀에 초조한 얼굴로 서 있는 사람이 보였다. 주자진이었다.

이서백은 호위병에게 주자진을 놓아주라 손짓하고는 다시 몸을 돌려 다리 위에 있는 정자로 걸음을 옮겼다. 정자에 앉은 이서백은 몹시 허둥대는 주자진에게 자리에 앉으라고 눈짓한 뒤 물었다.

"무슨 일이 생긴 것이냐?"

이서백 맞은편의 돌의자에 앉은 주자진은 당혹스러운 표정으로 주먹을 꼬옥 쥐고서 우물쭈물하며 쉽사리 말을 꺼내지 못했다.

이서백이 미간을 찌푸리고 물었다. "대체 무슨 일이냐?"

"제가…… 제가 어쩌면…….." 혈색 하나 없이 창백해진 주자진의 입술이 계속 떨렸다. 주자진은 고개를 들어 이서백과 황재하를 번갈아 바라보다가 한참이 지난 후에야 간신히 알아들을 수 있는 목소리로 말을 이었다. "어쩌면…… 사람을 죽였을지도 몰라요."

이서백이 눈썹을 살짝 치켜세우며 물었다. "어쩌면?"

"그게…… 저도 뭐가 뭔지 하나도 모르겠습니다. 숭고도 알겠지만, 전 정말 그 사람들을 죽이지 않았어요!"

황재하가 의아한 표정으로 주자진을 향해 물었다. "저하고도 관계가 있습니까?"

"왜냐하면 죽은 사람들이 바로…… 어제 내가 준 음식을 먹은 그 걸인들이니까!"

주자진의 말이 떨어지자마자 황재하가 "아!" 하고 외마디 소리를 내질렀다. "어제 그 걸인들 말이에요?"

이서백은 황재하를 힐끗 쳐다보고는 가라앉은 목소리로 말했다. "자진, 어찌된 상황인지 자세히 말해보거라."

"네." 주자진은 잔뜩 긴장한 채 기억을 더듬으며 떨리는 목소리로 말했다. "어제저녁에 최 소경이 철금루에서 한턱낸다며, 전하 곁의 환관 중 '사방안'을 해결했던 그 공공도 온다고 하기에 필시 숭고일 거라 생각해 저도 따라갔습니다. 식사가 끝난 후 손을 거의 안 댄 음식들이 있어 포장해서 걸인들에게 가져다주었습니다……. 평소에도 자주 그리하지만 단 한 번도 문제는 없었습니다."

황재하는 고개를 끄덕여 주자진의 말이 틀림없음을 확인해주었다.

"오늘 아침에 일어났더니 형부 사람들이 흥경궁 근처에서 시체 검안을 하고 있다기에 재빨리 가보았지요. 그런데 거기에…… 전날 밤 보았던 그 걸인들의 시신이 있었습니다!"

황재하가 물었다. "그렇다고 그 음식에 독이 들었다고 단정할 수는 없지 않을까요? 우리가 먹을 때는 아무 이상 없었으니까요."

주자진은 긴장감에 황재하의 손을 꼭 잡고는 말했다. "아니, 독이 있었어! 그 걸인들은 정말 독으로 사망했어. 전날 음식을 쌌던 연잎을 몰래 주워서 집에 가져가 검사를 해봤는데 독약의 흔적이 나왔단 말이야……. 심지어 장안에서는 보기 드문 독이었어."

이서백은 주자진의 손을 힐끗 쳐다보았고, 황재하는 담담히 손을 빼내며 물었다. "무슨 독인데요?"

"독전목(毒箭木) 수액. 남쪽에서는 속칭 견혈봉후(見血封喉)라고도 하는데 중독되면 열 걸음도 채 못 가서 죽는다고 해." 주자진은 미간을 찌푸리며 말했다. "장안에서는 거의 볼 수 없어서 나도 예전에 책에서만 봤던 거야. 중독되면 온몸이 시커멓게 짓무르면서 부어오르고 피고름이 가득 차 얼굴을 제대로 분간하기 어려울 정도라고 해. 엄청 무서운 독이야!"

"그 걸인들도 그랬나요?"

"응, 그래서 형부에서 이미 명을 내렸어. 사건이 극도로 잔인하니 그 악랄한 살인자를 반드시 잡아내라고." 주자진은 입술이 새하얗게 질린 채 멈출 줄 모르고 어깨를 덜덜 떨었다. "하지만 숭고, 너도 알겠지만 나는…… 정말 사람을 죽일 이유가 없다고!"

황재하가 미간을 찌푸리며 말했다. "그런데 우리는 멀쩡하잖아요. 그럼 우리가 음식을 가져다주는 도중에 그랬다는 건데, 그 잠깐 사이에 어떻게 독을 넣을 수 있었을까요?"

"게다가…… 우리 손으로 직접 싸서 들고 간 거잖아……."

이서백이 한마디 덧붙였다. "보아하니 지금 가장 중요한 것은 그 음식에 누가 독을 넣었는가 하는 문제겠구나."

황재하는 고개를 끄덕였다. "당시 현장에는 최 소경, 왕온 공자, 저희 두 사람, 그리고 대리사 관리 몇 명과…… 금노가 있었습니다."

주자진도 손을 꼽아가며 한 명씩 떠올려보았지만 그들 누구도 범인이라 상상하기 어려워, 결국 씁쓸하게 소리 내어 웃고는 고개를 들어 황재하에게 물었다. "숭고, 우리도 조사를 받게 될까?"

"도련님 생각은요?" 황재하가 반문했다.

"어제 그 시간에는 이미 야간 통행금지가 시작돼서 아무도 우리를 못 봤으니, 어쩌면…… 우리가 아무 말 안 하면 별 문제 없지 않을까?"

"형부에서 사건을 어떻게 처리할지 모르겠지만, 저라면 제일 먼저 시신의 위에 남아 있는 음식물을 검사해볼 겁니다. 거지가 그런 귀한 음식을 먹는 건 흔한 일이 아니니 수색 범위가 어느 정도 좁혀지겠지요. 현장에 남겨진 신선한 연잎을 보고는 요릿집에서 나온 음식이라고 추측할 테고요. 보통 자기 집 주방에서 만든 음식은 말린 연잎에 싸지 누가 굳이 신선한 연잎을 준비해뒀다가 싸겠습니까. 장안은 지대가 낮고 습해서 연잎이 수면 위로 올라온 지 얼마 되지도 않았습니다. 요릿집에서 사용하는 연잎은 전부 성 밖 어민들이 아침에 물고기와 새우 등을 가지고 올 때 따오는 것입니다. 귀한 물건인 셈이지요."

"그게 그러니까…… 혼란을 주기 위해 일부러 신선한 연잎으로 포장했다고 생각할 수도 있잖아……."

"그럴 수도 있겠지요. 하지만 그렇게 생각하기 전에 포졸들은 이미 큰 요릿집들을 다 방문할 겁니다. 그러면 음식을 절대 낭비하지 않는 주 시랑의 자제 주자진이 바로 수사망에 올라가고 전날 저녁에 도련님이 음식을 싸간 사실을 증거로 확보해 즉시 관아로 출두하라 요청하겠지요."

주자진은 의자에 털썩 주저앉았다. 얼굴은 창백했고 눈은 휘둥그레졌다.

황재하는 어이없다는 듯 물었다. "평소에 그렇게 시체와 친하게 지내시면서, 사람이 죽은 일을 이렇게 무서워하시는 줄 몰랐네요."

주자진은 의기소침해 말했다. "나는 시체 연구를 좋아할 뿐이지 사람을 시체로 바꾸는 건 좋아하지 않아."

황재하와 이서백이 서로 눈빛을 교환하는데 경육이 와서 아뢨다. "전하, 최 소경이 뵙기를 청합니다."

이서백이 물었다. "대리사에서 무슨 일로 나를 찾느냐?"

"사건 때문이라고만 들었습니다."

이 한마디에 주자진은 펄쩍 뛰었다. "설, 설마 아니겠지. 내가 여기 있는 걸 안 거야……?"

"자진." 이서백이 주자진을 흘끗 보았다.

주자진은 자신이 과하게 긴장한 것을 깨달았다. 최순잠이 설령 범

인이 누구인지 알았다고 해도 곧바로 기왕부로 찾아와 사람을 내어
달라 할 리는 만무했다.

이서백은 고개를 돌려 경육을 보며 담담하게 말했다. "최 소경에게
들라 하거라."

최순잠은 빠른 걸음으로 들어와 이서백을 향해 예를 갖춘 뒤, 이어
주자진과 황재하를 향해서도 고개를 끄덕이며 인사했다. 주자진은 안
절부절못했지만 최순잠이 자신에게 그다지 주목하지 않자 조금은 안
심했다.

최순잠이 단도직입적으로 말했다. "전하께서도 이미 소관이 온 이
유를 알고 계시리라 생각합니다. 자진과 양 공공도 함께 있는 것을 보
니 아마 그 사건을 다 아는 것이겠지요?"

주자진이 벌떡 일어나 더듬더듬 말했다. "알, 알고 있지요……."

"음, 그럼 그것도 들었는가……." 최순잠은 이서백을 한 번 흘끔거
린 뒤 잠시 망설이다가 다시 입을 열었다. "그 시신이 정말 이상하네.
온몸의 피부가 검게 짓물렀고 피고름이 차서 퉁퉁 부어올라 얼굴을
알아보기조차 어려워……."

얼굴색이 한층 더 창백해진 주자진이 떨리는 목소리로 말했다. "저,
저도 봤어요……."

"이미 시신을 봤단 말인가?" 최순잠이 조금 의아한 듯 의미심장한
말을 했다. "자진의 명성이 정말로 보통이 아닌가 보네. 이런 큰 사건
도 궁에서 자네를 먼저 불러 검시를 맡기다니."

황재하와 이서백은 서로 눈을 마주쳤다. 최순잠의 말 속에 뭔가 이
상한 부분이 있다는 것을 둘 다 알아차렸다.

하지만 주자진은 아직 넋이 나간 상태였다. 여전히 자신이 사람을
죽였다는 충격에 잠긴 채 멍하니 고개만 끄덕일 뿐이었다.

"지금까지 많은 시신을 봤겠지만 이런 시신은 처음이지 않은가? 정말이지 범인의 수법이 잔인무도하기가 지금껏 듣도 보도 못한 정도일세!" 최순잠이 탄식하며 말했다. "하긴 자네만 그런 게 아니야. 나도 이 소식을 듣자마자 정신을 못 차렸지. 정말 장안성 안에서 최근 10년간 가장 잔혹하고 무서운 사건이네! 자진, 자네는 독약에 대해서 꽤 연구했으니 어떤 독인지 알 수 있겠던가?"

주자진은 입만 벌린 채 한참 동안 아무 말도 하지 못했다.

황재하가 주자진을 발로 차려는데 이서백이 태연자약하게 입을 열었다. "자진도 그 일 때문에 나를 찾아왔네. 범인이 독전목 수액을 사용한 것 같다더군."

최순잠이 고개를 끄덕였다. "역시 자진이라면 분명히 알 거라 생각했습니다."

주자진의 얼굴에 또다시 불안한 표정이 드러났다. 마치 '나도 이 일과 관련이 있어요'라고 제 발이 저린 듯한 표정이었다.

황재하는 간이 작은 주자진을 원망하며 그를 향해 눈을 흘겼다. '우리도 피해자인데 그냥 좀 태연하게 행동하면 안 됩니까? 지금 이대로 잡혀가면 진짜 범인은 어떻게 잡습니까?'

이서백은 고개를 돌려 최순잠을 보며 물었다. "왕약의 시신은 어디서 발견된 것인가?"

이서백이 이런 엄청난 질문을 이처럼 자연스럽게, 단도직입적으로 꺼낼 줄은 생각도 못 했던지라 황재하는 순간 자신도 모르게 이서백을 곁눈질했다. 이서백의 표정은 엄숙했지만 눈빛은 어떤 동요의 기색도 없이 그저 담담했다. 그 모습에 황재하는 온몸이 차갑게 식어버렸다.

이서백의 말에 주자진은 다시 한 번 벌떡 일어났다. "뭐라고요? 왕비, 아니…… 그 궁중에서 영문도 모르게 실종된 왕 가의 아가씨가 죽었단 말인가요? 시신까지 찾았다고요?"

최순잠이 영문을 모르겠다는 듯 주자진을 보며 말했다. "조금 전까지 계속 그 얘기를 하지 않았나?"

"저는 또…… 다른 얘기를 하시는 줄 알고……." 주자진은 다 터놓고 말할 수가 없어 쉽게 입을 떼지 못했다.

하는 수 없이 황재하가 대신 말했다. "사실 최 소경이 오시기 전에 장안에서 걸인 몇 사람이 기이하게 목숨을 잃은 사건에 대해 이야기하고 있었습니다. 그래서 자진 도련님은 최 소경께서도 아마 그 이야기를 하시는 줄 알았을 겁니다."

최순잠이 손을 저으며 말했다. "지금 그 걸인들 죽음은 신경 쓸 겨를도 없어요! 황후 폐하의 사촌이 궁에서 사라졌다가 참혹한 시신으로 나타났으니, 이제 대리사도 엄청 괴로워지게 생겼습니다."

주자진이 힘없이 말했다. "걸인도 사람이에요. 심지어 서너 명이나 목숨을 잃었…… 아야!"

황재하는 주자진이 제 무덤을 파지 못하도록 돌 탁자 밑으로 몰래 다리를 걷어찼다. 주자진은 결국 입을 다물었다.

최순잠이 이서백에게 물었다. "이 일에 대해 이야기하고 계셨던 게 아니라면, 소관이 말한 시신이 왕 가 여인인 줄은 어찌 아셨는지요?"

"궁에서 사람을 불러 검시를 하고, 자네는 제일 먼저 나를 찾아왔지. 그럴 만한 일이 이 외에 또 뭐가 있겠는가?" 이서백은 담담하게 말했다.

'전하 앞에서 내내 슬픔, 고통, 탄식, 동정의 표정을 짓고 있는데, 무슨 말이 나올지 누가 눈치 못 채겠어요?' 황재하는 어이없어하며 속으로 생각했다.

"그러면…… 우리 두 사람이 말한 사건이 같은 사건이 아니었던 겁니까?" 주자진은 그제야 정신을 차렸다. 죽을상을 하고 있던 얼굴도 서서히 원래대로 돌아오며 눈에도 힘이 들어가기 시작했다.

최순잠이 고개를 끄덕이며 말했다. "그러게, 서로 오해가 있었군. 안 그래도 황후 폐하 사촌의 시신을 어찌 자네가 나보다 먼저 봤는지 이상히 여기긴 했네."

네 사람 중 황재하만이 냉정하게 본론으로 돌아갔다. "왕약 아가씨의 시신은 어디서 발견된 겁니까?"

"아마 듣고도 못 믿을 겁니다." 최순잠이 미간을 찌푸리며 말했다. "한 시진 전에 대명궁 옹순전 동각에서 발견됐습니다."

"뭐라고요?" 주자진은 또다시 벌떡 일어났다. "거기서 실종된 거 아니었나요?"

"그랬지. 사건 발생 현장이어서 아직 어림군이 지키고 있는 데다 오늘 아침에도 환관들이 들어가서 살펴보기까지 했어. 그러다가 오후에 이상한 냄새가 난다는 말에 문을 열어보니, 세상에 시신이 침대 위에 눕혀져 있는 게 아닌가. 옷가지며 장신구며 실종될 때의 모습 그대로였는데, 몸은 이미 시커멓게 짓물렀더라고. 독살당한 게 틀림없어 보였어!"

황재하는 미간을 살짝 찡그린 채 잠자코 있었다.

주자진이 놀라서 말했다. "그것 참 희한한 일도 다 있네요……. 실종된 사람이 어떻게 갑자기 나타났을까요. 게다가 사라질 때도 나타날 때도 쥐도 새도 모르게 말이에요……."

"그러게 말일세. 마치 실종된 적 없이 계속 그 자리에 있었던 것처럼, 그저 우리 눈에만 보이지 않았던 것처럼 말이네." 최순잠은 고개를 절레절레 흔들었다. "이번 사건은 아무래도 쉽지 않을 것 같아……."

사안이 사안인지라 이서백은 통행금지 시간임에도 아랑곳 않고 몸을 일으켜 경육을 불러 환복을 돕게 했다. 곧바로 입궁하여 옹순전으로 갈 생각이었다.

황재하도 의관을 정리하면서 생각에 잠긴 듯한 표정으로 입을 열었다. "세상에 어떻게 눈에 보이지 않는 것이 존재할 수 있죠?"

최순잠은 괴로운 얼굴로 한탄하듯 말했다. "그런 게 필시 있기는 있으니, 지금 200명 넘는 사람이 보지 못한 일이 생긴 것 아니겠습니까?"

주자진이 다급하게 끼어들며 말했다. "집에 가서 도구 좀 챙겨 올 테니 기다려주세요. 저도 꼭 데려가주세요!"

이서백은 그 말을 무시하며 문밖으로 걸어 나갔다. "그럴 것 없다. 아무리 그래도 왕 가 가문의 규수인데 어찌 네가 그 시신에 칼을 대겠느냐."

주자진은 어쩔 수 없다는 투로 말했다. "그러면 가서 보는 건 괜찮겠지요?"

이서백은 최순잠에게 보일 듯 말 듯 턱짓을 하며 말했다. "대리사에서 자주 네게 현장 조사를 청하지 않느냐. 한 번 더 청하는 게 뭐 어렵겠느냐."

최순잠은 즉시 주자진에게 손짓하며 말했다. "이리 오게, 자진. 내 마차는 쪽문 쪽에 있네."

11장

실체도 없고
소리도 없이

이미 깊은 밤이었지만 환한 등불이 대명궁 구석구석을 밝히고 있었다. 정자, 누각, 대전 할 것 없이 곳곳을 환히 비추어 대명궁은 더 화려하고 웅장하게 보였다.

마차 두 대가 대명궁 동쪽 측문 앞에 멈춰 섰다. 이서백 일행은 마차에서 내려 등불을 든 환관의 안내를 받으며 곧바로 궁 모퉁이에 있는 옹순전으로 향했다. 하지만 옹순전은 벽이 견고한 데다가 동쪽으로는 문이 나 있지 않아, 높은 궁벽을 따라 서쪽으로 돌아간 뒤 남쪽 궁벽 끝에서 다시 북쪽으로 모퉁이를 돌아 계속해서 걸었다. 그곳에 난 쪽문으로 사람들이 드나들었다.

옹순전은 원래 곳간으로 지어진 곳이어서, 높고 견고한 담장에 문이라고는 서쪽 쪽문 하나와 북쪽으로 난 정문뿐이었다. 지나치게 어둡게 지어진 탓에 안에 보관하던 서책이며 그림, 비단, 직물 등에 죄 곰팡이가 피고 말아, 곳간의 역할은 포기하고 정원에 야트막한 석가산을 두 개 세워 곳간 특유의 답답한 분위기를 없애고 사람이 살도록 했다.

"궁중에서 가장 빈틈없는 구조를 자랑하는 이곳에서 그 소문이 진짜가 될 줄 누가 알았겠습니까. 어휴, 참으로 하늘의 농간이 따로 없습니다." 최순잠이 그렇게 말하면서 세 사람을 외전으로 안내했다.

안에서는 뜻밖에도 여러 사람이 떠드는 시끄러운 소리가 들려왔다.

문 앞에 도착하고 나니 낭야 왕 가의 사람들이 실랑이를 벌이고 있었다. 왕온과 그의 부친인 형부 상서 왕린도 있었다.

왕온의 말소리가 들렸다. "우리 왕 가의 여인일 뿐만 아니라 곧 기왕 전하의 비가 될 몸이었습니다. 출가도 하지 않은 처녀의 몸에 어찌 칼을 긋고 검시를 한단 말입니까? 절대 있을 수 없는 일입니다!"

왕 상서는 고민하며 말했다. "이치와 법에 따라, 급사하거나 비명횡사한 사람은 시신을 상세히 검안하도록 되어 있다는 것을 너도 알지 않느냐. 게다가 이 사건은 연루되어 있는 범위가 넓어 그 여파도 클 터인데 형부에서 이를 제대로 검사하지 않는다면 조정에 고할 말이 없는 것은 그렇다 치더라도, 기왕 전하께는 뭐라고 말씀드리겠느냐?"

"비로 맞으려 했던 여인의 몸을 다른 사람이 해부하면 기왕 전하의 체면은 또 뭐가 되겠습니까? 설령 모두가 괜찮다고 할지라도 황후 폐하만은 절대 윤허하지 않으실 겁니다. 믿지 못하시겠다면 제가 지금 바로 황후 폐하를 찾아뵙겠습니다."

부친의 체면은 안중에도 없이 기세 사납게 몸을 돌린 왕온은 이서백과 황재하 등이 외전 회랑에 서 있는 것을 보고는 우뚝 멈춰 섰다.

이서백은 옅은 미소를 띠며 안으로 들어갔다. "나도 왕온과 같은 생각이네. 검시관이 왕약의 몸에 손대는 건 원치 않아. 그래서 내 가장 적합한 자를 데려왔지."

왕온 일행은 재빨리 이서백에게 예를 갖추었다.

이서백은 주자진에게 시신을 살펴보라 눈짓하고는 말했다. "다들 알겠지만 주 시랑의 자제 주자진이네. 시신 검안에 있어 조예가 깊어 데리고 왔네. 도구는 쓰지 않고 육안으로만 사인을 확인할 것이야."

"역시 전하는 생각이 깊으십니다." 왕린이 한숨을 돌리며 즉시 대답했다.

주자진은 왕 가의 유족들에게 양해를 구하고는 황재하를 데리고 옹순전 동각에 들어갔다.

수많은 등을 밝혀놓아 동각 내부는 유난히 환했다.

사건이 있던 그날과 모든 것이 똑같았다. 수차례 수색을 하면서도 여기가 황궁이라는 사실을 잊지 않고 최대한 원래 모습 그대로 보존해놓아, 여기저기 헤집었던 흔적은 조금도 없었다.

그날과 똑같은 풍경 속 밝은 등불 아래, 이미 생전의 모습은 찾아볼 수 없는 여인이 누워 있었다. 노란 적삼에 느슨하게 틀어 올린 머리, 비단으로 짠 신발. 모든 것이 실종되었던 그날과 똑같았다.

하지만 온몸의 피부는 시커멓게 짓무르고 피고름이 흘러내려 이제는 얼굴도 알아볼 수 없었다. 생전에 얼마나 아름다운 여인이었는지, 이 시신을 보고서는 그 누구도 짐작할 수 없으리라.

황재하는 잠자코 왕약의 시신을 내려다보았다. 실종되던 날 귀밑머리 옆으로 보이던 비녀와 반짝이던 고운 얼굴이 눈앞에 선하게 떠올랐다. 그러나 그런 감상은 아주 잠깐이었다. 황재하는 이내 입술을 꾹 다물고 시신이 놓인 침대로 다가갔다.

주자진은 의자를 끌어다 침대 앞에 놓고 앉았다. 먼저 부드럽게 무두질된 가죽 장갑을 품에서 꺼내 낀 뒤에 몸을 숙여 왕약의 얼굴을 자세히 살폈다. 시체에 익숙한 황재하이건만, 이렇게 피고름이 흘러넘치고 퉁퉁 부어 알아볼 수 없는 얼굴은 차마 보고 있기가 힘들었다.

황재하는 고개를 한쪽으로 돌리고 물었다. "도구 가지러도 못 갔는데, 그 장갑은 언제 챙기셨답니까?"

"아침에 집에서 나오다가 홍경궁 근처에서 독살 사건이 발생했다는 말을 듣고 잽싸게 챙겨 나왔지. 홍경궁에선 필요도 없었는데, 여기서 쓰게 될 줄이야." 주자진은 진지하게 설명하면서 시체의 눈, 코, 귀를 자세히 살피고 입을 열어 혀와 치아까지 조사했다. "독살된 시체를 검사할 때는, 특히 이런 맹독 같은 경우에는, 만에 하나 피부가 긁혀 독이 묻기라도 하면 큰일 나니 반드시 장갑을 껴야 해."

황재하는 그런 설명은 듣고 싶지 않아서 사안과 직접 관계있는 것을 물었다. "시신이 왕약 아가씨의 옷을 입고 있긴 하지만, 나이나 체격 같은 게 다 일치하나요?"

"시신은 젊은 여자인데, 몸매가 늘씬하고 키는 5척 7촌 정도로 큰 편이야. 이 정도로 키가 큰 여자는 보기 드무니까 기본적으로는 일치한다고 봐야지. 혹시 몸에 사마귀나 점 같은 거는 없었을까?"

"잠시만요⋯⋯." 황재하는 자신이 봤던 왕약의 모습을 최선을 다해 떠올려보았다. "점 같은 건 없었고, 오른 손목에 조그만 주근깨 같은 게 하나 있었던 것 같아요. 한번 확인해보세요."

주자진은 시신의 오른쪽 소매를 걷어 올려 보더니 실망한 표정으로 말했다. "아무래도 독이 오른손을 통해 온몸으로 퍼진 것 같아. 봐, 여기는 더 심하게 중독돼서 피부가 완전히 새까맣게 변해버렸어. 주근깨는커녕 사마귀도 알아볼 수 없을 거야."

"그렇네요." 까맣게 부어오른 그 손을 보며 황재하는 마차 안에서 보았던 왕약의 손을 떠올렸다. 소매 밖으로 나와 있던 그 섬섬옥수를 생각하니, 눈앞에 보이는 손을 쳐다보기 힘들 정도로 명치가 아려왔다. "손이⋯⋯ 어떻게 이렇게 될 수 있죠? 남들이 부러워할 만큼 가늘고 아름다운 손이었는데."

"가늘었다고?" 주자진은 시신의 손을 잡고서 손바닥부터 손가락 하나하나를 만져보더니 말했다. "아닐걸. 지금 이 손 골격은 내가 조사했던 여자 시체들 중에서 큰 편에 속해. 손이 가늘었다고 말할 수는 없어."

황재하는 뭔가 이상을 감지하고 "아" 하고 외친 뒤 심하게 붓고 검붉어진 시신의 손을 보았다. 그러고는 주자진의 어깨를 팔꿈치로 툭 쳤다. "장갑 좀 줘보세요."

주자진은 의아한 눈빛으로 황재하를 보며 물었다. "뭐 하려고?"

황재하는 대답 대신 주자진을 향해 턱을 치켜들고 눈을 가늘게 떴다. 주자진은 곧바로 얌전하게 장갑을 벗어 넘겨주었다.

원래는 손에 딱 붙는 얇은 가죽 장갑이지만 아무래도 남자 장갑이라 황재하가 끼니 조금 헐렁했다. 하지만 그런 건 신경 쓸 겨를도 없이 얇은 장갑만을 사이에 두고 시체의 손을 잡아 만져보기도 하고 자신의 손과 크기를 비교해보기도 했다. 아무리 손이 부어 커졌다 해도 손가락 길이까지 그리 길어질 리 없을 텐데, 시체의 손가락은 진염 부인이 거문고를 타기에 좋은 손이라 말했던 황재하의 손보다도 더 길었다.

주자진이 옆에서 말했다. "너는 남자여도, 어렸을 때 거세를 해서 손이 이 여자보다 더 작은 걸 거야."

'거세랑 손바닥 크기가 무슨 상관 있다고!'

황재하는 그렇게 생각하며 자신의 손뼈를 만져보고 다시 시신의 뼈도 만져보았다. 시신은 살이 불어 뼈가 잘 만져지지 않지만 힘껏 꾹꾹 눌러가며 골격을 가늠해보았다. 확실히 주자진의 말대로 손의 골격은 가늘지 않았다.

옆에서 지켜보던 주자진이 긴장해서 말했다. "숭고, 너무 힘을 주면 안 돼. 안 그래도 피부가 짓물렀는데 더 상한단 말이야……."

황재하는 재빨리 손에서 힘을 빼고 시신의 손이 손상되지는 않았는지 살펴보았다. 손바닥 가장자리가 살짝 찢어졌지만 마침 거기에 얇은 흰색 표피가 덮여 있어 출혈은 없었다.

"그건 아마 굳은살일 테니까 조금 찢어져도 상관없어. 온몸이 짓물렀는데 조금 찢어졌다고 누가 알아보겠어." 주자진은 그렇게 말하고는 굳은살이 있는 부위를 좀 더 자세히 들여다보았다. 새끼손가락 아래쪽으로 굳은살이 보였다. 주자진은 자신도 모르게 눈썹을 찡그리며 말했다. "희한하네. 이런 데 굳은살이 있는 사람은 또 처음 봐."

"그러게요. 보통은 손아귀로 힘을 쓰니까, 이렇게 손바닥 가장자리는 굳은살 생길 일이 거의 없죠." 자세히 관찰하던 황재하는 시신의 왼손 검지와 중지, 약지, 그리고 오른손 엄지에서도 모두 끝에 굳은살이 있는 걸 발견했다. 황재하는 한참을 궁리하며 글을 쓰거나 수를 놓는 자세를 해보기도 하고, 옷에 풀을 먹이거나 방망이로 빨래를 두들기는 자세도 취해보았지만 도무지 감이 잡히질 않았다.

주자진은 황재하가 벗어놓은 장갑을 잘 챙기며 말했다. "그 외에는 딱히 눈에 띄는 점이 없네. 머리칼과 치아 모두 광택이 있고, 몸에는 궂은일을 한 흔적도 없는 걸로 봐서 출신이 괜찮은 사람 같은데. 왕약의 옷을 입고 옹순전에 누워 있는 데다 얼굴은 식별이 불가능하니, 우리가 이 시신이 왕약이 아니라고 말한다 해도 딱히 뒷받침해줄 만한 증거가 없어……."

황재하는 깔끔하게 결론을 내렸다. "이 일을 꾸민 사람이 눈치채지 못하게 조심스럽게 움직여야 해요. 일단 검시 내용을 기록하는 서책에 기록은 하되, 있는 대로 다 적지 말고 사인 정도만 적어주세요."

두 사람은 문을 열고 나와 외전에서 기다리던 사람들에게로 다가갔다.

주자진은 모두를 향해 예를 취한 후, 손에 든 검시 기록 내용을 보며 간략하게 보고했다. "검시를 마쳤습니다. 죽은 자는 키 5척 7촌의 여인입니다. 얼굴은 알아볼 수 없으며, 온몸의 피부가 새까맣게 부어오른 데다가 피고름이 차 있습니다. 치아는 온전하고, 윤기 있는 긴 머리칼은 무릎까지 옵니다. 외상은 없었으며 독으로 사망한 것이 분명합니다."

왕린이 슬피 탄식하며 말했다. "참으로 원통하구나! 내 조카가 이렇게 첩첩으로 에워싸인 궁중에서 비명횡사할 줄이야!"

왕약의 혼례에 참석하기 위해 낭야에서 온 두 형제의 표정도 참담했다. 둘 중 나이가 많은 쪽이 물었다. "정확한 사인이 무엇입니까?"

"독전목의 독이 틀림없습니다." 주자진이 대답했다.

"독전목이라······." 다른 이들은 아무도 그 이름을 들어본 적이 없는데, 유일하게 왕온이 물었다. "남만에서 '견혈봉후'라고 불린다는 그 독 말인가?"

"맞습니다. 장안에서는 보기 드문 것이죠. 그런데 어젯밤에 이 독으로 죽은 자들이 더 있습니다." 주자진은 황재하를 흘끔 보았지만 그 일에 대해서는 말할 생각이 전혀 없어 보여 주자진도 그쯤에서 입을 다물었다.

오래지 않아 왕 황후도 친히 찾아왔다. 창 너머로 침대 위에 누워 있는 시신을 본 황후는 순간 몸을 휘청거렸으나 다행히 뒤에 있던 장령이 재빨리 부축해 쓰러지진 않았다.

왕 황후는 비틀거리며 얼굴을 가린 채 한마디 말도 하지 않고 그 자리를 떠났다.

장경이 궁정 사람들을 데리고 와 시신을 수습하는 동안 아무도 입을 열지 않았다. 왕 가의 마차가 와서 관을 실어 떠났다. 이서백은 궁문 앞에 서서 마차가 멀어질 때까지 눈으로 배웅했다.

주자진은 최순잠의 마차를 향해 뛰어갔고 황재하는 자신을 위해 마련된 말에 올라타려 했다. 하지만 그때 마차에 앉아 있던 이서백이 눈짓을 보내 와, 하는 수 없이 말등자에 걸었던 발을 내리고 마차에 올라 예의 그 낮은 의자에 자리 잡고 앉았다.

마차는 어두운 밤길을 달려 영가방의 기왕부로 향했다.

이서백은 황재하에게는 시선도 주지 않고 그저 물고기가 들어 있는 유리병만 계속 매만졌다. 물고기는 얇은 비단 천 같은 꼬리를 흔들며 손가락을 따라다녔다.

"검시 결과는 아까 들었고, 그 외에 말하지 않은 것이 더 있느냐?"

황재하는 턱을 괴고 앉아 물고기를 바라보며 말했다. "사인은 독전목 중독이 확실하고, 사망 시간은 어제입니다. 다만 그 걸인들과 다르게 목구멍은 그다지 붓지 않았습니다. 독이 든 음식을 먹었던 것이 아니고, 외상으로 죽은 게 틀림없습니다. 자진 공자가 시체를 해부할 수 있었다면 이 점이 명확하게 밝혀졌을 것입니다."

"외상이라면 어디를 다친 것이냐?"

"그것 역시 의문점입니다. 전신이 짓무르고 부은 상태였지만 날카로운 흉기에 다친 흔적 같은 것은 어디에도 없었습니다. 피부가 변색된 흔적으로 봤을 때, 독은 오른손에서 전신으로 번졌을 가능성이 가장 큽니다."

"오른손이라." 이서백은 생각했다. "독전목은 피부에 닿는 것만으로 몸속으로 침투해 사람을 죽일 수 있느냐?"

"그건 불가능합니다. 그래서 죽은 자가 어떻게 중독되었는지는 여전히 수수께끼입니다."

이서백은 줄곧 작은 물고기를 향해 있던 시선을 황재하에게로 옮겼다. "가족이 죽은 뒤 남장을 하고 촉에서 도망쳐 오는 길에…… 너를 여자로 의심한 사람은 없었느냐?"

턱을 괴고 작은 물고기를 보고 있던 황재하는 이서백이 갑자기 왜 그런 질문을 하는지 영문을 몰랐다. "없었습니다. 어렸을 때부터 남장을 하고 아버지를 따라 여기저기 사건을 조사하러 다니면서 온갖 사람을 다 만나봤기 때문에, 이번에 도망 오는 중에도 여자임을 들키는 위험한 일은 없었습니다."

이서백은 황재하의 의아해하는 표정에는 아랑곳 않고 가만히 황재하를 응시하고 있었다. 다홍색 환관복을 입은 채 낮은 의자 위에 무릎을 꿇고 오른손으로는 턱을 받치고 있는 소녀의 모습이었다. 흔들리는 등불 아래서 이서백을 쳐다보는 두 눈동자는 매우 맑고 투명해 마치 새벽녘 연꽃잎에 맺힌 영롱한 이슬 같았다. 요동치는 마차 안에서 속눈썹이 간간이 떨릴 때마다, 그 맑은 눈동자가 마치 바람에 가볍게 흔들리는 연꽃처럼 순간적으로 부드럽고 찬란하게 빛났다.

이서백은 줄곧 입을 굳게 다물고 있었으나 자신도 모르게 입꼬리가 미세하게 올라갔다. 황재하는 영문을 몰라 자신의 얼굴을 만져보았다. 그렇게 어쩔 줄 몰라 하고 있자니 이서백이 시선을 돌렸다. 현재의 신분에 맞지 않게 지나치게 여인의 분위기를 풍기는 그런 동작에 대해 한마디 지적도 없이 다만 이렇게 물었다.

"그 외에 시체에는 또 어떤 흔적이 있었느냐? 그러니까…… 그 시신은 왕약이 맞더냐?"

황재하는 조금 의아해하며 물었다. "전하께서는 시신을 보지도 않으셨는데 그런 생각을 하셨습니까?"

"나는 모든 일에는 다 원인이 있다고 믿는다. 독전목을 써서 시신의 원래 모습을 전혀 알아볼 수 없게 만들었다면, 분명 무언가를 숨기려는 의도가 있었겠지."

"전하의 추측이 맞습니다. 그 시신은 왕약 아가씨가 아닙니다. 피부로는 분별하기 어렵지만, 골격은 위조할 수 없지요. 시신은 손 골격이 왕약 아가씨 손보다 훨씬 컸습니다." 그렇게 말하며 황재하는 손바닥을 자신 쪽으로 향한 채 오른손을 치켜들며 다시 입을 열었다. "그리고 의문스러운 점이 있었습니다. 왼손의 가운데 세 개 손가락 끝과 오른손 엄지손가락 끝, 그리고 오른손 손바닥 가장자리에 굳은살이 있었습니다. 이렇게요." 황재하는 자신의 손에 표시를 해 보였다. "새끼손가락 아래쪽 손바닥은 평소에는 잘 보이지 않았겠지만 다른 부위에 비해 피부가 딱딱했습니다."

"손바닥 그 부위를 움직이는 동작이라면 확실히 그리 많지 않지." 이서백은 자신의 희고 기다란 두 손을 나란히 펼쳤다가 다시 주먹을 쥐고 비교하면서 생각에 잠겼다.

황재하가 물었다. "무슨 실마리라도 찾으셨습니까?"

"조금 전 머릿속에 어떤 동작이 스쳤는데 떠오르질 않는구나." 이서백은 눈살을 찌푸리고는 주먹을 풀며 말했다. "지금으로서는 이 사건은 한마디로 '무형(無形)'이라고밖에는 달리 설명할 방법이 없겠구나."

황재하는 고개를 끄덕이며 말했다. "선유사의 그 남자도 갑자기 나타났다가 사라졌고, 왕약 아가씨도 그 많은 병사가 지키는 가운데 우리 눈앞에서 실종되었습니다. 시신마저 아무런 외상이 없고요. 하나같이 눈에 보이지 않는 수수께끼입니다."

"실은 마술과 다름없지. 보통 사람이 미처 생각하지 못한 데서 손을 썼을 뿐, 분명히 간단한 잔재주일 것이다. 다만 이를 보는 사람들의 발상이 바뀌지 않으니 진실을 알아채지 못할 뿐이다. 그리고 또 다른 가능성은……." 이서백은 탁자 위 유리병을 쥐고는 등불 쪽으로 들어 올렸다.

강한 불빛에 가까워진 순간 맑고 투명한 유리병이 순간적으로 사라져 보이지 않았다. 황재하는 얼떨떨한 가운데 이서백의 손바닥에서 천천히 유영하고 있는 작은 물고기를 보았다. 마치 등불 아래서 환상을 보고 있는 것만 같았다.

"또 다른 가능성은, 그것이 분명히 우리 눈앞에 있었음에도 보는 각도와 느낌 때문에 판단력이 흐려져 그것이 존재하지 않는다고 생각한 것이지."

황재하는 물고기의 꼬리를 응시하면서 긴 한숨을 내쉬고는 중얼거렸다. "지금까지 보았던 사건 중에서 이처럼 실마리가 복잡하게 뒤엉킨 것은 처음입니다. 어디서부터 손을 대야 할지 모르겠습니다."

"그뿐만이 아니다. 계속 조사하다 보면 이 사건에서 가장 무서운 점은 바로 이 사건의 배후라는 사실을 알게 될 게다." 이서백은 손에 쥔 유리병을 탁자 위에 내려놓았다. 입가에 미세한 웃음이 떠올랐다. "이 사건은 황후 폐하가 후궁과 조정에 미치는 힘과, 낭야 왕 가 가문의 흥망성쇠와도 관련이 있고, 익왕의 존망과 역적 방훈의 잔당과도 관계가 있지. 그리고 심지어는……."

이서백은 여기까지만 말하고는 입을 다문 채 그저 작고 붉은 물고기만을 바라보았다. 그 표정은 평소와 다름없이 평온했지만 황재하는 알 수 없는 압박감에 짓눌려 호흡마저 가빠왔다.

황재하는 이서백의 냉담한 옆모습을 보면서 속으로 생각했다. '심지어는? 그 뒤에 또 뭐가 있단 말이지? 명문 세가, 황제의 친척, 역적의 잔당 말고 그 뒤에 뭐가 더 있단 말이야?'

손가락으로 살짝만 쥐어도 죽을 것 같은 작고 약한 물고기를 보고 있노라니, 처음 이서백을 만났을 때 들은 말이 떠올랐다.

그 일은 황제 폐하께서도 더 이상 파헤칠 수 없다고 천명하셨음을 너 또한 모를 리 없을 텐데, 감히 네가 나서서 그 사건을 해결할 수 있다 말하는 것인가?

황재하는 아무것도 모르는 붉은 물고기를 바라보았다. 이서백이 늘 곁에 두는 이 물고기에는 대체 무슨 내력이 있는 것일까? 대체 어떤 비밀이 숨어 있는 것일까?

등불이 마차의 움직임에 따라 함께 흔들리며 이서백의 얼굴을 비추었다. 깔끔하고 윤곽이 뚜렷한 그 옆얼굴은 조금 전의 유리병처럼 빛에 흐릿해지는 일이 없었다. 평소와 다름없이 맑고 우아한 용모는 되레 빛을 받아 더 선명하게 빛났다.

조금씩 흔들리는 마차 안에서 황재하는 조용히 이서백을 바라보며 문득 하늘의 뜻을 정말 알 수 없다는 생각을 했다.

다음 날은 날씨가 맑았다.

기왕부의 어빙각.

이서백과 황재하 앞에는 길이 7척, 너비 2척가량의 종이가 펼쳐져 있었고, 종이 위에는 작은 글씨가 빼곡했다.

"이번 사건의 거의 모든 실마리가 여기 적혀 있습니다." 황재하가 말했다.

이서백은 종이 앞에 서서 한 줄 한 줄 살펴보았다.

왕약의 신분: 명문가 규수의 몸으로 운소원 거문고 연주자와 함께 상경함. 어릴 적에 악방 여인에게서 시정의 연가를 배운 적이 있음.

풍역 부인의 죽음: '옛 친구'는 누구인가? 왜 유주 유목민 사이에 죽어 있었는가? 왕약이 그 내막을 알았는가?

선유사 예언: 그 남자는 어떻게 겹겹의 호위를 뚫고 자유자재로 선유사를 드나들었는가? 그의 신분은? 그가 암시한 왕약의 남모르는 과거는 무엇인가? 방훈을 죽인 화살촉이 거기 출현한 연유는?

옹순전: 버젓이 궁에서 왕약을 죽인 자는 누구인가? 왕약은 많은 사람이 주시하는 가운데 어떻게 실종되었는가? 찻잔으로 덮여 있던 반쪽

짜리 은괴는 어디서 왔으며 그 의도는 무엇인가?

금노: 왕약과 전부터 아는 사이인가? 금노가 한 말은 무슨 의미였을까?

걸인의 죽음: 이 사건과 관련이 있는가? 왜 옹순전에 나타난 시신과 동일한 독으로 사망했는가?

가짜 시신: 시신의 진짜 신분은 누구인가? 독은 어디로 침투했으며, 손바닥의 굳은살은 왜 생긴 것인가? 어떻게 왕약이 실종된 자리에 나타났는가? 누가 그 시신을 왕약으로 위장한 것인가?

한 번 쭉 훑어본 이서백은 '금노'라 적혀 있는 곳을 가리키며 말했다. "금노가 사라졌다."

"네? 실종된 겁니까?" 황재하는 놀라서 이서백을 쳐다보았다.

"어제 너에게 금노 이야기를 듣고 따로 사람을 시켜 조사해봤는데, 어제 교방에 돌아오지 않았고 오늘 아침까지도 무소식이었다."

"하필 이때에 안 보이다니, 이 사건과 관계가 있는 걸까요?" 황재하가 물었다.

"모르지. 몇 해 전부터 교방 여인들은 단속을 거의 안 하기 때문에 밤에 숙소로 돌아오지 않는 경우도 꽤 많이 있다. 다만 내가 보낸 이도 그녀의 행방을 찾지 못해 뭔가 비밀스러워 보이는 것뿐이다." 이서백은 그렇게 말하면서 종이를 향로 불에 태워버렸다. 그러고는 몸을 돌려 의자에 앉으며 말했다. "일단 금노의 일은 신경 쓰지 말고, 범행 동기가 있거나 의심이 가는 사람을 정리해보거라."

황재하는 망설이며 말했다. "표면적으로는 기악 군주가 가장 의심스럽습니다. 동기가 확실하지요. 기악 군주가 전하를 사모한다는 사실은 장안의 모든 사람이 알 정도니까요. 그리고 왕약 아가씨가 실종되던 그때 궁에 있었습니다."

이서백은 피식 웃으며 말했다. "그리고?"

"다음은 악왕 전하입니다. 서쪽 시장에서 마술을 배운 사람이 정말 악왕 전하였는지는 모르겠지만, 공교롭게도 진염 부인을 거두셨습니다."

"그리고?"

"세 번째는 방훈의 잔당입니다. 이 기회를 빌려 전하게 복수하려는 것이지요."

"또 있느냐?"

황재하는 한참을 망설이다가 말했다. "조정의 인물 중, 전하와 정치적으로 맞지 않거나 왕 가의 세력을 억누르고자 하는 사람입니다."

"그렇게 말하면 너무 많은 사람이 있는데." 이서백은 미소인지 알 수 없는 표정을 드러내며 무심한 듯 물었다. "더 없느냐?"

"가능성이 낮은 몇 가지 추측들이 더 있습니다. 예를 들면, 낭야나 혹은 양주의 풍억 부인 쪽 사람에게 원수진 일이 있다던가 하는 경우입니다."

"그런데 이 사건은 나를 겨냥한 낌새가 많아 보이지 않느냐?"

"그렇습니다." 황재하는 고개를 끄덕였다. "그래서 왕약 아가씨에게 원한을 품은 사람이 장안까지 쫓아와서 살해했을 가능성은 매우 낮습니다. 황궁 내에서 일을 벌였을 가능성은 더더욱 적고요."

"그리고 또 다른 가능성 하나가 빠졌구나." 이서백은 의자에 등을 기대고는 입꼬리를 올리며 황재하를 바라보았다.

황재하는 의아해하며 머릿속에서 다시 한 번 사건을 정리해본 뒤 말했다. "무엇을 빠뜨렸는지…… 잘 모르겠습니다."

"장안 사람들이 입을 모아 말하는 '귀신의 농간' 말이다." 이서백이 팔짱을 끼며 의자에 몸을 기대자 그 차가운 미소가 더 두드러져 보였다. "내 말이 틀렸느냐? 내 손에 죽은 방훈이 그 부적에 담긴 저주를 실현하려고 선유사에 화살촉을 남겨 경고했고, 그 후에는 강력한 군대가 보호하던 예비 왕비를 앗아갔다가, 마지막으로는 왕비를 잔혹하게 살해하여 시신만 돌려주었다."

"그럴듯하네요. 그렇게 해석한다면 동기와 수법, 그리고 과정까지 모든 것이 완벽합니다." 황재하가 말했다.

"만일 네가 끝내 범인을 알아내지 못한다면 형부와 대리사한테 이렇게 결론 내라고 하지."

황재하가 고개를 저으며 말했다. "반드시 진상을 밝히겠습니다. 범인은 왕약 아가씨뿐만 아니라 풍억 부인과 무고한 걸인들까지 살해했습니다. 진염 부인을 위해서라도, 그 누구도 신경 쓰지 않는 걸인들을 위해서라도, 반드시 범인을 잡아 처벌받게 할 것입니다. 더군다나……." 황재하는 단호한 표정과 망설임 없는 눈빛으로 이서백을 보았다. 피로로 인해 목소리는 살짝 쉬었지만 단호한 결의가 담겨 있었다. "제가 이 사건을 해결하지 못한다면 어떻게 촉으로 돌아가 가족의 원한을 풀 수가 있겠습니까?"

이서백도 자신이 황재하에게 한 약속을 기억하기에 더는 아무 말 하지 않았다. 이서백은 눈앞의 소녀를 응시했으나 황재하의 시선은 이미 창밖 먼 하늘로 옮겨져 있었다.

문득 무언가 떠오른 황재하가 고개를 돌려 물었다. "전하의 그 부적은 지금 어떻습니까?"

"어떨 거 같으냐?" 이서백은 몸을 일으켜 뒤에 있는 궤짝 안에서 작은 상자를 꺼냈다.

상자에 자물쇠는 달려 있지 않았다. 대신 뚜껑 위에 81칸의 격자가 있고, 그 안에 80개의 글자가 규칙 없이 어지럽게 놓여 있었다.

구궁(九宮) 자물쇠였다. 이 80개의 글자가 정확한 위치에 놓여야만 상자가 열리고, 그 외에는 부수는 방법밖에는 없다.

이서백이 글자를 배열하는 동안 황재하는 고개를 돌려 시선을 피해주었다. 상자를 연 이서백은 안에 손을 넣어 반구 형태의 작은 물건을 꺼내 탁자 위에 올려놓았다. 반구 표면에는 달걀이 깨진 것처럼 가느다란 틈이 보였고, 아래쪽 바닥에는 총 세 개의 원 모양 고리가 있었는데 고리 위에는 작은 돌기가 가득했다.

"이 세 개의 고리에는 각각 24개의 돌기가 있고, 모두 좌우로 움직이지. 모든 돌기가 정확한 자리에 있어야 이걸 열 수 있다. 그렇지 않으면 이게 열리는 순간 안의 물건은 휴지 조각이 되어버리지." 이서백은 돌기의 위치를 맞추며 말했다.

그 부적은 정말 아무도 손대지 못하게 철통같이 보관되어 있었다. 암호를 맞춘 후 반구를 책상 위에 올리고 꼭대기 부분을 누르자 마치 연꽃이 피어나듯 반구가 조각조각 활짝 열렸다. 그 피어난 연꽃 중앙에 부적이 가만히 놓여 있었다.

너비 2촌, 길이 8촌에 재질이 두껍고 살짝 노란빛을 띤 종이였다. 기이한 무늬 위의 '환잔고독폐질' 여섯 글자가 마치 방금 써놓은 것처럼 선명하게 보였다.

'고' 자 위에는 여전히 핏빛 선연한 동그라미가 그려져 있었지만, '환' 자 위에 그려져 있던 동그라미는 색이 바래 희미한 흔적만 남았다. 처음에 '잔' 자 위에 있었던 동그라미가 없어진 것과 마찬가지 현상이었다.

황재하는 놀라서 고개를 들고 이서백을 바라보았다.

이서백은 두 손을 여유롭게 놀려 연꽃처럼 활짝 핀 반구를 다시 오므려 닫았다.

"왕약의 죽음으로 이 혼사는 정말 흔적도 없이 사라지게 된 것이다. 아무래도 또 한 번 저주를 피한 모양이야."

이서백은 아무렇지도 않은 듯 반구를 상자에 넣고 구궁 자물쇠의 글자를 흐트러뜨린 후 궤짝 안에 돌려놓았다. 표정은 평소와 다름없이 평온했다.

황재하가 조용히 물었다. "이 부적은 계속 여기에 안전하게 보관하셨던 건가요?"

"안전했는지는 모르겠지만, 적어도 다른 이에게 보여준 적은 없다." 이서백은 천천히 눈을 들어 황재하를 바라보았다. "말하자면, 서주를 떠난 이후 나 외에 이것을 본 사람은 네가 유일하다."

황재하의 가슴속으로 뭐라 설명하기 어려운 어떤 감정이 희미하게 스쳤다.

황재하는 고개를 들어 이서백의 깊은 눈을 바라보았다. 그 눈은 황재하를 보고 있는 듯도, 아닌 듯도 했다. 이서백은 아득히 먼 환상 속 존재를 보고 있었다. 아니, 가까이 있지만 닿을 수 없는 존재를 보고 있었다. 황재하는 무의식중에 고개를 돌려 그의 눈길을 피하며 창문 밖을 내다보았다.

어빙각 내에는 두 사람의 숨소리만이 가볍게 울려 퍼졌다. 창밖에서 새가 지저귀고 드문드문 매미 소리가 들려왔다. 어느새 봄이 가고 초여름이 찾아왔다.

숭인방의 주 시랑 저택 앞에 도착한 황재하가 문을 두드리자 문지기가 나왔다.

"막내 도련님께 양숭고가 찾아왔다고 전해주십시오."

문을 열어준 문지기는 얼른 안으로 들어가고 다른 문지기들은 황재하에게 자리를 권하고 차를 따라주었다. 황재하는 차를 마시면서 그들이 한담하는 것을 들었다.

"물건 정리는 끝난 거야?"

"다 했지. 어르신이 떠나시는 날이 이제 한 달밖에 남지 않았으니 완벽하게 정리해놔야지."

"그런데 도련님은 어째 근래 들어 별로 기쁘지 않으신 눈치야."

"그러게. 왜 그 며칠간은 황제 폐하의 칙명으로 성도 포두가 되었다고 그리 기뻐하시더니, 지금은 왜 갑자기 우울해하며 종일 방에만 틀어박혀 계시는지 모르겠어."

하인들이 그런 대화를 나누는데, 요즘 울적하게 지내신다는 그 도련님, 주자진이 깡충거리며 뛰어왔다.

"숭고, 어서 와!"

"도련님!" 문지기들이 재빨리 일어나 인사했다.

"나 신경 쓰지 말고 하던 일들 계속하게." 주자진은 손을 휘휘 내저으며 황재하를 붙잡고 물었다. "사건에 새로운 진전이 있는 거지? 그렇지?"

황재하는 고개를 저으며 말했다. "그냥 의논해보고 싶은 게 있어서 왔어요."

"안으로 들어와." 주자진은 황재하의 소매를 잡아당기며 안으로 안내했다. "날씨는 더워지지, 시체는 워낙 손상이 심하지, 그래서 빙실에 시신을 보관했는데도 이미 부패하기 시작했나 봐. 그래서 황후 폐하께서 이레째 되는 날 바로 장사를 지내고 낭야로 보내라고 왕 가에 명을 내렸다는군."

"그렇다더군요." 황재하는 주자진과 함께 안으로 들어가 의자에 앉은 뒤 낮은 목소리로 말했다. "그래서 장사를 지내기 전에 반드시 진상을 밝혀야 해요. 시신이 낭야로 떠나면 더 이상 조사하기 쉽지 않을 거예요."

"나 때문에 죽은 그 걸인들도 아직 아무런 단서가 없고……." 주자진은 풀이 죽어 말했다. "하지만 이렇게 복잡하게 얽힌 사건을 어떻게 닷새 안에 해결할 수 있겠어? 내가 사모하는 황재하라도 이 사건은 해결 못 할 거야······."

황재하의 입가가 미세하게 움찔거렸다. 그러곤 흠흠 헛기침을 한 뒤 말했다. "기왕 전하께서는 만일 남은 시간 안에 진상을 밝히지 못한다면, 그 시신이 왕약 아가씨가 아니라는 사실을 먼저 폭로하는 수밖에 없다고 하셨어요. 관 뚜껑을 덮지 않는 한 사건은 매듭지어지지 않을 테고, 그러면 조사할 시간을 좀 더 벌 수 있으니까요."

"조사······? 어떻게 조사한단 말이야. 어디서부터 손대야 할지 도무지 모르겠는데······."

주자진은 머리를 쥐어뜯으며 괴로운 표정으로 탁자 위에 철퍼덕 엎드렸다. "아······ 이럴 때 황재하가 있으면 좋았을 텐데. 황재하라면 중요한 실마리를 재빨리 찾아내서 그것부터 조사할 텐데······."

황재하의 입가가 다시 움찔거렸다. 마음을 간신히 다스린 황재하가 탁자 모서리를 가볍게 두드리며 말했다. "제가 기왕 전하와 함께 사건을 다시 한 번 쭉 정리하면서 우리가 서둘러 조사해야 할 방향을 정했어요."

"어떤 방향?" 주자진이 고개를 번쩍 들었다.

"경후 공공이 이미 서주로 가서 그 화살촉이 사라진 경위를 조사하고 있어요. 기왕 전하가 방훈을 죽일 때 쓴 화살촉이 어떻게 선유사에 나타났는지, 혹시 이번 사건의 중요한 실마리가 되지는 않을까 해서 말이에요." 황재하는 이어서 은괴를 꺼내 탁자 위에 올렸다. "그리고 이건 제가 조사해봐야 하고요."

"은괴? 그것도 반쪽짜리?" 주자진은 은괴를 집어 들고는 거기 적힌 글자들을 보며 물었다. "돈이 부족한 거야? 내가 빌려줄게!"

황재하는 그 말은 무시하고 은괴 뒷면에 새겨진 글자를 가리켰다. "여길 보세요."

"부사 양위동······ 내고 사신 장균익, 은량 이." 주자진은 글자를 봐도 영문을 알 수 없었다. "이게 무슨 문제가 있는 거야?"

"지금껏 내고에서 주조된 은괴 중에 이 두 사람의 이름이 새겨진 것은 없었어요."

"사사로이 만든 건가? 아니면 가짜?"

"사사로이 만들었다면 주인의 이름을 새기지 뭐하러 내고 사신의 이름을 새겼겠어요? 그리고 이건 진짜 은괴예요." 황재하는 은괴를 가리키면서 정색하며 말했다. "가장 중요한 사실은, 왕약 아가씨가 실종된 그날 동각에서 발견된 물건이라는 점이에요. 기왕 전하가 차를 드시려고 탁자 위에 엎어져 있던 찻잔을 들었더니 그 안에 이게 있었습니다."

주자진은 기분 좋은 목소리로 말했다. "역시 기왕 전하는 나와 같은 부류의 사람이라니까. 피고름이 흐르는 시체 옆에서 여유롭게 차를 마시다니, 정말 큰 세상이 뭔지 아는 분이셔."

"그땐 시신이 나타나기 전이에요. 왕약 아가씨가 실종된 직후라고요." 황재하가 참지 못하고 지적했다.

주자진은 그 말은 전혀 아랑곳 않고 은괴를 받쳐 들고 물었다. "그래서 이제 우리가 어디를 가봐야 하는 거야?"

"당연히 이부로 가서 역대 관원 명단에 이 두 사람의 이름이 있는지 살펴봐야죠."

이날 이부 당직을 서던 주사는 황재하가 건넨 종이에 적힌 이름을 보고는 괴로운 표정으로 말했다. "오늘은 기다리지 말고 돌아가시는 게 좋을 것 같습니다. 아마 열흘이나 보름 안에라도 찾을 수 있다면 그나마 운이 좋은 편일 겁니다."

"열흘이나 보름요?" 주자진은 깜짝 놀라 물었다. "그렇게나 오래 걸리나요?"

주사는 손을 들어 앞쪽에 보이는 문서 보관실을 가리켰다. 두 개 층에 각기 일곱 칸의 보관실이 있었다. "보십시오. 저기 있는 것이 모두 역대 관원 명단입니다. 일부는 소실되기도 했지만 그래도 이렇게나 많이 보관되어 있어요. 이게 다가 아니고, 여기에 다 보관할 수 없어 이 뒤편에도 이런 보관실을 세 줄 더 지었습니다."

"……." 아무래도 이 방법으로는 안 될 듯했다.

"어쩌지? 이 많은 자료 중에서 우리가 찾고 싶은 이름만 빠르게 걸러낼 수 있는 방법은 없을까?" 주자진이 물었다.

황재하는 잠시 생각하더니 갑자기 주사에게 다가가 물었다. "최근 10년간 서주 관리들 명단은 찾아봐주실 수 있는지요?"

"서주요? 지방 관리 자료라면 양이 그리 많지는 않을 겁니다." 주사는 그렇게 대답하고는 하급 관리를 불렀다. 하급 관리는 황재하와 주자진을 데리고 두 번째 창고의 네 번째 보관실로 안내하더니 문을 열며 말했다. "역대 서주 관원들의 자료는 여기 있습니다."

주자진은 눈을 크게 뜨고서 서가 가득 꽂힌 서책들을 쳐다보았다. 서가와 서가 사이는 사람이 지나다니기도 힘들 정도로 좁았다.

주자진이 중얼거렸다. "아무래도, 보통 일이 아닐 것 같은데……."

"안내해주셔서 감사합니다. 일단 찾아보겠습니다." 황재하는 성큼 보관실 안으로 발을 들였다.

황재하는 곧장 함통 9년의 관원 명단이 있는 곳으로 다가가 당시의 자료를 무더기로 꺼내어 방훈이 비합법적으로 관원을 임명했던 부분을 찾아 펼쳤다.

실내는 조금 어둠침침했고, 공기 중의 먼지는 창밖에서 비스듬히 들어오는 햇살을 따라 천천히 흩날렸다. 주자진은 황재하를 응시했다. 얼굴에 바른 황분이 많이 지워져 먼지 속에서 백옥 같은 피부가 더욱 빛나 보였고, 길고 빽빽한 속눈썹이 나비의 날개처럼 봄 이슬 같은 두 눈망울을 덮었다.

주자진은 순간 머리가 하얘졌다. '분명히 어렸을 때 거세를 했겠지? 그러니 이런 맑은 느낌을 간직했을 거야. 뼛속에서부터 나오는 부드러움도 있고.'

주자진은 최근 몇 년간 여인같이 아름다운 환관들을 많이 봐왔지만, 인체의 뼈를 연구하는 입장에서 봤을 때 양승고의 몸은 완전히 다르다는 느낌을 줄곧 받았다. 매끄러운 아래턱과 가느다란 목덜미, 그리고 둥그스름한 어깨. 만일 어느 날 양승고가 백골로 나타난다면 자신은 그 시체를 무조건 여인으로 판단할 것이라는 생각이 들었다.

'어쩐지 장안에 그런 소문이 떠돌더라니. 요즘 새로이 기왕의 총애를 받는 자로, 외출할 때는 마차를 같이 타고, 왕부로 돌아오면 같이 방에 들어가고…….'

머릿속에서 이 소환관과 기왕 사이에 대한 상상이 펼쳐지자 주자진은 황급히 생각을 멈추고는 바닥에 쌓인 자료들을 집어 들어 기록을 훑어보았다.

고요한 실내에 책장 넘기는 소리만이 들렸다. 그 정적 속에서 주자진은 참지 못하고 다시 고개를 들어 황재하를 보았다. 황재하는 손가락을 왼쪽에서 오른쪽으로 미끄러뜨리며 빠른 속도로 모든 이름과 내용을 훑고 있었다. 그러더니 마침내 손가락이 어느 한 지점에 멈추었다. 황재하는 그 부분을 다시 한 번 훑어본 뒤 옅은 한숨을 내쉬고는 손에 든 서책을 주자진에게 내밀었다.

"여기 보세요."

주자진이 고개를 내밀어 보니 다음과 같이 쓰여 있었다.

방훈이 내고를 설치하고 관원을 임명함. 내고 주사 1인 장균익, 부사 5인 노우흔, 등운희, 양위동, 송활, 예초발 등. 기왕이 이들의 모든 직위를 해직시키고, 사사로이 주조한 은괴는 모두 내고로 귀속시킴.

황재하가 고개를 들어 주자진을 보며 말했다. "이 은괴는 아무래도 방훈이 스스로 왕이 되려 시도했을 때 사사로이 만든 게 아닌가 싶습니다."

주자진은 서책을 탁 치고는 먼지가 자욱이 날리는 것도 아랑곳 않고 기뻐하며 큰 소리로 외쳤다. "방훈 잔당의 짓이었던 거야!"

"그런데 방훈 잔당의 짓이라고 한다면, 왜 다른 것도 아닌 이 은괴를 남겨둔 걸까요?"

"설마 목숨 값으로 남기고 간 건가?" 주자진은 턱을 만지작거리며 생각에 잠겼다. "하지만 왕비의 목숨 값이 고작 은자 열 냥밖에 안 되려고?"

황재하는 주자진의 말은 무시하고 붓과 종이를 빌려와 서책 내용을 옮겨 적었다. "어찌되었든 이 또한 하나의 실마리이니 일단 전하께 보고드리러 가죠."

두 사람이 이부를 나섰을 때는 이미 점심시간이 가까웠다.

주자진은 배를 문지르며 말했다. "배고파 죽을 거 같은데, 내가 밥을 사지!"

황재하는 살짝 망설이며 말했다. "전하께 빨리 가서 보고드려야 할 텐데요……."

"기왕 전하는 여러 직책을 겸임하고 계셔서 얼마나 바쁘신데. 게다가 지금은 관청 업무가 끝나지도 않은 시간인데 전하께서 한가하게 왕부에서 기다리고 계시겠어?" 주자진은 다짜고짜 황재하의 손을 잡아끌며 서쪽 시장으로 향했다. "얼른 와, 내가 맛있는 요릿집을 아는데, 거기 주인장의 당나귀 고기 요리가 진짜 일품이야! 왜인지 알아?

철저히 고기의 결을 따라 썰기 때문에 끓이면 제대로 맛이 나서야! 고깃결 얘기가 나와서 말인데, 짐승을 잡는 거나 사람을 죽이는 거나 똑같은 거 같아. 칼을 아무렇게나 쓰면 안 되거든. 고깃결을 가로질러 자르게 되면 상처 입구가 꽃이 만개하듯 터져버리지. 결을 따라 잘라야 상처가 깔끔하고, 피도 사방으로 뿜어져 나오지 않고 자연스럽게 흘러나오지⋯⋯."

"피가 뿜어져 나오느냐 아니냐는 혈관을 베었느냐 안 베었느냐의 차이겠죠." 황재하는 주자진의 말을 자르더니 이어 한마디 더 덧붙였다. "한 번만 더 피, 고깃결, 뼈 이런 말을 꺼내면 안 먹고 그냥 갈 거예요."

"그럼 내장은 괜찮아?"

황재하가 즉시 몸을 돌려 떠나려 하자 주자진이 황급히 황재하의 어깨를 붙들며 말했다.

"알았어, 알았어. 절대 그런 말 안 할게. 맹세!"

12장

담장 너머의
꽃 그림자

　그 요릿집의 당나귀 고기는 확실히 맛있었다. 황재하와 주자진은
한 사발씩 단숨에 해치웠다. 둘 외에는 다른 손님이 없어서 주인장 부
부는 가게에 앉아 두 손님이 식사하는 모습을 지긋이 보고 있었다. 한
명은 소환관이고 또 다른 한 명은 명문가 공자로 보였다. 소환관은 어
찌나 용모가 수려한지 성별을 구분하기 어려울 정도였다. 밥을 먹으
며 공자의 말을 듣고 있었으나 얼굴에 아무런 표정의 변화가 없었다.
공자는 진홍색과 청남색이 배합된 화려한 옷을 입었고, 온몸에 향낭,
부싯돌, 단도, 옥패, 금패, 은 장식품 등 장신구를 주렁주렁 달고 있어
멀리서 보면 방물장수처럼 보였다. 먹으면서도 쉴 새 없이 떠들어대
는 모습이 감탄스러웠다.
　정말 이상한 한 쌍이었다.
　둘은 밥을 다 먹고 가게를 나왔다. 바깥은 사람들로 붐볐다. 황재하
는 그 속에서 짐을 지고 걸어가는 한 사람을 보고 자신도 모르게 낮
은 소리로 내뱉었다.
　"장항영?"

주자진이 궁금해하며 물었다. "누구? 아는 사람이야?"

"네……. 전에 저를 도와줬던 분인데, 그 일 때문에 상황이 좀 안 좋아졌어요."

황재하는 한숨을 내쉬고는 자신도 모르게 장항영의 뒤를 따라갔다. 그런 황재하를 보며 주자진은 영문도 모른 채 아무 말 없이 같이 따라갔다. 두 사람은 시끌벅적한 인파 속에서 천천히 장항영을 따라 걸었다.

장항영은 진흙이 잔뜩 묻은 마대를 짊어지고서 천천히 보녕방 쪽으로 걸었다. 어린 시절을 장안에서 보낸 황재하는 그곳 지리에 밝았다. 보녕방에는 아름드리 홰나무가 있고, 장항영의 집이 바로 그 근처였던 것으로 기억했다. 과연 홰나무는 여전히 가지와 잎이 무성했고, 장항영의 집은 나무 바로 옆이었다. 초여름인지라 홰나무 아래 돌의자에 아낙들이 앉아서 바느질하며 담소를 나누고, 아이들이 나무 아래서 뛰노는 모습을 지켜보았다.

황재하는 천천히 장항영의 집에 가까이 다가갔다. 담장은 사람 키 반절 높이밖에 되지 않았지만 그 위에 사람 키만 한 나무 울타리가 쳐져 있어 기웃거리는 황재하의 모습을 가려주었다. 황재하는 울타리 틈으로 집 안을 엿보았다. 장항영이 마대에서 막 캐온 약초를 꺼내 돌바닥 위에 펼쳐놓고 말리기 시작했다.

한 노파가 황재하를 보고 물었다. "관리 나리, 누굴 찾으십니까?"

노파는 환관 복장을 알아보지 못하고 황재하를 관청의 하급 관리로 착각하며 얼굴에 웃음을 띠고 물었다. 주자진의 온몸에 두른 금은 보화 때문에 눈이라도 멀까 봐 두려운지 주자진을 향해서는 한 번 흘끔거리고 말았다.

황재하가 재빨리 대답했다. "저는 이 집 둘째 아들의 벗입니다. 요즘 어떻게 지내는지 좀 보려고 들렀지요."

"아, 장 가 둘째? 기왕부에서 쫓겨났습지요. 지금은 제 아비를 따라 단서당에 다니고 있는데, 말은 견습생이라 하지만 실제로는 오만 잡일을 다 하고 있어요. 약재가 부족하면 약초꾼을 따라 산에 가기도 하고." 노인들은 원래 말이 많은 법이라 단숨에 많은 것을 들려주었다. "기왕부에서는 뭘 잘못했는지 태형 300대를 맞고 쫓겨났다지요. 한데 두 분은 무슨 일로 찾아왔는지…….."

"태형 20대겠지요!"

소문이란 것이 얼마나 어처구니가 없는지, 황재하는 기가 막혔다. 태형 300대를 맞고 목숨을 부지할 사람이 어디 있는가?

"뭐 아무튼 맞고 쫓겨났다니, 뭔가 잘못한 게 틀림없겠죠. 그리고 누가 그러는데…….." 노파는 잔뜩 흥분하며 비밀스럽게 말했다. "왕비가 죽은 일과 관련이 있다고 합디다."

황재하는 더욱 기가 막혔다. "무슨 소리예요! 장항영이 왕부에서 쫓겨날 땐 왕비를 간택하기도 전인데요."

노파는 머리를 흔들며 탄식했다. "아이고, 얼굴 잘생겼고 키도 훤칠하고 얼마나 멀쩡한 아인데, 하긴 그렇지 않으면 어떻게 기왕 전하의 의장대에 들어갔겠습니까? 눈에 띄게 출중하니까 선발이 된 거지! 다들 얼마나 부러워했는데 몇 달 안 돼서 바로 쫓겨났지 뭡니까."

황재하는 잠시 멍하니 서 있다가 낮은 목소리로 말했다. "뭐 그리 큰일은 아닙니다. 기왕부에서 다시 불러들일 수도 있고요."

"그런 일이 있을 수 있답니까? 기왕 전하만큼 부하를 엄격하게 다스리는 분이 없다고 하던데, 잘못을 저질러 쫓아낸 사람을 다시 불러들이시겠습니까?" 노파는 좌우를 살피더니 다시 비밀스러운 표정을 지으며 낮은 목소리로 말했다. "전에는 이 집 아들한테 딸을 시집보내고 싶은 사람들이 중매쟁이 앞에 줄을 섰는데, 지금은 소리 소문도 없이 싹 사라졌다고요. 차라리 우리 집 아들이 훨씬 낫다니까. 진작부터 목수 일을 배우고 있는데 이제 곧 수습 기간이 끝납니다!"

황재하는 한참을 아무 말 없이 있다가 몸을 돌려 장항영의 집 앞을 떠났다.

노파가 등 뒤에서 물었다. "안 들어가보세요? 지금 집에 있는 것 같은데."

"아닙니다. 감사합니다." 그렇게 인사를 건네고 떠나는 황재하의 등 뒤로 노파의 혼잣말이 들려왔다. "꽤나 괜찮은 젊은이구먼. 여인 같은 느낌이 좀 있는 게 어쩨 환관 같기도 하고."

주자진은 참지 못하고 소리 내어 웃었지만 황재하는 그런 주자진을 신경 쓸 마음이 전혀 없었다. 보녕방을 나온 두 사람은 크고 작은 골목들을 걸어 넓은 주작대로에 도착했다. 그제야 정신이 돌아온 황재하는 주자진을 향해 말했다.

"오늘은 함께 이부를 찾아가 조사해주셔서 고맙습니다. 또 새로운 단서가 나타나면 다시 찾아뵐게요."

주자진은 황재하의 우울한 표정을 보고는 어깨를 두드리며 말했다. "아까 그 친구 이름이…… 장항영? 내가 도와줄 테니 염려 마."

황재하는 의아한 표정으로 고개를 들어 주자진을 보았다.

"나도 이 장안에서 여러 해를 굴렀으니 육부에 아는 사람들이 있지. 마침 아는 형님이 어림군 기병대에서 인원을 보충한다고 하더라고. 관아 중에서 기병대가 가장 근사하잖아. 제복에 칼까지 차고 말에 올라 매일 두 차례 대로변을 순찰 돌면, 젊은 처녀고 부인네들이고 할 거 없이 다들 훔쳐볼 정도지. 신붓감 찾는 건 일도 아니라고. 다달이 녹봉도 많으니 얼마나 훌륭한 직장이야. 뒷구멍으로라도 들어가려고 안달하는 사람이 한둘이 아니지. 그 친구 용모가 그리 훤칠하지 않았다면 내가 이런 말 꺼내지도 않았어!"

"정말요?" 황재하가 기뻐하며 물었다.

"그럼, 어림군 기병대 대장이 나랑 친한 형님이거든! 다 나한테 맡겨둬!" 주자진은 가슴을 툭툭 치며 자신 있게 말했다. "이 사건이 일단락되면 기병대 대장 허총운을 만나게 해줄게."

"그렇게만 해주신다면 정말 감사하죠!" 황재하는 매우 감동해 그를 우러러보며 말했다. "일이 잘 성사되면 제가 꼭 보답할게요. 원하는 거 말해보세요!"

"하하, 그럼 나중에 밥 먹을 때 실컷 떠들 수 있게 해줘." 황재하가 순간 난처한 듯한 표정을 짓자 주자진이 황재하의 등을 치며 말했다. "농담이야. 내가 뭐 대단한 일 해주는 것도 아닌데 뭘. 어쨌든 너는 내가 황재하 다음으로 존경하는 사람이니 무슨 일 있으면 언제든지 나한테 말해!"

주자진이 너무 세게 치는 바람에 황재하는 피를 토하는 줄 알았다. 황재하는 입가에 경련이 일었지만 주자진을 향해 미소를 지었다.

"그러면 사건이 마무리된 뒤 철금루에서 제가 밥 살게요. 그땐 무슨 얘길 하시든 열심히 들어드릴게요!"

"철금루에 가려면 돈이 꽤 있어야 하는데. 기왕부에서 일한 지 얼마 되지도 않았다면서 녹봉은 받았어?" 그렇게 말하면서 주자진은 엄지손가락을 들어 자신을 가리켰다. "마침 이 도련님한테 돈이 좀 있으니 먹고 싶은 거 있으면 나한테 말해. 내가 공양해드리지……."

"자진 자네가 언제부터 기왕부 사람을 먹여 살렸나?" 갑자기 옆에서 누군가가 물었다.

그 차갑고 냉담한 말투에 보이지 않는 압박감이 느껴져 황재하는 머리카락이 쭈뼛 섰다. 고개를 돌려 보니 역시나 이서백이었다.

길목에 서 있는 마차에서 이서백이 가림막을 들추고 두 사람을 보고 있었다. 담담한 그 표정에서는 아무것도 읽어낼 수 없었지만, 황재하는 감히 고개를 들어 이서백을 볼 엄두가 나지 않아 머리를 조아리는 편을 택했다. 그러고는 심기를 예측할 수 없는 기왕을 향해 슬금슬금 다가갔다.

눈치 없는 주자진은 역시나 아무 생각 없이 웃으면서 이서백을 향해 고개를 끄덕여 인사했다. "전하도 마침 이쪽을 지나고 계셨습니까?"

"돌궐 사신을 역참까지 미중하고 돌아오던 길에 마침 너희를 보았다." 이서백은 그저 생각나는대로 대답했다.

장안의 역참은 이곳에서 한참을 떨어져 있었다.

주자진은 조금도 이상한 점을 못 느끼고 황재하를 가리키며 말했다. "전하, 숭고가 이렇습니다. 평상시에는 늘 정색한 얼굴이더니, 웃는 얼굴이 얼마나 보기 좋습니까. 전하께서도 여길 지나지 않았다면 보지 못하셨을 겁니다. 마치 봄바람이 얼굴을 스치고 복사꽃이 피어나는 것 같은 느낌 아닙니까. 전하께서 숭고에게 앞으로 좀 더 많이 웃으라고 명이라도 내려주십시오!"

황재하는 금방이라도 얼굴에 심한 경련이 일 것만 같았다. 누가 봐도 어색한 미소였고, 그 미소를 본 기왕의 낯빛에 먹구름이 드리운 것 또한 누가 봐도 알 수 있었건만, 주자진 이 도련님만은 정말이지 눈치라고는 찾아볼 수 없었다!

"그런가?" 이서백은 곁눈질로 황재하를 힐끔 보며 물었다. "무슨 좋은 일이 있기에 돌처럼 굳은 양숭고 얼굴에 화색이 돈 거지?"

"별것 아닙니다…… 자진 공자가 도움을 준 일이 있어서일 뿐입니다." 황재하가 재빨리 대답했다.

주자진이 고개를 끄덕이자 이서백도 더는 추궁하지 않고 여전히 침착한 얼굴로 황재하를 보며 물었다. "오늘 이부에서는 무슨 소득이라도 있었느냐?"

"대단한 소득이 있었습니다!" 주자진이 흥분하여 대신 말했다.

이서백의 소매를 잡아당기는 품이 이 대로변에서 사건 이야기를 떠들 기세인지라 황재하는 어이가 없어서 가볍게 헛기침을 했다. 주자진은 영문 모를 표정으로 황재하를 볼 뿐이었다.

이서백이 근처에 있는 주점을 가리키자 주자진은 그제야 깨닫고는 말했다. "길에서 그런 얘길 할 수는 없죠!"

이서백이 마차에서 내린 뒤 셋은 주점으로 자리를 옮겨 2층 구석의 별실로 들어갔다. 간단한 차와 네 종류의 간식이 나왔다.

점원이 나간 뒤 주자진이 목소리를 낮추어 말했다. "역시 숭고는 머리가 좋습니다. 그 은괴가 방훈과 관련 있을 거라 생각하고 방훈에게 벼슬을 받았던 관원들을 먼저 조사했는데, 과연 그 예상이 맞았습니다. 방훈이 서주에서 불법으로 주조한 은괴였습니다."

이서백은 황재하가 건넨 종이를 보며 생각에 잠겼다.

주자진은 존경하는 눈빛으로 황재하를 보며 물었다. "숭고, 어떻게 그 은괴가 방훈하고 관련 있을 거라고 생각한 거야?"

황재하가 술술 대답했다. "일단 은괴 표면에 거무스름한 흔적이 있는 것을 보고 근 몇 년 사이에 주조됐을 거라 생각했습니다. 민간에서 사사로이 주조되었거나 은괴가 가짜일 가능성은 이미 배제했고, 내고 관리들의 이름이 새겨진 점에서 반역을 꾀한 자들이 주조했을 가능성이 있다고 생각했지요. 그리고 근래에 내고의 은괴를 주조할 정도로 힘을 키웠던 자는 방훈뿐이었고요."

"듣고 보니 그렇네! 난 왜 그런 생각을 못 했을까!" 주자진은 의혹을 해결할 수 있는 기회를 놓친 데 손바닥을 치며 한탄했다.

황재하가 이어서 말했다. "그때 주조된 은괴의 양이 어느 정도인지, 얼마나 많은 양이 바깥으로 유출되었는지는 알 수 없습니다. 양이 많다면 조사할 방도도 없습니다."

"그 수량은 이미 파악되었다." 드디어 이서백이 입을 열었다. "방훈은 급작스럽게 모반을 일으키느라 처음부터 내고를 설립하고 관리들을 임명한 건 아니었다. 내가 절도사들과 연합해 그들을 포위했을 때 부하들에게 관직을 하사해 인심을 샀지. 그렇게라도 해서 기강이 해이해지는 것을 막고자 했다. 그래서 내고가 설치되었던 기간은 매우 짧지. 게다가 연일 전투에서 패배하는 상황이었던지라 은괴를 얼마 만들지도 못했다. 방훈이 죽은 뒤 내가 직접 서주에 들어가 장부를 조사했는데, 그때까지 5,600개를 주조했을 뿐이었다. 그중 20냥짜리 은괴는 800개였고 대부분이 내고에 남아 있었다. 그 자리에서 794개의 은괴를 녹이고 5개는 증거물로 남겨두었다. 거푸집은 이미 망가진 상태였으니 그 이상의 은괴가 만들어졌을 리는 없다."

황재하가 예리하게 잡아내며 물었다. "그럼 나머지 하나는요?"

"만일 형부에 보관된 5개의 은괴가 그대로 있다면, 아마 이게 마지막 남은 하나겠지." 이서백은 옹순전에서 발견한 그 은괴를 탁자 위에 올려놓으며 천천히 말을 이었다. "당시 방훈이 모반을 일으킨 증거를 철저하게 모았지만 유일하게 놓쳤던 20냥짜리 은괴다."

주자진은 머리를 쥐어뜯으며 더 모르겠다는 듯 말했다. "당시 서주에서 몰수한 증거물 중에서 빠진 거라면, 어떻게 대명궁 옹순전에서 발견된 걸까요? 그것도 반쪽짜리로요. 은괴의 출처를 알고 나니 더 깊은 미궁 속으로 빠져드는 느낌이에요."

"그러게요, 깊이 파고들수록 점점 방훈 쪽으로 접근하게 됩니다. 어쩌면 누군가가 일부러 그 방향으로 유도하는 것일 수도 있고요." 황재하가 말했다.

이서백은 가타부타 하지 않고 앞에 있는 찻잔 뚜껑을 잘 덮어놓고 몸을 일으켰다. "오늘은 이 정도로 하고 이만 돌아가지. 자진은 형부로 가서 그 은괴 5개가 그대로 있는지 확인해보고, 숭고는 사건을 다시 정리해서 또 다른 단서는 없는지 찾아보거라."

"네!"

주자진은 늘 행동이 앞서는 사람이었다. 이미 모든 관아의 업무가 끝났다는 것은 생각도 않고 바로 형부로 달려가려 했다. 어쨌든 형부 사람들과 형님 아우님하며 잘 어울려 지내니 상관없는 모양이었다.

황재하는 이서백과 함께 마차를 타고 기왕부로 향했다. 가는 길 내내 이서백은 아무 말도 하지 않고 황재하 쪽으로 시선도 주지 않았다. 황재하는 엄청난 압박을 느꼈지만 얼굴에 철판을 깔고 그냥 앉아 있는 수밖에 없었다. 그러면서 속으로 고민해보았다.

'누가 이 어르신을 노엽게 했지? 나야, 아니면 다른 사람이야? 만약 다른 사람이라면 왜 나한테 이러시는 거야. 만약 나라면, 대체 어느 대목에서 심기를 건드렸지……?'

황재하가 한창 그런 생각을 하고 있는데 어두운 표정의 어르신께서 드디어 입을 열었다. "무슨 도움을 받은 게냐?"

"네?" 황재하는 순간 심장이 철렁했다. 차마 장항영과 관련된 일이라고는 말할 수 없어서 황급히 둘러댔다. "그게…… 사소한 일로 전하께 폐를 끼칠까 저어되어 자진 공자와 상의를 했는데, 다행히 공자께서 도와주겠다고 하니 전하까지 귀찮게 하지는 않겠습니다."

이서백은 황재하가 자신에게 이실직고할 생각이 없다는 것을 알고는 차갑게 말했다. "좋을 대로 하거라. 어쨌든 나도 한가하게 네 일에 신경 쓰고 있을 여유가 없으니."

한숨을 돌리던 황재하는 다시 이서백이 언짢아하는 게 너무나 명백히 느껴져 계속 긴장한 채 뭐라도 말해주기를 기다렸다.

하지만 이서백은 내내 입을 다물고 탁자 위에 놓인 공문만 들여다보았다. 빠른 속도로 읽으며 종이를 넘기는 가벼운 소리만이 마차 안을 채웠다. 눈을 살짝 들어 황재하를 쳐다보는 일조차 없었다.

황재하는 한숨을 내쉬며 종이 위에 가득한 뜻 모를 이민족 글자를

보았다. 토번의 글자일 것이라고 생각하니 절로 이서백이 존경스러워
졌다.

　가시방석의 귀갓길이 마침내 끝났다. 마차에서 내리니 경육 등이
이미 문 앞에 서서 이서백의 분부를 기다리고 있었다.
　"경익을 불러오거라." 이서백은 그 한마디만 내뱉고는 곧바로 어빙
각으로 향했다.
　황재하는 그제야 겨우 한숨 돌리며 살금살금 뒷걸음쳐 자신의 거
처로 돌아가려 했다. 그때, 뒤통수에 눈이라도 달렸는지 이서백이 고
개도 돌리지 않고 말했다.
　"따라오거라."
　황재하는 주위를 둘러보았으나, 이서백이 부른 사람은 자신이 분명
했다. 하는 수 없이 긴장으로 손에 땀을 쥐며 이서백의 뒤를 따랐다.
　'재하야, 재하야. 모시기 힘든 이분을 주인으로 선택한 건 바로 너
란다. 그러니 어찌됐든 따르는 수밖에 없지 않겠니. 그곳이 물속이든
불속이든 주인께서 명령하시면 뛰어들어야지!'

　어빙각 안에는 경육이 미리 모든 것을 세심하게 준비해두어, 차와
간식이 차려져 있고 향이 모락모락 피어올랐으며 가느다란 대나무발
이 햇살도 막아주었다.
　이서백은 시녀가 받쳐 들고 온 대야에 손을 씻고는 건네받은 수건
으로 닦았다. 동작이 매우 느려 기분이 어떠한지 알 수 없었다. 황재
하는 이서백이 공문을 읽으며 수정하거나 지시를 내리는 동안 옆에
서서 시중을 들었다.
　마침내 경익이 들어와 황재하는 한숨을 돌렸다. 이러한 압박을 혼
자서 견디는 것이 너무 힘들었다.

"양승고가 온 지 얼마나 되었지?" 이서백은 단도직입적으로 물었다.

경익은 망설임 없이 대답했다. "한 달이 조금 넘었습니다. 37일 되었습니다."

"녹봉은 지급했느냐?"

"왕부의 녹봉 지급일은 매달 보름입니다. 지난 보름에는 온 지 얼마 안 되었던 터라 환영의 의미로 은자 두 냥만 지급했습니다."

은자 두 냥. 황재하는 관례대로 왕부의 위아래 동료들에게 술을 사며 안면을 트느라 그 은자는 이미 다 써버렸다. 인간관계를 위한 그런 관례를 황재하 또한 모르는 바 아니었고, 몰라서도 안 되었다.

황재하는 속으로 이서백을 원망했다. '왕부의 소환관 노릇이 쉬운 줄 아십니까. 비록 먹여주시고 입혀주시고 재워주시지만요. 촉에서 도망치면서 금비녀를 팔아 마련했던 경비 남은 것은 그날 전하께서 발을 걸어 연못으로 빠뜨리시는 바람에 잃어버렸단 말입니다. 안 그랬으면 밖에 나갈 때마다 다른 사람한테 빈대 붙어서 먹는 처지로까지 전락했겠어요? 지금 저한테는 국밥 한 그릇이 최고의 사치라고요!'

경익이 다시 말했다. "안 그래도 전하께 여쭈어보려고 했습니다만, 왕부에서 양승고의 품계는 어떻게 정하시겠습니까?"

'드디어 그 이야기가 나오는구나!' 황재하는 갑자기 마음이 설렜다. 어려서부터 지금까지 돈이 모자란 적이 없던 황재하였다. 부모님이 며칠에 한 번씩 주신 용돈을 저축해서 나중에는 제법 많은 돈을 모았다. 그래도 황재하는 오빠와 관아의 아전, 그리고 포졸들을 부러워했다. 왜냐하면 당시에는 여자였기 때문이다. 아무리 관아를 도와 사건을 해결한다고 해도, 그들처럼 정규직으로 속해 일정한 시간에 점호하며 달마다 돈을 받는 입장이 될 수는 없었다. 그런데 이제 드디어 안정적인 관직을 갖게 되었다. 남편에게 기대어 살지 않아도 되고, 매달 정해진 날에 녹봉을 받는…… 환관이 되었다. '비록 아주 좋은 자리는 아니지만 환관도…… 관직이라고 볼 수 있겠지?'

이서백의 시선이 공문에서 황재하에게로 살짝 옮겨졌다. 황재하는 자신을 힐끔 쳐다보는 이서백의 눈에서 '드디어 나에게도 이런 기회가 오는구나'라며 고소해하는 듯한 기색을 느꼈다.

갑자기 불길한 예감이 엄습했다.

이서백이 말했다. "왕부 일은 모두 공명정대하게 처리해야 하지 않겠냐. 그렇지 않으면 왕부의 규율이 무슨 소용이 있느냐?"

경익이 고개를 끄덕이며 말했다. "전하의 말씀이 옳으십니다. 그렇다면 일단 양숭고를 말단 환관으로 정하고 그에 따른 모든 대우도 다른 이들과 동일하게 하겠습니다. 새해가 되면 업무 결과를 보고 승진 여부를 결정하도록 하겠습니다."

"그렇게 하도록." 이서백은 더 이상 길게 말하지 않았다. 마치 자신은 다른 이의 의견을 잘 수렴하는 훌륭한 사람이라는 듯이 말이다.

황재하를 엄습한 불길한 예감이 더욱 강해졌다.

황재하가 참지 못하고 경익에게 물었다. "경 공공, 왕부의 말단 환관은 어떤 대우를 받습니까?"

경익은 동정 어린 표정으로 황재하를 볼 뿐, 아무런 말도 하지 않았다.

이서백은 앞에 놓인 공문서에 서명을 하면서 고개도 들지 않고 평온한 목소리로 말했다. "하나, 말단 환관은 허락 없이 말참견을 하거나, 발언을 하거나, 질문을 할 수 없다. 이를 어길 시 감봉 한 달에 처한다. 둘, 말단 환관은 왕부 규정 제4부 제31조에 따라 대우한다. 그걸 몰랐다니, 왕부의 규율을 외우라던 나의 명을 안 지킨 것이므로 감봉 석 달에 처한다. 셋, 왕부 환관은 외부인과 사사로이 무언가를 주고받거나 교류할 수 없다. 이를 어길 시 감봉 1년에 처한다."

경익은 한층 더 동정 어린 눈빛으로 황재하를 보았다. 말 한마디 잘못으로 16개월의 녹봉을 단숨에 날려버린 황재하를 자신도 도울 방도가 없음을 표정으로 말하고 있었다.

황재하는 기가 막히고 어안이 벙벙했다.

'내가 이런 사람한테 모든 것을 의탁하기로 마음먹었다니!' 황재하의 마음이 처음으로 크게 흔들렸다. '가진 권력으로 남을 괴롭히고, 조금만 서운해도 되갚아야 직성이 풀리고, 멋대로 횡포를 부리는 주인이라니! 이런 사람은 절대 좋은 주인이랄 수 없어!'

어빙각 안의 분위기는 한층 더 무거워졌다.

경익은 영리하게도 먼저 물러났다.

황재하는 이서백에게 손을 내밀며 말했다. "그 반쪽짜리 은괴는 제게 주십시오."

이서백이 눈을 들어 황재하를 보며 물었다. "무슨 단서라도 발견한 것이냐?"

"아니요." 황재하는 딱딱한 투로 말했다. "수중에 가진 돈이 하나도 없습니다. 사건 조사하러 나가도 국밥 한 그릇 사먹지 못할 처지이지요. 그러다 길에서 쓰러지기라도 하면 다시는 전하께 도움을 못 드리지 않겠습니까. 그뿐만 아니라, 저는 배가 고프면 머릿속이 뒤죽박죽되어 사건을 제대로 조사할 수 없습니다. 그러니 이번 사건을 한시라도 빨리 해결하기 위해서는 증거물이라도 팔아서 써야겠습니다."

이서백은 보일 듯 말 듯 입꼬리를 끌어올리고는 느긋하게 서랍을 열어 작은 패 하나를 꺼내 탁자 위로 던졌다. "이걸 가지고 있어라."

황재하가 집어 들어 살펴보니 손바닥 반 정도 크기의 금색 영패였다. 앞면에는 기 문양이 주조되어 있고 '대당 기왕'이라고 새겨져 있었다. 뒷면에는 '칙명을 받들어 주조함'이라는 글자와 함께 황제의 인장과 궁중의 글자 문양이 새겨져 있었다. 황재하는 세 손가락으로 영패를 잡고서 이서백에게 의아한 눈빛을 보냈다.

이서백은 여전히 고개를 숙인 채 공문을 보며 담담하게 말했다. "하늘 아래 하나밖에 없는 물건이다. 모든 관아에서 통하는 것이라 잃어버리면 골치 아프니 잘 보관해라."

"네?"

황재하는 여전히 이서백의 의도를 파악하지 못해 머뭇거렸다.

이서백은 그런 황재하를 보면서 목소리를 높여 말했다. "너는 내 수하이니 앞으로 무슨 일을 만나든지 다른 사람에게 도움을 청하지 말거라! 이 세상에 내가 처리해주지 못할 일이 있느냐?"

이서백은 다시 시선을 내렸다. 황재하가 그 얼굴을 살폈으나 이서백의 표정에서는 아무런 감정도 느껴지지 않았다. 아무런 파동도 없는 얼음장 같은 목소리, 조금도 흐트러짐 없는 청아한 얼굴, 분명히 황재하가 아는 기왕 이서백이 맞았다. 그런데 그 순간, 대나무 발을 통과한 금빛 햇살이 드리우고 매미 소리가 새어 들어오는 어빙각 안에서 황재하의 마음속에 이상한 파동이 일며 한 줄기 열기가 퍼졌다. 이서백이 이전과는 다르게 보였다.

황재하가 꼼짝 않고 계속 멍하니 서 있자 결국 이서백이 고개를 들어 황재하를 보았다. 이서백이 무어라 말하기도 전에 황재하의 손에서 힘이 풀려 금패가 바닥에 떨어졌다. 쨍그랑 소리가 주위의 고요함을 깨뜨렸다.

황재하는 재빨리 금패를 주우며 몰래 깊은 숨을 들이마신 뒤 휘청이며 몸을 일으켰다.

이서백이 물었다. "왜, 마음에 들지 않느냐?"

"아, 아닙니다. 소인은 다만…… 과분한 대우에 몸 둘 바를 모르겠습니다."

백옥 같은 뺨에 옅은 홍조가 올라왔다. 마치 얇은 천에 가려진 복숭아꽃처럼 몽롱한 색깔이 황재하의 얼굴에 은은하게 번졌다.

한참 황재하를 바라보던 이서백은 손에 들고 있던 공문이 무료하게 느껴져 탁자 위에 내려놓고는 몸을 일으켜 창가로 걸어가 하늘을 올려다보았다. 끝없이 뻗은 하늘은 푸르렀고, 비단 같은 구름이 마치 손만 뻗으면 닿을 듯 낮게 깔려 있었다.

문득 이서백은 텅 빈 하늘 같던 자신의 인생에 어느샌가 새하얀 구름이 덧칠됐다는 것을 깨달았다. 5월의 맑게 갠 하늘처럼 맑은 소녀가 어느 날 갑자기 이서백의 운명 속으로 뛰어들었다.

그때부터였다. 서로 대립해도 좋았고, 얽히는 것도 좋았다. 그렇지만 이서백의 인생에서는 역시 서로 다른 방향을 향해 가며 서로를 잊는 게 제일 좋으리라.

이서백은 손을 들어 눈을 가렸다. 마치 5월의 하늘이 너무 밝아서 눈이 부시다는 듯이 말이다. 그러고는 몸을 돌려 햇살을 등지고 황재하를 보며 말했다.

"주는 게 아니라 잠시 빌려주는 것이다."

황재하는 고개를 끄덕이고는 다시 고민스러운 표정으로 손에 든 작은 패를 내려다보며 조심스럽게 물었다. "전하, 한 가지 여쭤봐도 되겠는지요?"

이서백은 황재하를 바라보았다.

"그러니까…… 장안의 모든 주점이나 행상, 심부름꾼 같은 일반 백성들도 이 패를 아는지요?"

이서백은 영문을 몰라 되물었다. "무슨 소리냐?"

"그러니까…… 그것이……." 황재하는 말을 꺼내기 거북한 표정으로 한참을 망설이다가 결국 말을 이었다. "이 패를 가지고 장안 안에 있는 주점이나 떡집, 푸줏간, 난전 같은 곳에서…… 외상이 가능한가요?"

말이 끝나기 무섭게 결국 천하의 이서백도 참지 못하고 황재하를 향해 눈을 부릅떴다. 그러고는 차갑게 코웃음을 치는 것으로 더 이상 이런 속된 문제를 논하고 싶지 않다는 뜻을 드러냈다.

황재하가 생각해봐도 기왕의 영패로 외상을 하는 것은 너무 볼품없는 행동 같아서, 켕기는 마음에 이서백의 눈빛을 피해 고개를 숙이고는 얌전히 영패를 품안에 집어넣었다.

이서백은 몸을 돌려 옆에 놓인 낮은 평상에 앉아 손가락으로 맞은편을 가리켰다. 황재하는 얌전히 이서백 앞에 무릎을 꿇고 앉았다. 단 세 가지 조항으로 16개월 치 녹봉을 삭감시켜버린 지독한 인물 앞에서 어찌 고분고분 말을 듣지 않을 수 있겠는가.

이서백은 찻잔에 차를 따르며 천천히 말했다. "지금부터 하려는 말은 매우 중대한 사안이라 자진 앞에서는 말을 꺼내지 않았다. 하지만 네가 이 사건을 조사하려면 반드시 알아야 한다. 이 사건과 분명히 엄청난 관련이 있을 것이다."

황재하는 고개를 끄덕이며 숨죽인 채 이서백을 쳐다보았다.

이서백은 하얗고 기다란 세 손가락으로 찻잔을 집어 들었다. 엄지와 검지, 중지 사이로 보이는 청자의 싱싱한 푸른빛이 옥과 같은 청량한 느낌을 주었다.

"그 반쪽짜리 은괴와 관련된 이야기다. 사실 방훈이 몰래 주조한 은괴를 조사할 때 20냥짜리 은자 800개는 하나도 빠짐없이 발견됐다. 즉, 하나도 유실된 적이 없다는 말이지. 나중에 없어진 그 하나는 사실 내가 사용했다."

황재하는 어안이 벙벙했다. 찻주전자를 집어 들려던 손을 공중에서 멈춘 채 깜짝 놀라 자신도 모르게 중얼거렸다. "설마, 기왕 전하께서도 돈이 궁하십니까?"

이서백은 황재하를 노려보고는 그 말엔 일언반구 대꾸 없이 자신이 할 말만 이어나갔다. "방훈의 저택을 습격했을 때 있었던 일인데, 최근 그 반쪽짜리 은괴를 발견했을 때는 떠올리지 못했다."

긴 이야기의 시작이 될 것 같았다. 황재하는 자신의 잔에도 차를 따르고 탁자로 갔다. 그리고 간식도 집어 가지고 와서 천천히 먹으며 이야기를 들을 준비를 했다.

이미 3년 전에 발생한 일이었지만 기억력 좋은 이서백은 한마디 한마디가 명확했으며 빠뜨리는 내용도 없었다.

함통 10년, 이서백이 방훈을 사살하자 성을 지키던 병사들이 순식간에 무너지기 시작했다. 군심이 흩어지자 많은 병사들이 잇따라 투항했다.

반 시진이 되기도 전에 서주성은 완전히 항복했다. 조정의 군대가 성 안으로 들어가 패잔병들을 수색했고, 사전에 이서백이 내린 명대로 시가전이라는 명목으로 백성들을 죽이는 자들은 모두 잡아 처형했다. 덕분에 도로마다 병사들은 지체 없이 이동했고 두 시진이 채 지나기도 전에 방훈의 관사로 진입하게 되었다.

"조정의 군대가 몹시 빠르게 치고 들어갔더니 관저에 아직 남아 있던 잔당들이 집요하게 저항했지만 역시 금방 처리가 되었다."

이서백은 가벼운 투로 말했으나 황재하는 속으로 이런 생각들을 했다. '난을 다 평정하기도 전에 적진에 직접 쳐들어가다니, 대체 남다르게 대담하신 겁니까, 아니면 무식하게 용감하고 눈앞의 이익에만 급급해서 신중함을 잃으셨던 겁니까? 그것도 아니라면, 혹시 자신의 생사 따위는 전혀 마음에 두지 않으셨던 겁니까?'

물론 감히 입 밖에 내지는 못할 질문이기에 황재하는 이어지는 이야기를 가만히 경청하기만 했다.

도망치는 잔당을 추적하던 이서백은 홀로 두꺼운 담장이 있는 정원까지 들어섰다. 그때 여자의 날카로운 울음소리가 들렸다.

높은 담벼락에 나 있는 작은 창 너머로 한 남자가 머리를 산발한 가냘픈 소녀를 잡아끄는 모습이 보였다. 남자는 소녀의 엉망이 된 옷과 머리채를 붙잡아 바깥으로 끌고 가며 말했다.

"수레만 타면 돼. 내 그 금은 상자들도 챙겼으니 너를 데리고 최대한 멀리 도망쳐 평생을 즐기며 살 것이야."

여기까지 말한 이서백은 간식을 먹고 있는 황재하의 얼굴을 슬쩍 쳐다본 후 그 남자가 쏟아낸 험한 말들은 대부분 생략하고 말을 이었다. "남자는 험상궂은 인상에 기골이 장대했고 소녀는 남자의 가슴팍까지밖에 오지 않았으니 아무리 저항해도 벗어날 수 없었지. 그저 큰 소리로 울면서 끌려 나갈 뿐이었다."

담벼락 창을 통해 상황을 지켜보던 이서백은 주위를 둘러보았지만 문은 아무 데도 보이지 않았고 담벼락은 너무 높아 안으로 들어갈 방법이 없었다. 하는 수 없이 남자의 수레가 성을 빠져나가지 못하도록 성문을 닫으라는 명을 내려야겠다고 생각하는 순간, 집 안에서 누군가가 비틀거리며 나와 남자에게 달려드는 것이 보였다. 키가 큰 편인 소녀였는데, 역시 머리가 헝클어지고 얼굴이 먼지투성이였다. 소녀는 아궁이를 쑤실 때 쓰는 쇠꼬챙이를 높이 들어 올려 남자의 등에 필사적으로 내리꽂았다.

안타깝게도 남자는 피부가 두껍고, 소녀는 팔에 힘이 없을뿐더러 공격을 어떻게 해야 하는지도 몰랐다. 사력을 다해 공격했음에도 쇠꼬챙이는 얼마 찌르고 들어가지 못했다. 남자는 고통을 느끼긴 했지만 붙잡고 있는 소녀를 놓을 만큼은 아니었다. 분노한 남자는 몸을 돌려 키 큰 소녀를 발로 걷어찼다.

명치를 걷어차인 소녀는 담벼락 구석까지 날아가 박히며 피를 토했다.

그 흉악한 남자는 그러고도 분이 안 풀린 듯 주먹을 쥐고 담벼락으로 향했다. 끌려나왔던 소녀가 필사적으로 막으려 했지만 그 가녀린 몸으로는 역부족이었다. 남자는 성큼성큼 걸어가 커다란 오른 주먹을 들어 올려 쓰러진 소녀의 복부를 때리려 했다.

이서백은 즉시 활을 시위에 물렸지만, 활시위를 메기는 그 짧은 시간 동안 이미 소녀를 구하기엔 늦은 것 같아 후회를 금치 못했다.

차와 간식은 진작 잊고 이야기에 빠져든 황재하는 이서백을 향해 몸을 기울이며 급히 물었다. "그래서 어떻게 됐어요?"

이서백은 여전히 청자 찻잔을 쥔 채 천천히 입을 떼며 말했다. "화살을 얹으며 정원 안을 보는데 남자의 비명이 들려왔지."

작은 소녀가 피 묻은 은괴를 손에 꼭 쥐고 몸을 웅크린 채 덜덜 떨고 있었다. 일촉즉발의 순간에 옆에 있던 상자에서 은괴를 집어 들어 남자의 머리를 힘껏 내리쳤던 것이다. 뒤통수를 부여잡은 남자는 분노에 가득 차 소녀의 뺨을 호되게 갈겼다. 소녀는 벽으로 날아가 부딪혔지만 은괴를 놓치지 않고 가슴 앞에 꼭 쥐고 있었다.

남자가 소녀의 멱살을 잡고 다시 뺨을 내려치려는 순간, 벽 구석에 웅크리고 있던 키 큰 소녀가 다시 쇠꼬챙이를 들고 돌진했다. 뒤에서 들려오는 기척에 고개를 돌린 남자의 오른쪽 눈에 쇠꼬챙이가 박혔고, 그와 동시에 이서백의 손을 떠난 화살이 남자의 왼쪽 눈에 명중했다.

남자가 고통스러운 비명을 내지르는 틈에 은괴를 쥐고 있던 소녀는 마치 정신이 나간 듯 남자의 머리를 은괴로 마구 내리쩍었다. 남자는 작은 소녀를 발로 걷어차 넘어뜨렸지만 자신도 허우적대다가 이내 바닥에 쓰러져 일어나지 못했다. 키 큰 소녀가 필사적으로 다가가 쇠꼬챙이로 남자의 얼굴과 배를 마구 찔러댔다. 그렇게 얼마를 찔렀을까, 남자의 몸에 경련이 일더니 다시는 움직이지 않았다.

온몸에 피를 묻힌 두 소녀는 그제야 손에 쥔 물건을 떨어뜨리고는 벌벌 떨며 서로를 끌어안았다. 그러고는 시체의 왼쪽 눈에 꽂힌 화살을 발견했다.

두 소녀는 깜짝 놀라 주변을 두리번거리다가 담장 창 너머의 이서백을 보았다.

이서백이 말했다. "두려워 마라. 우리는 반역자 잔당을 토벌하러 왔다. 내가 들어가 처리할 테니 잠시 기다리거라."

키 큰 소녀가 황급히 이서백의 오른편을 가리켰다. 이서백이 오른쪽으로 열 걸음 정도 가니 측문이 있었다. 문에 자물쇠가 걸려 있어 칼끝으로 비틀어 뜯어낸 뒤 문을 열고 안으로 들어갔다.

두 소녀는 겁을 심하게 집어먹고는 여전히 서로를 껴안은 채 벌벌 떨고 있었다. 이서백이 자신의 옷을 살펴보니 피 한두 방울이 묻었을 뿐이어서 그다지 무섭게 보이지는 않을 듯했지만, 이서백을 바라보는 소녀들의 눈에는 두려움밖에 없었다.

소녀들이 몹시 겁을 먹은 터라 이서백은 소녀들 앞에 무릎을 굽히고 앉아서는 그들을 응시하며 물었다. "너희는 누구지? 어떻게 이 안에 있는 것이며, 왜 저런 흉악한 자에게 잡혔던 것이냐?"

이서백은 자신을 낮춰 무릎을 굽힌 채 상냥한 표정과 작은 목소리로 두 소녀를 달래듯 말했다. 그 자태가 마치 숲속을 흐르는 작은 샘처럼 부드러웠다.

난폭하고 극악무도한 역적 패거리로 가득한 이곳에 잡혀온 후로 소녀들은 어떤 능욕을 당할지 몰라 하루하루 전전긍긍하며 지냈다. 그런 소녀들 앞에 나타난 비단옷 차림의 청년은 마치 봄날의 햇살이 만물을 환하게 비추듯 주위 모든 것을 순식간에 반짝거리게 만들었다. 소녀들은 조금이나마 경계를 풀 수 있었다.

"우리를…… 구해주신 분인가요?" 그렇게 묻는 작은 소녀의 목소리는 쉬어 있었다. 입술은 바람에 흩날리는 마른 잎처럼 달달 떨었고, 얼굴은 어두운 잿빛이었다.

이서백은 등 뒤에서 화살을 꺼내 남자의 왼쪽 눈에 박힌 화살과 비교해주었다. 이서백의 이름이 새겨진 화살은 이미 다 써버린 뒤여서 병사들이 쓰는 일반 화살을 지니고 있었다. 화살을 본 두 소녀는 이서백을 향해 감사의 절을 올리며 소리 없이 흐느껴 울었다.

키 큰 소녀는 이서백을 보기만 할 뿐 아무 말도 못했지만, 작은 소녀는 대범하게 감사의 인사를 했다. "목숨을 구해주셔서 감사합니다. 소녀는 정 씨 성을 가졌고, 이쪽은 저와 자매처럼 지내는 소시라고 합니다. 부모님이 모두 돌아가시고 유주에서 이곳으로 와 이모님께 의탁하고자 했는데……."

"그런데 어떻게 역적들에게 붙잡혔느냐?"

소녀가 울먹이며 말했다. "이곳에 도착하니 이모님은 이미 반란을 피해 다른 곳으로 도망치신 후였고, 저희는 불행히도 역적 무리를 만나 한 무리의 여자들과 함께 이곳에 갇혔습니다. 그저께 조정 대군이 성 아래에 당도해 머지않아 역적들이 토벌될 거라는 소식이 들려온 뒤 저희를 신경 쓰는 사람이 없었습니다. 그런데 오늘 갑자기 그자들이 들이닥쳐 금은을 강탈하고 여인들도 끌고 가기 시작했습니다. 그러면서 하는 말이…… 그 쓰임 외에도 혹여 도중에 식량이라도 떨어진다면, 스물 넘지 않은 소녀들이 육질이 신선하고 연해서 꽤나 먹을 만하다고 하였습니다……."

이서백은 여기까지 말하고는 찻잔을 가볍게 내려놓으며 생각에 잠겼다.

황재하는 그 긴박한 장면이 어떻게 되었는지 궁금해 급히 물었다.
"그래서 어떻게 된 거예요? 끌려간 다른 여자들은요?"

"그런 비참한 이야기를 들으며 몹시 충격을 받았다. 그래서 끌려간
여자들의 뒤를 쫓으려 곧바로 몸을 일으켰지."

작은 소녀가 가리킨 방향을 따라 바깥으로 뛰쳐나가니 말에 매인 수
레가 세워져 있었다. 이서백은 몸을 날려 말 등에 올라탔다. 고개를 돌
려 보니 작은 소녀의 눈에서 희고 맑은 피부를 타고 쉼 없이 눈물이 흘
러내렸다.

소녀의 두 눈은 너무 울어 빨갛게 부은 데다 두려움의 빛이 가득했지
만 그 고운 눈매가 어렴풋이 엿보였다. 여전히 무서워 떨며 작은 소녀
에게 기대어 있던 소시라는 소녀 또한 용모가 수려해 보였다. 두 소녀
는 고운 외모 때문에 이곳으로 끌려왔을 것이다. 작금의 혼란스러운 서
주 땅에서 또 어떠한 어려움을 만나게 될지 알 수 없는 노릇이었다.

두 소녀를 도와주고 싶으나 끌려간 다른 여자들이 마음에 걸려 잠시
망설이는 중에 마침 다른 병사들이 당도해 이서백을 향해 예를 취했다.
"장군!"

황재하가 물었다. "전하를 왜 장군이라 불러요?"

"당시는 내가 평남 장군으로 봉해졌을 때이고 조정에 있는 것도 아
니었으니 병사들은 자연히 군 직책으로 나를 불렀지." 이서백은 가볍
게 설명해주었다.

이서백은 병사들에게 수레에 있는 금은을 내려 철저하게 조사하게
하고 기병대 한 무리에게는 도망간 잔당들을 쫓게 했다. 기병이 떠나는

것까지 본 뒤에야 이서백이 두 소녀에게 물었다.

"앞으로 어쩔 계획이냐?"

"양주로 가려고 합니다. 이모님께서 그곳으로 가신다는 말을 남기셨습니다." 작은 소녀가 말했다.

이서백이 병사들의 호송이 필요하진 않은지 묻자 둘은 겁먹은 표정으로 필사적으로 고개를 저으며 병사들과는 동행하고 싶지 않다고 말했다.

반란군들에게 괴롭힘을 당해 군대나 병사만 봐도 무서우리라 여겨 이서백도 강요하지는 않았다. 대신 땅에 떨어진 은괴와 쇠꼬챙이를 주워가라 일렀다. "살인에 쓰인 흉기는 현장에서 치우거라. 은괴는 가져가서 여비로 쓰고."

은괴는 피와 골수가 잔뜩 묻어 온통 희고 붉었다. 이서백의 말에 소시가 머뭇거리다가 은괴를 주우려 손을 뻗었지만 바로 바닥에 엎어져 헛구역질을 했다. 작은 소녀가 죽은 자의 옷자락을 찢어 그 천으로 은괴를 감싸 주워들었지만 차마 힘주어 잡지는 못했다.

이서백이 소녀들을 수레에 태우고 고삐를 쥐자 말은 바로 달리기 시작했다. 두 소녀는 흔들리는 수레 위에서 끌채를 꼭 쥐고는 미동도 않고 앉아 있었다.

서주성 바깥에 도착하니 끝없이 펼쳐진 초원 위로 길이 하나 나 있고 적지 않은 행인이 지나고 있었다. 방훈이 반란을 일으키자 군사로 징집될까 두려워 성을 빠져나가 산속에서 숨어 지내던 사람들이 방훈이 죽었다는 소식에 기뻐하며 돌아오고 있었다.

두 소녀는 오는 길 내내 흔들리느라 다리가 풀려 수레에서 내리는 것도 쉽지 않았다. 이서백은 손을 내밀어 부축해준 뒤 안전을 위해 반드시 큰길로만 다니라고 신신당부했다.

"하나 유주에서 예까지 온 걸 보니 양주로도 잘 찾아갈 것 같구나."

소녀들은 이서백을 바라보며 묵묵히 고개만 끄덕였다.

이서백은 그만 돌아가려 말 머리를 돌렸다.

그때 뒤에서 누군가가 뛰어와 말고삐를 붙잡고는 이서백을 쳐다보았다. 작은 소녀였다. 고개를 들어 이서백을 올려다보는 얼굴은 먼지투성이였지만 눈망울은 한없이 맑았고 왠지 부끄러워하는 듯한 빛도 담겨 있었다.

이서백은 고개를 숙여 소녀를 보며 물었다. "무슨 일이냐?"

소녀는 아랫입술을 깨물고 품속에 손을 넣어 한참을 뒤적거리더니 은비녀를 꺼냈다. 그러고는 힘껏 뒤꿈치를 들고 손을 뻗어 이서백에게 비녀를 내밀었다.

"저희 아버지께서 어머니께 주셨던 정혼 증표입니다. 이번에 끌려갔을 때 가진 걸 다 빼앗기고 이것만이 제게 남은 소중한 물건입니다. 은인께서 훗날 양주에 오신다면 이것으로 저를 찾으실 수 있을 겁니다. 저희 이모님 성함은 난대라고 합니다."

13장

설색과 난대

난대.

그 이름을 듣는 순간 황재하는 깜짝 놀라 몸을 일으켰다.

이서백이 그런 황재하를 보고 물었다. "왜 그러지?"

"그 이름…… 그 이름은……." 황재하는 흥분해서 말도 제대로 나오지 않았다.

이서백이 말했다. "난대(蘭黛). 아리따우면서도 속된 느낌의 이런 이름은 기생의 이름인 경우가 많지."

황재하는 흥분한 목소리로 말했다. "그건…… 운소육녀 중 셋째의 이름입니다!"

이서백의 눈썹이 미세하게 올라갔다. "또 양주의 그 운소원과 관련이 있는 건가?"

"계속 말씀해주세요. 그래서 어떻게 되었습니까?" 황재하가 재촉했다.

"나는 당연히 그들을 찾아갈 생각도, 더군다나 양주에 가서 기녀를 찾을 생각도 없었지. 그래서 바로 말했다. 내가 구해준 건 그저 우연에 불과하며, 훗날에라도 찾아갈 일이 없을 것이니 그 물건 또한 받지 않겠다고. 그리고 그토록 소중한 물건이라면 잘 간직하라고 일렀다. 하지만 고집스럽게 계속 그 비녀를 내게 내밀더구나. 잎사귀 모양 비녀 머리에 잎맥 무늬가 투각된 것이었지."

황재하는 또다시 "아!" 하고 탄성을 내뱉고는 물었다. "정확히 어떤 모양이었습니까?"

"길이는 4촌 정도 되고 비녀 머리는 잎사귀에 은빛 실이 감긴 듯한 모양이었다. 무척이나 정교해 진짜 잎사귀처럼 보였지. 그 위에 이슬처럼 작은 진주가 두 알 붙어 있었다."

"은비녀였습니까?"

"은비녀였다. 내 기억이 틀릴 리는 없다. 나는 여인들의 장식품은 잘 모르지만 왕약이 실종될 때 남겼던 그 금비녀와 상당히 비슷했다. 이런 모양의 비녀가 유행인 것이냐?"

"일반적인 비녀는 아닌 듯합니다. 보통은 잎사귀 모양으로만 만들지, 그렇게 잎맥 모양을 살려 만들지는 않습니다. 그 정도로 정교한 비녀는 저도 처음 보았습니다. 만일 전하의 말씀대로 두 비녀가 비슷하다면 이 또한 깊은 관계가 있을 듯합니다."

"당시 만났던 두 소녀가 이 일과 큰 관련이 있을 수도 있겠구나."

"제 생각도 그러합니다." 황재하는 그렇게 대답한 뒤 다시 물었다. "그래서 받으셨습니까?"

"그 은비녀 말이냐?" 이서백은 담담하게 말했다. "받지 않았다. 내가 끝까지 받지 않으니 비녀를 막무가내로 끌채 위에 놓고는 몸을 돌려 뛰어가버리더구나. 비녀에 반사된 석양빛에 눈이 부셨는데 언짢아져서 비녀를 집어 길에다 던져버렸다."

황재하는 턱을 괴고서 눈 한 번 깜빡이지 않고 이서백을 응시했다.

이서백은 그런 황재하를 심드렁하게 보며 물었다. "왜 그러느냐?"

"나중에 성에 돌아가서 버리셔도 되지 않았습니까? 뭐가 그리 급하셨습니까?"

"일찍 버리나 늦게 버리나 결국 버리는 건 똑같지 않으냐?" 이서백의 목소리는 차분했다. "그리고 소시라 하는 그 소녀가 나를 보고 있었다. 그러니 비녀를 주워 정 씨 소녀에게 돌려주었겠지."

"저라면 절대로 친구에게 말하지 않았을 겁니다. '네가 준 물건을 저 사람이 바로 버렸어'라고 말입니다. 친구가 너무 불쌍해지니까요."

"여인들이 교류하는 방식에는 관심 없다." 이서백은 단호했다.

황재하도 이렇게 냉정한 사람과 감성적인 문제를 논하고 싶은 마음은 없었다. 그래서 머리에서 비녀를 뽑아 따라놓은 찻물을 살짝 찍은 뒤 탁자 위에 잎사귀 모양 비녀의 그림을 그려보았다.

이서백은 황재하 머리 위의 비녀 잃은 관모를 쳐다보며 물었다. "관모가 떨어지면 어쩌느냐?"

황재하는 대충 손을 내저으며 말했다. "괜찮습니다."

"소환관으로 변장했으니 망정이지, 사미승으로 변장했더라면 어쩔 뻔했느냐?"

"목탁이 있지 않습니까." 황재하는 성의 없이 대답했다. 시선은 허공 어딘가를 향한 채, 무엇을 생각하는지 무의식적으로 계속 비녀를 움직이더니 반쪽짜리 은괴를 그렸다. 황재하는 그림을 그리며 혼잣말로 중얼거렸다. "그 은괴를 나중에 두 사람이 반으로 나누어 가진 건 아닐까?"

"흉기로 썼던 물건이니 진작 은전으로 바꾸지 않았겠느냐."

"그럴 수도 있겠네요……." 황재하는 여기까지 말하고는 이서백을 향해 고개를 돌렸다. "두 소녀의 생김새를 기억하십니까?"

"두 사람 모두 산발에 얼굴은 먼지를 잔뜩 뒤집어쓰고 온몸이 피투성이였지. 게다가 경황이 없는 상황이었던지라 그다지 큰 인상은 남아 있지 않다. 또 그때 고작해야 열서너 살 정도밖에 안 되어 보였는데, 여인들은 자라면서 외모가 많이 바뀌니, 혹 지금 내 앞에 나타난다 해도 알아보지 못할 게다."

"그렇군요……." 황재하가 고개를 끄덕이자 무방비 상태의 관모도 같이 흔들리더니 머리에서 떨어졌다.

이서백은 재빨리 손을 뻗어 관모를 잡아서는 미간을 살짝 찌푸리며 황재하에게 던져주었다. "그냥 사미승으로 분장하는 게 더 낫지 않겠느냐?"

황재하는 말없이 머리를 누르고 있다가 머리카락이 눈앞으로 흘러내리자 짜증도 나고 창피한 마음도 들어 재빨리 머리를 틀어 올려 관모를 쓰고는 단정하게 정리했다.

이서백은 시답지 않다는 눈초리로 황재하를 보며 말했다. "생각을 정리할 때마다 그렇게 낙서하는 습관을 가진 사람은 처음 봤구나."

"강산은 쉽게 바뀌어도 습관은 바꾸기가 힘들지요……." 황재하가 기어 들어가는 목소리로 말했다.

이서백은 코웃음을 쳤다. "왜 그런 습관을 길렀단 말이냐?"

"어쩔 수 없었습니다……. 아버지를 따라 사건을 해결하러 나가면 이런저런 계산을 해야 했는데 매번 종이와 붓을 구할 수는 없었습니다. 그래서 머리에 꽂힌 비녀 중 하나를 뽑아서 바닥에 그려보면 사건의 흐름이 잘 정리되었습니다. 나중에는 아예 습관이 되어 뭐든지 손에 잡고 그려보아야만 생각을 정리할 수 있게 되었지요."

"그다음에는?"

"그다음이라뇨?"

"땅바닥에 닿았던 그 비녀 말이다." 이서백은 이런 세세한 부분에 지나치게 신경을 썼다.

황재하는 영문을 모르겠다는 듯 이서백을 보았다. "씻고 닦아서 다시 머리에 꽂았지요."

이서백은 "아" 하고 외마디 소리를 낸 뒤, 영문을 알려달라는 듯한 황재하의 표정을 보고는 말했다. "내가 주자진을 처음 만났을 때, 자진은 설탕물 입힌 잣과 땅콩을 한 봉지 안고서 감칠맛 난다는 표정으로 시체 옆에 쭈그리고 앉아 검시를 지켜보며 조수 노릇을 하고 있었지."

황재하가 물었다. "감칠맛 난다는 표정이었다 하심은, 무얼 먹고 있었기 때문입니까, 아니면 검시 때문이었습니까?"

이서백이 황재하를 힐끗 쳐다보았다. "네 생각은?"

"알 것 같습니다." 황재하는 조용히 말했다.

"그래서 후에 황민의 여식이 사건 해결에 능하고, 주자진이 그 소녀를 숭배해마지 않는다는 얘기를 듣고는 머릿속에 가장 먼저 떠오른 장면이 바로 시체 옆에 쪼그리고 앉은 소녀가 설탕물 입힌 잣과 땅콩을 먹는 그림이었다."

황재하는 자신도 모르게 눈썹을 찌푸렸다. "지금은요?"

"네가 그저 낙서만 할 줄 아는 게 아니라 땅바닥에 닿았던 비녀는 씻어야 한다는 사실도 알고 있는 것 같아 안심이 되는구나."

황재하는 울컥했다. "저와 자진 공자를 같은 사람으로 취급하지 말아주십시오."

이서백이 담담하게 말했다. "한데 자진은 너를 닮고자 하는 것 같구나."

"그저 아직 보지 못한 것에 대해 가지는 환상일 뿐입니다. 사람은 간혹 멀리 보이는 풍경을 더 좋게 보고, 어렸을 때 꾸었던 꿈을 가장 아름다웠다고 생각합니다. 만일 제가 황재하라는 사실을 알게 된다면 쉽게 받아들이지 못할 겁니다. 어쩌면 오랜 시간의 꿈이 와장창 깨질지도 모르지요."

이서백은 황재하의 말을 들으면서 슬며시 입꼬리를 올리고는 고개를 끄덕이며 말했다. "그럴지도 모르겠군. 그러니 자진 앞에서는 계속 소환관으로 남아 있는 게 낫겠구나."

"그렇네요……. 그 환상이 깨지지 않도록 두는 것이 좋겠습니다." 고개를 끄덕이던 황재하는 갑자기 햇살에 눈이 부셔 손을 들어 눈을 가렸다. 석양빛이 비스듬히 눈앞으로 비춰 들어오고 있었다.

이야기가 길어지는 바람에 벌써 해질 무렵이 되었다. 황재하는 그만 물러가겠다고 고하고는 어빙각에서 나와 거처로 향했다.

굽이굽이 회랑을 돌 때마다 화려하고 아름다운 건물들이 보였다. 황재하는 소맷자락을 아래로 드리우고 대당 기왕의 영패를 무심코 손에 쥐었다. 고개를 들어 석양빛을 보노라니 문득 슬픔이 울컥 올라왔다. 가족들이 죽은 지 이미 반년이 지났지만 범인의 정체는 여전히 오리무중이었다. 눈앞의 이 사건 또한 복잡하게 뒤얽혀 언제쯤 진상이 밝혀질지 알 수 없었다.

황재하는 처음으로 자신에게 의구심이 들어 자문했다. '황재하, 계속 이렇게 나아가다가는 환관복 대신 여인의 옷을 입고 당당하게 사람들 앞에 서서, 나는 여인이며 내가 바로 황재하다, 라고 말할 수 있는 날이 영영 오지 않는 것이 아닐까?'

황재하는 밤새 몸을 뒤척이며 각종 가능성을 생각해보았다. 그러나 왕약이 어떤 방법으로 사라졌는지, 그 신원 미상의 시신은 또 어디서 나타났는지 도무지 감을 잡을 수 없었다.

다음 날 비틀비틀 침상에서 일어나니 두통과 함께 온몸이 쑤시고 아팠다. 책상 앞에 앉아 거울에 비친 모습을 보니 핏기 하나 없이 창백한 낯빛이 꼭 귀신 같았다. 하지만 무슨 상관이겠는가. 지금 자신은 소환관의 몸이었고, 소환관 얼굴이 귀신 같거나 말거나 아무도 신경 쓰지 않는다.

황재하는 자포자기하는 마음으로 물을 길어 얼굴을 씻고는 주방으로 갔다. 찬모는 황재하를 보자마자 활짝 웃으며 춘병을 마구 챙겨주었다.

"양 공공, 축하해요. 드디어 전하께서 직위를 내리셨다고요."

"풉……!" 황재하는 씹고 있던 춘병을 내뿜고 말았다. "무슨…… 직위요?"

"오늘 아침부터 왕부에서 논의했다던데요. 공공을 왕부 명부에 정식으로 편입하고, 공식적으로 환관으로 명한다고."

"아……." 황재하는 조용히 춘병 하나를 다시 집어 입에 넣고는 우물우물 말했다. "그 말단 환관요?"

"에이, 말단이라뇨, 신참 환관이죠. 이제 공공은 앞길이 창창한 거예요!" 찬모는 희색이 가득한 얼굴로 말했다. "요 몇 년 기근으로 먹고살 길이 없다 보니 환관이 되어보겠다고 거세를 한 사람이 많지만 그렇다고 다 환관이 되는 건 아닙디다. 나도 주방에서 지낸 지 벌써 20년이 넘었는데 아직까지도 잡일만 하고 왕부 하인으로 이름도 못 올렸다니까요. 공공은 두 달 만에 정식으로 명망 있는 왕부의 환관이 됐잖습니까!"

황재하는 정말 아무 말도 할 수 없었다. 왕부의 환관이 이렇게도 많은 사람의 부러움을 사는 자리라니, 자신이 누군가의 귀한 자리를 낭비하고 있다는 사실이 안타까웠다.

찬모와 그런 대화를 주고받으며 아침을 먹고 있는데, 누군가가 밖에서 부르는 소리가 들렸다. "양숭고, 양숭고 어디 있는가?"

황재하는 입 안의 것을 황급히 삼키고 대답했다. "여기 있습니다!"

"전하께서 서둘러 춘여당으로 가라 명하셨네. 누군가가 자네를 기다리고 있다는군."

'이른 아침부터 누가 나를 찾는 거지?'

황재하가 잰걸음으로 춘여당으로 가보니 진염 부인이 거문고를 안고 서 있었다.

"어떻게 여기까지 저를 찾아오셨습니까?" 놀란 황재하는 얼른 진염 부인에게 다가가 거문고를 받아 들어 받침대 위에 올려주었다.

진염 부인은 웃으며 말했다. "공공께서 거문고 배우는 데 도통 마음을 쓰지 않고 여러 날이 지나도록 한 번을 찾아오지 않으니, 제가 직접 찾아올 수밖에요."

"정말 미안하게 되었습니다." 진염 부인의 말이 농담인 것을 알면서도 황재하는 곧바로 사과했다. "근래에 바쁜 일이 많아서 일에 파묻히다 보니 그 풍아한 소리를 까맣게 잊고 있었습니다."

"저도 왕약 아가씨 일은 들었습니다. 장안 모두의 부러움을 사던 분이 갑자기 그런 처참한 일을 당할지 누가 알았겠습니까. 시신도 차마 눈 뜨고 볼 수 없을 정도였다던데, 참으로 애석한 일입니다." 진염 부인은 거문고 현을 조율하면서 탄식하듯 말했다.

황재하는 속으로 생각했다. '진염 부인, 가슴 아프게도 풍억 부인의 시신 또한 그렇게 처참했답니다.'

진염 부인의 얼굴을 보고 있자니 순간적으로 풍억 부인의 몸속에서 꺼낸 양지옥을 건네주고 싶은 충동이 일었다. 풍억 부인은 죽었으니 이제 더는 기다리지 말라고 말해주고 싶었다. 하지만 진염 부인의 귀밑머리에 그 며칠 사이에 새로 나온 흰머리를 보니 도저히 그런 말을 꺼낼 수가 없었다.

진염 부인은 시선을 내려뜨리고 손길 가는 대로 「배신월(拜新月)」의 한 대목을 연주했다. 거문고 소리가 춘여당 안팎으로 맑게 울려 퍼지니 마치 고요한 밤의 정취가 느껴지는 것 같았다.

황재하가 감탄했다. "부인의 거문고 연주는 정말 최고입니다."

"그럴 리가요." 진염 부인은 두 손을 거문고 위에 슬며시 얹고 고개를 들어 느릿느릿 말했다. "제 거문고 솜씨는 아직 갈 길이 멀지요, 금노처럼요."

황재하는 금노가 실종되었다는 이서백의 말을 떠올리고는 물었다. "혹시 최근에 금노를 보신 적이 있나요?"

"아니요. 안 그래도 그 때문에 오늘 공공을 찾아왔습니다." 진염 부인은 걱정하듯 말했다. "어제 광택방 교방에 가서 금노를 찾았는데, 교방에서 보이지 않은 지 벌써 여러 날 되었다고 합니다."

황재하는 살짝 미간을 찌푸리며 말했다. "금노가 사라지기 전에 뭐라 남긴 말도 없고요?"

"네. 교방 사람이 친절하게도 금노의 방을 열어 안을 보여주었는데 금노가 좋아하던 옷가지와 장신구가 하나도 보이지 않았습니다. 스승에게 받았다며 그렇게 아끼던 비파도 가지고 갔더군요. 교방 사람들은 어느 집안의 난봉꾼과 눈이 맞아서 도망간 게 분명하다며 분해서 발을 굴렀습니다. 현종 이래로 교방 관리가 날로 느슨해지면서 이런 일이 한두 번 있는 게 아니라더군요."

황재하는 가만히 고개를 끄덕일 뿐 아무 말도 하지 못했다.

진염 부인이 초초한 목소리로 말했다. "어제 아무리 기다려도 만나지 못하고 돌아와 너무 걱정이 됩니다. 누군가와 눈이 맞아 달아났다고 하는데 제가 보기에는 그런 기미는 전혀 없습니다. 줄곧 소왕 전하와만 친밀하게 지내서 제가 몇 번 충고도 해보았지만 전혀 말을 듣지 않았어요……."

"너무 조급해 마시고, 금노에 관한 얘기를 좀 더 자세히 들려주세요. 특히 실종되기 전 며칠 동안의 행적에 대해서요." 황재하는 재빨리 진염 부인 옆으로 의자를 옮겨 앉았다.

진염 부인은 탄식하듯 말했다. "교방 사람에게 상세히 물어봤더니,

사흘 전 저녁에 마지막으로 금노를 봤다고 합니다. 야간 통행금지 시간을 넘겨서 살짝 취해서 돌아왔다고 해요. 철금루에서 술을 마셨다고 했답니다."

황재하는 고개를 끄덕였다. "그날 저도 철금루에 함께 있었습니다. 왕약 아가씨 사건에 대한 이야기를 나누느라 함께 식사 자리를 가졌죠. 금노는 떠들썩한 자리를 좋아하는지라 저녁 내내 흥이 나 있었습니다. 자진 공자 부탁으로 앵두도 싸서 챙겨주었지요. 그러느라 물 한 방울 묻히지 않고 애지중지 아낀 듯한 손이 앵두 꼭지에 찔려 원망의 말은 했지만요."

"그 아이가 그런답니다. 입이 거칠어요. 사람은 괜찮은데 그렇게 배려 없이 말할 때가 있어요." 진염 부인이 말했다.

황재하가 물었다. "지난번에 난대 부인에게 쓰신 서신에 혹 답신은 없었는지요?"

"난대가 서신을 받았다고 해도 설색이 다시 답신을 가지고 장안까지 와야 하는데, 이제 겨우 며칠 지났다고 벌써 소식이 있겠어요?"

황재하는 진염 부인의 푸념을 들으며 넌지시 물었다. "설색은 난대 부인을 이모라 부르겠지요?"

"그렇죠. 난대와 매만치는 서로 자매 같은 사이였으니 설색에게는 이모가 되죠." 진염 부인이 고개를 끄덕이며 말했다. "난대는 여섯 자매 중 셋째인데, 양주 연무(軟舞) 실력이 으뜸이었죠. 그중에서도 회파나 춘앵전은 특히 누구와도 견줄 수 없을 만큼 대단하다고 해요."

황재하는 다시 물었다. "혹시 기억하실지 모르겠는데, 설색이 양주로 올 때 혼자였나요? 다른 소녀랑 같이 오지 않았나요?"

진염 부인이 "아" 하고 외치고는 말했다. "그러고 보니 생각나네요. 소시라는 아이와 함께 왔어요. 소시는 난리 통에 부모를 잃었다는데, 서주에서 만나 의자매를 맺고 생사를 같이하자며 양주까지 함께 왔다고 했지요."

황재하는 고개를 끄덕이며 자신의 생각이 틀리지 않았음을 확인했다. 구체적으로 이 사건에 어떤 도움이 될지는 잘 모르겠지만, 황재하가 아직 보지 못한 어떤 맥락의 중요한 부분이 될 것 같다는 느낌이 어렴풋이 들었다.

하나의 사건은 커다란 나무 한 그루와 같다. 땅 위로 보이는 부분은 사소한 것에 불과하고, 땅속으로 거대한 뿌리가 얽히고설켜 땅을 파 보기 전까지는 거기 파묻혀 있는 진실이 무엇인지 영원히 알 수 없다.

설색과 소시의 이야기가 나오니 진염 부인은 무슨 생각이 들었는지 멍하니 창밖에 홀로 서 있는 나무를 바라보다가 갑자기 눈물을 흘렸다.

황재하는 황급히 진염 부인의 어깨를 토닥이며 작은 목소리로 말했다. "너무 상심 마세요."

"어떻게 상심하지 않을 수 있겠어요……. 사실 저도 알고 있습니다. 풍억 언니가 다시는 돌아올 수 없다는 것을요." 넋을 잃은 듯 말하는 진염 부인의 눈에서 하염없이 눈물이 흘러내렸다. "어제 꿈에서 언니를 보았는데, 유리처럼 투명하게 보이는 몸이 공중에 떠 있었어요. 언니가 제게 말했죠. '염아, 아름답던 청춘이 지나니 세월이란 것이 모든 것을 시들게 하는구나. 이제 너 홀로 이 삶을 견뎌내야 한다니…….' 잠에서 깼을 때는 창밖으로 바람에 흔들리는 대나무 그림자 밖에 보이지 않았죠. 마음이 어찌나 쓰라리고 아프던지, 꿈속에서 언니가 했던 말만 계속해서 머릿속에 맴돌았어요. 언니가 이미 이 세상 사람이 아니라는 걸 저도 알아요……."

황재하는 몹시 슬퍼하며 소매 속에서 손수건을 꺼내 진염 부인에게 건넸다. 그런데 그만 작은 종이 꾸러미가 손수건과 함께 딸려 나와 탁자 위로 떨어졌다.

꾸러미는 마치 눈이라도 달린 것처럼 진염 부인 앞으로 데구루루 굴러가, 황재하가 건네준 손수건을 받아 들고 눈 주위를 꾹꾹 누르며 눈물을 훔치던 진염 부인의 팔꿈치로 가 닿았다. 감정이 격해져 정신이 없던 진염 부인은 팔꿈치에 무언가가 닿았다는 사실을 알아차리지 못했다.

황재하는 잠시 망설였지만 더 이상 숨긴들 별 의미가 없다고 생각했다. 그래서 꾸러미를 집어 들고는 진염 부인에게 건네주었다.

"이것 좀 보시겠어요?"

진염 부인은 눈을 가린 채 쉰 목소리로 물었다. "그게 뭔데요?"

황재하는 아무 말 없이 진염 부인을 바라보았다.

진염 부인은 머뭇거리며 손을 들어 종이 꾸러미를 천천히 풀어보았다. 꾸러미 안에서 나온 것은 영롱한 백옥이었다. 손톱만큼 작았지만 정교하고 귀여웠다. 진염 부인의 손이 순간 심하게 떨리더니 옥을 집어 들어 역광에 글자를 비춰 보았다.

창밖에서 들어오는 강렬한 햇살이 백옥을 비춰 '염'이라는 글자가 찬란하게 빛났다. 옥에 반사된 금빛 햇살이 두 사람의 눈을 강하게 찔렀다. 진염 부인은 눈을 질끈 감았다. 굳게 닫힌 눈, 어둡고 절망적인 표정. 마치 그 글자로 인해 눈이 멀어 다시는 그 어떤 것도 볼 수 없게 된 듯 보였다.

한참의 시간이 흘렀다.

진염 부인이 떨리는 목소리로 물었다. "어, 어디에서 찾았습니까?"

"역병으로 죽은 유주 유목민들 중에 40대 전후의 여자 시신 한 구가 있었습니다. 다른 사람들과 달리 독으로 사망했지요. 저희가 시신을 찾았을 때는 이미 불태워져 이 옥만 남아 있었습니다." 황재하는 진염 부인이 너무 충격을 받을까 봐 차마 풍억 부인의 배 속에서 찾았다고는 말하지 못했다.

"20여 년 전, 우리가 아직 소녀이던 시절이었습니다. 우리는 유명하지도 않고 실력도 그다지 뛰어나지 않아서 정말 오랫동안 돈을 모아 양지옥 두 개를 샀지요. 옥에 '억'과 '염'이라는 글자를 각각 새겨 서로 교환했답니다. 그때 저희는 약속했지요. 영원히 벗으로 지내며 평생을 의지하자고……."

진염 부인이 품속에서 붉은 줄 하나를 잡아당기자 같은 크기의 백옥 하나가 딸려 나왔다. 그 위에는 '억'이라는 글자가 새겨져 있었다.

진염 부인은 양손으로 옥을 하나씩 움켜쥐고는 소리 없이 울었다.

황재하는 옆에 앉아서 그 모습을 가만히 바라만 보았다. 창밖에서 들어온 햇살이 진염 부인의 얼굴을 비추어, 하얗게 샌 귀밑머리와 얼굴의 자잘한 주름들이 선명하게 눈에 들어왔다. 지난달에 처음 만났을 때만 해도 젊은 시절의 아름다움이 짐작되었는데, 이제는 그 미모를 찾아보기 어려웠다.

"누구인가요? 누가 죽인 거지요?" 진염 부인이 천천히 입을 떼어 물었다.

황재하는 심호흡을 하고는 고개를 저으며 말했다. "아직은 모릅니다. 하지만 제 생각엔 어쩌면 왕약 아가씨의 사건과 관련이 있을 것 같습니다."

"왕약 아가씨와요?"

"사실 풍억 부인이 장안으로 데려왔다던 옛 친구의 딸이 바로 왕약 아가씨였습니다. 예전에 아가씨 곁에 있는 풍억 부인을 만난 적이 있어서 진작 알았지만, 부인이 상심할까 봐 말하지 못했습니다."

진염 부인은 망연자실한 목소리로 말했다. "왕약 아가씨도 이미 죽었잖아요……."

"저는 풍억 부인의 죽음이 이 일과 큰 연관이 있을 거라고 생각합니다. 다만 아직 명백하게 밝혀진 것은 없고, 제게도 이렇다 할 단서가 없네요."

"진상을 밝혀낼 수 있을까요?" 진염 부인은 낮은 목소리로 중얼거리듯 말했다.

황재하가 대답했다. "적어도 제가 할 수 있는 것은 다 해봐야죠."

넋을 잃은 진염 부인을 배웅하고 나니 이미 정오가 되었다.

황재하는 사건을 생각하며 몸을 돌려 왕부 안으로 들어섰다. 그런데 너무 깊이 생각에 빠진 나머지 계단 하나를 잘못 디뎌 하마터면 넘어질 뻔했다가 겨우 나무를 붙잡고는 제대로 섰다.

문지기들이 재빨리 의자를 툭툭 치며 앉으라고 권하고는 사발에다가 차를 따라주었다. 옆에서는 한가한 환관 몇이 잡담을 나누며 무료한 시간을 달래고 있었다. 황재하는 심하게 갈증이 났던지라 그 옆에 앉아서 식은 차 한 사발을 꿀꺽꿀꺽 들이켜고 한 사발을 더 따랐다.

연희당 청소를 담당하는 소환관 노운중은 이제 갓 스무 살이 넘었는데 온갖 소문들을 좋아했다. 황재하가 자리에 앉자 노운중이 팔꿈치로 툭 치며 흥미진진한 표정으로 물었다.

"어이, 숭고. 너는 왕 가하고 왕래가 많잖아. 이번 사건이 그 가문에게는 근래 들어 가장 큰 타격이라고 생각하지 않아?"

황재하는 순간적으로 무슨 말인지 이해하지 못했다. "네?"

"그렇잖아. 후경의 난 이후로는 낭야 왕 가에 딱히 인재가 없는 상황이잖아. 특히 최근 몇 대에서는 걸출한 인물도 안 나오고 조정에서의 세력도 크게 줄었지. 온 집안이 두 황후한테 기대 그 세력을 유지하고 있는데, 이제 더는 그처럼 뛰어난 규수도 없다지 아마. 간신히 출중한 여인이 하나 있어 왕비가 될 운명이었는데 이렇게 허망하게 죽어버렸으니, 우리 기왕부와 연결될 뻔한 끈도 사라져버렸고. 앞으로는 결국 형부 상서 왕린만으로 겨우 조정에서 체면치레를 하겠지."

옆에 있던 다른 이가 끼어들며 말했다. "그래봤자 왕 가는 별수 없어. 지금 조정에 황후와 상서가 있는데도 다들 왕 가는 몰락했다고 말하잖아."

"그렇지. 개국 이래로 박릉 최 가는 열 명 넘는 재상을 배출했는데, 전 조정에서 그렇게 잘 나가던 낭야 왕 가는 지금은 어떤가 말이야. 태원 왕 가까지 합친다 해도 최 가 가문에는 못 미치지 않아?"

황재하는 묵묵히 차를 마시며 속으로 생각해보았다. 최순잠의 숙부 최언소는 조정에서 명성도 자자하고 지도자로서의 자질도 충분했다. 이변이 없는 한 빠른 시일 내에 또 한 명의 재상을 배출할 것이다.

"그래도 진군 사 가에 비하면 나은 편이야. 후경의 난 이후로 거기는 거의 멸문을 당한 거나 마찬가지잖아." 누군가가 또 다른 의견을 내놓았다.

이어 또 다른 이도 비슷한 의견을 말했다. "만일 왕 가가 정말 그렇게 쇠락의 길을 걷는 거라면 전하께서 굳이 왕 가와 혼례를 맺으려 하셨겠어? 그리고 왕 가에는 장손 왕온이 있다는 사실을 잊지 말라고. 그분은 정말 문인의 기품이 흐르는 데다가 얼굴하며 그 기세는 또 어떤지……. 물론 우리 기왕 전하께는 못 미치지만 왕온도 한 인물한다고. 전하와 사이도 좋아서 자주 나란히 말을 타고 나가는데, 그럴 때 보면 정말 눈이 부시다니까. 그때마다 장안의 소녀들이 죄다 그 최고의 신랑감을 보려고 앞다퉈 길거리로 쏟아져 나오지!"

"그건 그래. 다들 왕온에게서 명문가 자제의 품격이 느껴진다고 하잖아. 심지어 문무를 동시에 두루 갖추었으니, 두 달 전에는 어림군 군대를 이끌고 외곽 일대의 도적 떼를 추격해 대승을 거두고 전원 참수했다고 하지, 아마!"

"아, 그 일은 나도 알아." 노운중은 모두에게 가까이 오라고 손짓한 뒤 일부러 목소리를 낮추어 신비감을 조성하며 말했다. "듣기로는 그 도적 떼가 방훈과 관련이 있다더군! 방훈의 수하였던 자가 죽음도 불사하는 사병들을 모집해서는 기왕 전하를 살해하려고 장안으로 들어오려 했다더라고!"

이 소식에 다들 대경실색하며 입을 다물지 못했다. "세상에…… 그런데 어째서 우리는 그냥 도적 떼로만 알았지?"

"그야 당연히 조정에서 숨긴 거겠지! 3년 전에 죽은 방훈의 부하가 다시 세력을 키운 일이 새어나가면 민심은 어찌되겠어? 그래서 왕온이 이 일을 듣자마자 곧장 병사를 데리고 외곽에서 매복했다가, 한밤중에 적을 쳐서 순식간에 쓸어버렸다고 하더군. 병부가 그 자리에서 시체들을 땅에 묻어 모든 흔적을 감추고는 도적 떼를 죽였다고 한 거지!"

"엥? 그런데 자네는 어떻게 알았어?"

"하하, 나는 병부에 아는 사람이 있지!" 노운중이 득의양양한 표정으로 말했다. "우리 넷째 숙부님 작은 처남 앞집에 사는 형님이 병부에 있다는 걸 잊지 말라고! 듣자하니 그 형님이 그 시신 매장을 책임졌다더군!"

"알 게 뭐야!" 모두들 한바탕 그를 놀리며 웃었다.

"그런데 말이야, 왕온이 그렇게 대단한 사람이었다면 어릴 적 정혼했던 그 황 가 여인이 어찌 그에게 시집가려 하지 않겠어?"

"흠…… 그러게……."

"그래 맞아, 왕온에게 시집가지 않으려고 온 가족을 독살했다지! 왕온에게 시집가는 게 얼마나 무서웠으면 그럴까!"

"그건…… 그 딸이 미쳐서 그런 거 아니야?"

"미쳤건 어쨌건, 아무튼 왕온은 앞으로 혼인하기 쉽지 않겠어."

"그거는 뭐 조금 떨어지는 가문의 처자를 찾으면 되지! 그런데 자네 말이야, 체격이 이렇게 우람한 걸 보면, 혼인한 적 있었던 거 아니야?"

무리가 와르르 웃음을 터뜨리자 황재하도 억지로 따라 웃었다.

웃음이 그치자 이야기는 다른 화제로 넘어갔지만 황재하는 손에 받쳐 든 흑자(黑瓷)의 무늬만 뚫어져라 쳐다보며 한참을 미동도 없이 가만히 있었다.

늘 황재하의 마음을 짓누르는 그 일이 또다시 사람들의 입에서 가벼운 화젯거리가 되어버렸다. 고인 연못에 갑자기 격류가 쏟아져 들어온 것처럼 바닥에 가라앉아 있던 찌꺼기들이 다시 수면 위로 떠올랐다. 가족이 세상을 떠난 지도 이미 반년. 시간이 지날수록 사건은 더 해결하기 힘들어지고, 수사 결과를 뒤집을 수 있다는 희망 또한 점점 희미해진다.

지금 황재하가 할 수 있는 유일한 일은 최선을 다해 눈앞의 사건을 해결하는 것이다. 그렇게 해서 촉으로 돌아가 이서백의 손을 빌려 판결을 뒤집고 누명을 씻는 것이다.

황재하가 아무 말 없이 있으니 노운중이 다가와 말을 걸었다. "숭고, 왕 가 여인이 실종되었을 때 자네도 그곳에 같이 있었지?"

황재하가 고개를 끄덕였다.

노운중이 다시 물었다. "병사 1,800명이 지켜보는 가운데 예비 왕비가 갑자기 연기를 피어 올리며 한줌의 재가 되어 사라졌다며?"

황재하는 순간 땀이 났다. '아무리 소문이라지만 너무 허무맹랑하잖아?'

"헛소리입니다." 황재하는 그냥 그렇게 말하는 수밖에 없었다.

"그렇지. 나도 말도 안 된다고 생각했어." 옆에 있던 다른 사람이 대화에 끼어들었다. "한줌 재로 변해서 사라졌으면 시신은 어디서 났겠어? 그런데 그 시신에서 피어오르는 연기를 가까이서 들이마시면 죽는다고 하던데!"

황재하는 더더욱 할 말이 없어 이렇게만 반응했다. "아직 형부와 대리사에서 조사하는 중이니 관부에서 결론을 내리기 전에 떠도는 추측들은 다 잘못된 겁니다. 그러니 말도 안 되는 소문을 믿고 퍼뜨리면 안 돼요."

하지만 무리는 황재하의 말을 전혀 귀담아 듣지 않고 계속 히죽거리며 질문을 던졌다. "그 여인이 죽고 나서, 태비마마께서 기악 군주를 전하와 맺어주기로 하셨다던데, 그게 사실이야?"

황재하는 더 이상 참을 수 없어서 무리를 향해 공수하며 말했다. "죄송합니다. 이 사건은 아직 조사 중이라 관련된 모든 내용은 진상이 명백해진 후에야 사람들에게 공개될 겁니다." 그러고는 형부와 왕부의 규율을 강조하며 일의 진상이 밝혀지기 전에 마음대로 사건을 추측하고 떠들어서 이로 인해 분쟁이 발생하거나 무고한 사람을 놀라게 하지 말라고 경고했다. 또한 이 사건은 기왕 전하와 왕 가와도 연관되어 있으니 왕부 사람은 특별히 더 언행을 조심해야 한다고 덧붙였다.

그곳에 있던 사람들은 모두 황재하보다 먼저 왕부에 들어왔고 대부분이 직위도 더 높았지만, 황재하는 기왕의 총애를 받는 측근이자 기왕의 특별 지시로 이 사건을 조사하는 인물이었다. 그렇기에 아무도 감히 반발하지 못하고 고개를 끄덕이며 알겠다고 대답했다.

황재하는 자신의 일장 연설 때문에 분위기가 깨진 것을 느끼고는 재빨리 모두에게 차를 따르며 감사를 표했다. 그러고는 차 맛을 칭찬한 후 바쁜 일이 있다는 핑계로 먼저 자리를 떴다.

왕부를 나온 황재하는 문 앞에 서서 고개를 들어 하늘을 올려다보았다. 자신 앞에 놓인 이 복잡한 사건을 생각하며 깊은 사색에 빠져 있을 때였다. 갑자기 가벼운 방울 소리가 들리더니 마차 한 대가 천천히 황재하 앞에 멈춰 섰다.

누군가가 마차에서 내려 인사를 건네왔다. "양 공공."

황재하는 하늘을 향해 있던 시선을 내렸다. 호랑이도 제 말하면 온다더니, 왕온이었다. 공교롭게도 황재하가 왕부 문 앞에 그렇게 멍하니 있을 때 딱 마주치고 말았다.

사촌 누이의 상을 치르는 중이었기에 왕온의 복장은 간소했다. 이 날씨에 잘 맞는 새하얀 명주 홑옷은 소매 끝과 목깃에만 푸른색 무늬가 둘려 있어 깔끔하고 운치 있었다. 허리춤에는 녹색 비단 끈으로 백옥패를 매달았고, 손에는 청옥으로 살을 만든 부채를 들고 있었다. 부채 위에는 먹으로 대나무가 시원스럽게 그려져 있어, 명문가 자제다운 청아하고 고귀한 기운이 한층 돋보였다.

매번 주자진의 그 요란한 옷 때문에 눈을 혹사당하던 황재하는 왕온의 옷맵시에 자신도 모르게 감탄했다. '똑같이 명문가 도련님인데 어쩜 이렇게 다를까?'

왕온은 황재하의 코끝에 맺힌 땀방울을 보고는 손에 들고 있던 부채를 건넸다. "누이의 장례에 대해 말씀드리려고 전하를 찾아뵌 길입니다. 마침 이렇게 만났으니 수고스럽겠지만 양 공공께서 안내해주시겠습니까?"

황재하는 왕온의 부채가 계속 자신의 눈앞에 있는 것을 보고는, 그제야 갑자기 더위가 느껴졌다. 그래서 부채를 받아 들어 부치면서 고개를 끄덕이며 말했다. "들어오시지요."

두 사람이 문을 들어섰을 때 다행히 문지기들도 더 이상 조금 전의 소문들에 대해 떠들고 있지는 않았다. 다만 자신들이 화제로 올렸던 인물이 갑자기 눈앞에 나타나자 뜨끔한 얼굴로 황급히 일어나 예를 취했다.

아무것도 모르는 왕온은 그저 문지기들을 한 번 슥 둘러보고 얼굴에 미소를 지은 채 황재하를 따라 정유당으로 향했다.

경육과 경양이 대청 쪽에서 차를 마시며 잡담을 나누고 있다가 왕온이 들어오는 것을 보고는 재빨리 일어났다. 경양은 왕온에게 자리를 권하고 경육은 작은 정원을 가로질러 기왕에게 가서 왕온이 뵙기를 청한다고 아뢨다.

오래 지나지 않아 이서백이 직접 나와 왕온에게 안으로 들라고 했다. 황재하가 자신도 함께 들어가야 하는지 고민하고 있는데 정원을 가로지르던 이서백이 고개를 돌려 황재하를 흘겨보아 하는 수 없이 총총히 뒤를 따랐다.

이서백과 왕온은 서쪽 창문 앞에 자리를 잡고 앉았고, 경양은 정원 앞에 설치된 작은 아궁이에서 차를 끓였다. 황재하도 두 사람 앞에 찻잔을 내어 놓고 정원으로 물러나 경양을 도와 아궁이에 솔가지를 넣었다. 두 사람의 음성이 창문으로 흘러나왔다.

왕온이 말했다. "근래 날씨가 더워지기 시작한 데다가, 전하께서도 아시는 바대로 누이의 시신이 그러하니…… 저희 집안에서 상의한 끝에 이레째가 되는 사흘 후, 관을 봉하고 고향으로 운반해 안장할까 합니다. 좀 서두르는 듯한 감은 있으나, 이렇게 하는 수밖에 없을 듯합니다."

이서백은 살짝 망설이다가 물었다. "장지는 마련했는가?"

왕온은 이서백의 관심에 감격한 듯 대답했다. "나이가 어려 미리 준비해둔 장지는 없습니다만, 그 아이의 이모가 젊은 시절에 가족 묘지로 준비해놓았던 곳이 있어 일단 그곳으로 정했습니다. 묘비는 이미 고향으로 사람을 보내 급히 새기고 있습니다."

"어쨌든 나의 납채까지 받은 여인이었으니 사흘 후에 내가 직접 치제[56]하러 가겠네."

---

56 제물과 제문을 보내어 죽은 신하를 제사지내던 일.

"감사합니다, 전하." 왕온은 감격하며 말했다.

서둘러 장례를 치르느라 왕온도 할 일이 많아 차만 한 잔 마시고 곧바로 물러났다.

황재하는 하얀 옷을 입은 왕온이 환하게 빛나는 모습으로 정원 옥잠화 덤불을 가로지르는 모습을 보고 급히 부채를 들고 쫓아갔다.

"왕 공자님, 부채 여기 있습니다."

왕온은 고개를 돌려 미소 지으며 물었다. "부채로 아궁이를 부치신 것은 아니겠지요?"

"아닙니다, 아닙니다." 황재하는 서둘러 부인하며 부채를 펼쳐 보였다. "보십시오. 행여나 재가 묻을까 봐 계속 품에 넣어두고 있었습니다."

"이런 날에 차를 끓이시느라 땀이 많이 흐르는군요." 왕온은 부채를 받을 생각은 않고 고개를 숙여 황재하를 응시하며 말했다. "좀 더 부치시지요."

황재하는 망설이다가 다시 부채를 돌려주려 했으나 왕온은 이미 몸을 돌린 뒤였다. 왕온이 가볍게 손을 흔들며 말했다.

"일단 쓰고 계십시오. 다음에 돌려주시면 됩니다."

황재하는 옥잠화가 가득한 정원에 서서 무의식적으로 손에 든 부채를 펼쳐 부쳤다. 하지만 왠지 더 답답하게만 느껴졌다.

14장

긴 거리의
적막함

얼마나 지났을까, 황재하가 고개를 돌리는데 이서백이 창문 너머에
서 이쪽을 보고 있었다. 얼마나 그렇게 보고 있었는지는 모르겠지만
황재하가 고개를 돌리는 것을 보고야 안으로 들어오라고 턱짓을 했
다. 황재하는 재빨리 부채를 접고 정유당으로 향했다.

실내는 고요했고 차향도 이미 사라졌다. 경양이 얼음가루를 가져다
놓아 창문가가 시원했다.

이서백이 맞은편 의자를 가리키자 황재하도 의자에 앉았다.

창문을 통해 경양이 정원을 나가는 것을 본 뒤 황재하가 단도직입
적으로 말했다. "아무래도 사흘 내로 반드시 사건을 해결해야 할 것
같습니다. 아니면 시신이 매장돼 중요한 증거를 놓치게 됩니다."

이서백은 천천히 고개를 끄덕이며 말했다. "일단 너는 대담하게 조
사를 하거라. 만일 도저히 안 되겠다 싶으면 내게 넘기고. 어쨌든 시
신을 그대로 매장하게 둘 수는 없다."

황재하는 알겠다고 대답한 뒤 말했다. "아침에 진염 부인이 찾아왔
었습니다. 큰 변고만 없다면 사흘 내에 무리 없이 사건을 해결할 수

있을 것 같습니다."

이서백은 "오!" 하고 외마디 소리를 내고는, 무언가를 생각하는 듯 가느다래진 황재하의 눈을 보며 물었다. "진염 부인에게 무슨 이야기를 들었기에 이리 빨리 진전되는 것이냐?"

"첫째로 저는 그 시체가⋯⋯." 황재하는 습관적으로 손을 들어 머리에 꽂힌 비녀를 더듬다가 이서백의 시선이 그 손으로 향하는 것을 보고는 천천히 손을 내리며 멋쩍은 표정을 지었다.

이서백이 보기 드물게 미소를 짓더니, 서랍을 열어 길고 가는 비단 상자를 꺼내 탁자 위에 올렸다. 그러고는 두 손가락으로 비단 상자를 황재하 앞으로 밀어주었다.

황재하는 의아해하며 이서백을 보고 물었다. "무엇입니까?"

"열어 보거라." 이서백이 말했다.

"사건과 관계있는 것입니까?" 황재하는 상자를 들고서 물었다.

이서백은 고개를 기울여 탁자 위 유리병 속에서 조용히 헤엄치는 작은 물고기를 들여다보며 귀찮다는 듯 냉담한 어투로 말했다. "그렇다고도 할 수 있지. 네가 사건을 해결하는 데 도움이 되는 물건이니."

상자를 여니 비단 천 위에 비녀가 놓여 있었다. 황재하는 여전히 의아한 얼굴로 비녀를 집어 들었다. 길이는 대략 5촌 정도에, 아래로 길게 뻗은 몸통은 은으로 되어 있고, 옥으로 된 비녀 머리는 등심초 문양으로 조각되어 있었다. 문양이 섬세하고 아름다운 것 말고는 달리 특별할 것 없어 왕부 소환관이 하기에 적합해 보이는 비녀였다.

하지만 비녀의 무게가 뭔가 이상하다는 느낌이 들어 다시 자세히 살펴보다가 등심초 문양 가장 아래의 권초 문양을 눌러보았다. 그러자 딸깍 하는 작은 소리와 함께 은비녀로 된 몸통이 스스륵 빠지면서 안에 들어 있는 가느다란 백옥 비녀가 툭 빠져나왔다. 옥비녀를 뽑아 손에 쥐니 차가우면서도 곱고 윤이 났다.

황재하는 눈을 들어 이서백을 바라보며 한참을 머뭇거리다 겨우 입을 뗐다. "제게…… 주시는 것입니까?"

이서백은 짧게 "그렇다"라고만 대답하고는 여전히 황재하에게는 시선도 주지 않고 담담한 투로 말했다. "매번 그렇게 비녀만 더듬고 막상 뽑아 쓰지는 못하는 걸 보니 내가 답답해서 말이다. 게다가 만일 네 머리가 풀리기라도 하면 여자라는 것이 금방 들통날 텐데 그러면 일이 아주 복잡해지지 않겠느냐."

황재하는 자신을 귀찮아하는 듯한 이서백의 차가운 말투는 조금도 개의치 않아 하며 이서백을 향해 정중하게 인사했다.

"감사합니다, 전하. 지금 제게 정말 필요한 물건이었습니다."

이서백은 비녀를 비단 상자에 다시 담아 넣는 황재하를 보면서 물었다. "수공업자가 내 뜻을 잘 이해해서 만들었는지 모르겠구나. 사용할 때 불편함은 없겠느냐."

"방금 한번 열어보니 매우 편리합니다. 수공업자가 아주 잘 만들었습니다."

이서백은 자신의 의도를 깨닫지 못한 황재하를 보며 무표정한 얼굴로 일깨워주었다. "한 번도 사용하지 않았는데 어찌 안다는 게냐?"

"아……." 황재하는 그제야 깨닫고는 다시 비녀를 집어 들었다. 평소에 관모 쓰는 것을 별로 좋아하지 않아 그냥 머리를 틀어 올리고 비녀 하나만 찔렀던 터라, 곧바로 틀어 올린 머리를 손으로 누르고는 이서백이 준 비녀를 꽂아 넣은 뒤 원래 꽂았던 비녀는 빼내었다. 머리 모양이 조금도 흐트러지지 않았다.

황재하는 다시 비녀를 더듬어 등심초 무늬를 따라 미끄러지듯 내려가 권초 문양이 있는 곳에 이르러 살짝 힘을 주어 누른 뒤 안에 든 옥비녀를 뽑았다. 겉의 은비녀는 그대로여서 머리 모양은 조금도 흐트러지지 않았다.

"정말 편리합니다, 아주 잘 만들어졌습니다."

황재하는 기뻐하며 다시 두 손을 들어 은비녀의 입구를 찾아 옥비녀를 꽂아 넣었다. 딸깍하는 가벼운 소리와 함께 옥비녀가 잘 고정되었다. 황재하는 무척이나 기쁜 마음에 소매가 흘러내려 팔목이 훤히 드러나는 것도 전혀 신경 쓰지 않고 두 팔을 들어 머리 위의 비녀를 만지작거리며 이서백을 향해 미소 지었다.

"전하, 감사합니다! 이제 언제 어디서든 사건 내용을 정리할 수 있겠습니다."

"그래도 너의 그 나쁜 습관을 고치는 게 가장 좋을 테지."

황재하는 이서백의 말에 전혀 개의치 않고 옥비녀를 뽑으며 말했다. "진염 부인이 들려준 이야기에서 아주 중요한 내용 두 개를 새롭게 발견했습니다."

"그래?" 이서백은 찻잔에 차를 따라 황재하 앞으로 밀어주었다.

머릿속이 사건 생각으로 꽉 차 있던 황재하는 별생각 없이 찻잔을 들어 한 모금 마셨다. 그러고는 비녀를 들어 탁자 위 한 곳을 찍더니 이서백을 뚫어져라 바라보았다.

"옹순전에서 발견된 시신은 왕약 아가씨가 아닙니다."

"그래, 지난번에도 네가 얘기했었지."

"하지만 이번에는 그 시신이 누구인지 확신하게 되었습니다. 죽은 사람은 금노일 것입니다."

"확실한가?"

"거의 확실합니다. 줄곧 의문으로 남았던 부분이 시신 오른손의 독특한 흔적이었습니다. 손바닥 가장자리에 왜 군은살이 생겼는지, 대체 어떤 동작을 해야 그 부분의 피부가 쓸리는지 말입니다. 그건 바로 비파 발목(撥木)을 사용해 연주할 때, 발목의 꼬리 부분을 오른 손바닥 가장자리에 걸기 때문입니다. 오랜 세월 그렇게 연주하다 보면 자주 마찰된 그 부위에 굳은살이 생기겠지요."

"일리는 있다만 세상에 비파를 다루는 여인이 얼마나 많으냐. 어찌 그 시신이 금노라고 확신하지?"

"금노가 사라지고, 그 시신이 옹순전에 나타났습니다."

이서백도 알고 있는 사실이어서 살짝 고개를 끄덕이며 물었다. "의심할 여지 없는 좀 더 확실한 증거는 없느냐?"

"있습니다." 황재하는 손에 쥐고 있던 비녀로 종이 위에다 화살표를 그리고, 그 옆에 '숭인방'이라고 썼다. "금노가 사라진 그날 밤, 자진 공자가 철금루에서 싸간 음식을 먹고 걸인들이 죽었지요."

주자진이 이 일로 급하게 찾아왔던 것을 이서백도 생생하게 기억해 살짝 고개를 끄덕이며 말했다. "그래, 그 자리에 금노도 함께 있었다고 들었다."

"네, 그때 저와 자진 공자가 걸인들에게 가져다준 음식은 모두 저희가 먹다 남긴 것이었는데, 식사 자리에 있었던 사람들에게는 아무 일도 발생하지 않았지요. 게다가 저희가 직접 걸인들에게 음식을 가져다주었고 그 자리에서 바로 먹는 것도 보았습니다. 그렇다면 두 가지 가능성이 있습니다. 하나는 음식을 쌌던 연잎입니다. 하지만 자진 공자의 말로는 독성 강한 독전목 수액이 연잎에 묻었다면 금세 검은색으로 변했을 거라고 합니다. 당시 연잎은 막 딴 신선한 것으로 연푸른색을 띠고 있었으니 독을 묻혀두었을 가능성은 없습니다."

이서백은 고개를 끄덕였다. "그러면 남은 하나는 너희들 손에 독이 묻어 있었다는 가능성이겠군."

"맞습니다. 당시 세 사람이 음식을 쌌습니다. 저와 자진 공자에게는 아무 일 없으니, 그렇다면 금노의 손에 독이 묻어 있었을 가능성밖에 없습니다." 황재하는 탄식하며 말했다. "금노는 깔끔한 여인이라 그날 앵두 꼭지에 손을 찔려 가렵다며 짜증을 냈습니다. 사실 이미 독전

328

목 수액에 접촉했기 때문에 독성이 퍼지면서 가려웠을 것입니다. 그
게 아니라면 아무리 손 관리에 철저해 피부가 부드럽고 약하다 해도
어떻게 앵두 꼭지에 찔려 가렵겠습니까."

"그렇다면, 독전목 수액이 피부에 닿는 것만으로도 사람이 죽는다
는 건가?"

"그건 불가능하다 합니다. 그래서 한 가지 풀리지 않는 의문은, 금
노가 대체 언제 중독이 되었는가 하는 점입니다. 손에 상처도 없었고,
독이 든 음식을 먹은 것도 아닌데 말이지요. 그리고 금노는 그날 저녁
내내 저희와 함께 있었는데, 헤어지기 전에 이미 중독이 되었던 걸로
보입니다…… 독전목은 견혈봉후라고 불릴 정도로 독성이 강해서,
범인이 저희들 코앞에서 대담하게 독을 썼을 리는 결코 없습니다. 그
래서 대체 금노가 언제 어떻게 중독된 것인지 도무지 모르겠습니다."

"하지만 어쨌든 시신과 체격이 동일하고, 손바닥의 특징도 납득이
가고, 사인도 맞아 떨어지는 데다가 시간도 들어맞으니, 금노가 확실
한 것 같구나." 이서백은 고개를 끄덕이며 일단 그 문제는 뒤로 제쳐
놓고 다시 물었다. "두 번째로 발견한 점은 무엇이냐?"

황재하는 옥비녀로 다시 종이 위에다 화살표를 그리고는 그 옆에
'서주'라고 썼다. "전하께서 전에 짐작하셨던 것처럼, 이 일은 전하께
서 서주에서 구해주신 그 두 소녀와 관련이 있는 것 같습니다."

"뭐?" 이서백은 이번엔 정말로 놀란 표정이었다.

"저와 진염 부인은 지금 장안으로 올 누군가를 기다리고 있습니다.
그 사람이 오기만 한다면 이번 사건은 바로 해결될 것입니다."

"그게 누구냐?"

"정설색, 바로 전하께서 서주에서 구해주셨던 정 씨 성의 소녀입
니다. 그 여인이 그림 하나를 가지고 오기를 기다리는 중인데, 제 생
각에 이번 사건에서 가장 설득력 있는 증거는 다른 어떤 것보다 바로

그 여인 자체일 것입니다."

이미 마음속에 모든 수를 그린 황재하의 표정과 말투에 확신이 가득했다.

이서백은 눈을 살짝 들어 마주 앉은 황재하를 보았다. 가림막을 뚫고 들어온 햇빛이 순간적으로 황재하 주변을 환하게 빛으로 뒤덮었다. 마치 세상 모든 악인들의 어두움을 깨끗이 씻어줄 것만 같은 빛이었다.

이서백은 천천히 고개를 들고 몸을 뒤로 젖혀 의자에 기대앉았다. 그러고는 긴 숨을 내쉰 뒤 말했다. "그렇다면 잘됐군. 네게 건 기대가 헛되지 않았으면 좋겠구나."

"절대 전하를 실망시켜드리지 않겠습니다."

어쨌든 황재하도 자기 가족의 사건을 해결하기 위해 눈앞에 앉아 있는 이 사람의 도움이 전적으로 필요한 입장인지라, 즉시 대놓고 충성심을 드러냈다. 안타깝게도 이서백은 그 충심에 대해서는 조금도 관심이 없는 것 같았다.

"그래서 이제 어찌할 계획이냐?"

"금노 쪽에서 뭔가 좀 더 찾아보려고요. 더 늦기 전에 일단 금노가 머물던 외교방(外教坊)으로 가 거처에 남겨진 단서가 없는지 살펴보겠습니다."

"무슨 명목으로 방을 뒤지겠다고 말할 거지?"

황재하는 잠시 망설이다가 대답했다. "모 왕부에 소속된 환관인데 저희 전하께서 중요한 물건을 금노에게 건네신 적이 있어서 그걸 찾으러 왔다고 말하면 될 것 같습니다."

이서백이 냉정하게 말했다. "기왕부의 영패를 보이는 건 허락할 수 없다."

몸을 일으킨 황재하는 그를 향해 예를 갖추며 말했다. "걱정 마십시오, 전하. 그냥 모 왕부라고만 말하면, 아마 다들 소왕 전하라 생각할 것입니다."

이서백은 서둘러 물러나는 황재하에게 물었다. "저녁은 안 먹어도 되겠느냐?"

"괜찮습니다. 더 지체하면 야간 통행금지 시간에 걸릴 것입니다." 황재하는 잠시 생각하더니 덧붙였다. "왕부 영패를 사용하지 않는 대신, 경비로 은자 10냥 20문을 청합니다."

이서백이 의아해 물었다. "20문은 또 무어냐?"

"왕부로 돌아올 때 마차를 빌리기 위해서입니다."

이서백이 복잡한 표정으로 황재하를 보았다. "그 정도까지 가난해진 것이냐?"

"말단 환관 양승고가 전하를 따른 이후로 빈털터리가 된 까닭이지요." 황재하는 조금도 부끄러워하는 기색 없이 말했다.

"왜 경익을 찾아가 가불을 요청하지 않고?"

"가불을 신청하면 다음 달은 되어야 심사 결과가 나올 텐데, 그때 되면 저도 녹봉을 받을 테니 필요 없습니다. 지금 당장 갈증을 해소해야 하는데 멀리 있는 물이 무슨 소용 있겠습니까."

이서백이 눈썹을 추켜세웠다. 어떤 일에도 평정을 유지하던 그 얼굴에도 결국 어이없음과 답답함이 표출되었다. 이서백은 서랍을 열어 주머니 하나를 꺼내 던져주었다.

"감사합니다, 전하!" 황재하는 주머니를 받아들고는 곧바로 몸을 돌려 뛰쳐나갔다.

대당 장안에는 두 개의 외교방이 있었는데, 비파와 거문고 등을 타는 예인들이 머무는 외서교방(外西敎坊)은 광택방에 위치해 기왕부가 있는 영가방에서 멀지 않았다.

황재하는 교방까지 뛰어갔다. 기녀들이 모여 있는 곳이다 보니 입구에 한 노파가 앉아서 씨앗을 까먹다가 황재하가 오는 것을 보고는 손을 들어 막아 세웠다. "공공, 누구를 찾으시는지요?"

황재하가 재빨리 노파에게 인사하며 말했다. "죄송합니다, 들어가서 금노 좀 만나보겠습니다."

"아이고, 오늘은 무슨 날이래. 방금도 누가 금노를 찾아오더니 또 금노를 찾네." 노파는 그리 말하면서 옷에 묻은 씨앗 껍데기들을 떨어내며 몸을 일으켰다. "설마 공공도 금노한테 물건을 빌려줬다가 금노가 누구랑 도망쳤다는 소리를 듣고 물건을 되찾으러 온 겁니까?"

황재하가 놀라며 물었다. "네? 또 누가 금노를 찾아왔습니까?"

"그렇다니까요, 선녀같이 생긴 아가씨가 왔어요. 이 노파 인생에 한 번 봤을까 말까 한 미인이라니까요." 딱 봐도 나이가 꽤 많아 보이는 노파는 계속해서 수다스럽게 말을 이었다. "그 눈매하며 자태까지, 화폭에서 튀어나온 미인과 비교한대도 그 아가씨가 훨씬 빛이 나겠습니다."

"그 아가씨 이름을 아시나요?" 황재하가 재빨리 물었다.

"거야 모르지요. 어쨌든 공공처럼 입만 들고 오는 소환관하고 달리 그 아가씨는 금노가 써준 서신까지 들고 와서 보여줬답니다. 이 노인네가 글도 읽거든요!"

아무래도 노파는 황재하를 안으로 들여보내줄 생각이 없는 것 같았다. 황재하는 웃음을 띠며 주머니에서 경비 일부를 꺼내 노파에게 쥐여주었다. "어르신, 이거……. 저도 명을 받들어 온 것입니다. 저희 전하께서 중요한 물건을 금노에게 주셨는데, 도망간 것을 알고는 지금 화가 머리끝까지 나셨지요. 그 물건을 찾아가지 못하면 분명히 저는 매질을 당하고 왕부에서 쫓겨날 겁니다."

"아유, 그건 아니 될 일이죠. 저는 마음이 선해서 누가 고통을 받는 건 원체 보지를 못한답니다." 노파는 작은 은자 하나가 품에 떨어지자 금세 낯빛이 변해 싱글벙글 웃어 보였다. "이리 오세요, 금노의 방을 가르쳐드릴 테니. 여기 두 번째 줄, 동쪽 끝에서 세 번째 방이지요. 이제 한 시진 뒤면 우리도 문을 닫으니 어서 가서 찾아보세요."

황재하는 재빨리 노파가 알려준 방을 찾아갔다. 방문이 활짝 열린 채 문 앞에서 두 명의 소녀가 이야기를 나누고 있었다.

황재하는 재빨리 다가가 물었다. "말씀 좀 묻겠습니다. 조금 전 그 선녀같이 생긴 아가씨는 어디 계신가요?"

두 소녀는 고개를 돌려 황재하를 훑어보더니 환관 복장을 보고는 웃으며 물었다. "어머, 어디 분이시죠? 내교방 사람이신가요, 아니면 왕부의 공공이신가요?"

"저희 전하의 물건이 금노에게 있는데 금노가 사라지는 바람에 그 물건을 찾아오라 하셔서요. 그다지 귀한 물건은 아니지만 전하께서 옛날부터 아끼시던 것이라⋯⋯." 황재하는 간절한 목소리로 말했다. "앞서 오신 분이 정말 아름다운 아가씨라고 하던데요?"

"그러게요. 금노도 꽤 예뻤는데 그렇게 예쁜 동생이 있을 줄 누가 알았겠어요." 왼편에 있던 소녀가 그렇게 말하더니 다시 안쪽을 들여다보며 입을 삐죽였다. "아니, 좀 전까지도 있다고 하지 않았어? 왜 아직 안 돌아오는 거지?"

"그러게, 나도 빨리 그 그림을 보고 싶은데 말이야." 또 다른 소녀가 눈썹을 찡그리며 말했다.

황재하가 의아해하며 물었다. "무슨 그림 말인가요?"

"그 전설 속 여섯 여인이라던데요? 양주 예인들이 그 그림을 보자마자 악무의 이치를 깨달았다는 그 전설의 그림 말이에요."

황재하는 자신도 모르게 실소를 터뜨렸다. "운소육녀 말인가요?"

"맞아요, 공공도 아세요? 그런데 소환관께서 그 그림이 왜 보고 싶

으세요? 악무를 배우시는 분도 아니면서 악무의 이치를 깨달아 무엇
하시게요?"

"……."

이런 기이한 소문이 대체 어디서 나왔는지, 황재하는 할 말을 잃었
다. 그림을 가져온 미인은 정설색이 틀림없을 텐데 진염 부인이 왜 설
색을 자신에게 먼저 데려오지 않았는지 아무래도 이상했다. 두 소녀
는 기다리던 이가 돌아오지 않자 구시렁거리며 몸을 돌렸다.

황재하가 물었다. "방에 들어가봐도 되는 겁니까?"

"들어가셔도 돼요. 값비싸거나 중요한 물건은 다 가져갔을 테고, 가
져가지 않은 것들은 교방 사람들이 다 나눠 가졌지요. 다들 금노 대신
맡아놓겠다고 말은 그렇게 하지만, 다 자기가 쓰려고 가져가는 거 아
니겠어요? 방에는 남은 게 별로 없어요."

"그렇다면 운을 믿어보는 수밖에요." 황재하는 두 소녀에게 인사하
고는 방 안으로 들어가 사방을 둘러보았다.

우아하게 꾸며진 방이었다. 장식이 달린 창문에는 얇게 비치는 연
보라색 비단 천이 발려 있고, 내실과 대청 사이에는 진주로 만든 발이
쳐져 있었다. 앞에 보이는 문으로 들어가니 작은 방이 하나 나왔고,
창밖에서 불빛이 들어왔다. 바깥 거리에 벌써 등불이 켜지기 시작한
모양이었다.

창문 아래로 탁자와 침대가 놓여 있었다. 탁자 위에는 작은 물건 몇
가지가 놓여 있고 백자 화병에 찔레꽃 두 송이가 꽂혀 있는데, 이미
시들어 탁자 위에 꽃잎과 잎사귀가 떨어져 있었다.

실내에는 아무도 없었다. 여기로 들어왔다던 그 아가씨는 아마 물
건을 가지고 이미 떠난 듯싶었다.

황재하는 옆에 있던 작은 의자에 앉아 사건을 이리저리 생각하면
서 정설색이 돌아오기를 기다렸다.

날이 점점 어두워지고 창밖에서 들어오는 등불 빛은 점점 선명해졌다. 정설색은 돌아오지 않았다. 마냥 기다리고만 있을 수 없어 일단 방 안을 조사해보기로 했다. 먼저 궤짝 앞으로 가 창밖에서 들어오는 불빛에 의지해 그 안을 살펴보았다.

두 소녀가 말한 대로 웬만한 물건은 사람들이 다 가져간 뒤라 옷가지만 엉망진창으로 뒤섞여 있었다. 탁자와 의자, 침대까지 다 살펴보았지만 이렇다 할 수확은 없었다.

생각에 잠긴 채 실내를 돌아다니며 구석구석 훑어보던 황재하는 마침내 한 모퉁이에서 무언가를 발견했다. 창밖에서 들어온 불빛을 받아 미세하게 빛나는 물건이었다.

황재하는 바닥에 엎드려 구석에 놓인 화분 받침대 아래로 손을 뻗어 그 물건을 끄집어냈다. 손에 쥔 물건을 본 순간 황재하는 깜짝 놀라 눈이 휘둥그레졌다.

반쪽짜리 은괴.

옹순전에서 발견한 은괴와 비슷한 크기에 잘려진 면이나 광택의 정도까지, 두 은괴를 합치면 온전한 하나의 은괴가 될 게 틀림없었다.

황재하는 은괴를 품속에 넣고 다시 한 번 방을 자세히 훑어보았다. 더 이상 빠뜨린 부분이 없음을 확인하고서야 방을 나왔다.

교방 문이 닫히기 직전에 아슬아슬하게 나온 황재하는 광택방 앞에 서서 사방을 둘러보았다. 야간 통행금지가 곧 시작될 모양인지 사방은 이미 쥐 죽은 듯이 조용했다. 빌려 탈 마차도 보이지 않았다.

하는 수 없이 한숨을 쉬며 발을 들어 기왕부로 걸음을 옮겼다.

장안성의 수많은 집들이 고요에 잠긴 가운데, 고루에서 울려오는 폐문고 소리만이 들릴 뿐이었다. 북소리가 초저녁의 장안성에 울려 퍼지고, 황재하는 속도를 높여 장안성 거리를 달렸다. 북쪽에 위치한 광택방은 대명궁, 태극궁과 가까이 있어 유난히 조용했다. 자신의 발소리가 메아리쳐 다시 귓가에 들려올 정도였다.

뒤에서 누군가가 큰 소리로 외쳤다. "누구냐? 이렇게 늦은 시간에 여기서 뭐하는 것이냐?"

고개를 돌린 황재하는 자신을 쫓아온 순찰병을 보며 해명했다. "저는 기왕부의 환관이온데, 일을 보다가 시간이 많이 지체되는 바람에 급히 돌아가는 길입니다."

기왕부라는 소리를 듣자 상대방의 태도가 확 달라졌다. "일을 보셨다면, 친필 서한이라도 갖고 계신지요?"

"서한까지 확인할 필요 없다. 기왕부의 양승고 공공이다." 뒤에서 누군가가 말했다.

황재하는 그 음성에 자신도 모르게 속으로 안도의 한숨을 내쉬고는 몸을 돌려 허리를 깊이 숙이며 예를 갖추었다. "왕 통령."

어림군 우통령 왕온이었다. 오늘은 이곳을 순찰 중인 모양이었다.

왕온은 말 위에서 황재하를 내려다보고 있었으나 조금도 거만하지 않고, 오히려 온화한 얼굴과 부드러운 목소리로 말했다. "양 공공, 오늘 낮에 보았을 때만 해도 왕부 입구에서 무료하게 하늘을 보고 계시더니, 저녁에는 어찌 이렇게 바쁘십니까?"

"아……. 시간을 잘못 계산했나 봅니다. 통행금지 전에 돌아갈 수 있을 줄 알았는데."

금노의 방에서 너무 오래 지체한 모양이었다.

왕온은 고개를 끄덕이고는 다른 순찰병에게는 원래대로 순찰하라 명한 뒤, 손을 들어 말 엉덩이를 톡톡 치며 말했다. "타시지요. 왕부까지 모셔다드리겠습니다."

"아닙니다……. 그러실 것까진 없습니다. 공무만으로도 바쁘실 텐데 폐를 끼칠 수는 없지요."

황재하는 억지웃음을 지으며 대답한 뒤 급히 예를 갖추고는 도망치듯 걸음을 옮겼다.

가볍게 울리는 말발굽 소리가 황재하의 등 뒤를 따라왔다.

황재하가 고개를 돌려 쳐다보자 왕온은 앞쪽을 바라보며 온화한 목소리로 말했다. "최근 장안성이 그리 안전하지 않으니 함께 가도록 하겠습니다."

"감사합니다……." 황재하는 간신히 한마디 내뱉고는 더 이상 아무 말도 하지 않았다.

긴 거리에 적막이 흘렀다. 각 모퉁이마다 달려 있는 등불이 어둠속을 은은하게 밝혔다. 간혹 불어오는 바람에 장안의 모든 등불이 약하게 흔들리며 밝아졌다 어두워졌다를 반복하면서 이쪽저쪽으로 파도치듯 온 장안성을 뒤덮었다.

왕온은 말을 타고, 황재하는 걸어서 기왕부로 향했다. 왕온의 말은 훈련이 잘된 데다 성격도 온화해 줄곧 적절한 속도를 유지하며 황재하와 보폭을 맞추었다.

두 사람은 파도처럼 넘실대는 불빛을 밟으며 길게 뻗은 장안의 대로를 지났다. 세상에서 가장 번화한 도시 거리 곳곳에 달린 등불이 눈앞의 저택들을 비추고 있었다.

영가방은 고관대작들이 모여 있는 곳으로 몇몇 저택에서 흘러나온 현악 소리가 바람을 타고 두 사람의 귀에까지 들려왔다. 여인의 청아하고 아름다운 노랫소리도 몇 대목 희미하게 들렸다.

> 진주 주렴 밖으로 오동나무 그림자 지네
> 가을 서리 내리려는 것을 손이 먼저 아는가

멍한 얼굴로 길을 걷는 황재하에게 왕온이 웃으며 말했다. "여름도 아직 오지 않았는데 가을 서리가 먼저 내렸군요."

멍하니 걷던 황재하는 그제야 정신을 차리며, 왕온이 방금 들려온 노래에 대해 말하는 것을 깨달았다.

황재하가 말했다. "마음만 통한다면, 겉모습은 중요하지 않지요."

왕온은 고개를 옆으로 돌려 황재하를 보며 말했다. "음, 제가 너무 형식에 얽매였나 봅니다."

황재하는 입을 연 김에 물었다. "출관까지 며칠 남지 않아 통령께서 많이 바쁘실 텐데 어찌 오늘도 야간 당직을 서고 계십니까?"

"집안에 위아래로 많은 사람이 있어서 적절히 안배해놓으면 다들 알아서 하니, 계속 지켜보고 있을 필요가 없지요." 왕온은 다시 눈을 들어 앞에 펼쳐진 깊은 밤을 바라보며 말했다. "그리고 저는 장안의 밤을 좋아합니다. 낮 시간에 비해 조용하고 심오하지요. 건물 하나하나가 서로를 비추는 것이 마치 신선의 궁전 같아 보이는데, 그 속에 어떤 풍경이 숨겨져 있는지 엿볼 수가 없어 더 많은 상상을 하게 됩니다."

"그 안에 들어가 있으니 자연히 그 전모를 보지 못하는 것 아니겠습니까. 그곳에서 몸을 빼면 되겠지요."

왕온은 황재하를 보며 미소를 지었다. "양 공공의 말씀이 맞습니다. 세상사 모든 것이 제삼자의 눈에는 아주 잘 보이는 법이지요."

거리 곳곳의 흐릿한 불빛 탓인지 그의 미소 속에 왠지 황재하가 모르는 어떤 의미가 숨겨져 있는 것 같았다.

갑자기 이가 시큰거리는 기분이었다. 왕온이 일개 소환관인 양승고를 대하는 태도로는 무언가 한참 잘못된 것 같았다.

'내가 누구인지 이미 알고 있는 걸까, 아니면 아직은 의심만 하고 있는 걸까? 이분이 눈치채지 못하게 하려면 어떻게 해야 하지?'

황재하는 고개를 숙인 채 다시는 그의 얼굴을 볼 엄두를 내지 못했다. "이제 거의 다 왔으니 왕 통령께서도 이만 돌아가시지요."

"그러지요. 다음에는 시간 계산을 잘 하셔서 너무 늦게까지 바깥에 머물지 마십시오." 왕온은 고삐를 당겨 말을 길 한복판에 멈춰 세우고는 멀어지는 황재하의 뒷모습을 지켜보았다.

황재하는 빠른 걸음으로 기왕부 서북쪽의 쪽문으로 걸어갔다. 문을 두드려 안으로 들어가면서 슬쩍 고개를 돌려 닫히는 문틈으로 왕온 쪽을 보았다.

왕온은 여전히 말을 멈춘 채 황재하를 보고 있었다. 어둠과 등불 빛에 둘러싸인 그의 얼굴에 봄바람 같은 온화한 표정이 드리워져 있었다. 왕온이 그렇게 한참을 있는데 뒤에서 누군가가 말을 타고 천천히 다가왔다.

"온아, 언제 돌아갈 것이냐? 집안일도 처리할 것이 많은데."

"지금 바로 가겠습니다." 왕온은 말 머리를 돌려 그의 뒤를 따라가면서 물었다. "아버지, 오늘은 어찌 직접 나오셨습니까?"

왕린이 한숨을 쉬며 말했다. "황후께서 급히 부르시는데 어찌 안 갈 수 있겠느냐?"

왕온이 조용히 고개를 끄덕였다. 두 사람은 각자 말을 타고 천천히 집으로 향했다.

"네게 당부한 것들은 모두 처리하였느냐?"

"네, 해결했습니다." 왕온은 평온하게 말했다. "약을 써서 피와 살을 일부 없앴으니 더 이상 아무도 알아보지 못할 것입니다."

"직접 하였느냐?"

"당연히 아니지요. 믿을 만한 사람을 찾았습니다."

"믿을 만해?" 왕린이 차갑게 말했다. "이 세상에서 믿을 만한 사람이란 오직 죽어 말 없는 사람이니라."

"네. 나중에 기회를 보겠습니다."

저 멀리 왕 가 저택이 보이기 시작해 두 사람은 거기서 대화를 끝냈다. 문을 들어선 뒤 말은 문지기에게 넘기고, 두 부자는 회랑을 따라 곧바로 안뜰 쪽으로 걸어갔다.

올곧은 서체로 '왕' 자가 적힌 등롱들이 땅 위로 짙은 붉은빛을 비추어 스산한 저택에 조금이나마 따뜻한 느낌이 돌았다.

앞에 걸어가던 왕린이 어둠 속에서 천천히 걸음을 멈추더니 고개를 돌려 왕온을 보았다. 왕온은 영문을 모른 채 불빛 아래 멈춰 서서 아버지를 바라보았다.

왕린은 자신보다 머리 반 개만큼 키가 큰 왕온을 보며 기쁨과 슬픔이 동시에 드리운 표정으로 말했다. "온아……. 정말이지 너에게만큼은 손에 피를 묻히게 하고 싶지 않았단다."

왕온은 입술을 꾹 다물고서 한참 동안 아버지를 바라보다 입을 열었다. "저도 왕 가 사람입니다. 왕 가에 닥치는 비바람이라면 목숨도 아끼지 않고 앞장서서 막아야지요."

왕린이 왕온의 어깨를 토닥이며 한숨을 쉬었다. "고맙구나……. 안타깝게도 지금 왕 가의 대를 이을 사람이 너 하나밖에 없으니."

"그래도 누님이 여자이지만 의연하고 과감합니다. 황후의 위치에서 우리 왕 가를 위해 힘쓰느라 누님께서 더 힘들 겁니다."

왕린의 표정이 변하더니 한참 미간을 찌푸리고 있다가 겨우 고개를 끄덕이며 말했다. "그래, 황후도 결국엔 우리 가문 사람이지……."

왕온이 다시 말했다. "만일 왕약에게 아무 일도 생기지 않았다면, 역시 훌륭한 왕비가 되었을 텐데 말입니다."

"그래, 지금 왕 가의 여인들은 하나같이 평범하기만 할 뿐이니 왕약처럼 기왕 전하의 눈에 들 정도로 특출한 여인은 더 이상 없겠지." 왕린이 한숨을 쉬었다. "폐하께서 운왕이시던 시절 우리 집안 연회에 초청을 받아 오셨을 때도 첫눈에 네 누님을 맘에 들어 하셨지. 역시 이 세상에서 사람을 매료시키는 것은 눈이 부실 정도로 빼어난 용모가 먼저로구나."

왕온은 아버지의 탄식을 들으며 처마 밑에 걸린 붉은 등롱을 올려다보았다. 자신도 모르게 황재하가 떠올랐다. 3년 전, 황재하가 열네 살이었을 때 뒤에 숨어서 훔쳐본 그 가녀린 은홍색 자태는 마치 갓 피어난 꽃처럼 부드럽고 맑은 기품이 있었다.

그 맑은 기품을 생각하며 왕온은 기억을 더듬어보았다. 그 순간 어린 황재하가 왕온의 머릿속에서 천천히 고개를 돌렸다. 그리고……그 얼굴이 뜻밖에도 양숭고와 하나로 포개어지더니 한 사람이 되었다.

황재하와 양숭고. 하나는 열네 살의 소녀이고, 또 다른 하나는 열일곱여덟의 환관이다. 하나는 여리고, 하나는 청아했다. 하나는 피부가 희고 자신감이 넘쳐 궁중에서도 빛났고, 하나는 야위고 허약한 낯빛에 늘 기왕 곁에서 조심스럽게 있었다.

왜 왕부의 소환관에게서 황재하가 연상되는지 알 수 없는 노릇이었다. 처음 만났을 때부터 어딘지 모르게 양숭고가 특별하게 느껴졌다. 단지 황재하처럼 능숙하게 사건을 해결하고 생김새도 수배 전단의 그림과 비슷하게 생겼기 때문일까?

왕온은 이미 은밀히 사람을 시켜 양숭고의 신분을 조사해봤지만 그의 내력은 분명했다. 구성궁에서 기왕부로 옮겨왔으며, 당초 구성궁으로 들어갈 때 수결한 것도 그대로 남아 있었다. 다만 그때 양숭고는 글을 몰라 동그라미 하나로 수결을 대신했지만 말이다.

그리고 더 의심할 수 없는 증거는 바로 기왕 이서백이었다.

기왕 곁에 있는 양숭고를 의심한다는 것은 곧 기왕을 의심하는 것이었다. 왕온은 자신에게 엄청난 치욕을 안겨준 황재하를 생각하며 아득한 기억 속으로 빠져들었다.

그때 아버지의 음성이 들려왔다. "온아, 이렇게 무너진 왕 가를 보면 조상님들이 지하에서 수치스러워하실 듯해 송구스럽구나……. 지금 이 가문의 희망은 오로지 너밖에 없다. 이전의 영광을 되찾지는 못한다 해도 최소한 왕 가의 세력이 조정에서 끊어지게 해서는 아니 된다!"

왕온은 진중하게 고개를 끄덕이며 말했다. "그래도 오늘날 궁중에는 황후 폐하가 계시고 조정에는 아버지가 계시니 우리 왕 가는 절대 약하지 않습니다."

"틀렸다. 사실 조정과 궁중에서 왕 가의 영향력을 가장 크게 발휘하는 사람은 황후도 아니고, 우리도 아니다." 살짝 미소를 띠는 왕린의 얼굴에 의기양양한 표정이 서렸다. "천하를 뒤엎고 왕조를 바꿀 수 있는 다른 한 사람을 잊었느냐? 다만 그 사람도 왕 가라는 사실을 모두가 미처 생각지 못할 뿐이지."

왕온은 고개를 숙인 채 한참을 묵묵히 있다가 입을 열었다. "그렇지요."

"왕약의 관을 내보낸 후에 지체하지 말고 그를 방문하도록 하거라. 그가 우리 가문을 잊지 않도록 말이다." 왕린은 그렇게 말한 뒤 잠시 무언가를 생각하더니 덧붙였다. "물고기 키우는 것을 좋아한다니, 갈 때 물고기도 몇 마리 가져가거라. 자그마한 붉은 물고기가 좋겠구나."

'주방에 먹을 게 남아 있나 모르겠네.'

기왕부로 돌아온 황재하는 속이 쓰려오는 것 같았다. 아침에 춘병 몇 개, 오후에 차 몇 잔 말고는 하루 종일 돌아다니며 쌀 한 톨 배 속에 넣지 못했더니 배가 고파 쓰러질 것 같았다.

주린 배를 움켜쥐고 주방으로 가보았으나 아궁이는 이미 차갑게 식었고 아무도 없었다.

"배고파 죽을 거 같아……."

황재하는 찬모에게 음식들을 어디에 두는지 한 번도 물어보지 않은 자신이 원망스러웠다. 아무리 둘러보아도 먹을 거라곤 보이지 않았다. 간신히 찬장에서 바짝 말라비틀어진 찐빵 두 개를 찾아 양손에 하나씩 들고서 허겁지겁 베어 물며 자신이 머물고 있는 옆 뜰 행랑채로 향했다.

뜰 입구에 도착하자 뜻밖에도 자신의 방에 불이 켜져 있는 것이 보였다. 당황해 재빨리 문 앞으로 다가간 황재하는 순간 너무 놀라 손에 든 찐빵을 떨어뜨릴 뻔했다.

등불 아래 앉아 여유롭게 서책을 보고 있는 사람은…… 기왕 이서백이었다.

황재하가 멍하니 문 앞에 서 있자 이서백이 고개를 들어 쳐다보며 들어오라고 손을 까딱였다. 황재하는 잠시 머뭇거리다 한 입씩 베어 문 찐빵 두 개를 손에 쥔 채 안으로 들어서며 물었다.

"전하…… 늦은 밤중에 이곳까지 어인 일이신지요?"

이서백은 대답 없이 턱만 살짝 들어 옆에 놓인 찬합을 가리켰다.

황재하는 머뭇머뭇 찬합 뚜껑을 열어 안에 있는 것들을 꺼냈다.

고기죽, 꿀 과자, 다진 고기 요리, 메추라기 구이, 그리고 황재하가 가장 좋아하는 새우구이와 개구리볶음이 있었는데, 뜻밖에도 아직 따뜻했다.

이서백을 쳐다봤지만 딱히 자신에게 신경 쓰는 기색이 아니어서 황재하는 곧바로 손에 든 찐빵을 버리고 찬합에 들어 있던 상아 젓가락을 집어 한 쌍은 이서백 앞에 놓아두고 나머지 한 쌍으로 메추라기 구이를 덥석 집었다.

메추라기 구이는 최근 장안에서 유행하는 음식이었는데, 그저 메추라기를 구우면 끝이었다. 하지만 이 메추라기는 양념을 적절히 뿌리고 불을 잘 다뤘는지 그 맛이 일품이었다. 게다가 황재하는 지금 배가 몹시 고픈 상태였다. 게 눈 감추듯 메추라기 두 마리를 해치우고 나서야 한숨을 돌린 뒤 정상적인 속도로 돌아와 음식을 천천히 음미하기 시작했다.

이서백도 그제야 들고 있던 책을 내려놓으며 물었다. "진전이 좀 있었느냐?"

황재하는 아무 말 없이 품속에서 은괴를 꺼내어 탁자 위에 올려놓았다. 이서백은 은괴를 집어 들어 이리저리 자세히 살펴보았다.

은괴의 뒤에는 글자가 두 줄 새겨져 있었다. 첫 번째 줄은 '등운희 송활', 두 번째 줄은 '십 냥정'이었다.

황재하는 의자 서랍 속에서 원래의 반쪽짜리 은괴도 꺼내 건넸다.

두 개의 은괴는 빈틈없이 완벽한 한 덩어리가 되었다. 뒤쪽에 새겨진 글자도 완전해졌다. '부사 양위동 등운희 송활, 내고 사신 장균익, 은량 이십 냥정.'

이서백은 하나로 합쳐진 은괴를 내려놓고는 고개를 들어 황재하에게 물었다. "어디서 찾은 게냐?"

"금노 거처의 화분 받침대 아래서 찾았습니다."

"당치도 않군." 이서백이 확신하며 말했다.

"그렇지요. 이미 많은 사람이 그 방을 뒤졌는데 눈에 확 띄는 화분 받침대에 은괴가 남아 있었다니 당치 않지요." 황재하가 고기죽을 한 모금 마신 후 다시 입을 열었다. "제 바로 앞에 다녀간 정설색이 남기고 간 것이 분명합니다."

"정설색?" 이서백의 표정이 살짝 변했다. "장안에 온 것이냐?"

"네, 그렇지만 저도 못 만났습니다. 교방 사람들 말로는, 무척 아름다운 여인이 그림 한 폭을 들고 와 금노의 방을 찾았다고 했습니다. 제가 갔을 때는 이미 떠나고 없었고요."

"놓쳤으면 어쩔 수 없지." 이서백은 미간을 살짝 찡그리며 다시 물었다. "그런데 진염 부인은 어찌 네게 알리지 않은 게냐?"

"어쩌면 정설색이 금노와 서로 우의가 깊어 금노를 먼저 찾아갔는 지도요?" 황재하는 잠시 생각하다가 다시 입을 열었다. "하지만 진염 부인은 풍억 부인 일을 무척 마음에 두고 있으니, 어찌 되었든 정설색을 저에게 바로 데리고 올 겁니다."

이서백이 고개를 끄덕이며 말했다. "어차피 진염 부인은 악왕부에 머물고 있으니 내일 우리가 직접 찾아가도 되지."

"네. 그 외에는 오늘 교방 바깥을 조사하다가 어떤 장소를 발견했습니다. 오늘은 날이 늦어 자세히 살피기 쉽지 않을 것이고, 내일 가 보면 뭐라도 발견할 수 있을 것입니다."

"내일도 바쁜 하루가 되겠군." 이서백은 초의 불빛이 어두워진 것을 보고는 옆에 있던 가위를 집어 들어 다 탄 심지를 잘라냈다. 불빛이 밝아졌다.

일렁이는 불빛 아래 실내에는 고요함이 찾아왔다. 황재하가 음식을 먹다 말고 고개를 드니, 밝은 촛불 아래 이서백이 자신을 바라보고 있었다. 황재하는 저도 모르게 순간 멈칫했다.

이서백은 시선을 돌리며 무심한 듯 젓가락으로 개구리볶음에서 콩 줄기를 집어 황재하의 그릇에 놓아주었다.

황재하는 한참을 머뭇거리다가 겨우 입을 열었다.

"감사합니다. 전하께서 이렇게 저를 위해 음식을 남겨놓으실……."

"됐다." 이서백은 말을 끊고는 한참 황재하를 보다가 다시 천천히 말을 꺼냈다. "배부른 말이 빨리 뛸 수 있다는 것이 내 신념이지."

황재하는 입을 삐죽거리며 말했다. "역시 전하께서는 앞일을 멀리 내다보시는 분입니다."

"그러니 내일은 좀 더 빨리 뛰어야 할 것이야. 왕 가에서 출관할 날이 얼마 남지 않았다는 사실을 잊지 말고."

"네……."

이서백이 왕 가에 대해 언급하자 황재하는 저녁에 왕온을 만난 일이 생각났다. 젓가락을 쥔 채 흔들리는 불빛을 멍하니 바라보다가 결국 그 일은 말하지 않기로 했다. 괜한 일을 만들 필요는 없다. 어쨌든 이번 사건과는 아무 관련도 없는 우연한 만남 아닌가.

다음 닐은 맑고 화창했다. 높고 푸른 초여름 하늘이 눈부시게 밝았다. 황재하가 마구간으로 가니 이서백은 이미 건장한 흑마 위에 올라 가볍게 달리며 몸을 풀어주고 있었다.

황재하는 담벼락 아래 서서 회자색 홑옷을 걸친 이서백을 보았다. 간혹 햇살이 방향을 바꿀 때마다 은은하게 숨겨진 청자색 구슬 무늬가 반짝였는데, 희푸른 하늘과 조화를 이루어 아득하고 청아한 기품이 느껴졌다.

황재하가 온 것을 본 이서백은 말고삐를 잡아당기며 채찍을 들어 등 뒤의 마구간을 가리켰다. "골라보거라."

황재하는 한 번 둘러본 뒤 백마의 고삐를 풀고는 훌쩍 올라탔다. 지난번에 주자진을 만나러 가며 탔던 말은 다른 말이었지만, 그때 함께 끌고 갔던 말이 바로 이 백마였다. 성격이 온화해 말도 잘 듣고 걸음도 빨랐다. 주 가 저택까지 가는 동안 황재하 뒤에서 적절한 속도를 유지하며 조금도 한눈팔지 않고 충실히 잘 따라와 마음에 쏙 들었다.

이서백도 그 안목에 흡족해하며 황재하를 데리고 바깥으로 나가면서 말했다. "괜찮은 말이지. 내가 전에 자주 탔던 말이다. 이름은 '나푸사'다."

"특이한 이름이네요." 황재하가 말했다.

"대완[57] 말로 성격이 고상하고 온화하다는 뜻이라더구나. 정말 말

---

57 중앙아시아 페르가나.

을 잘 듣긴 하지. 다만 쉽게 사람과 친해지고, 쉽게 길들여지는 바람에 자기 주인이 누군지도 쉽게 잊는다." 이서백은 살짝 눈살을 찌푸렸다. 오래전 일이 생각난 모양이었다. 하지만 바로 다시 손을 들어 자신이 탄 준수하고 자신감 넘치는 흑마를 토닥이며 말했다. "그 녀석과 비교하면 이 '디우'가 훨씬 낫지."

"디우요?"

"대완 말로 한낮이라는 뜻이다. 이 녀석을 보면 디우라는 이름이 딱 어울린다."

두 사람은 말 몸통 길이의 반 정도 간격을 두고서 계단을 훌쩍 넘어 왕부 문을 나섰다. 황재하는 어디로 가는지 묻지도 않고 그저 이서백을 따라 서쪽으로 향했다.

"디우는 성격이 나빠서 처음에 길들이는 데만 해도 며칠이 걸렸지. 넷째 날 밤을 보내고 새벽이 밝아올 때에야 더 이상 안 되겠는지 나를 향해 앞발을 굽혔다." 이서백이 평온한 목소리로 말했다. "녀석을 몰 수 있는 사람은 이번 생애에 더는 없을 것이다."

황재하는 디우를 찬찬히 뜯어보면서 자신이 디우를 탈 수 있는 가능성을 가늠해보았다. 긴 속눈썹 아래 숨겨진 디우의 눈이 찌릿하며 황재하를 노려보는가 싶더니 오른쪽 뒷발이 황재하를 향해 난폭하게 들어 올려졌다. 공격은 아주 정확하게 맞아떨어져 나푸사의 복부를 단번에 명중시켰다. 나푸사는 신음 소리를 내며 앞으로 몇 걸음 내달렸다. 하마터면 말에서 떨어질 뻔한 황재하는 화가 나 역시 발을 들어 매섭게 디우를 걷어찼다.

디우는 목을 걷어차이고 격하게 분노했지만 이서백이 고삐를 잡아당기자 하는 수 없이 화를 참았다. 하지만 굉장히 언짢은 듯 콧구멍에서 분노의 거친 숨이 뿜어져 나왔다.

황재하는 디우가 씩씩거리는 모습에 저도 모르게 채찍으로 디우를

가리키며 크게 웃었다. 힘든 일을 당한 이후로 늘 우울했던 황재하인
지라 이서백 앞에서 그렇게 웃어 보이기는 처음이었다. 이서백이 의
아해하며 황재하를 뚫어져라 보았다.

　황재하의 웃는 얼굴이 초여름 햇살 속에서 더없이 찬란하게 빛났
다. 마치 천하의 모든 햇빛이 황재하의 아름다운 얼굴을 향해 비추는
듯, 눈이 부셔 똑바로 볼 수 없었다.

　이서백은 그 빛에 델까 두렵기라도 한 듯 급히 얼굴을 돌리고 더는
황재하를 보지 못했다. 그런 상황도 모르고 황재하가 의아한 얼굴로
쳐다보자 이서백은 가볍게 헛기침을 하며 말했다.

　"악왕부로 가자."

15장

하늘 햇살과
구름 그림자

악왕 이윤은 예의 그 정성스레 꾸며진 다실에서 두 사람을 맞았다. 진염 부인을 만나고 싶다는 이서백의 말에 이윤이 의아해했다.

"넷째 형님이 어찌 진염 부인을 다 찾으십니까?"

"몇 가지 사소하게 물을 게 있어서 말이다."

이윤은 유감스러워하며 말했다. "그거 참 공교롭게 되었네요. 진염 부인은 이미 떠났습니다."

"네? 진염 부인이 떠났다고요?" 황재하는 깜짝 놀랐다.

이서백이 고개를 돌려 황재하를 힐긋 쳐다보고는 다시 이윤에게 물었다. "언제 떠났지?"

"어제요. 아무 말도 없이 서신만 남기고 짐을 챙겨 떠났습니다. 사람을 불러 서신을 가져오라 할 테니 한번 보십시오."

진염 부인의 서신이 곧 도착했다. 말이 서신이지 그냥 종이쪽지에 간단히 몇 줄 적혀 있을 뿐이었다.

악왕 전하께.

이곳에 묵을 수 있도록 거두어주신 은혜 평생 잊지 못할 것입니다. 다만 이 몸은 이미 소원하는 바를 이루었으니 이제 장안을 떠나 다시는 돌아오지 않을 것입니다. 전하의 고결한 인품이 높은 산과 흐르는 물처럼 오래도록 추앙받으시옵길 빌며, 멀리서나마 전하의 만복과 무병장수를 기원하겠습니다. 부디 만세천추하소서.

진 씨 염 부인 삼가 올립니다.

필적은 매우 수려했으나, 휘갈겨 쓴 것을 보니 급히 써내려간 듯했다. 이서백은 서신을 한 번 훑어보고는 황재하에게 건네주었다.

황재하는 '소원하는 바를 이루었으니'라는 구절에 시선을 한참 머물렀다가 서신을 이윤에게 돌려주며 말했다. "이리 되었으니 이제 진염 부인을 다시 만날 기회는 요원해 보입니다. 저의 거문고 실력이 아직 한참 미숙하여 좀 더 가르침을 받고 싶었는데 말입니다!"

이윤은 미소를 지으며 말했다. "그거야 어려운 일도 아니지. 내외교방에도 거문고 연주자들이 많고 실력이 뛰어난 고수들도 있으니 말이네. 아, 그러고 보니 어제는 보름이어서 평소대로 입궁해 태비께 문안 인사를 드렸습니다. 전에 진염 부인이 제게 말하기를, 태비께서 비파를 좋아하시는데, 양주 운소육녀의 초상화에는 깊은 깨달음이 숨겨져 있다는 말이 있으니, 혹 태비께서 원하신다면 며칠 뒤에 그 그림을 감상하실 수 있게 바치겠다고 하였지요. 그래서 제가 태비께 말씀드렸더니, 태비께서는 그저 웃으시며 한 폭의 그림이 좋으면 얼마나 좋겠느냐고 거절하셨습니다."

이서백이 물었다. "네가 궁에서 돌아왔더니 진염 부인은 이미 떠난 뒤였고?"

"네, 만약 태비께서 그 그림에 관심을 보이셨다 해도 가져다드릴 수 없게 되었지요." 이윤은 웃으며 말했다.

성격이 어찌나 좋은지 눈매에도 웃음이 가득해, 진염 부인의 일에 불만을 느끼지는 않는 듯 보였다.

이서백은 고개를 끄덕이며 말했다. "이미 떠난 사람이니 찾으려 해도 쉬운 일은 아니겠지. 오늘도 직접 이렇게 차를 끓여주니 참으로 고맙구나."

"무슨 말씀이십니까. 형님이 이렇게 오실 수만 있다면 저야 더 이상 바랄 것이 없지요."

그렇게 몇 마디 인사를 더 나눈 뒤 이서백은 황재하를 데리고 악왕부를 나왔다. 직접 문밖까지 나와 배웅하는 이윤에게서 한참 멀어져서야 이서백은 말고삐를 잡아당겼다. 두 사람은 장안 길가에 한참을 그렇게 서 있었다. 두 사람은 서로의 눈에서 이 일에 대해 추측하는 바를 엿볼 수 있었다.

이서백이 물었다. "어제 조사해봐야 한다고 말했던 곳은 어디냐?"

"광택방 바깥 수로입니다. 아직 정오가 되지 않은 시각이라 물 긷는 사람이 있을지도 모르니 오후에 가는 게 좋겠습니다."

이서백은 고개를 끄덕인 뒤 잠시 망설였다가 곧바로 서쪽으로 말머리를 돌렸다. "서쪽 시장으로 간다."

황재하는 가볍게 채찍을 들어 나푸사의 엉덩이를 살짝 쓸어내리며 물었다. "네? 이번에도 마술을 보러 가십니까?"

이서백은 대답 대신 황재하에게 되물었다. "이 시점에서, 이 사건의 가장 큰 의혹과 난제가 무엇이라 생각하느냐?"

황재하는 조금도 망설이지 않고 답했다. "이 사건은 서로 복잡하게 얽혀 있어 파악하기가 쉽지 않지만, 제가 볼 때 가장 큰 의혹은 어떻게 왕약 아가씨가 200명이 호위하던 철옹성 같은 공간에서 그토록 감쪽같이 사라질 수 있었느냐 하는 것입니다. 동각에서 사람을 눈 깜짝할 사이에 사라지게 만드는 방법은 대체 무엇일까요?"

"그래, 왕약이 어떻게 사라졌느냐가 이 사건의 관건이 되겠지. 그 수수께끼만 풀어도 이 사건을 단숨에 파악할 수 있을 텐데 말이다." 이서백은 말고삐를 느슨하게 잡아 두 필의 말이 천천히 걷도록 했다. "나도 이 문제에 대해 생각해보았다. 어쩌면 지난번에 서쪽 시장에서 본 마술에 우리가 너무 영향을 받은 것은 아니었을까 생각했다. 새장 속에 어떤 장치를 설치해 새를 사라지게 할 수 있는 것처럼 우리는 옹순전에 어떤 장치나 비밀 통로가 있지 않을까 그쪽으로만 생각한 것 같구나."

"하지만 대부분 다 그렇게 생각하지 않겠습니까. 살아 있는 다 큰 성인이 가구도 몇 개 없는 실내를 드나들 수 있는 통로가 과연 몇이나 되겠습니까. 위로는 궁등이 걸린 천장이 있고, 별다른 창문도 없으며 심지어 들보 하나 없습니다. 사면은 모두 벽으로 둘러싸였는데 그중 두 면은 틈이라곤 없는 견고한 흙벽입니다. 다른 한 면은 문을 열면 곧바로 정전으로 향하는 길이 보이지요. 당시 정전 문은 활짝 열려 있었기에 누군가가 그곳에서 문을 열고 나왔다면 문 앞을 지키는 시위병은 말할 것도 없고 정전 안에 있던 환관들 또한 볼 수 있었을 것입니다. 마지막 남은 벽에는 창문이 나 있는데 창밖에는 시위병이 지키고 서 있었으며 아무도 창을 통해 나온 사람이 없다고 확신했습니다. 그러면 남은 곳은 아래쪽인데, 지하도나 밀실 같은 것이겠지요. 아직 발견된 것은 없습니다만."

이서백은 정리하듯이 말했다. "사방팔방이 엄중히 막힌 방 안에서 그렇게 사람이 사라졌다."

"네, 그리고 며칠 후에 형체를 알 수 없는 시신이 그곳에 나타났지만 사라진 사람의 것도 아니었지요."

낮은 소리로 사건을 정리하는 동안 어느새 서쪽 시장에 도착했다.

두 사람은 입구에 말을 묶어두고 시끌벅적한 시장 안으로 들어가 천천히 인파를 따라 앞으로 걸어갔다.

서쪽 시장은 늘 그렇듯이 떠들썩하고 번화한 모습이었다. 온갖 종류의 직업이 다 있고, 진귀한 것들이 모여 있으며, 맛있는 난릉주(蘭陵酒)와 푸른 눈의 무희가 넘쳐나는 곳이었다. 지금의 황제 폐하가 몰고 온 사치스러운 풍조가 대당 장안에 가득했다.

어항 가게 주인은 여전히 그곳에 앉아 물고기에게 장난을 치느라 찾아온 손님은 조금도 신경 쓰지 않는 모습이었다. 이서백은 지난번과 같은 먹이를 샀다. 황재하가 복잡한 표정으로 바라보는 것을 느꼈지만 설명하기가 귀찮았다. 그러다가 점포 밖으로 나오며 비로소 입을 열었다.

"녀석이 이런 먹이를 좋아하더군. 근래에 살이 찐 것 같아."

황재하는 순간 할 말을 잃어 그저 이렇게만 말했다. "그 마술하던 부부에게 가보는 것이 좋겠습니다."

부부는 지난번보다 일찍 나와 벌써 길에서 마술을 선보이고 있었다. 이번에는 달걀이 병아리로 변하는 마술이었다. 황재하는 한눈에 바꿔치기 수법이라는 것을 눈치챘지만, 보송보송한 병아리가 땅 위를 종종거리며 뛰어다니는 것이 꽤나 귀여워 부부를 도와 온 바닥을 헤집고 다니는 병아리들을 잡아 우리에 넣어주었다.

사람들이 흩어지고 난 후 부인이 황재하를 보고 방긋 웃었다. 그러고는 이서백을 힐끔거리며 물었다. "이번엔 또 무슨 마술을 배우고 싶어서 오셨습니까?"

황재하가 말했다. "지난번에 알려주셨던 마술은 지금까지 써먹지 못했습니다. 새를 다루기 어려워서 방법이 없더라고요! 혹시 더 간단한 방법이 있을까요?"

여인은 웃으면서 고개를 돌려 남편을 불렀다. "그 새장 가져와요.

그 천도 가지고 오고요. 맞아요, 그 까만색 천."

여인은 검은 천을 펼쳐 보이며 속에 아무것도 감추지 않은 평범한 까만 천임을 확인시켜주었다. 그러고는 비어 있는 새장을 덮더니 얼굴을 들어 황재하를 보며 더는 움직이지 않고 그저 웃기만 했다.

황재하는 이 비밀스러운 기술을 그렇게 순순히 전수해줄 리 만무하다는 사실을 알고 이서백을 향해 슥 손을 내밀었다. 황재하가 눈짓하자 이서백은 바로 무슨 말인지 알아듣고는 손에 잡히는 대로 주머니에서 은자를 꺼내어 건넸다.

여인은 돈을 받자 순간 얼굴이 밝아졌다. 오른손으로 우리 속 병아리를 잡아 검은 천으로 덮인 새장 옆에 두더니, 왼손으로 새장의 검은 천을 가볍게 들어올렸다. 황재하와 이서백이 집중하며 지켜보는 가운데 여인은 노란색 병아리를 검은 천으로 덮인 새장 안으로 집어넣었다. 그러고는 비파를 타는 것처럼 다섯 손가락을 펼쳐 보이며 새장에서 손을 떼 두 손이 비어 있음을 명확히 확인시켜주었다. 여인 뒤에서 검은 천이 살짝 움직였다. 아까 그 병아리가 정말로 새장 안으로 들어간 것으로 보였다. 여인은 두 사람을 향해 미소를 짓고는 새장 위 검은 천을 벗겨냈다. 새장 안은 텅 비어 있었다.

황재하는 저도 모르게 새장을 들어서 안을 자세히 들여다봤지만, 그 안에는 정말 아무것도 없었다. 게다가 새장은 매우 조잡해 아무런 장치도 없어 보였다.

여인이 웃으며 말했다. "이건 아무 장치도 없는 새장입니다. 병아리는 알에서 나온 지 얼마 안 돼 아무 훈련도 받지 않았고요. 이 마술은 굉장히 쉽고 간단해서 그 누구라도 요령만 알면 바로 따라할 수 있습니다."

황재하와 이서백은 눈빛을 주고받은 후 동시에 여인의 손에 들린 검은 천으로 시선을 돌렸다. 검은 천 안에서 무언가가 꿈틀거렸다.

여인은 빙그레 웃으며 검은 천을 펼쳐 보였다. 검은 천 안쪽 면에 작은 주머니가 하나 있고 노란 병아리가 그 주머니에서 머리를 내밀고는 자신은 무고하다는 표정으로 둘을 바라보았다.

뜻밖의 간단한 방법에 황재하는 실소를 금치 못하며 중얼거렸다. "이런 거였구나……."

순간적으로 황재하의 머릿속에 무수한 단편들이 스쳤다.

선유사에서 갑자기 나타난 남자의 예언, 아무 흔적도 남기지 않은 봉래전의 자객, 석가산에 떨어진 잎사귀 모양 금비녀, 물 샐 틈도 없이 호위하던 옹순전……. 보이지 않는 하나의 실마리가 이 모든 것을 관통하면서 단서 하나하나가 꿈틀꿈틀 머릿속에서 빠르게 연결됐다.

갑자기 막혀 있던 것이 확 트이는 느낌이 들어 황재하는 자신도 모르게 크게 숨을 들이마셨다. 마치 하늘의 뜻을 간파한 것처럼 황홀경에 빠졌다.

이서백은 아무런 미동도 않고 서 있는 황재하를 보고는 손을 들어 어깨를 가볍게 쳤다. 그래도 아무 반응이 없자 하는 수 없이 황재하의 손을 잡아 끌며 뒤돌아 나왔다. 황재하의 손은 가늘고 부드러워 마치 작고 어린 비둘기가 손바닥에 가만히 누워 있는 것 같았다.

까닭 모르게, 이서백의 손에 살짝 땀이 맺혔다.

황재하는 여전히 멍한 채 이서백을 따라 느릅나무 아래까지 가서는 그제야 긴 한숨을 내뱉었다.

"자진 공자를 만나러 가야겠습니다."

이서백은 천천히 황재하의 손을 놓고는 미간을 찌푸리며 물었다. "뭘 알아낸 게냐?"

"제 추측이 맞는지 확인해봐야겠습니다. 그래서 자진 공자의 도움이 필요합니다." 황재하는 고개를 들어 이서백을 보았다. "먼저 왕부에 가 계시겠습니까?"

이서백은 흥 하고 코웃음을 치고는, 이제 쓸모가 없어졌다고 자신을 냅다 버리는 듯한 황재하의 태도에 한마디로 대답했다. "아니."

"그럼 전하께서도 함께 자진 공자를 만나러 가시겠습니까?"

조정에서 가장 바쁜 기왕 이서백은 차가운 얼굴을 하고서 뒤돌아서며 자신의 말을 찾았다.

"딱히 별일 없으니 같이 가는 것도 상관은 없다."

주 가 저택의 문지기는 두 사람을 보자마자 얼굴 가득 미소를 지으며 말했다. "양 공공, 오셨습니까? 이분은……?"

이서백은 말에서 내리지 않고 자신을 향해 미소를 보내는 문지기는 상관 않은 채 황재하에게 말했다. "들어가보거라. 나는 밖에서 기다리지."

말에서 내린 황재하는 대문 근처의 말을 매는 돌에다가 나푸사를 묶었다.

문지기가 황재하를 향해 웃으며 말했다. "공공께서 오시면 곧바로 도련님 거처로 모시라고 도련님이 분부하셨습니다. 이리 오십시오, 모셔다드리겠습니다."

황재하는 감사를 표하며 문지기를 따라 저택 안으로 들어갔다. 화원 근처 모퉁이까지 가니 줄사철나무가 가득한 작은 정원이 나왔다. 정원 문은 활짝 열려 있고 안에서는 하인 두 명이 포도나무 지지대 아래에 앉아 실뜨기를 하고 있었다. 주자진의 음성도 흐릿하게 들려왔다.

"아니, 아필하고 아연 이리 와서 좀 잡아달라니까?"

"도련님, 저희가 도와드리고 싶지 않아서 그러는 게 아니라요, 너무 무서워서 오금이 다 저리는데 어찌 잡아드립니까!" 두 하인은 고개도 들지 않고 실뜨기에만 집중했다.

허둥거리는 주자진의 목소리가 문밖에까지 들려왔다. "이런 뻔뻔한 놈들을 봤나. 계집애들이나 하는 그런 놀이를 하느라 감히 나를 도와주지도 않고……. 아이고, 이러다 내 뼈들 다 부러지겠네……."

문지기는 흔히 있는 일인 듯 황재하를 향해 웃어 보이고는 안으로 들어갔다. 황재하는 정원 문을 들어서며 소리쳤다. "자진 도련님, 어서 좀 나와보세요. 급한 일이에요!"

그러자 마치 구세주라도 만난 듯한 목소리가 방에서 흘러나왔다. "숭고, 나 좀 살려줘! 어서……! 천하가 위급해! 어서 와서 좀 도와줘!"

여전히 실뜨기를 하느라 여념 없는 두 하인을 흘끔 본 뒤 황재하는 목소리가 들려온 별채 쪽으로 걸어갔다. 문 앞에 서서 안을 들여다보니 주자진이 남녀 동상 아래 깔려서는 바닥에 엎어져 괴로워하고 있었다. 손으로는 백골을 단단히 붙잡은 채였다.

황재하는 대체 무슨 상황인지 알 수가 없어 일단 그 괴상한 조형물 두 개를 옆으로 치웠다. 속이 반 정도 차 있는 동상은 굉장히 무거워서 그만 주저앉았다.

주자진은 촉의 비단 도포를 입고 있었는데, 전체적으로 청록색 바탕에 연자색 작약꽃이 수놓였고 거기에 붉은색 허리띠까지 두른 차림이었다. 비록 바닥의 먼지를 뒤집어쓴 상태긴 했지만 여전히 그 색이 눈에 거슬렸다. 주자진은 바닥에서 몸을 일으키고는 손에 잡고 있던 해골을 쓰다듬으며 기쁘게 말했다.

"다행히 망가지진 않았네. 하마터면 정말 가슴이 미어질 뻔했어. 50관이나 주고 방금 막 샀거든. 온전한 젊은 사람의 해골이야. 이것 좀 봐. 아름답게 뻗은 부드러운 곡선과 하얗고 가지런한 치아, 깊고 심오한 이 눈구멍……."

황재하는 참지 못하고 그의 말을 끊었다.

"도대체 어떻게 된 거예요?"

주자진은 몹시 애석한 표정으로 해골을 어루만지며 말했다. "선반에 이 해골을 올려놓으려다가 순간 발이 미끄러져 넘어졌지 뭐야. 그 바람에 옆에 세워져 있던 동상들이 쓰러지기에 내 소중한 해골을 지키려고 망설임 없이 몸을 날렸지. 다행히 애초에 속이 꽉 찬 동상으로 만들지는 않았기에 망정이지, 하마터면 오늘 이것들 밑에 깔려 죽을 뻔했어!"

황재하는 주자진의 품에 들린 희고 완벽한 해골을 보고 또 보았다. 준수한 용모에 신체 건강하고 성격 활달한 도련님이 왜 지금까지 혼인을 못 했는지 깊이 절감했다. 어떤 여자도 남편의 품을 놓고 해골과 다투고 싶지는 않으리라. 아마도 이 때문에 저택 내에서도 구석지고 외떨어진 곳에서 지내는 듯싶었다.

"맞다, 숭고. 무슨 일로 나를 찾아왔어?"

황재하가 물었다. "그때 독전목으로 죽은 걸인들 기억하세요?"

주자진은 해골을 끌어안은 채 벌떡 일어났다. "당연하지! 그걸, 그걸 어떻게 잊겠어. 내가 반드시 그 사람들의 사인을 밝혀내고 말 거야!"

"단서를 찾았어요. 만약 알고 싶으면 저 좀 도와주세요." 황재하는 일단 해골을 내려놓으라고 눈짓한 뒤 밖으로 나갔다. "가벼운 무명옷으로 갈아입고 오세요. 낡고 오래된 옷일수록 좋습니다. 지금처럼 시퍼렇고 시뻘건 비단옷은 절대 안 돼요!"

주자진이 저택에서 자신의 말을 끌고 나와 세 사람은 말을 타고 장안성 동북쪽으로 향했다. 몇 걸음 가지 않아 주자진이 재빨리 말을 몰아 황재하에게 가까이 다가갔다.

"숭고, 정말 그 걸인들 죽음에 대해 단서를 찾은 거야?"

"네, 단서는 있어요. 어떤 한 사람이 나타나기만 하면 돼요." 황재하는 고개를 끄덕이며 확신했다.

"한 사람? 그게 누군데?" 주자진이 재빨리 물었다. "엄청 중요한 사람이야?"

황재하는 고개를 살짝 끄덕였다. "만약 제 추측이 틀리지 않는다면, 그 사람이 오기만 하면 여러 날 우리를 괴롭힌 이 사건도 거의 해결될 겁니다."

"대체 어떤 사람인데 그 정도야?" 주자진은 깜짝 놀라서 물었다.

황재하는 웃으며 이렇게만 대답했다. "사실 방금 세워본 가설이에요. 저도 그 사람을 본 적은 없어요!"

주자진이 미심쩍은 눈으로 보는데도 황재하는 더 이상 알려주지 않고 주자진 혼자 추측하게 놔뒀다. 성질 급한 디우는 제일 앞으로 치고 나갔고, 나푸사가 그 뒤를 바짝 쫓았다. 주자진의 말은 그저 얌전하게 제일 뒤에 따라왔다. 세 필의 말이 앞뒤로 줄지어 장안의 대로를 따라 나아가는데, 한참 머리를 굴리던 주자진이 갑자기 뒤에서 큰 소리로 외쳤다.

"알았다! 숭고가 말한 그 사람이 누군지 알았어!"

황재하는 미심쩍은 표정으로 고개를 돌려 주자진을 보았다. 주자진은 한 손으로 말고삐를 잡고 다른 한 손은 공중에서 마구 흔들어대며 반짝거리는 눈으로 황재하를 보고 있었다. 한껏 흥분한 모습이었다.

"소녀 맞지?"

황재하는 약간 놀랐다. "맞아요."

"열예닐곱 살 되는 소녀겠지?"

"맞아요."

"열예닐곱 살에 굉장히 아름다운 소녀!"

"아마…… 그럴 거예요." 이 부분은 황재하도 확신할 순 없었다.

"역시 내가 맞혔어!" 주자진은 흥분하며 황재하의 소매를 붙잡고 물었다. "그럼 황재하가 언제 오는 거야?"

"네?" 황재하는 순간 어안이 벙벙했다.

"열예닐곱 살의 아름다운 소녀가 오기만 하면 이 사건의 모든 진상이 밝혀진다며. 그런 인물이 황재하 말고 또 누가 있겠어?"

앞에 있던 이서백은 고개도 돌리지 않았지만, 황재하는 그의 어깨가 실룩실룩 미세하게 움찔거리는 것을 보았다. 금세라도 터져 나올 듯한 폭소를 엄청난 인내심으로 참고 있는 듯 보였다.

황재하는 할 말을 잃은 채 말 위에서 그저 하늘만 올려다보았다. 주자진이 자신 앞에 있는 사람이 황재하라는 사실을 알면 눈물을 쏟는 건 아닐지, 상상도 하고 싶지 않았다.

태극궁 근처에 다다른 세 사람은 말을 매어두고 좁은 골목길을 걸어서 가기로 했다.

주자진은 말들을 돌아보며 물었다. "말들은 별일 없겠지?"

황재하는 이서백을 따라 걸어가면서 태평하게 말했다. "걱정 마세요. 디우가 있잖아요. 말을 훔치려거든 다리라도 하나 내놓을 각오부터 먼저 해야 할 걸요."

주자진은 금세 부러워하는 표정을 지어 보였다. "좋겠다, 기왕 전하의 말은 도적도 물리치고."

황재하는 이서백과 주자진을 우외교방이 있는 광택방으로 데리고 간 뒤 걸음을 멈추었다. 정원사 옷을 빌려 입고 온 주자진은 옷자락을 질질 끌며 황재하의 뒤를 따라 물가를 걷다가 미심쩍다는 듯 물었다.

"숭고, 여긴 아무래도 걸인들이 죽은 곳과는 좀 거리가 먼 것 같은데……."

"사람들의 시선을 끌면 안 돼요. 제가 먼저 살펴볼게요." 광택방은 태극궁의 봉황문 바깥쪽에 위치해 있었다. 황재하는 저 멀리 궁과 외교방 입구를 바라보며 가장 짧은 동선을 가늠해보았다. 그러고는 옆의 버려진 관목림으로 돌아들어가 그 근처 돌바닥에 무언가 흔적은 없는지 살폈다. 이어 그곳을 지나는 수로를 가리키며 주자진에게 말했다. "들어가시면 돼요."

주자진은 어안이 벙벙했다. "숭고, 첫째로 지금 날씨는 아직 헤엄치기엔 이르고, 둘째로 나는 헤엄을 잘 못 치고……."

"상관없어요. 여기 물은 깊지도 않고, 들어가서 물건 하나만 건져서 나오시면 돼요."

이서백은 두 사람의 대화가 들리지 않는 듯 고개를 들어 주변 풍경을 감상했다.

주자진이 다시 물었다. "숭고, 여기에 무슨 물건이라도 떨어뜨린 거야? 내가 사람을 불러서 건져줄……."

황재하가 주자진의 말을 잘랐다. "그 걸인들의 죽음과 관련된 증거를 찾으려는 거예요."

황재하의 말이 채 끝나기도 전에 주자진은 벌써 옷을 벗기 시작했다. 이번에는 황재하가 고개를 들어 하늘을 봐야 할 차례였다. 이서백이 옆에서 말했다.

"그렇게 낡은 옷을 입고 와서 굳이 뭐하러 벗느냐?"

"아, 그렇네요." 주자진은 다시 옷고름을 맸다. "숭고, 다음엔 물에 들어갈 일이 있으면 미리 귀띔이라도 해줘. 물옷이라도 빌려 오게."

"말도 안 되는 소리 마세요. 우리가 하는 일들은 비밀 유지가 관건이라고요. 절대 다른 사람이 눈치채게 하면 안 돼요." 황재하는 두 손을 비파 정도의 길이로 펼쳐 보였다. "분명 이 정도 크기의 물건일 거예요. 무언가에 싸여 있을 수도 있지만, 어쨌든 작지 않은 물건이니까 들어가서 찾아보세요."

"알겠어." 주자진은 풍덩 하고 뛰어들어 물속으로 잠수해 들어갔다.

이서백은 옆에 가만히 서서는 눈을 들어 푸른 하늘과 흰 구름, 울창하게 자란 느릅나무를 올려다보며 감탄했다. "하늘 햇살과 구름 그림자 드리우고, 숲속 안개 모두 흩어지니, 경치가 절경이로구나."

황재하는 평평한 돌을 찾아 자리를 잡고 앉았다. 주자진에게 협박과 회유를 일삼는 자신의 모습이 점점 이서백을 닮아가는 것 같아 절로 속상한 마음이 들었다.

얼마 지나지 않아 주자진이 물속에서 고개를 내밀고 크게 숨을 내쉬며 말했다. "너무 깊고 물이 더러워. 바닥은 수초랑 진흙투성이라 뭘 찾는 건 어렵겠는데. 내가 사람들을 부를 테니까 이 주변을 샅샅이 찾아보게 하는 게 어때?"

"안 돼요." 황재하가 물가에 쭈그리고 앉아서 진지하게 말했다. "아까 말씀드렸잖아요. 괜히 눈에 띄면 모든 게 수포로 돌아갈 수 있으니 우리 둘이서 이렇게 천천히 찾아보는 수밖에 없어요."

주자진은 괴로운 표정을 지으며 두 손으로 기슭을 짚은 채 황재하를 올려다보았다. "나 혼자 이렇게 긴 수로에서 뭔지도 모르는 물건을 찾으라니, 바닷속에서 바늘을 찾는 거나 마찬가지라고!"

"걱정 마세요. 동선이나 방향, 그리고 남겨진 흔적 등으로 봤을 때, 범인이 선택했을 최적의 장소는 여기예요. 제 생각엔 확실해요."

"⋯⋯걸인들이 죽은 홍경궁에서 이렇게 멀리 떨어져 있는데 도대체 왜 여기라는 거야⋯⋯."

주자진이 계속 투덜거리자 황재하는 오른손을 뻗어 주자진의 머리를 눌러버렸다. 주자진의 머리는 의지와 상관없이 물속으로 돌아갔다. 하려던 말도 꾸르륵 소리와 함께 물거품이 되어 모두 물에 잠겼다.

주자진은 잠시 물속에서 버둥거리다가 분기탱천하여 물 위로 올라왔다. "양숭고, 이 나쁜 놈아! 강제로 그러는 게 어디 있어! 발이 수초에 엉켰잖아!"

"네? 말도 안 돼!" 황재하는 순간 마음이 급해졌다. "죄송해요. 이리로 손 뻗으세요, 끌어 올려드릴게요."

"단단히 엉켜서 빠져 죽을지도 몰라……."

주자진은 필사적으로 다리를 뿌리쳤고, 황재하는 주자진의 손을 힘껏 잡아당겼다. 결국 이서백도 가만히 보고만 있을 수 없어 손을 뻗어 도와주었다. 그렇게 한참을 잡아당긴 끝에 주자진의 발이 풀려나 겨우 뭍으로 기어오를 수 있었다.

황재하와 주자진은 힘이 다 빠져 바닥에 주저앉아 숨을 헐떡였다.

"아니, 무슨 수초가 이렇게 질기대요? 다 큰 어른이 물속으로 끌려 들어갈 뻔하다니."

"말도 마, 힘들어 죽겠어. 무슨 천처럼 아주 발을 휘감던데. 그래서 내가 물속을 내려다보니까 이 정도로 큰 시커먼 형체가……." 주자진은 두 팔을 앞으로 내밀어 둥글게 모았다. "발을 단단히 휘감아서는 아무리 발버둥 쳐도 안 떨어지잖아……."

황재하는 주자진이 팔을 모아 묘사해준 크기를 보다가 자신도 팔을 내밀어 조금 전 주자진에게 알려준 그 물건의 크기를 만들어 보였다.

주자진은 순간 멍해졌다.

황재하는 주자진을 보았고, 주자진은 황재하를 보았다. 한참을 그렇게 눈을 마주친 채 멍하니 있다가 주자진이 벌떡 일어나 다시 물속으로 첨벙 뛰어들었다.

황재하는 주자진이 건져 올리는 물건을 받을 준비를 했다. 그때 갑자기 주자진이 물속에서 얼굴을 내밀며 소리쳤다.

"숭고. 어서, 어서 와봐! 엄청난 걸 발견했어!"

"뭘 발견한 거예요?" 황재하는 이서백을 슬쩍 쳐다보며 그가 물속에 들어가 도와줄 가능성을 생각해보았다.

"아까는 물이 너무 흐려서 형태만 보였는데, 지금은 시야가 좀 나아져서 확실하게 보여. 물건만이 아니야! 시체도 있어!"

그 말이 떨어지자마자 이서백도 무척 의아해하며 물었다. "시체?"

"네! 심지어 머리가 없는 시체예요. 제가 똑똑히 봤어요! 틀림없어요!"

주자진의 발에 엉켰던 것은 역시 짐 보따리였다. 안에는 비파 하나와 옷 두 벌, 보석함 한 개, 그리고 커다란 돌 하나가 들어 있었다.

보따리와 함께 발견된 것은 머리가 없는 여자 시체였는데, 역시 돌이 묶여 있었다. 주자진이 돌을 묶은 줄을 끊어내고서야 시체를 물 위로 끌어올릴 수 있었다.

"아, 힘들어." 간신히 뭍으로 올라온 주자진은 물가 옆 풀밭 위에 나동그라지며 가쁜 숨을 몰아쉬었다.

"별로 무거운 돌은 아닌 것 같은데 어찌 그렇게 가라앉았던 거지?" 양심의 가책이라고는 눈곱만큼도 느끼지 못한 나머지 두 사람은 진작 시체 옆에 쭈그리고 앉아 이것저것 연구하기 시작했다.

시체는 물속에 그리 오래 있지는 않았는지, 피부가 하얗게 뜨기는 했지만 심하게 붇지는 않았다. 얇고 부드러운 비단옷 차림과 가는 허리와 팔다리로 보아 젊고 날씬한 여인 같았다.

"자진, 네가 시체를 좀 볼 줄 아니, 이리 와서 시체에 대해 말해보아라." 이서백이 주자진을 향해 고개를 돌리며 말했다.

주자진은 여전히 바닥에 드러누워 안타까워하며 말했다. "시체가 있다는 걸 아셨으면 진작 알려주지 그랬습니까. 그럼 도구를 챙겨왔을 텐데."

황재하가 해명하듯 말했다. "저도 시체가 있을 줄은 몰랐어요. 보따리 정도만 생각했지."

몸을 일으킨 주자진은 숨을 헐떡이며 거의 기다시피 시체 가까이 다가가 대략적으로 살펴보았다.

"죽은 사람은 젊은 여자이고 키는 대략 5척 3촌, 몸매는…… 정말 좋네요. 지금까지 검안한 시신들 중에서 몸매는 단연 최고입니다. 소위 몸매의 황금 비율이라 함은, 한 치만 넘쳐도 너무 길고, 한 치라도 부족하면 너무 짧아……."

"본론만 말하게." 이서백은 어쩔 수 없이 주자진의 말을 끊었다.

"알겠습니다. 시신은 범인에게 머리를 베인 뒤 수로에 버려졌습니다. 사건 현장은 틀림없이 이곳에서 멀지 않으며, 범인은 경험이 많은 고수입니다. 보세요, 목이 잘린 부위가 매우 깔끔합니다. 아마 사건 현장은 찾기 쉽지 않을 겁니다. 이 정도 실력자라면 분명히 흔적 하나 남지 않게 뒤처리를 했을 테고, 심지어 이 주변은 잡초와 잡목으로 가득하고요."

"음…… 머리가 없으니 신분도 확인하기 어렵겠네요."

황재하는 그렇게 말하며 보따리에서 나온 비파를 들어 살펴보았다. 현은 이미 다 끊어진 상태였지만 몸체에 모란 모양으로 상감된 자개 장식은 그대로 보존되어 햇빛 아래서 선명하게 빛났다. 금노가 늘 손에서 놓지 않았던 비파, 스승 매만치에게서 받은 '추로행상'이었다. 보석함에는 정교한 보석이 적잖이 들어 있었다.

"금노의 물건이 틀림없습니다."

황재하는 금노의 귀밑머리에 꽂혀 있던 해당화 장식을 가리켰다. 이어 보석함을 덮고 물에 흠뻑 젖은 옷가지를 들춰보았다.

"금노라고? 듣고 보니 그럴 수도 있겠네." 주자진은 생각에 잠긴 듯한 표정으로 물었다. "누군가한테 속아서 사랑의 도피인 줄 알고 따라왔다가 살해당한 거 아닐까? 그러고 나서 범인이 시신이랑 짐을 돌에 묶어 물속에 버린 거지."

"그런 것 같지는 않아요. 이 짐들은 금노가 직접 챙긴 게 아니에요." 황재하가 옷가지들을 살피며 말했다. "꽤 예쁜 치마를 골라 싸긴 했지만 겉옷만 있고 속옷이 없어요. 여자가 먼 길을 가면서 설마 겉옷만 갈아입겠어요?"

"그것도 그렇네……."

"범인이 손에 잡히는 대로 몇 벌 싸고는 금노가 사랑의 도피를 한 것처럼 꾸민 거죠."

"그럼 이 시체는?"

"금노는 키가 5척 5촌 정도인데 이 시체는 5척 3촌이라고 하셨으니, 당연히 금노가 아니에요."

주자진은 여전히 오리무중이었다. "그러면 어떻게 딱 여기에서 시신이 나온 걸까?"

황재하는 주자진을 보며 되물었다. "도련님 생각은요?"

시선을 황재하에게 향했다가 다시 이서백에게로 향한 주자진이 갑자기 "아" 하고 외치고는 말했다. "범인이 일부러 금노인 척 위장한 건가?"

"네, 진짜 금노는……." 황재하가 담담하게 말했다. "지금 왕약 아가씨 관 속에 누워 있을 거예요."

주자진은 순간 너무 놀라서 펄쩍 뛰었다. "뭐, 뭐라고? 그러니까 그게……."

"네, 누군가가 금노의 시체를 왕약 아가씨로 위장했고, 그런 다음 금노로 위장한 이 시체까지 발견하게 해서 왕비 실종 사건을 마무리 지으려고 한 거죠."

"정말 사악하군!" 주자진은 참을 수 없다는 듯 눈을 부릅떴다. "그런데 왜 하필이면 금노를 선택해서 그렇게 잔인하게 죽인 걸까?"

"아마도 체격이 비슷해서였겠죠. 왕약 아가씨는 보통 여인들보다 머리 반 개 정도는 키가 컸어요. 이 시신처럼요. 비록 머리는 없지만 대략적인 키는 알 수 있죠. 비파 타는 여인의 시체쯤은 왕비의 일보다 중요치 않으니 관아에서도 크게 주의를 기울이지 않을 거라 생각했겠죠. 게다가 시체가 물속에 오래 있으면 몸이 불어 많이 커질 테니, 며칠 더 뒤에 발견됐으면 키를 정확히 알기 어려웠을 거예요." 황재하는 비파를 다시 잘 싸서 주자진에게 건넸다. "증거물은 일단 도련님이 보관해주세요. 기왕부는 사람이 많고 보는 눈도 많아서요."

"알겠어." 주자진은 흙탕물이 뚝뚝 떨어지는데도 개의치 않고 보따리를 품에 안으며 물었다. "이 시체는?"

황재하는 헛기침을 한 뒤 물었다. "혹시…… 도련님 댁으로 가져갈 수 있을까요?"

"……그게 가능해?" 주자진이 물었다.

이를 지켜보던 이서백이 말했다. "네가 이곳에서 머리 없는 여자 시신과 보따리를 발견했다고 즉시 최순잠에게 알리도록 하지. 단, 대리사가 시신의 신분을 어떻게 판단하든 절대 간섭하지 말거라. 모든 증거물은 잘 싸놓았다가 언제든지 우리가 필요하다고 하면 즉시 가져다주고."

"알겠습니다." 주자진은 괴로운 얼굴로 황재하에게 빨리 최순잠에게 다녀오라고 하고는 그곳에서 보따리와 시신을 지키며 기다렸다.

황재하와 이서백은 관목림을 빠져나와 황막한 길을 따라 골목이 나올 때까지 걸었다. 길가 나무 그늘 아래에 앉아 한가로이 잡담을 나누는 사람들이 보였다.

황재하는 수로 쪽을 가리키며 소리쳤다. "저기 물에서 시체가 나왔어요!"

한가롭게 앉아 있던 사람들이 요란스레 벌떡 일어났다. 누구는 구경하러 달려가고, 누구는 사람들을 불러 모으고, 누구는 관아에 신고하라고 외쳤다. 모든 것이 완벽하게 계획대로 되었다.

이서백과 황재하는 텅 빈 골목에 도착했다. 디우와 나푸사는 여유롭게 바닥의 풀을 뜯고 있었다. 입에 재갈이 물려 있어 안쓰럽게도 입 안으로 얼마 집어넣지는 못했지만, 무료함을 달래려는 듯 담벼락 구석에 자라난 잡초 위로 얼굴을 비비적거렸다.

말에 올라탄 뒤에야, 줄곧 수수방관 하고 있던 이서백의 옷에도 흙탕물이 튀어 군데군데 얼룩이 진 것을 알았다. 하지만 둘은 전혀 신경쓰지 않고 천천히 말을 타고 가면서 이야기를 나눴다.

황재하가 물었다. "경후 공공은 서주에서 무슨 소식이 있었나요?"

"그래. 그 화살촉이 사라질 때, 마침 방훈의 잔당들이 서주 부근에서 활개를 쳤다더구나."

"화살촉을 보관해둔 유리 상자의 자물쇠는 그대로 잠겨 있었는데, 안에 들었던 화살촉만 감쪽같이 사라졌다지요. 그게 사실입니까?"

"경후가 서주에 도착해 이 일을 다시 조사하면서 당시 성루를 지켰던 병사들을 심문했더니, 방훈 잔당이 감시병을 돈으로 매수해 물건을 훔치고는 마치 귀신의 소행인 것처럼 꾸몄다더구나."

황재하는 생각에 잠긴 채 말했다. "그리고 서주에서 일어난 일이 순식간에 장안으로 흘러들어와 귀신의 농간으로 탈바꿈했지요. 아무래도 배후에서 이 일을 조종하는 누군가가 있는 것 같습니다. 일부러 방훈을 끌어들여 자신의 진짜 속셈을 숨기는 것이지요."

이서백은 담담하게 말했다. "진실은 감추려 할수록 드러난다는 사실을 모르고 제 꾀에 넘어갈 테지."

"네, 아무래도 또 하나의 추측도 곧 맞아떨어질 것 같습니다."

두 사람은 이런저런 이야기를 나누며 말을 타고 장안의 여러 골목을 지나쳐 갔다.

짙푸른 하늘 아래 장안의 72개 방은 질서정연하고 경건하게 자리하고 있었다. 초여름 태양이 쏟아내는 열기에 얇은 옷차림의 황재하도 목덜미에 땀이 맺히기 시작했다. 황재하는 소매를 들어 땀을 닦아낸 뒤 계속해서 홰나무 그늘을 따라 나아가며 수수께끼와도 같은 이번 사건을 생각했다.

이서백은 네모반듯하게 접힌 하얀 손수건을 무심코 황재하에게 건네주었고, 황재하는 손수건을 건네받아 땀을 닦은 뒤에야 정신을 차리고는 고개를 돌려 이서백을 보았다.

홰나무 그늘 아래 이서백의 얼굴은 은은한 빛을 받아 반짝였다. 나뭇잎 사이로 내리비추는 5월의 햇살은 마치 가느다란 금빛 실이 변화를 거듭하며 움직이는 것처럼 보였다. 그러다가 두 사람의 몸 위를 비출 때는 찬란한 후광이 되었다. 몽환적으로 변하는 햇살 아래 이서백의 표정은 변함없이 냉담했지만, 왠지 또 다른 무언가가 담긴 듯한 느낌이 들었다. 순간 둘 사이를 감싼 공기의 흐름이 느릿느릿 움직이는 기분이었다.

황재하는 고개를 숙인 채 아무 말 없이 이서백과 나란히 말을 몰았다. 그러다가 영가방에 가까워졌을 때 갑자기 말 머리를 돌려 나푸사를 재촉해 북쪽으로 향했다.

이서백이 황재하를 따라가며 물었다. "옹순전으로 가는 것이냐?"

"네, 마지막으로 하나만 더 확인하면 이번 사건은 해결될 것 같습니다."

"이미 모든 진상을 파악했단 말이냐?" 이서백은 조금 놀란 듯 황재하를 보았다.

홰나무가 드문드문 심긴 곳에 이르니 나무 그늘이 사라지고 금빛 햇살이 그대로 두 사람 위로 흩뿌려졌다. 이서백은 옆에서 나란히 가고 있는 황재하가 눈부시게 밝은 빛으로 뒤덮이는 것을 보았다. 마치 햇빛이 황재하를 비추는 것이 아니라 황재하 스스로 빛을 내는 것만 같았다.

이서백은 조금 복잡한 마음으로 계속 황재하를 바라보았다. 옹순전에 다다라 두 사람은 말에서 내려 곧바로 문으로 들어갔다. 전전을 지나고 푸른 돌길을 따라 석가산에 이르렀을 때, 황재하가 내전 가까운 곳에 쭈그리고 앉아 석가산 중 하나를 가리키며 말했다.

"바로 여기에서 제가 왕약 아가씨의 비녀를 찾았습니다."

이서백은 느릿느릿 고개를 끄덕였다. 그리고 황재하가 손을 들어 머리에 꽂힌 은비녀를 잡고서 권초 문양을 눌러 옥비녀를 빼내는 모습을 지켜보았다. 황재하는 옥비녀로 푸른 돌바닥 위에 무언가를 그렸다.

"전전, 후전, 그 사이의 석가산. 여기가 바로……." 황재하는 비녀로 석가산이 있는 곳에 동그라미를 그렸다. "비녀가 떨어져 있던 곳입니다."

이서백은 외전의 회랑을 가리키며 말했다. "그리고 저기에 우리가 서 있었지."

"맞습니다. 외전 회랑에는 열 걸음마다 한 명씩 사람을 배치해 계속해서 내전 입구를 지켜보게 했지요. 그리고 석가산에서는 창밖의 호위병이 시선 한 번 떼지 않고 창문을 지켜봤고요." 황재하는 옆의 나뭇잎을 하나 뜯어 비녀를 깨끗이 닦은 뒤 능숙하게 다시 은비녀 안에 꽂아 넣었다. 그리고 고개를 들어 이서백을 향해 입꼬리를 올리며 환한 미소를 지었다. "이 사건은 이미 결론이 나왔습니다."

이서백은 묵묵히 몸을 일으키고는 사방을 둘러보았다. 이미 황혼이 드리우기 시작했다. 이제 저녁 빛이 밝은 낮을 집어삼킬 차례였다.

옹순전을 나온 두 사람은 말을 타고 측문을 통과해 대명궁을 빠져나왔다. 기왕부에 거의 다 이르러서야 이서백이 입을 열었다.

"보아하니, 옹순전의 시신은 확실히 금노로구나?"

황재하는 홀가분한 목소리로 대답했다. "네, 확실합니다."

"오늘 새로 등장한 시체는?"

"역시 이미 파악되었습니다." 황재하의 머릿속에는 이미 사건의 모든 정황이 정리되어 있었다. 황재하가 고개를 돌려 이서백을 바라봤다. "이 모든 일은, 3년 전 전하께서 서주에서 두 명의 소녀를 구해주신 일에서 시작됐습니다."

이서백은 디우를 멈춰 세우고 아무 말 없이 생각에 잠겼다.

한참 뒤에야 살짝 눈썹을 추켜세우며 황재하를 향해 고개를 돌리고는, 깊고 그윽한 눈동자로 나지막하게 물었다. "설마…… 그 사람이란 말이냐?"

황재하는 고개를 끄덕였다. "그 외의 어느 누가 이런 일을 꾸밀 수 있었겠습니까."

이서백은 미간을 살짝 찌푸렸다. "그게 사실이라면, 대당 조정에 큰 파문을 몰고 올 것이다."

"그렇지만도 않을 것입니다. 작금의 조정은 관대하지 않습니까?" 황재하는 긴 한숨을 내쉬며 조용히 말했다.

이서백은 한참을 머뭇거리다 입을 열었다. "내가 만일 네게 포기하라 한다면, 너는 어찌할 것이냐?"

황재하는 가볍게 아랫입술을 깨물고 이서백을 보았다. "애초에 전하로부터 시작된 일이니, 전하께서 그만두시겠다면 저도 달리 할 말은 없습니다."

"하지만…… 정말 이대로 그만둘 수 있겠느냐?" 이서백은 디우 위에 앉아서 먼 하늘을 응시하며 긴긴 한숨을 내쉬었다. 그 눈빛이 너무나 심오하고 요원해, 마치 하늘에서도 가장 멀고 깊은 곳의 풍경을 보고 있는 것만 같았다. "이런 비밀을 그냥 묻어버리자고 한다면, 너는 내키지 않겠지?"

"비밀이 묻히는 것은 상관없습니다." 황재하는 이서백의 시선을 따라 조용히 하늘을 올려다보았다. "저는 억울하게 죽은 풍억 부인과 금노, 그리고 소리 소문 없이 죽어간 숭인방 걸인들의 억울함을 달래주기 위해 진상을 밝히고 싶을 뿐입니다."

이서백은 말없이 머리를 젖혀 나뭇잎 사이에서 조금씩 모습을 바꾸는 햇살을 보았다. 곧 황혼이 깃들 것이다.

이서백은 천천히 입을 열었다. "그 사람이 정말로 이 사건의 배후라면, 이 일을 밝혀낸 것이 네게 큰 기회로 작용할지도 모르겠구나."

황재하는 영문을 모르겠다는 듯 눈을 크게 뜨고서 이서백을 보았다. 이서백도 고개를 돌려 황재하를 바라보았다. 그 표정에 아주 미세한 부드러움이 서려 있었다.

"이 일이 잘 마무리되도록 내가 돕겠다. 네가 아는 모든 사실을 있는 그대로 내게 알려만 다오. 어찌되든 너의 목숨은 내가 보전해줄 것이다."

황재하는 미동도 없이 이서백을 바라보았다. 석양은 서산으로 넘어가고, 디우와 나푸사는 기왕부로 돌아가는 익숙한 길이라 기분이 좋은지 서로의 목을 비벼댔다. 말 위에 탄 두 사람도 자연히 서로에게 더 가까워져, 서로의 호흡마저 느껴질 듯했다.

황재하는 무의식적으로 말 머리를 돌려 이서백과 반 척 정도 거리를 벌리며 낮은 목소리로 말했다. "감사합니다, 전하."

석양 아래 두 사람의 그림자가 기다랗게 늘어졌다. 그토록 가까이 있건만, 두 그림자 사이의 거리는 좀처럼 줄어들지 않았다.

16장

가짜가
진짜가 될 때

비가 흩뿌리는 흐린 날이었다. 상제의 손에 들린 흰 깃발이 천천히 나부끼고, 눈꽃처럼 흩날리는 종이돈이 정원 위로 내려앉았다. 도사들이 망자의 영혼을 위한 「왕생주」를 낭송하자 한운 등이 곡소리를 내었다. 왕 가 전체가 스산한 슬픔의 기운으로 가득했다.

이서백이 황재하를 데리고 도착했을 땐 이미 장례 의식이 시작된 후였다.

왕약의 위패는 빈소 정중앙에 모셔졌고 영전에 향초와 제물이 놓여 있었다. 비록 갑작스럽게 치르게 된 장례였지만 워낙에 일을 차근하게 잘해내는 왕온인지라 모든 절차가 안정적으로 진행되었다.

이서백이 황재하를 데리고 영전에 나아가 향을 올리자 왕 가 사람들이 일제히 이서백을 향해 예를 취하며 감사 인사를 전했다. 이서백도 답례한 후 왕온을 향해 말했다.

"갑자기 이런 일을 당하여 고생이 많았겠네."

왕온은 명주 홑옷 위에 베옷을 껴입은 차림이었다. 망자와는 왕래가 많지 않던 사이였기에, 비록 근심 어린 얼굴이긴 했지만 비통함 같은 것은 느껴지지 않았다. "제가 마땅히 해야 할 일이지요."

빈소 안에서 시녀가 큰 소리로 울자 분위기는 더욱 무겁게 가라앉았다.

이서백은 왕온과 함께 밖으로 나와 처마 밑 계단 위에 서서 물었다. "왕약의 부모는 아직 오지 않았나?"

"너무 급작스레 일어난 일이라 시간을 어찌 맞출 수 있었겠습니까? 일단 집으로 사람을 보내 부고를 전하고, 낭야에서 시신을 맞으라고 하였습니다."

이서백은 아무 말 없이 시선을 빈소로 옮겨 관이 놓인 쪽을 보았다. 옻칠된 관은 이미 뚜껑이 덮여 더 이상 고인의 모습을 볼 수 없었다. 그러한 얼굴을 조문객에게 보일 필요는 없을 터였다.

이서백 뒤에 서 있던 황재하는 이서백도 지금 자신과 같은 고민 중임을 깨달았다. 어떻게 얘기를 꺼내야 시신이 장안 밖으로 나가는 것을 자연스럽게 막을 수 있을까.

두 사람이 막 입을 열려는데 바깥에서 문지기가 헐레벌떡 뛰어와 가까스로 숨을 고르며 왕온을 향해 말했다. "도…… 도련님! 황제 폐하와 황후 폐하께서 치제하러 납시었습니다."

그 소식에 황재하만이 아니라 이서백도 이상하다는 생각을 했다. 왕 황후야 왕 가 사람이니 문중의 장례에 참석하는 것이 당연하다 할 수 있겠지만 황제는 왜……?

왕온은 놀라지 않는 것을 보니 궁에서 사전에 알려왔던 듯했다.

왕 씨 집안 위아래 모두가 장례를 잊은 채 매무새를 다듬으며 문 앞에 나아가 황제를 맞이할 준비를 했으며, 왕 가 젊은이들의 얼굴에 희색마저 감도는 것을 보고 황재하는 순간 깨달았다.

궁중에 떠도는 말로, 성격이 온화하고 조용한 황제에 비해 왕 황후 쪽이 더욱 위엄이 있어 황후가 청하는 일이라면 황제가 전부 윤허

한다고 했다. 지난번에 왕약을 보호하려고 어림군과 기왕부 호위병 200명을 동시에 웅순전에 배치할 때도, 황후의 말 한마디에 황제가 바로 윤허했다. 장안에서는 우스갯소리로 '황제는 고상한데 황후는 무(武)를 숭상한다'는 말이 나돌 정도였다. 이런 두 사람의 대조적인 모습은 마치 고종과 무후의 복제품을 보는 듯했다. 그러니 왕 가의 권세를 위해 황후가 함께 장례에 참석해달라고 황제에게 청했다면, 그리 어려운 일도 아니니 단 한마디로 성사되었을 것이다.

황제와 황후는 평복 차림에 시녀 수십 명만을 거느리고 왔다. 자수가 놓인 새하얀 평복에 황제는 백사모를 쓰고 황후는 새하얀 진주 꽃잠을 꽂았다. 황후의 수수한 차림은 오히려 새까만 머리칼과 눈동자, 연하게 연지 바른 입술을 더욱 돋보이게 해, 마치 그림 속 선녀처럼 보였다. 그 아름다움에 사람들은 황후를 제대로 쳐다보지도 못했다.

황제와 황후가 함께 빈소에 들어갔다. 황후는 왕약을 위해 향을 피웠고, 황제는 형부 상서 왕린에게 사건 해결에 진전은 없는지 물었다. 아직 별다른 단서가 없다는 것을 알고 황제는 불만스러운 얼굴로 말했다.

"황궁에서 이런 일이 벌어지다니, 정말 전대미문의 사건 아닌가. 그대는 형부 상서이자 왕 가의 기둥이니 이 사건에 더욱 신경을 쓰리라고 믿네. 사건을 오래 끌어서는 아니 될 것이야."

"알겠습니다, 폐하. 소신도 대리사 최 소경과 계속 연락을 취하고 있으나 아직까지는 대리사도 속수무책인 듯합니다."

왕린은 죽은 자의 친족이었기에 규정에 따라 이 사건에 직접 개입할 수 없어 최순잠이 이 사건을 책임지고 있었다.

황제는 손을 내저어 왕린을 물린 뒤 고개를 들어 이서백을 보았다. 그제야 얼굴에 미소를 띠며 이서백에게 자신을 따라 나오라는 눈빛을 보냈다.

황재하는 이서백의 뒤를 따라 함께 빈소 바깥으로 나왔다. 향이 타는 연기로 가득한 곳을 벗어나니 순간 정신이 맑아지며 편안해졌다.

황제가 이서백에게 물었다. "넷째야, 이번 일에 대해 너는 어떻게 생각하느냐?"

"운명은 무상하여, 하늘의 뜻이 종종 사람의 예상을 뛰어넘는군요."

황제는 한탄하며 다시 물었다. "짐도 궁에서 많은 소문을 들었다만, 이 일이 방훈과 관련 있다는 이야기가 많더구나. 네 생각은 어떠하냐?"

이서백은 고개를 저었다. "그렇지는 않을 것입니다."

"그래? 이미 뭔가 단서라도 잡은 것이냐?"

"소신 날마다 격무가 바빠 아무것도 발견한 것이 없사옵니다만, 소신 곁에 있는 환관 양숭고가 이미 어느 정도 파악을 한 모양입니다."

이서백이 고개를 돌려 눈짓하자 황재하는 재빨리 몸을 굽혀 황제를 향해 예를 갖추었다.

"양숭고라 하면 지난번에 '사방안'을 해결한 그 소환관이로구나? 사람들이 떠드는 말 몇 마디를 듣고 그 어려운 사건을 깔끔하게 해결하다니, 그것 참 인재가 아니더냐!" 황제도 황재하를 생생하게 기억했다. "이번에는 또 무엇을 발견했느냐?"

"양숭고가 말하기를, 이 사건은 16년 전에 벌어진 일에서 시작되었으며, 그 범위 또한 장안에서 양주에까지 이른다고 하옵니다. 몇 마디 말로 짧게 설명드리기는 어려울 것으로 생각되옵니다."

황제는 살짝 의아한 표정을 지으며 물었다. "방훈의 옛 부하가 복수를 위해 저지른 소행이라는 말을 듣고 꽤나 놀랐는데, 지금 들어보니 그보다도 훨씬 더 깊고 넓은 내막이 있는가 보구나?"

"그렇습니다. 게다가, 배후의 주모자는 조정과 황실에 영향을 끼치는 인물일 뿐 아니라, 수백 년을 내려온 명문 세가와도 연관되어 있습니다."

황제는 뒤의 빈소를 돌아보며 생각에 잠겼다가 천천히 입을 열었다. "그저 한 여인의 죽음 아니냐. 어찌 그리 거대한 내막이 숨겨져 있단 말이냐? 절대 오판이 있어서는 안 될 것이야."

"소신 어찌 감히 오판을 하겠습니까." 이서백이 말했다.

고개를 돌려 황재하를 바라보는 황제의 눈빛에 깊은 의미가 담겨 있었다.

빈소 안은 피어오르는 연기 속에 슬픔이 감돌았다.

24명의 도사들이 이미 「왕생주」를 108번 낭독했다. 한 도사가 오른손에 도목검(桃木劍)을 쥐고 왼손으로는 금방울을 흔들며 길게 읊조렸다. "이 땅 어둡고 하늘 혼미할 때, 오제(五帝)가 호령하여 비를 내리고 천둥 부르니, 귀신들이여 받들지어다. 즉시 행차하여 머나먼 귀향길에 오르니, 갖은 원한 씻어지고 핏빛 점차 사라지리. 푸른 연꽃의 선정(禪定)과 지혜로 혼이여 고이 잠들지어다. 급급여율령[58]."

주변에서 기다리던 여덟 명의 건장한 하인들이 한소리로 답하고는 삼노끈으로 관을 둘러 묶은 뒤 관을 메고 밖으로 향하려 했다.

"기다려라."

누군가의 목소리가 빈소에 울렸다. 비록 크진 않았지만 모두 들을 수 있을 정도였다. 고요한 가운데 모든 이의 시선이 이서백에게 집중되었다. 이서백을 향한 경외심에 어느 하나 소리 내는 이가 없었다.

이서백은 관 앞으로 걸어가 손을 들어 잠시 관을 어루만지더니 소매에서 금테를 두른 백옥 팔찌를 꺼냈다. "본래 이 팔찌는 혼례 후 왕

---

58 '즉시 명을 따르라'는 뜻. 잡귀를 쫓아내는 의미로 도교의 주문에서 마지막으로 사용하는 말.

비에게 선물하려던 물건 중 하나인데, 엄중한 호위 속에서도 이렇게 세상을 떠나버릴 줄 누가 알았겠는가. 나와 인연을 맺은 까닭에 방훈의 망령에게 고초를 당한 것을 내 깊이 알고 있으니, 이 일이 심히 기이하여 사람의 힘으로 어찌할 수 없구나. 이 팔찌를 지하까지 가지고 가게 하여 세상 모두에게 알리는 증표로 삼고 싶다. 비록 살아서 나의 부인이 되지는 못했으나, 죽어서도 그 혼약을 지키겠다고!"

주위의 모두가 순간 너무 놀라 멍하니 있었다. 냉정하며 무정하기로 소문난 기왕 이서백이 처참하게 죽은 예비 왕비에게 이처럼 애틋한 감정을 가지고 있을 줄은 몰랐던 것이다.

왕린이 재빨리 말했다. "전하의 깊은 마음에 낭야 왕 가는 감격하여 몸 둘 바를 모르겠습니다! 저희는……."

"기왕 전하의 그 마음에 참으로 감개무량합니다." 또 다른 목소리가 왕린의 말을 끊었다. 봄바람이 불어오듯 온화한 목소리였다. 왕온이 사람들 속에서 나와 이서백을 향해 예를 갖추었다. "하나, 왕약의 시신이 심히 손상되어 팔찌를 끼울 수 있을지 모르겠습니다."

"그래서 나도 여러 장신구 중 이것을 골랐다. 이음매를 풀었다가 다시 꽂으면 되는 것이니 문제없이 채울 수 있을 것이다." 이서백은 팔찌를 세 토막으로 풀어서 황재하에게 건넸다. "내 기억 속 왕약은 무척이나 아름다운 여인이다. 그런 여인을 지금의 모습으로 기억하고 싶지 않으니 네가 대신 끼워주거라."

결국 시체를 만지는 중차대한 임무는 자신의 몫인 듯해 황재하는 아무 말 없이 팔찌를 건네받았다. 기왕의 이러한 요구는 어느 모로 보나 합당한 것이었기에 왕온도 더는 반대할 수 없었다. 빈소에 적막이 흐르는 가운데 모두들 그 팔찌를 보며 기왕의 애틋한 마음에 실로 감탄했다.

하인 몇 명이 관 뚜껑을 들어 황재하가 손을 집어넣을 수 있도록 살짝 틈을 벌려주었다.

황재하는 팔찌를 들고서 가만히 숨을 고르며 더듬더듬 손을 집어넣었다. 그러고는 신속하게 시신의 짓무른 손을 붙잡았다.

초여름에 맹독으로 죽은 시체였다. 이미 부패가 상당히 진행되어 손닿는 곳마다 진흙을 만지는 것 같았다. 황재하는 이를 악물고 이미 반쯤 부패한 끈적끈적한 손목을 잡고는 고개를 돌려 이서백을 향해 말했다. "전하, 소인 드릴 말씀이 있사옵니다."

"말해보아라." 이서백은 황재하를 응시하며 말했다.

황재하는 시체의 손을 내려놓은 뒤 황제 앞으로 와 무릎을 꿇고 말했다. "폐하께 보고드립니다. 소인이 왕비 전하께 팔찌를 끼워드리려다가 한 가지 이상한 점을 발견했습니다. 사안이 매우 중대하고 황친과도 연관이 있으니, 소인 감히 청하옵건대 이야기가 새어나가지 않도록 무관한 사람들은 잠시 물려주시옵소서."

황제는 잠시 고민하더니 고개를 끄덕여 승낙했다.

왕린은 살짝 미간을 찌푸리며 손을 들어 하인들을 물렸다. 황제와 황후, 왕린과 왕온, 그리고 이서백과 황재하를 제외한 사람들은 모두 총총히 물러났다

황재하는 물러가던 사람들을 향해 말했다. "한운과 염운은 남아주세요."

이름이 불린 두 사람은 놀란 표정으로 몸을 돌려 황재하를 보았다.

황재하는 일단 두 사람은 그대로 두고 몸을 돌려 손을 관 위에 얹고서 말했다. "황제 폐하, 황후 폐하, 소인의 소견으로 이 시신은 왕약 아가씨가 아닌 듯하옵니다!"

그 자리에 있던 모든 사람이 "아" 하고 낮은 탄성을 내뱉었다. 의자에 앉아 있던 왕 황후는 그 누구보다 놀라며 벌떡 몸을 일으켰다.

이서백 또한 의아한 표정을 지어내며 말했다. "입을 함부로 놀려서

는 아니 된다. 이 시신은 궁에서 왕 가 저택으로 옮겨졌고, 그 이후로 도 계속해서 사람이 지키고 있었는데 어찌 다른 사람으로 둔갑할 수 있단 말이냐?"

왕린이 서둘러 말을 보탰다. "그렇습니다. 요 며칠간 빈소는 계속 해서 사람이 지키고 있었고, 법회도 끊이지 않았는데 시신이 바뀌다 니요? 그리고 이런 상태의 시신을 누가 어떻게 바꿔놓을 수 있겠습 니까?"

황재하가 말했다. "왕 상서 어르신, 부디 소인이 드리는 말씀을 용 서하여 주시기 바랍니다. 소인은 이 시신이 궁에 나타났을 때부터 왕 약 아가씨의 시신이 아니었을 거라고 보고 있습니다."

왕린은 다소 노한 기색으로 무언가 말하고 싶어 했으나, 그 뒤에 서 있는 왕온이 미간을 살짝 찡그리며 아버지의 팔꿈치를 약하게 건드 렸다. 왕린은 순간 등골이 서늘해지며 황제와 황후를 향해 시선을 옮 기고는 더 이상 아무 말도 하지 않았다.

황제는 이해가 가지 않는다는 표정을 한 채 관을 훑어보며 조금 전 이서백이 말한 그 배후 내막이 무엇일지 곰곰이 생각해보았다.

왕 황후는 차분한 얼굴로 천천히 물었다. "자네가 양숭고인가?"

"네, 소인 양숭고, 기왕부의 환관입니다."

"일전에 자네가 '사방안'을 해결했다는 소식은 들었다. 그렇다면 분명 사건을 해결할 줄 아는 총명한 사람이겠지. 어디 한번 말해보거 라. 어찌하여 이 시신이 왕약이 아니라는 거지?"

"황후께 아룁니다. 소인은 일전에 왕약 아가씨께 왕부의 규율을 가 르쳐드리라는 명을 받아 여러 번 아가씨를 만나 뵈었습니다. 제 기억 으로 왕약 아가씨의 손은 매우 가늘고 작았는데 이 시신의 손은 그보 다 많이 큽니다."

"하나 맹독으로 죽어 몸이 부었다는 사실을 자네도 알잖은가?"

"몸이 붓는다 해도 근육과 피부에만 해당되지 골격까지 커지진 않습니다. 이 시신의 손은 골격이 의심의 여지 없이 왕약 아가씨보다 훨씬 큽니다." 황재하가 몸을 바르게 세우며 말했다. "당시 왕약 아가씨를 검안했던 사람은 주 시랑 댁의 막내 자제 주자진 공자입니다. 필시 시신의 골격에 대해 잘 알고 있을 터이니 두 분 폐하께서 주자진 공자를 불러 당시 검안 결과에 대해 물어보셔도 될 것입니다."

왕 황후가 망설이자 왕린이 서둘러 말했다. "양 공공, 이관(移棺) 길일이 다 지나가고 있네. 자네는 이관을 방해하여 우리 왕 가를 난처하게 하려는 생각인가? 왕약의 시신은 실종되었던 그 자리에서 발견됐고, 키는 물론 의복과 장신구까지 모두 일치했네. 손이야 중독되었으니 조금 커졌다 해도 극히 정상적인 일인데, 설마하니 왕약이 편히 눈 감지 못하도록 장례를 막으려는 속셈에서 그런 추측을 내놓는 것인가?"

왕 황후는 그 말을 듣고 있다가 고개를 끄덕이며 탄식했다. "길일은 놓쳐서는 아니 되네. 양 공공, 우리 왕 가 여인이 불행한 죽음을 당한 것만으로도 이미 충분히 참기 어려운데, 어찌하여 사달을 내려는 겐가?"

"소인이 어찌 감히 그러하겠습니까." 황재하가 고개를 숙이고 말했다. "다만 시신에 이상이 있으니, 가짜가 진짜가 되는 일이 없도록 소상히 살펴야 한다고 생각했사옵니다."

"숭고의 말에도 일리가 있습니다." 드디어 이서백이 입을 열었다. "소신이 저희 왕부 환관을 감싸고자 드리는 말씀이 아니오라, 유서 깊은 낭야 왕 가의 수많은 선조 곁에 신원 불명의 시신을 묻을 수는 없지 않사옵니까? 이러한 의혹이 제기되었으니 주자진을 불러다가 다시 한 번 검안을 해보는 것이 좋을 듯하옵니다. 시신에 문제가 없다는 사실이 검증되면 마음의 짐을 덜 것이고, 그 반대라고 한다면 그 또한 좋은 일일 것입니다. 적어도 왕약이 아직 세상 어딘가에 살아 있다는 희망이 생기니 말입니다. 두 분 폐하의 뜻은 어떠하신지요?"

왕 황후는 눈살을 찌푸리며 고개를 돌려 황제를 보았다.

황제가 손을 흔들며 말했다. "가서 주자진을 불러오거라."

주자진은 황재하가 당부한 대로 관련된 모든 물건을 진작 챙겨놓은 상태였기에, 준비 만반의 상태로 부름에 응할 수 있었다. 주자진 자신은 당시 검안 내용을 기록한 문서를 들고 왔고, 그 뒤로 시종 아필과 아연이 꽤나 무거워 보이는 상자를 가져와 바닥에 내려놓은 뒤 서둘러 예를 갖추고 물러났다.

주자진은 황제와 황후에게 예를 갖춰 인사하고는 곧바로 문서를 보며 흥미진진한 목소리로 말했다. "지난번에 양숭고와 함께 검안한 후, 저 자진은 그 결과를 상세하게 기록했습니다. 그 내용을 말씀드리 겠습니다. 시신의 키는 5척 7촌이고 얼굴은 알아볼 수 없었으며 전신의 피부가 검게 부어오르고 온몸에 피고름이 찼습니다. 치아는 온전 했고 윤기 있는 머리칼은 무릎까지 왔습니다. 전신에 외상으로 보이는 흔적은 없었으며 사인은 중독으로 판명되었습니다. 그 외에 정확한 판단은 어려우나 손의 골격이 비교적 크다는 내용 등도 있습니다. 다만 시신을 해부하지 못하여 구체적인 증거를 찾을 수 없었으므로 이 내용은 당시에는 말씀드리지 않고 일단 문서에 기록만 해두었습니다." 주자진은 문서를 덮고 계속해서 말을 이었다. "양숭고가 시신의 손이 좀 큰 것 같다는 의문을 제기하여 제가 특별히 장안의 경험 많은 검시관과 뼈 전문 의원을 찾아가 문의해보고, 백정을 따라 도축장까지 가서 반나절 동안 연구도 해보았습니다. 그뿐만 아니라 제선 당을 도와 길송장을 처리하면서도 조사해보았고, 병으로 죽기 직전인 사람에게 동의를 얻어 그가 죽은 후 시신을 해부하여……."

황제가 참지 못하고 입을 열었다. "요점만 말하라."

"알겠습니다. 그리고 『장자』의 「양생주편」에 나오는 '포정해우'의 내용을 통해 근육, 경락, 뼈는 그 이음매나 결과 혈관 등에 모두 일정한 규칙이 있다는 사실을 발견했습니다. 그래서 골격이 남아 있다면 피부의 결을 따라 원래의 모습을 복원할 수 있습니다. 비록 머리 부분은 근육이 복잡한 관계로 아직은 완벽하게 파악하지 못했지만 손의 골격은 원래 모습을 복원하는 데 전혀 문제가 없습니다."

황제는 더 이상 주자진의 수다를 들어주고 싶은 마음이 없어 손을 들며 말했다. "어서 가서 복원해보아라. 짐이 기다리고 있지 않느냐."

시간은 이미 정오가 가까워 왕린의 제안으로 다른 사람들은 모두 중앙 대청으로 가서 식사를 하기로 했다.

주자진은 상자에서 식초와 마늘 즙을 바른 천과 얇은 가죽 장갑을 꺼내어 황재하에게 건넸다.

황재하는 묵묵히 받아들며 속으로 생각했다. '저는 이미 저 부패한 손을 만진 몸이랍니다. 왕 가에 있는 가루비누를 반 근이나 써서 이미 박박 씻긴 했지만요. 이제 와서 장갑을 낄 필요까지야.'

하지만 격식을 갖춰 도와주길 바라는 주자진을 보며 황재하도 하는 수 없이 장갑을 끼고 시신의 손을 받쳐 들었다. 주자진은 손의 골격을 세밀하게 더듬어가며 100여 개의 점과 수십 개의 선을 그렸다.

주자진은 이어 상자를 열고 그 안에서 네모 칸 하나를 당겨 열었다. 안에는 단단한 찰흙이 들어 있었다. 주자진은 점선 그림에 따라 빠른 속도로 손의 골격 하나하나를 빚은 뒤 철사 몇 가닥을 잘라서 연결했다. 그러고는 약간 무른 찰흙을 꺼내 주물럭거리더니 방금 만든 골격 위에 조금씩 붙여나갔다. 마지막으로 찰흙을 어느 정도 말린 뒤 얇은 흰색 천 몇 장을 잘라 아교풀로 정교하게 붙였다.

주자진은 그 가짜 손을 황재하의 눈앞으로 들이밀며 득의양양해했다. "어때?"

황재하는 가짜 손을 받아 들고서 자세히 살펴보았다. 손은 전체적으로 얇고 길었으며 손가락은 힘은 있었으나 가늘었다. 얇은 천 아래의 누런 찰흙 빛이 은근히 비춰 올라와 진짜 손과 흡사해 보였다. 멀리서 보면 진짜 손으로 착각할 듯했다. 하지만 무엇보다 놀라웠던 것은 황재하가 기억하는 금노의 손과 완벽하게 똑같다는 점이었다.

"정말 신기해요!" 황재하가 감탄했다.

"당연하지! 내가 말했잖아. 나는 천하에서 제일가는 검시관이 될 거라고. 나의 우상 황재하가 나를 달리 보게 만들 거야!"

황재하는 고개를 돌리며 남은 칭찬은 그냥 삼켜버렸다.

왕온이 두 사람에게 점심을 가져다주었다. 주식은 앵두 비뤄[59]였고, 무침 요리 네 가지, 볶음 요리 두 가지, 그리고 탕 한 그릇이 곁들여졌다. 앵두 철이었기에 앵두 비뤄의 맛이 일품이었다.

비뤄를 두 개째 입에 넣던 황재하는 왕온이 계속 자신을 보고 있음을 알아차리고는 얼굴을 매만지며 물었다. "뭐가 묻었습니까?"

왕온이 고개를 저으며 말했다. "식욕이 없을 줄 알았는데, 이렇게 맛있게 먹을 거라곤 생각도 못 했네요."

"고기가 좀 더 많았더라면 좋았을 텐데요. 저는 고기가 없으면 잘 안 먹거든요." 주자진은 관 옆에 쪼그리고 앉아 연신 입에 음식을 넣으며 말했다.

본디가 우아하고 침착하여 이 순간에도 감정이 흐트러지지 않고 평정을 유지하던 왕온이었지만, 그러한 자진을 향해서는 저도 모르게 감탄하는 표정을 드러냈다. 왕온이 관과 가짜 손으로 시선을 옮기며

---

59 당나라 때의 찐빵, 만두 등과 유사했던 이민족 간식.

말했다. "내가 소홀했네, 다음번에는 자네 것에 좀 더 많이 넣어주라 하겠네."

황제와 황후가 휴식을 끝냈으니 물건을 가지고 연집당으로 오라는 전갈을 보내와 황재하와 주자진은 서둘러 식사를 마쳤다.

아필과 아연은 감히 원망도 못 하고 무거운 상자를 들고 연집당으로 향했다. 황재하는 한운을 불러 함께 왕약이 지내던 거처로 가서 팔찌 하나를 가지고 나왔다.

연집당은 왕 가 저택의 본채로 넓고 화려해, 크기는 정면 다섯 칸에 이르고, 붉은 문은 빛이 났다. 대청 한가운데에는 황제와 황후를 위해 금빛 모란 무늬 비단이 덮인 상석 두 개가 나란히 놓였고, 그 아래에는 의자 열두 개가 두 줄로 놓여 있었다. 이서백과 왕린이 각각 좌우 상석에 앉았고, 왕온은 부친 뒤에 섰다. 그 외에 관계없는 자들은 이미 물러가고 없었다.

황재하는 왕온에게 쟁반 하나를 달라고 하여 주자진이 만든 가짜 손을 그 위에 올려 황제와 황후 앞으로 가지고 갔다. 주자진은 자신의 손바닥을 그 가짜 손 위에 얹으며 크기를 비교해 보였다.

"보시다시피 이 손바닥은 남자인 제 손과 비교해도 그다지 작지 않습니다. 그저 손가락이 조금 더 가늘 뿐입니다. 보통의 여자 손보다 크고 힘 있는 손이었던 게 분명합니다. 그리고 왼 손가락 끝과 오른 손바닥 가장자리에는 오랜 세월에 걸쳐 생긴 굳은살이 있습니다."

황재하가 한운과 염운을 보며 물었다. "한운과 염운 두 사람이 말해보세요. 왕약 아가씨의 손은 크기가 어떠했습니까?"

둘은 말을 더듬거리며 서로의 얼굴만 쳐다보다가 염운이 입을 뗐다. "아마…… 말씀하신 것과 비슷했던 것 같습니다. 소인도 정확하진 않아서……."

왕온이 가라앉은 목소리로 말을 끊었다. "사실대로 말하라!"

"네⋯⋯." 염운은 잠시 어쩔 줄 몰라 하다가 서둘러 다시 입을 열었다. "아가씨의 손은 매우 가늘고 부드러웠습니다. 소기 부인이 와서 궁중 예절을 가르치다가 아가씨의 손을 칭찬한 적이 있습니다⋯⋯."

"두 사람의 말이 아니더라도 직접적인 증거가 있습니다." 황재하는 조금 전 챙겨온 왕약의 팔찌를 꺼냈다. 그러고는 가짜 손의 양옆을 조심스럽게 구부린 뒤 팔찌를 끼워 넣으려 했다. 하지만 흰 천 아래의 찰흙이 밀리기만 할 뿐, 팔찌는 전혀 들어가지 않았다.

황재하는 팔찌를 들고서 말했다. "왕약 아가씨의 팔찌가 이 손에는 전혀 들어가지 않습니다."

모두들 어리둥절해 서로의 얼굴만 보고 있는데 왕온이 빠르게 반응했다. "만일 이 시신이 누이가 아니라면 이 사건에는 분명 어떠한 내막이 숨겨져 있겠지요. 그렇다면 누이는 지금 어디 있단 말입니까? 그리고 갑자기 나타난 이 시신은 도대체 누구란 말입니까?"

"왕약 아가씨가 지금 어디에 계신지는 소인도 잘 모르오나, 이곳에 계신 분들 중 누군가는 아실 것입니다." 황재하는 가짜 손을 다시 쟁반에 올려두고 청아한 목소리로 말했다. "다만 이 시신의 정체는 소인이 확실히 알고 있습니다."

실내에는 침묵만이 흘렀다. 황재하는 몸을 돌려 주자진에게 물었다. "조금 전 그려 보였던 골격의 크기를 근거로, 시신의 양손을 다시 한 번만 상세하게 설명해주세요."

주자진은 고개를 끄덕이고는 조금 전에 점선으로 그린 골격 그림을 보며 말했다. "시신의 손은 길이가 총 5촌 3분이고 손가락뼈는 길고 가는 편이지만 보통 여자와 비교하면 튼튼한 편에 속합니다. 시신의 왼손 검지와 중지와 약지 끝, 그리고 오른손 엄지손가락과 오른손 손바닥 가장자리에는 장시간 마찰로 인한 굳은살이 남아 있습니다."

"왼손 손가락 끝, 오른손 손바닥 가장자리, 보통은 이 두 곳에 굳은

살이 생기지 않습니다. 이런 굳은살이 생길 가능성이 있는 사람은 비파 연주자들뿐입니다." 황재하는 왼손으로 비파 현을 누르고 오른손으로 비파 발목을 잡는 자세를 취했다. "이렇게 해서 왼쪽 손가락 끝에 굳은살이 박이며, 오른손 손바닥 가장자리와 엄지도 발목을 잡을 때 마찰이 많은 곳이라 자연스레 굳은살이 생길 수밖에 없습니다."

왕린은 미간을 찌푸렸다. "하지만 비파를 다루는 자가 천하에 얼마나 많은데, 어찌 얼굴도 알아볼 수 없는 비파 연주자의 신분을 확신한단 말인가?"

"그리 어렵지 않습니다." 황재하는 손가락을 꼽으며 천천히 말했다. "첫째, 공교롭게도 최근 외교방에서 실종된 비파 연주자가 있습니다. 둘째, 그 여인이 챙긴 것으로 보이는 짐 보따리가 교방 바깥쪽에서 발견되었는데 거기엔 그저 겉옷 몇 벌과 장신구만 있었습니다. 절대로 그 여인이 스스로 챙긴 짐이 아닌 것으로 판단됩니다. 셋째, 가장 중요한 부분인데, 그 여인 또한 독전목으로 죽었습니다."

주자진이 "아" 하고 외마디 소리를 내며 짐짓 놀란 척 말했다. "그 비파 연주자가 외교방의 금노구나! 그런데…… 금노도 독으로 죽었다고?"

"네. 금노가 입궁했을 때 황후 폐하와 태비마마께 자신의 과거 이야기를 들려드린 적이 있는데, 그때 금노의 손을 보며 확실히 보통 여인의 손보다 크다고 느꼈습니다."

"그렇다고 이 시체가 금노라고 단정할 수는 없잖아? 금노 시체는 이미 다른 데서 발견됐고, 짐 보따리도 시체 옆에 있었고……. 게다가 그 시체는 독살당한 게 아니라 그저 목이 잘려 죽은 거였어."

"그 머리 없는 시체는 금노가 아닙니다. 왕약 아가씨로 위장된 이 시신이야말로 금노이지요. 금노가 죽던 그날 우리 몇 사람은 철금루에 모여 있었죠. 최 소경과 자진 공자도 계셨고, 금노도 그곳에 있었습니다. 자리가 파한 후 요리 몇 접시를 싸서 숭인방에 있는 걸인들에게 가져다주었는데, 뜻밖에도 걸인들이 모두 독으로 사망했지요. 바로 독전목 독 때문이었습니다."

주자진은 이번에는 정말로 놀라서는 눈을 휘둥그레 떴다. "뭐라고? 그 걸인들의 죽음이 우리랑…… 아니 이 사건이랑 연관이 있다고?"

황재하는 주자진이 쓸데없는 말을 늘어놓아 괜한 사달을 일으킬까 봐 그의 말을 끊었다. "정확하게 말하자면 그 걸인들의 죽음은 금노와 관련 있습니다. 당시 금노가 싸주었던 앵두에 독이 묻었기 때문입니다. 그때 금노는 앵두 꼭지에 찔려 손이 가렵다고 말했지만, 실은 이미 독에 중독된 상태였기 때문에 간지러웠던 것이지요. 그리고 그 독이 앵두에도 묻어 걸인들을 죽음으로 몰고 갔습니다!"

주자진이 급히 물었다. "그때 금노는 자리 한번 뜨지 않고 줄곧 우리랑 같이 있었고 똑같은 음식을 먹었는데 어떻게 우린 멀쩡하고 금노만 그런 맹독에 중독됐단 말이야?"

"금노가 비파를 다루었기 때문입니다." 황재하는 탄식하며 말했다. "기억하시는지 모르겠지만, 금노는 연주 전에 음을 몇 번 내보고는 늦봄에는 비가 자주 와서 비파가 습기를 먹어 음이 탁하고 정확하지 않다고 불평했습니다. 그래서 송진 가루를 꺼내어 비파 현과 축에 꼼꼼히 발라주었지요. 그렇지 않습니까?"

주자진은 고개를 끄덕였다. "맞아, 나도 기억해."

"송진 가루 안에 독약을 머금은 나무 부스러기 같은 것을 섞어두면, 금노가 송진 가루를 바르며 비빌 때 그 부스러기가 손가락 피부나 손톱 밑을 찌르게 됩니다. 미세한 상처에 맹독이 더해져 특별한 통증을 느끼지 못하고 가벼운 가려움만 느꼈을 것입니다. 하지만 독전목이 견혈봉후라 불리는 이유가 있지요. 비록 미량의 독이지만 금노가 거처인 외교방에 돌아갔을 때는 이미 독이 서서히 온몸으로 퍼져, 점점 정신이 혼미해지다가 결국 아무런 의식이 없는 상태에서 죽었을 것입니다. 독이 퍼진 몸은 부어서 더 이상 얼굴을 알아볼 수 없게 되었지요. 왕약 아가씨의 시신으로 위장하기에 안성맞춤이었지요. 진짜 왕약 아가씨는 그 틈에 도망을 친 뒤, 영원히 세상 사람들 앞에서 숨어버렸고요."

사람들이 웅성거리기 시작하고, 황제 또한 놀란 표정으로 물었다.

"범인이 그렇게 심혈을 기울여 가짜 시신을 왕약으로 위장한 이유가 무엇이냐? 그리고 어떻게 왕약을 궁에서 사라지게 한 것이지? 범인의 진짜 목적이 무엇이란 말이냐?"

"방금 소인이 말씀드린 내용은 이 사건의 첫 번째 수수께끼였습니다. 이 시신이 대체 누구인가 하는 것이지요. 모든 정황이 보여주듯이 이 시신은 왕약 아가씨가 아니라 금노입니다. 황제 폐하, 황후 폐하, 소인이 이어서 두 번째 수수께끼를 말씀드릴 수 있도록 윤허해주십시오. 왕약 아가씨가 어떻게 실종되었고, 또 어떻게 금노의 시신이 대신 나타났는지 말입니다."

그때 이서백이 갑자기 입을 열어 주자진에게 말했다. "자진, 가짜 손을 만들어 증명해 보이느라 고생했다. 피곤할 것이니 이만 물러가 쉬거라."

주자진은 이해할 수 없다는 표정을 지으며 말했다. "아직 숭고가 사건을 풀고 있는데……." 이서백은 더 이상 다른 말은 않고 그저 눈을 가늘게 뜨고서 주자진을 쳐다보았다.

주자진은 단순하기는 했지만 그렇다고 멍청하지는 않았다. 이서백의 눈빛에서 분위기를 파악하고는 곧바로 짐을 챙겨 인사를 올렸다.

"저는 이만 물러가겠습니다!"

주자진이 떠나자 황재하가 문을 닫았다. 황제도 그제야 고개를 살짝 끄덕이며 말했다. "짐도 황후에게서 이 일을 들었다. 참으로 이상한 일이더구나. 멀쩡히 살아 있는 사람이 삼엄한 경호 속에서 갑자기 사라져버리다니 말이다."

왕 황후가 미간을 찌푸리고 원망하듯 말했다. "방훈 잔당들 소행이 분명합니다. 의심의 여지가 없어요!"

황재하가 고개를 저으며 말했다. "이 사건에 대해 여러 말들이 많았습니다. 방훈의 망령이 농간을 부린 것이라는 소문이 있었지만, 이는 범인이 이용한 속임수에 불과합니다. 사실 방훈은 이 사건과 아무런 관계가 없었습니다! 소인의 생각으로 범인은 지금 이 자리에 있습니다."

이 말을 하는 황재하의 목소리는 우렁차고 맑아 그 의미가 분명하게 전달되었다. 다들 오싹해하며 마치 등에 가시라도 박힌 것처럼 의자에서 몸을 쭉 빼고 황재하의 말에 집중했다.

왕 황후가 차갑게 웃으며 말했다. "오만방자하구나. 네가 지금 범인이 우리 왕 가 사람 중에 있다는 말을 하는 것이냐?"

"소인이 어찌 감히 그러하겠습니까. 소인은 그저 지난 여러 날 조사한 내용을 바탕으로 사건의 모든 정황을 설명할 수 있는 추론을 내렸을 뿐입니다. 범인에 대해서도 다른 것들은 고려하지 않고, 있는 그대로를 말씀드릴 뿐입니다."

"만일 방훈의 소행이 아니고 우리 중 누군가가 범인이라면, 대체 누가 범인이라고 말하고 싶은 겐가?" 왕린은 거기 있는 몇 안 되는 사람을 둘러보며 초조한 듯 따져 물었다. "당시 왕약은 어림군과 기왕부 시위병의 눈앞에서 실종되었다. 자네가 아무리 궁중 사람이나 왕온이 데리고 간 병사들을 믿지 못한다 할지라도, 자네는 기왕부 사람 아닌가. 설마 기왕부 시위병까지 믿지 못한다는 말인가?"

이서백이 미간을 살짝 찡그리며 입을 열었다. "양숭고의 말은 분명 그런 의미가 아닐 것이니, 왕 상서도 그런 걱정은 접어두시오."

황재하는 위축되지 않고 당당하게 말했다. "왕약 아가씨가 실종될 때 소인과 기왕 전하도 그 현장에서 직접 보고, 듣고, 겪었습니다. 소인은 저 자신을 믿는 것과 동일하게 기왕 전하와 어림군 모두를 믿습니다."

"자, 자, 다들 조급해 말고 진정들 하지." 황제는 손을 들어 사람들을 진정시켰다. "일단 양숭고가 추론한 것을 한번 들어보고 의문점이 있다면 그때 다시 이야기해도 늦지 않다."

"감사합니다, 폐하!" 황제의 승낙을 얻은 황재하는 다른 사람은 신경 쓰지 않고 황제에게 몸을 굽혀 예를 갖춘 뒤 다시 말을 이어갔다. "왕약 아가씨의 실종 사건은, 물론 모든 게 미궁 속에 있지만, 사건 발생 전에도 이상한 일이 있었습니다. 아가씨가 봉래전에서 휴식을 취하고 있을 때였지요. 궁인들이 있는 상황에서 자객은 왜 위험을 무릅쓰고 습격을 감행했을까요? 소인이 내실의 기척에 급히 뛰어 들어갔지만 자객은 이미 자취를 감춘 뒤였습니다. 소인보다 한 발 일찍 도착한 장령 등 여관들은 검은 그림자가 창문을 넘어 도망치는 걸 봤다고 했는데, 봉래전 바깥은 몸 하나 숨길 곳 없는 평지였습니다. 소인이 단 한 발 늦게 도착한 사이에 자객은 그곳으로 나가 자취도 없이 사라졌습니다. 설마 사람이 순식간에 사라지는 마술이라도 있는 걸까요? 그 후 소인은 다시 그 일을 생각해보던 중 한 가지 사실을 발견했습니다. 잠깐 등장했다 사라진 자객의 역할은 단 하나였습니다. 바로 황후 폐하께서 왕약 아가씨를 옹순전으로 옮겨가게 만드는 것이었습니다."

왕 황후는 차갑게 웃었다. "조정과 기왕을 위해 기왕의 비를 보호하고자 한 것이 잘못되었다는 것이냐?"

"그럴 리 있겠습니까. 소인은 이 일이 황후 폐하의 잘못이라 말씀드린 것이 아닙니다. 그렇게 삼엄하게 호위 중인 곳에서 어떻게 사건이 발생했는가 하는 점을 말씀드리려는 것입니다. 옹순전은 이 일을 위해 사전에 준비된 곳이었습니다. 왕약 아가씨가 연기처럼 사라지는 무대로 가장 적합했기 때문이지요. 궁중에서 가장 빈틈없는 곳으로 보이지만 실은 그러한 마술을 꾸미기에 가장 적절한 곳이기도 합니다."

황재하는 소매에서 얇은 종이를 꺼내 사람들 앞에 펼쳐 보였다. 미리 준비해온 옹순전 지도였다.

황재하는 머리에 꽂힌 은비녀를 눌러 그 안의 옥비녀를 꺼내 들고 지도 위에서 움직이며 설명했다. "옹순전은 원래 궁중 내고로 지어진 곳이라 사면이 높은 벽으로 둘러싸여 외부에서 침입하기 어렵습니다. 또한 황후 폐하께서 황제 폐하께 청하여 200명의 병사를 배치했기에 경비가 매우 삼엄했습니다. 그 삼엄한 호위 속에서 왕약 아가씨는 어떻게 사라졌을까요? 소인은 한 가지 사소한 부분에 주목했습니다. 아가씨는 실종 직전에 밖으로 나와 전하께 감사 인사를 드리고 다시 들어갔는데, 마치 자신이 동각으로 돌아가는 모습을 저희가 주시하도록 의도한 것 같았습니다. 그 이후에 절대 불가능해 보이는 일이 벌어지지요. 삼엄한 호위 속에서, 그 어디보다 안전했던 곳에서, 사람이 사라진 것입니다."

황재하의 비녀가 지도 중간에 있는 동각에 동그라미를 그리며 가장 삼엄하게 보호된 곳임을 표시했다. "분명 동각으로 들어가는 모습을 보았는데 어떻게 순식간에, 그 모든 사람의 눈을 피해 감쪽같이 사라졌을까요? 사건 발생 이후 소인이 가장 영문을 알 수 없어 답답해했던 부분입니다."

순간 정적이 흘렀다. 이미 내막을 아는 이서백도 사건의 핵심을 파헤쳐가는 황재하의 설명에 절로 빠져들어 정신을 집중해 들었다.

"실은 저희 모두가 오인한 것입니다. 아무리 많은 가설을 세워보아도 그 삼엄한 경비 속에서 어떻게 사람이 사라졌는지 알 길이 없던 중, 소인은 서쪽 시장에 나가 마술을 지켜보다가 이 사건의 진상을 깨달았습니다. 왕약 아가씨는 옹순전 동각에서 사라진 것이 아니고, 처음부터 동각에 들어가지 않았습니다!"

왕린이 차갑게 말했다. "기왕 전하와 양숭고 자네를 포함해 당시 옹순전을 지키던 수십 명의 호위병이 모두 동각으로 들어가는 왕약을 보았다고 들었다. 현장에서 그리 많은 사람이 보는 가운데 누각 안으로 들어간 사람을 두고 들어간 적이 없다고 한다면, 그럼 당시 그곳에 있던 사람들이 환각이라도 보았단 말이냐?"

"환각이 아닙니다. 왕 상서께서도 혹 주목하여 보셨는지 모르겠지만, 옹순전은 내고였던 것을 사람이 거하는 장소로 바꾸면서 정사각형태의 고루한 느낌에서 탈피하고자 내전과 외전의 중간, 즉 중앙 정원에 내전과 가까이 석가산을 만들었습니다."

"하지만 그 석가산은 야트막하여 사람 키보다 높은 곳도 한두 군데밖에 없다. 그런 곳에서 무슨 일을 저지를 수 있단 말이냐?"

"사람 키 높이만 되면 충분합니다." 황재하는 아주 냉정한 투로 말했다. "또한 아주 짧은 순간에 성공할 수 있는 마술이었습니다. 당시 왕 통령이 석가산 뒤에는 호위병을 배치하지 않았기에, 석가산 뒤쪽을 볼 수 있었던 사람은 동각 창밖을 지키던 두 명의 호위병뿐이었습니다. 하지만 이들 또한 창문을 주시하라 명을 받았기에 줄곧 창문만을 주시했습니다. 모두가 왕약 아가씨가 동각으로 들어가는 모습을 봤다고 느꼈지만, 사실은 그 뒷모습만을 보았을 뿐입니다."

"그 뒷모습을 본 것만으로 부족하단 말이냐?"

"물론입니다. 신비하고 복잡해 보였던 이 사건은 아주 짧은 순간에 벌어졌기 때문입니다." 황재하의 비녀가 석가산을 가리켰다. "내전과 외전 사이에는 야트막한 석가산이 있고 그 중간에 구불구불한 푸른 돌길이 있습니다. 여기, 이곳이 가장 높은 지점으로 키가 5척 7촌인 왕약 아가씨가 충분히 가려지는 곳이었지요. 그래서 아가씨와 동일한 옷차림에 동일한 머리 모양, 동일한 장신구를 한 여인이 미리 그 뒤에 숨어 있다가, 아가씨가 석가산의 가장 높은 지점에 도달하여 허리를 굽힌 순간 대신 몸을 일으켰습니다. 그리하여 그토록 짧은 순간에 사람이 바뀐 것입니다. 저희는 내전 동각으로 가고 있던 왕약 아가씨를 주시하고 있었지만 이 시점에서 저희가 보고 있던 사람은 왕약 아가씨가 아닌 다른 사람이었죠!"

황재하는 고개를 돌려 바닥에 엎드린 채 벌벌 떨고 있는 한운과 염운을 보며 천천히 말했다.

"그때 왕약 아가씨와 함께 나왔던 자가 염운이었으니, 아가씨로 분장해 가산 뒤에 숨어 있던 자는 당연히 한운이겠지요."

"황당무계하기 짝이 없다!" 왕린이 차갑게 웃으며 말했다. "정말 대단한 상상력이군. 길거리 마술에서 영감을 얻어 이렇게 무고한 사람을 끌어들이다니. 억지로 끼워 맞추느라 왕약과 한운의 키가 머리 반 개는 차이난다는 사실도 무시한 것이냐? 왕약은 보통 여인들보다 키가 큰 편인데, 석가산 뒤에서 나온 왕약이 갑자기 키가 작아졌다면 어찌 사람들이 이를 눈치채지 못했겠느냐?"

"키를 키우는 것은 어렵지 않습니다. 세간에 파는 굽이 높은 신발의 경우, 아래에 덧댄 나무 굽이 5촌 정도로 높은 것도 있습니다. 한운의 키를 머리 반 개 정도 키우는 것은 일도 아니지요. 그리고 당시 내전으로 들어가던 한운은 문지방에 발이 걸려 휘청였습니다. 익숙지 않은 신발을 신었던 탓이겠지요. 좀 더 확실한 증거도 있습니다. 한운은 내전으로 들어가고 얼마 지나지 않아 곧바로 찬합을 들고 나와서는 뒤쪽의 주방으로 갔습니다. 아마 그곳에서 자신이 변장할 때 썼던 옷과 신발을 태웠을 겁니다. 다만 안타깝게도 그런 짓을 해본 적이 없는 데다 너무 긴장해서 증거를 남기고 말았습니다. 저희는 부뚜막에서 말발굽처럼 생긴 나뭇조각이 반쯤 타다 만 채로 남은 것을 발견했습니다. 바로 신발 밑에 덧댄 굽이었습니다!"

이서백은 아무 말도 없는 왕린을 보고는 입을 열어 물었다. "왕약이 사라지자마자 모든 사람이 옹순전을 구석구석 뒤지기 시작했는데, 그럼 왕약은 대체 어디로 갔단 말이냐?"

"간단합니다. 미리 석가산의 빈틈에 숨겨놓았던 궁녀복이나 환관복으로 갈아입고는 사람들이 그 근처에서 비녀를 찾을 때 그 속에 섞여 함께 찾는 척하다가 자연스레 그 자리를 떠났습니다."

"어처구니가 없군. 왕약과 생김새가 똑같은 사람이 지나다니는데도 그곳에 있던 모두가 의심하지 못했다는 게 어디 가당키나 한 일이냐?" 또다시 왕린이 소리쳤다.

"당연히 의심하지 못했지요. 그때 갑자기 황후 폐하의 여관 장령이 한 무리의 궁녀와 환관을 대동하고 나타났기 때문입니다. 그리고 그 중 몇 명을 데리고 다시 황후 폐하께 소식을 아뢰러 갔는데 그때 장령을 따라나선 이들 중에 왕약 아가씨가 있었습니다. 혼란스러운 옹순전에서 빠져나온 왕약 아가씨는 숲속으로 날아가는 새처럼, 넓은 바다로 헤엄쳐 가는 물고기처럼 그렇게 사라져버려 다시는 그 자취를 찾을 수 없게 되었습니다. 이후 호위병들은 다 철수하고 환관과 궁녀만 몇 남아 옹순전을 지켰으니, 거기에 첩자 한 명만 심어두면 시신을 궁 안으로 들여 동각에 눕히는 것은 그리 어려운 일도 아닙니다."

모두들 아무 말이 없어 연집당은 순간 침묵에 잠겼다.

황제는 황재하의 말을 곰곰이 생각하며 사색에 잠긴 눈으로 황후를 바라보았다. 하지만 황후는 시선을 아래로 내려 순백의 옷 위로 보이는 은빛 무늬를 보며 천천히 물었다. "양 공공의 말을 들어보니, 뒤에서 이 일을 사주한 사람이 누구인지 이미 확신하는 듯한데?"

"외람되오나 소인…… 처음부터 이리 생각한 건 아니었습니다. 다만 이번 사건의 모든 수법은 그분이 아니고서는 할 수가 없는 것들이었습니다." 황재하는 고개를 들어 황후를 보았다. 그 맑은 눈빛에 두려움은 전혀 없었다. "설령 소인이 이 일로 인해 엄청난 세력의 눈 밖에 나게 된다 해도, 소인이 알아낸 진실에 대해 모든 것을 말할 수밖에 없습니다."

다른 사람들은 모두 알 수 없는 표정을 하고 있었으나, 황제만은 여전히 온화한 표정으로 고개를 끄덕였다.

"그렇다면 말해보거라. 이 사건을 배후에서 사주한 이가 대체 누구란 말이냐?"

"사실 행적들을 하나하나 따져보면 그 배후가 누구인지 어렵지 않게 알 수 있습니다. 첫째, 사건이 일어날 장소를 미리 정해놓고 왕약 아가씨를 그리로 보낼 수 있는 인물입니다. 둘째, 장령과 장경 등 궁중의 대궁녀와 대환관을 움직일 수 있는 인물입니다. 셋째, 사건 발생 직후 장령에게 왕약 아가씨를 데리고 나오라고 지시할 수 있는 인물입니다. 마지막으로, 금노의 시신을 손쉽게 옹순전 안에 들일 수 있는 인물입니다."

황재하는 고개를 숙인 채 어느 누구에게도 시선을 주지 않고 말했다. 하지만 그 답은 이미 불 보듯 뻔했다.

"배후의 주모자에 관해서 소인 먼저 말씀드릴 것이 한 가지 있습니다. 왕약 아가씨께서 선유사에 향을 피우러 갔던 날, 갑자기 한 신비스러운 남자가 나타났습니다. 그자는 손에 들린 새장으로 감쪽같은 속임수를 펼쳐 보이고는, 왕약 아가씨께 과거는 결국 드러나게 되어 있다는 경고를 남긴 뒤 호위가 삼엄한 선유사 안에서 흔적도 없이 사라졌습니다. 그러니까 이 신비스러운 남자의 출현을 시작으로 이후의 모든 사건이 발생한 것입니다."

황제가 고개를 끄덕였다. "그 일은 짐도 들었다. 그 또한 기이한 일이었지. 선유사에서는 그자가 대체 어디서 나타나 어디로 사라졌다고 생각하느냐? 그리고 그 목적은 무엇이었겠느냐?"

"선유사는 담장이 높고 비교적 깊숙한 곳에 자리해 있습니다. 그때는 이미 절 안의 모든 참배객을 내보내고, 기왕부에서 보내온 사병들이 지키고 있었지요. 당시 소인은 그 남자의 출현에 대한 수수께끼를 놓고 궁리하면서, 그자가 어디서 와서 어디로 사라졌는지에 대해서만 생각해보았지, 사실 처음부터 저희와 함께 와 줄곧 곁에 있던 사람이라는 사실은 짐작도 못 했습니다. 저희가 일행과 떨어졌을 때 다른 모습으로 위장하고 저희 눈앞에 나타났던 것입니다. 사라지는 방법도 매우 간단했지요. 후전으로 가서 입었던 옷을 벗어 향로에 태워버리면 되었습니다. 그러고는 재빨리 산길 옆 관목 숲을 타고 내려갔다가 다른 누구보다 먼저 저희 앞에 나타났지요……. 그때 저희 앞에 가장 먼저 나타난 사람은 바로 왕 통령, 왕온 공자였습니다."

17장

어지럽게 핀 꽃에
빠져들다

　황재하의 황당무계한 발언에 모두 아연실색하여 말문을 잃었다.

　왕온은 조용히 황재하를 응시했다. 그 얼굴에 아주 잠깐 동요가 일었지만 이내 평정을 되찾았다.

　나지막하고 평온한 목소리로 왕온이 말했다. "양 공공, 무슨 말을 하는지 도통 모르겠군요. 그게 무슨 뜻입니까?"

　황재하는 왕온의 평온한 표정에도 전혀 동요하지 않고 그를 똑바로 바라봤다. "선유사에 나타난 그 남자는 바로 왕 공자께서 위장한 것이었습니다. 공자께서는 서쪽 시장에서 마술 도구를 살 때도 만일을 대비해 다른 사람으로 위장했지요. 사람들이 그 모습을 쉽게 기억하도록 일부러 얼굴에 어떤 특징을 그려 넣어, 사람들이 공자를 다른 누군가로 오해하도록 만들었습니다. 하지만 너무 치밀하게 꾸미려다 중요한 대목에서 오히려 실수를 범해 그 행적이 드러나고 말았습니다."

　"중요한 대목이라니, 무슨 말인지 전혀 모르겠군요." 화를 내기는커녕 미소를 짓는 왕온의 그 표정은 여전히 여유로웠다. "조금 전 양

공공이 들려준 추측대로라면 당시 선유사 안에 있었던 사람들, 그러
니까 시위병이나 시녀 중 누구라도 그 남자로 분장할 수 있었던 것
아닙니까? 어찌 저라고 단언하는지요?"

"방금 말씀드렸듯이 중요한 대목에서 실수를 하셨기 때문입니다.
원래는 방훈의 망령이 나타나 이 혼사를 망치는 것처럼 보이게 하려
고 불상 앞에 화살촉을 남겼겠지만, 결국 그 때문에 신분이 드러났습
니다!"

줄곧 평온하던 왕온의 얼굴에 드디어 미세하게 동요가 일었다.

왕온은 황재하를 똑바로 보며 물었다. "그 화살촉이 어째서 나와
관련이 있습니까?"

"기왕부는 이미 서주에 경후 공공을 보내 조사를 마쳤습니다. 화살
촉은 방훈 잔당이 성루의 시위병 하나를 매수하여 손쉽게 훔쳤던 것
입니다. 화살촉이 사라지고 얼마 지나지 않아, 그 일당이 서주 근처에
나타났다가 그대로 북상하였지요. 그리고 장안 외곽에서 갑자기 종
적을 감추었습니다. 비록 장안 내에 나도는 소문이 있긴 하지만, 여기
계신 분들은 그 진짜 이유를 아시리라 생각합니다."

이서백이 옆에서 조용히 말했다. "금년 3월 장안 외곽에 도적 떼가
출몰한다 하여 우통령 왕온이 어림군을 이끌고 가 소탕했는데, 그 일
을 말하는 것인가?"

"네, 그렇습니다. 방훈 잔당을 소탕하고도 발견하지 못했던 화살촉
이 뜻밖에도 며칠 뒤 선유사에서 나타났습니다. 예비 왕비께서 기도
를 드리러 선유사를 방문한 날, 도적 소탕에 동원되었던 어림군 병사
들은 선유사까지 오기 힘들어했기에, 왕 통령은 기왕부 시위병만을
이끌고 왔습니다. 말하자면, 그 화살촉을 손에 넣었을 가능성이 있는
어림군 병사는 많고, 선유사에서 신출귀몰할 수 있었던 기왕부 시위
병도 많습니다만, 그 두 가지 가능성을 모두 가진 이는 단 한 사람, 바

로 왕 통령뿐입니다!"

왕온은 미간을 찡그리며 무언가 더 말하려 하다가 더 이상 할 수 있는 말이 없음을 깨달았다. "양 공공…… 귀신같이도 알아냈군요."

왕린은 그대로 얼어붙어 멍하니 아들을 바라만 보았다.

황제는 황후를 바라보았으나, 황후는 굳은 표정으로 멍하니 황재하에게 시선을 고정하고 있었다. 황제는 가만히 황후의 손을 잡았다가 그 손이 얼음처럼 차가운 것을 느끼고는 양손을 뻗어 황후의 손을 감싸 쥐었다.

"너무 걱정 마시오. 왕온은 당신의 친척 동생이니 짐의 친척이나 마찬가지오. 짐이 잘 해결되도록 애쓰겠소."

황후는 고개를 돌려 황제를 보며 입술을 달싹였지만 한참 후에야 겨우 입을 열었다. "황송하옵니다, 폐하." 뭔가 모호한 듯한 대답이었다.

이서백은 엄숙한 표정으로 왕온에게 물었다. "그렇다면 이 모든 일을 자네가 꾸민 것인가? 방훈의 망령이 저지른 짓이라 유언비어를 퍼뜨린 것도, 왕약을 사라지게 한 것도?"

"네……. 모두 제가 꾸민 짓입니다."

비록 생기 없는 목소리였지만, 단 한마디로 모든 것을 허심하게 인정했다. 왕온은 황재하를 한 번 쳐다보고는 황제를 향해 무릎 꿇고 죄를 빌었다.

"소신 죽을죄를 지었나이다. 벌을 내려주시옵소서. 이 모든 일은…… 소신이 한순간의 잘못된 생각으로 저지른 일이온데, 이런 엄청난 결과를 낳고 말았습니다. 소신 죽어 마땅합니다!"

"음……." 황제는 미간을 찡그리며 물었다. "왜 왕약을 해하려고 하였느냐?"

"기왕 전하의 비로 간택된 뒤 왕약의 언행이 뭔가 이상하다는 느낌을 받아 그 측근들을 심문했더니, 왕약은 이미 마음에 품은 사람이 낭야에 있다 하였습니다. 또한 함운 등은 왕약이 혼례 후에 큰 파문을 일으키려 한다는 사실도 알고 있었습니다. 그때 소신은…… 일전에 황재하가 저질렀던 엄청난 사건을 떠올리고는, 이후에 심각한 일이 벌어질지도 모른다는 생각에 이 혼사를 깨야겠다는 결심을 했습니다."

황재하는 자신의 이름이 언급되자 심장이 빠르게 뛰기 시작했다. 자신 쪽을 향해 고개를 돌린 왕온을 곁눈질하며 행여 표정에 모든 것이 드러나지 않도록 온 힘을 다해 마음을 다스렸다. 소매 속 양손을 너무 세게 움켜쥐어 손톱이 손바닥으로 파고들었다. 황재하는 그 통증으로 겨우 정신을 차리고 간신히 평정을 유지했다.

이서백은 자신도 모르게 미간을 찌푸렸지만 황재하의 얼굴에 별다른 변화가 없는 것을 보고는 다시 고개를 숙여 손에 든 옥부채를 만지작거렸다.

왕온이 계속해서 말했다. "기왕 전하께서 친히 간택하신 상황이기에 혼약을 파기하기는 어렵다 판단하고 몰래 일을 꾸미기로 했습니다. 기왕 전하께서 방훈의 난을 평정하신 일을 이용하면 큰 소란을 피울 수 있겠다는 생각에, 방훈의 망령이 농간을 부리는 것처럼 꾸며 세간의 이목을 현혹하였습니다. 황후 폐하의 측근 여관과 환관들은 저희 왕 가의 세력을 알기에 저를 도와달라는 청을 거절하지 못했습니다. 장령 등이 비밀리에 저를 돕기는 하였으나, 황후 폐하께서는 아무것도 모르시는 일입니다. 폐하께서 부디 너그러이 살펴주시기를 간청드립니다."

왕온의 말이 끝난 뒤 황재하는 잠시 미간을 찌푸렸다가 반문했다. "그렇다면 왕약 아가씨의 사주단자도 왕 공자께서 꾸미신 것입니까?"

"사주단자?" 왕온은 순간 무슨 말인지 몰랐다.

"사주단자에는 이렇게 적혀 있었죠. '낭야 왕 가 넷째 집안 막내 여식 왕약, 대중 6년 윤 10월 서른날 묘시 이각 출생.' 그런데 대중 6년 윤 10월은 29일까지만 있고 30일은 없습니다."

"내가 부주의했군요." 왕온은 가볍게 탄식하더니 즉각 고개를 끄덕이며 시인했다. "왕약의 사주단자를 보고 왕약의 출생일이 기왕 전하 모친의 기일과 같은 날인 것을 발견했습니다. 원칙대로라면 간택 후보에 들어갈 수 없는 상황이었죠. 그래서 기지를 발휘한답시고 글자 사이 빈칸에 '윤' 자를 집어넣었습니다. 다행히도 사천감[60]에서 왕 가의 뒤를 봐주고 있기에 아무런 검증 없이 그대로 간택 후보에 들어갈 수 있었지요. 그때까지만 해도 나의 그러한 요행이 성공했다고만 생각했지, 후에 이렇게 많은 일이 일어날 거라고는 상상도 못 했습니다."

"그럼 금노의 죽음은요?"

왕온은 고개를 들어 황재하를 보았다. 햇빛이 강한 입구 쪽에 서 있는 황재하는 비스듬히 들어오는 오후의 햇살을 받아 온몸이 환하게 빛나 무구해 보였다. 황재하가 뿜어내는 빛에 눈이 부신 듯 왕온은 황재하를 똑바로 보지 못했다. 왕온은 두 눈을 질끈 감았다.

"모두 내가 꾸민 일입니다. 먼저 헛소문을 퍼뜨렸고, 궁중에 어림군을 배치할 때는 내 직위를 이용해 장령에게 왕약을 빼돌리라고 했습니다. 그리고 후환이 없도록 왕약과 몸집이 비슷한 비파 연주자 금노를 독살해 그 시신을 옹순전에다 옮겨놓았지요……." 왕온의 목소리는 마치 자신과 전혀 상관없는 이야기를 하듯 평온했다. "다만 이렇게 모든 진상이 밝혀지리라고는 생각도 못 했습니다. 양 공공의 추측이 다 맞습니다. 그 모든 일이 공공의 예리한 눈을 피해가지 못했

---

60 천문을 관찰해 역법을 추산하는 기관.

군요."

"그렇다면 이곳에 있는 분들 앞에서 말씀해주십시오." 황재하는 왕온을 응시하며 한 자 한 자 힘주어 말했다. "금노의 송진 가루에는 언제 독을 섞으셨습니까?"

"그날 철금루에서 금노가 방심한 틈을 타 몰래 독을 넣었습니다. 그러고는 그 뒤를 미행하다가 쓰러진 금노를 궁 안으로 데리고 들어가 옹순전 동각에 눕혀두었습니다."

"거짓말을 하고 계시는군요!" 황재하는 차가운 말투로 지적했다. "금노는 송진 가루를 하사받은 후 무척 귀히 여기며 줄곧 품속에 품고 다녔습니다. 그리고 철금루에서 왕 공자께서는 줄곧 금노의 맞은편에 앉아 계셨는데, 대체 언제 독을 넣을 기회가 있었다는 것입니까!"

왕온은 양미간을 찌푸리며 시선을 한쪽으로 돌린 채 아무 말도 하지 못했다.

황재하는 고개를 끄덕이며 말했다. "이번 사건에서 왕 공자께서 한 일은 사주단자를 고친 것과 선유사에 나타나 무언가 암시한 것이 다입니다. 그 뒤에 있었던 일들은 왕 공자께서 한 일이 아닙니다. 모든 것을 뒤집어쓰고 싶으셔도 소용없습니다. 이 사건의 배후에 있는 진짜 범인은……."

여기까지 말한 황재하는 끝내 주저하고 말았다.

황재하의 시선이 황제와 황후, 그리고 왕린과 왕온을 지나 이서백에게 향했다.

이서백은 시종일관 겁 없이 당돌하기만 하던 황재하의 두 눈에 끝내 드리운 망설임과 두려움의 빛을 보았다. 지금부터 자신이 하고자 하는 말이 이 사건의 진상일 뿐만 아니라, 어쩌면 자신의 죽음을 부르는 말이 될지도 모른다는 사실을 황재하 또한 모르지 않았다.

이서백은 황재하를 바라보며 천천히 고개를 끄덕였다.

이서백의 표정은 평온하고 침착했다. 황재하에게 '어찌되든 너의 목숨은 내가 보전해줄 것이다'라고 말하던 그때와 같았다. 그저 평온해 보이는 표정이었지만, 황재하는 그 표정 뒤에 숨겨진 굳은 언약을 느낄 수 있었다.

가슴을 짓누르며 황재하를 머뭇거리게 했던 긴장과 두려움이 썰물처럼 빠져나가며 정신이 한층 맑고 또렷해졌다. 황재하는 깊은 숨을 들이마신 뒤 더 이상 망설이지 않고 한 자 한 자 분명하게 내뱉었다. "왕 통령께서 모든 것을 내던지고 진짜 범인을 보호하시려 해도, 또한 오늘날 왕 가 가문의 모든 영광이 이분 덕이라고 해도, 진실은 진실입니다. 아무리 많은 희생양을 자처한다 해도 그분 손에 묻은 핏자국을 가릴 수는 없습니다!"

황재하의 시선이 왕 황후에게 향했다.

황후 왕작. 상복을 입고 옅은 화장을 했을 뿐임에도 그 미모가 빛나는 절세미인. 조용히 당상에 앉아 있는 황후의 모습은 마치 바람 없는 오후에 멋대로 꽃을 피운 한 송이 백모란 같았다.

"황후 폐하, 이 모든 일의 주모자는 바로 황후 폐하이십니다."

연집당에는 쥐 죽은 듯 정적만 흘렀다.

황제는 감싸 쥐고 있던 황후의 손을 천천히 놓고는 마치 낯선 사람을 보듯 황후를 바라보았다.

한운과 염운은 바닥에 엎드린 채 벌벌 떨며 감히 고개도 들지 못했다. 왕린은 낯빛이 새하얗게 질리고 턱수염이 파르르 떨렸다.

유일하게 이서백만이 평소와 같은 표정으로 옥부채를 만지작거리며 담담히 말했다. "양숭고, 망령된 말로 황후 폐하를 모욕하는 것이 어떠한 죄인지 아느냐?"

"죽어 마땅한 죄입니다." 생각해볼 것도 없이 대답이 나왔다.

"그런데도 감히 그런 터무니없는 소리를 하는 것이냐?"

"전하께 아룁니다. 소인은 명확한 증거를 가지고 말씀드린 것입니다. 망령된 말도, 터무니없는 소리도 아니옵니다."

"양숭고." 왕 황후가 드디어 입을 열었다. 살짝 가라앉은 목소리였으나 여전히 감히 범접할 수 없는 위용이 그대로 느껴졌다. "이 사건이 나와 관련 있다고 하니, 어디 그 자세한 내용을 들어보고 싶구나. 첫째로, 나와 왕약은 친자매와 다름없는 사이인데 어찌하여 내가 혼례를 앞둔 왕약에게 그런 짓을 해 생사도 알 수 없게 만들었다는 게냐?"

"맞습니다, 황후 폐하와 왕약 아가씨 사이의 정은 매우 깊었습니다. 그 모습을 본 사람마다 폐하께서 베푸시는 온정에 감탄했습니다. 지체 높으신 분들에게서 흔히 볼 수 있는 모습이 아니었기에 소인 또한 참으로 훌륭하시다고 생각했습니다."

"그래서?" 황후가 차갑게 웃으며 말했으나, 겨우 꾸며낸 미소였기에 그저 입꼬리만 살짝 움직였을 뿐이다.

"12년 전 폐하께서 황후가 되셨을 때, 왕약 아가씨는 겨우 네다섯 살 정도였지요. 두 분은 나이 차이가 그렇게나 많이 나는 사촌 지간이니 황후 폐하와 왕 가 넷째 집안의 왕약 아가씨는 그 관계가 소원할 수밖에 없을 것이라 생각했습니다. 설령 사이가 좋다 하여도 그저 한 가문의 형제자매가 가지는 감정 정도일진대 어찌 폐하께서는 왕약 아가씨에게 그토록 큰 관심과 사랑을 베푸시는지 의문이 들었습니다."

"지금 우리 가문에서 왕약은 매우 특출한 아이이니, 내가 어찌 귀히 여기지 않겠느냐." 황후가 경직된 목소리로 말했다.

황재하는 그 말에는 아무런 대꾸 없이 고개를 숙인 채 계속해서 말을 이었다. "그래서 소인은 이 사건의 다음 의문에 대해 생각했습니다. 황후 폐하께서 이 혼사를 깨뜨리고 왕약 아가씨를 사라지게 만든 이유가 무엇인가 하는 의문이었습니다."

황후는 차갑게 웃으며 아래턱을 살짝 치켜들고는 더 들을 가치도 없다는 듯이 황재하를 흘겨보았다.

황재하는 전혀 개의치 않고 계속해서 말했다. "소인이 왕약 아가씨의 신분에 대해 의심하기 시작한 것은 왕약 아가씨께 왕부 규율을 전수할 때였습니다. 왕약 아가씨께서 어릴 적 배웠다던 거문고 연주곡은 명문가 규수가 배울 법한 고상한 곡이 아니라, 화류가에서나 들을 법한 곡이라는 사실을 알게 되었지요."

왕린은 화가 나서 말했다. "우리 왕 가가 자녀를 엄하게 교육하지 않아 그랬을 뿐인데 대체 그게 황후 폐하와 무슨 상관이 있다는 것이냐!"

"하지만 소인은 운 좋게도 왕약 아가씨의 마차에 동승했다가 마차 안에서 어떤 부인을 만났습니다. 아가씨와 함께 입궁하지 않고 줄곧 마차에서 기다렸던 마흔 살가량의 부인이었습니다." 황재하는 고개를 돌려 염운과 한운을 보고 말했다. "두 사람은 그때 왕약 아가씨를 모시고 함께 장안으로 온 그 부인에 대해 알고 있습니까?"

두 사람은 두려운 눈빛으로 서로 시선만 주고받을 뿐 감히 입을 열지 못했다.

왕 황후가 차갑게 말했다. "아는 것이 있다면 어서 사실대로 고하거라!"

한운과 염운은 겁에 질려 동시에 고개를 끄덕였다. 황재하가 다시 물었다. "그 부인의 이름은 무엇이며, 지금은 어디 있습니까?"

한운이 망설이며 말했다. "그분은…… 아가씨께서 이모님이라 부르셨고, 성은 풍 가였던 것으로 기억합니다. 다만 며칠 머물지 않고 바로 고향으로 돌아간 탓에 저희도 정확히 아는 것이 없습니다……."

"그런가요? 고향으로 갔다고요?" 황재하는 일전에 베껴두었던 진염 부인과 풍억 부인의 초상화를 소매 속에서 꺼내어 보이며 물었다. "그 부인의 생김새를 기억합니까?"

한운과 염운은 손을 바들바들 떨며 그림 속 풍억 부인을 가리켰다.

"그림 속 이 인물은 양주 운소원에서 온 거문고 연주자로, 이름은 풍억이라 합니다. 네다섯 달 전에 옛 벗의 부탁으로 벗의 딸을 장안으로 데려왔는데, 이후 소식이 끊겼습니다."

황재하의 짧은 몇 마디 말에 마치 누설된 천기라도 엿들은 듯 좌중의 낯빛이 절로 일그러졌다. 그 부인이 장안으로 데려온 옛 친구의 딸이라면, 오직 한 사람밖에 없었다.

"풍억 부인은 오랜 시일이 흘러도 양주로 돌아오지 않았습니다. 그림 속 또 다른 여인은 풍억 부인과 친자매처럼 지내던 진염 부인인데……." 황재하는 손가락을 그림 속 진염 부인 쪽으로 옮겼다. "양주 운소원에 있던 진염 부인은 풍억 부인을 찾기 위해 장안으로 올라왔습니다. 그러다가 우연히 예전에 운소원에서 같이 지냈던 금노를 만났지요. 금노는 진염 부인이 입궁할 수 있도록 천거해보았지만, 황제 폐하와 황후 폐하, 그리고 태비마마께서도 옛 거문고 소리를 그다지 좋아하지 않으셔서 궁의 힘을 빌려 풍억 부인을 찾아보려던 뜻은 이룰 수 없었습니다. 후에 진염 부인은 소왕 전하의 부름을 받게 되었고, 그때 그런 사연을 알게 되어 소인이 이 초상화를 가지고 호부에 가서 수소문을 했지만 아무런 성과도 없었습니다. 왕 가는 풍억 부인의 명단을 호부에 넘기지도 않았습니다."

왕린이 낯빛을 굳히며 말했다. "그때는 너무 바쁜 시기였던 데다가, 금방 돌아갈 사람이었기에 딱히 보고하지 않았던 것뿐이네."

"풍억 부인은 정말 낭야로 돌아갔습니까?" 황재하는 왕린의 표정에도 전혀 겁먹지 않고 말했다. "공교롭게도 소인은 유주 유목민의 시신을 막 처리하고 돌아온 하급 관리와 마주쳤습니다. 그 관리는 그림 속 풍억 부인이 죽은 유목민 중 한 명임을 알아보았고, 왼쪽 눈썹에 사마귀가 있다는 사실도 기억했지요."

왕온의 눈썹이 미세하게 찌푸려졌다. 한운과 염운은 진작부터 낮은 소리로 흐느끼고 있었다.

황재하는 그들의 반응에도 아랑곳 않고 계속해서 말했다. "그렇습니다, 유주 유목민 시신 중 왼쪽 눈썹에 사마귀가 있는 여인이 바로 풍억 부인이었습니다. 소인은 그날 밤 주자진 공자와 함께 묘지에 갔다가 시신의 배 속에서 양지옥을 발견했습니다. 의자매를 맺은 진염 부인과 서로 증표로 교환했던 것인데, 독으로 사망하기 직전에 삼켰던 것으로 보입니다. 그 덕분에 시신의 신분을 확신할 수 있었지요."

이서백은 다들 두려움과 놀라움에 어쩔 줄 몰라 하는 모습을 보며 황재하에게 물었다. "풍억 부인이 왜 독살을 당한 것이냐?"

"물론 장안으로 데려온 옛 벗의 딸 때문입니다. 풍억 부인이 너무 많은 진실을 알고 있었기 때문이지요."

왕린이 최대한 목소리를 낮추었지만 노기를 감추지 못한 채 말했다. "양 공공, 우리 왕 가가 그대에게 무슨 원한을 샀는지 모르겠지만, 그대는 양주 악방 여인이 데려온 벗의 딸이라는 인물을 이미 특정지은 것 같은데?"

"그렇습니다. 소인은 바로 왕약 아가씨를 말하는 것입니다."

황재하의 거리낌 없는 대답에 사건을 은폐하고 있던 검은 장막이 단숨에 걷혀버렸다.

이번엔 왕 황후마저 낯빛이 창백해졌다. 황후는 손의 떨림을 가까스로 억누르며 낮은 목소리로 말했다. "아무 증거도 없이 헛소리를 지껄이면 어떤 결과가 뒤따를지 잘 알고 있겠지? 왕 가는 수백 년의 역사를 가진 명문가이다. 그러니 입을 열기 전에 자신이 무슨 말을 할지 먼저 헤아려보는 게 좋을 것이야!"

"황후 폐하, 노여움을 푸시옵소서. 소인은 이미 목숨을 내놓을 각오를 하고서 이 사건의 진상을 밝히는 것입니다." 황재하는 황후를 향해 고개를 숙이고 말했다. "이제, 황후 폐하께서 왕약 아가씨를 감추신 이유에 대해 말씀드리겠습니다. 어쩌면 왕약 아가씨의 신분을 밝힌 것보다 훨씬 대역무도한 짓이겠지요."

"그래, 얼마나 더 해괴한 추측을 할지 어디 한번 들어보지!" 왕 황후가 노하여 소리쳤다.

그 아름답던 얼굴에 혈색이 사라지고 오만과 고집이 드리웠다.

황재하는 고개를 숙여 황후에게 예를 행한 뒤 말을 이어갔다. "왕약 아가씨가 한 번은 근심 가득한 얼굴로 제게 물은 적이 있습니다. 한경제의 황후 왕지는 과거에 혼인해 딸까지 낳았던 사실을 숨기고 태자동궁에 들어가 결국 태후까지 되셨는데, 만일 과거가 발각됐으면 엄청난 화를 입지 않았겠는지 말입니다."

왕 황후가 천천히 얼굴을 들어 황재하를 보았다. 꽃잎 같던 입술이 하얗게 질려 마치 시들어 떨어진 꽃 같았다.

황후는 한참 동안 황재하를 응시하다가 입을 열었다. "애가 참으로 철이 없군. 그런 일을 다 화제로 올리고 말이야."

연집당 분위기가 한층 무겁게 가라앉았다. 의자 등받이에 몸을 기댄 황제의 얼굴에서는 온화한 기색이 사라지고 안색이 창백해진 지 오래였다. 하지만 황재하의 말을 멈추지도, 황후의 얼굴을 보지도 않은 채 그저 창밖으로 시선을 돌렸다. 창밖 풍경을 보는 듯도 하고, 마치 저 멀리 덧없는 또 다른 세상을 보는 듯도 했다.

황재하의 무정하리만치 차가운 목소리가 적막 가득한 연집당 안을 채우며 끝내 엄청난 사실을 폭로했다. "그때 소인은 왕약 아가씨께서 혼인하셨던 과거를 숨기고 왕비 간택에 참여한 것은 아닌지 의심했습니다. 하지만 다른 사람을 두고 한 말이었음을 나중에야 깨달았습니다."

왕 황후는 차가운 눈빛으로 황재하를 바라보며 오른손을 살짝 들어 말을 멈추게 했다. 그러고는 황제에게로 얼굴을 돌려 억지 미소를 지으며 물었다. "폐하, 설마 저 허무맹랑한 소리를 끝까지 들을 작정이십니까?"

황제의 시선이 황재하를 한 번 훑고는 천천히 왕 황후에게 향했다.

창밖에 우거진 초여름 숲에서 간간이 매미 소리가 들려올 뿐, 연집당 안은 쥐 죽은 듯이 조용했다.

황제의 목소리가 연집당에 울려 퍼졌다. "황후, 이야기를 여기까지만 듣고 끝낸다면 도리어 의혹과 응어리만 남기는 꼴이 되지 않겠소. 차라리 끝까지 들어보고 저 소환관 말의 시비를 판단하여 그 죄를 묻는 것이 어떠하오?"

모란 같던 왕 황후의 아름다운 얼굴이 마치 비바람에 시달려 떨어진 꽃처럼 순식간에 잿빛으로 변했다.

황제가 이미 마음속에 의심을 품었다는 뜻이 담긴 대답이었다.

황후는 들었던 손을 천천히 내렸지만, 여전히 허리를 꼿꼿이 세운 채 흠 잡을 데 없는 우아한 자세를 유지했다. 그 위세 넘치는 자태는 감히 범접하기 어려운 존귀함과 오만함을 뿜어냈다. 황재하를 향한 왕린의 눈은 이미 분노로 가득했다. 왕린이 마음대로 할 수 있는 상황이었다면 그 자리에서 황재하를 가차 없이 제거했을 것이다.

왕온은 그 자리에 가만히 서서 그 희고 온화한 얼굴에 기이한 분위기의 어둠과 의문을 드리운 채 유난히 황재하를 닮은 양숭고를 바라보았다. 얼굴뿐만 아니라 엉킨 실마리를 풀어내며 하나하나 정곡을 찌르는 점까지 황재하를 쏙 빼닮은 소환관을 한참 바라보다 왕온은 자신도 모르게 입술을 꽉 깨물었다.

이서백의 눈빛도 황재하를 향했다. 황재하는 괜찮다는 의미로 이서백을 향해 고개를 끄덕여 보인 뒤 계속해서 말을 이어나갔다.

"황후 폐하께서 왕약 아가씨를 감추신 것은 두 사람의 등장, 그리고 한 사람의 죽음과 관련 있습니다. 먼저 등장한 인물은 왕온 통령입니다. 통령이 선유사에서 그런 일을 꾸민 목적은 왕약 아가씨 스스로 포기하고 물러가게 만들려는 것이었습니다. 정확한 사정을 몰랐던 왕 통령은 부친이 왕약을 왕 가 여인으로 사칭해 데리고 온 것으로만 알았지요. 이 일은 아는 사람이 적을수록 좋았기에 황후 폐하와 왕 상서께서는 왕 통령에게조차 그 내막을 숨겼고, 왕 통령 또한 자신이 꾸민 일을 황후 폐하와 왕 상서께 숨겼지요. 황후 폐하와 왕 상서께서는 바로 왕 가의 자제로 인해 이 일의 실마리가 풀리리라고는 꿈에도 생각지 못하셨을 것입니다."

왕린은 어두운 표정으로 아무 말 없었고, 왕온은 그저 허공을 올려다보며 황재하의 말을 들었다.

"그다음으로 등장한 인물은 바로 금노입니다. 소인은 금노를 몇 번 만나보았는데, 늘 일찍 세상을 떠난 스승 매만치를 그리워하며 잊지 못했습니다. 그 스승은 금노 평생의 자랑이자 꿈이었습니다. 그런데 뜻밖에도 스승이 세상을 떠나고 12년이나 흐른 뒤, 양주에서 멀리 떨어진 이 화려한 도시 장안의 대명궁 봉래전에서, 다시는 만날 수 없으리라 생각했던 인물을 만납니다. 바로 스승 매만치였습니다!"

왕 황후는 손이 미세하게 떨렸으나 여전히 고집스럽게 턱을 치켜들고 침묵했다.

"당시 소인은 바로 옆에 있던 금노가 몹시 놀라고 당황하여 온몸을 부들부들 떠는 모습을 보았습니다. 다만 소인은 금노가 왕약 아가씨를 보고 놀랐다고 여겼지, 소인의 추측보다 훨씬 무서운 비밀을 알아버렸다고는 생각도 못 했습니다. 금노는 천하의 가장 높은 곳에 서 있는, 당대 최고의 기품과 경국지색의 미를 갖추어 모든 사람의 추앙을 받는 스승을 보았던 것입니다. 그 스승은 더 이상 양주 운소원의 매만 치가 아니었습니다!"

왕 황후는 입가에 조소를 띠고 차갑게 말했다. "양 공공, 금노는 이미 죽었고 죽은 자는 아무것도 증명할 수가 없다. 아무런 증거도 없이 계속 억측만 늘어놓을 거라면, 폐하께 사람을 현혹하는 이런 허튼소리는 그만 들으시고 법에 따라 그 불경죄를 엄히 다스려달라 청할 것이야!"

왕린은 소매를 털고 일어나 몹시 원통한 얼굴로 황제 앞에 무릎을 꿇고는 떨리는 목소리로 말했다. "황제 폐하! 저희 왕 가는 수백 년 동안 낭야를 지키며 살아온 가문입니다. 오늘날 천하에서 황실 다음으로 높은 가문이지요. 게다가 저희 왕 가의 여인이 황제 폐하를 12년간 모셔오며, 만백성의 어미로서 인품과 덕을 보이고 저희 가문을 빛내고 계시지요. 그런데 저 어린 소환관이 어떤 연유에서 황후 폐하를 중상모략하고 모두를 미혹하는지 모르겠습니다. 이는 필시 황후 폐하의 신분을 부정하는 것이니, 부디 더 이상 저자의 망령된 말을 듣지 마시고 불경죄를 물어 엄벌로 다스려주시옵소서! 저자의 혀를 뽑고 능지처참하여 이를 일벌백계로 삼으셔야 함이 마땅한 줄 아뢰옵니다!"

"왕 상서의 말씀은 잘못되었소." 옆에서 담담한 얼굴로 부채를 만지작거리던 이서백이 몸을 의자 등받이에 깊숙이 묻으며 느긋한 투로 말했다. "황제 폐하께서도 이미 양숭고의 추론에 잘못된 곳이 있다면 엄벌하겠노라 하셨소. 그러나 지금까지는 모든 이야기에 논리적인 근거가 있고 그 증거 또한 갖추고 있으니, 너무 초조해 말고 좀 더 들어보는 게 맞겠소. 만일 정말로 터무니없는 소리를 하고 있다는 생각이 든다면 양숭고의 말이 다 끝난 후에 반박해도 늦지 않소. 황제 폐하께서 그때 공명정대하게 시비를 가리시어, 벌을 주든 상을 주든 하실 것이니 그 누구도 억울한 일을 당하진 않을 것이오."

황제가 이서백의 말에 고개를 끄덕이며 말했다. "기왕의 말이 맞다. 소환관의 말을 끝까지 듣는다 한들 뭐 어떻겠느냐? 참인지 거짓인지는 짐이 분별할 것이며, 어느 누구라도 제멋대로 행한 자가 있다면 관용치 않을 것이다."

왕린은 황제의 말투가 이미 냉담하게 변했음을 알아차렸다. 더욱이 황제는 그 말을 하는 도중 단 한 번도 황후 쪽을 보지 않았다. 왕린은 절망적인 한기가 엄습하는 것을 느꼈다.

왕온이 손을 뻗어 왕린을 부축하자 왕린은 아들의 손을 잡고 몸을 일으켰다. 부자는 서로의 손이 얼음장처럼 차가운 것을 느꼈다. 긴장으로 뻣뻣하게 굳어진 몸을 통해 억누를 길 없는 차갑고 싸늘한 절망이 서로에게 전달되었다.

"엄청난 비밀을 알았으니 금노가 죽게 될 것은 불 보듯 뻔했습니다. 금노는 자신이 이 비밀을 누설한다면 도망칠 곳이 없음을 잘 알았기에, 그 비밀을 숨기기로 했지요. 그리고 사람들 앞에서 스승의 옛 행적을 이야기하며 자신이 여전히 스승을 그리워하고 존경하는 모습에 스승이 감동하기를 기대했습니다. 하지만 그런 바람은 수포로 돌아가고 말았습니다. 그날 저녁 왕약 아가씨는 실종되었고, 다음 날 궁에서는 황후께서 비파와 관련된 물품을 금노에게 하사하셨습니다. 발목과 현, 그리고 송진 가루였지요. 평소 악무에 관심이 없다 하시던 황후 폐하께서 그때는 어인 일로 태도를 바꾸시어 그런 물건들을 내리시는지, 소인은 이를 기이하게 여겼습니다. 금노는 10여 년 만에 만난 스승에게 선물을 받아 매우 기뻤겠지요. 그래서 그 송진 가루를 품속에 소중히 품고 다녔는데, 그 송진 가루가 바로 금노의 목숨을 앗아갔습니다!"

누구와도 견줄 수 없이 곱기만 하던 왕 황후의 얼굴이 점점 더 창백해졌다. 하지만 그 웃는 표정만큼은 여전히 동요의 기색 없이 냉정하고 침착했다. "터무니없군! 뭐가 10여 년 전이고 후라는 것이냐! 나는 그 비파 타는 여인을 딱 한 번 보았고, 무심코 선물을 내렸을 뿐이다. 궁중 안의 누군가가 그 여인과 원수를 졌다든지, 교방에는 원래 밀정이 많다든지, 또는 그 여인이 교방에서 온갖 사람들과 어울려 지냈다든지 하는 이야기는 어찌 하지 않는 것이지? 그들 중 누가 어떻게 독을 넣었는지 어찌 알겠느냐?"

"궁중에서 하사품을 내릴 때는 혹여 실수가 있거나 중간에서 가로채는 것을 막기 위해 늘 세 명 이상이 함께 물건을 가지러 가서 서로를 감독하고, 하사품을 전달하는 이들도 물품을 재차 확인한 뒤 역시 세 명 이상이 함께 전달하게 되어 있습니다. 아주 번거로운 절차이지만 다른 사람이 절대 중간에 손을 쓸 수 없지요. 황후 폐하께서 그 송진 가루를 단독으로 가져가 살펴보신 적이 있는지 여부는 황제 폐하께서 조사해보신다면 알 수 있을 겁니다. 금노는 황후 폐하께서 하사하신 물건들을 무척 아꼈습니다. 그날 철금루에서도 송진 가루와 발목을 품속에서 꺼내는 것을 소인이 직접 보았습니다. 황후께 하사받은 후 줄곧 품속에 지니고 있었다고 말하는 것도 똑똑히 들었지요. 그렇다면 다른 사람이 언제 그 송진 가루에 독을 섞을 기회가 있었을까요?"

왕 황후는 경직된 얼굴로 차갑게 웃기만 할 뿐 아무 대답도 없었다.

황재하는 다시 말을 이었다. "이 두 사람이 바로 이 사건과 관련하여 황후 폐하 앞에 등장한 인물입니다. 그리고 이 사건을 촉발한 것은 바로 풍억 부인의 죽음입니다. 풍억 부인의 죽음은 왕약 아가씨의 신분을 폭로하는 촉매제가 된 동시에, 이 사건의 배후에 있는 한 인물, 즉 풍억 부인의 옛 벗의 존재를 확인시켜주었습니다. 딸을 장안까지 데려와달라고 부탁한 그 사람은 과연 누구였을까요?"

침울한 기운이 연집당을 무겁게 짓눌렀다. 답은 이미 나와 있었지만 감히 입 밖으로 내뱉을 엄두를 내는 사람은 없었다.

"단도직입적으로 말씀드리겠습니다. 풍억 부인의 옛 벗은 12년 전 세상을 떠난 것으로 알려진 운소육녀의 둘째이자 금노의 스승이며, 당시 양주에서 혼인하여 슬하에 딸을 두었던 비파 명인, 바로 매만치였습니다." 황재하의 낮고 차분한 어투는 갈수록 더 냉정해졌다. "그리고 그 딸의 이름은 정설색이며, 또 다른 이름은 왕약입니다."

왕 황후는 어두워진 표정으로 눈앞의 황재하를 보았다. 그 눈빛이 얼음처럼 차가웠으나 여전히 입은 굳게 다문 채였다.

"선유사에서 왕약 아가씨의 과거를 경고한 남자의 등장, 왕약과 황후 폐하의 신분을 모두 알고 있는 금노의 등장에 더해 풍억 부인을 죽이고 난 후 황후 폐하는 왕약 아가씨의 비밀스러운 과거가 이미 드러나기 시작했다고 생각하셨겠지요. 그러니 설사 아가씨가 기왕부에 들어간다 할지라도 훗날 이로 인해 위험에 처하게 될 것이며, 그렇게 신분이 폭로되기라도 하면 걷잡을 수 없는 일이 벌어질지도 모른다고요. 그래서 왕약 아가씨를 보호하고, 왕 가 가문을 보호하기 위해 왕약 아가씨를 사라지게 만드는 수밖에 없으셨습니다. 마침 선유사에서 벌어진 일이 방훈의 망령이 부린 농간이라는 소문이 장안에 떠돌자 그것을 이용하여 사건을 미궁에 빠뜨리셨습니다."

"흥! 근거 없는 억측에 불과해!" 왕 황후는 결국 입을 열어 차갑게 말했다.

황재하는 고개를 끄덕이며 말했다. "황후 폐하께서 그렇게 말씀하신다면 소인도 어찌할 도리가 없습니다. 하지만 소인 한 가지 억측을 더 말씀드리겠습니다. 12년 전에 시작하여 바로 얼마 전에야 끝이 난 일에 관한 이야기입니다. 앞서 말씀드린 억측들보다 더 막연할 수 있으나, 아마도 가장 무서운 일일 것입니다. 황후 폐하께서 받아들이시기 어려울 이야기이지만 그래도 꼭 알려드리고 싶습니다. 폐하께서 꾸미신 일이 얼마나 무서운 결과를 낳았는지 말입니다."

왕 황후는 차갑게 웃으며 황재하에게 시선도 주지 않고 철저히 멸시하는 표정을 지었다.

황재하는 개의치 않고 한 자 한 자 천천히 힘을 주어 말했다. "소인은 운소원의 진염 부인에게서 12년 전의 일에 대해 들었습니다. 운소원을 세운 여섯 여인들 중 비파 예인으로 세간을 놀라게 한 매만치가 어느 날 갑자기 사라졌습니다. 매만치에게는 정설색이라는 이름의 딸이 하나 있었습니다. 가난한 화가였던 설색의 부친은 딸이 어머니에 대해 물을 때마다 이미 죽었다고만 대답했습니다. 부녀는 유주로 거처를 옮겼지만 부친은 고생하며 살다가 결국 설색이 열 살 때 세상을 떠났습니다. 졸지에 고아가 된 설색은 친척들에게 가산까지 빼앗기고 학대받으며 괴로운 나날을 보냈지요. 그러다가 3년 전에 운소육녀의 셋째인 난대가 우연히 설색의 근황을 알게 되어 도움이 필요하면 언제든지 서주로 와 자신에게 의탁하라는 서신을 보냈습니다. 여러 곳을 전전하며 힘들게 살아가던 설색은 그 서신을 받고는 곧바로 유주를 떠나 홀로 서주로 향했습니다. 그때 설색의 나이가 열넷이었습니다. 그리고 또 다른 이야기의 출발점은 바로 여기 계신 기왕 전하이십니다." 황재하는 말을 잠시 멈추고는 이서백에게로 시선을 옮겨 그가 고개를 끄덕이는 것을 확인하고야 다시 말을 이어나갔다. "4년 전, 역적 방훈이 모반을 일으키자 기왕 전하는 명을 받들어 서주로 내려가셔서 그 이듬해에 절도사들과 연합하여 역적을 토벌하셨습니다. 서주로 공격해 들어간 그날 전하께서는 방훈 잔당의 손에서 열서너 살의 소녀 두 명을 구하셨습니다. 그중 정 씨 성을 가진 소녀는 난대 이모에게 몸을 의탁하려 서주로 왔지만, 이모는 이미 양주로 피난을 떠나고 없었다는 사연을 전하께 들려주었습니다. 그러고는 훗날 자신을 찾아달라는 의미로 잎사귀 모양 은비녀를 드렸으나 전하께서는 내력이 불분명한 두 소녀와 다시 만날 일이 없다 여기시고 그 비녀를 곧바로 버리셨습니다. 두 소녀의 얼굴은 먼지투성이였기에 그 용모는 정확하게 보지 못하셨지요."

황재하는 여기까지 말하고 사람들을 둘러보았다. 모두들 생각에 잠긴 듯했고, 왕 황후 또한 입술을 깨문 채 아무 말 없었다. 황재하는 다시 이야기를 이었다.

"여기까지는 다른 이에게 들은 이야기이고, 그 뒷이야기는 비록 증명된 바는 없으나 소인이 앞서 찾아낸 단서와 증거 등을 가지고 추측해보았습니다. 물론 그 이야기를 받아들이실 수 없다면 억측이라 질책하셔도 괜찮습니다. 여러 달 전 궁중에서는 기왕 전하의 비를 간택하기 위해 후보자들을 선정했습니다. 이때 운소원의 풍억 부인은 한 통의 서신을 받게 되지요. 딸을 장안으로 데려와달라는 내용이었습니다. 그 딸은 바로 정설색이었습니다. 풍억 부인은 왜 의자매 사이인 난대 등이 아니라 자신에게 부탁하는지 별다른 고민도 하지 않았지요. 예전에 은혜를 입은 적이 있기 때문입니다. 그래서 장안으로 올라오면서 포주에서 정설색을 만나 데려왔습니다. 그리고 자신에게 이 일을 부탁한 옛 벗이 지금은 그토록 높은 신분의 인물이 되어 있다는 사실을 알게 됩니다. 많이 놀라고 기뻤는지도 모르겠지만 아주 잠시였습니다. 설색이 왕비로 간택되자마자 곧바로 이 세상에서 사라졌으니까요. 알아서는 안 될 비밀을 간직한 불필요한 장기 말에 불과했기에 그렇게 버려질 운명이었습니다.

그리고 진염 부인도 의자매인 풍억 부인을 찾으러 장안까지 왔습니다. 진염 부인은 거리 곳곳을 헤매고 다니며 찾았지만, 사실 풍억 부인은 높고 화려한 저택 안에 있었기에 장안성 수백만 인구 속에서 우연히 마주치는 일은 일어나지 않았습니다. 진염 부인은 길을 헤매다 우연히 금노를 만나게 되었고, 금노는 연줄을 이용해 진염 부인이 황제 폐하와 황후 폐하 앞에서 연주할 수 있도록 도와주었습니다. 하지만 별다른 환대를 받지 못해 차선책으로 악왕부에 들어갔고, 악왕 전하께서 호부를 통해 사람을 찾을 수 있도록 도와주셨지요. 그 과정에서 소인은 풍억 부인이 이미 죽었다는 사실을 알게 되었습니다. 후에 소인은 풍억 부인의 유품을 진염 부인에게 전해주었고, 부인은 난대에게 있는 그림 한 장을 소인에게 보여주겠다고 약조하면서 특별히 그림을 정설색이 가져오게끔 했지요. 그 그림은 화가였던 매만치의 남편이 운소육녀를 그린 초상화였습니다. 진염 부인이 가지고 있던 초상화처럼 그 화가의 실력이 십분 발휘되어 그림 속 인물이 살아 있는 듯 생생해, 한눈에 봐도 누가 누구인지 알아볼 수 있는 그림이라고 들었습니다. 그리고 얼마 전 서신을 받은 정설색이 그림을 가지고 포주를 출발하여 장안으로 들어왔습니다. 하지만 이 일로 정설색은 목숨을 잃고 맙니다. 그림을 빼앗기고 머리가 잘린 채 신원불명의 시체가 되어 광택방 수로에 버려졌지요!"

왕 황후는 곧바로 차갑게 웃으며 말했다. "억측이란 것은 이렇게 허술한 법이지. 조금 전에는 설색이 여러 달 전에 풍억 부인과 함께 장안으로 왔다고 하더니, 지금은 또 며칠 전에 포주에서 장안으로 올라왔다니, 설색이 두 명이라도 된다는 말이냐?"

"맞습니다. 두 명이었습니다." 황재하는 왕 황후를 바라보았다. 황재하의 목소리에는 연민과 슬픔이 서려 있었다. "기왕 전하께서 서주에서 구하셨던 두 소녀는 서로 나이가 비슷했습니다. 길을 헤매던 시절에 만나 서로를 의지하며 서주까지 왔으나, 만나려던 사람은 만나지 못하고 나쁜 이들에게 끌려갔다가 서로를 목숨 걸고 지키며 진정으로 생사를 같이하는 의자매가 되었습니다. 둘은 함께 양주에 도착했고 훗날 난대와 함께 다시 포주로 옮겨갔지요. 한 명은 성이 정 씨였고, 또 다른 한 명은 이름이 소시였습니다. 그렇다면, 장안성에 들어온 두 명의 설색 중 과연 누가 진짜 정설색이었을까요?"

황재하는 왕 황후를 뚫어져라 바라보며 한 자 한 자 강조했다.

"사소한 두 가지 이야기를 말씀드릴까 합니다. 소인은 왕약 아가씨가 실종되기 전 어느 날 아가씨의 처소를 방문했다가 아가씨가 악몽이라도 꾸는지 잠결에 누군가의 이름을 부르는 걸 들었습니다. 그 이름은 바로 설색이었습니다!"

왕 황후의 몸이 순간 파르르 떨리더니 얼굴도 기이하리만치 새하얗게 질렸다. 황후를 보고 있던 이들 또한 절로 몸을 떨 정도였다.

황재하는 그 모습을 보지 못한 듯 깊게 심호흡을 하고서 말을 이어갔다. "그리고 금노가 황후 폐하 앞에서 연주를 들려드린 그날, 금노는 왕약 아가씨를 보고는 순간 이렇게 중얼거렸습니다. '말도 안 돼……. 그렇게 되었다 한들 어떻게 저 아이가…….' 황후 폐하, 보십시오. 금노조차 자기 스승의 친딸 얼굴을 아는데, 애초에 딸을 버리고 떠났던 매만치는 여러 날을 곁에 두고서도 자신의 딸인지 아닌지 전혀 알아보지 못했습니다. 매만치 곁에 있던 이는 사실 생판 남인 소시라는 여인이었지요."

왕 황후는 목석이라도 된 듯 표정을 잃은 채 아무 반응도 없었다. 그저 멍한 얼굴을 하고서 의자에 앉아 있을 뿐이었다. 늘 사람들을 탄복케 했던 아름다운 얼굴이 죽은 자의 얼굴처럼 색을 잃었다.

황후는 이미 악마의 두 손에 영혼을 무참히 찢기고 죽어버린 것만 같았다. 멍하니 앉은 채로 호흡도, 표정도 없었으며 커다랗게 뜬 두 눈은 초점마저 잃었다.

연집당 전체에 깊은 적막이 내려앉았다. 평소 늘 단정하고 위엄 넘치던 여인이 황재하의 몇 마디 말에 철저하게 무너지는 모습을 모두 지켜보고 있었다.

　"황후 폐하, 폐하께서 손쉽게 목숨을 빼앗은 풍억 부인에게 서로를 목숨처럼 여기는 벗이 있다는 사실은 모르셨겠지요. 진염 부인은 금노에게서 정설색이 폐하와 무척 닮았다는 말을 들은 적이 있고, 일전에 폐하 앞에서 연주한 적도 있었던 터라, 그림을 가지고 온 설색과 그 그림을 본 순간 곧바로 모든 상황을 알아차렸습니다. 풍억 부인의 옛 벗의 딸이 누구인지, 누가 풍억 부인을 장안으로 불렀는지, 그리고 풍억 부인이 왜 죽음을 맞았는지를 말입니다. 원래는 설색이 오면 함께 저를 찾아오기로 했었지만, 진염 부인은 설색을 금노의 처소로 가게 했습니다. 그리고 운소육녀의 그림을 보면 악무의 영감을 얻을 수 있다는 이상한 소문을 퍼뜨리지요. 악왕 전하와 내교방을 출입하는 교방 여인들을 통해 소문은 자연스럽게 궁중에까지 퍼졌습니다. 그리고 황후 폐하께서는 절대로 그 그림을 사람들 앞에 보이면 안 된다 생각하셨겠지요. 그림 속 한 사람이 폐하와 너무 똑같으니까요.

　서주에서 기왕 전하가 구해주셨던 설색은 고집 세고 완고한 소녀였습니다. 기왕 전하를 마음에 품은 열네 살 때부터 열일곱이 될 때까지 줄곧 기왕 전하를 기다렸습니다. 그러다가 이미 죽은 줄로 알았던 어머니가 풍억 부인을 보내 자신을 장안으로 불렀다는 말을 듣게 되지요. 자신을 위해 최고의 인생을 계획해놓았다는 얘기를 듣지만 설색은 기왕 전하를 향한 기다림을 포기하고 싶지 않았습니다. 그와 동시에, 어쩌면 아버지가 초라한 죽음을 맞은 일과 자신이 의지가지없이 떠돌이 생활을 해야 했던 것이 모두 어렸을 때 자신을 버린 어머니 때문이라 생각했는지도 모르겠습니다. 그래서 마음속에 어머니를 향한 미움이 있었는지도요. 그래서 소시와 상의를 하게 됩니다. 어쨌든 12년 동안 못 봤으니 어머니는 자신을 알아보지 못할 게 분명하고, 3년 전 양주에 도착했을 때 잠깐 보았던 풍억 부인 또한 소시를 알아보지 못했습니다. 그래서 설색은 소시를 대신 보냈지요. 어쩌면 소시에게 장안에 가면 당시 자신들을 구해주었던 장군을 찾아봐달라고 했는지도 모르겠습니다. 하지만 두 소녀는 꿈에도 생각지 못했지요. 설색의 어머니가 지금 이처럼 높은 자리에 있으며, 많은 여인들 중 소시를 간택한 사람이 바로 설색이 지난 3년간 늘 마음에 품고 기다린 사람이었다는 사실을 말입니다!"

또다시 정적이 흘렀다. 죽음과도 같은 침묵이었다.

황재하는 격앙된 목소리로 결국 마지막 남은 상처를 헤집었다. "황후 폐하, 폐하께서 사람을 보내 목숨을 빼앗고, 금노의 시체로 위장해 수로에 버린 그 여인은 바로 폐하의 친딸, 정설색입니다!"

왕 황후는 여전히 미동도 없었다. 한참이 지난 후 커다랗게 뜬 초점 없는 눈에서 갑자기 굵은 눈물방울이 뚝뚝 떨어졌다. 황후는 온몸을 부들부들 떨며 두 손을 들어 필사적으로 머리를 감싸 눌렀다. 그렇게라도 하지 않으면 머리가 터지기라도 할 듯이.

마침내 황후가 입을 열었다. 목소리는 잔뜩 쉬어 있었다.

"거짓말…… 거짓말이야……."

황재하는 자신의 한마디에 철저하게 무너진 여인을 꼼짝 않고 바라보았다. 마음속에서 연민과 분노가 뒤섞인 복잡한 감정이 올라왔다. 왕 황후의 손에 죽어간 금노와 풍억 부인, 그리고 설색과 숭인방의 걸인들이 자신의 핏줄을 타고 원한 맺힌 절규를 쏟아내는 듯, 그들의 마음이 고스란히 느껴지는 것만 같았다.

왕 황후는 여전히 같은 말만을 중얼거렸다. "거짓말이야…… 거짓말이야."

황후가 반복해서 내뱉는 그 한마디에 황제의 얼굴이 잿빛으로 변했다. 의자 팔걸이를 잡고 있던 손에 지나치게 힘이 들어가 손가락 마디가 새하얗게 질렸다.

절세의 미모를 자랑하던 왕 황후의 얼굴은 이미 일그러진 지 오래였다. 힘껏 머리를 누른 채 실성한 듯 이를 악물고 차가운 미소를 지었다. 기이한 미소가 드리운 그 얼굴에 또다시 굵은 눈물이 주룩주룩 흘렀다. 줄곧 단정하고 오만하던 여인이 휘청거리며 무너졌다.

"허튼소리…… 말도 안 되는 헛소리야!"

왕린은 분노에 가득 차 새하얗게 질린 얼굴로 한운과 염운에게 어서 왕 황후를 부축하라 눈짓하고는 황제를 향해 용서를 구했다. "폐하, 환관 양숭고가 황후 폐하께 주술을 쓴 것이 아닌지 염려됩니다. 황후 폐하께서 이토록 횡설수설하시다니요! 황후는 낭야 왕 가의 여인입니다. 어찌 그런 악방 출신과…….."

"왕린." 이미 무너질 대로 무너져 절망하는 황후의 모습을 곁눈으로 보며 황제의 낯빛이 한층 더 차가워졌다. 황제는 시선을 돌려 왕린을 노려보며 천천히 말했다. "솔직하게 고하라. 12년 전의 일을 소상히 다 말하거라! 만일 짐 앞에서 한 자라도 거짓을 말할 시에는 이 대당에서 낭야 왕 가의 자손은 더 이상 볼 수 없게 될 것이야!"

왕린은 겁에 질려 심장이 세차게 뛰었다. 고개를 돌려 서서히 정신을 되찾고 있는 황후를 보니, 조금 전 자제력을 잃고 실수한 일을 후회하는 것처럼도, 여전히 비통한 슬픔에 잠겨 헤어나지 못하는 것처럼도 보였다.

마음속에 뭐라 표현하기 어려운 공포와 절망이 몰려와 바닥에 바싹 엎드려 벌벌 떨며 다 쉰 목소리로 말했다. "폐하, 소신 죽어 마땅하옵니다. 간청하옵건대 부디 소신에게 모든 죄를 물으시고 저희 가문은 살려주십시오! 모두 소신 혼자 꾸미고 실행하였으며 황후 폐하도…… 소신의 강요에 그리하신 것뿐입니다!"

황제는 바로 말을 끊었다. "다른 사람 두둔할 필요 없이 사실만 말하라!"

"알겠습니다, 폐하……." 왕린은 차디찬 돌바닥에 이마를 조아리고서 절망과 비통이 가득한 목소리로 말했다. "당시 후경의 난 이후 왕가는 큰 타격을 입고 점점 쇠락의 길을 걸었습니다. 12년 전 왕 가에는 남자 아이만 네다섯 명 남았는데 그중 유일한 희망이 바로 미천한 소신의 아들 왕온이었습니다. 그리고 당시 폐하 곁에 계셨던 왕부는……."

황제는 잠시 생각하더니 입을 열었다. "짐도 기억한다. 가엾게도 내 곁에 온 지 반년밖에 안 돼서 곧바로 저세상으로 갔지."

"폐하께서는 아직 운왕이셨고, 선황의 부름으로 십육왕택으로 옮겨와 머무셨지요. 왕부가 세상을 떠나 슬픔에 잠겼던 저희 가문은 왕비의 자리를 잃고 싶지 않았습니다. 그래서 폐하께서 왕부의 자매들에게 눈길을 주시지나 않을까 하여 폐하를 저택으로 초청하였고, 저희 가문의 여인들을 연회 자리에 불러 폐하를 뵙게 하였습니다."

황제는 살짝 고개를 끄덕이고는 황후에게로 시선을 돌렸다. 황후는 나무토막처럼 의자에 앉아 아무 말 없이 망연자실 황제를 바라보고 있었다. 정신을 되찾은 뒤 이미 모든 것이 폭로되어 더 이상 도리가 없음을 자각하고는, 비굴함과 비통의 눈물을 머금은 채 감히 아무 말도 하지 못했다.

황제도 그런 모습의 황후를 마주 보았다. 지난 12년간 모든 걸음걸음을 함께한 여인이 누군가에게 짓밟힌 백모란처럼 상처 입은 모습에 황제는 한편으로는 분노하며 한편으로는 상처 받았다. 황제는 더 이상 참지 못하고 입술을 깨물며 고개를 돌리고는 다시는 황후 쪽으로 시선을 주지 않았다.

"그날, 왕 가의 여인들이 폐하 앞에 얼굴을 보였으나 폐하의 표정은 평소와 다르지 않았지요. 곁에 아름다운 여인들을 많이 두고 계시는 데다, 저희 집안에도 왕부 외에는 특출한 여인이 없는 상황이었던지라 그 누구도 폐하의 눈에 차지 않았던 것도 당연지사였습니다. 당시…… 저희도 황후 폐하를 소개받기로는, 원래 양갓집 규수였으나 집안 형편이 나빠져 비파를 가르친다고 들었습니다. 소신은…… 그 연주 솜씨가 놀라울 정도였기에 폐하 앞에서 그 연주를 들려드리며 연회의 대미를 장식하려고 했습니다." 왕린이 씁쓸한 투로 말을 이었다. "그런데 뜻밖에도 폐하께서는 비파를 연주한 여인에게 첫눈에 반하시어 제게 왕 가의 어느 집안 여식이냐 물으셨습니다. 그 순간…… 신은 잘못된 생각을 하고 말았습니다. 마치 무엇에 홀린 듯 비파 연주자를 왕 가의 여인, 왕작이라 소개하였습니다……."

"황후가 왕부에 들어올 때 모든 호적 문서들이 구비되어 있었는데, 전혀 위조된 것으로 보이지 않았다." 황제가 차갑게 말했다.

"그렇습니다……. 실제로 저희 집안에는 왕작이라 하는 여식이 있었습니다. 몸이 좋지 않아 절에 머물다가 그 얼마 전에 세상을 떠났는데 호적이 아직 말소되기 전이었습니다. 소신은…… 당시 폐하께서 황후 폐하를 그토록 마음에 들어 하시는 것을 보며 신분을 깨끗이 정리한 뒤 보내야겠다고 마음먹었고, 그리 어려운 일도 아니었습니다. 그저 비파 연주자를 보았던 몇몇 여식과 측근들을 낭야로 돌려보내면 그만이었습니다. 그렇게 해서라도 저희 집안에서 왕비가 나온다면 쇠락의 길을 걷고 있던 저희 가문에 더 없이 좋은 일이라 여겼습니다……. 그리하여 소신 황후 폐하와 이 일에 대해 논의하였고, 황후 폐하 역시…… 저의 생각을 받아들이셨습니다."

"그리 큰일도 아니었다……?" 황제는 분노하며 냉소를 띠고 고개를 돌려 황후를 보았다. "짐이 이토록 이 여인을 아끼리라고는, 이 여인이 왕부의 첩에서 유인[61]이 되고, 황자까지 낳아 짐이 황제에 등극

---

61 고대 중국에서 벼슬아치의 아내를 일컫던 말.

한 후에는 황후 자리에 오르게 되리라고, 아무도 짐작하지 못했겠지!"

왕온 역시 놀람과 경악을 감추지 못하고 얼굴에 그대로 드러냈다.

황재하는 아무 말 없이 이서백 뒤에 서서 왕 황후를 보았다.

지난 12년 동안 인생이 격변하여 비파 예인에서 황후의 자리까지 오른 여인이었다. 힘겹게 한 발 한 발 나아왔지만 결국 자신의 것이 아니기에 필경 언젠가는 돌려주어야 하는, 하루아침에 나락으로 떨어진 그 인생은 이제 끝이 어디가 될지도 모르는 처지였다.

왕린은 몸을 일으키고는 눈물범벅이 된 채 황제를 향해 말했다. "소신 죽어 마땅합니다! 소신 그때는 정말…… 왕부로 보낸 비파 연주자가 지금과 같은 자리에 오르리라고는 생각도 못 했습니다! 폐하께서 황제에 등극하신 후, 소신은 날마다 밤잠을 설쳤고, 비파 연주자가 황후에 봉해진 후로는 시름이 날로 커져만 갔습니다. 이 일이 탄로 날까 두려워 지난 수년간 매일이 고통의 연속이었습니다……. 소신 감히 짐작건대 황후 폐하의 삶 또한 소신보다 덜하지는 않으셨을 것입니다. 황제 폐하, 소신의 죄는 천번만번 죽어 마땅한 줄 아옵니다. 하나, 황후 폐하는 소신에게 떠밀려 억지로 그리하셨던 것이며 후에는 이를 되돌릴 수 없어 그저 진실을 숨겼을 뿐이니, 부디 이 점을 살피시어……."

"그만." 황제는 오른손을 들어 왕린의 말을 끊었다. "만일 정말로 그토록 불안하였더라면 어찌 12년이 지난 지금 또다시 사람들 앞에서 그런 연극을 꾸몄던 것이냐? 하늘 아래 모든 사람이 그렇게 쉽게 기만당하리라 여겼던 것이냐?"

왕린은 순간 모골이 송연해지며 온몸에 식은땀이 흘렀다. 몸이 사시나무처럼 떨려 더 이상 아무 말도 하지 못했다.

줄곧 입을 다고 있던 왕 황후가 드디어 입을 열어 잔뜩 잠긴 목소리로 천천히 말했다. "이번 생에 폐하와 연을 맺은 것은 소첩의 가장 큰 행운이었습니다. 지난 세월 소첩은 혹여나 폐하께서 모든 사실을 아시고 저를 미워하면 어쩌나 밤낮으로 걱정했지만, 하루하루 그렇게 살아가는 중에도 소첩 기쁘지 않은 날이 없었습니다."

목소리가 떨리는가 싶더니 황후가 흐느끼며 눈을 들어 황제를 바라보았다. 마치 유리구슬이 두 뺨 위를 또르르 구르는 듯 맑은 눈물이 볼을 타고 천천히 흘러내렸다. "폐하…… 지난 12년간 비록 깊은 궁중에서 외롭고 적막하였고, 곁에는 늘 이리 같은 자들이 호시탐탐 저를 지켜보며 괴롭혔지만, 폐하께서 여느 금슬 좋은 부부보다 더 저를 아끼고 사랑해주셨으니 이 어찌 행운이라 하지 않을 수 있겠습니까. 이에 저는 허황된 꿈을 꾸었지요. 궁 바깥에 있는 여식에게도 저와 같은 안식을 누리게 해주고 싶었습니다……. 그리된다면, 딸아이에게 진 마음의 빚을 갚을 수 있으리라 생각했습니다. 설색을 출가시키고 나면 옛일은 모두 잊고 최선을 다해 폐하를 보필하고 싶었습니다. 폐하를 위해서라면 무슨 일이 되었든 이 한 몸 바치는 것은 전혀 아깝지 않았으니까요……."

황재하와 이서백은 눈을 마주치며 서로 같은 생각을 하고 있음을 알아차렸다. 딸을 곁으로 불러온 것은 묻어둔 자신의 과거를 현재 자신과 새롭게 관계를 잇게 해주는 시작에 불과했음을 말이다. 하지만 두 사람은 제삼자일 뿐이었다.

이서백과 황재하는 황후의 그러한 감정에 미혹되거나 흔들리지 않을 수 있었다. 하지만 12년 동안 황후와 한 마차를 타고, 한 침대를 쓰며 동고동락한 사람은 설득당할 수밖에 없었다. 그의 약한 곳이 어디인지, 어떻게 하면 그의 마음을 되돌릴 수 있는지 황후는 너무나 잘 알고 있었으니까.

친딸을 자기 손으로 죽게 만들어 고통스러워하던 여인은 이미 모습을 감추었다. 지금 연집당에 앉아 있는 여인은 '무를 숭상한다'고 이름난 왕 황후의 모습 그 자체였다. 아름다우면서도 잔인한 여인, 눈짓과 미소 하나까지 철저히 계산된 것으로 일거수일투족을 절대로 허투루 낭비하지 않는 여인이었다.

황제는 자신 앞에서 붉게 부은 눈으로 눈물을 주룩주룩 흘리는 황후를 보며 순간 무력한 슬픔 같은 것을 느꼈다. 긴 세월 두 사람은 생사고락을 함께했다. 서로 손을 잡고서 천하 백성들을 바라보았다. 처음 만났을 때 비파를 품에 안고 고개를 숙여 반쯤 가려진 얼굴로 수줍게 웃던 여인의 모습을 아직도 생생히 기억했다. 자신이 황제로 등극하던 날 꽃처럼 활짝 피었던 보조개도, 갓 태어난 아들을 품에 안고 지친 기색으로 지었던 미소도 기억했다…….

황후는 이미 자신의 인생의 일부였다. 이 여인이 사라진다면, 자신의 인생 또한 더 이상 완벽할 수 없을 터였다.

"왕작……."

황제가 드디어 몸을 일으켜 황후를 향해 느리고 무거운 걸음으로 다가갔다. "아까는 참으로 위신 떨어지는 행동이었소."

왕 황후는 가까이 다가온 황제를 바라보며 얼굴에 더욱 처량한 기색을 드리웠지만 결국 고개를 숙이며 대답했다. "네……."

"그대는 왕 씨 가문의 여인으로, 짐 곁에서 긴 세월을 함께했으며 황후로서도 여러 해를 지냈소. 늘 단정하고 자중할 줄 알던 사람이 오늘은 어찌 사촌 동생의 영전에서 이토록 슬픔을 이기지 못하는 것이오. 심지어 귀신에 홀린 듯 무슨 말도 안 되는 소리를 늘어놓는단 말이오?"

황후는 한참을 멍하니 있다가 결국 굵은 눈물방울을 뚝뚝 떨구었다. 그 순간 이 여인은 더 이상 오만불손한 경국지색의 여인이 아니었다. 실상이 어찌되었든, 약하고 의지할 곳 없는 여인일 뿐이었다. 황후는 순간적으로 온몸의 힘이 다 빠져나간 듯 바닥에 꿇어앉아 황제의 옷을 붙잡고서 얼굴을 가린 채 소리 없이 눈물만 흘렸다.

황제는 황후의 팔을 잡아 억지로 일으켜 세웠다. 그 가녀린 몸은 계속해서 미세하게 떨렸으나 끝내 황제의 힘에 기대어 다시 일어섰다. 황제와 어깨를 나란히 한 황후의 얼굴엔 아직 눈물자국이 남아 있었지만 수년간 뭇사람들 위에 군림했던 황후는 몸에 밴 거만한 기운을 무의식중에 계속해서 발산했다.

황재하는 싸늘한 눈으로 방관하듯이 황후를 쳐다보았다. 모든 동작과 감정을 철저히 계획하여 실행하는 황후를 보노라니, 오히려 아까 정신을 놓으며 체통을 잃었던 그때가 가장 생생하게 살아 있는 사람 같지 않은가 싶었다. 비록 아주 짧은 순간이긴 했지만 말이다.

황제는 뻣뻣하게 황후의 손을 잡았다. 비록 어색하긴 했지만 그래도 어쨌든 손을 잡았다는 사실이 중요해 보였다. 황제의 시선이 왕린으로부터 시작해서 왕온과 이서백의 얼굴을 훑은 뒤 마지막에는 황재하에게까지 옮겨졌다.

"앞으로 또다시 이 일을 언급하는 자가 있다면……." 황제의 목소리가 거기서 멈췄다가 한참 후 엄청난 무게로 다시 들려왔다. "황실의 체면을 무시하고, 조정을 괴롭히는 자라 여길 것이다!"

그 누구도 감히 입을 열지 못했다.

황제는 손을 들어 황후의 헝클어진 머리를 귀 뒤로 넘겨주었다. 그러고는 황후의 손을 잡으며 말했다.

"돌아가서 쉬도록 합시다. 짐이 태의를 불러 맥을 짚어보게 하겠소. 그대는 오늘 슬픔이 너무 커서 잠시 정신을 잃었던 것이오. 알겠소?"

"네…… 잘 알겠습니다." 황후는 잠시 멈칫했다가 낮은 목소리로 대답했다.

"이만 갑시다."

황제와 황후는 이곳에 올 때와 마찬가지로 손을 잡고 자리를 떠났다. 다만 황후의 걸음은 조금 어지러워 보였고, 황제는 한 걸음 한 걸음 안정된 걸음으로 황후를 데리고 나갔다.

문을 나서며 황제는 고개를 돌려 한운과 염운을 힐긋 보고는 왕온을 향해 눈짓으로 지시를 내렸다.

황재하는 한 사건의 진상을 명백히 밝혀냈지만 마치 아무 일도 없었다는 듯 끝이 나버리자 왠지 모를 서글픔을 느꼈다. 이서백은 고개를 돌려 황재하를 본 뒤 아무 말 없이 바깥으로 나갔다. 황재하 또한 이서백의 뒤를 따라 연집당을 나섰다.

왕온 곁을 지날 때 낮고 잠잠한 목소리가 들렸다.

"어째서……?"

황재하는 순간 심장이 쿵쾅거리며 저도 모르게 왕온에게 시선을 돌렸다. 늘 봄바람 사이를 걷는 것처럼 온화하던 왕온이 지극히 깊고 어두운 눈빛으로 미동도 없이 황재하를 응시하고 있었다.

왕온은 나지막하지만 또렷하고 명확한 목소리로 한 자 한 자 천천히 물었다. "우리 집안이 그대에게 무엇을 잘못했기에, 왜 그렇게…… 연거푸 나를 힘들게 하는 것이오?"

뚫어져라 자신을 주시하는 왕온의 눈빛을 보며 순간 황재하의 가슴이 서늘해졌다.

황재하는 이를 악물고 대답했다. "무슨 말씀이신지요. 전 그저 모든 이의 마음속에 공정하고 바른 길이 있다고 생각할 따름입니다. 죽은 자가 예인이든 걸인이든, 범인이 제왕이든 장상이든 그저 조사를 통해 밝혀진 진실을 말하여 저 스스로 마음이 떳떳하기를 바랄 뿐입니다."

그러곤 황급히 돌아서 도망치듯 연집당을 빠져나왔다. 그 순간, 왕온이 말한 '연거푸'라는 말의 의미를 깨달았다.

'설마, 내가 그와의 혼인을 원치 않아 장안의 웃음거리로 만든 일까

지 그 '연거푸'에 포함된 것일까?'

황재하는 너무 놀라 등에 식은땀이 흘렀으나, 이내 그 생각을 부정했다. 자신은 왕온에게 그처럼 큰 수치를 안겨준 장본인이니, 왕온이 만약 자신을 알아봤다면 참지 않고 진작 폭로했을 것이다.

아니, 자신을 알아보았다 해도 이서백이 있으니 감히 쉽게 폭로하지는 못할 것이다. 게다가 자신은 이제 곧 장안을 떠나 촉으로 갈 몸, 사건을 재조사하여 누명을 벗으면 다시 장안으로 돌아오지 않을지도 모를 일이었다.

어찌되었건 오늘 이후로는 더욱 조심해야 할 터였다. 하지만 황재하는 이미 심신이 몹시 지쳐 왕온 문제까지 신경 쓸 기력이 없었다.

왕 가 저택의 입구는 이미 떠들썩했다. 원래 계획대로 금노의 시신을 낭야 왕 가의 조상 무덤으로 보내는 장례 행렬은 어마어마하게 이어졌다. 황재하는 자신도 모르게 걸음을 멈추고 대문 앞 높다란 홰나무 아래에 서서 검은 옻칠이 된 관을 한참 쳐다보았다.

이서백이 고개를 돌려 물었다. "왜 그러느냐?"

황재하는 한참을 말이 없다가 잠잠한 목소리로 대답했다. "금노를 생각했습니다."

다섯 살 금노는 길에서 추위와 배고픔으로 죽어가고 있었다. 그때 바람이 불어와 매만치가 탄 마차의 가림막을 들췄고, 금노의 두 손을 본 매만치는 아이를 집으로 데려왔다. 매만치는 금노에게 말했다.

"애야, 하늘이 네게 주신 이 두 손은 비파를 타기 위한 손이란다."

스무 살 금노는 장안 대명궁에서 스승이 준 비파로 스승에게 배운 곡을 연주했다. 그리고 스승이 하사한 송진 가루에 들었던 독이 그 손을 통해 온몸으로 퍼져, 결국 스승 덕에 15년을 더 살 수 있었던 인생은 그렇게 막을 내렸다.

홰나무 아래 오래도록 서 있던 황재하는 작은 소리로 물었다. "이러한 결말은…… 결말이 없는 셈이지요?"

"어찌 결말이 없겠느냐? 친히 자신의 딸을 죽였다는 사실을 알려주었으니, 범인은 이후 영원히 그 악몽 속에서 벗어나지 못할 것이다. 어쩌면 가장 큰 형벌인 셈이지!" 이서백이 고개를 저으며 말을 이었다. "다만 애당초 그 어린 딸의 곁을 떠날 수 있었던 여인이니, 이번에는 필시 마음에서 완전히 지워버릴지도 모르지. 궁중에서 그렇게 잘 살아가는 여인이라면, 평생 더 이상의 실패는 없을 것이다."

"그렇다 해도 역시 어미가 아닙니까. 아무리 대단한 여인이라 해도 죽은 딸을 위해 흘러내리는 눈물은 막을 수 없을 것입니다. 진염 부인 또한 원수가 친딸을 죽이도록 만들어 왕 황후에 대한 복수는 성공했겠지만, 결국 부인 또한 한평생 양심의 가책 속에서 살아가겠지요."

햇살이 푸른 나뭇가지 사이를 뚫고 두 사람의 위로 듬성듬성 내리쬤다. 그 따스한 햇살에 황재하는 온화하고 선량하기로 이름난 황제를 떠올렸다.

당시 빈소 밖에서 이서백이 이 사건의 범인이 황후일 수도 있음을 암시했을 때 황제는 그저 황후를 흘끔 바라본 뒤 눈을 감고서 이렇게 말했다. "밖으로 그 사실이 새어나가지 않아 황실의 체면을 지킬 수만 있다면, 황후의 범죄라 해도 짐은 그 진상을 들은 뒤 그에 따른 처분을 내릴 것이야."

12년간 금슬 좋은 부부의 모습으로 동고동락하다 보니 장안에는 황제와 황후를 비교하며 황후를 더 강인하게 여기는 말까지 떠돌았다. 어느 황제가 황후와 그런 식으로 비교되는 걸 용인하겠는가. 세상에서는 그냥 부부였지만, 궁에 있는 한 그들은 황제와 황후였다.

황재하는 머리 위를 비추는 햇살을 보며 멍하니 넋을 놓고 있었다.

이서백은 그런 황재하를 흘끔 바라보았다. "기쁘지 않은 것이냐?"

황재하는 대답 없이 고개를 돌려 이서백을 보았다.

"황후 폐하는 성정이 강해 근래에는 조정에 대한 간섭도 늘어나고, 사사로이 형벌을 내리는 경우도 많았으나 황제 폐하께서도 딱히 이를 어쩌지 못하고 계셨지. 이번에 네가 황후 폐하께 이토록 큰 경계심을 심어주었으니 너 또한 황제 폐하께 공을 세운 신하가 된 셈이다."

"황제 폐하께 저를 황 씨 가문의 먼 친척이라고 말씀드렸다고 하셨잖아요. 폐하께서 그 말을 정말 믿으셨을까요?"

"그 사실은 중요하지 않다. 폐하께서 관심을 보이셨으니 머지않아 너희 집안 사건을 재조사하라는 명이 떨어질 것이다. 그때 내가 친히 너를 촉으로 데리고 가마."

이서백의 말투는 담담했으나 그 말을 듣는 순간 황재하는 숨이 막혔다.

촉. 가족들이 묻혀 있는 땅.

이제 곧 그 땅으로 돌아가서 사건의 판결을 뒤집어 누명을 벗고 진범을 찾아낼 것이다.

통쾌하면서도 씁쓸한 감정이 마음속에 서서히 피어올랐다. 황재하는 초여름 날씨 속에서 가벼운 현기증을 느끼며 가만히 이서백 앞에 서 있었다. 그 감정이 기쁨인지 슬픔인지 알 수 없었다.

18장

물로 띠를 두르고
바람으로 옷을 입다

그날 오후, 궁에서 소식이 전해졌다. 왕 황후가 사촌 동생의 죽음으로 마음의 병을 얻어 태극궁으로 거처를 옮겨 요양하게 되었으며, 앞으로 궁중 일은 조 태비와 곽 숙비가 대신 맡아 처리한다는 내용이었다.

"고종과 측천무후가 대명궁으로 거처를 옮긴 후 태극궁은 줄곧 방치돼서는 나이 든 태비들이나 잠시 거쳐간 곳인데, 황후 폐하 홀로 거기로 옮기신다니 필시 뭔가 있는 거지. 왕약의 죽음을 불길하다 여긴 황제 폐하가 황후 폐하를 멀리 보내버리는 거라는 말이 있더라고. 냉궁으로 쫓아내는 거나 마찬가지 아니겠어?"

기왕부의 소환관 노운중은 여전히 궁중 비화에 관심이 많았다. 왕부 환관들은 함께 저녁을 들면서 흥미진진한 얼굴로 천하의 명운을 논했다.

"별궁에 은거하는 황후가 세상 천지에 어디 있단 말이야!"

"아유, 모르면 말을 말아. 한무제와 천아교가 그 선례를 남겼잖아."

"보아하니 이번 일로 왕 가도 끝장이야!"

황재하는 아무 표정 없이 그릇과 젓가락을 챙겨 일어나 주방으로 향했다.

"아, 맞다. 숭고, 그날 기왕 전하를 따라 왕 가 장례에 참석하고 오지 않았어? 어디 얘기 좀 해봐. 그날 황후 폐하가 얼굴이 허옇게 질리고 머리가 다 헝클어질 정도로 심하게 우셨다고 하던데, 정말이야?"

황재하는 천천히 대답했다. "맞아요, 황후께서 엄청 상심해하셨어요."

"숭고가 빈소에서 시신 팔에 팔찌까지 끼워줬다면서? 이야…… 숭고 정말 대단해!"

"네……." 황재하는 자신을 향해 쏟아지는 경외의 눈빛을 무시하고 아무렇지 않은 듯 고개를 끄덕이다가 문득 생각나 물었다. "그 댁 하인들이 뭐 다른 말은 않던가요? 장안에 떠도는 소문이라든지?"

"별말 없던데. 네가 담당했던 사건 아니야? 왕약 아가씨 곁에 있던 여종들이 방훈 잔당들이랑 결탁해서 아가씨를 죽였다며? 아유, 그러지 말고 자세한 얘기 좀 들려줘봐!"

"……비슷해요. 더 말할 것도 없는걸요."

황재하는 그릇을 들고서 재빨리 뒤돌아 나왔다. 그 짧은 시간 안에 한운과 염운이 왕약을 죽인 이야기를 무슨 수로 지어내겠는가.

그릇과 젓가락을 주방에 갖다 놓고 나오자마자 황재하는 문지기에게 불려갔다. 황후를 따라 태극궁으로 거처를 옮겨간 대환관 장경이 온 것이다. 비록 태극궁으로 쫓겨가 미간에 근심이 서리긴 했지만, 궁중에서 손꼽히는 대환관으로서의 위엄은 그대로 남아 있었다. 장경은 턱을 살짝 치켜들고 거만하게 황재하를 보며 말했다.

"양 공공, 황후 폐하께서 입궁하라 명하셨네. 자네와 이야기를 나누고 싶어 하는 사람이 있다고 하셨네."

황후 쪽에서 황재하를 만나고 싶어 하는 사람이라면 당연히 왕약,

아니 소시일 터였다.

비록 긴 시간을 함께하진 않았지만 황재하와 소시는 서로에게 호감을 가졌다. 마침 황재하 또한 소시에게 묻고 싶은 것도 있었다. 이번 사건 중 아직 황재하가 알아내지 못한 부분이었다.

"잠시만 기다려주십시오."

황재하는 예를 갖추기 위해 옷을 갈아입으려 거처로 향했다. 그러다가 도중에 걸음을 멈추고 잠시 생각한 뒤 일단 이서백에게 먼저 알려야겠다는 생각에 방향을 틀었다.

해가 점점 뜨거워지는 계절이 되어, 최근 이서백은 연못가의 침류사에 머물 때가 많았다.

황재하가 도착했을 때 이서백은 뒷짐을 지고 작은 연못을 바라보고 있었다. 초여름의 연못 위에 연잎들이 그 키를 달리하며 펼쳐져 있고, 이제 막 밝혀진 궁등 불빛이 연잎 위를 비추어 마치 옅은 안개가 덮인 듯 흐릿하고 몽롱한 분위기를 만들어냈다.

황재하는 그 건너편에 서서 멀리 떨어져 있는 이서백을 바라보았다. 가서 보고할까 말까 여전히 고민하고 있는데, 이서백이 고개를 돌려 황재하를 보았다. 황재하가 연못을 사이에 두고 이서백을 향해 멀리서 예를 갖춘 뒤 걸음을 돌리려는데, 이서백이 손을 들어 그쪽으로 건너오라고 손짓했다. 황재하는 잠시 머뭇거렸으나 어쨌든 그에게 녹봉을 받는 자신의 처지를 떠올리며 재빨리 그쪽으로 뛰어갔다.

"날이 이미 저물었는데 어딜 가려는 것이냐?"

"황후 폐하께서 장경 공공을 보내 입궁하라 명하셨습니다. 저와 이야기를 나누고 싶어 하는 사람이 있다고 합니다."

"그렇군." 이서백은 무심한 듯 짧게 대답하고는 그만 가보라고 손을 내저었다. 몸을 돌려 떠나려던 황재하는 갑자기 오금을 채여 다리가 꺾이면서 중심을 잃고 연못 속에 거꾸로 처박혔다.

다행히 연못은 깊지 않았고, 황재하는 물에 익숙했기에 바닥을 딛고 일어서 연잎 사이로 얼굴을 내밀었다. 그러고는 누각 위에 서 있는 이서백을 향해 울컥하며 소리쳤다.

"왜 그러십니까?"

　이서백은 아무 대답 없이 그저 뒷짐을 지고 선 채 황재하를 응시했다.

　황재하는 잔뜩 골이 나 흙탕물로 범벅이 된 얼굴을 쓸어 닦은 뒤 연못 가장자리의 돌을 디디고 뭍으로 기어 올라왔다. 물이 줄줄 흘러내리는 소매를 쥐어짜면서 말했다. "도대체 왜 이러십니까? 지금 입궁해야 하는데 씻고 옷 갈아입고 하려면 시간이 지체⋯⋯."

　황재하는 말을 채 끝맺기도 전에 이서백의 옷 아래로 또다시 다리가 움직이는 것을 보고 순간 한 발 옆으로 비켜나 혹여 날아올지 모를 발을 피했다. 하지만 이서백이 이번에는 다리를 번쩍 올려 옆차기를 날리는 바람에 결국 피하지 못하고 다시 연못 속에 빠지고 말았다.

　연못이 출렁이며 황재하가 떨어지면서 일으킨 물보라가 연잎들 위로 흩뿌려져 물방울들이 어지러이 굴러다녔다. 궁등 불빛이 연못 위를 비추고 있어 연잎 위의 물방울들은 마치 빛의 향연을 펼치는 것처럼 보였다.

　반짝이는 금빛들 사이로 연못가에 서 있는 이서백이 보였다. 입가에는 살짝 웃음기가 서리고, 가늘게 불어오는 저녁 바람에 푸른 비단 옷자락이 나부끼는 그 화려하고 우아한 자태는 보는 이의 넋을 빼앗기에 충분했다.

　하지만 황재하는 눈앞의 이 사람이 그저 사악하게만 느껴졌다. 찢어진 연잎과 혼탁해진 물속에서 나뒹굴던 황재하는 머리와 얼굴에 붙은 수초를 떼어낼 생각도 않고 단숨에 연못 가장자리까지 움직인 뒤, 뭍으로 올라가지는 않고 머리만 들어 이서백을 올려다보았다.

"대체 왜 이러시는 겁니까?"

이서백은 허리를 굽혀 황재하를 유심히 보았다. 곤경에 처한 황재하의 모습을 보며 즐겁기라도 한 듯 그의 눈가에 보기 드문 미소가 드리웠다. "왜긴 왜야?"

"계속 저를 물에 빠뜨리면 재미있습니까?"

"재미있지." 이서백은 조금도 미안한 기색 없이 고개를 끄덕였다. "오랜 동안 풀지 못하던 수수께끼를 풀었으니 당연히 재밋거리를 찾아야 하지 않겠느냐."

황재하는 부아가 치밀어 올랐다. "전하의 재밋거리라는 것은 저를 두 번이나 물에 빠뜨려 이런 몰골로 만드시는 겁니까?"

이서백은 웃음기를 거두고 말했다. "물론 아니다."

이서백은 황재하에게 이만 올라오라고 손가락을 까딱였다. 식식거리며 뭍으로 기어 오른 황재하가 무어라 입을 떼기도 전에, 심지어 몸을 제대로 가누기도 전에, 귓가에 바람 소리가 스치는가 싶더니 눈앞의 풍경이 또다시 거꾸로 뒤집히는 것을 보며 황재하는 그대로 얼어붙었다. 자신이 물에 빠지는 소리와 사방으로 물보라 튀는 소리가 함께 들려왔다. 그리고 무의식중에 낮게 내지른 비명 소리까지. 또 물에 빠졌다.

"뭐든 삼세번이지."

황재하는 허둥대며 가까스로 연잎을 붙잡고 몸을 일으킨 뒤, 흙탕물 범벅이 된 소매를 들어 올려 얼굴에 묻은 진흙을 정신없이 닦았다. 그러고는 이서백을 한 번 노려본 뒤 아무 말도 하지 않고 반대편 연못가를 향해 걸어갔다. 진흙이 잔뜩 묻은 다리를 어기적어기적 힘겹게 들어 올리며 겨우 뭍으로 다가가 계단을 타고 올라왔다.

아직 초여름인지라 저녁에는 약간 서늘했다. 황재하는 온몸을 부르르 떨면서 어서 가서 따뜻한 물로 씻지 않으면 십중팔구 감기에 걸리겠다는 생각을 했다. 이서백이 연못가를 따라 자신에게 다가오고 있는 것이 보였지만 화가 난 황재하는 본체만체하며 얼른 몸을 돌려 그 자리를 떠나려 했다.

그때 이서백의 담담한 목소리가 들려왔다. "한운과 염운이 이미 죽었다."

황재하는 순간 걸음을 멈추고 멍하니 있다가 급히 뒤를 돌아 이서백을 보았다. 조금 전 드리웠던 웃음기는 이미 사라지고, 평소와 같은 침착하고 담담한 표정이었다.

"그러니 너 같은 소환관 하나가 오늘밤 태극궁에서 갑자기 사라진다 해도 그저 먼지 한 톨 사라지는 것과 다르지 않을 것이다."

황재하는 그대로 뻣뻣하게 굳어버렸다. 바람이 불어와 온몸에 한기가 스몄지만 더 이상 이서백을 원망할 수도 없었다. 그저 고개를 숙인 채 올망졸망 모여 있는 연못 속 연잎들을 보며 미동도 않고 서 있었다.

"경육." 이서백이 소리 높여 경육을 불렀다.

월문[62] 밖에서 대기하던 경육이 들어와 온몸에 진흙탕을 뒤집어쓴 황재하를 의아한 눈으로 보았다. "전하, 부르셨습니까."

"가서 장경에게 전해라. 양승고가 발이 미끄러져 연못에 빠졌는데, 날이 이미 늦은 데다 다시 의관을 갖추려면 시간이 걸리니, 늦은 시간에 황후 폐하께 폐를 끼칠까 염려되어 갈 수 없다고."

경육은 알겠다고 대답한 뒤 바로 빠른 걸음으로 밖으로 나갔다.

황재하가 입술을 깨물며 물었다. "그럼 내일은요?"

"내일? 너는 물에 빠졌으니 곧 감기에 걸리지 않겠느냐? 설마 궁에 들어가서 황후 폐하께 감기라도 옮길 작정은 아니겠지?" 이서백이 담

---

62 정원 담벼락에 아치형으로 뚫려 있는 문.

담하게 말했다. "감기가 다 낫기까지는 꽤 시일이 걸릴 것이니 그때쯤 되면 황제 폐하와 황후 폐하께서도 네가 입이 무거운 자라는 것을 아셨을 테지. 그럼 곧 심드렁해질 것이다."

황재하는 한참을 우물거리다가 멋쩍은 듯 입을 열었다. "감사합니다, 전하."

그 말을 하고 나서 황재하는 순간 서글픈 마음이 들었다. '이게 뭐람. 나를 세 번이나 걷어차 물에 빠뜨린 인간에게 도리어 고맙다고 해야 하다니.'

이서백은 고개를 돌려 황재하를 바라보았다. 온몸에서 물을 뚝뚝 떨어뜨리고 있는 그녀의 모습에 자신도 모르게 황재하를 불렀다.

"너는……."

황재하는 눈을 들어 이서백을 보며 하명을 기다렸다.

하지만 이서백은 잠시 멈칫하더니 곧장 고개를 돌려 연못 속 연잎만 바라볼 뿐 아무 말도 하지 않았다. 그러고는 이내 손을 들어 황재하를 물러가게 했다.

황재하는 홀가분한 마음으로 잽싸게 몸을 굽혀 예를 취하고는 곧장 물러났다. 흙탕물을 뒤집어쓴 채로 주방으로 가 따뜻한 물 두 통을 온몸에 끼얹으며 깨끗이 씻은 그녀는, 젖은 머리를 반쯤 말린 상태에서 머리를 풀어헤친 채 그대로 침대에 엎어졌다.

그동안 사건을 위해 동분서주하며 늘 마음을 놓지 못했던 터라 몸과 마음이 몹시 지쳐 있었다. 그래서 머리가 베개에 닿자마자 바로 기절하듯 잠이 들었다.

얼마가 지났을까, 밖에서 가볍게 문을 두드리는 소리가 들려왔다.

지난 여러 달 동안 몸에 밴 경계심 덕분에 황재하는 재빨리 눈을 떴다. 몸을 반쯤 일으켜 방 안을 훑어보았지만 밤이 깊어 짙은 어둠밖에 보이지 않았다.

옷을 걸치고 침대에서 일어나 문을 여니 왼손에는 작은 등을, 오른손에는 조그만 음식 함을 든 이서백이 서 있었다. 옥 조각처럼 완벽해 왠지 차가운 느낌을 주던 얼굴이었건만, 따뜻한 귤색 불빛을 받은 탓인지 조금쯤 온화해 보였다.

이서백은 멍한 표정으로 서 있는 황재하를 내버려둔 채 안으로 들어와 음식 함을 탁자 위에 내려놓으며 말했다. "부르지 않아도 알아서 깨니 나쁘지 않구나."

비록 놀라서 깨긴 했지만, 몸이 무의식적으로 반응한 것일 뿐이어서 황재하는 아직 정신을 차리지 못하고 흐리멍덩한 눈으로 이서백을 바라보았다. 그러다가 헝클어진 머리를 한 손으로 잡아 쥐고는 칠흑같이 어두운 바깥 하늘을 보며 물었다. "몇 시진쯤 되었습니까?"

"자시[63] 2각이다." 이서백은 음식 함을 열더니 안에서 흑갈색 액체를 꺼내 황재하 앞에 건넸다. "생강탕이다. 마셔라."

가까스로 정신을 차린 황재하는 미간을 찌푸린 채 한참 이서백을 쳐다보다가 이상한 점을 찾아냈다. "기왕 전하, 이 한밤중에…… 생강탕을 주려고 친히 저를 찾아오셨습니까?"

"물론 아니다." 이서백은 그리 말하면서 몸을 돌려 밖으로 나가면서 문을 닫으며 말했다. "다 마시면 옷을 갈아입거라. 손님이 찾아왔다."

그 늦은 시간에 기왕이 직접 황재하를 부르러 올 정도라면 예사 인물이 아닐 터였다.

기왕의 거처로 가보니 등불 아래 복숭아꽃처럼 아리따운 미인이 서 있었다. 평범한 궁녀 복장을 한 소녀였다. 다만 복숭아나무에 활짝

---

63 밤 11시에서 새벽 1시 사이.

피었던 꽃이 슬픔과 고통으로 시든 듯해 안타까웠다. 소녀는 고개를 들어 이서백과 황재하를 보았다. 머리에 꽂힌 잎사귀 모양 비녀가 등불 아래서 은은하게 빛났다.

왕약, 아니 소시였다.

황재하는 순간 멍하니 얼어붙었다. 소시는 묵묵히 몸을 굽혀 두 사람을 향해 절을 했다. 부드러운 치맛자락이 소리 없이 바닥을 스치는 것이 마치 바람 없이 홀로 떨어지는 꽃 같았다.

"소녀 소시, 그해 저희를 구해주신 기왕 전하의 은혜에 깊이 감사드립니다."

이서백은 살짝 고개를 끄덕일 뿐 아무 말도 하지 않았다.

소시는 무릎을 꿇은 채 착잡하고 슬픈 눈빛으로 이서백을 올려다보았다. 소시의 눈 속에 수많은 생각이 스치는 듯 보였으나 차마 어찌 말을 꺼내야 할지 모르는 것 같았다.

한참이 지나서야 소시가 낮게 가라앉은 목소리로 말했다. "소녀는 지금까지 태극궁에 있었습니다……. 그곳은 이미 버려진 곳이나 마찬가지였기에 출입하는 자도 거의 없고, 제가 누구인지 아는 사람은 더욱 없었습니다……. 오늘 황후 폐하께서 오셔서 제게 말씀하셨습니다. 저만 아니었다면 설색은 죽지 않았을지도 모른다고요."

소시는 고개를 푹 숙이고 꿇어앉은 채 조용히 말했다. 너무나 조용해 숨조차 쉬지 않는 것처럼 느껴질 정도였다.

황재하는 안타까운 마음에 소시를 위로했다. "모든 것이 어쩌다 그리된 일이니, 설색의 죽음 또한…… 그대 탓이 아닙니다."

연지 자국이 다 지워진 그 하얀 얼굴은 차가워 보일 정도로 창백했다. 소시는 곧 숨이 끊어질 듯 생기 없는 눈으로 황재하를 보며 낮은 목소리로 말했다. "황후 폐하의 말씀이 옳습니다. 제가 없었더라면 설색은 죽지 않았을 겁니다……."

"그대가 없었다면 설색은 3년 전에 이미 죽었을 겁니다."

그래도 소시는 슬픔을 가누지 못하고 고개만 더 깊이 떨구다가, 종내는 바닥에 엎드려 팔 위에 이마를 대고 흐느껴 울었다. "설색이 없었다면 저 또한 이미 이 세상에 없는 목숨입니다……. 저희는 반란군에게 붙잡혀 있을 때도 서로를 의지했고, 양주로 갈 때도, 포주로 갈 때도 함께했습니다……. 난대 이모님은 저희에게 매우 헌신적이셨고 저에게도 설색과 똑같이 거문고와 춤을 가르쳐주셨습니다. 비록 잘 따라가지는 못했지만 지난 3년간 저희는 매우 행복하게 지냈습니다. 만약…… 풍억 부인이 갑자기 나타나지만 않았다면, 아마 지금도 여전히 행복하게 지내고 있었을 겁니다……."

이서백은 차가운 눈으로 지켜만 볼 뿐, 아무 말도 하지 않았다.

"황후 폐하께서는 제가 탐욕에 눈이 멀어 설색 대신 장안으로 온 탓에 오늘 같은 엄청난 일이 벌어졌다고 대노하여 꾸짖으셨습니다. 하지만 사실 저희는 설색 어머니의 신분에 대해 전혀 몰랐습니다. 심지어 설색을 데리러 온 풍억 부인조차 아무것도 몰랐지요……." 소시는 얼굴을 가리며 떨리는 목소리로 말했다. 눈물이 손가락 사이로 흘러내렸다. "당시 난대 이모님과 이모부님은 급한 일이 생겨 감주에 가 계셨습니다……. 설색 어머니의 부탁으로 설색을 장안으로 데려가려는 사람이 왔다고 문지기가 알려왔습니다. 그리고 그곳에서 혼례를 치르게 하려 한다는 말도 함께 전해주었습니다. 설색은 지금은 시집가고 싶은 생각이 없다며 저와 상의를 했습니다. 더군다나 설색의 어머니는 설색 부녀를 버렸고, 그 때문에 설색의 아버지는 병을 얻어 30대 초반의 한창 나이에 돌아가셨지요……. 그래서 설색은 어머니를 만나고 싶어 하지 않았습니다! 하지만 저는 설색을 설득했습니다. 우리가 지금은 난대 이모님 곁에서 보살핌을 받고 있지만 우리 신분으로는 좋은 혼처를 구하기 쉽지 않을 거라고, 설색 어머니가 정말로 좋은 혼처를 마련해놓았다면 그 또한 나쁘지 않은 일이라고요…….

그런데 설색이 제 손을 잡고 이렇게 말했습니다. '어차피 어머니는 다섯 살 때 나를 버려서 내 얼굴을 전혀 못 알아볼 테고, 풍억 부인도 3년 전에 엉망인 몰골로 한 번 본 게 다잖아? 우리 두 사람이 누가 누구인지 어떻게 알겠어? 그러니 소시 네가 나인 척하고 풍억 부인을 따라가. 만약 정말로 좋은 배필이 기다리고 있다면 네가 좋은 사람에게 시집갈 수 있으니 그 또한 행운이지 않겠어?' 그러고는…… 늘 몸에 지니고 있던, 그 옛날 기왕 전하께서 주셨던 은괴를 꺼내어 반으로 갈라 저에게 주었습니다. 그러면서 말했죠. '장안에 있는 동안 이 징표를 가지고 그분이 어디에 계신지 좀 찾아봐줘. 3년이 지났는데 그분은 왜 내가 드린 비녀를 가지고 찾아오지 않으시는 걸까? 양주로 가셨으면 운소원 사람들이 내가 난대 이모님이 계신 포주에 있다고 알려드렸을 텐데…….'

저는 그때 정말 설색에게 말해주고 싶었습니다. 그 비녀는 설색이 돌아서자마자 그분이 버렸고, 제가 대신 주워 몰래 보관하고 있다고요. 원래는 설색이 혼인할 때 돌려줄 생각이었지만, 또 생각해보니 설색이 그 사실을 알면 몹시 상심할 것 같았습니다. 그래서 비녀에 대해서는 아무 말 하지 않고 차라리 설색의 어머니에게 주자는 생각으로 가지고 왔습니다."

소시는 여기까지 말하고는 한참을 멍하니 있다가 아랫입술을 깨물며 말을 이었다. "하지만 왕 가에 도착하여 황후 폐하를 뵙자마자 저는 직감했습니다. 저와 설색이 엄청난 실수를 저질렀다는 사실을요. 저희는 설색의 어머니가 이 땅에서 가장 높은 자리에 계신 분이 되었다는 사실을 몰랐습니다. 그저…… 돈 많은 상인이나 말단 관리에게 시집가는 정도일 거라고 생각했지요……. 저는 감히 사실대로 말할 수가 없었습니다! 황후의 진짜 신분을 알고 있고, 설색과 황후가 절대

남에게 알려져서는 안 되는 관계라는 사실도 알고 있는 제가 그분의 딸을 사칭했다고 이실직고한다면, 저 스스로 죽을 길을 찾아가는 것 아니겠습니까? 저는 황후 폐하께 설색의 비녀를 올렸고, 황후 폐하는 제가 누구인지 전혀 의심하지 않으셨습니다. 은비녀는 궁에서 어울리는 물건이 아니었기에 황후 폐하는 사람을 시켜 그것을 없애고 똑같은 모양의 금비녀를 만들어주셨습니다. 그리고 말씀하시기를, 마침 기왕 전하의 비를 간택할 예정인데 현재 왕 가 여인 중에는 특출한 여인이 없으니 저를 왕 가 넷째 집안 여식의 신분으로 후보에 올리겠다고 하셨습니다. 그때 저는 마음에 여전히 환상 같은 것을 품고 있었습니다. 만일 정말 왕비가 된다면 부귀영화를 누리는 것도 좋겠지만, 왕부의 힘으로 우리의 은인이자 설색이 마음에 품은 그분을 찾을 수 있겠다고 생각했지요. 그런데 그날 후전으로 이끌려 들어간 곳에서 앞에 계신 기왕 전하를 본 순간⋯⋯."

소시의 입술이 심하게 떨렸다. 목이 메여 쉽게 말을 잇지 못하더니 한참 후에야 얼굴을 가리고 흐느끼며 말했다.

"저는 하늘이 농간을 부렸음을 깨달았습니다. 모든 것이 다 끝났다고, 저와 설색은 이제 끝장났다고 생각했습니다⋯⋯."

소시는 힘겹게 목소리를 쥐어짜냈다. 고요한 밤에 들자니 더욱 처량하게 느껴지는 목소리였다. 갑자기 밤바람이 강하게 불어 들어와 등불 빛이 요동쳤다. 그 빛이 소시의 얼굴 위로 출렁이며 드리워, 무서워 보일 정도로 왜곡을 만들었다.

"비밀을 말할 수 없었기에 밤마다 악몽에 시달렸습니다. 설색이 마음에 품었던 사람을 빼앗아버린 저는 꿈속에서 늘 처참한 죽음을 맞았습니다⋯⋯. 그런 죄책감에 시달리면서도 저는 모두들 부러워하는 기왕 전하의 비가 된 제 모습을 상상했습니다⋯⋯." 바닥에 엎드려 있던 소시의 손톱이 바닥 틈에 걸려 부러졌지만 통증도 느끼지 못하는 듯 보였다. "또한 기왕 전하께 시집을 가면 절대로 설색과 기왕 전하를 만나게 해서는 안 된다는 생각도 했습니다……. 대신에 반드시 설색에게 세상에서 가장 좋은 배필을 찾아주겠다고요……."

황재하는 이서백을 바라보았으나, 이서백은 무표정한 얼굴로 바람에 흔들리는 등롱을 볼 뿐이었다.

'자신에게 아무런 마음도 없는 남자를 그토록 애달피 그리워하는 게 다 무슨 소용일까?' 황재하는 절로 그런 생각이 들었다.

정원 곳곳에서 등불이 휘황찬란한 빛을 내도, 그 빛이 어느 꽃 위를 비출지는 아무도 알 수 없는 것과 마찬가지라고 여겨졌다.

"저는 매일 제대로 잠을 이루지 못했고, 결국 악몽에 시달려 잠꼬대를 하여 그 비밀을 흘리고 말았습니다. 풍억 부인이 정말로 알아차렸는지는 모르겠지만 아마 의심은 하기 시작했을 것입니다. 저는 이 일이 세상에 알려지면…… 목숨을 부지하지 못할 거라는 사실을 진작부터 알고 있었지요. 그즈음 황후 폐하께서 제게 몰래 사람을 보내 풍억 부인은 믿을 만한 사람이냐고 물으셨습니다. 저는…… 귀신에 홀린 듯 고개를 내저었습니다……."

"그 뒤 황후 폐하가 사람을 시켜 풍억 부인을 독살하고 시체를 처리하셨고요?"

소시는 거의 혼절할 듯이 울며 간신히 고개만 끄덕였다.

역시 왕 황후가 사람을 보내 풍억 부인을 독살하고 유주 유목민 시신 속에 버려 전염병으로 죽은 듯 위장한 것이었다.

황재하와 이서백은 서로 눈을 마주치며 생각했다. 사실 왕 황후는 풍억 부인을 장안으로 불러들일 때부터 없애버릴 마음이었기에 소시가 뭐라고 대답했든 달라질 건 없었다고.

황재하는 속으로 긴 한숨을 쉬고는 바닥에 엎드려 울고 있는 소시를 일으켜 앉히며 말했다. "그만 일어나세요. 황후 폐하께서 그대를 살려주신 것만으로도 이미 큰 행운입니다."

마침내 이서백이 입을 열어 소시에게 물었다. "그분이 앞으로 어찌 하라 이르시던가?"

소시는 옆에 있던 보따리를 열어 떨리는 손으로 작은 단지 하나를 꺼내들었다. 그러고는 단지를 품에 안고서 한참을 어루만진 후 두 사람을 보며 말했다. "설색의 유골입니다. 유주로 가서 부친 곁에 묻어 주려고 합니다. 저는 평생 설색의 무덤 옆을 지키며 그곳을 떠나지 않을 작정입니다."

황재하는 소시의 얼굴로 흘러내린 귀밑머리를 보았다. 그때 창밖에서 밤바람이 불어와 머리카락이 가볍게 흩날렸다. 마치 뿌리 없는 부평초처럼 지난 길은 돌아갈 수 없고, 앞으로 나아갈 길은 보이지 않았다.

이서백은 옆에 있던 서랍에서 두 조각의 은괴를 꺼내어 소시 앞에 놓아주며 말했다. "챙겨 가거라."

소시는 은괴를 보며 낮은 목소리로 말했다. "사실 설색도 그분께서 찾아오는 일은 없을 거라는 사실을 알고 있었습니다. 하지만 그럼에도 평생 기다리겠다고 했지요. 언젠가 그분과 만나게 된다면 그분은 비녀를, 자신은 은괴를 서로에게 꺼내 보일 거라는 이야기를 자주 했습니다. 그것이 바로…… 두 사람이 마음을 나눈 징표가 될 거라고요. 저는 옹순전에 있을 때 이제 더 이상 전하와 함께할 수 없게 되었다는 사실을 깨달았습니다. 그리고 덩달아 설색도…… 영원히 전하와 함께할 기회를 갖지 못하게 되었다는 사실도요. 그래서 그곳에 비녀를 남겨두며 생각했습니다. 만일 전하께서 저희를 기억하신다면 비녀를 보고 혹여 마음 한곳에라도 저희를 간직해주시지 않을까 하고요……."

황재하는 한숨을 쉬며 은괴 반쪽을 들고 말했다. "이 반쪽은 외교방에 왔던 여인, 설색이 남긴 것입니다. 제가 외교방에 도착한 그때쯤 습격을 당했겠지요. 간발의 차이로 어긋나고 말았습니다."

"이 모든 것이, 다 정해진 운명이겠지요." 소시는 은괴를 쥐고서 중얼거렸다. "저와 설색의 운명은 이미 12년 전에 그렇게 정해졌던 것입니다."

한 여인이 자신의 운명을 거짓으로 바꿔놓은 그때부터 인생의 궤적이 조금씩 바뀌기 시작해 결국 많은 사람의 운명을 뒤바꿔버렸다.

황재하는 소시를 바깥까지 배웅했다. 이미 야간 통행금지 시간이어서 마차는 사람 하나 없는 고요한 거리를 달려 장안성 외곽으로 향했다. 그 모습이 마치 알 수 없는 미래를 향해 나아가고 있는 것처럼 보였다.

몸을 돌려 왕부 입구를 향해 걸어가던 황재하는 소시와 함께 왔던 대환관 영제와 장경이 문 앞에 서 있는 것을 보았다. 그들은 황재하에게 마차에 오를 것을 청했다.

"양 공공, 황후께서 얼마나 늦건 상관없다 하시며, 무슨 일이 있어도, 혹 자네가 물에 빠져 감기에 걸렸다 해도 무조건 불러오라고 하셨네."

올 것이 왔다. 황재하에게 손을 쓰려는 게 분명했다.

왕 황후는 이번 사건의 중심인물인 소시가 와서 만나자 청하면 황재하가 분명히 만날 것임을 알고는 두 사람을 이곳에서 기다리게 한 것이다!

황재하는 괴로운 얼굴을 하고서 저도 모르게 이서백을 쳐다보았다.

이서백은 따라가보라는 뜻으로 무표정하게 고개를 까딱였다.

황재하는 눈을 부릅뜨고는 어이없다는 표정으로 이서백을 보며 눈빛으로 말했다. '황후 폐하께서 저를 없애려 한다고요!'

돌아온 그의 눈빛은 그저 '평온'하고 '고요'하기만 하여 더 이상 아무 말도 할 수 없었다. 인생은 불행한 것이며 세상은 야박하기 그지없었다. 그 어려운 사건을 해결해준 지 얼마나 되었다고, 그새 이렇게 은혜도 모른단 말인가. '정말 제가 황후 폐하께 당하는 것을 두 눈 뜨고 보고만 계시겠다는 겁니까?'

영제와 장경이 여전히 황재하를 바라보며 기다리고 있었다. 황재하는 하는 수 없이 따라나섰다.

이서백의 곁을 지나치는 순간 낮게 읊조리는 이서백의 목소리가 들렸다. "진짜 신분."

'네?'

황재하는 자신이 잘못 들은 거라 생각하며 고개를 돌려 이서백을 보았지만, 이서백은 여전히 무심한 표정으로 황재하를 쳐다보지도 않고 대충 한마디 내뱉었다.

"밤이 깊었다. 감기 조심하거라."

'진짜 신분이라니, 대체 무슨 의미지?'

황재하는 왕부를 나와 영제, 장경과 함께 궁중 마차를 타고 태극궁으로 향하는 동안 골똘히 생각해보았다.

이미 통행이 금지된 시간의 넓은 대로에 말발굽과 마차 바퀴 소리가 울려 퍼졌다. 그 소리가 황재하의 가슴까지 메아리치듯 들려왔다.

황재하는 계속해서 그 말의 의미를 궁리해봤지만 아무리 생각해도 이서백이 그냥 포기하고 죽으라고 보내는 것 같았다.

'이 냉혈한 같으니라고. 이 중요한 순간에 날 구해줄 생각은 않고!'

황재하가 마차 벽을 붙잡고 거의 울기 일보 직전일 때 영제가 길게 소리를 끌며 말했다. "양 공공, 태극궁에 도착하였네. 내리시게."

쥐가 날 정도로 머리를 굴려보아도 아무 대책이 없어 그저 마차에서 내리는 수밖에 없었다.

100여 년 동안 비어 있었던 태극궁은 스산하기 그지없어, 사람들이 떠들어대는 것처럼 정말 냉궁이 따로 없었다. 깊은 밤에 보니 후궁은 저 멀리 어둠 속에 묻혀 있고, 입정전 앞에만 등롱 몇 개가 붉은 문과 기둥을 밝혔다.

황재하는 영제와 장경의 뒤를 따라 입정전으로 한 걸음 한 걸음 향했다. 푸른 돌바닥 위로 발목까지 자라난 풀에 발이 푹신하게 파묻혀 발을 디디는 느낌이 불안정했다. 궁전 입구의 석등은 오랜 비바람에 반질반질 마모되었으나 곳곳이 얼룩덜룩했다. 푸른 이끼가 꼈던 흔적이었다.

처마 위에서 아래로 드리우며 자라난 풀과 붉은 칠이 벗겨진 기둥은 이곳이 얼마나 오랫동안 방치된 곳이었는지를 말해주었다. 아무리 웅장하고 화려한 곳이어도 사람이 오가지 않으면 결국 잊히고 마는 것이었다. 그래도 왕 황후의 측근에는 능력 있는 자들이 많았기에 이날 오후에 황후가 태극궁으로 옮겨올 시점에는 이미 입정전 내부가 깨끗이 정리되어 있었고, 모든 가구들 또한 적절하게 배치되어 제법 편안하고 쾌적해 보였다.

이미 새벽을 향하는 시간이었지만 왕 황후는 잠자리에 들지 않고 낮은 침상 위에 앉아 있었다. 아마 황재하를 기다렸으리라. 궁녀들이 따끈한 죽과 맛깔스러워 보이는 찬 네 가지를 내와, 황후는 아무런 표정 없이 천천히 음식을 먹었다. 자신이 불러들인 소환관이 앞에 서서 벌벌 떨며 처분을 기다리고 있다는 사실을 까맣게 잊기라도 한 듯했다.

밤참을 다 먹고 상을 물린 황후는 입을 헹구고 고저자순 차를 한 모금 마셨다. 그런 뒤에야 드디어 천천히 입을 열었다.

"양 공공, 그대가 보기에 이 태극궁의 긴긴 밤이 지나치게 적막한 것 같지 않은가?"

황재하는 눈 딱 감고 말했다. "마음속이 즐거우면 가는 곳이 다 번화한 저잣거리처럼 느껴질 것이고, 마음속이 적막하면 가는 곳이 다 적막하고 쓸쓸하게 느껴지겠지요."

왕 황후는 눈을 들어 황재하를 힐끗 쳐다보았다. 목소리는 낮고 부드러웠다. "양 공공, 내가 오늘 이 태극궁으로 옮겨온 것도 다 그대의 덕이다. 그러니 지금 이 적적한 마음도 모두 그대가 내게 준 것이지. 그래서 말인데, 이토록 넘치게 받은 것을 그대에게 어떻게 보답해야 할지 모르겠구나?"

황재하는 그 말의 의미를 알아듣고는 마음이 타들어가며 등에서 빠르게 땀이 배어나왔다. 속으로는 이서백이 말한 '진짜 신분'이 무슨 의미인지 필사적으로 머리를 굴리며 말했다. "황후 폐하께서 오늘 새 거처로 옮기신 것은 앞으로 길한 일들이 생길 징조이니, 부디 아랫사람을 너그러이 대해 관용을 베풀어주시옵소서……."

"관용?" 황후의 입꼬리가 살짝 올라가더니 눈에 차가운 빛이 감돌았다. "왕 가에서 그렇게 헛소리를 지껄일 때는 본궁에게 관용을 베풀 생각을 못 해보았느냐?"

'그럼 황후께서는요? 옛 벗과 가족, 그리고 사랑하는 사람까지 하나하나 잔인하게 제거해버리실 때는 오늘 같은 날이 올 거라 생각 못 하셨습니까?'

하지만 속으로만 생각할 뿐 차마 입 밖에 꺼낼 수는 없었기에, 그저 고개를 숙이고 서서 이마에서 떨어진 땀이 발 옆의 돌바닥 위에 짙푸른 흔적을 남기는 것을 보았다.

왕 황후는 사방을 둘러보며 혼잣말하듯 말했다. "이 궁궐이 어떻게 길한 징조가 될 수 있단 말이냐? 이 입정전이 가장 화려하고 아름다웠던 그때에도 장순 황후가 죽어나갔는데, 오늘날 이곳에서 또 누군가가 그렇게 죽어나가지 않으리란 법이 어디 있겠느냐?"

황재하는 땅바닥에 천천히 번지고 있는 자신의 땀방울을 내려다보며 간신히 입을 열었다. "장순 황후는 그 어짊으로 평생 태종 황제의 총애를 받으셨습니다. 황후 폐하께서도 분명히 그렇게 황제 폐하의 변함없는 총애를 받으실 것입니다."

"흥……. 무어라 말한들 이미 늦었다. 그 자리에서 지금의 반절이라도 영리했더라면, 말해야 할 것과 말하지 말아야 할 것이 있으며, 거기에 그대 목숨이 달렸다는 사실도 알았을 텐데 말이다!"

말해야 할 것, 말하지 말아야 할 것……. 목숨.

이 말이 황재하의 귓가에 천둥소리처럼 메아리치면서, 순간 벼락같은 깨달음이 찾아왔다.

'진짜 신분, 진짜 신분! 빌어먹을 이서백이 말한 게 바로 이거였어!'

황재하는 곧바로 땅에 꿇어 엎드려 황후를 향해 머리를 조아리며 말했다. "황후 폐하, 소인 한 가지만 말씀드릴 수 있게 해주십시오. 한마디면 됩니다. 허락해주신다면 소인 오늘 이곳에서 죽게 되어도 여한이 없을 것입니다!"

왕 황후는 냉소하며 천천히 물었다. "무엇이지?"

황재하는 주위를 두리번거리고는 아무 말도 하지 않았다.

황후는 천천히 손을 들어 주변 사람들을 모두 물리고는 아무 말 없이 차가운 표정으로 황재하를 내려다보았다.

황재하는 황후를 향해 다시 머리를 조아려 절을 하고는 고개를 들어 입을 열었다. "황후 폐하, 소인 죽을 수밖에 없는 목숨이라는 것을 잘 알고 있사오니 언제 어디서 죽는 것이 무슨 의미가 있겠습니까. 다만 폐하께서 소인에게 어떤 죄명을 내리실지 모르겠습니다."

"죄명이 필요한가?" 차갑게 황재하를 쏘아보는 황후의 눈 속에는 멸시의 빛이 가득했다. "그대는 나의 가장 큰 비밀을 알고 있다. 죽어 마땅한 죄가 아니겠는가?"

"죽어 마땅한 죄입니다." 황재하는 지극히 공손한 태도로 말하며 고개를 들어 황후를 보았다. "다만, 폐하께서 제 말을 들으시면 혹시 그 생각을 돌이키실 여지가 있지 않을까 하는 생각이 들었습니다."

"말하라."

심장이 미친 듯이 쿵쾅거려 밖으로 소리가 다 들릴 정도였다. 자신의 목숨이 이 말 한마디에 달렸다. 이서백이 넌지시 알려준 방법이 통하기만을 바랄 뿐이었다.

황재하는 크게 숨을 들이마신 뒤 낮은 목소리로 말했다. "3년 전, 소인이 열네 살 때 처음으로 황후 폐하를 뵈었습니다. 그때 폐하께서 말씀하셨습니다. '내게 딸이 있다면 너 정도 나이였겠구나, 너처럼 귀여웠을 테고'라고요."

황재하를 바라보는 황후의 눈빛이 날카로워지고, 그 얼굴빛은 등불에 따라 계속 변했다. 오랜 침묵을 깨고 황후가 천천히 물었다.

"네가…… 3년 전의 그……."

황재하는 조아렸던 몸을 일으켜 황후 앞에 꿇어앉았다. "죄인 황재하, 황후 폐하를 뵙습니다."

왕 황후가 차갑게 물었다. "내가 너를 죽이고 싶어 한다는 것을 뻔히 알면서 어찌 너의 약점을 드러내는 것이지?"

"황후 폐하의 비밀은 이미 황제 폐하의 용서를 받으신 줄로 압니다. 소인은 서로를 향한 두 분의 애정이 매우 깊고 두터워, 오래지 않아 예전의 관계를 회복하시리라 믿습니다. 하나 소인의 이 비밀에는 소인의 목숨이 달려 있습니다. 소인의 이 목숨을 폐하께 맡기겠습니다. 언제라도 소인의 존재가 폐하께 불리하다고 느끼시면 그저 말 한마디로 소인을 죽음의 길로 보내실 수 있습니다. 친히 손을 쓰실 필요도 없지요."

왕 황후는 아무 말 없이 황재하의 진지한 얼굴을 자세히 뜯어보다가 천천히 일어나 창가로 다가가 희미한 등불을 내다보았다. 그 얼굴 옆선이 유난히도 우아하고 피부는 창백해, 마치 한밤중에 조용히 피어 있는 하얀 목란 같았다.

황재하는 황후의 옆모습을 바라보며 자신의 청이 거절당할 확률을 생각해보았다. 등에 난 땀이 식으며 온몸에 절로 한기가 들었다.

한참 후에야 황후의 낮고 점잖은 목소리가 급하지도 느리지도, 가볍지도 무겁지도 않게 울려 퍼졌다.

"네 목숨을 내 손에 쥐여준다고 하여 내 너를 가치 있게 여기고 네가 범한 무례를 다 용서해줄 것 같았더냐?"

"감히 그렇지 않사옵니다!" 황재하는 황후를 올려다보며 간곡히 말했다. "다만 소인은 폐하께서도 태종 황제와 위징[64]의 일, 무후와 상관 완아의 일을 아시리라 생각합니다. 세상의 일이 변화무쌍하여 나라와 집안의 원수도 바뀌는데, 소인 황재하가 폐하께 쓸모 있게 된다면 지난 일들이 무슨 상관이겠습니까?"

왕 황후는 느린 걸음으로 황재하 앞으로 다가갔다. 눈을 내리뜬 황후의 시선이 바닥에 꿇어앉은 황재하의 머리부터 어깨, 허리까지 훑고 지나갔다. 한참 후, 줄곧 횡포하기만 했던 황후가 들릴락 말락 한 탄식을 내뱉고 말했다.

"그렇다면 일단 너의 그 목숨은 내가 쥐고 있겠다. 이후에 나를 만족시키지 못한다면 그때 가서 거둬도 늦지 않겠지."

"황후 폐하의 은덕에 감사할 따름입니다!" 황재하는 고개를 깊이 숙였다. 온몸의 식은땀이 모공까지 파고드는 느낌이었지만, 감히 닦아낼 엄두도 못 내고 가만히 머리만 숙이고 있었다.

---

64 당나라의 정치가, 태종에게 직언을 서슴지 않아 중용되었다.

왕 황후는 황재하를 가만히 내버려두고 있다가 다시 황재하 앞으로 와 한참을 서 있었다. 그러고는 아주 작은 소리로 말했다.

"황재하…… 어찌 보면 이미 공을 하나 세웠다고도 할 수 있겠지."

황재하는 영문을 알 수 없어 눈을 크게 뜨고 황후를 보았다.

"네가 아니었다면 나는 한평생 설색이 죽은 줄도 몰랐을 것이다. 더군다나…… 내 손에 죽었다는 사실은 전혀 몰랐겠지." 황후는 이를 악물고 간신히 그 짧은 몇 마디를 내뱉은 뒤 긴 한숨을 내쉬었다. "네가 폭로하지 않았더라면, 훗날 저세상에 가서 그 아이를 만난 뒤에야 내 죄업이 얼마나 중했는지 알게 됐겠지……. 무슨 낯으로 그 아이를 볼 수 있을지……."

황재하는 아무 말 없이 속으로 생각했다. '늘 폐하를 하늘처럼 섬기고 어머니처럼 사랑했던 금노, 은혜에 보답하려고 그 어려운 부탁도 사양 않고 딸을 장안까지 데려다준 풍억 부인, 이 두 사람의 얼굴은 무슨 낯으로 보시겠습니까?'

"됐다. 딸까지 죽였으니, 일단 오늘은…… 더 이상 사람을 죽이고 싶지 않다." 황후는 몸을 돌려 침상 위에 걸터앉았다. 비단 방석을 끌어다가 창가에 기대고는 고개를 들어 창밖의 수많은 별들을 보았다.

궁등 불빛은 이미 거의 다 꺼지고, 태극궁 위 하늘에는 은하수가 길게 드리워 작은 먼지같이 반짝이는 별빛들이 하늘에서 쏟아지고 있었다.

"냉궁이면…… 또 어떠한가." 마치 폐부로부터 한 자 한 자 쥐어짜는 듯한 목소리로 황후가 냉정하게 말했다. "이미 나는 악방에서 대명궁의 가장 높은 곳까지 올라갔던 사람이다. 냉궁에서 대명궁으로 돌아가는 날도 분명히 올 것이야! 이 하늘 아래 나를 무너뜨릴 수 있는 자는 없다!"

황후 앞에 무릎 꿇고 앉은 황재하는 만감이 교차하여 아무 말도 할 수 없었다.

늘 강인하던 한 여인은 궁등 불빛 아래, 쓸쓸하고 적막한 고궁에 비스듬히 기대 창밖 별들을 응시했다. 그러다가 손을 들어 얼굴을 가리고는 볼을 타고 흘러내리기 직전의 무언가를 닦아냈다.

궁중의 물시계에도 한 방울 한 방울 물이 떨어졌다. 밤이 아무리 길다 하여도 결국엔 지나가게 마련이다. 창밖 하늘도 어느새 새벽빛으로 물들었다.

말없이 머리를 조아리고 있던 황재하가 몸을 일으켜 물러가려 하는데 황후의 낮은 음성이 천천히 들려왔다. "황재하, 너는 살면서 차라리 죽는 것이 낫겠다 싶은 절망을 느껴본 적이 있느냐?"

황재하는 대답했다. "있습니다……. 가족이 모두 죽고 저는 범인으로 지목되어 사방이 저를 잡으려는 포졸로 가득한 때였습니다. 하지만 저는 죽고 싶다는 생각은 하지 않았습니다. 죽는다 해도 일가족을 독살한 범인이라는 오명을 쓴 채 죽고 싶지는 않았습니다!"

"나는 그런 적이 있었다……. 죽고 싶었던 순간 말이다." 황후는 비단 침상 위로 가만히 몸을 눕히고는 화려한 자수가 놓인 비단옷으로 몸을 덮었다. 비단 천에 덮인 몸 위로 찰랑이는 검은 머리칼이 폭포처럼 드리웠다. 피로가 가득한 얼굴은 수척해 보였다.

"너는…… 설색을 만나보았느냐? 그 아이가 나와 그렇게나 닮았느냐?"

황재하가 고개를 저으며 말했다. "안타깝게도 외교방에서 간발의 차이로 엇갈려 만나보지 못했습니다."

"그렇구나……. 이젠 나도 내 딸 얼굴을 볼 기회가 영원히 없겠지." 황후는 한숨을 쉬고는 작은 소리로 말했다. "마지막으로 설색을 본 것은 그 아이가 막 다섯 살 생일을 지났을 때였다. 당시 나는 스물세 살이었지. 내 남편이던 정경수는 악방 기녀 출신이라는 내 신분을 조금도 개의치 않는다고 늘 말했었는데 어느 날은 그러더구나. 이런 곳에서 딸을 키우는 것은 좋지 못하니 다른 곳으로 떠나자고 말이다."

황재하는 황후가 왜 갑자기 자신에게 이런 이야기를 들려주는지 알 수 없었다. 적막한 궁중은 쥐 죽은 듯 고요했고, 기나긴 밤은 지나온 길도, 가야 할 길도 보이지 않을 정도로 캄캄했다. 황재하는 문득 눈앞의 황후에게 연민이 느껴져 조용히 이야기에 귀를 기울였다.

"사실 운소원은 가무 악방이긴 했으나 기루는 아니었다. 우리 자매들은 모두 예인으로서 자신을 자랑스럽게 여겼지. 나는 경수와 그 문제로 몇 번이나 다툰 끝에 하는 수 없이 그의 말을 따라 장안으로 오기로 했다. 경수는 장안으로 올라와 자신의 운을 시험해보고 싶어 했지. 이 넓은 장안성에는 분명히 자신의 그림 실력을 알아주는 사람이 있을 거라 생각했던 것이다. 하지만 안타깝게도 장안으로 올라오는 길이 그리 평탄하지 않았다. 반란군과 도적 떼가 판을 치는 상황에서 그간 모아두었던 돈도 다 탕진하고 말았지. 장안에 도착했을 때는 거의 빈털터리나 마찬가지여서 작은 단칸방 하나를 빌려 지내는 수밖에 없었다. 처음엔 경수도 행운을 기대하며 밖에 나가 돌아다녀봤지만 아무 연줄도 없는데 누가 나서서 추천해주겠느냐? 곳곳에서 푸대접을 받고는 얼마 지나지도 않아 풀이 죽어 다시는 집밖으로 나가려 하지 않았다. 방 안에 앉아 한숨만 쉬었지. 양주에 있을 때는 멋을 알고 예법에 얽매이지 않는 사람이었다. 매일 그림을 즐겼고 내게도 다정했기에 매우 사이가 좋았지. 하지만 장안에 온 이후로 빈곤해진 우리는 근심 걱정만 늘어갔다. 그때 갑자기 깨달았지. 내가 좋아서 혼인한 이 남자는 원래부터 생활 능력이라고는 조금도 없는 사람이었다는 사실을 말이다. 게다가 당시 집이 음습하고 추운 탓인지 설색은 병까지 얻은 상황이었다. 경수가 내게 애정의 증표로 주었던 잎사귀 모양 비녀도 진작 저당 잡힌 뒤였지. 먹을 것과 입을 것도 해결하기 어려운 상황에 딸의 치료는 말할 것도 없었다……. 나는 설색을 안고 동네방네 의원이란 의원은 다 찾아다녔지만 아무리 문 앞에서 울고불고 애원해도 돈 한 푼 없는 나를 돌아보는 이는 없었다. 경수는 그런 나를 잡아끌고 집으로 돌아와 창피하다며 욕을 했지. 나는 밤새 아이를 안고서 몸을 닦아주는 수밖에 없었다. 혹여 딸아이의 호흡이 사라지기라도 할까 봐 뜬눈으로 밤을 지새우며 창밖으로 서서히 밝아오는 하늘을 보았다…… 그때도 지금처럼 기나긴 밤이었고, 눈을 감으면 아무런 희망도 안 보일 것 같았다…….”

이미 12년 전의 그 일이 마음속 깊은 곳을 헤집어, 황후는 여전히 그 절망과 고통으로 아파했다. 황후는 베개에 머리를 대고 누워 초점 잃은 눈으로 이야기를 늘어놓았다. 마치 황재하에게 들려주는 말이 아니라 혼잣말을 중얼거리는 듯 들렸다.

“설색의 명이 길었는지 다행히 열이 내렸는데, 이번에는 경수가 우울한 마음 때문에 병을 얻어 앓아누웠다. 방세를 낼 수 없는 상황이었기에 우리 가족은 조만간 더 작고 낡은 곁방으로 쫓겨나게 될 지경이었어. 나는 어쩔 수 없이 경수 몰래 서쪽 시장으로 가서 돈을 벌 수 있는 길을 찾아보았다.

그날이 또렷이 기억나는구나. 서쪽 시장 길가에 홰나무 낙엽이 우수수 떨어진 추운 계절이었지. 쉰이나 예순쯤 되어 보이는 여자가 갈색 넝마를 걸치고 시장 입구에 앉아 구걸하고 있었다. 옻칠이 다 벗겨진 낡은 비파를 품에 안고서 「장상수」를 엉터리로 연주하며 다 쉰 목소리로 노래를 했지. 너저분한 머리는 어깨까지 흘러내려왔고 주름 잡힌 얼굴은 꽤나 더러워 마치 풍화된 돌 위에 마른 이끼가 낀 것 같았다……. 낡은 옷은 칼바람을 막아주지 못할 게 분명했고, 손은 여기저기 얼어 터져서 피가 나고 입술도 다 터서 검붉은 색깔로 변해 있었지. 게다가 비파는 오랫동안 음축을 조절하지 않았는지 현 자체가 완전히 삐뚤어졌는데 어떻게 제대로 된 음이 났겠느냐?"

왕 황후의 멍한 두 눈에서 끝내 굵은 눈물이 천천히 흘러내렸다. 황후는 얼굴을 감싸고 흐느껴 울었다.

"너는 이해할 수 없을 것이다……. 그때 내가 느낀 절망을 말이야. 그날 나는 그 여인 앞에 오래도록 서 있었다. 몹시 추운 날씨에 비까지 내려 시장에는 사람 하나 없이 적막만 흘렀다. 그 여인의 모습이 마치 30년 후의 내 모습 같았지. 활짝 핀 꽃처럼 반짝이며 살던 내가 솜뭉치가 삐져나온 다 뜯어진 누더기를 입고 아무것도 아닌 존재가 되어 있었다……. 의지할 곳도, 기댈 사람도 없이 가난과 질병에 시달리다 결국 추위에 얼어붙어 길거리에서 소리 소문 없이 죽어 그대로 썩어 없어지겠지. 만인이 부러워한 용모와 재능을 겸비한 여인이었다는 사실을 그 누구도 모르는 채로……." 황후는 깊고 긴 숨을 내쉬며 몸을 떨었다. 그리고 힘겹게 말을 이었다. "그날 오후 나는 내 안의 순진함을 버렸다. 사랑이라는 감정은 현실 앞에서 아무 쓸모없다는 사실을 깨달았지. 내게 정말로 필요한 것은 경수와 서로 의지하며 살아가는 게 아니라, 내가 살아남는 것이었다. 그것도 아주 잘 살아남아서, 비파를 끌어안고 시장에서 구걸하는 날 따위는 절대 맞이하지 않는 것이었다!"

황재하는 묵묵히 황후를 바라보며 아무 말도 하지 않았다.

"바로 그때, 과거에 나와 함께 악기를 배웠던 여인을 만났다. 얼굴도 그리 예쁘지 않고, 배우는 데도 서툴러서 비파 실력이 좋지 않은 아이였지. 3개월을 배워도 곡 하나를 다 못 익힐 정도였어. 하지만 찻잎 파는 상인에게 시집가서 새 비단옷을 입고 귀밑머리에는 금으로 된 커다란 꽃을 일고여덟 개나 꽂고 있었지. 졸부 특유의 촌스러움이 묻어났지만 나보다 백배는 더 아름다워 보였다. 그 여인이 마차에 앉아서 홀로 거리를 배회하던 나를 불렀다. 동정하는 얼굴로, 자신을 한껏 자랑하고픈 얼굴로, 어떻게 이 지경까지 되었느냐고 묻더구나. 도움이 필요하면 비파 가르치는 자리라도 알아봐주겠다고. 심지어 마차에서 내리지도 않은 채 나를 내려다보며 조소했다. 그래도 나는 운이 좋다고 생각했지. 정말 막다른 골목에 이르렀을 때니까. 그 여인을 만나지 못했다면 그다음 발을 어디로 내디뎌야 할지조차 알 수 없는 상황이었다. 그 여인은 나를 낭야 왕 가 저택으로 데리고 가, 자신의 먼 친척인데 부모를 모두 여의고 장안에서 떠돌고 있다고 소개해주었다. 다들 나의 비파 솜씨에 탄복하며 즉시 그곳에 머무르도록 해주었다. 나는 집으로 돌아가 옷가지 몇 벌을 챙기고는 그 여인이 찔러준 얼마의 돈을 경수에게 주며 달삯을 받으면 다시 오겠다고 말했다." 황후의 목소리는 약하고 나지막해서 거의 들리지 않았다. "그때 나는 어디로 가는지조차 말하지 않았지. 설색은 내 다리를 잡고 울며 놓아주질 않았다. 그 아이는 어렸을 때부터 정말 고집스러웠지. 한 번 울기 시작하면 오래도록 달래주어야 했어. 그러지 않으면 숨이 넘어갈 때까지 우는 아이였다. 하지만 그때 나는…… 이를 꽉 물고 아이를 안아 경수의 품에 넘겨주었다. 경수는 조용히 나를 바라볼 뿐 아무 말도 하지 않았다. 내가 문을 나설 때까지도 그렇게 침묵했지. 나는 참지 못하고 고개를 돌려 남편과 딸을 보았다. 경수는 자지러지게 우는 설색을 안고서 침상에 앉아 있었다. 석양빛이 그 공허해 보이는 눈을 비췄고, 그 눈빛은 계속해서 나를 바라보고 있었다. 지금까지도 계속……."

황후의 목소리는 점점 작아져 거의 들리지 않게 되었다. 하지만 그 눈 속에서는 광란의 불길 같은 것이 일어 보는 이의 마음을 으스스 떨리게 했다.

황재하는 오래도록 침묵하다가 겨우 입을 열었다. "분명 설색을 떠날 때 마음이 편치 않으셨을 거라 생각합니다."

"그랬지. 하지만 난 내가 살아야 했기에, 그 아이를 돌볼 수가 없었다." 왕 황후의 시선이 황재하를 향했다. 눈물의 흔적은 아직 다 마르지 않았으나 얼굴에는 이미 차가운 조소가 드리웠다. "내가 왕 가에서 비파를 가르친 지 오래 지나지 않아 운왕께서 방문하셨다. 비파를 품에 안고 운왕 앞에 선 순간, 그 눈 속에서 무언가가 번뜩 빛나는 것을 보았다. 양주에서도 많은 사람이 나를 그런 눈빛으로 보았었지만 난 모두 본체만체했다. 하지만 그때는 왜 그랬는지…… 아주 잠깐 망설였을 뿐, 바로 운왕을 향해 미소를 지어 보였다. 경수가 가장 좋아했던, 부드럽게 올려다보는 자태로 말이다. 과연 왕린이 오래지 않아 내게 상의를 하러 왔더구나. 운왕이 나를 왕 가의 여식으로 착각하고 있다며, 그냥 그대로 나를 왕부에 들어가게 해주겠다면서. 왕린은 왕 가의 쇠락을 걱정하느라 눈에 보이는 것이 없었지. 내가 악방 출신인 줄도, 내게 남편과 딸이 있는 줄도 모른 채 그런 제안을 한 것이다. 그리고 왕린의 말을 들은 나는 마치 꿈을 꾸는 듯했지. 순간 눈앞으로 여러 장면들이 스쳤다. 서쪽 시장에서 봤던 늙은 비파 연주자의 더러운 얼굴과 입술, 손……. 나는 즉시 그러겠다고 대답했다! 그리고 스스로에게도 맹세했지. 불나방이 불속으로 뛰어들듯, 죽더라도 찬란하고 눈부신 곳에서 죽겠다고 말이야!"

황후의 호흡이 가빠지며 말도 점점 속되어졌다. 그런 황후의 모습에서 황재하는 소리 없는 절망과 비통함을 보았다.

"세상일이라는 게 이리도 터무니없지. 그 후 12년 동안 나는 마치 물 만난 물고기처럼 궁에서 누구보다도 잘 살았다. 나를 왕 가에 소개시켜준 그 여인은 쥐도 새도 모르게 죽이고, 곽 숙비와도 싸워서 이겨, 일개 왕부의 첩에서 황후가 되었다. 전 황후의 아들 엄아를 내 손으로 키워 여러 경쟁자들을 물리치고 태자의 자리에 올려놓았고, 내가 낳은 엽아는 황제께서 가장 예뻐하시는 아이가 되었지. 나는 내 인생에 가장 어울리는 곳이 바로 이곳, 궁정이라는 사실을 알았다! 나는 천하에서 가장 높은 자리에 올라 만인들의 절을 받았다. 사랑하는 남편과 딸아이가 없어졌다 한들 그게 뭐 대수였겠느냐? 이렇게 화려하고 아름다운 삶을 살며 만백성의 부러움을 받는데!"

황재하는 속으로 한숨을 내쉰 뒤 낮은 목소리로 말했다. "하지만 폐하의 딸은 폐하를 만나고 싶지 않아 했습니다. 폐하께서는 천하를 얻으셨지만 가족과 벗, 제자의 피로 손을 물들이셨습니다. 설마 마음속에 일말의 슬픔도, 양심의 가책도 없으셨습니까?"

"양심의 가책? 슬픔?" 왕 황후의 싸늘한 눈동자에 거의 알아볼 수 없을 정도의 어두움이 짧게 스쳤다. 하지만 황후는 여전히 턱을 내밀고서 차갑게 웃으며 황재하를 보았다. "12년 전에는 나도 너처럼 그리 순진했었지. 남편과 딸만 내 곁에 있다면 가난과 질병이 찾아온대도 행복할 수 있다고 말이야. 하지만 안타깝게도…… 사람은 변하지. 마음도 나이가 들게 마련이야. 그저 살날이 남아 있으니 하루하루 꾸역꾸역 살아가는 것뿐이다. 그 앞에 기다리는 게 삶인지 죽음인지 알 수 없는 절망을 맞닥뜨리게 되면 너도 내 말을 이해하게 될 게야."

황재하는 한참을 묵묵히 있다가 물었다. "이후에 다시는 남편분과 설색을 만나지 않으셨습니까?"

"만나지 않았다. 운왕부에 들어가기로 결심하자마자 그 여인에게 부탁하여 전당포에 맡겼던 비녀를 되찾아 여비와 함께 전해주라고 했다. 매만치는 이미 죽었으니 더 이상 찾을 필요가 없다는 말도 함께."

황재하는 조용히 이어질 말을 기다렸지만 황후는 더 이상 이야기할 생각이 없는 듯했다. 아름답게 꾸며진 내전의 침상에 누워 황후는 멍하니 과거 속에 잠겨들었다. 한참 후, 갑자기 눈을 내리뜨며 처량한 웃음을 지었다. "그래, 바로 그날 매만치는 죽었다. 그때부터는 비파가 무섭기도 하고 한스럽기도 하여 다시는 손대지 않았지. 그때 소시가 들고 왔던 비녀에 정경수가 직접 새겼던 매화꽃은 이미 마모되어 보이지 않더구나……. 이 세상에 그저 왕작 하나만 살아남아서 그 누구보다 더 잘살고 있지. 깊은 궁전에서 편히 부귀영화를 누리면서 말이야. 설사 죽는다 해도, 왕작은 높고 화려한 곳에서, 아름답게 수놓인 비단옷을 입고 죽을 것이다. 이 한세상, 꽃처럼 화려한 시절을 누렸으니 원한 바는 이룬 것이야."

황후의 말투는 비록 처량 맞았으나 뼛속 깊은 그 고집스러움은 조금도 감춰지지 않았다. 더 이상 아무 말도 하고 싶지 않다는 듯 황후는 가볍게 손을 들어 황재하를 물러가게 했다. 황재하가 일어나 떠나려는데, 등 뒤에서 황후의 낮게 깔린 음성이 들려왔다.

"3년 전 했던 말은 진심이었다."

깜짝 놀란 황재하는 고개를 돌려 차갑고도 단호한 성격의 여인을 바라보았다.

궁전 한쪽에 누운 왕 황후가 조용히 말했다. "화창한 봄날, 열네 살이던 네가 은홍색 옷을 입고 사뿐사뿐 내게 걸어오는 모습을 보며, 마치 바람 속에서 이제 막 싹을 틔운 두구(荳蔻) 같다고 느꼈지. 그 순간 문득 설색이 내 곁에 있었다면…… 분명히 이처럼 아름다웠겠구나 하는 생각을 했다."

태극궁의 밤은 조용하고 쓸쓸했다.

황재하는 왔던 길을 따라 그 적막한 궁전을 천천히 되돌아 나왔다.

머리 위로는 별들이 천천히 움직이고, 길가의 등롱은 이미 모두 꺼졌다. 찌르르찌르르 벌레 소리가 조용한 밤을 가득 채웠다.

황재하는 고개를 들어 하늘을 빽빽하게 채운 별들을 보았다.

한 사람의 운명이 저 반짝이는 별과 같다고 생각하는 순간, 모든 사람이 그저 자그마한 하나의 반짝임에 불과해 보였다. 사람의 인생이라는 것은 결국 한낱 지푸라기 같은 것 아니겠는가. 하늘의 뭇별이 비처럼 쏟아져 내려 들판 가득 떨어진다 하여도, 그저 한순간의 반짝임일 뿐이며, 수천 년 뒤 후손의 짧은 탄식 정도에 지나지 않을 것이다.

태극궁 문 앞에 도착한 황재하는 천천히 쪽문을 열고 나갔다.

별이 쏟아지는 하늘 아래, 훤칠한 사람 모습이 하나 보였다. 고요한 달과 별을 배경으로 궁에서 걸어 나오는 황재하를 바라보는 그 얼굴은 평온했으나, 그 눈 속에 비친 달과 별 그림자는 물결이 일렁이듯 미세하게 반짝이며 요동쳤다.

궁문 앞에 선 황재하는 순간 어리둥절했다.

그 사람이 황재하를 향해 걸어와 여전히 차갑고 쌀쌀맞은 목소리로 말했다. "멍하니 뭐하는 게냐? 가자."

"전하……." 황재하는 어쩔 줄 몰라 하며 이서백을 부르고 고개를 들어 쳐다보았다. 달빛이 미약하게나마 그 얼굴의 윤곽을 드러내주었다. 황재하가 낮은 소리로 물었다. "계속 기다리셨습니까?"

이서백은 고개를 다른 쪽으로 돌리며 말했다. "지나는 길이었을 뿐이다."

야간 통행금지로 칠흑같이 어둡고 조용한 거리를 둘러보던 황재하의 얼굴에 절로 미소가 피어났다.

이서백은 그런 황재하를 본체만체하며 곧장 몸을 돌려 마차를 향해 걸어갔다.

황재하도 재빨리 뒤따르며 잠시 생각하다가 참지 못하고 물었다. "만약…… 그러니까 만약에 말입니다. 제가 전하가 하신 말씀의 뜻을 깨닫지 못해 정말로 죽임을 당했다면, 헛되이 기다리신 게 아닙니까?"

이서백은 돌아보지도 않고 걸어가며 말했다. "첫째, 황후 폐하는 지금 권세를 잃고 냉궁에 은거하는 처지가 되셨는데 어찌 이런 시기에

손을 쓰시겠느냐? 그것도 자신의 신분을 폭로한 사람을 말이다. 그리
되면 황제 폐하 앞에서 무슨 말로 변명할 수가 있겠느냐?"

황재하는 속으로 생각했다. '저는 궁중과 조정에서 지낸 경험이 없
으니 일이 어떻게 전개될지 당연히 모르지요. 아무 일도 없을 거라 예
상하셨다면, 왜 굳이 저를 세 번이나 물속에 빠뜨리시고, 또 뭐하러
밤을 새워 여기서 기다리셨습니까?'

"그럼…… 둘째는요?"

"둘째, 황후 폐하는 소시를 그냥 보내주셨다. 많이 지치셨다는 뜻일
게다."

"셋째는요?"

"셋째." 이서백은 그제야 고개를 돌려 황재하를 힐긋 보았다. 강한
바람이 밤의 고요를 깨며 두 사람 곁을 스쳐가더니 이내 다시 잠잠해
졌다. "만일 내가 암시한 것조차 제대로 알아듣지 못했다면 너는 황
재하가 아닌 것이지."

황재하는 자신도 모르게 미소를 지었다.

밤빛이 부드럽기 그지없었다. 황재하는 이서백과 함께 마차에 올라
기왕부로 향했다.

마차의 금방울이 가볍게 흔들렸다. 마차 안에 매달린 유리병 속 붉
은 물고기는 바닥에 가라앉아 조용히 잠을 자고 있었다. 그 모습이 마
치 물속에 조용히 피어난 한 송이 꽃 같았다.

창밖으로 장안 거리에 매달린 등불이 천천히 다가왔다가 천천히
지나갔다.

밝고 어두운 불빛, 짙고 옅은 그림자, 말없이 흐르는 고요한 시간.

어지러이 유영하던 빛과 그림자가 두 사람 사이의 좁은 공간에 가
만히 머물렀다.

같은 시간 장안 성문 입구. 설색의 유골을 품에 안은 소시는 고개를 들어 광활한 하늘에 펼쳐진 별들을 보았다. 그러고는 설색이 이 세상에 유일하게 남긴 잿더미를 힘껏 끌어안고서 목이 메도록 슬피 울었다.

100리 밖, 급히 장안을 벗어난 진염 부인은 강한 바람이 울부짖는 황량한 들판을 힘겹게 걸었다. 고개를 들어 눈앞에 아득히 이어진 길과 드넓은 하늘 가득한 별들을 보았다. 앞으로는 홀로 이 세상을 살아가야 한다. 유일하게 기댈 수 있는 것은 손에 쥔 한 쌍의 작은 양지옥뿐이었다.

구주 만 리, 별과 달이 빛을 드리운 깊은 밤, 모든 소리가 고요하게 파묻혔다.

번외

빛과 그림자

하나. 잠자리가 옥비녀 위로 날아와 앉는구나[65]

비가 내릴 것만 같은 어느 흐린 봄날 오후, 왕작은 운왕부로 들어갔다. 답답하고 습한 기운이 조만간 폭우가 쏟아질 것을 암시했다. 시중들 사람이 필요하지 않은지 왕린이 물었지만 왕작은 거절했다. 예측할 수 없는 앞길을 혼자서 헤쳐나가리라 결심했기에, 굳이 누군가를 곁에 두어 비밀이 드러날 위험을 만들 필요는 없었다.

운왕부에는 이미 네 명의 첩이 있었고 왕작은 다섯째였다.

네 명의 첩 중 세 명은 살구색, 등황색, 옅은 자주색 등 따뜻한 느낌이 나는 빛깔의 옷을 입었는데, 다른 한 명만은 화려한 주황색 옷을 입어 유난히 눈부셔 보였다.

옥석 난간 너머로 흐드러지게 핀 석류꽃은 흐린 날씨 속에서도 환

65　당나라 시인 유우석의 시 「춘사(春詞)」의 한 구절. 아리땁게 꾸며도 오지 않는 임을 향한 궁녀의 마음을 담은 시이다.

하게 반짝였다. 그 석류나무 아래, 주황색 옷을 입은 여인도 꽃과 같은 색깔로 선명하게 반짝였다.

왕작은 그 여인들을 향해 예를 갖추며 속으로 생각했다. '필시 저여인이 장안에 소문난 미인 곽환이겠구나. 아름다운 용모에 스무 살 꽃다운 나이로 왕부의 첩들 중 운왕의 곁에 가장 오래 있었다지.'

왕작은 미소를 지으며 청순하고 부드러운 자태로 그들 앞에 섰고, 운왕이 왕작의 손을 잡았다. 수년간 운왕부를 밝게 비추던 곽환은 왕작이 왕부에 걸음을 디딘 그 순간부터 이미 빛바랜 옛 물건이 되어버렸다.

한참 동안 숨을 참고 있던 하늘이 드디어 빗방울을 떨어뜨리기 시작했다. 그 첫 빗방울이 곽환의 볼에 떨어졌다. 곽환은 왕작의 눈동자가 고양이 눈처럼 가늘어지는 것을 보았다.

여자의 타고난 직감으로 천적이 등장했음을 깨달았다.

"곽 부인이 운왕 전하 곁에 가장 오래 계셨던 분이냐?" 저녁이 되어 화장을 지우며 왕작은 무심코 곁에 있던 시녀에게 물었다.

머리를 빗겨주던 영령이 대답했다. "그렇지요. 운왕 전하의 첩들 중 그분이 제일 먼저 왕부로 들어오셨답니다. 어릴 적부터 운왕 전하와 궁에서 함께 자라셨고, 전하께서 출궁하실 때 그분도 함께 궁을 나오셨지요. 그래서 지금까지 꽤 정이 깊으십니다."

"우리 언니…… 왕 유인께서 처음 시집왔을 때도 여기서 살았다던데?" 왕작은 머리를 길게 늘어뜨린 채 일어나 정원 앞으로 다가가서 물이 흐르는 작은 연못을 바라보았다.

영령이 고개를 끄덕이며 답했다. "맞습니다. 전하께서 왕 부인을 특히나 소중히 여기셔서 특별히 이곳으로 모셨지요. 다른 분들보다 한 단계 높으셨어요."

왕작은 고개를 살짝 숙이고는 아련한 눈빛으로 정원 앞을 느리게 흘러가는 물을 보며 천천히 말했다. "감히 이렇게 말해도 될지 모르겠으나, 가장 나중에 들어온 내가 다른 네 분의 부인들보다 앞서 이곳에 머물다니 참으로 송구하구나."

"어찌 송구하단 말이냐? 내가 이곳에 머물라 한 것인데." 뒤에서 누군가의 웃음기 섞인 목소리가 들려왔다. "먼저 오고 나중 온 것이 다 무엇이더냐. 너무 약하게 보이지 말거라. 혹여 다른 이가 괴롭힐까 걱정되는구나."

왕작은 몸을 돌려 운왕을 향해 황급히 고개 숙여 예를 갖추고는, 눈썹을 아래로 드리운 채 아무 말 없이 미소만 지었다.

운왕은 왕작의 손을 잡고 그 얼굴을 자세히 들여다본 뒤 낮은 소리로 말했다. "그날 너를 처음 보았을 때 내 눈을 믿을 수가 없었다. 세상에 너 같은 미인이 있다니 말이다. 지금은 이렇게 너를 보고 있는데도 여전히 믿기지 않는구나……. 왕 가 사람들이 너를 참으로 귀하게 여긴 모양이다. 지금까지 한 번도 너의 존재를 세상에 드러내지 않은 걸 보니."

"어렸을 때부터 몸이 좋지 않아 절에서 지냈습니다. 그래서 이미…… 좋은 시절을 놓쳤다고 생각했습니다." 왕작은 고개를 숙이며 미소 지었다.

"그래서 운명이 정한다 하지 않더냐. 너는 나의 사람이 되려고 오늘날까지 기다린 것이다."

왕작은 웃으며 운왕의 가슴에 몸을 기대고는 속으로 이 남자에 대해 알고 있는 모든 정보를 빠르게 훑어보았다.

'운왕, 현 왕조의 장남이지만 모친의 신분이 미천해 총애를 받지 못함. 어린 시절에 대명궁에서 쫓겨났으며 현재로서는 미래가 불분명함.'

양주에서는 이런 남자를 거의 본 적이 없었다. 운왕은 단순하고 유약하며 자신에게 의지해 살아갈 여자를 필요로 했다. 그래야 뜻을 이루지 못하고 살아가는 인생에서 성취감을 맛볼 수 있으니까 말이다.

'다른 사람을 연기하며 가식적으로 한평생 산다 한들 무슨 상관이겠는가? 어쨌든 눈앞의 이 사람은 내가 사랑하는 사람도 아니고, 그저 풍족한 삶을 살기 위한 수단에 불과한데.'

그래서 침대로 이끌려갔을 때도 한껏 수줍어하며 고개를 들지 않았다. 왕작은 어렸을 때 스승이 한 말을 떠올렸다. '너의 비파 실력은 정말 천부적이구나. 내 평생 다시 보지 못할 재능이다.' 하지만 천부적인 재능이 있다 해도 왕작은 밤낮으로 비파 연습을 게을리 하지 않았다. 자신이 기대어 살아갈 것은 비파밖에 없다고 생각했기 때문에 소중히 여겼다.

그런데 지금은 이 남자가 가장 소중한 것이 되었다.

옷이 가볍게 벗겨지자 왕작은 눈을 감고 낯선 남자를 꼭 껴안았다. 자신이 다시 태어날 수 있는 기회인 이 남자를 소중히 여기며 부드럽게 순종했다.

회랑 밖에 부슬부슬 다시 비가 내리기 시작했다.

눈앞으로 안개와 연무가 뒤섞이면서 몽롱한 가운데 정경수의 모습이 아른거렸다. 처음 만났을 때의 그 모습이었다. 남자는 왕작에게 예를 갖추며 말했다. '그대는 제 평생 처음 만난 미인입니다. 그대를 그리도록 허락해주시겠습니까?'

남자가 예술을 핑계로 자신에게 접근한다고 생각했다. 거만하고 장난기 많던 왕작은 남자를 향해 눈을 한 번 흘긴 뒤, 안 그래도 질려서 버리려 했던 비녀를 뽑아 강물에 던지고는 말했다. '저 비녀를 찾아다 준다면 허락하지요.'

남자는 햇살 아래서 왕작을 바라보며 어쩔 도리 없다는 표정과 함께 미소를 지어 보였다.

지금처럼 이렇게 비가 내리던 어느 날이었다. 정원의 장미가 비에 떨어질까 걱정하며 왕작은 아침 일찍 눈을 떴다. 그런데 정경수가 온몸이 축축하게 젖은 채 손에 비녀를 들고 장미꽃 앞에서 왕작을 기다리고 있었다.

인생이라는 것은 참으로 알 수 없는 것이다. 만약 그날 장미꽃을 내다보지 않았더라면, 흠뻑 젖은 몰골로 무엇과도 비할 수 없이 맑게 빛나던 정경수의 두 눈을 보지 않았더라면, 어쩌면 왕작은 여전히 양주 운소원에서 비파를 타고 있을지도 모른다. 세월의 흐름이 무색하게 여전히 꽃 같은 미모를 자랑하며 말이다.

모든 것이 연기가 되어 순식간에 사라졌다.

결국은 다른 사람 품안에서 나지막이 흐느낄 뿐이었다. 운왕이 거세게 껴안자 왕작은 방금 피어난 꽃이 불어오는 비바람을 힘겨워하는 것처럼 눈물을 흘렸다. 몰래 납환 속에 숨겨두었던 비둘기 피가 입고 있던 비단옷을 붉게 물들였다. 가슴 한복판에서 통증과 함께 자신을 향한 경멸이 솟구쳐 올라왔다. 구역질이 날 것만 같았다.

모든 것이 끝나고 다시 평온한 밤이 찾아왔다. 왕작은 한밤중에 홀로 눈을 뜨고서 바깥의 빗소리를 들었다. 빗방울 하나하나가 마음을 때리는 것 같았다.

정경수가 이미 설색을 데리고 장안을 떠났다는 소식을 왕린이 전해주었다. 천성이 온유하고 너그러운 정경수는 자신이 왕작에게 걸림돌이 될까 봐 모든 것을 마음 깊이 묻고 떠났다.

왕작은 순간적으로 정경수에게 미안한 마음이 들었지만 한편으로는 이런 생각도 들었다. '그이는 내게 늘 떳떳하기만 했던가?' 함께 있어서는 안 되는 두 사람이 몇 년을 함께하며 꽃다운 청춘을 낭비한 뒤에야, 자신은 상대방이 원하는 것을 줄 수 없음을 깨달았다.

이 세상에서 왕작이 유일하게 미안한 사람은 딸 설색이었다.

설색…… 설색.

자신의 몸에서 나온 보드랍고 자그마하던 몸. 매화 꽃술 위에 내린 눈처럼 여려서 햇빛에 닿으면 금세 녹아버릴까 마음 졸이게 만들었던 딸. 그 딸은 이제 다시는 어미를 보지 못하리라.

어미가 모질고 매정하게 그 연을 끊어버렸다.

왕작은 그런 생각들을 하다 팔을 들어 눈을 가린 채 유리 칠보로 된 침향목 침대 위에 몸을 웅크리며 누웠다.

왕작은 다른 남자 곁에 누운 자신을 향해 말했다. '매만치, 너는 반드시 잘살아야 해. 화려한 인생이 욕심나서 금수만도 못한 짓을 저질렀어. 그런데도 잘살지 못한다면 하늘이 용서치 않을 것이야!'

둘. 연꽃 핀 물결 위로 누각 그림자 비추네[66]

왕 유인이 머물렀던 방은 장식이 너무 화려하고 복잡해 도리어 답답한 느낌을 주었다.

처음 왕부에 들어왔을 때 왕작은 주로 하늘색, 노란색, 옥색 등 옅은 색의 옷들만 입었다. 자신을 더욱더 섬세하고 유약하게 보이도록 해, 화려한 풍채를 숨기고 소녀 같은 모습을 부각시키고자 하는 의도였다.

실내 장식도 마찬가지였다. 사람을 시켜 대부분 떼어버리고 최대한 수수하게 꾸몄다.

---

66 송나라 시인 왕선의 사(詞) 「접련화·소우초청회만조(小雨初晴廻晚照)」의 한 구절. 좌천되어 지방 관직을 떠돌다 느지막이 지위를 회복한 시인의 소회가 담긴 시이다.

운왕이 찾아와 정원에서 담소를 나누던 중 이에 대해 물어보자 왕작은 왕 유인이 남기고 간 서책을 품에 안고서 쭈뼛거리며 옅은 미소를 띤 얼굴로 대답했다. "언니의 방에 제가 머무르는 것도 송구한데, 감히 화려하게 지낼 수가 없습니다."

"어린 나이부터 과하게 영리할 필요 없다." 운왕이 왕작을 놀리듯 말했다.

왕작은 미소를 머금은 채 고개를 숙여, 눈 속에 담긴 조소를 들키지 않도록 서책에 시선을 고정했다.

책장을 넘기자 책갈피 사이에 끼워져 있던 마른 양귀비 꽃잎이 하늘거리며 아래로 떨어졌다.

왕작은 꽃잎을 집어 손바닥에 올려 들여다보다가, 무심히 꽃잎이 끼워져 있던 곳의 글을 보았다.

지금 총애를 받는다 하여, 어찌 지난날 은정을 잊겠어요.
꽃을 보고도 눈에 눈물만 가득하고, 초왕과는 끝내 말하지 않으리.

왕유의 시 「식부인(息夫人)」이었다.

왕작은 마치 명치를 바늘에 찔린 듯했다. 심하게 아프진 않아도 상처에서 천천히 피가 새어나오는 기분이었다. 하지만 더 부드러운 미소를 얼굴에 드리웠고, 곁에 있던 운왕은 저도 모르게 팔을 내밀어 왕작을 감싸 안으며 귓가에 입을 맞추고 말했다.

"참으로 소녀 같은 마음이로군. 말라붙은 꽃잎이 뭐 보기 좋다고."

왕작은 짙은 속눈썹을 드리우며 입꼬리를 더욱 높이 끌어올렸다. 그러던 왕작의 시선이 서책 아래쪽 구석에 힘없이 갈겨쓴 듯한 글자에 멈추었다.

살려줘.

어지러이 갈겨썼어도 원래의 수려한 필체는 감춰지지 않았다.

왕작이 근래 여러 달 동안 익숙하게 보아왔던 왕 유인의 글씨였다.

왕작은 얼굴에 아무런 표정도 드러내지 않고 운왕의 어깨에 기댄 채로 양귀비 꽃잎을 원래의 자리에 끼워 글자를 가렸다.

이미 깊은 가을로 접어들어 낙엽들이 어지럽게 떨어져 있었다. 왕작은 옆에 떨어진 단풍잎을 주워 천천히 서책을 펼쳐 아무 데나 꽂아 넣었다.

운왕은 왕작의 어깨를 감싸 안으며 낮은 소리로 말했다. "네 몸이 약하니 혹여 바람에 두통이라도 생기면 어쩌느냐. 안으로 들어가자."

고개를 끄덕이며 운왕의 손을 잡고 몸을 일으키던 왕작은 순간 어지러움을 느껴 운왕에게 몸을 기댔다.

운왕이 재빨리 왕작을 감싸 안으며 물었다. "왜 그러느냐? 정말 두통이라도 생긴 것이냐?"

미처 뭐라 대답하기도 전에 왕작은 입을 막으며 헛구역질했다.

복중의 아기는 생긴 지 달포가량 되었다. 세심히 몸을 보살펴야 할 때였다.

제일 먼저 찾아온 사람은 곽환이었다. 그 곁에는 곽환의 딸 영휘를 안은 유모도 함께였다. 곽환은 영휘를 받아 안아 침대로 데려와 왕작 옆에 앉히고는 웃으며 말했다. "제가 영휘를 낳을 때 참으로 모든 것이 순조로웠습니다. 그래서 오늘 특별히 데리고 함께 왔지요. 복중의 아이도 우리 영휘처럼 어머니를 힘들게 하지 않길 바랍니다."

왕작은 웃음을 머금고 영휘를 끌어안으며 말했다. "부인의 덕담에 참으로 감사드립니다." 왕작은 손으로 아이의 무릎과 어깨를 눌러 자신의 배가 아이에게 부딪히지 않도록 보호했다.

아픔을 느낀 듯 영휘는 눈을 크게 뜨고서 왕작을 한참 바라보다가 아무 말 없이 제 어미 곁으로 돌아가 품에 얼굴을 파묻었다. 영휘는 이미 네 살이 되었으나 아직도 말을 하지 못해 사람들의 걱정을 샀다.

왕부의 다른 여인들도 잇따라 찾아와 각종 아이용품을 선물하면서, 순식간에 우애 넘치는 자매들 같은 분위기가 형성되었다.

현 왕조의 왕제는 왕비 외에 두 명의 유인과 열 명의 첩을 둘 수 있었다. 유일하게 유인이었던 왕부는 이미 세상을 떠났고, 첩들은 서로의 일에 별로 상관치 않아 평소에도 교류가 적었으며 서로 간에 예의를 지켰다. 그런데 낭야 왕 가의 여인인 왕작이 회임하자 모두들 얼굴에 함박웃음을 지으며 찾아온 것이다. 이전과는 사뭇 다른 모습이었다.

다들 돌아간 후 왕작은 받은 선물들을 하나하나 살펴보았다. 금팔찌나 은 자물쇠 같은 것들뿐, 딱히 특별한 물건은 없었다.

보아하니 지금 이 운왕부에서 가장 담이 큰 사람은 자신인 듯했다.

그날 밤 왕작은 일찍 잠자리에 들었다가, 한밤중에 누군가가 오열하는 소리에 눈을 떴다. 일어나 영령을 불렀지만 아무 대답이 없었다. 창문 밖에서 울부짖는 소리가 끊이지 않아 마음이 초조하고 불안해, 하는 수 없이 침상에서 내려와 등불을 들고 창문을 열어 바깥을 둘러보았다.

회랑에서 겨울밤의 매서운 바람이 불어와 메마른 추위가 느껴졌다. 창문 밖 연못 위에 하얀 형태 하나가 시커먼 물결 위로 희미하게 흔들리고 있었다.

왕작은 들고 있던 등불의 갓을 떼어내고 침착하게 등촉을 불어 불을 껐다. 어둠이 짙어지자 하얀 형태가 더욱 선명하게 보였다. 물결이 출렁이며 은은하게 반짝이는 연못 위에 희미하게 보이는 것은 다름 아닌 흰색 옷을 입은 여인이었다.

멀리 떨어져 있는 데다가 연못가에는 수면을 비추는 빛밖에 없어 그저 여인이 옷을 펄럭이며 천천히 물 위를 빙빙 도는 것만 보였다.

얼굴 생김새는 정확하게 보이지 않았고 피부와 옷이 소름끼칠 정도로 창백하다는 정도만 알 수 있었다.

왕작은 홀로 어둠에 뒤덮인 채 서 있었다. 죽음과도 같은 고요함이 느껴졌다. 왕작은 숨을 크게 한 번 들이마시고는 가슴 깊숙한 곳에서부터 목소리를 끌어올려 무시무시한 소리로 외쳤다.

"누구 없느냐! 게 누구 없느냐!"

밖에서 아무런 반응이 없자 왕작은 손에 든 등을 벽 구석 쪽으로 세차게 집어던졌다. 그리고 고개를 들어 천천히 물 위를 빙빙 도는 하얀 형상을 보았다. 형상은 기이한 춤을 추고 있는 것처럼 보이다가 한참 뒤 서서히 물속으로 가라앉았다.

영령과 몇몇 시녀들이 그제야 옆방에서 뛰어와 물었다. "부인, 무슨 일이세요? 악몽이라도 꾸셨습니까?"

왕작은 연못을 가리켰다. 아무 말도 나오지 않고 온몸이 떨렸다.

고개를 돌린 영령은 천천히 물속으로 가라앉고 있는 흰색 형상을 보고는 너무 놀라 다리에 힘이 빠져 휘청거렸다.

왕작은 떨리는 소리로 말했다. "너희가…… 가서 한번 보거라……."

다들 겁에 질려 고개만 내저을 뿐 감히 나서지 못하는데, 방비라는 이름의 시녀만이 벌벌 떨면서도 난간을 붙잡고 연못 안으로 들어가 물 위로 손을 뻗으며 환영을 붙잡으려 했다. 흰 그림자는 완전히 물속으로 가라앉았고, 방비의 손은 수면 위를 내리치며 헛손질만 할 뿐 사방으로 튀는 물보라밖에 보이지 않았다.

방비는 물을 몇 번 휘저어보다가 차마 물속으로 들어가 볼 엄두는 내지 못하고 재빨리 회랑으로 기어 올라와 바닥에 몸을 웅크리고 앉았다.

밖에서 야경 순시를 서던 환관이 등롱을 들고 당도했다. 다들 불빛에 의지해 연못 안을 들여다보았으나, 물결이 출렁이는 맑은 연못에는 불빛에 놀라 허둥지둥 달아나는 비단잉어 말고는 아무것도 보이지 않았다.

왕작은 회랑에 웅크린 방비의 흠뻑 젖은 소맷자락을 보았다. 그리고 다시 천천히 고개를 돌려 담벼락에 몸을 기댄 영령을 바라보았다.

영령은 얼굴이 새하얗게 질린 채 무어라 중얼거리고 있었다.

왕작이 귀를 기울여보니, 영령이 같은 말을 반복하고 있었다.

"다시 온 거야……."

셋. 옥 같은 내 얼굴 까마귀만도 못 하구나[67]

한밤중임에도 운왕은 한걸음에 달려와 왕작을 달랬다.

"저는 괜찮습니다……." 왕작은 낮은 목소리로 그렇게 말하면서도 운왕의 손을 놓지 않고, 저도 모르게 그 손을 자신의 배 위에 올렸다.

운왕은 말로 표현할 수 없을 정도로 연민이 솟구쳐 왕작을 세게 끌어안았다. 그렇게 자신의 가슴팍에 왕작을 기대게 한 채 나지막이 말했다. "걱정 마라. 내 너를 반드시 지켜줄 것이다. 감히 어떤 귀신이 이 왕부에서 농간을 부리는지 내 두고 볼 것이야!"

왕작은 긴 한숨을 쉬고는 불안한 미소를 지으며 말했다. "전하께서

---

67 당나라 시인 왕창령의 시 「장신원(長信怨)」의 한 구절. 황제의 총애를 잃은 후궁의 마음을 담은 시이다.

이리도 듬직하게 저택을 지키시는데 어찌 귀신이 있겠습니까? 제가 밤낮으로 생각이 많다 보니 환각을 보았겠지요…….”

운왕도 미소를 짓고는 손을 뻗어 왕작의 길게 늘어진 머리카락을 쓰다듬으며 낮게 중얼거렸다. “왕작, 너는 절대 왕부처럼은 되지 않을 것이야……. 절대로!”

왕작은 눈을 감고 운왕을 꼭 껴안았다.

운왕을 배웅한 왕작은 별달리 할 일도 없어 옆에 있던 서재로 가 몇 권의 책과 두루마리 등을 들춰보았지만, 찾고자 하는 것은 보이지 않았다. 왕작은 조급해하지 않고 속으로 생각했다.

‘이미 아이도 가졌고 뭔가 짚이는 바도 있으니, 올 것이라면 언젠가는 오겠지. 조급해할 필요 없다.’

왕작은 침대에 기대어 천천히 손에 들린 시집을 펼치며 무심한 척 영령에게 물었다. “내게 오기 전에 너희는 어디서 시중을 들었느냐?”

영령은 옆에서 바느질을 하며 읊조리듯 말했다. “소인은 궁에 있다가 전하를 따라 왕부로 왔습니다. 전하께서 왕 유인을 세우시고 난 후 이곳에 배속되었고, 왕 유인께서 세상을 떠나신 후에도 소인은 계속 이곳에 있었습니다.”

왕작은 영령의 말을 건성으로 들으며 손에 든 서책의 책장을 넘겨 단풍잎을 꽂아둔 부분을 찾았다.

양쪽이 이어지는 틈새에 깨알 같은 글씨가 빼곡히 적혀 있었다.

밤새 부는 비바람에 밤잠 이루지 못하였다. 창밖에 은은한 빛 비추더니 물결 출렁이며 환영이 나타났다. 복중 태아 움찔하고, 전신이 경직되어 움직이질 못하였다. 유일하게 바라기는 이것이 꿈이기를, 볼 수 없고, 들을 수 없고, 갈 수 없는…….

이후로는 더 휘갈겨 써서 글자를 알아볼 수가 없었다.

왕작은 고개를 끄덕이고 다시 물었다. "나머지 네 명은?"

"다 이곳 왕부의 여러 자리에서 왔습니다. 바느질하던 이도 있고, 서책을 관리하던 이도 있고요. 왕부에서 그래도 입이 무거운 자들을 추려 이곳으로 보냈습니다."

"아까 보니 방비는 처신을 잘하는 아이 같던데 그전에도 누구 밑에서 시중든 적이 있느냐?"

"그런 적은 없습니다. 다만 그 언니가 곽 부인을 가까이에서 모시니 언니가 가르침을 주었을 수도 있습니다."

왕작은 웃으면서 책을 덮고 다시 물었다. "가만히 누워만 있으니 무료하기 그지없구나. 전에 언니는…… 왕 유인은 회임했을 때 시간을 어떻게 보냈지?"

영령은 주저했으나 왕작이 고집스럽게 쳐다보자 탄식하며 말했다. "왕 유인은 가냘픈 미인이셨지요. 연꽃처럼 맑고 청아한 분이셨습니다. 다만 안타깝게도 성정이 조용하고 예민하신 데다가 몸도 약해서, 회임하신 후로는 밤마다 악몽에 시달렸습니다. 게다가…… 귀신에 홀리셔서……."

왕작은 고개를 갸웃하며 물었다. "귀신에 홀리다니?"

"그것이…… 아마도 회임 후 걱정이 많아져서 그랬는지 밤마다 자주 깨셨는데, 그때마다 부정한 것을 보았다고 말씀하셨습니다."

왕작은 손을 들어 배 위에 얹고서 다시 물었다. "어젯밤에 내가 본 것과 같은?"

영령은 왕작의 낯빛이 약간 하얗게 질린 것을 보고는 왕작을 안심시키려는 듯 손을 어루만지며 말했다. "당시 왕 유인께서는 환영을 보시자마자 놀라서 기절하신 듯했습니다. 소인들이 날이 밝은 후에야 창가에 쓰러져 계신 유인을 발견했고, 아무리 여쭤봐도 유인께서는 제대로 말도 못 하셨지요. 나중에는 도사와 스님, 그리고 법사까지 몇 번이나 찾아왔지만, 그날 이후 매일 악몽을 꾸며 하루가 다르게 허약해지셨습니다."

"아이는?" 왕작이 천천히 물었다.

"조산하였지요. 그리고…… 출산하시자마자 왕 유인께서는 과다출혈로 돌아가셨습니다." 영령은 또다시 낮은 소리로 탄식했다. "아이는 이제 돌이 다 되어가는데, 몸이 병약하여 일고여덟 달 된 아이와 몸집이 비슷합니다. 다들 태어나기를 부족하게 태어났으니 어쩔 도리가 없다고들 말합니다."

왕작은 눈을 들어 실내를 둘러보며 말했다. "사방에 꽂힌 책들을 보아하니 왕 유인께서는 회임 중에 황당하고 터무니없는 이야기를 너무 많이 읽으신 듯하구나. 그래서 과하게 신경을 쓰셨던 것 아니겠느냐."

"맞습니다. 전하께서도 그 점을 걱정하시어 방 안에 있는 책들을 모조리 가지고 가셨다가, 유인께서 돌아가시고 난 뒤 책들을 원래대로 옮겨놓았습니다."

"열 달을 이리 지내야 하는데 벌써부터도 이처럼 무료하니, 몰래 한 권쯤은 숨겨놓고 보지 않았을까?"

"있었지요. 책 보시는 모습을 우연히 본 적이 있습니다……. 지금 부인께서 손에 들고 계신 서책과 비슷했던 것 같습니다." 영령은 글씨를 몰랐기에 그저 웃으며 말했다. "제 눈에는 모든 서책이 다 똑같이 보여서 말입니다."

왕작은 책을 내려놓고는 눈을 감고 침대에 몸을 기대며 낮은 소리로 말했다. "알겠다. 이곳은 깨끗하지 않은 곳 같으니 전하께 거처를 옮겨달라 말씀드려야겠다."

그날 오후, 운왕의 분부로 왕작은 운왕의 거처가 있는 곳으로 옮겨갔다. 그리하여 두 사람은 세간의 일반 부부처럼 날마다 일상을 같이했다. 운왕 처소에 다른 시종들이 있었기에 왕작은 영령만 데리고 갔다. 왕작은 주위의 세심한 보살핌을 받았고, 스스로도 모든 일에 조심했다. 배는 나날이 불러왔고 모든 것이 순조로웠다.

금세 한여름이 되었다. 출산일이 다가와 왕작은 몸이 불편했다.

어느날 저녁 황제 폐하의 몸이 좋지 않다는 전갈이 왔다. 왕작은 궁으로 가는 운왕을 배웅한 뒤 이미 어두워진 하늘을 보며 운왕은 오늘 돌아오지 못하고 궁중에서 밤을 보내겠구나 생각했다.

영령과 함께 걷던 왕작은 곽환의 거처를 지나다가 영휘가 어두운 구석에 앉아 눈을 커다랗게 뜨고 자신을 쳐다보는 것을 보았다. 어두운 밤을 배경으로 백옥같이 흰 피부에 눈빛이 유난히 맑았다. 그 눈이 꼭 설색의 눈과 닮아 보였다.

왕작은 자신도 모르게 영휘에게 미소를 지으며 부드러운 목소리로 물었다. "왜 이곳에 혼자 있는 거니? 어머니는?"

영휘는 여전히 말을 못해 그저 고개를 돌려 뒤를 보았다. 곽환이 어둠 속에서 천천히 걸어 나오더니 미소를 지으며 말했다.

"귀한 몸을 이끌고 어떻게 예까지 걸어온 겁니까?"

왕작도 웃으며 말했다. "관심에 감사드립니다. 지금 거처로 돌아가는 길입니다."

곽환은 영휘의 어깨에 가볍게 손을 얹었다. "영휘야 보렴, 이제 곧 동생이 나온단다. 너도 같이 놀 수 있는 동생이 생기는 거야……."

그 말투는 부드러웠지만 왕작은 왠지 모를 불안을 느꼈다.

영휘의 눈빛은 왕작의 배를 향해 있었다. 설색의 눈과 닮아 보인 그 눈동자가 미동도 없이 왕작의 배만 바라보자, 왕작은 뭔가 잘못되었음을 느끼고는 무의식적으로 영령의 팔을 잡아 자신의 앞으로 끌어당겼다.

영령은 때마침 달려든 영휘와 부딪쳐, 왕작 앞에서 영휘를 막아낸 셈이 되었다. 영휘는 바닥에 세게 나동그라지며 곧바로 와앙 소리 내어 울기 시작했다. 영령이 깜짝 놀라 영휘에게 다가가 안아 일으키려 하자 왕작이 불러 세웠다.

"영령⋯⋯."

영령은 왕작의 음성이 미세하게 떨리며 호흡까지 편치 않다는 것을 알아채고는 재빨리 고개를 돌려 왕작을 보았다.

왕작은 여전히 거기 서 있던 곽환을 노려본 뒤 영령에게 차갑게 말했다. "우린 이만 가지."

곽환이 아직 바닥에 넘어져 있는 영휘를 부축해 일으키며 말했다. "미안해요. 아이가 뭘 몰라서 아우를 놀라게 했네요⋯⋯."

왕작은 영령의 어깨에 손을 얹고서 티 나지 않게 한 걸음 뒤로 물러섰다. "날이 이미 어두우니 어서 돌아가자."

왕작은 느릿느릿 걸음을 뗐다. 영령은 도중에 몇 번이나 왕작의 몸이 심하게 떨리는 것을 느꼈다. 왕작은 온몸의 힘을 영령에게 의지하며 걷고 있었다.

영령이 낮게 물었다. "부인, 설마 지금⋯⋯."

"일단 돌아가자." 숨이 찬 듯 왕작의 목소리가 미세하게 헐떡였다.

넷. 구름도 군주의 뜻을 따라 모양을 바꾸니[68]

거처로 돌아온 왕작은 의자에 앉아 진통을 참으며 일단 두 명의 환

---

68 명나라 시인 고린의 시 「의궁원(擬宮怨)」의 한 구절로 궁녀의 외로움과 슬픔을 담은 시.

관을 왕부부(王府傅)[69]에 보내 알리게 한 뒤, 다시 시녀 몇 명을 장사(長史)에게 보내 산파를 보내달라 청했다. 또한 당직 환관을 속히 궁으로 보내 소식을 알리게 했다.

모든 준비를 마쳤을 때는 이미 산통이 주기적으로 찾아왔다.

밖에 있던 시녀가 달려와 고했다. "지금 부인들 모두 오셔서 문 밖에서 기다리십니다. 곽 부인은 공주도 모시고 오셨습니다."

왕작은 입술을 깨물고는 말없이 손을 내저었다. 시녀가 어찌할 바를 모르고 여전히 서 있자 왕작은 결국 참지 못하고 힘겹게 말을 내뱉었다. "나가거라!"

시녀가 작은 목소리로 말했다. "곽 부인께서 울면서 말씀하시길, 공주 때문에 이리되신 것 같으니 꼭 사과를 해야겠다고……."

"저리 꺼지거라……." 왕작은 사력을 다해 다시 한마디를 내뱉었다.

영령은 재빨리 그 시녀를 내보냈다. 왕작은 숨이 가빠질 정도로 고통이 심했으나 산파는 아직 당도하지 않았고, 곁의 시녀들도 대부분 명을 받고 나가 아직 돌아오지 않았다. 급히 달려온 장사와 환관 모두 밖에 서서 어찌할 바를 몰랐고, 영령도 출산을 도운 경험이 없어 머리가 하얘진 채 쩔쩔매기만 했다.

마침 밖에서 방비가 산파를 데리고 왔다. "산파를 모시고 왔으니 어서 물을 끓이십시오."

영령이 물었다. "영락을 보냈는데 어찌 네가 산파를 찾아왔지?"

"이분은 저의 시고모님이십니다. 이 근처에 사시는데 왕 부인께서 곧 출산하신다는 소식을 듣고 제가 서둘러 모시고 왔습니다."

"고맙구나." 영령은 재빨리 감사 인사를 했다.

등을 반쯤 받치고 앉아 있던 왕작이 미처 무어라 말하기 전에 또다

---

69 왕부를 보좌하는 곳.

시 극심한 통증이 찾아왔다. 아이가 곧 태어날 것을 알았기에 산파를 돌려보낼 수가 없었다. 왕작은 온 힘을 다해 침대 머리맡을 붙잡고 힘겹게 호흡하며 아무 말도 하지 못했다.

두 번째여서 수월했는지 모르겠지만, 다행히 이 아이는 설색과 달리 통증이 시작된 지 그리 오래지 않아 곧 세상에 나왔다.

"감축드리옵니다. 왕자님입니다."

산파가 아이를 안자 왕작은 헐떡거리며 영령의 손을 붙잡고는 필사적으로 목소리를 쥐어짜냈다.

"가서…… 지켜봐라!"

영령은 재빨리 산파를 따라 아기를 씻기러 갔다. 왕작은 겨우 한숨을 내쉬며 속으로 다짐했다. 다음번에는 절대 자신을 이런 늑대 소굴에 두지 않겠다고.

이때 영락이 데리고 온 산파도 마침내 도착해 왕작을 보살폈다.

밖에서 인기척이 나더니 뜻밖에도 운왕이 돌아왔다. 곁에서 말리는 목소리들을 무시하고 운왕은 난잡하게 어질러진 방으로 들어가 침대 곁에 앉아 왕작의 손을 잡고 부드럽게 물었다.

"몸은 좀 어떻소……?"

산파가 옆에서 웃으며 말했다. "안심하십시오, 전하. 산모와 아기 모두 무사합니다."

밖에서 영령이 아기를 안고 들어왔다. 방비가 데려온 산파가 그 뒤를 따라 들어오며 주저하는 얼굴로 감축의 인사를 전했다. 운왕은 아무 기색도 알아차리지 못하고 그저 활짝 웃으며 그만 물러가서 위로금을 받으라 말했다.

산파가 바깥으로 나가니 즉시 방비가 다가와 상황을 물었다. 산파는 머뭇거리며 말했다. "부인께서는 매우 운이 좋으셔서, 보통 다른 여인들이 초산할 때 걸리는 시간보다 훨씬 짧게 끝났고, 통증도 그리

심하지 않으셨다. 어쩌면 다른 여인들이 둘째를 출산할 때보다도 더 순탄하게 출산하신 것 같더구나."

방비는 그 말뜻을 알아듣고는 고개를 돌려 곽환을 보았다. 곽환이 고개를 살짝 끄덕이자 방비는 즉시 산파를 구석으로 데리고 가서 더 상세한 이야기를 물었다.

곽환은 두 사람을 힐긋 보고는 곧바로 손을 뻗어 영휘를 안았다. 그 얼굴에 드리운 미소가 차갑고 스산했다.

운왕은 아기를 안고서 웃음꽃이 활짝 피었다. 왕작은 침대 머리맡에 몸을 기댄 채 영령이 먹여주는 삼계탕을 한입씩 받아먹었다. 갑자기 밖에서 시끄러운 소리가 나더니 여자의 억눌린 울음소리가 들려왔다.

운왕이 눈살을 찌푸리자 옆에 있던 시종이 재빨리 나가 알아보고 돌아왔다. 그러고는 어두운 낯빛으로 말했다.

"곽 부인께서…… 조금 전 아기를 받은 산파를 때리셨습니다."

"곽환이? 이 좋은 날에 어찌 그런 짓을 하는 게냐?" 운왕이 아이를 영령에게 맡기고 몸을 일으켜 밖으로 나가려는 순간, 곽환이 이미 산파를 끌고 들어와 분노한 얼굴로 바닥에 내팽개치고는 방비까지 무릎을 꿇린 뒤 운왕에게 말했다. "소첩이 감히 왕작 부인을 헐뜯는 이 두 사람을 보고 분을 이기지 못하여 끌고 왔으니 전하께서 처분해주십시오!"

"무슨 일이냐? 이 두 사람이 어찌 그대를 화나게 했다는 것이야?" 운왕은 곽환의 어깨를 가볍게 붙잡으며 달랬다.

"이들이…… 말도 안 되는 더러운 소리를 지껄였습니다. 왕작 부인이……." 곽환은 여기까지 이야기하고는 더 이상 말을 잇지 못하겠다는 듯 산파를 가리키며 분노한 목소리로 외쳤다. "직접 말하거라!"

산파는 바닥에 엎드려 벌벌 떨면서 고개를 들어 왕작을 흘끔 볼 뿐, 감히 입을 열지 못했다.

곁에 무릎 꿇은 방비가 몸을 꼿꼿이 세우고는 입을 열었다. "저희 시고모님이 말씀하시길, 왕 부인이 초산 같지 않다고 하였습니다!"

그 말이 떨어지자마자 모든 사람이 놀랐다. 운왕은 숨을 헉 들이쉬며 고개를 돌려 왕작을 보았다.

왕작은 침대에 기대앉은 채 방비와 산파를 죽일 듯이 쏘아보았다. 왕작의 입술이 파르르 떨렸다. 입을 열어 변호하려 했으나 눈에서 굵은 눈물만 뚝뚝 떨어졌다. 흐느껴 우느라 안 그래도 창백해진 얼굴이 한층 새하얗게 질렸다. 한참이 지나서야 왕작은 슬프고 비통한 얼굴로 운왕을 보며 부들부들 떨리는 목소리로 말했다. "전하…… 소첩이…… 이를 어디서부터 말씀드려야 할지 모르겠습니다."

운왕은 왕작의 그러한 모습을 보며 왕작을 향한 의심보다 산파를 향한 분노가 먼저 일어나 침상 곁에 서서 산파를 향해 큰 소리로 물었다. "그렇게 이야기하는 것에 증거는 있느냐?"

"전하, 부인께서 출산하실 때 제가 직접 보았습니다. 초산하는 여인은 산도가 좁고, 경험이 있는 여인은 산도가 넓습니다. 소인은 다년간 아이를 받아보았으니 틀릴 리 없습니다!"

"자네 혼자서 그걸 보았고, 지금은 이미 출산하여 산도가 변했으니 이젠…… 자네의 말에 반박하려 해도 내게는 증거가 없겠구나. 그렇지 않은가?" 왕작은 가쁜 숨을 내뱉으며 눈물을 흘렸다. 흐느껴 우느라 목소리도 제대로 나오지 않았다. "나는 낭야 왕 가의 여인이다. 명문 세가의 법도가 지엄하거늘 어찌 감히…… 너희 같은 시정잡배들이 나를 모욕할 수 있단 말이냐? 내 이미 알고 있었다……. 너희가 나를 해하여…… 전하께 아이를 낳아드리지 못하게 하려던 것을 말이다. 하지만…… 과연 이 정도까지 사악할 줄은 몰랐다. 전하께 아이를 안겨드린 지금도 포기하지 않고 나를 죽이려 드는구나!"

왕작이 피눈물로 호소하는 것을 들으며 방비와 산파의 얼굴이 모두 공포에 질렸다. 곽환은 고개를 숙이고 두 사람을 한 번 힐끗거린 뒤 다시 운왕을 향해 고개를 들었다.

운왕은 거의 혼절 직전까지 간 왕작의 모습을 보며 참을 수가 없어 급히 왕작의 어깨를 부축했다. 왕작이 손을 들어 있는 힘껏 운왕의 손을 붙잡았다. 왕작의 손톱이 운왕의 피부를 파고들 정도였다. 마치 물에 빠진 사람이 지푸라기를 잡는 것 같은 간절함이 느껴졌다.

왕작은 힘겹게 운왕을 올려다보며 떨리는 목소리로 물었다. "전하께서는…… 제가 회임한 지 얼마 되지 않아 정원 연못에서 귀신의 환영을 보았던 것을 기억하십니까?"

운왕은 고개를 끄덕이며 말했다. "다행히도 네게 하늘의 가호가 있어 귀신이 너를 해하진 못했지."

"아닙니다……. 그것은 귀신이 아니었습니다. 그것은…… 누군가가 집요하게 신첩을 해치려고 꾸민 것이었습니다……. 전하의 아이를 해치려고 말입니다!" 왕작은 운왕의 손을 붙잡고서 간신히 말을 이어갔다. "전하…… 신첩의 베개 밑에 시집이 한 권 있습니다. 전하께서…… 단풍잎과 꽃잎이 끼워진 곳을 펼쳐 살펴봐주십시오."

운왕이 손을 뻗어 베개 밑을 더듬으니 과연 책 한 권이 들어 있었다. 서책을 꺼내어 펼쳐본 운왕이 물었다. "이건…… 왕부의 필체가 아니더냐?"

"그렇습니다……. 저도 무심코 들추어보다 우연히 발견하였습니다. 그리고 그제야 알았지요……. 당시에 언니 또한 회임 중에 귀신의 형상을 보았다는 것을요. 그때도 지금도 다…… 복중의 아기를 해하려는 시도였던 것입니다!" 왕작은 눈물 가득한 눈으로 운왕을 보며 옅은 숨을 내쉬었다. "소첩은 언니가 남긴 글씨들을 보고 그 내막을 알게 되었습니다. 그런데 언니는…… 언니는 마음이 약해 진실을 제대로 알지도 못하고 범인의 의도대로 되어, 결국은……."

여기까지 말한 왕작은 얼굴을 감싸 안고 통곡하며 더 이상 말을 잇지 못했다.

운왕은 맹렬히 고개를 돌려 무릎 꿇고 있는 방비를 보았다. 방비는 너무 놀라 새하얗게 질려 있었다. 운왕은 방비가 왕작 이전에 왕부의 시중도 들었다는 사실을 기억해냈다. 방비를 보는 운왕의 눈빛이 순식간에 사납게 바뀌었다.

"왕작, 그대들 두 자매를 해하려고 했던 사람이 누구인지 아는가?"

"그날…… 그런 농간을 부렸으나 신첩을 해하지 못하였지요. 신첩은 복중의 아이를 생각하여 누군가를 벌함이 마땅치 않다고 생각해, 전하께는 나중에 말씀드릴 생각이었습니다. 한데 자신의 계략이 성공치 못하자 이렇게 또 악랄한 계책을 꾸며낼 줄은 꿈에도 몰랐습니다……." 왕작은 고개를 돌려 떨리는 손가락으로 방비를 가리키며 말했다. "오늘 이렇게…… 아들을 낳아 전하와 소첩이 뜻 깊은 날을 맞았는데, 어찌 저리 흉악한 마음을 먹고 산파와 결탁하여 신첩을 모욕한단 말입니까……. 전하, 저를 해하려 한 자는 바로 저 아이입니다!"

"소인…… 소인은 아닙니다……." 방비는 너무 놀라 연신 고개를 흔들며 변명했다. "소인은 농간을 부린 적도 없고 시고모와 결탁한 적도 없습니다……."

"농간을 부린 적이 없다고?" 왕작은 이를 꽉 물고 있는 힘을 다해 운왕의 품에서 반쯤 몸을 일으킨 뒤 낮은 소리로 말했다. "영령, 그 물건을 가지고 오거라."

영령이 재빨리 후당의 궤짝을 열어 가장 아래쪽에 들어 있던 상자를 꺼내고 뚜껑을 열었다.

그 안에는 장뇌(樟腦) 조각과 가느다란 대나무 가지가 들어 있었다.

대나무 가지는 둥그렇게 구부려 원형을 만들고 그 밑에 세 개의 대나무 가지를 꽂은 형태였다.

왕작은 더 이상 아무 말 하지 않고 손을 들어 영령에게 지시했다.

영령이 분한 얼굴로 대나무 가지를 방비 앞에 내던지며 엄한 목소리로 말했다. "이것이 바로 그날 밤 보았던 귀신의 정체다. 너희가 돌아간 후 부인께서 내게 물속에 들어가 살펴보라고 명하셨다. 그때 물속에서 발견한 것들이다. 부인께서는 처음부터 그 귀신은 필시 대나무 가지에다가 사람의 형상을 그린 흰 종이를 덮어씌워 만든 것이라 판단하셨다! 우리가 모두 놀라 벌벌 떨고 있을 때 네가 연못가로 내려가 손을 물속에 집어넣어서는 대나무 가지에 붙어 있던 하얀 종이를 뭉쳐 소맷자락 안으로 넣었겠지. 가느다란 대나무는 물속에 있어도 잘 눈에 띄지 않으니 나중에 환관들이 와서 등을 비춰보아도 아무 소득이 없었던 것이야."

운왕은 화가 치밀어 다시 물었다. "그럼 그 장뇌는 무엇이냐?"

"그 일이 있은 후 소인이 방비의 방에서 찾은 것입니다. 장뇌가 물과 만나면 제멋대로 돌아다니는 성질이 있어, 당시 귀신으로 꾸민 인형에 이 장뇌를 넣어놓았던 것입니다. 그래서 인형이 흔들거리며 돌아다녔고 그로 인해 사람들이 크게 놀랐던 것입니다!" 영령은 방비의 얼굴에 침을 뱉고는 큰 소리로 울부짖으며 말했다. "전하, 부인께서는 복중의 아이를 위해 소인에게 아무에게도 말하지 말라 하셨습니다. 소인은 지난 여러 달 동안 정말 살얼음 위를 걷는 것만 같아 늘 가슴 졸이며 불안하게 지냈습니다. 필시…… 부인께서는 저보다 훨씬 더 하셨을 것입니다……."

영령과 왕작이 함께 울었다. 한쪽 옆에 서 있던 곽환의 얼굴이 얼음장처럼 새하얗게 얼어 있었다.

방비는 너무 놀라 바닥에 쓰러졌고, 산파는 마치 꿈에서 방금 깨어난 것처럼 황급히 방비를 밀어내고는 힘껏 자신의 뺨을 후려쳤다.

"아이고, 전하, 부인. 그런 일이 있었다니요. 소인은 정말로 질녀가 그렇게 흉악한 아이인지 전혀 몰랐습니다. 소인은 그저…… 의문이 조금 들었던 것뿐입니다. 사실 어떤 여인들은 타고나기를 산도가 넓게 태어난 사람도 더러 있습니다. 정말…… 이런 소동을 일으키려고 일부러 그런 것은 아닙니다요!"

운왕은 여전히 울고 있는 왕작을 힘껏 껴안고는 아무 말 없이 그저 손만 내저었다.

방비도 어디서 힘이 났는지 곽환에게 달려가 다리를 붙잡고 말했다. "부인, 부인 제발 살려주십시오……."

곽환은 다리를 들어 방비를 바닥에 내팽개치고는 그 앞에 웅크리고 앉아 매섭게 소리쳤다. "사악한 것, 감히 왕 부인을 음해하고 내 옷까지 더럽히려 하다니!"

왕작은 운왕에게 기댄 채 마치 혼잣말을 중얼거리듯 말했다. "어찌 일개 시종 따위가 감히 왕제의 세자에게 그렇게나 손을 썼겠습니까."

묵묵히 왕작을 감싸 안은 운왕의 눈빛이 곽환을 향했다. 왕작은 운왕의 심장이 더 급하게 뛰기 시작한 것을 느꼈다. 하지만 운왕은 침묵하며 아무런 말도 하지 않았다.

왕작도 더 이상 말을 보태지 않고 방비와 산파가 함께 끌려가는 것을 지켜보았다. 미친 듯 소리를 지르며 발버둥 치는 두 여인의 입 속에 물건이 쑤셔 넣어지자, 순간 죽음과도 같은 적막이 찾아왔다.

다섯. 배꽃 땅에 가득하나 문 열지 않네[70]

왕작의 몸은 회복이 빨랐다. 며칠 지나지 않아 아기를 안고 정원을 거닐 수 있게 되었다.

운왕과 낭야 왕 가에 다시 새로운 아이가 생겼다. 궁중에서는 빠르게 교지가 내려왔고 왕작은 운왕의 유일한 유인이 되었다. 왕비가 없는 운왕부에서 왕작은 엄연히 안주인이었다.

황제의 건강은 나날이 나빠지고 있었다. 운왕은 이날도 전갈을 받고 태어난 지 얼마 안 된 아들을 겨우 내려놓고 궁으로 달려갔다.

곽환은 왕작의 초청을 받아 영휘를 데리고 찾아왔다.

왕작은 웃으며 모녀의 안부를 묻고는 영령에게 아이를 건네며 유모에게 젖을 물리러 다녀오라 일렀다.

곽환이 불평하듯 웃으며 말했다. "아직 안아보지도 못했네요. 유인께서 너무 인색하십니다. 손가락 하나 닿는 것도 아까워하시니."

"아이가 워낙 약해서 손가락 하나 닿는 것만으로도 어떤 일이 일어날지 알 수가 없어서 말입니다." 그들은 정원에 자리를 잡고 앉았다. 왕작이 영휘를 보며 담담한 미소로 말했다. "게다가 영휘는 아무래도 동생이 생기는 걸 좋아하지 않는 것 같고요."

곽환은 섭섭한 목소리로 말했다. "유인께서 그 일을 아직 잊지 않으셨을 거라 저도 짐작은 하고 있었습니다. 영휘가 아직 어려 뭘 잘 모르니……."

"알고 있습니다. 잠시만 기다려보세요." 왕작은 빙그레 웃으며 안으로 들어갔다가 곧 유락[71] 세 접시를 들고 나왔다. 그중 하나에는 붉

---

70 당나라 시인 유방평의 시 「춘원(春怨)」의 한 구절. 총애를 잃은 외로운 궁녀의 처지를 한 탄한 시이다.
71 오늘날의 치즈.

고 푸른 과일 채가 얹어져 색이 곱고 아름다웠다. 왕작은 직접 접시를 들어 곽환에게 건네주었다. 호두가 뿌려진 유락은 영휘에게 주고, 행인을 뿌린 것은 자신이 먹었다.

왕작은 이미 왕부가 머물렀던 곳으로 다시 거처를 옮겨왔다. 세 사람은 한낮의 정원에 앉아 넘실거리는 물결을 바라보며 간식을 먹었다. 연꽃이 다 지고 한두 송이만 남아 있는 연못 위로 바람이 스쳐지나갔다.

영휘는 자기 몫의 유락을 다 먹고 나서 제 어미 손에 들린 유락을 쳐다보았다. 곽환도 이미 먹을 만큼 다 먹었지만 과일 채는 별로 좋아하지 않는지 대부분 그대로 남아 있었다. 영휘가 뚫어져라 보고 있자 곽환은 남아 있던 과일 채를 집어 영휘에게 먹이려 했다.

왕작은 옆에서 담담하게 말했다. "딸에게는 먹이지 않는 게 좋을 게야."

곽환은 거의 빈 접시를 손에 쥐고서 이해할 수 없다는 눈으로 왕작을 바라보았다. 왕작은 주변 사람을 모두 물리며 영휘도 함께 데려가게 한 뒤, 손으로 턱을 괴고서 눈앞의 푸른 연잎을 바라보았다. 그러고는 차갑고 냉담한 미소를 지으며 말했다.

"안 그러면 그대의 딸도 평생 아이를 갖지 못하게 될 테니, 그리 되면 어미로서 얼마나 상심이 크겠는가."

곽환은 고개를 숙여 자신의 손에 들린 접시를 한 번 보고 다시 왕작을 쳐다본 뒤, 그제야 무슨 일이 벌어졌는지 깨달았다. 곽환의 손에 들렸던 접시가 바닥에 떨어져 산산조각 났다.

곽환은 배가 조금씩 아파오며 온몸에 식은땀이 나기 시작했다. 몸이 말을 듣지 않아 그대로 탁자 위에 엎어진 채 손가락을 들어 왕작을 가리키며 이를 악물고 물었다.

"대체…… 내게 무엇을 먹인 게야……."

"별것 아니네. 그저 골용[72]을 좀 넣어서 몸의 태를 끊어놓은 것뿐이지. 앞으로 평생 출산의 아픔은 걱정하지 않아도 될 것이야."

왕작은 몸을 숙여 잔뜩 웅크린 곽환을 응시했다. 왕작의 웃는 얼굴은 여전히 온화하고, 목소리는 여름날 부는 맑은 바람처럼 가볍고 따뜻했다. "전하를 오랫동안 모셔왔으니 나를 싫어하는 건 충분히 이해할 수 있네. 하지만 훗날 그대에게 아들이라도 생긴다면 꽤나 골치 아플 것 같아 이리저리 궁리해보았는데 이 방법밖에는 없더군. 이것으로 서로 응어리는 풀어버리고 앞으로는 각자의 삶을 살아가도록 하지."

"이 악랄한…… 전하께서 용서치 않으실 것이야……." 곽환은 배를 움켜쥐며 바닥에 나둥그라져 목이 쉬도록 슬피 울었다.

주변 시녀들은 진작 물러가고 정원 뜰에는 오직 두 사람뿐이었다.

왕작은 치맛자락을 잡고 천천히 일어나 정원 뒤쪽의 회랑으로 물러나 섰다. 복통으로 얼굴이 뒤틀린 곽환은 조금도 신경 쓰지 않고, 눈앞에 한 송이 올라온 연꽃을 바라보며 부드러운 음성으로 말했다.

"곽환, 그대도 다른 사람들처럼 얌전하게 순종했다면 좀 좋아? 당초 방비를 시켜 왕부를 해한 것이야 나와 무슨 상관인가. 그런데 내게까지 손을 뻗으니 나도 어쩔 수 없이 그대에게 알려주는 수밖에. 사람 잘못 짚었다고."

곽환은 참기 힘들 정도로 고통스러워하며 식은땀을 줄줄 흘렸다. 말 한마디 내뱉지 못하고 목으로 헉헉 숨넘어가는 소리만 낼 뿐이었다. 왕작은 붉은색 대들보에 몸을 기댄 채 눈앞의 여름날 오후를 여유롭게 바라보며 1년 전 처음 이곳에 왔을 때를 떠올렸다. 금방이라도 비가 쏟아질 듯 습했던 날이었다.

---

72 먹으면 임신이 되지 않는다는 전설 속 약초.

그때 주황색 옷을 입고 석류꽃 아래에 서 있던 곽환은 요염하면서도 아름다웠다. 곽환의 고통에 찬 신음 소리를 들으며 왕작은 마치 맑은 음악이라도 듣는 듯 저도 모르게 웃음을 지었다.

"세상은 종종 아주 잔인하지. 나는 이미 그 맛을 보았고 심지어는 조금도 거리낌 없이 내가 나서서 그 맛을 보여주기도 해. 그대들같이 풍파 한번 겪어보지 못한 여인들이 내가 어떤 사람인지 어찌 알겠어⋯⋯." 왕작은 곽환에게로 눈길을 돌려 잠시 자세히 뜯어보다가, 다시 멸시가 담긴 미소를 지으며 고개를 들어 하늘을 올려다보았다. "자기 자신도 모르고 남도 잘 모르면서 감히 나를 건드리다니, 정말로 어리석군. 말해보게. 만일 모든 일을 전하께 말씀드리면 그대가 목숨을 부지할 수 있을 것 같은가?"

복부의 통증은 이미 어느 정도 가라앉은 듯 곽환은 그저 땅에 엎드린 채 슬피 울며 감히 무어라 대답하지 못했다.

"살았다⋯⋯."

뒤에서 갑자기 앳된 목소리가 힘겹게 세 음절을 천천히 내뱉었다.

왕작은 고개를 돌렸다. 언제 몰래 들어왔는지 영휘가 우두커니 후당 입구에 서 있었다. 영휘는 또 입을 벌려 거친 목소리로 다시 한 번 말했다. "살았다."

네 살 넘은 아이가 드디어 입을 열어 처음으로 하는 말이 '살았다'였다. 왕작은 매섭게 아이를 노려보았다. 비록 네 살밖에 되지 않았지만 아이는 눈을 크게 뜨고 고개는 빳빳이 쳐든 채 왕작을 보았다. 눈빛에 담긴 타고난 고집스러움이 그대로 드러났다.

'어찌 이렇게 태생적으로 고집 센 아이들이 있을까?' 왕작이 설색을 떠날 때도 그랬다. 설색은 울면서도 마치 어미의 모습을 절대 잊지 않겠다는 듯 계속해서 왕작을 쳐다보며 눈 한번 깜빡이지 않았다.

순간 왕작은 고개를 내려 아이의 시선을 피했다.

이미 심장이 차갑게 굳어 어떠한 상황에서도 흔들리지 않을 거라 생각했던 왕작이건만, 그 순간 가슴속 상처가 짓눌려 온몸으로 피가 흥건하게 배어 나오는 것만 같았다.

왕작은 손을 들어 시녀들을 불러 영휘를 붙잡으라 일렀다. 그때 곽환이 어디서 그런 힘이 났는지 영휘 앞으로 뛰어와 아이를 감싸며 팔을 휘둘러 왕작을 할퀴려 들었다.

"내 몸에 손대지 마라!" 왕작은 매섭게 곽환의 손을 뿌리치며 차갑게 말했다. "살고 싶으면 딸을 데리고 어서 돌아가!"

곽환은 통증이 다 가시지 않았지만 시녀들에게 이끌려, 절망과 비통함으로 이를 악문 채 영휘의 손을 잡고 천천히 문으로 향했다.

문 입구에 다다랐을 때 마침 바깥에서 들어오는 운왕과 마주쳤다. 운왕은 곽환과 영휘는 슬쩍 쳐다만 보고 곧바로 왕작에게로 고개를 돌리며 말했다. "부황께서 계속 좋지 않으시어 내 오늘도 궁에서 밤을 새워야 할 것 같소. 물건을 좀 챙기러 왔소……."

운왕이 말을 채 끝내기도 전에 옆에 있던 영휘가 그의 소매를 잡아당기며 고개를 들어 운왕을 보았다. 운왕은 의아해하며 아직 말 한마디 할 줄 모르는 딸아이를 고개 숙여 내려다보았다.

"살았다." 영휘는 아주 또박또박 말했다.

"무어라?" 운왕은 무슨 말인지 잘 알아듣지 못했다. 운왕은 창백한 곽환의 얼굴을 무심히 한 번 쳐다본 뒤 무릎을 구부리고 앉아 자신의 첫 아이를 꽤나 기쁜 표정으로 바라보았다.

"영휘야, 이제 말을 하게 된 것이냐? 방금 뭐라고 했느냐?"

"살았다." 영휘는 또 한 번 반복해서 말했다. 자신이 무슨 말을 하는지도 모르고 그저 환하게 빛나는 미소를 지었다.

운왕이 영휘에게 칭찬의 말을 해주려는데 미처 입을 열기도 전에 갑자기 밖에서 환관 하나가 뛰어 들어오며 소리쳤다.

"전하! 전하! 폐하께서…… 붕어하셨습니다!"

운왕은 너무 놀라 벌떡 몸을 일으켰다. 벌어진 입이 다물어지지 않았다. 운왕이 미처 반응하기도 전에 이미 밖에서 요란한 발소리가 들려왔다. 환관은 기뻐 울며 말했다.

"지금…… 궁중 의장대가 전하를 궁으로 모시러 왔습니다……. 전하께서 황위에 오르신다 하옵니다!"

순간 그곳에 있던 모든 이들이 저도 모르게 외마디 감탄사를 내뱉고는 멍하니 서 있었다. 믿어지지 않기도 하고 참을 수 없이 기쁘기도 한 감정이 한데 뒤섞여 한참 동안 아무도 말이 없었다.

깊은 적막이 감도는 가운데, 영휘만이 같은 말을 반복했다.

"살았다, 살았다!"

"그래…… 내가 참으로 살았구나!" 운왕은 딸을 번쩍 안아 올려 온 힘을 다해 입을 맞추었다. 20여 년을 전전긍긍했던 불안감이 한순간에 눈 녹듯 사라지며 순식간에 눈시울이 붉어졌다.

왕작이 운왕 곁으로 다가가 사뿐히 절을 하며 말했다. "경하드리옵니다, 폐하."

"왕작……." 운왕은 아이를 내려놓고 황급히 왕작의 손을 붙잡았다. "나는 궁에 들어가야 하니 왕부의 일은 모두 그대에게 맡기겠소……. 앞으로는 궁중 일도 모두 그대가 신경 써주어야 할 것이오."

"폐하, 염려 마십시오."

운왕은 짐도 챙기지 않고 즉시 몸을 돌려 떠났다.

창백한 얼굴로 문 앞에 서 있는 곽환을 신경 쓰는 사람은 아무도 없었다. 모든 운왕부에 기쁨이 넘치는 가운데 유일하게 곽환만이 암담해 보였다.

왕작은 곽환을 바라보며 온화한 음성으로 말했다. "얼른 돌아가 짐을 챙겨 입궁할 채비를 하시게, 곽 숙비."

곽환은 멍하니 고개를 돌려 간신히 몇 마디 내뱉었다. "지금 나를…… 뭐라고 부른 거지?"

옅은 미소를 띤 왕작은 여전히 온화하고 악의 없는 표정을 짓고 있었다. 곽환은 그제야 왕작이 자신보다 높은 자리에 있다는 사실을 새삼 깨달은 것 같았다. 왕작은 무척이나 자연스럽게 윗사람이 아랫사람을 내려다보듯 곽환을 보았다.

"자네가 폐하를 가장 오랫동안 모셔왔으니 당연히 한자리는 갖춰야지."

"설마……." 곽환은 왕작의 초연한 듯한 모습을 보며 온몸을 부르르 떨었다. 그 눈에 공포심이 가득했다. "설마…… 내가 전하 곁에 머무는 걸 허락한다는 것인가?"

"안 될 것이 있겠는가?" 왕작은 피식 웃고는 다시 곽환을 힐긋 쳐다보며 말했다. "어쨌든 나도 자네에게 고마운 것이 있으니 말이야."

귀신을 꾸며내 사람을 놀라게 한 곽환의 계책이 없었다면, 왕작이 어떻게 그 계책을 역이용해 초산이 아니라는 의심을 씻어낼 수 있었겠는가. 출산하기까지 열 달을 참고 기다린 것은 복중 아이를 위해 덕을 쌓은 것이 아니라, 만일의 경우에 위험을 피해가는 도구로 쓰기 위해서였다. 게다가 왕작은 곽환을 운왕 곁에 두는 것도 전혀 신경 쓰지 않았다. 이미 자신이 그 퇴로를 끊어버렸는데 무슨 위협이 되겠는가.

그리고 무엇보다도 기쁜 점은 자신이 그 남자를 사랑하지 않는다는 사실이었다. 그래서 무엇에도 얽매이지 않고 모든 것을 손아귀에 넣고 주무를 수 있었다. 이득만 취하면 될 뿐, 영원히 상처받을 일은 없었다.

왕부의 첩, 유인, 후비, 황후, 이 모든 자리는 그저 왕작이 이 세상을 살아가는 수단일 뿐이었다. 지금의 인생에서 가장 어울리는 역할을 연기하며, 화려한 삶을 영위하면 되는 것이었다.

인생이 그 정도면 훌륭한 것이 아니겠는가.

왕작의 인생은 정말로 자신이 설계한 것과 조금의 오차도 없이 완성됐다.

마침내 황후가 되어, 이 나라 최고의 여인이 되었다. 후궁에서 지낸 몇 년의 세월도 큰 풍랑 없이 안정적으로 보냈다.

황제와 황후 사이의 애정 또한 더할 나위 없이 완벽했다.

여러 해가 흐른 어느 날 예전의 운왕이자 작금의 황제가 한번은 이렇게 물은 적이 있었다. "왕작, 짐을 위해 비파를 한 곡 연주해주겠는가? 우리가 처음 만났을 때 연주했던 그 곡 말이네."

화려한 비단옷을 입은 왕작은 대전에 깔린 융단 위에 앉아 웃으며 고개를 내저었다. "신첩 원래는 비파를 좋아하지 않았습니다. 게다가 지난 여러 해 동안 비파를 잡아보지 않아 타는 방법도 잊은 지 오래입니다."

황제가 의아한 듯 물었다. "어떻게 좋아하지 않았단 말인가? 짐이 기억하기로 당시 그대의 비파 연주는 마치 하늘에서 신선의 노랫가락이 흘러 내려오는 것 같았네. 이 세상에서 쉽게 들을 수 없는 연주였어!"

왕작은 눈을 들어 황제를 향해 생긋 웃어 보였다. "폐하께서는 저의 모든 것이 그저 사랑스러워 보이시는 모양입니다. 그때 제가 정말 그렇게 잘 탔습니까?"

"짐이 그때 음악에 미혹된 것이 아니라 그대에게 미혹되었던 것인가?" 황제는 그날의 기억을 떠올려보았으나 유일하게 또렷이 기억나는 장면은 왕작이 비파를 안은 채 자신을 향해 은은하게 미소 지어 보인 것뿐이었다. 그래서 그저 웃으며 이렇게 말했다. "어쨌든 짐이 잘했다 느낀 거면 잘한 것이지."

왕작은 고개를 숙여 자신의 두 손을 보면서 미소만 지을 뿐 아무 말도 하지 않았다.

정경수와 설색을 떠난 그날 이후, 왕작은 어떠한 악기에도 손을 대지 않았다.

밤낮으로 비파를 연습하며 생겼던 자국들도 이미 사라지고 없었다. 지금 왕작의 양손은 가늘고 부드러우며 백옥같이 아름다울 뿐이었다.

아무도 모르리라. 오래전 외로운 등불 아래서 밤을 새워 비파를 연습하며 인생에서 가장 아름다운 시절을 비파에 바쳤고, 그 덕에 '백 명의 요사스러운 춤으로도 이기지 못하는 비파'라는 칭호까지 얻었던 왕작의 과거를.

아무도 모르리라. 비 오는 밤중에 비녀를 손에 쥐고 장미꽃 앞에 서서 날이 밝기를 기다렸다가 왕작의 얼굴을 보자마자 두 눈이 생기로 가득했던 남자의 존재를.

아무도 모르리라. 매화 꽃술 위에 내린 눈처럼 여려서 햇빛에 닿으면 금세 녹아버릴까 마음 졸이게 했던, 설색이라는 이름의 딸이 왕작에게 있었다는 사실을.

저 하늘 위의 달 말고는 그 누구도 모르리라.

(2권에서 계속)

13년의 대장정,『잠중록』

『잠중록』으로 국내에 처음 소개되는 중국 작가 처처칭한은 단짝 친구와 직접 소설을 써서 주고받으면서 창작활동을 시작했다. 그리고 대학에 들어가서는 친구와 멀리 떨어진 탓에 언제 어디서든 서로의 소설을 읽어볼 수 있게 온라인 웹소설 사이트에 글을 올리기 시작했다. 친구는 몇 번 올리다 말았지만, 처처칭한의 소설 연재는 그때부터 지금까지 15년을 쭉 이어오고 있다.

사실 '처처칭한'은 컴퓨터 옆에 놓인 당송 시집을 뒤적이다 선택한 필명이다. 당나라 시인인 한악(韓偓)의 시, 「한식야(寒食夜)」에 나오는 첫 구절로 '스산하다'는 뜻의 처처칭한을 그대로 따온 필명을 15년이 지난 지금까지 쓰게 될 거라고는 본인도 미처 생각지 못했을 것이다.

처처칭한의 원래 꿈은 만화가로 만화 잡지《카툰왕(卡通王)》에 원고를 투고한 적이 있는데, 그때 그린 것이 바로『잠중록』의 초고였다. 결론적으로 잡지사의 편집자는 그녀의 그림 솜씨가 평이한 것을 이유로 보내온 그림 원고는 거절하면서, 그녀에게 그림은 다른 만화가에게 맡기고, 대본만 써보면 어떻겠냐고 권한다. 그래서 탄생한 것이 바로 「십년」이라는 1,000자 분량의 짧은 단편이었다. 작가는 동일하게 친구에게 보여주기 위해 이를 웹사이트에 올렸고, 후에 이 단편이《판타지세계(奇幻世界)》라는 잡지에 실리게 되었다. 작가는 아마도 이때부터 소설 집필에 대한 자극을 받지 않았나 싶다. 그리고 그녀의 첫 장편인 『용을 주웠다』는 당시 웹소설 플랫폼에서는 흔히 볼 수 없었던 수준 높은 작품으로 독자들의 반응이 남달랐다. 그 반응으로 이듬해 출판사와 계약하고 출간하기까지에 이른다.

처처칭한이 쓴 10여 편의 장편소설 중 독자들의 가장 큰 사랑을 받은 작품은 단연 『잠중록』이다. 이는 처처칭한의 유일한 추리소설로 원래부터도 그녀는 추리소설 광팬이었다고 한다. 작가가 처음 접한 추리소설은 초등학교 4학년 때 아버지의 책장에 꽂혀 있던 모리무라 세이치의 『인간의 증명』이었으며, 훗날 대학생이 되어서도 도서관에 앉아 추리소설에 푹 빠져 있기 일쑤였다고 한다. 작가는 중학생 때 처음으로 추리소설을 습작하기 시작했는데 그것이 바로 『잠중록』의 시작이었다. 여자 주인공의 원형으로 당나라 말기의 실존인물 황숭하를 택했다. 그리고 남자 주인공은 역사서에서도 간혹 등장하는 기왕 이자로 정했다. 부황이었던 당 선종이 그의 어릴 적 총기를 보고 '태종과 닮았다'라고 찬사를 보낼 정도로 후계자로 마음에 품고 있었지만 애석하게도 황제가 되지 못했던 그를 작가는 자신의 소설에서 부활시켰다. 그렇게 쓴 중학생의 첫 추리소설은 구조와 짜임새가 엉망이었기에 대학생이 된 후 도서관에서 각종 추리소설을 섭렵한 뒤에야 『잠중록』을 다시 쓰기 시작했고, 다른 소설도 연재를 시작했으나 『잠중록』은 여전히 미비한 점이 많다고 생각하여 재집필을 계속 미루고 있었다. 결국 2013년이 되어서야 정식 집필을 시작해 1년에 가까운 시간을 들여 완성했다. 그러니 『잠중록』은 굳이 그 집필 기간을 따지자면 대략 13년 정도가 된다.

『잠중록』이 추리소설이라고는 하나 사건을 추리해가는 내용은 이 작품의 배경이 될 뿐, 실질적인 작품의 심지는 사건을 안팎으로 둘러싸고 있는 인물들의 삶이다. 『잠중록』속 인물들을 하나하나 들여다보면, 작가가 사람에 대해 얼마나 애정을 가지고 있는지 알 수 있다. 도도하고 고아한 이서백과 총명하고 순수한 황재하, 그리고 시체 해부를 좋아하는 주자진, 어느 하나 매력적이지 않은 인물이 없다. 심지어 장안에서 제일가는 공처가라고 하는 대리사 소경 최순잠마저 사람을 끄는 매력이 있다.

사건과 연루된 악인이든, 선인이든, 권세가이든, 비루한 신분의 사람이든, 작가는 놓치지 않고 그들의 인생 속으로 깊이 들어가 그들의 이야기를 풀어놓는다. 탐욕스러운 인간의 본성을 사건과 인물을 통해 투영하면서도 악인들이 외치는 안타까운 호소에도 귀를 기울일 수 있게 해준다. 하지만 결국에는 주인공 황재하와 이서백의 시선을 통해 선악의 구분을 명확히 하여, 감정에 흔들린 독자에게 진실의 본질을 잊지 않게끔 다시 길을 안내해준다.

복잡하게 얽힌 사건의 실마리 속에서 독자들의 마음을 계속해서 따뜻하게 붙들어주는 것은 역시 두 주인공이 서로를 향해 보내는 열정적인 눈빛일 것이다. 황재하가 유일하게 의지할 수 있는 우뚝 솟은 산 같은 존재, 이서백. 이서백이 유일하게 자신의 비밀을 털어놓고 공유하는 황재하. 시간이 거듭될수록 신뢰와 믿음이 쌓여가고, 알 수 없는 마음속 따뜻한 기운이 서서히 둘을 하나로 이어주는 모습이 책에서 눈을 떼지 못하게 만든다.

남장 여인 황재하, 소환관 양숭고의 신분으로 자신의 억울한 누명을 벗으려 이서백과 손을 잡고 어려운 사건들을 해결해가는데, 사건의 진상을 파헤칠수록 두 사람을 둘러싼 조정과 황실의 어두운 세력에 점점 더 가까이 가게 된다. 내용과 양이 방대하지만 매 권마다 가슴이 뻥 뚫리듯 시원하게 사건이 해결되고 중간중간 이어지는 위트 넘치는 장면들과 두 주인공의 감정적인 역동까지 엿볼 수 있어 독자들도 어렵지 않게 술술 읽어 내려갈 수 있을 것이다. 『잠중록』을 접하는 독자들이 부디 그 즐거움을 끝까지 놓치지 않고 함께하기를 바란다.

2019년 봄
서미영

잠중록 1

1판 1쇄 발행 2019년 4월 3일
2판 1쇄 발행 2023년 2월 1일

지은이 처처칭한 **옮긴이** 서미영
펴낸이 김영곤 **펴낸곳** (주)북이십일 아르테
아르테출판사업본부 문학팀 김지연 임정우 원보람
해외기획팀 최연순 이윤경 **디자인** 소요 이경란
출판마케팅영업본부 본부장 민안기
출판영업팀 최명열 김다운
마케팅2팀 나은경 정유진 박보미 백다희
제작팀 이영민 권경민

출판등록 2000년 5월 6일 제406-2003-061호
주소 (우 10881) 경기도 파주시 회동길 201(문발동)
대표전화 031-955-2100 **팩스** 031-955-2151

(주)북이십일 경계를 허무는 콘텐츠 리더
아르테 채널에서 도서 정보와 다양한 영상자료, 이벤트를 만나세요!
페이스북 facebook.com/21arte **인스타그램** instagram.com/21_arte
포스트 post.naver.com/staubin **홈페이지** arte.book21.com

ISBN 978-89-509-7949-2 04820
978-89-509-7953-9 (세트)